Ulrich Drexler
Doggerland – Insel im Chaos

W0237261

Ulrich Drexler

Doggerland

Insel im Chaos

ROCKET
BOOKS

Doggerland II: Insel im Chaos
© 2019 Ulrich Drexler
© dieser Ausgabe 2019 ROCKET BOOKS
Redaktion: Werner Fuchs
Lektorat: Michael Fehrenschild
Titelbild: Regina Kallasch
Umschlaggestaltung: Mario Heyer
Satz: Harald Gehlen
Druck: Bookpress
Alle Rechte vorbehalten. Der Nachdruck, auch auszugsweise, die Verarbeitung und die Verbreitung des Werkes in jedweder Form, insbesondere zu Zwecken der Vervielfältigung auf fotomechanischem, digitalem oder sonstigem Weg sowie die Nutzung im Internet dürfen nur mit schriftlicher Genehmigung des Verlags erfolgen.
www.BLITZ-Verlag.de
www.fanpro.de
ISBN 978-3-946502-57-9

BLITZ

Fanpro

Rocket Books ist ein Imprint der BLITZ-Verlag e. K. und der Fanpro, Fuchs & Fuchs GbR

Inhaltsverzeichnis

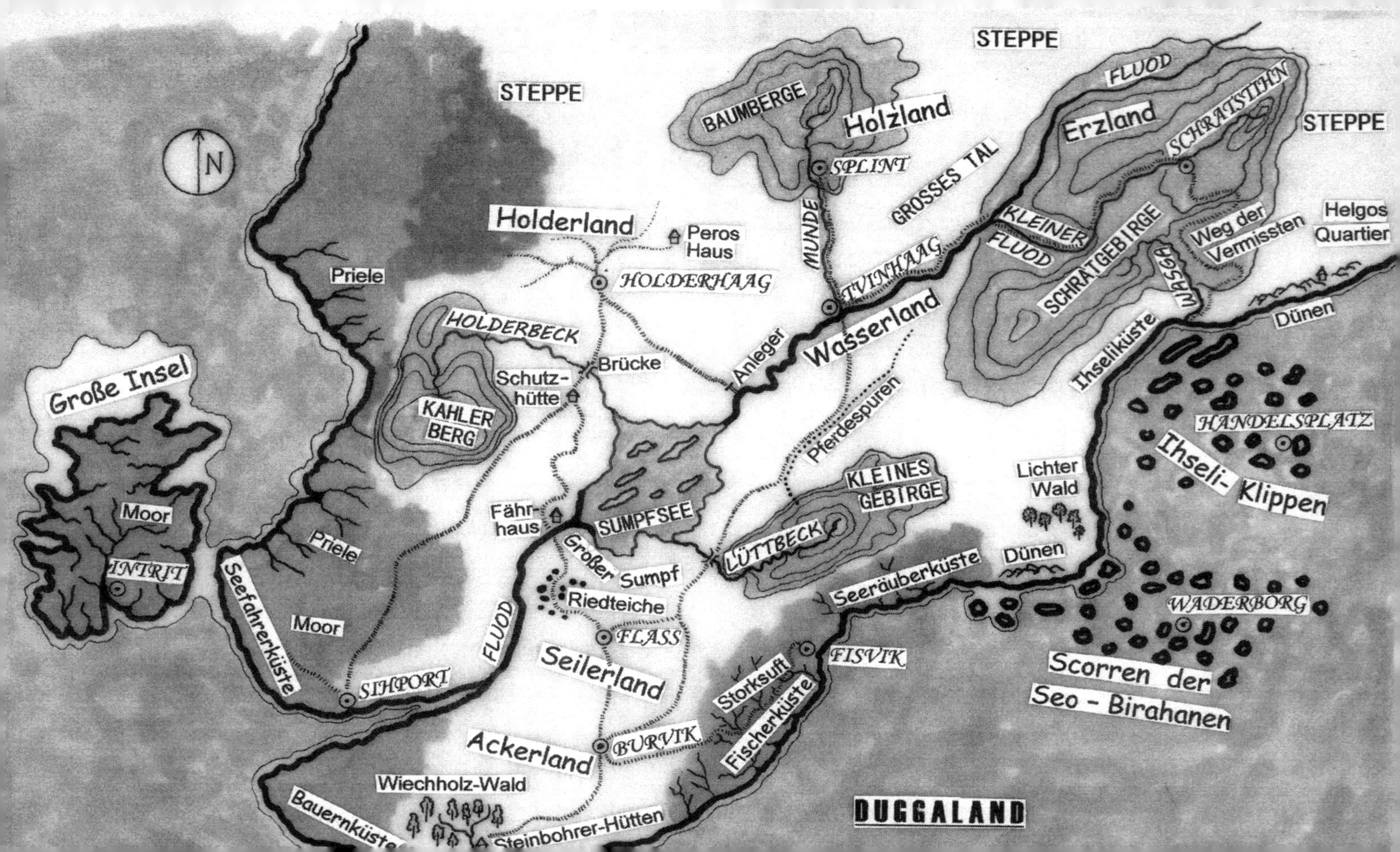
STEPPE
STEPPE
STEPPE
N
Holderland
Peros Haus
HOLDERHAAG
Priele
HOLDERBECK
Brücke
Schutz-hütte
KAHLER BERG
Große Insel
Moor
INTRIT
Priele
Seefahrerküste
Moor
SIHPORT
FLUOD
Fähr-haus
SUMPFSEE
Großer Sumpf
Riedteiche
FLASS
Seilerland
Ackerland
BURVIK
Wiechholz-Wald
Bauernküste
Steinbohrer-Hütten
BAUMBERGE
Holzland
SPLINT
MUNDE
TVINHAAG
GROSSES TAL
Wasserland
Anleger
Pferdespuren
KLEINES GEBIRGE
LÜTTBECK
Seeräuberküste
Storksuft
Fischerküste
FISVIK
DUGGALAND
FLUOD
Erzland
SCHRATSTIHN
KLEINER FLUOD
SCHRATGEBIRGE
WASGA
Weg der Vermissten
Helgos Quartier
Dünen
Ihseliküste
Lichter Wald
Dünen
HANDELSPLATZ
Ihseli-Klippen
WADERBORG
Scorren der Seo - Birahanen

ZEHN: Ackerland

Zutiefst erschrocken standen sie den Stadtkriegern gegenüber. Urk hatte zwar seinen Speer hochgerissen, doch erschien ihm ein Wurf wegen des weiten Abstands und der Dunkelheit zu gewagt. Er konnte zu leicht die einzige große Waffe verlieren, die sie besaßen. Olunde hielt ihr Messer in der Faust, was aber auf die Entfernung auch nichts nützte, und Risi stand grollend dem anderen Hund gegenüber, der sie zähnefletschend anknurrte.

Die beiden Wächter zögerten ebenfalls, etwas zu unternehmen und hielten ihre Spieße wurfbereit. Sie waren von der Situation so überrascht, dass sie vergaßen, Hilfe herbeizurufen. Ihre Mienen schienen Unsicherheit, wenn nicht sogar Angst auszudrücken. Einer von ihnen wirkte außerdem noch sehr jung. Urk war sofort aufgefallen, dass in seinem Gesicht noch kein Bart wuchs. Die Haut um das Kinn glänzte leicht im matten Sternenlicht wie bei einem Kind.

Die Rufe der noch immer suchenden Wachen vor der Stadt drängten die Fliehenden, etwas zu unternehmen. Sobald die Krieger ihre Fassung wiedergewonnen hätten und schreien würden, wäre in kürzester Zeit ein ganzes Aufgebot von bewaffneten Männern am See.

Ohne weiter zu zögern sprang Urk vor und bohrte seinen Speer in den fremden Hund, der mit einem kurzen Aufjaulen zusammenbrach.

Auch die zwei Männer schrien vor Schreck auf und ließen Urk damit genug Zeit, seine Waffe an sich zu reißen und zurückzuspringen.

„Zurück in den See!“, rief er Olunde zu, die sofort in eine Lücke im Schilfgürtel sprang.

Der ältere Krieger holte mit seinem Spieß aus, um Urk zu treffen, wurde aber von Risi gestört, sodass er eilig seine Waffe senkte, um die Spitze zwischen sich und das angreifende Tier zu bringen.

„Roll, mein Roll!“, heulte der jüngere auf und stürzte sich auf den toten Hund.

„Bist du wahnsinnig?“, brüllte ihn sein Gefährte an. „Soll der Kerl dich auch noch umbringen?“

Unsicher richtete sich der junge Krieger wieder auf, Zeit genug für Urk, seinerseits im Ried zu verschwinden und Risi zu sich zu pfeifen. Bevor die Männer ihre Spieße werfen konnten, war der Hund ebenfalls am Seeufer angelangt.

„Hier entlang!"

Olunde hatte wieder die Führung übernommen.

Urk übergab ihr den Speer und nahm seinen Bogen und einen Pfeil.

„Mal sehen, ob Pero mich bei der Auswahl des Buschs gut beraten hat", dachte er, als er das harte Holz des *Iwastrauchs* in seiner Hand spürte.

Ruhig legte er den Pfeil auf und spannte den Bogen.

Die platschenden Schritte der Verfolger kamen näher.

Urk zielte auf den unteren Bereich des dunklen Schattens.

Ein Surren – ein Schrei, der jüngere der beiden brach zusammen und fiel mit einem deutlichen Aufklatschen ins Wasser.

„Ihr Schweine!", brüllte der zweite, hob seinen Spieß und zielte auf Olunde, die jetzt frei vor ihm stand.

Ohne zu zögern kam sie ihm mit Urks Speer zuvor.

Mit einem Röcheln brach er zusammen.

„Mitten ins Herz", meinte Urk, als er sich zu dem Mann hinunterbeugte. „Du hast ihn getötet."

„Glaubst du, er hätte mich geschont?"

Er ahnte ihren hasserfüllten Blick mehr, als er ihn sah.

„Ich kenne ihn. Weißt du, was er mir angetan hat?"

„Nein, aber ich glaube, ich kann es mir denken."

„Und auch dieses Jüngelchen hier hat schon eine Menge auf dem Gewissen. Sie lernen es früh. Soll ich dir erzählen, was er mit jungen Sklavinnen am liebsten macht?"

„Besser nicht", meinte Urk, griff den Wächter im Genick und zog ihn hoch.

Er hatte mit dem Gesicht im Wasser gelegen und sich bei dem Sturz verschluckt. Jetzt begann er zu husten und keuchend nach Luft zu schnappen.

„Bring ihn um, er hat es nicht besser verdient. Wir haben keine Zeit mehr. Hörst du?"

Laute Stimmen näherten sich ihnen.

Der Wächter begann ängstlich zu wimmern, traute sich aber nicht, laut zu rufen.

Da Urk zögerte, ergriff Olunde kurzerhand den Schaft des Speers und schlug ihn dem jungen Mann über den Kopf.

Er sackte erneut zusammen.

Urk ließ ihn auf ein Schilfbündel gleiten, sodass sein Gesicht über dem Wasser lag. Er atmete noch, war aber ohnmächtig.

Als Urk ihm den Pfeil aus dem Schenkel riss, zuckte er kurz auf, erwachte aber nicht.

„Lass ihn liegen, wir müssen fort!“

Die Stimmen wurden lauter. Die Krieger hatten sich verteilt und suchten nach der Ursache des Lärms, den sie gehört hatten.

„Zu Quists Hof“, zischte Urk.

„Auf keinen Fall! Das ist der erste Platz, an dem sie suchen werden. Du kennst Quists Ruf als Sklavenfreund.“

„Wohin dann? Schließlich liegt der Hof in unserer Richtung.“

„Folge mir.“

Urk blieb nichts übrig als ihr nachzueilen. Für lange Beratungen fehlte ihnen die Zeit.

Olunde rannte zurück am Ufer entlang, vorbei an der Stelle, wo der Pfad zur Insel begann. Kurz danach lief sie eine längere Strecke parallel zum Ufer durch das flache Wasser.

„Wegen der Hunde!“, stieß sie kurz hervor.

An einer kleinen Bucht, die als Tränke für Rinder genutzt wurde, betrat sie wieder das Land und kämpfte sich durch den Matsch.

„Zwischen den Abdrücken der Rinder und Hirten können sie unsere Spuren kaum ausmachen“, erklärte sie hastig ihrem Gefährten.

Sie blieben auf dem durch die Tiere gebahnten schlammigen Pfad, der ein Stück am Wasser entlang Richtung *Flass* verlief.

Als sie die Morgenseite des Teichs erreicht hatten, bogen sie nach rechts ab, auf ein Gelände zu, das leicht anstieg und locker von kleinen Bäumen und Büschen bewachsen war.

Je höher sie kamen, desto trockener wurde der Boden. Schließlich liefen sie auf fester Grasnarbe, was ihr Vorankommen erheblich beschleunigte.

Endlich blieb Olunde stehen.

Keuchend lehnte sie sich an einen Baumstamm und versuchte zu Atem zu kommen. Auch Urk schnappte nach Luft. Als er wieder reden konnte, fragte er leise:

„Wohin führst du mich? In dieser Richtung liegt weder Tvinhaag noch Burvik, oder willst du direkt nach Fisvik gehen?“

„Nein, Fisvik liegt zwar ungefähr in dieser Richtung, ist aber viel zu weit entfernt. Es führt von hier auch kein Weg dorthin und, das Gelände wird immer unwegsamer. Es gibt aber einen Handelsweg, der von Burvik direkt auf den Pfad zwischen *Flass* und Tvinhaag führt. Die Ackerländer benutzen ihn, wenn sie ihre Waren nach Tvinhaag transportieren. Wenn wir in etwa die Richtung einhalten, müssten wir auf diesen Weg stoßen und kämen dann aus einer anderen Richtung ins Ackerland.“

„Hmm, ja, das hätte auch den Vorteil, dass wir in Burvik nicht so leicht für entlaufene Sklaven gehalten werden“, brummte Urk.

„Eben, und außerdem werden die Wachen zunächst einmal nur die Straßen absuchen, die aus *Flass* hinausführen.“

Langsam setzten sie ihren Weg fort.

Der Bewuchs wurde allmählich dichter, sodass es in der Dunkelheit immer schwieriger wurde, voranzukommen. Schließlich entschlossen sie sich, bis zum Tagesanbruch zu rasten.

Sie suchten sich eine Stelle, an der das Gras hoch und dicht wuchs und streckten sich dort aus. Dabei achtete Urk trotz der kühlen Nacht darauf, der Frau neben sich nicht zu nahe zu kommen. Er hatte ihren Schreck bei seiner Berührung noch zu gut in Erinnerung. Risi löste das Problem schließlich dadurch, dass sie sich bäuchlings zwischen die beiden Menschen schob, sodass beide einen warmen Hundekörper im Rücken hatten.

Eine Bewegung neben sich schreckte Urk aus dem Schlaf.

Es war Olunde, die Ausschau hielt, ob ihnen jemand gefolgt war.

Offenbar gab es keinen Grund zur Beunruhigung, denn sie lächelte ihn freundlich an.

„Guten Morgen, mein Retter“, begrüßte sie ihn. „Die Sonne kommt schon hinter dem Horizont hervor.“

„Guten Morgen! Du willst mich aber nicht immer so ansprechen?“

„Nein“, lachte sie, „nur jetzt, weil mir eben klar geworden ist, dass ich wieder ein freier Mensch bin. Und das verdanke ich schließlich dir.“

„Ohne dich wäre uns die Flucht aber nicht gelungen.“

„Wenn du einfach weggeschaut hättest, hättest du gar nicht fliehen müssen.“

„Gut, gut. Darüber müssen wir jetzt nicht streiten. Es ist gut so, wie es gekommen ist.“

Olunde nickte erfreut, sagte aber nichts.

„Weißt du was?“, brach Urk das Schweigen. „Wir sollten jetzt erst einmal etwas essen.“

„Oh ja, ich habe einen riesigen Hunger.“

„Für jetzt wird es noch reichen“, meinte Urk, als er seinen Vorratsbeutel durchstöberte, „aber für den Abend müssen wir uns unterwegs etwas besorgen.“

„Das wird schon gelingen. Unterwegs findet sich bestimmt ein jagdbares Wild, das wir zubereiten können. Wir sind weit genug von *Flass* entfernt, sodass wir ein Feuer anmachen können.“

Der Rest von Guumas Reiseproviant reichte gerade für die drei. So wurden sie alle satt und mussten den Inhalt des Beutels nicht mehr tragen.

Bei Licht war der Weg bei Weitem nicht so beschwerlich wie nachts. Die Bäume und Büsche ließen hinreichend Platz, um bequem auszuschreiten. Der Himmel war zwar bewölkt, doch ließ sich der Stand der Sonne gut erkennen. So hielten sie in etwa die Richtung zwischen Morgen- und Mittagsseite.

Meist gingen sie nebeneinander, während Risi vorauslief.

„Du hast mir noch gar nichts darüber gesagt, wie du in die Sklaverei geraten bist. Eine geborene Unfreie bist du schließlich nicht.“

„Woher willst du das wissen?“

„Du sprichst eine andere Mundart als die Menschen in *Flass*, eine Mundart, die ich noch nie gehört habe. Woher stammst du?“

„Willst du das tatsächlich wissen?“

„Natürlich! Warum sollte ich dich sonst fragen?“

Urk sah sie erstaunt an.

„Nun“, lächelte sie ihm zu, „weil es sehr lange her ist, dass jemand nach meinem Schicksal gefragt hat.“

Da Urk nichts erwiderte und sie nur aufmerksam betrachtete, setzte sie ihre Rede fort:

„Als Sklavin ist für die Freien einzig dein Wert von Bedeutung, sei es dein Aussehen oder deine Arbeitskraft. Du selbst zählst nicht. Es gibt also auch niemanden, der nach dir fragt, nach deinen Wünschen, Erfahrungen und dergleichen. Im Laufe der Zeit kannst du dir nicht mehr vorstellen, dass jemand an dir als Mensch interessiert ist.“

„Erzähl mir von dir“, sagte Urk sanft.

Olunde atmete schwer auf, warf noch einen misstrauischen Seitenblick auf ihren Begleiter und gewahrte sein aufmunterndes Nicken.

„Geboren bin ich in einer Fischerhütte am Rande von Fisvik. Ich bin mit dem Meer großgeworden. Schon früh hat mich mein Vater auf seinem Fischerfloß mitgenommen. Ich lernte die notwendigen Handgriffe, und als ich fast drei Hände voll an Wintern erlebt hatte, fing ich mehr Fische als mein Vater. Er begann, an Gelenkschmerzen zu leiden und konnte sich nur noch schlecht bewegen. So brachte ich meinem kleinen Bruder bei, was ich von meinem Vater gelernt hatte. Er war vier Winter jünger als ich und begriff schnell. Zweimal sind wir allein hinausgefahren. Das erste Mal brachten wir so viel Fisch nach Hause, wie wir vorher noch nie gefangen hatten. Meine Eltern waren glücklich ...“

Olunde schwieg bedrückt.

„Und beim zweiten Mal?“

Sie seufzte, begann dann aber wieder stockend zu erzählen:

„Beim zweiten Mal gerieten wir in einen Sturm. Ich hatte mir zu viel zugetraut. Wir trieben weit ab, das Land war nicht mehr zu sehen und ich hatte völlig die Orientierung verloren.

Ich wusste, dass auf der Nachtseite Duggaland liegen musste. So orientierte ich mich an der Sonne, als der Sturm nachgelassen hatte und hielt starr auf die Nachtseite zu. Heute weiß ich, dass wir weit nach Mittag und gleichzeitig nach Morgen abgetrieben sind. Hätte ich damals geahnt, in welchen Gewässern wir uns befanden ... Ich glaube, ich hätte eher versucht, das sagenhafte *Mittagsland* zu finden.“

Nach einer Pause begann sie erneut:

„Wir gelangten in eine Inselgruppe. Ich hatte keine Ahnung, wo wir uns befanden, aber wir waren heilfroh, wieder Land zu sehen. Als ein großes Floß in unsere Nähe kam, machten wir sie durch Rufen und Winken auf uns aufmerksam. Das hätten wir lieber lassen sollen, vielleicht wären wir ihnen gar nicht aufgefallen."

„Warum?"

„Es waren *Ihselige.* Ein großes Floß voller Krieger. Wir befanden uns mitten in den Ihseli-Klippen."

„Oh", meinte Urk: „Man hört nicht viel Gutes von ihnen."

„Zu recht. Sie haben unser Boot als Beute genommen und mich haben sie gefesselt. Meinen Bruder haben sie zunächst nicht so ernst genommen, er war ja noch ziemlich jung. Als er aber mit einem Fischmesser auf die Männer losgegangen ist ... hat der Anführer der Besatzung ihn einfach erschlagen und über Bord werfen lassen."

Olunde schwieg und biss die Zähne zusammen. Aus ihren Augen rollten ein paar Tränen.

Urk hätte sie gern in den Arm genommen, traute sich aber nicht, weil ihm ihre Berührungsangst noch deutlich in Erinnerung war.

„Und dann?", fragte er stattdessen.

„Dann? Dann haben sie mich zu einer ihrer Siedlungen mitgenommen. Der mächtigste Mann der Siedlung, so eine Art gewählter Häuptling, hat sofort ein Auge auf mich geworfen und mich zu seiner Frau genommen. Ich musste mich ihm hingeben, für ihn bereitstehen, wann immer er wollte. Dafür genoss ich Schutz gegen seine wilden Krieger. So lernte ich die Grundsätze des Sklavendaseins. Nach außen galt ich zwar als eine ziemlich hochgestellte Frau, musste auch nicht schwer arbeiten, war aber meinem Mann auf Gedeih und Verderb ausgeliefert."

„Und wie bist du schließlich nach *Flass* gelangt?"

„Die *Ihseligen* haben einen ständigen Kleinkrieg mit den *Seo-Birahanen.* Sie treiben zwar miteinander Handel, übervorteilen sich aber gleichzeitig, wo sie können.

Nun, eines Tages waren wir auf dem Weg zum Handelsplatz, als uns mehrere Flöße der *Seo-Birahanen* entgegenkamen. Sie waren bereits auf dem Rückweg nach Waderborg, ihrer größten Siedlung. Niemand konnte ihr Tun bemerken, daher überfielen sie unser Floß, nahmen es mit und töteten alle Männer, damit sie nichts mehr erzählen konnten. Sie als Sklaven mitzuschleppen war den *Seo-Birahanen* zur damaligen Zeit wohl zu riskant. Immerhin war der Häuptling einer Siedlung mit auf dem Floß. Da hätten die *Ihseligen* sicher Nachforschungen angestellt, und einige besitzen durchaus noch Freunde und Verwandte in den anderen Siedlungen Duggalands. Es sollte schließlich nicht bekannt werden, was passiert war, weil es sicher sonst einen Krieg gegeben hätte. Dass ein Floß spurlos im Meer verschwindet, kommt immer wieder vor. Kein Hahn würde danach krähen. Es ist ja auch nie herausgekommen."

„Und was ist mit dir geschehen?"

„Mich haben sie nur gefangen genommen und mit nach Waderborg genommen. Von dort bin ich dann nach *Flass* gebracht und auf dem Sklavenmarkt verkauft worden. Das liegt nun schon einige Winter zurück."

„Ja, und jetzt beginnt ..."

„Pssst!", zischte sie plötzlich und zeigte nach vorn. In einer Schneise zwischen den Büschen saß ein Auerhahn. Er begann gerade zu balzen, schüttelte seine Flügel und stieß einen lauten Ruf aus. Er hatte sie noch nicht bemerkt, da er ihnen den Schwanz zudrehte. Die Balz nahm ihn offenbar so in Anspruch, dass er nicht weiter auf seine Umgebung achtete.

„Ah, unser Abendessen", flüsterte Urk grinsend und zog Pfeil und Bogen hervor. Risi begann zu knurren.

„Still!", zischte er sie an, worauf das Knurren sofort verstummte.

Um einen sicheren Schuss abgeben zu können, schlich sich Urk vorsichtig näher an den Vogel heran. Es war noch ein junger Hahn, was man an seiner Größe erkennen konnte. ‚Vermutlich ist es seine erste Balz', ging es Urk in einem Anflug von Mitleid durch den Kopf. Seine Vorfreude auf einen Braten am Abend verdrängte diesen Gedanken aber sofort.

Genau in dem Augenblick, als der Pfeil vom Bogen schnellte, knackte jedoch ein Holz unter Olundes Fuß, und die Beute versuchte aufzufliegen. Der Pfeil erwischte den kreischenden Auerhahn nur in der Seite und das Tier versuchte noch, sich auf einen Baum zu retten. Doch als die Sehne schnurrte, war Risi bereits losgehetzt und schnappte sich den Vogel im Sprung.

Gut abgerichtet, wie sie war, brachte sie die noch zappelnde Beute zu ihrem Herrn.

Der hatte schon sein Messer gezogen und schnitt dem Hahn den Kopf ab.

„Das reicht gut für uns drei!“, meinte er dann zufrieden.

Während Risi sich ohne Zögern über den Kopf hermachte, formte Olunde ihre Hände zu einer Schale, in die Urk den Vogel ausbluten ließ. Als kleine Stärkung gönnten sie sich diese Blutmahlzeit, die sie abwechselnd aus Olundes Händen schlürften. Danach verstaute Urk den Hahn in seinem Vorratsbeutel.

Bis zum Abend gingen sie schweigend nebeneinander und hingen ihren eigenen Gedanken nach.

Als sie schließlich einen vertrockneten Busch fanden, an dem sie ihr Brennholz einfach abbrechen konnten, beschlossen sie zu lagern.

Während Urk ein Feuer machte, kümmerte sich Olunde um den erlegten Hahn. Geschickt rupfte sie das Tier, sie hatte Übung in solchen Tätigkeiten. Risi bekam, bis auf die Leber,

die Innereien, den Hals und die Füße. In wenigen Bissen schlang sie ihren Anteil hinunter.

Danach legte sie sich vor das Feuer.

Als der Hahn auf einem frischen Ast über der Flamme gedreht wurde, fragte Olunde nach Urks Herkunft. Bereitwillig gab er ihr Auskunft und schilderte in allen Einzelheiten, was sich seit seiner Abreise aus Splint zugetragen hatte. Dabei beklagte er sich, dass ihm bisher niemand Glauben geschenkt hätte. Auch von Frij erzählte er und davon, dass er nach Fisvik wolle, um von dort aus zu ihr zu gelangen.

„Das beruhigt mich“, murmelte Olunde.

„Was beruhigt dich?“

„Dass du deine Freundin liebst und sie suchen willst.“

„Wieso? Das verstehe ich nicht.“

Urk blickte sie fragend an.

„Ganz einfach", lächelte sie. „Dann muss ich mir keine Gedanken darum machen, ob du mich nicht irgendwann als dein Eigentum ansehen wirst."

Urk berührte sacht ihre Schulter.

„Keine Angst, selbst wenn wir ein Liebespaar wären, würde ich dich nicht wie mein Eigentum behandeln."

Sie lächelte ihm zu.

Erst jetzt fiel ihm auf, dass sie bei seiner Berührung nicht zurückgezuckt war.

Der nächste Tag war angenehm warm, und sie kamen gut voran. Unterwegs gelang es ihnen, ein paar Taubennester auszunehmen, und Risi scheuchte ein Birkhuhn auf. Da Urk seinen Bogen bereit gehalten hatte und die Tiere nur schwerfällig auffliegen, gelang es ihm, es zu erlegen.

Gut gelaunt setzten sie ihren Weg fort.

„Das sieht aus wie ein Pfad!", rief Urk, als er plötzlich auf festgetretene, nackte Erde stieß.

„Das wird der Weg nach Burvik sein", meinte Olunde erfreut. „Von nun an können wir bequemer gehen. Wir müssen uns nur nach rechts halten und einfach dem Pfad folgen."

Urk betrachtete sorgenvoll den ausgetretenen Boden.

„Was ist? Stimmt etwas nicht?"

„Benutzen die Bauern Pferde, um ihre Ware nach Tvinhaag zu bringen?"

„Es gibt zwei oder drei Männer aus Burvik, die Lastpferde haben und sie den Bauern für ihre Transporte überlassen. Die Pferdeknechte der Bauern ziehen die mit Säcken beladenen Tiere hinter sich her und bringen die Ernte so nach *Flass* und nach Tvinhaag. Wieso fragst du?"

„Weil hier viele Pferde entlanggekommen sind – und ganz genau auf dem Weg."

„Und wenn es Wildpferde waren?"

„Abgesehen davon, dass es in ganz Duggaland kaum noch welche gibt, halten sich Wildpferde doch nicht an vorgegebene Straßen, oder?"

Olunde zuckte mit den Schultern: „Ich glaube nicht. Aber was meinst du mit deinen Andeutungen?“

Urk sah in beiden Richtungen die Straße entlang, bevor er antwortete:

„Es könnten Steppenreiter sein, ich wüsste nicht, wer sonst hier entlang reiten könnte.“

„Aber wir sind weit weg von der Steppe. Meinst du wirklich, sie könnten bis hierher gelangen?“

„Wenn sie wollen, können sie ganz Duggaland überrennen, zumindest, wenn die Siedlungen sie nicht ernst nehmen.“

„So tief in Duggaland?“

„Siehst du, jetzt glaubst du mir auch nicht.“

„Entschuldige, aber es ist wirklich schwer vorstellbar.“

„Das ist ihr Vorteil!“

Urk schritt jetzt suchend den Weg auf und ab und kam nach kurzer Zeit triumphierend mit zwei Krähenfedern zurück.

„Na und?“, meinte Olunde. „Krähen verlieren ab und zu eine Feder.“

Urk wurde wütend und hielt ihr seinen Fund dicht unter die Nase:

„Und befestigen Krähen ihre Federn etwa mit dünnen Bändern?“

Am Kiel der Federn befanden sich noch Reste dünner Fasern, die anscheinend abgerissen waren.

„Solche Federn habe ich als Helmschmuck bei dem Anführer der Steppenreiter an der Munde gesehen.“

Olunde wurde plötzlich unsicher und fragte nach einer Weile:

„Ob sie schon bis Burvik gekommen sind?“

„Ich weiß es nicht, aber wir müssen auf jeden Fall dorthin. Meinst du, die Bauernsiedlung hat die Möglichkeit sich zu verteidigen?“

„Es ist lange her, dass ich da war. Der Ort ist von einer Palisade umgeben. Aber ob die Bauern auch Kämpfer sind, weiß ich nicht. Soweit ich mich erinnere, haben sie nur wenige Krieger, die direkt dem Häuptling unterstellt sind. Nicht so wie in *Flass*, wo der ganze Ort von Wachen wimmelt.“

„Wir sollten uns nicht mitten auf der Straße bewegen, damit wir nicht von hinten überrascht werden können. Sie reiten nämlich verdammt schnell, die Steppenkrieger. Und auf ihren Pferden sitzen sie hoch und sehen uns entsprechend eher."

Sie beschlossen, zunächst ihr Birkhuhn zu braten, da ein Feuer in der Dunkelheit die Reiter anlocken konnte.

Danach begann es bereits zu dämmern, aber sie entschieden sich trotzdem, noch ein Stück weiter zu wandern, um keine Zeit zu verlieren. In der tiefstehenden Sonne waren sie auf dem Weg auch nicht mehr so gut auszumachen, da die Schatten der Büsche lang auf die Straße fielen.

Risi drehte sich plötzlich um und begann leise zu jaulen.

Mit einem Blick über die Schulter gewahrte Urk den dunklen Fleck auf der Straße, der sich ihnen aus Richtung Tvinhaag näherte. Dann meinte er auch schon ein leises Trappeln zu vernehmen.

Mit einem Satz riss er Olunde an sich und zerrte sie hastig zwischen die Büsche. Bevor sie aufschreien konnte, zischte er ein kurzes „Still!", was gleichzeitig auch Risi veranlasste, ihnen ohne einen Laut ins Gebüsch zu folgen. Geduckt verharrten sie unter den Zweigen und hörten das klappernde Geräusch lauter werden.

Dann rauschte ein Trupp von etwa zehn Männern im Galopp auf dem Weg an ihnen vorbei. Eine Staubwolke schwebte noch eine Weile über dem Weg, das Hufgeräusch wurde leiser, dann war es wieder still.

„W...Was war das?", stammelte Olunde verwirrt.

„Habe ich dir zu viel versprochen?", knurrte Urk und wusste nicht so recht, ob er über die Bestätigung seiner Bedenken froh oder traurig sein sollte.

„Ich habe so etwas noch nie gesehen. Wie kann man so schnell auf einem Pferd reiten, ohne herunterzufallen?"

„Keine Ahnung, ich habe es noch nie ausprobiert. Aber weil es sich niemand vorstellen kann, will es auch keiner wahrhaben. Genau wie du selbst vorhin. Kannst du dir nun ausmalen, was für eine Gefahr von ihnen ausgeht?"

„Nur zu gut. Ich zittere ja jetzt noch vor Schreck. Was meinst du, sollten wir lieber nachts gehen? Den Weg würden wir schon sehen, es ist ja fast sternklar."

„Nein, ich glaube nicht. Wir müssen nur vorsichtig sein, aber durch Risi werden wir frühzeitig gewarnt ... wie wir es zu unserem Glück eben erleben konnten." Er tätschelte bei diesen Worten den Kopf des Hundes, was der mit einem schwachen, zufriedenen Jaulen quittierte.

„Es wäre gut zu wissen, wo die Steppenkrieger lagern, denn ihre Spuren sehen wir in der Nacht nicht mehr, wenn sie überhaupt irgendwo lagern und nicht längst in Burvik sind", setzte er mit dumpfer Stimme hinzu.

Olunde nickte, und sie entschieden, an diesem Abend nicht mehr weiter zu gehen.

Am folgenden Tag mussten sie noch zweimal in die Büsche fliehen, um sich vor einer Horde Reiter zu verstecken. Sie schienen in festen Gruppen unterwegs zu sein, da es sich beide Male um Trupps von zehn Männern handelte.

„Ich glaube, sie haben eine genauso strenge Ordnung wie die Wächter in *Flass*", meinte Olunde, „und das macht mir Angst. Es ist kein wilder Haufen, der ohne Plan losreitet."

„Aber man kann es nur glauben, wenn man es gesehen hat."

Als sie die nähere Umgebung von Burvik erreicht hatten, bogen die bis dahin gut sichtbaren Pferdespuren nach links ab. Sie zogen sich durch ein Stück Grasland und verschwanden dann, gerade noch in Sichtweite, in einer Baumgruppe.

„Schnell, ins Gebüsch!", rief Urk. „Sie könnten am Waldrand Wachen aufgestellt haben!"

Sie huschten zwischen die Büsche und kauerten sich hinter einen dichtbelaubten Haselstrauch. Von hier hatten sie durch eine Lücke freien Blick auf das Wäldchen. Urk meinte, über den Bäumen leichte Rauchschwaden wie von einem Lagerfeuer wahrzunehmen, und wies Olunde darauf hin. Sie nickte bestätigend, wurde plötzlich aschfahl und zeigte in Richtung auf das Wäldchen.

Zwei Reiter lösten sich aus den Baumschatten und hielten in leichtem Trab auf sie zu.

Urk beruhigte Risi, gab Olunde den Speer und nahm selbst Pfeil und Bogen zur Hand.

„Aber nur, wenn es unbedingt nötig ist!“, schärfte er ihr ein. „Wir wollen sie nicht ohne Not auf uns aufmerksam machen.“

Offenbar trugen jetzt alle Steppenkrieger dunkle Lederhelme, diese hier aber besaßen keinen Federschmuck. Wahrscheinlich handelte es sich um untergeordnete Krieger.

Als sie näher kamen, konnte man ihre Stimmen mit dem eigenartigen Klang des Steppenvolks hören:

„Was will der Wächter gesehen haben? Einen Hund?“

„Keine Ahnung. Er ist eben übervorsichtig. Wahrscheinlich hat er nur einen Fuchs gesehen.“

„Vielleicht gibt es in dieser Gegend auch noch Wölfe. Zwischen den Siedlungen ist ja jede Menge freies Land.“

„Mag sein. Wir haben jedenfalls unsere Schuldigkeit getan und uns umgeschaut.“

„Genau. Lass uns umkehren, sonst beginnen sie die besten Stücke von dem gestrauchelten Pferd an die anderen zu verteilen.“

„Wo du recht hast, hast du recht. Ich habe schon ziemlichen Hunger.“

Damit wendeten sie ihre Pferde und preschten davon.

„Puh“, meinte Olunde und wischte sich über die Stirn. „Die waren aber verdammt nah.“

„Kann man wohl sagen. Bloß gut, dass sie so hungrig waren.“

„Und außerdem futterneidisch, sonst hätten sie sich sicher noch etwas länger umgeschaut.“

„Immerhin haben sie uns wertvolle Neuigkeiten mitgeteilt.“

„Was meinst du?“

„Sie haben ein ganzes Pferd zubereitet!“

„Ja und?“

„Und haben trotzdem Angst, dass sie kein ordentliches Stück mehr abbekommen?“

„Du hast recht, es müssen ziemlich viele dort lagern.“

„Genug, um Burvik zu überfallen?“

„Vielleicht, Burvik ist nicht sehr groß. *Flass* hat mehr Einwohner – die Sklaven mitgerechnet.“

„Gibt es auch in Burvik Sklaven?“

„Soviel ich weiß, nicht. Allerdings befreien sie auch keine Sklaven, die von anderen Orten mitgebracht werden. Sie wollen es sich mit den *Seo-Birahanen,* die über Fisvik kommen, nicht verderben, und natürlich soll der Handel mit *Flass* nicht gestört werden. So lässt jeder den anderen machen, was er will. Alle profitieren, auf Kosten der Unfreien."

Olundes Nachsatz klang bitter. Urk nickte nur stumm mit dem Kopf.

Schließlich erhoben sie sich und bewegten sich vorsichtig zwischen den Büschen weiter auf ihr Ziel zu. Als sie außer Sichtweise des Lagers waren, trauten sie sich wieder auf der Straße zu gehen.

Die Hufspuren waren fast verschwunden. Bei den wenigen Resten konnte man nicht mehr unterscheiden, ob es sich um alte Abdrücke von Lastpferden oder Hinweise auf einzelne Späher handelte, die die Umgebung von Burvik ausgekundschaftet hatten.

„Was sind das für saftige Wiesen?", fragte Urk unvermittelt, als er die langen, sattgrünen Streifen rechts und links des Wegs entdeckt hatte.

„Haha, das sind keine Wiesen, das sind die Äcker, auf denen die Pflanzen für das berühmte Burviker *Grasbrot* gezogen werden."

Urk blickte erstaunt auf.

„Ich hatte mir die Pflanzen viel größer und massiger vorgestellt, wo man doch große Brote daraus macht."

„Jetzt sind sie auch noch jung. Wenn sie reif sind, gehen sie dir etwa bis zur Brust. Es ist schon eine Art Gras, aber die Körner sind erheblich dicker als die der wilden Gräser. Und vor allem", fügte sie hinzu, „bleiben die Samen oben in der Ähre sitzen, bis sie ausgetrocknet sind. Verstehst du, sie fallen nicht herunter. Der Bauer kann also die Pflanzen schneiden, in Bündel binden und die Körner mitsamt dem trockenen Stroh in seinen Hof bringen. Dort muss er sie nur noch mit kräftigen Stöcken dreschen und kann dann das Stroh vom Samen trennen. Beides ist nützlich, wie du in Burvik sehen wirst. Das Stroh nutzt man zum Bauen und aus den Körnen wird das feine helle Mehl gewonnen."

Je näher sie dem Ort kamen, desto breiter und größer wurden die Äcker, bis sie schließlich den Ort Burvik wie ein grüner Teppich umgaben. Hin und wieder hatten sie auf dem Weg kleine Hütten gesehen. Sie waren strohgedeckt, ähnlich wie die Rieddächer, die man in *Flass* sehen konnte. Von den hölzernen Eckpfosten und wenigen Querhölzern abgesehen, bestanden auch ihre Wände aus Stroh, das mit Lehm zu einer festen Masse gestampft war.

„Interessante Bauweise!“, bemerkte Urk und zeigte auf die Hütten.

„Und wunderbar warm im Winter“, erklärte Olunde. „In diesen Hütten können sich die Landarbeiter gut aufwärmen, oder sie kühlen nach der harten Feldarbeit nicht so leicht aus, wenn sie im Herbst beim Aufbrechen des Bodens eine Pause machen. Das Stroh hat nur einen Nachteil ...“

„Welchen?“

„Es brennt leicht.“

Inmitten der grünen Felder erhob sich die Palisade von Burvik. Sie wirkte von weitem recht stabil, was Urk zunächst einmal beruhigte. Als sie aber näher kamen, stellten sie fest, dass einige der Stämme bereits stark unter Fäulnis litten, besonders dort, wo sie im Erdboden steckten. Immerhin besaß sie kräftige Ecktürme und einen doppelten Torturm mit einem geschützten Verbindungsgang. Aus der Ortsmitte ragte ein schlanker, mehrstöckiger, alles überragender Turm, der an ein überdimensionales Gerüst aus langen Baumstämmen erinnerte. In der Mitte zog sich von Absatz zu Absatz eine einfache Leiter bis zur Spitze. Die offene Balkenkonstruktion war gekrönt von einer bedachten und mit Stroh gedeckten Aussichtsplattform.

„Was ist das für ein Turm dort in der Mitte?“, wunderte sich Urk. „Zur Verteidigung dient er doch sicher nicht.“

„Ich habe gehört, dass die Bewohner ihn Wetterturm nennen, aber was es damit auf sich hat, weiß ich nicht.“

„Er scheint so etwas wie ein Aussichtsturm zu sein, man sieht mehrere Menschen, die in die verschiedenen Himmelsrichtungen schauen.“

Am Tor empfing sie ein Wächter mit Lanze. Auf dem Kopf trug er einen Helm aus Stroh, in vielen Lagen geflochten, sodass er wie eine stabile Halbkugel den Schädel des Trägers bedeckte. Dieser Helm konnte sicher einen kräftigen Schlag mit einem Steinbeil abwehren. Über die Brust und den Rücken hinunter hing eine Schutzplatte, die im Grundgerüst aus Weidenflechtwerk bestand, aber ebenfalls mit Stroh unterfüttert war. ‚Ein guter Schutz gegen einen Pfeil oder sogar gegen einen Speer', dachte Urk. ‚Was aber, wenn Feuer im Spiel ist?'

„Wer seid ihr, und was führt euch nach Burvik?", bellte der Wächter.

Sie nannten brav ihre Namen und sagten, dass sie geradewegs aus Tvinhaag kämen. Olunde erwähnte noch beiläufig, dass sie froh wären, endlich in der sicheren Stadt zu sein, denn unterwegs hätten sie sich mehrfach verstecken müssen. Der Wächter war sofort alarmiert:

„Ihr habt sie gesehen? Habt ihr etwas zu berichten?"

Er bellte sie nicht mehr an, stattdessen war seine Stimme von heller Aufregung geprägt.

„Wen sollen wir gesehen haben?", fragte Urk absichtlich etwas dümmlich.

„Na, die Reiterkrieger! Ihr habt doch selbst eben damit angefangen."

Jetzt klang seine Stimme keifend.

„Wir wussten doch nicht, dass wir von den gleichen Männern sprechen", erwiderte Olunde mit besänftigender Stimme.

„Und wisst ihr etwas Genaueres über sie?"

Das Keifen hatte wieder einem nervösen Ton Platz gemacht. Offenbar hatte man im Ort die Bedrohung erkannt, konnte sie aber nicht einschätzen.

„Wir wissen eine ganze Menge über sie", erwiderte Urk nun beschwichtigend. „Ich habe sogar einige sehr gefährliche Erfahrungen mit ihnen gemacht. Aber, ohne Euch nahe treten zu wollen, wäre es nicht günstiger, wir würden direkt dem Häuptling Bericht erstatten als Euch. Sonst müssten wir uns wahrscheinlich mehrfach wiederholen."

„Da magst du recht haben, aber könntet ihr mir nicht kurz erläutern, wie gefährlich sie sind? Es ist so dumm, hier Wache zu halten, für alles verantwortlich zu sein und gleichzeitig nicht zu wissen, woher der Wind weht."

Die Stimme hatte nun einen bittenden Unterton angenommen.

„Da habt Ihr wohl recht. Ihr seid wirklich in einer unangenehmen Situation hier am Tor. Nun, darum ganz kurz: Es handelt sich um eine neue Generation von Steppenkriegern, von der eine tödliche Bedrohung für die festen Siedlungen Duggalands ausgeht. Glaubt mir, wenn sie können, werden sie diese Stadt in Schutt und Asche legen."

„Oh, sind sie wirklich so gefährlich?"

„Wirklich!"

„Nun, da müssen sicher schleunigst Maßnahmen ergriffen werden", tönte der Wächter nun wieder mit aufgeregter Stimme. „Ich lasse euch direkt zum Häuptling geleiten."

Nachdem er zwei weitere Männer aus dem Torturm herbeigepfiffen hatte, die die Ankömmlinge zur Burg geleiten sollten, fügte er noch hinzu: „Und danke für eure Mitteilungen. Es ist immer gut zu wissen", dabei deutete er mit dem Zeigefinger auf seine Nasenspitze, „woher der Wind weht."

Urk reagierte etwas irritiert auf diesen erneuten Ausspruch, was man wohl seinem Gesicht ansah, denn einer ihrer Begleiter klärte ihn amüsiert auf: „Das ist bei uns ein gängiger Ausdruck. Ihr müsst wissen, dass der Wind bei uns Ackerbauern von großer Wichtigkeit ist. Er sagt uns viel über das bevorstehende Wetter. Es hat zum Beispiel keinen Sinn, das Stroh nass in die Scheunen zu bringen. Die Götter der Felder haben es streng verboten. Tut man es dennoch, bestrafen sie den ungehorsamen Bauern mit dem *Zauberfeuer*. Das Stroh lodert dann plötzlich und unerwartet in der Scheune auf, ohne dass jemand Hand angelegt hätte."

„Habt ihr deswegen diesen riesigen Wetterturm gebaut?", schaltete sich nun Olunde in das Gespräch ein, als sie Urks ungläubigen Gesichtsausdruck gewahrte.

„Ja, selbst wenn es hier unten völlig still erscheint, geht dort oben noch ein Lüftchen, und man kann die Windrichtung feststellen. Und unser *Schamane* meint, dass solch ein Bauwerk die Götter gnädig stimmen könnte. Wir führen auch Opferungen auf der Plattform durch."

„Was opfert ihr denn?", hakte Olunde alarmiert angesichts ihrer Erfahrungen in *Flass* nach.

„Grassamen, was sonst?", wunderte sich der Wächter.

Urk und Olunde atmeten spürbar auf.

Während dieses Gesprächs waren sie langsam auf die Häuptlingsburg zugegangen. Urk fiel auf, dass nur vier große Gebäude den Weg dorthin säumten, zwei auf jeder Seite. Sie waren alle als offenes Rechteck angelegt, sodass man freien Blick in die Höfe hatte. Parallel zur Straße lag immer das lange Haupthaus, während die Seitenflügel als Wirtschaftsgebäude dienten. Die Gebäude reichten in der Größe nicht an die Höfe in *Flass* heran, waren aber dennoch in ihrem Gesamteindruck sehr imposant. Ihre dicken Stroh-Lehm-Wände wirkten stabiler, als sie vom Material her waren. Die prallen Strohdächer vermittelten ein Gefühl von Sicherheit, das sie aber nur in friedlichen Zeiten bieten konnten. Die zur Stabilität notwendigen hölzernen Eckbalken sowie die Tür- und Fensterrahmen lockerten den massigen Gesamteindruck etwas auf. Für Urk strahlten diese Häuser sowohl das Gefühl behaglicher Wärme als auch die Gefahr einer Feuersbrunst aus.

Der Wächter hatte bemerkt, dass Urk interessiert die Höfe betrachtete.

„Hier seht ihr vier der großen Bauernhöfe Burviks“, begann er mit dem Stolz des Eingeborenen zu erklären. „Insgesamt gibt es elf davon. Sie gruppieren sich allesamt um die Häuptlingsburg. Die Bauern dieser Höfe bilden den Rat unseres Ortes, der neben dem *Schamanen* dem Häuptling in den wichtigen Entscheidungen zur Seite steht.“

„Und die langgestreckten Gebäude, die man auf der linken Seite hinter den Höfen erkennen kann?“, fragte Olunde.

„Das sind Scheunen zur Lagerung der Körner für das *Grasbrot* und für Stroh. Davon gibt es ebenfalls elf, je eine für jeden Bauern. Allerdings muss jeder Bauer einen kleinen Bereich seiner Scheune für den Anteil des Häuptlings freihalten.“

Urk stellte fest, dass die Scheunen sich wohl im Grundriss, jedoch nicht in der Bauweise von den Höfen unterschieden.

„Gibt es denn nur Großbauern in Burvik?“, wunderte sich Olunde.

„Natürlich nicht. Es muss ja auch Leute geben, die die Äcker bestellen. Dafür sind die Feldarbeiter zuständig. Sie arbeiten nach Bedarf und werden dafür von den Großbauern entlohnt.“

„Als Tagelöhner?“

Urk dachte sofort an *Flass* und seinen dortigen Kontakt mit diesen Menschen.

„Hin und wieder, in Zeiten, in denen nicht ständig Arbeit anfällt. Meist werden die Feldarbeiter aber für eine ganze Erntezeit angestellt oder arbeiten dauerhaft für einen Bauern.“

Fast hätte Urk gemurmelt: „Die Zustände scheinen immerhin etwas besser zu sein als in *Flass*“, konnte es sich aber gerade noch verkneifen. Schließlich wollten sie nicht als Flüchtlinge aus der Stadt der Seile gelten. Stattdessen fragte er:

„Und wo wohnen diese Menschen?“

„Wenn ihr rechts zwischen den Höfen durchschaut, erkennt Ihr dahinter die Reihen kleinerer Hütten. In denen leben die Familien der Landarbeiter. Und natürlich Leute wie ich, also die Stadtwache, außerdem noch drei Werkzeugmacher, drei Pferdeführer und die Musikanten.“

‚Der Unterschied in den Behausungen ist auch hier beträchtlich!’, dachte Urk. ‚Aber das ist in Tvinhaag und Splint auch nicht anders.’

Aber eine andere Frage lag ihm noch auf dem Herzen:

„Wie viele Männer dienen denn in der Stadtwache? Ihr seid doch sicher eine bedeutungsvolle Gruppe.“

„Bedeutungsvoll schon, aber nicht sehr zahlreich. Es gibt nur vier Hände voll Männer, und dazu natürlich den Häuptling als Anführer. Aber wir halten die Ordnung in der Stadt aufrecht.“

„Das glaube ich gern!“, bestätigte Urk und dachte bei sich: ‚Kein Wunder in diesem verschlafenen Nest.’

Tatsächlich war auffallend, dass sich nur wenig Menschen in den Gassen des Ortes bewegten, nicht zu vergleichen mit dem Trubel in *Flass*. Selbst Holderhaag war gegen diese Siedlung ein brodelnder Kessel gewesen.

Die Burg, vor der sie jetzt standen, machte jedoch trotz der friedlichen Stimmung einen wehrhaften und trutzigen Eindruck. Die Palisaden waren glatt aneinandergefügt, fast drei Mann hoch und schlank. Urk fiel sofort auf, dass hier keine Bäume aus Splint verarbeitet worden waren. Es wäre auch, wegen des langen Landweges, schwierig gewesen, die Stämme hierher zu transportieren. Anscheinend ließ sich dieses Holz sehr gut bearbeiten, denn man hatte jeden Astvorsprung und jede Beule mit Äxten geglättet.

„Was sind das für Bäume, die für die Burg verwendet wurden? Bei uns nehmen wir anderes Holz.“

„Wir nennen sie *Wiechholzboum.* Es gibt in der Nähe feuchte Niederungen, wo sie in kleinen Wäldchen wachsen. Sie wachsen sehr schnell, leider faulen sie auch leicht, schneller als andere Baumstämme. Deshalb müssen sie auch von Zeit zu Zeit ausgewechselt werden. Dafür sind sie aber im trockenen Zustand weich und leicht. Man kann sie gut spalten und hacken. Eigentlich wäre eine Erneuerung der Burg seit einigen Wintern fällig gewesen, aber man hatte keinen besonderen Bedarf.“

Urk runzelte sorgenvoll die Stirn. Ihm fielen nun, wie schon an der Außenbefestigung der Siedlung, die morschen Stümpfe auf. Nur vier Hände voll Krieger in diesem friedlichen Ort, wahrscheinlich völlig ungeübt in ihrem Handwerk. Dazu eine marode Burganlage aus weichem und faulem Holz – und vor den Toren die Steppenreiter.

Die Stämme der Burgumfriedung waren mit einem tiefen Graben umgeben, der völlig durchwuchert war von Brombeerranken. Hier kommt so leicht keiner durch. ‚Immerhin ein gewisser Schutz', dachte Urk.

Sie überschritten jetzt eine schmale Holzbrücke, die aber aus festeren Hölzern bestand und direkt in den Toreingang mündete.

Ein gelangweilter Krieger bewachte das aus runden Balken gefertigte Flügeltor, das weit aufstand. Der Wärter besetzte diesen Platz wohl eher aus Formgründen denn aus Notwendigkeit. Mit einer Armbewegung ließ er sie ohne ein Wort passieren.

„Wieder Stroh!“

Urk wies mit einem Handzeichen auf das breite Dach des Häuptlingssitzes vor ihnen. Das Gebäude erinnerte in seinem Aufbau an die Bauernhöfe im Ort, besaß aber ein deutlich höher aufragendes Haupthaus und füllte fast den gesamten Innenraum der Burg aus.

„Was wundert dich daran?“, fragte die ehemalige Sklavin.

„Auch die Burg brennt gut!“

Sowohl der sie begleitende Wächter als auch Olunde blickten ihn erschrocken an, erwiderten aber nichts.

Sie betraten nun den Innenhof des Gebäudes, dessen Rückwand sich dicht an die Burgpalisade schmiegte und nur einen schmalen Durchlass frei ließ.

Urk registrierte diese Bauweise mit einem tiefen Seufzer, sagte diesmal aber nichts.

Der Einlass in den Häuptlingssitz war genauso einfach wie der in die Burg. Durch eine große Diele gelangten sie in einen saalähnlichen, schmucklosen Raum, der in der Mitte einen großen Tisch aus Bohlen aufwies. An den Langseiten des Tisches befanden sich strohgepolsterte Holzbänke und auf der Schmalseite ein kunstvoll aus Weidenruten geflochtener Sessel mit einer dicken Sitzauflage, die ebenfalls aus Stroh bestand.

In dem Sessel saß ein kleiner, dicker Mann mit fast vollständiger Glatze. Ein Rest von Haaren hing grau und flusig von seinem Hinterkopf herab. Da sie nicht geschnitten waren, wirkten sie in ihrem schütteren Zustand wie von Motten zerfressen. Etwas aufgebessert wurde der Anblick durch den geflochtenen Ährenkranz, der sein Haupt schmückte.

‚Der Häuptling und Führer der mutigen Krieger von Burvik!', hatten Olunde und Urk den gleichen beängstigenden Gedanken und sahen sich bedeutungsvoll an.

Die elf Männer, die auf den Bänken saßen, waren alle größer als ihr Oberhaupt und überrundeten ihn meist auch noch an Leibesfülle. Sie waren, wie der Häuptling, in braungraue Bauernkittel gekleidet, die allesamt auf der Vorderseite mit Flecken übersät waren.

Woher die Flecken stammten, war unschwer zu erkennen, denn die Versammlung beschäftigte sich gerade damit, einen Riesenberg an Nahrungsmitteln zu vertilgen: Bratfleisch und ausgelassenes Fett, dazu Fladen von feinstem *Grasbrot* und Trockenfrüchte. Damit es besser rutschte, spülten sie kräftig aus einem bauchigen Tonkrug nach. Den Raum erfüllte ein kräftiger Geruch von *Grastrunk*.

„Hier sind Fremde!“, erklärte der Wächter ohne Umschweife. „Sie behaupten, etwas über die Reiter in der Umgebung zu wissen.“

Ruckartig blickten zwölf runde, gerötete Gesichter die Eintretenden an.

„Ah, das ist gut, sehr gut sogar!“, tönte der Häuptling und sprang auf, sodass seine kleine Statur noch stärker auffiel. „Setzt euch, setzt euch! Mögt ihr etwas mitessen? Natürlich, natürlich, welch dumme Frage von mir! Setzt euch, esst, trinkt, soviel ihr mögt, und vor allem: Erzählt! Bei diesen Worten reckte er seinen Zeigefinger hoch in die Luft: „Denn es ist immer gut zu wissen, woher der Wind weht!“

Vom breiten Grinsen ihres Oberhaupts begleitet rückten die Großbauern von Burvik auf den Bänken zusammen, sodass Olunde und Urk sich gegenüber setzen konnten.

„Habt ihr Messer zum Schneiden?“, setzte der Häuptling seine hektische Ansprache fort. „Ah ja, ich sehe schon, echte Schratware, die Klingen!“

Olunde und Urk hatten ihre Eisenmesser hervorgeholt und legten sie auf den Tisch. „Da weiß ich auch schon wieder, woher der Wind weht!“ Erneut bohrte sich der Finger in den Himmel, um dann einen Kreis über die Männer an der Tafel zu ziehen. „Es sind feine Leute heute bei uns am Tisch, also benehmt euch, Männer von Burvik. Ich möchte nicht, dass später in ganz Duggaland erzählt wird, das Bauernpack hätte keine Tischsitten!“

Auf einen Wink hin brachte der Wächter den Neuankömmlingen Becher und schenkte ihnen ein. Die Nahrung wurde mit der Hand ergriffen und dann mit dem Messer der gewünschte Bissen abgetrennt. Das Tierfett schmierte man sich mit den Fingern aufs Brot, so dick, dass es den meisten beim Essen wieder aus den Mundwinkeln tropfte.

Der Krieger verließ ohne Aufforderung den Raum, und sofort setzte wieder Stille ein, vom Schmatzen und den Kaugeräuschen der Anwesenden abgesehen.

Auch der Hund, an dem sich keiner der Anwesenden gestört hatte, profitierte erheblich von dem Gelage. Binnen kurzem lag er vor einem kleinen Berg von Knochen, die nur teilweise abgenagt waren.

Die Botschaft der Fremden schien den Rat zunächst einmal nicht weiter zu interessieren, trotz der vorhergehenden Aufforderung zu berichten.

Den neuen Gästen der Tafel war es durchaus recht, denn sie brachten einen gesegneten Appetit mit, und die Nahrung auf dem Tisch erwies sich als erheblich schmackhafter als ihre kargen Mahlzeiten auf der Reise. Vor allem zeigten sich die Speisen gut gesalzen, was den Genuss des vorzüglichen *Grastrunks* erhöhte.

Erst als alle am Tisch gesättigt waren, nahm der Häuptling wieder die Rede auf und forderte seine Gäste auf, von den Reitern zu berichten.

Als Urk nach wenigen Sätzen das Wort Gefahr benutzte, wurde der Häuptling wieder unruhig:

„Bevor ihr weiterredet, sollten wir noch den *Schamanen* herbeiholen. Er ist einer der Klügsten unter uns und sollte auch eingeweiht werden, woher", wieder schnellte der Zeigefinger hoch, „diesmal der Wind weht. Außerdem wäre er zutiefst beleidigt, wenn er nicht beteiligt würde. Aber bevor wir ihn rufen, sollten wir die Reste des Mahls entfernen. Er hält nicht viel von den Wonnen des Lebens." Bei diesem Satz zwinkerte er seinen Gästen vertraulich zu.

So ließ man die Reste abtragen, einschließlich der Knochen, was Risi mit einem traurigen Jaulen quittierte. Dann wurde das Gefäß mit *Grastrunk* durch eines mit Wasser ersetzt, und der *Schamane* konnte gerufen werden.

Er ließ nicht lange auf sich warten. Gemessen an der kurzen Zeit, die er benötigte, musste er von panischer Angst getrieben sein, etwas zu verpassen. Sein Erscheinen dagegen war bedächtig und grandios:

„Wer ersehnt meinen Rat?"

Mit diesem schnarrend gebrüllten Satz auf den Lippen war er in den Raum getreten, ohne sich vorher bemerkbar zu machen.

Die Bauern schienen an derartige Auftritte bereits gewöhnt zu sein, denn sie reagierten in keiner Weise. Ihre Gäste waren hingegen vor Schreck zusammengezuckt.

Bei seinem Eintritt hatte der *Schamane* mit ausladender Geste seinen Umhang vorn auseinandergerissen. Diese Wolldecke, mit der man größenmäßig ein Pferd hätte bedecken können, war außen von unscheinbarem Graubraun, innen jedoch über und über verziert. Ein Sammelsurium aus trockenen Ähren, bunten Vogelfedern, Knochen, getrockneten Früchten und nicht näher zu identifizierenden Gegenständen bedeckte die Fläche des riesigen Überwurfs. Durch den ausgebreiteten Umhang war die Dielentür hinter der Gestalt nicht mehr zu erkennen.

Olunde erinnerte seine Gestalt an einen Schmetterling, denn der Körper des Mannes war spindeldürr und in ein eng anliegendes Wams von ungleichmäßig roter Farbe gehüllt. Seine knöchellange, weite Hose wies die gleiche Färbung auf.

‚Er hat wahrscheinlich reife Beeren auf den Stoff gedrückt', dachte Olunde, die sich gefragt hatte, wieso die Farbe derart fleckig wirkte.

Der Eindruck des Insekts wurde noch dadurch verstärkt, dass sich auf dem Kopf des *Schamanen* eine Strohbedeckung befand, ähnlich gewirkt wie die Helme der Stadtwache, aber über und über mit langen, wippenden Ähren besteckt. Die Haare waren unter dieser Kappe verborgen, sodass sein langgezogenes, schmallippiges Gesicht mit der scharfen Hakennase und den kleinen kohlschwarzen Äuglein deutlich zur Geltung kam.

„Das ist Zuhtari, unser *Schamane*", stellte der Häuptling die auffällige Gestalt vor.

Zuhtari klappte seinen Umhang wieder nach vorn und grüßte die Fremden mit einem herablassenden Kopfnicken.

Zum *Schamanen* gewandt fuhr der Häuptling nun fort:

„Diese Fremden haben Erfahrungen mit den Reitern vor unserer Stadt gemacht und sind gekommen, um uns zu berichten und uns in unseren Handlungen zu beraten."

„Das wäre nicht nötig gewesen, denn wie ihr alle wisst, habe ich durch die Hilfe der Götter das zweite Gesichts. Ihr hättet mich auch direkt befragen können. Trotzdem", bei diesen Worten sah er mit einem freundlichen Augenzwinkern zu Urk und Olunde hinüber, „ist es immer interessant zu erfahren, wie sich eine Sachlage aus der Sicht normaler Sterblicher darstellt." Und zu den Bauern gewandt: „Es war richtig von euch, mich zu dieser Versammlung hinzuzuziehen."

Zuhtari setzte sich auf die Bank direkt neben den Häuptling, nachdem er dem dort sitzenden Bauern mit finsteren Blicken bedeutet hatte, erneut zu rutschen. Er erhielt einen Becher Wasser, schnüffelte vorsichtig daran und nahm dann einen Schluck.

Dann war es vor allem an Urk, von den Steppenreitern, seinen Erlebnissen mit ihnen und von der durch sie entstandenen Gefahr für die Siedlungen Duggalands zu berichten. Die Männer aus Burvik hörten mit zunehmend besorgten Gesichtern zu, und als Olunde schließlich schilderte, wie viele Reiter wahrscheinlich in unmittelbarer Nähe des Ortes lagerten, schlugen die Mienen der Zuhörer von Besorgnis in pure Angst um. Nur Zuhtari zeigte ein finster grübelndes Gesicht.

Nach dem Bericht entlud sich die Stimmung der Bauern in lautem Wehklagen und Ausdrücken von Hoffnungslosigkeit: „Wie schrecklich! ... Was soll nur geschehen? ... Wer hilft? ...“

Der *Schamane* hatte sich an dem entstandenen Stimmengewirr nicht beteiligt, blickte eine Weile ausdruckslos von einem zum anderen und ließ sie gewähren. Dann ließ er mit einer einzigen Armbewegung die Anwesenden verstummen, stellte sich vor sie und ergriff seinerseits das Wort:

„Es reicht! Das Lamentieren führt uns nicht weiter. Wir müssen Pläne machen. Wenn wir alle durcheinanderreden, bekommen wir nie einen akzeptablen Plan.“

Er machte eine kurze Pause, um die Wirkung seiner Worte abzuschätzen. Dann fuhr er fort:

„Deshalb schlage ich vor, dass wir getrennt beraten: Auf der einen Seite der Rat aus Häuptling und Großbauern, die sich allesamt bestens mit den Angelegenheiten Burviks auskennen. Auf der anderen Seite die beiden weitgereisten Fremden und ich mit meiner Verbindung zu den Göttern, weil unsere Erfahrungen über den Alltag der Siedlung hinausgehen.“

Bevor irgendjemand etwas einwenden konnte, setzte er seine Ansprache fort:

„Das würde sich auch insofern anbieten, als unsere Gäste schließlich irgendwo untergebracht werden müssen. Da ich in meinem Haus viel Platz habe, kann ich sie problemlos aufnehmen und versorgen.“

Einer der Bauern stieß spontan einen Seufzer aus und murmelte: „Mit Wasser und Brot ... Arme Gäste.“

Zuhtari tat, als hätte er es nicht gehört, breitete erneut seinen Umhang aus, blickte zum Himmel, dann zur Erde, gab ein klagendes Jaulen von sich und begann mit bebender Stimme einen Singsang: „So mögt ihr denn Weisheit schöpfen aus den geweihten Dingen des heiligen Mantels. Mögen die Götter bei eurem Rat zugegen sein und euch unterstützen.“ Danach endete er mit einem Wimmern.

Abrupt schloss er den Umhang wieder und forderte die Neuankömmlinge knapp auf, ihm zu folgen. Da von Seiten des Bauernrates kein Widerspruch erklang, erhoben sich Urk und Olunde von ihren Plätzen. Sie hatten kaum Zeit, den Männern am Tisch zum Abschied zuzunicken, da schob sie der *Schamane* schon zur Tür hinaus.

Draußen eilte Zuhtari wortlos vor ihnen her und sie folgten ihm. Nur Risi lief immer ein Stück voraus. Einige Ortsbewohner blickten erstaunt auf den kleinen Zug, machten aber keinerlei Bemerkungen.

Bereits in der Burg war Urk ein Brunnen aufgefallen. Beim Überqueren des Brombeergrabens entdeckte er rechter Hand einen weiteren. Er konnte nicht hineinschauen, um die Wassertiefe festzustellen, da sie nun links um die Burg bogen und zwischen zwei großen Höfen auf den Wetterturm zugingen. Urk blickte staunend an ihm empor. Ein so hohes Bauwerk hatte er in ganz Duggaland noch nicht erlebt. Nach seiner Schätzung hätte man daneben etwa zehn Männer übereinanderstellen können.

„Kann man da hochklettern?“, fragte er den *Schamanen,* der sich daraufhin umwandte.

„Ja, aber nicht jetzt! Außerdem müsstet ihr erst eine Erlaubnis einholen.“

„Und bei wem?“

„Bei mir.“

Urk dachte zunächst, er höre nicht recht, und schaute Zuhtari erstaunt an.

Der aber zeigte nur ein kurzes, verschmitztes Lächeln, drehte sich wieder um und schritt erneut kräftig aus.

Hinter dem Turm befand sich ein geräumiger Platz, auf dessen gegenüberliegender Seite ein breites Gebäude lag, das an beiden Seiten zwei kleine, verspielt wirkende Säulen aus Lehm und Stroh aufwies. Sie liefen spitz aus und besaßen dort als Regenschutz je ein kleines Dach aus

Holzschindeln. Der *Schamane* hielt genau auf dieses Haus zu. Beim Überqueren des Platzes bemerkte Urk erneut einen Brunnen.

„Willkommen in meinem Haus!", sagte Zuhtari, als er die breite Strohmatte an die Seite schob, die den Eingang verdeckte.

Olunde und Urk traten ein und standen in einer dunklen, großen Kammer, die nur vom Eingang her etwas erhellt wurde.

Als sie sich an das schwache Licht gewöhnt hatten, blickten sie auf ein Wirrwarr von bunten Gegenständen, deren Funktion nicht auszumachen war. Die Helligkeit aus dem Eingang fiel direkt auf eine übermannsgroße Strohfigur, die ein Tier mit gebogenen Hörnen darstellte. Allerdings ließ sich nicht genau erkennen, ob es sich um ein Schaf, ein Rind oder sogar einen Menschen mit Hörnern handelte, der lediglich auf seinen vier Gliedmaßen stand.

„Ist das euer Gott?", fragte Olunde.

„Ja, ja, unser Hauptgott, der *Gehörnte",* kam die knappe Antwort.

„Man kann aber nicht erkennen, worum es sich tatsächlich handelt."

Zuhtari schmunzelte:

„Das haben die Götter so an sich. Man kann sie nicht erkennen."

„Aber warum betet ihr dann eine solche Figur an?"

„Sie dient nur als Orientierungspunkt für die Menschen. An sich ist sie völlig überflüssig, aber die meisten Einwohner von Burvik fühlen sich so geborgener. Sie haben sozusagen ihren Gott zum Anfassen. Dem vertrauen sie mehr als der reinen Vorstellung. Das ist, nebenher gesagt, auch der Grund für meinen Mummenschanz und die vielen heiligen Gegenstände hier im Raum. Wunder kann man nur vollbringen, wenn man etwas Handfestes vorzuweisen hat, zumindest nach meiner langen Erfahrung. Gebt den Leuten einen ‚Heilstein' mit auf ihr Lager, und sie werden gesund." Er lachte kurz und trocken auf. „Manchmal wirkt so ein falscher Zauber schneller als die besten Heilkräuter. Die Menschen müssen nur daran glauben. Und nebenher", dabei erschien wieder sein verschmitztes Lächeln, „erhöht der Erfolg den Einfluss des *Schamanen* im Ort."

„Ihr seid also nur auf eure persönliche Macht aus?", warf Urk nun ein.

Zuhtari zögerte:
„Ich habe persönlich nicht mehr davon als ein bisschen Verehrung durch die kleine Bauernschaft hier. Zugegeben, das tut mir gut, macht mich aber nicht zum Herrscher. Aber mit diesem Einfluss kann ich im Ort einiges bewegen: Einerseits was das Heilen angeht, andererseits was die Lebensumstände in Burvik betrifft. Vielleicht sagt euch dieser heilige Gegenstand etwas."

Der *Schamane* nahm dem Strohtier einen Strick ab und legte ihn sich um den Hals. Er war aus bestem *Flasser* Garn.

„Du ... Du bist ein ehemaliger Sklave aus dem Seilerland!", keuchte Olunde erschüttert.

„Gut erkannt, bist du vielleicht auch aus *Flass*?"

Sein Blick wurde für einen Augenblick misstrauisch.

„Ja, wir teilen das gleiche Schicksal."

„Dann verstehst du vielleicht, wozu ich meine ‚Macht' hier benutze. Ich versuche zu verhindern, dass das Ackerland sich ähnlich entwickelt wie das Seilerland. Bisher mit einigem Erfolg, obwohl die vollgefressenen Bauern im Rat sicher nichts dagegen hätten, wenn sie ihre Landarbeiter nicht mehr entlohnen müssten."

„Wie bist du entkommen?"

„Ich habe Glück gehabt. Die Tagelöhner haben einen Aufstand gemacht. In den Wirren bis zu dessen Niederschlagung konnte ich entkommen. Da sie damals alle Krieger benötigten, um die Aufständischen zu bekämpfen, hat mich niemand verfolgt. Ich habe noch versucht, die anderen Sklaven dazu zu bringen, auf der Seite der Tagelöhner zu kämpfen, aber sie waren dann zu zögerlich und freuten sich eher daran, dass die Tagelöhner ihre Strafe erhielten."

Er seufzte.

„Tja, die Herren von *Flass* waren nicht ungeschickt. Sie trieben einen Keil zwischen die von ihnen beherrschten Sklaven und Tagelöhner und halten sie so bis heute unter Kontrolle ... Den Göttern sei Dank sind die Bauern aus Burvik nicht so raffiniert."

„Warum erzählst du uns so offen, was du denkst?", fragte nun Urk. „Hast du keine Angst, dass wir dich verraten?"

Zuhtari lächelte bitter: „Nach dem, was ihr vorhin berichtet habt, kommt es nicht mehr so sehr darauf an. Wir haben jetzt andere Sorgen. Burvik wird untergehen."

„Wieso glaubst du das?"

„Ich kenne die Steppenreiter besser als die meisten Bewohner Duggalands. Aber das erzähle ich euch drinnen. Kommt erst einmal hinein, wir müssen uns ja nicht die ganze Zeit in meinem Heiligtum aufhalten. Meine Stube ist viel gemütlicher. Lasst sie uns nutzen, solange es noch geht."

Mit diesen Worten hängte er den Sklavenstrick zurück und öffnete eine Seitentür, indem er einen weiteren Vorhang aus Stroh zurückklappte. Dann schloss er den Eingang zu seinem Heiligtum mit der Matte.

Sie betraten den Raum, in dem er lebte.

Mehrere schmale Öffnungen in der Wand ließen ein gedämpftes Licht in das Zimmer. Es gab keine Verschlüsse für die engen Fenster, aber wieder Vorrichtungen, um sie mit dicken Strohmatten abzudichten.

Die Mitte des Raums war beherrscht von einem aus Flechtwerk und Stabhölzern hergestellten flachen Tisch. Auf der gegenüberliegenden fensterlosen Seite nahm ein Regal aus dem gleichen Material die gesamte Wandbreite ein. Es war locker mit Lebensmitteln, Kleidern und Decken angefüllt. Auch verschiedene Werkzeuge und Waffen fanden sich in dem bunten Durcheinander. Um die Mitte des Raums verteilt lagen acht voluminöse und dick gestopfte Strohsäcke aus grobem Stoff. Sie luden ein, es sich darauf gemütlich zu machen.

Mit einer ausladenden Handbewegung lud Zuhtari seine Gäste genau dazu ein:

„Macht es euch bequem! Etwas zu essen muss ich euch wahrscheinlich nicht anbieten. So wie ich meine Freunde aus dem Rat kenne, haben sie sich und euch vor meiner Ankunft bis zum Kragen vollgestopft."

Als die Ankömmlinge zustimmend nickten, fuhr er fort:

„Aber ein Becher *Grastrunk* wird ja noch hineinpassen, oder?"

„Gern", antwortete Urk, „aber war es nicht so, dass du dieses Getränk verabscheust?"

„So schätzt man mich ein. Tatsächlich versuche ich auch bei den Bauern, ihren Verbrauch etwas zu dämpfen. Mit sehr mäßigem Erfolg übrigens. Aber den Freuden des Lebens habe ich keineswegs abgeschworen."

"Und wie rechtfertigst du deinen eigenen Vorrat?", fragte Olunde neugierig. „Schließlich wirst du es nicht verheimlichen können, wenn du den Trunk einkaufst."

„Nein, das wäre in der Tat unmöglich, zumal die Bauern in ihren großen Höfen den *Grastrunk* selbst brauen. Die kleinen Leute haben nicht das Recht dazu. Als *Schamane* kann ich ihn jedoch auch zu anderen Zwecken benutzen, häufig als Heilmittel. Aber vor allem zu rituellen Handlungen und Opfern für den *Gehörnten.*"

„Trickreich!", kommentierte Urk.

„Und ziemlich verlogen!", maulte Olunde.

Zuhtari grinste: „Nicht mehr als mein sonstiges Auftreten als *Schamane*."

Sein Grinsen wurde noch breiter: „Ich biete normalerweise dem *Gehörnten* jedes Mal von meinem Becher an, aber bisher hat er nie davon genommen."

„Mach dich nicht über mich lustig!"

Olunde klang jetzt etwas ärgerlich.

„Nein, das hatte ich nicht vor. Ich wollte damit nur sagen, dass ich mir ab und zu etwas gönne. Es ist aber nie so viel, dass jemand im Ort bemerken würde, dass ich etwas getrunken habe. Im Übrigen könnte ich gar nicht so viel trinken, wie die Bauern mir zukommen lassen. Für die Götter, versteht sich. Ich kann auch nicht so viel Brot essen, wie ich an Körnern und Mehl für die Opfer bekomme."

„Und was machst du mit dem Rest? Etwa opfern?"

Olunde wirkte immer noch etwas ungehalten.

„Wenn du darunter verbrennen und verschütten in einer heiligen Handlung meinst ... Ja, das mache ich regelmäßig. Allerdings sind die Mengen äußerst gering, da ich auf dem Wetterturm allein bin. Es muss nur etwas rauchen und ein Hauch von *Grastrunk*geruch zu spüren sein. Den größten Teil opfere ich den kleinen Leuten hier im Ort. Sie bekommen zu wenig *Balla* für ihre Arbeit, um sich regelmäßig mit dem Trunk zu versorgen. Auch das *Grasbrot* könnte gerechter verteilt werden. So nehme ich den Bedürftigsten von den Körnern oder dem Mehl mit, wenn ich sie besuche. Den überschüssigen *Grastrunk* spende ich meist, wenn die Leute etwas zu feiern haben wie eine Geburt, Hochzeit und dergleichen. Dann können sie die gratulierenden Nachbarn bewirten und bekommen ein schönes gemeinsames Fest."

„Und das fällt den Bauern nicht auf?", wunderte sich Olunde.

„Nein, bisher nicht. Die Bauern interessieren sich eigentlich nicht sonderlich für ihre Feldarbeiter und deren Sippen. Sie sitzen fast täglich in der Burg beim Häuptling und ‚regieren', wie sie es nennen. Und wenn sie abends in ihre Höfe zurückkehren, haben sie zu viel gegessen und getrunken und wollen nur noch auf den Strohsack."

Inzwischen hatte jeder einen gut gefüllten Becher vor sich. Bevor sie tranken, ging Zuhtari mit seinem *Grastrunk* noch in sein Heiligtum.

„Na, du alter Strohkopf!", hörten Urk und Olunde ihn von innen murmeln. „Wie immer keinen Durst? Umso besser. Vielen Dank, dass du den Menschen diese Labsal überlässt."

„Du wolltest uns von deinen Kontakten mit den Steppenreitern berichten", forderte Urk ihren Gastgeber auf, als dieser wieder eintrat.

Ächzend ließ sich der *Schamane* auf einen der Strohsäcke fallen.

„Das war kurz nach meiner Flucht aus dem Seilerland", begann er.

„Ich wollte damals nach Tvinhaag, aber dort ist man ohne *Balla* auch nicht sonderlich gelitten, vor allem, wenn man die ortsüblichen Tätigkeiten nicht beherrscht. So entschloss ich mich, nach Schratstihn zu gehen, um mich für die dort anfallenden Arbeiten anzubieten."

„Mutig, bei dem Ruf, den die *Schrate* haben!", warf Olunde ein. Urk runzelte die Stirn, sagte aber nichts dazu.

„Nun, ich war noch jung und mutig zu der Zeit", setzte der *Schamane* seinen Bericht fort. „Ich machte mich also auf den Weg und wanderte die Handelsstraße entlang, die das Große Tal quert und schließlich ins Erzland führt. Das ist aber bereits das Gebiet, in dem immer wieder die Steppenvölker erscheinen, um mit den Siedlungen Handel zu treiben. Zumindest war das zu jener Zeit so üblich.

Ich traf dort zufällig auf eine Gruppe von ihnen, die einen verletzten Jungen zu beklagen hatten. Er hatte sich auf ein Pferd gesetzt und war abgeworfen worden. Sein Bein sah schlimm aus, aber es war weniger die Fleischwunde, die seine Begleiter beunruhigte, dagegen führten sie nämlich Heilkräuter mit sich. Es war der Knochenbruch. Sie wollten ihn schienen und richten, hatten aber kein geeignetes Bindematerial. Ihr könnt euch vorstellen, dass ich aus *Flass* ein dickes Bündel feinster Stricke und Leinen mitgenommen hatte, sodass ich ihnen behilflich sein konnte. Wir saßen abends noch lange am Feuer zusammen und redeten miteinander. Am Ende ging ich mit ihnen in ein kleines Dorf in der Steppe, unweit vom Meer gelegen. Dort kam ich in den Dienst des *Schamanen,* eines guten Heilers. Er kannte sich sehr gut mit Kräutern und Wundreinigung aus. Außerdem flickte er Knochenbrüche vorzüglich wieder zusammen. Ich habe selten erlebt, dass die Glieder nicht wieder vollständig verheilt sind. Das war auch gut so, da die jungen Männer sich immer in tollkühnen Reiterstückchen geübt haben. Sie brauchten diese Fähigkeit, um die jungen Frauen zu beeindrucken. Das Reiten hatte aber in dem Volk nie eine andere Bedeutung. Es zeigt die Kunst der Beherrschung der Tiere und damit die Fähigkeit, als Mensch in einer unwirtlichen Umgebung zu überleben. Eine Eigenschaft, die dort als Voraussetzung für die Gründung einer Familie gilt. So lernte ich übrigens auch das Reiten. Wenn die Männer verheiratet waren, gingen sie wieder zu Fuß. Auf diese Weise habe ich das Reiten auch wieder verlernt, zumindest in seiner waghalsigen Form."

„Das klingt nach einer schönen Zeit", meinte Olunde. „Warum bist du von dort fortgegangen?"

„Oh, es waren wirklich die glücklichsten Jahre meines Lebens. Ich war in die Sippe meiner Frau aufgenommen worden und galt als fähiger Gehilfe meines Meisters. Doch schließlich starb der *Schamane*, und da ich als Fremdgeborener nicht aus einer entsprechenden Sippe stammte, konnte ich seinen Platz nicht übernehmen. Sein Nachfolger war unerfahrener als ich, sodass er mich nicht als seinen Gehilfen annehmen mochte. Er wollte sich nicht vor mir bloßstellen. So konnte ich ab da nur noch Handlangerdienste in der Dorfgemeinschaft machen. Für die Familie meiner Frau ein nicht leicht zu ertragender Abstieg, eine Frage der Ehre eben. Ehre ist sehr wichtig bei den Steppenvölkern. Kein Wunder, wenn sie jetzt so auftreten. Sie haben sich schon immer durch die Siedlungsbewohner ihrer Ehre beraubt gefühlt. Es fehlte ihnen nur ein entsprechender Führer für den Angriff. Den haben sie jetzt offensichtlich gefunden ... Nun, um die Sache abzukürzen: Meine Frau wurde schwer krank, und ich durfte ihr nicht helfen, weil ich kein anerkannter Heiler mehr war. Sie haben mir sogar den Zutritt zu ihr verweigert, obwohl ich sicher bin, dass sie unter meiner Pflege genesen wäre.“

Zuhtari wirkte jetzt sehr bedrückt. Seine anfängliche Fröhlichkeit hatte sich völlig aufgelöst.

Leise sprach er weiter:

“Nicht mal an ihr Totenbett haben sie mich gelassen. Und ich bin bis heute überzeugt, dass es Absicht des neuen *Schamanen* war, sie nicht überleben zu lassen. So konnte er mich am leichtesten loswerden. Nach ihrem Tod hat er noch das Gerücht verbreitet, es hätte an mir gelegen, dass sie überhaupt erkrankt sei. Danach konnte ich nicht länger bleiben und zog fort.“

„Und wohin?“

„Einfach nur fort. Ich packte einen Sack mit Heilutensilien und machte mich auf den Weg in Richtung Abend. Ich hoffte, so wieder zu den Siedlungen zu gelangen. Den bekannten Weg ums Schratgebirge wagte ich nicht zu nehmen, da die Stimmung im Dorf nach dem Tod meiner Frau sehr aufgeheizt war, und ich befürchtete, dass sie mich töten würden. Von Seiten der Familie gesehen wäre es dann Rache gewesen. So ging ich am Meer entlang, dort, wo die Ihseli-Klippen liegen. Dort trauten sich die Steppenreiter nicht hin. Eines Tages sah ich eine Gruppe von drei Männern, die aus den Bergen herabstiegen. Ich konnte mich noch früh genug verstecken, sodass sie mich nicht entdeckten. Der Küstenstreifen ist dort extrem schmal, der Berg steigt nur wenige Mannslängen hinter der Wasserlinie steil an. Ich beobachtete, wie die Männer ein kleines Floß aus einem Busch zogen und dann hinüber zu den Klippen segelten.

Nach einer Weile suchte ich den Pfad und arbeitete mich vorsichtig bergan. Ich hatte Glück, dass mir niemand begegnete und kam schließlich kurz unterhalb des Ortes Schratstihn an."

„Das bedeutet, dass die *Ihseligen* einen Weg durch das Gebirge ins Erzland kennen?", fragte Urk.

„Auf jeden Fall. Und mir ist bis heute nicht klar, ob die *Schrate* das wissen. Ich habe ihnen nichts gesagt, da ich vor Schratstihn einen Umweg gemacht habe, um auf dem Pfad aus Tvinhaag in den Ort zu gelangen. Es war schließlich nicht gerade mein Interesse, als *Ihseliger* angesehen zu werden. Und in der kurzen Zeit, die ich in Schratstihn verbrachte, habe ich auch nichts von einem solchen Weg gehört."

„Und wie bist du dann nach Burvik gekommen?"

„Ich war ziemlich rastlos nach den Erfahrungen in der Steppe. Da man schlecht Freunde findet, wenn man sich wie ich damals absondert, hatte ich auch keinen Grund zu bleiben. So bin ich nach langer Wanderschaft nach Burvik gegangen. In dieser Gegend Duggalands bin ich zu Hause und kenne mich aus. Nach der langen Abwesenheit würde mich auch ein zufälliger Besucher aus *Flass* nicht wiedererkennen, dachte ich mir damals, und ich habe recht behalten."

Es folgte eine Zeit des Schweigens, die Zuhtari nutzte, die Becher erneut zu füllen. Diesmal verzichtete er auf den Gang in den Nebenraum.

„Aber wir sollten lieber über die jetzige Situation reden", begann er erneut.

„Wir müssten überlegen, wie sich Burvik verteidigen lässt", schlug Urk vor.

„Gar nicht", war die trockene Antwort des *Schamanen.*

„Ihr denkt beide an die Gefahr durch das Feuer, nehme ich an", schaltete Olunde sich nun ein.

Beide nickten, aber Urk überlegte laut:

„Ich habe Brunnen gesehen, wäre es möglich ..."

„Völlig unmöglich", unterbrach ihn der *Schamane*, „so viel Wasser, wie man zum Löschen oder auch nur zum Befeuchten der Dächer brauchte, kann man nicht aus den kleinen Löchern gewinnen. Ganz abgesehen von den Behältern und den Menschen, die man für den Transport des Wassers brauchte."

„Und wenn man sich darauf beschränkte, nur die Burg zu verteidigen?", warf Olunde nun ein. „Sie ist kleiner, hat einen Brunnen und man benötigt weniger Männer zur Abwehr, das heißt, man könnte sich im Kampf ablösen."

„Die Burg ist eine Falle, die nicht zu verteidigen ist!", sagte Urk nun mit Bestimmtheit.

„Warum?", fragte Zuhtari. „Ehrlich gesagt, hatte ich das auch als einzige Möglichkeit in Betracht gezogen."

„Macht euch den Bauplan klar. Die Palisade ist hoch und von einem Brombeergraben umgeben, insofern also ein hohes Maß an Sicherheit."

"Eben!", stimmte Olunde zu.

„Allerdings nur eine Scheinsicherheit, denn das Holz brennt auch sehr leicht. Nein, nein, natürlich nicht durch einen Beschuss mit brennenden Pfeilen, aber das riesige Haus des Häuptlings liegt direkt an der Außenpalisade an, und es besteht fast nur aus Stroh."

„Verdammt!", fluchte Zuhtari. „Das hatte ich übersehen."

"Wieso?"

Olunde blickte fragend von einem zum anderen.

„Es reichen ein paar Brandpfeile, um das Haus in Brand zu schießen. Es wird brennen wie *Zunder*. Ich weiß nicht mal, ob man sich dann wegen der Hitze noch innerhalb der Burg aufhalten kann. Aber selbst, wenn ... Mit dem Haus wird auch die Palisade lichterloh brennen, einschließlich der beiden Ecktürme. Wahrscheinlich wird die Hitze sogar die Brombeerranken verglühen lassen. Danach ist die Breitseite der Burg offen wie ein Tor. Die Belagerer müssten nur abwarten, bis das Feuer seine Wirkung vollbracht hat."

Alle blickten ratlos und niedergeschlagen zu Boden.

„Könnten wir die Bewohner heimlich aus der Stadt entfernen und irgendwo in Sicherheit bringen?", brachte Olunde zaghaft vor.

„Dies ist eine übersichtliche Gegend", antwortete der *Schamane*. „Wie geschaffen für schnelle Reiter. Sie hätten uns bald auf der schutzlosen

Ebene eingeholt. Einzig die Wiechholzwäldchen in der Nähe der Küste könnten ein geeignetes Versteck abgeben, vor allem, wenn die Menschen sich verteilen."

„Dann lass uns doch dorthin gehen!"

„Es ist zu weit", wandte Zuhtari ein. „Sie würden uns schnell einholen. Wir müssten sie hier aufhalten. Aber das würde bedeuten, dass sich die Verteidiger Burviks, also in erster Linie die Männer, für die flüchtenden Frauen und Kinder opfern müssten."

„Und einen geheimen Gang aus der Stadt für die letzten Verteidiger gibt es nicht, oder?", fragte Urk.

„Nein, leider nicht."

„Dann werden wir morgen die Bevölkerung Burviks zusammenrufen müssen und hören, worauf sie sich einlassen wollen."

Damit war das Gespräch beendet, und jeder suchte sich einen Strohsack aus, um sich schlafen zu legen.

Bedrückt und wortlos fielen sie in einen flachen Schlaf.

„An die Waffen! Auf die Palisade! Die Reiter kommen!"

Die Sonne kroch gerade über den Horizont, als die gellenden Warnschreie durch die Gassen des Ortes tönten.

Schlaftrunken vernahmen die drei Personen im Hause des *Schamanen* die Stimmen auf den Straßen. Doch als ihnen klar wurde, was die Rufe bedeuteten, waren sie hellwach. In Windeseile kleideten sie sich an und legten ihre Waffen zurecht.

„Bedient euch!", meinte Zuhtari mit einem Wink zu den Speeren in seinem Regal. Olunde ergriff einen schlanken, leichten Spieß mit Feuersteinspitze.

Urk sah sich in dem Sammelsurium des Regals um:

„Hast du Pfeile?", fragte er dann.

„Einen ganzen Korb voll, nur einen Bogen besitze ich nicht. Er ist mir schon vor langer Zeit zerbrochen."

„Einen Bogen habe ich wohl, nur sehr wenig Pfeile."

Urk suchte in den Körben des unteren Fachs und fand tatsächlich ein dickes Bündel Pfeile mit gut geschärften Knochenspitzen. Seine eigenen aus dem Haus des Fährmanns wollte er wegen der Eisenspitzen zunächst noch schonen.

„Los, raus hier, wer weiß, wann das erste Strohdach brennt!“, trieb der *Schamane* seine Gäste an.

Draußen rannten die Menschen in nackter Panik schreiend durcheinander. Die Stadtwachen liefen ziellos ohne Plan von einer Seite zur anderen. Vom Rat der Stadt war niemand zu erblicken.

Zuhtari hielt den nächsten Krieger am Ärmel fest:

„Wo ist der Häuptling?“

„Keine Ahnung. Ich glaube, der gesamte Rat hat sich in der Burg verbarrikadiert.“

„Wer führt hier das Kommando?“

„Niemand, da der Häuptling nicht da ist.“

„Pass auf! Trommle die anderen Wachen zusammen und sagt den Bewohnern, sie sollen auf meine Anweisungen achten. Ich versuche jetzt vom Turm aus, mir ein Bild von der Lage zu machen.“

„Danke, Zuhtari! Wenigstens einer der Oberen, der sich kümmert.“

Mit diesen Worten rannte er eilig davon und sprach unterwegs alle Menschen an, die bereit waren ihm zuzuhören.

Der *Schamane* war unterdessen schon weiter zum Wetterturm gehastet und begann, flink wie ein Wiesel, die langen Stiegen zur Plattform hochzusteigen. Urk war knapp hinter ihm und gelangte einen Atemzug später oben an. Olunde wartete unten, um etwaige Hinweise gleich weitergeben zu können. Inzwischen begannen die Bewohner Burviks, sich um den Fuß des Wetterturms zu scharen. Die Wachen schienen ihre Arbeit gut zu machen.

Der Anblick von der Plattform war berauschend und erschreckend zugleich.

Da das Wetter nach wie vor klar und trocken war, konnte man bis zu den niedrigen Kuppen des Kleinen Gebirges sehen. Gegen Mittag meinte Urk die Waldstreifen der *Wiechholzboume* und das Meer zu erkennen.

Doch was ihm eine Gänsehaut den Rücken hinunterlaufen ließ, lag viel näher:

Ein breiter dunkler Streifen aus berittenen Kriegern schob sich auf dem Weg aus Richtung Tvinhaag an die Stadt heran. Soweit man sehen konnte, ritten sie in geordneten Reihen zu viert nebeneinander. Und das Ende des Zuges lag weit zurück.

„Götter! Wie sollen wir so vielen Kriegern widerstehen?"

„Du hast noch nicht alles gesehen!", antwortete Zuhtari mit gepresster Stimme. „Schau mal dort hinüber!"

Er wies mit der Hand auf den Weg aus Richtung *Flass*.

Ein ebensolcher schwarzer Wurm bewegte sich von dort auf das Tor zu.

Urk spürte eine eisige Kälte in sich aufsteigen. Instinktiv drehte er sich um und blickte zu dem Weg, der zur Küste und nach Fisvik führte. Er stieß den *Schamanen* an:

„Dort ist niemand! Kein einziger Reiter auf dem Küstenpfad. Sie haben diesen Bereich noch nicht unter ihrer Kontrolle! Können wir noch fliehen?"

„Zu spät!", sagte Zuhtari. „Es wäre gestern bereits zu spät gewesen. Sie hätten schließlich gewusst, wohin wir geflohen wären. Sie lassen uns ja nur eine Richtung."

„Und jetzt?"

„Versuchen zu verhandeln, aber ich fürchte, es ist nutzlos."

„Versuch es trotzdem!", meinte Urk.

Der *Schamane* nickte nur.

„Alle waffenfähigen Personen auf die Palisade!", rief er dann mit einer ungeahnten Stimmgewalt nach unten. „Nehmt so viel Waffen, Pfeile, Speere, Knüppel, Äxte, alles, was wehrhaft macht, mit. Wer Pfeile auflegen und Speere angeben kann, soll auch mitgehen und die Kämpfer unterstützen. Die Stadtwache auf die Türme. Ihr seid die Einzigen, die einigermaßen sicher mit dem Bogen umgehen können. Außerdem müsst ihr aus euren Blickwinkeln die Verteidigung leiten. Mütter mit Kindern, Kranke, Schwache auf den Platz hier am Wetterturm." Zu Urk gedreht sagte er leise: „So haben sie wenigstens noch Luft zum Atmen, wenn es brennt. Habe ich noch etwas vergessen?"

„Wasser!"

„Oh ja, vielleicht das Wichtigste ...“

Und mit lauter Stimme wieder nach unten gerichtet:

„Holt so viel Wassergefäße aus den Häusern wie es geht, füllt sie und stellt sie hinter die Palisade! Auch hier auf den Platz müssen einige Gefäße!“

Als er sah, dass die ersten sich bewegten, um seine Anweisungen zu befolgen, schrie er plötzlich:

„Halt!!!“

Alles blieb wie angewurzelt stehen.

„Niemand bleibt in den Häusern! Und niemand versucht, in die Burg zu fliehen! Es sind tödliche Fallen!!! … Ich hoffe, sie halten sich daran“, meinte er dann wieder zu Urk gewandt.

Die Leute strömten auseinander, um Waffen und Wasser zu holen. Urk und der *Schamane* blickten wieder auf den dunklen Heerzug.

Die Reiter hatten sich jetzt fast bis auf Pfeilweite der Befestigung genähert. Beide Gruppen drehten ohne Verzögerung nach rechts und begannen, den Ort einzukreisen. Sie zeigten nicht die mindeste Eile und ließen ihre Pferde langsam dahintrotten. Quälend langsam schloss sich der Ring um die Stadt.

„Ich glaube, es gibt jetzt hier oben nichts Neues mehr zu entdecken“, sagte Zuhtari.

Als sie hinuntergeklettert waren, berichtete Urk seiner Gefährtin von dem, was sie gesehen hatten. Auch Olunde wurde vor Schreck blass.

Unterdessen eilte der *Schamane* zu seinem Haus und kam bald darauf mit einem tiefschwarzen Umhang zurück.

„Was willst du mit diesem Kleidungsstück?“, fragte ihn Olunde.

„Es ist der Mantel der Steppenschamanen“, erklärte Zuhtari. „Ich will versuchen, als einer der Ihren mit ihnen zu verhandeln. Vielleicht bewirkt es etwas. Ich glaube es zwar nicht, aber andererseits will ich nichts unversucht lassen. Jetzt lasst uns aber zum Stadttor eilen!“

Urk hielt Olunde am Arm fest:

„Es tut mir leid, dass ich dich in eine so missliche Lage gebracht habe.“

Sie sah ihn verständnislos an.

„Du hast mir die Freiheit zurückgegeben!“, antwortete sie bestimmt.

„Ja, schon, aber in *Flass* wäre jetzt zumindest nicht dein Leben bedroht.“

„Nein, da hast du recht, aber anders, als du es gemeint hast. In *Flass* hatte ich kein Leben mehr, also konnte es auch nicht bedroht sein. Erst jetzt, wo ich wieder ein freier Mensch bin, kann ich auch bedroht sein.“

Urk nickte und nahm sie kurz und heftig in die Arme. Sie wehrte sich nicht, im Gegenteil, sie presste ihn an sich, als sähen sie sich zum letzten Mal.

„Willst du nicht hier bei den Frauen bleiben?“

„Niemals!“, erwiderte sie heftig. „Lieber sterbe ich jetzt auf den Palisaden als mich noch einmal der Gnade oder Ungnade der Männer auszuliefern.“

„Gut. Aber bleib dicht in meiner Nähe. Wer weiß, vielleicht ergibt sich ja doch noch eine Überlebensmöglichkeit.“

Sie nickte kurz und drückte ihn noch einmal an sich.

Dann eilten sie dem *Schamanen* hinterher.

Er war auf das Stadttor zugelaufen, durch das sie Burvik betreten hatten. Sie erklommen die Leitern des Torturms und sahen Zuhtari an die Brustwehr gelehnt stehen. Er beobachtete die letzten Bewegungen des Aufmarsches vor der Befestigung. Ein Fuß stand auf einem Schemel, der sich direkt an die Pfosten der Palisade lehnte. Mit einem Ellenbogen hatte er sich bequem in die Lücke zwischen den oben spitz zulaufenden Pfählen gestützt. Urk trat an seine Seite, griff ebenfalls an das Holz und stellte dabei fest, dass die Spitzen so morsch waren, dass man mit dem Fingernagel kleine Brocken herausbrechen konnte. Er zeigte es Zuhtari, der aber nur mit den Schultern zuckte.

Die Steppenreiter hatten jetzt den Ring um den Ort geschlossen und richteten sich zum Angriff aus. Die vier Reihen, in denen sie herangeritten waren, bildeten jetzt vier Linien hintereinander, bereit, auf die Palisade loszustürmen.

Auf diesen Augenblick hatte Zuhtari gewartet. Er stieg auf den Schemel, sodass seine Gestalt für die Außenstehenden über den Stämmen zu schweben schien. Er breitete den Mantel aus, sodass er mit seinem

Untergewand wieder die Gestalt eines Schmetterlings bekam, eines roten Falters mit schwarzen Flügeln. Seine vollen, grauen Haare trug er nun frei, sodass sie im Wind um seine Schultern spielten. Mit der rechten Hand erhob er nun seinen Spieß, an den er ein dickes Bündel aus weißen Möwenfedern gebunden hatte. Olunde, die den Platz neben Urk eingenommen hatte, erkannte sofort, dass sie mottenzerfressen waren. Sie stammten sicher noch aus der Steppenzeit des *Schamanen.* Dieser kleine Schönheitsfehler war aber aus der Entfernung der Reiter sicher nicht zu erkennen.

„Hros-Wigmannen!!!“, brüllte der *Schamane* mit Donnerstimme im Tonfall der Steppenreiter. „Hört mich an, bevor ihr in die Schlacht zieht!!!“

Ein Raunen und eine Welle der Unruhe ging durch die Reihen der Krieger. Einen *Schamanen* aus der Steppe auf den Palisaden der Stadt schweben zu sehen irritierte sie augenscheinlich.

Ein kleiner Pulk von Berittenen fand sich kurz zu cincr Bcratung zusammen, dann löste sich einer aus dieser Gruppe und ritt auf das Tor zu. Vorsichtig näherte er sich bis auf Pfeilweite, hier war kein sicherer Treffer mehr möglich, und rief:

„Wollt ihr verhandeln?“

„Ja“, antwortete Zuhtari, „schickt einen Unterhändler!“

„Wenn ihr uns freies Geleit mit dem Schamanenwort gebt, werden drei unserer Anführer zu euch in die Stadt kommen.“

„Das könnte euch so passen“, knurrte der Angesprochene leise, sodass nur die Menschen neben ihm mithören konnten. „Ihr wollt nur unsere Lage ausspionieren.“

„Nun?“, drängte der Reiter vor dem Tor.

„Wir lassen euch nicht in die Stadt. Schickt einen Unterhändler ohne Waffen. Wir treffen uns nur zu zweit an dem Platz, wo ihr jetzt steht.“

„Einverstanden!“, rief der Krieger, drehte sein Pferd und preschte davon.

„Willst du wirklich waffenlos gehen?“, fragte Urk.

„Ja, ich muss es riskieren.“

„Wenn du nicht weiter gehst als bis zu der Stelle, die du angegeben hast, kann ich dich mit einem Pfeil von hier oben beschützen. Ich besitze ein paar Schratpfeile mit Eisenspitzen. Sie dringen auch auf diese Entfernung noch in das Fleisch ein, was mit einer Knochenspitze nicht mehr zu machen wäre.“

„Gut, ich werde mich möglichst nahe am Tor halten.“

Aus den Reihen der Belagerer hatte sich bereits ein in schwarzes Leder gekleideter Reiter gelöst und trabte nun auf den als Treffpunkt markierten Platz los. Auch Zuhtari begab sich vor das Tor. Es wurde nur einen Spalt geöffnet, sodass der Unterhändler keinen Blick auf das Innere erhaschen konnte. Der *Schamane* ging gemessenen Schritts dem inzwischen abgestiegenen Reiter entgegen.

Sie begrüßten sich durch Verbeugen und setzten sich gegenüber. Urk versuchte, den Krieger mit dem Pfeil anzuvisieren, doch leider saß Zuhtari mit in der Ziellinie. So legte er lediglich einen Pfeil auf den Bogen, ohne ihn jedoch zu spannen. Wachsam verfolgte er das Geschehen vor dem Tor.

Anfangs schienen die beiden Unterhändler noch ein ruhiges Gespräch zu führen, dann wurden die Stimmen lauter. Allerdings konnte man nicht verstehen, was sie sprachen. Zuhtari begann wild zu gestikulieren und sprang auf.

Urk spannte den Bogen, jedoch verdeckte der schwarze Umhang des *Schamanen* jetzt erst recht den feindlichen Krieger.

In diesem Moment sprang auch der Reiter auf und geriet damit in die Schusslinie.

Urk zielte auf ihn.

Nach kurzem zornigem Aufstampfen zog der Schwarzlederne etwas aus seinem Wams und ging auf Zuhtari zu.

Urk zögerte nicht länger, der Pfeil schwirrte und einen Augenblick später brach der Krieger zusammen und krümmte sich auf der Erde.

Zuhtari rannte, so schnell er konnte, auf das Tor zu. Dabei ließ er seinen hinderlichen Mantel fallen. Sofort sprengte ein Trupp Berittener ihrem Unterhändler zu Hilfe. Urk hatte bereits den nächsten Pfeil aufgelegt, für den Fall, dass sie versuchen sollten, den fliehenden *Schamanen* zu erreichen. Doch sie hielten sich in respektvoller Entfernung. Nur zwei, die den Verletzten auf sein Pferd hievten, trauten sich bis in die Reichweite von Urks Pfeilen.

Schließlich kam Zuhtari keuchend die Stiege hinaufgeklettert.

„Dieser Dreckskerl!“, fauchte er mit bebender Stimme. „Er hat mir angeboten, dass wir die Stadt freiwillig übergeben. Dafür wollten sie gnädig mit uns sein und alle Männer schnell töten.“

Olunde ergriff Urk erschrocken am Arm.

„Und weiter?“, fragte sie.

„Ich fragte, was mit den Frauen und Kindern sei. Er grinste nur böse und teilte mir mit, dass sie keine Verwendung für die Kinder hätten, sie würden schließlich keine Sklaven halten. Ich schöpfte schon Hoffnung, die Kinder retten zu können, als er fortfuhr, deshalb würden sie die Kinder auch erschlagen. Schließlich würden sie irgendwann einmal groß und wollten dann ihre Eltern rächen. Das könne er nicht riskieren. Sie müssten alle sterben. Aber es solle ein schneller Tod sein. Weiter könne er uns nicht entgegenkommen. Mühsam beherrschte ich mich und stellte die zaghafte Frage nach den Frauen. Da lachte er hämisch und sagte, die Frauen, zumindest die jüngeren, würden selbstverständlich leben bleiben. Denn wenn er am Abend unsere Stadt dem Erdboden gleichgemacht hätte, gäbe es eine große Siegesfeier, und seine Krieger wären alle lange ohne Weiber gewesen und entsprechend ausgehungert. Ich solle den Frauen des Ortes schon mal bestellen, dass sie heute noch so viele Männer wie noch nie in ihrem Leben haben würden. Das wäre doch eine wirklich gute Nachricht, die ich zu überbringen hätte. Meine Wut war ins Maßlose gestiegen. Als er dann noch laut lachend hinzufügte, dass die an diesem Abend gezeugten Knaben zu neuen Kriegern für den *Seo-Thruhtin* gemacht würden, bin ich aufgesprungen und habe ihm entgegengeschleudert, dass seine Mutter ihn wohl von einem Schafbock empfangen habe.“

„Was hast du gesagt?“, staunte Urk.

„Das ist so ziemlich die schlimmste Ehrverletzung, die ich ihm zufügen konnte. Ich habe seine Mutter in den Schmutz gezogen, was noch schwerer wiegt als die Beleidigung, dass er ein Schaf zum Vater hätte.“

„Und daraufhin hat er dich angegriffen?“

„Ja, er zückte ein langes Feuersteinmesser, scharf und schlank, Griff und Klinge aus einem Stück gearbeitet. Eine gefährliche Waffe. Glücklicherweise war ich schon aufgestanden, als er auf mich losging. Dann habe ich nur noch mitbekommen, wie er aufbrüllte und einen Pfeilschaft umklammerte, der in seinem Unterleib steckte.“

Plötzlich erhob sich aus allen Kehlen der Belagerer ein unerträgliches Geschrei. Schrill und laut drang es zu den Verteidigern herüber.

„Es geht los!“, rief Zuhtari nach links und rechts und im gleichen Moment ertönte ein Donnern von unzähligen Hufschlägen. Die *Hros-Wigmannen* stürmten auf die Stadt zu.

Eine Welle von schwarzen Reitern brandete gegen die Palisade. Die Pfeilschützen warteten, bis sie sicher zielen konnten und jagten ihre Pfeile den Angreifern entgegen. Viele Krieger aus der ersten Reihe fielen getroffen vom Pferd. An einigen Stellen waren Pferde verletzt worden, die sich dann aufbäumten und die anderen im Sturm aufhielten. So entstanden in der Angriffslinie wirre Knäuel von Menschen und Pferden.

Jetzt erreichte der zweite Schwarm von Pfeilen sein Ziel, aber es waren zu viele Angreifer, um so den Ansturm zu stoppen. Die Reiter konzentrierten sich nun darauf, an die Palisade zwischen den Türmen zu gelangen. Hier waren die Pfähle erheblich niedriger.

Ein Schrei des Entsetzens brach in den Reihen der Verteidiger aus, als die Steppenkrieger kurz vor dem Erreichen der Befestigung auf die Rücken ihrer Pferde sprangen und aufrecht an die Palisade ritten. Sie waren dadurch so hoch, dass sie mit einem kleinen Sprung um die spitzen Enden der Pfähle greifen und sich an der Brustwehr außen hochziehen konnten. Der gesamte Rand der Befestigung war mit einem Schlag schwarz von den dort hochkletternden Kriegern.

In panischer Angst hieben die Menschen auf dem Wehrgang mit allem, was sie hatten, auf die Eindringlinge ein, deren Zahl die der Stadtbewohner weit überschritt. Die mit Speeren ausgestatteten Männer stießen unbarmherzig in die Gesichter, die sich über die Brustwehr schoben. Hatten sie gerade einen abgewehrt, der schreiend oder tot in die Tiefe stürzte, krochen bereits an ihrer Seite mehrere über den Rand. Die unbewaffneten Helfer versuchten, mit Knüppeln auf die sich festkrallenden Finger zu schlagen oder mit einem Pfeil hineinzustechen, sodass sie losließen.

Die Angreifer hatten vor ihrem Sprung auf die Palisade lange Feuersteinmesser zwischen ihre Zähne geklemmt. Einigen gelang es nun, sich mit einem Arm festzuhalten und mit dem anderen die Klinge zu führen. Dadurch konnten sie sich oben halten und es gelang auch dem einen oder anderen, einen gezielten Stich gegen die Verteidiger zu führen. So kam es zu den ersten Toten und Verletzten unter den Bewohnern der Stadt.

Urk und die anderen Bogenschützen hatten bisher versucht, das weitere Nachrücken der nächsten Reiterreihen zu behindern. Auf die Krieger, die an der Brustwehr hingen, hatte er nicht geschossen, aus Angst, die eigenen Leute auf der Palisade zu treffen.

Jetzt sah er, dass es nur eine Frage der Zeit war, bis die Angreifer an einer Stelle so viele ihrer Männer über die Brustwehr gebracht hätten, dass sie von dort aus nach und nach die anderen hätten herüberlassen könnten. Damit hätten sie binnen Kurzem die Stadt eingenommen.

„Versucht, die Krieger auf der Palisade abzuschießen, aber zielt sorgfältig, nicht, dass ihr einen der Unseren trefft!“, brüllte er den beiden Bogenschützen neben sich zu. Da die Türme gegenüber dem Palisadenwall vorstanden, war es möglich, die dort Hängenden in die Seite oder auch den Rücken zu treffen.

Sorgfältig zielten die Schützen auf dem Torturm mit ihren Pfeilen, erst auf die näheren, dann auf die weiteren Angreifer. Nach wenigen Treffern wurden sie mutiger und richteten ein Blutbad unter den an der Palisade hängenden Angreifern an.

Einer nach dem anderen fiel aufschreiend herab.

Auf den benachbarten Türmen war das beobachtet worden und die Pfeilschützen dort taten es ihnen gleich. Leider hatten sie sich angesichts der beobachteten Erfolge zu viel zugetraut und trafen zwei ihrer eigenen Männer. Danach zielten sie vorsichtiger und der Erfolg dieser Methode führte zu vielen Nachahmern rund um den Verteidigerring.

Die Menschen hinter der Brustwehr wurden spürbar entlastet und viele der dort hängenden Angreifer ließen sich aus Angst vor den Bogenschützen fallen und versuchten, außer Reichweite der Pfeile zu gelangen.

Die neu heranrückenden Krieger hatten die Gefahr bemerkt, die von den Türmen ausging und versuchten nun, diese anzugreifen. Sie hatten sich jedoch in der Höhe getäuscht und kamen nicht an die Plattform heran.

Als schließlich einige auf die Idee kamen, ihrerseits nun die Türme mit Pfeilen einzudecken, hatten die anderen Angreifer aufgegeben und flohen in ihre Ausgangspositionen zurück.

Die Verteidiger auf der Befestigung brachen in lauten Jubel aus.

„Gut gemacht!“, strahlte Olunde und sammelte die Pfeile ein, die auf dem Turm gelandet waren. „Fürs Erste wären wir sie los.“

„Aber nicht für lange“, brummte der *Schamane* und schaute über den Rand der Brustwehr. Am Grund der Stämme lag nun ein schwarzer Streifen von toten und verwundeten Steppenkriegern. Einige Verletzte versuchten, sich zu ihren Leuten zurückzuschleppen, doch die Bogenschützen aus Burvik machten diese Versuche schnell zunichte. Da nicht alle Pfeile tödlich trafen, erhob sich ein erneutes qualvolles Schreien der Getroffenen.

Urk betrachtete das Töten mit Widerwillen.

„Muss das sein?“, wendete er sich an Zuhtari. „Die Verletzten bilden doch keine Gefahr mehr für uns. Muss man sie jetzt mutwillig abschlachten?“

Der Angesprochene blickte nur verständnislos.

„Mögen die Götter verhindern“, erklärte Urk, „dass die Angreifer in die Stadt gelangen. Kannst du dir vorstellen, wie sie mit uns umgehen werden, nachdem wir ihre Verwundeten so behandeln?“

Der *Schamane* sah ihn lange und nachdenklich an: „Glaubst du wirklich, das macht noch einen Unterschied?“

Urk zuckte ratlos mit den Schultern.

„Eben!“, knurrte Zuhtari.

„Ich steige noch einmal auf den Wetterturm“, verkündete er dann. „Möglicherweise kann ich von dort etwas Wissenswertes erkennen und frühzeitige Maßnahmen ergreifen.“

Zu Olunde und Urk gewandt sagte er dann: „Ich glaube, ihr beiden bleibt hier über dem Tor. Die beiden anderen Bogenschützen nehme ich als Boten oder zum schnellen Einsatz an besonders gefährdeten Stellen mit. Viel Glück!“

Damit stieg er vom Turm. Die beiden Krieger folgten ihm.

Die Angreifer versuchten nun, nachdem sie die Schmerzensschreie gehört hatten, mit kleinen Trupps an die Palisade zu gelangen und ihre Verletzten zu retten. Dazu ritten sie im Galopp schräg auf die Befestigung zu und rutschten in Reichweite der Pfeile auf die Seite der Pferde hinunter, sodass sie hinter den Körpern ihrer Tiere versteckt waren. Nur die Hände und Füße, mit denen sie sich festhielten, schauten noch über die Pferderücken hinaus. Da sie sehr schnell ritten, gelang es ihnen tatsächlich, einige ihrer Mitstreiter – solche, die noch in der Lage waren, sich selbst festzuhalten – aus der Gefahrenzone zu bringen.

Die Verteidiger versuchten, die Reiter mit Pfeilen abzuwehren, hatten aber lediglich ein Pferd so getroffen, dass es sich überschlug und seinen Reiter unter sich begrub. Die anderen Tiere rannten nur leicht verletzt mit den geretteten Kriegern zurück.

„Wir verlieren zu viel Pfeile!“, schrie Urk vom Turm hinunter. „Es lohnt nicht, mit Pfeilen auf die Tiere zu schießen! Wir vergeuden nur unsere Waffen!“

„Was sollen wir denn tun?“, rief ihm der am nächsten stehende Bogenschütze zu. „Sollen wir zusehen, wie sie unbehelligt an die Palisade reiten?“

In diesem Augenblick erschien in Urks Erinnerung ein Bild von Frij, wie sie an den Schanzgräben von Tvinhaag stand und mit ihrem schlanken Speer nach den Fischen stach. Ganz deutlich sah er die Leine, deren Ende sie in der linken Hand hielt.

„Nehmt die leichten Speere!“, rief er dem Mann zu, „Bindet lange dünne Leinen daran fest. So könnt ihr sie hinterher wieder zurückziehen. Mit einem Spieß kann man die Pferde erlegen, wenn sie unter der Palisade sind!“

„Guter Einfall“, brüllte der Krieger zurück und gab die Anweisung gleich weiter.

Augenblicke später sah man die Helfer auf dem Wehrgang, meist junge Frauen und Halbwüchsige, davoneilen und Stricke besorgen.

Angestachelt durch den nur knapp verfehlten Sieg stürmte bald darauf die nächste Angreiferschar gegen die Stadt. Diesmal ritten vier Formationen schräg auf die Befestigung zu, eine für jede Seite der Palisade. Die Körper der Krieger blieben, wie kurz zuvor erprobt, hinter ihren Tieren versteckt. Am Fuß der Stämme angelangt versuchten sie, wieder auf die Pferderücken zu springen und über die Brustwehr zu gelangen.

Doch in diesem Augenblick ging ein Hagel von Speeren auf sie nieder. Nahezu alle Pferde der ersten Reihe waren getroffen und brachen zusammen, wenige sprengten verletzt davon und warfen ihre Reiter ab. Die Steppenkrieger lagen zum Teil unter ihren Tieren, zum Teil standen sie schutzlos am Fuß der Befestigung.

Eilig zogen die Verteidiger ihre Speere hoch, um sie dann erneut auf die Krieger unter ihnen zu schleudern.

Da der Abstand sehr gering war, waren fast alle Würfe tödlich.

Ein ohrenbetäubendes Geheul brach bei den Angreifern aus, vor Schmerz bei den noch lebenden Getroffenen, vor Wut bei den Unversehrten.

Die ersten Reiter lösten sich aus dem Chaos von Pferden und Menschenleibern und ergriffen die Flucht. Die folgenden Angriffsreihen, die bisher noch nicht in das Geschehen verstrickt waren, schlossen sich ihnen an. Erst in respektvoller Entfernung sammelten sie sich erneut.

Bei den Menschen auf der Stadtbefestigung jubelte diesmal niemand.

Nur das Wimmern der Sterbenden am Grund der Stämme war zu vernehmen.

Es wurde auch kein einziger Schuss mehr auf die Verletzten abgegeben.

Das Töten hatte sich als eine Mischung von Abscheu und Angst in die Gesichter eingegraben. Jeder hatte inzwischen begriffen, dass trotz der gelungenen Abwehr immer noch eine gewaltige Übermacht vor der Stadt stand.

Eine Streitmacht, die nicht mehr nur erobern wollte, sondern Rache geschworen hatte.

Die Reiter hatten sich zu größeren Gruppen zusammengefunden. Nun konnte man vom Torturm aus beobachten, wie einzelne Krieger zwischen den Gruppen hin und her ritten.

„Was haben sie vor?“, fragte Olunde, die das Geschehen beobachtete.

„Keine Ahnung“, brummte Urk und zuckte die Achseln. „Vermutlich hecken sie jetzt irgendeine neue List aus.“

Bald danach kam wieder Bewegung in die Reiterscharen. Sie bildeten lange Reihen und begannen, ähnlich wie vor dem ersten Angriff, die Stadt zu umreiten. Nach einer Weile hatten sie erneut einen geschlossenen Ring um Burvik gebildet. Für die Verteidiger waren trotz der großen Verluste unter den Steppenkriegern keine Lücken auszumachen. Der Gürtel von schwarzen Kriegern um die Palisade wirkte genauso dicht wie am Morgen.

Urk bemerkte, wie die Reiter abstiegen und lagerten. Feuer wurden angezündet. Offenbar gönnten sie sich eine Ruhepause.

Ein paar Krieger hatten sich aus dem Verbund gelöst und ritten in Zweiergruppen auf die Stadt zu. Außerhalb der Reichweite der Pfeile blieben sie stehen und schienen das Geschehen auf der Palisade zu beobachten.

„Wachen“, knurrte Urk und sah Olunde an.

„Sie passen auf, was wir machen. Sobald wir uns rühren, benachrichtigen sie die anderen. Siehst du den breiten Streifen von Männern um die Stadt?“

Sie nickte.

„Da kommt keine Maus durch. Sie wollen uns alle. Niemand soll entkommen. Niemand wird verschont.“

Olunde lehnte sich an ihn und legte die Stirn an seine Brust:

„Du hast keine Hoffnung mehr? Du meinst, wir müssen sterben?“

Er antwortete nicht, hielt sie nur an den Schultern fest.

Ein leichtes Beben ging durch ihren Körper, ein unterdrücktes Schluchzen schüttelte sie. Dann gab sie sich einen Ruck und blickte zu ihm auf:

„Dann wollen wir es ihnen wenigstens nicht so einfach machen.“

Er nickte und verzog seinen Mund zu einem angedeuteten Lächeln.

Inzwischen war es Mittag geworden. Die Sonne stand hoch. Der trübe Wolkenschleier des Vormittags hatte sich verzogen und ein paar dünnen, weißen Wolkenstreifen Platz gemacht.

„Eigentlich ein viel zu schöner Tag zum Sterben“, flüsterte Olunde mehr zu sich selbst.

„Dann lass uns bis morgen durchhalten“, antwortete Urk bitter mit Blick auf den Himmel. „Dann wird es wieder grau sein und vielleicht sogar regnen.“

„Spinner!“, fauchte sie ihn an und gab ihm einen Rippenstoß.

„Keineswegs“, gab er zurück. „Wenn sie bis morgen nicht darauf kommen, Feuer einzusetzen, haben wir vielleicht noch Hoffnung. Nasses Stroh brennt nämlich nicht so gut.“

Überrascht blickte sie ihn an, und ihre Züge hellten sich wieder auf.

Quälend zog die Zeit dahin.

Die Belagerer schienen zu rasten und neue Kräfte zu sammeln. Vielleicht berieten sie auch intensiv, wie sie die kleine Bauernsiedlung doch noch einnehmen konnten.

Die Menschen im Ort nutzten die Zeit, um etwas zu essen. Die gedämpften Gespräche drehten sich dabei nur um die Frage, ob und wie man dem Ansturm standhalten könne. Dass die Äcker rings um den Ort bereits in zertretene Lehmflächen verwandelt und damit die Ernte eines Jahres zerstört war, erschien unter den gegebenen Umständen nebensächlich.

Allmählich fielen die Sonnenstrahlen schräger. Der Nachmittag ging auf den Abend zu.

„Sie kommen!!!“, gellten Schreie von den Türmen, und alle nahmen hastig ihre Positionen ein.

Ein Band von Reitern bewegte sich in einer Staubwolke rasend schnell auf die Stadt zu. Kein Anzeichen von der Taktik, sich hinter den Pferdekörpern zu verbergen. Aufrecht preschten die Steppenreiter auf die Palisade zu.

Die Bogenschützen der Verteidiger spannten die Sehnen ihrer Waffen und richteten ihre Pfeile auf die Feinde. Sie ließen sie näher kommen, um sicherer treffen zu können. Als die Reiter die Reichweite der Bögen überschritten hatten, nahm die Spannung auf dem Wehrgang zu. Jeder der Schützen suchte sich ein geeignetes Opfer. Doch noch erschienen sie etwas zu weit ...

Schlagartig kam die Linie der Pferde zum Stehen.

Schmutz wirbelte auf, als sich die Hufe beim Halten in den Boden gruben.

Eine Kette von Lichtern wurde in der Dunstwolke sichtbar.

Urk verstand nicht sofort, was dort vor sich ging. Dann sah er die Bögen.

„Schnell, die Wassertöpfe!“, schrie er – aber niemand verstand ihn. Alle starrten gebannt auf die brennenden Pfeile, die die Steppenkrieger in diesem Moment über ihre Köpfe hinwegschossen.

Flammenstreifen zogen dicht an dicht über die Verteidiger hinweg, im Flugwind glühten die brennenden Strohbündel an den Spitzen auf.

Als sie sich gleichzeitig in die Strohdächer bohrten, begriffen die Menschen auf der Palisade.

Ein einziger Wut- und Verzweiflungsschrei erhob sich über der Stadt, als die Häuser aufloderten. Gleichzeitig an vielen Stellen entzündet, entstand in wenigen Augenblicken ein Flammenmeer. Es nützte auch nichts mehr, dass einige der Verteidiger versuchten, die Wassergefäße auf das Stroh zu leeren.

Die Bogenschützen versuchten nun vergeblich, die Reiter mit ihren Pfeilen zu erreichen. Diese hatten geschickt den Schrecken der Angegriffenen genutzt, um sich blitzschnell außer Reichweite zu begeben.

Von dort beobachteten sie in Ruhe das weitere Geschehen.

Urk schaute sich um. Überall schlugen die Feuer aus den Dächern. Die Steppenkrieger hatten alle Häuser, die hinter der Palisade lagen, in Brand gesetzt. Von dort sprangen die Flammen von Strohdach zu Strohdach über und fraßen sich unaufhaltbar in die Siedlung hinein.

Als die ersten Dachstühle abgebrannt waren, erfassten die Flammen die Wände. Die Hitze war so groß, dass der auf das Stroh aufgetragene Lehm der Mauern das Entzünden nicht verhindern konnte.

Der Ort wurde zum Glutofen.

Die Hitze auf der Befestigung schien unerträglich zu werden. Panik befiel die Verteidiger. Vor Angst kreischend schlugen sie sich die Hände vor die Gesichter, um sie vor der Glut zu schützen.

Noch stand die Palisade unversehrt.

Da Olundes und Urks Platz auf dem Turm etwas erhöht war und die Höfe der Bauern erst ein ganzes Stück hinter dem Tor begannen, war die Hitze dort noch einigermaßen erträglich.

Die Menschen auf dem Wehrgang begannen nun, sich mit dem restlichen Wasser, das nicht zum Löschen benutzt worden war, zu besprengen, um sich etwas Kühlung zu verschaffen.

Es reichte aber nur für wenige. Fast hätte es noch handfesten Streit um das letzte Nass gegeben, als ein starker Wind einsetzte.

Von allen Seiten wurde die Luft angezogen und verschaffte den Menschen Linderung.

Verständnislos blickten alle zum Himmel, und ein anschwellendes Raunen ging über den Wehrgang.

Der Wind schwoll noch stärker an und blies von allen Seiten in die Ortsmitte.

Gleichzeitig entfachte er dort auch den letzten Strohhalm und ließ keinen Holzbalken unbehelligt.

Funken stoben wie aus einem Kamin aus der Stadt, wurden hochgerissen und landeten weitab als Ascheregen auf den Angreifern.

„Sind das die Götter?“, fragte Olunde entsetzt.

Urk schüttelte den Kopf.

„Nein, das ist das Feuer“, sagte er. „Die heiße Luft steigt nach oben und zieht den Wind von den Seiten an. Für uns ein Glück, da wir außen stehen. So werden wir gekühlt. Ich hoffe nur, dass die Frauen und Kinder am Brotmarkt auch weit genug vom Feuer entfernt sind.“

Olunde nickte und zeigte auf den Wetterturm, auf dem man mit etwas Blinzeln noch den *Schamanen* erkennen konnte, der, mit den Armen rudernd, Anweisungen gab.

„Immerhin ist der Turm noch völlig unversehrt“, bemerkte sie. „Weder Strohdach noch Balken brennen, soweit man es sehen kann.“

Urk nickte beruhigt.

„Aber woher weißt du, dass der Wind durch das Feuer entsteht?“, fragte sie.

„Ein guter Freund von mir ist *Schrat*, und die *Schrate* verstehen etwas vom Feuer.“

Auch die Reiter vor der Stadt hatten den aufkommenden Sturm bemerkt und zogen sich wieder zurück. Offenbar hatten sie keine natürliche Erklärung für das Phänomen.

„Sie glauben wahrscheinlich, dass der Wind ein Zeichen der Götter ist“, bemerkte Olunde mit einem Wink auf die fortreitenden Steppenkrieger.

Urk nickte:

„Vermutlich, aber sie ziehen sich nicht ganz zurück ... Siehst du, sie sammeln sich an ihrer ursprünglichen Belagerungslinie. Wenn sie sich beruhigt haben, werden sie es erneut versuchen. Mal sehen, was sie sich dann einfallen lassen.“

Sie mussten nicht lange warten.

Um das Tageslicht noch zu nutzen, gingen die Reiter erneut zum Angriff über.

Da die Stadt bereits brannte, war ein nochmaliger Einsatz von Brandpfeilen sinnlos.

Sie versuchten es nun mit normalen Pfeilen.

Ganze Schwärme von Bogenschützen preschten auf die Befestigung zu, hielten aus vollem Lauf abrupt an und schossen auf die Verteidiger der Palisade. Während diese sich hinter den Stämmen duckten, hatte bereits eine weitere Formation ihre Bögen auf die Palisade gerichtet. Sobald nun dort jemand über die Brustwehr lugte, wurde er mit Bündeln von Geschossen eingedeckt.

Verletzt wurde kaum jemand, da das dicke Holz guten Schutz gewährte, jedoch hatten die Menschen in Burvik auf diese Weise kaum Gelegenheit, ihre Feinde zu beobachten und entsprechend zu reagieren.

Ein heftiges Krachen war plötzlich vom Tor zu hören. Urk und Olunde schauten sich erschrocken an.

„Was war das?“

„Es kam von unten“, meinte Urk und spähte durch die Spalten zwischen den Holzstangen durch, aus der die Verteidigungsplattform des Torturmes gefertigt war. „Da! Schon wieder!“ Ein erneuter Knall war zu hören. „Sie stoßen von außen gegen die Torflügel ... Vorsicht, Olunde! Nimm den Kopf weg!“

Die ehemalige Sklavin hatte kurz entschlossen über die Palisade geschaut, was einen Hagel von Pfeilen auf den Turm auslöste. Einer davon war um Haaresbreite an ihrer Schläfe vorbeigezischt, aber sie hatte gesehen, was sie wissen wollte.

„Sie haben einen Baumstamm zwischen zwei Pferde gebunden und lassen die Tiere immer wieder gegen das Tor anrennen. Sie versuchen, das Tor aus der Befestigung zu reißen oder es zu zerbrechen“, stieß sie hastig hervor.

„Hast du gesehen, wie viele Männer dabei waren?“

„Ich habe sie nicht gezählt, aber es müssen etwa zwei Hände voll sein.“

„Direkt bei den Pferden?“

„Sie stehen genau hinter den Tieren, warten wohl nur darauf, durch das offene Tor zu stürmen. Ich nehme an, sie wollen es nur so lange aufhalten, bis die Reiter nachgekommen sind.“

„Gut, das könnten wir schaffen“, murmelte Urk.

Ohne weitere Erklärung huschte er den Turm hinunter und sprach von unten die Männer auf dem Wehrgang an. Olunde konnte ihn nicht verstehen, sah ihn aber verschiedene Armbewegungen nach rechts und links machen. Die Männer nickten eifrig und kamen geduckt, mit Speeren bewaffnet, hinter dem Tor zusammen.

Unterdessen ertönte erneut lauter Lärm vom Tor. Die Steppenkrieger draußen waren in Jubel ausgebrochen. Olunde hatte zuvor das splitternde Krachen gehört und blickte ängstlich nach unten. Zwei Stangen des Torflügels waren angebrochen und hingen nur noch lose an ihrer Befestigung. Der nächste Stoß würde sie zerbersten lassen.

Jetzt hatte Urk seine Krieger platziert: Er selbst stand mit einem weiteren Mann an dem schweren Balken, der als Riegel quer über die beiden Torseiten lag. Sie schauten gebannt durch die schmalen Ritzen der Torhölzer.

Die anderen Männer hatten eine Reihe von Schritten hinter ihnen in einer Linie Aufstellung genommen, die in der Mitte eine Lücke aufwies.

Jetzt hob Urk die Hand.

Als sie sich senkte, riss der zweite Mann am Tor den Riegel aus der Verankerung. Urk und er griffen nach den Halterungen und die Torflügel schwangen nach innen auf.

Die zwei Pferde mit ihren Führern stolperten, überrascht durch das fehlende Hindernis, in die Stadt hinein. Bevor sie wussten, was ihnen geschah, brach jeder der beiden Pferdekrieger von einem Speer getroffen zusammen.

Nahezu gleichzeitig hatten die Männer aus Burvik ihre Spieße auf die Gruppe vor dem Tor geschleudert. Auch hier traf fast jeder Wurf tödlich.

Ein Aufschrei der Wut ging durch die Reihen der feindlichen Bogenschützen, als sie ihre Mitstreiter tot zusammenbrechen sahen.

Mit einem Schwung schloss sich das Tor wieder, und die herangepreschten Reiter mussten wieder abdrehen.

Urk band die beiden Pferde an und folgte dann den Männern wieder auf den Wehrgang.

Der Zorn über den erneut missglückten Versuch führte zu einem spontanen Angriff der die Befestigung umringenden Krieger. Die *Hros-Wigmannen* ritten erneut auf die Palisade zu und versuchten, sie vom Pferd aus zu erklimmen. Da aber nur ein kleiner Teil der Streitmacht als Bogenschützen eingesetzt worden war und diese vor Wut völlig kopflos auf die Befestigung losstürmten, blieb die Zahl der Angreifer relativ gering. Die Krieger, die noch weiter entfernt lagerten, verstanden erst nicht, was sich vor der Stadt abspielte. Die sich ebenfalls dort aufhaltenden Führer ließen sich zunächst berichten, was vorgefallen war, um dann geeignete Maßnahmen ergreifen zu können.

Auf diese Weise gelang es den Menschen in Burvik, den Angriff ein weiteres Mal zurückzuschlagen.

Die hochauflodernden Flammen hatten inzwischen aus den Hütten einen funkelnden Stroh- und Holzhaufen gemacht. Die gesamte

Ortsmitte bestand aus einem leuchtendroten, etwa mannshohen Glutberg.

„Vielleicht können wir sie doch aufhalten“, sagte Urk mit Blick auf dieses Inferno, „die Palisade scheint nicht weiter angegriffen zu sein. Und irgendwann ist das Stroh auch verbrannt.“

Olunde nickte:

„Aber zumindest heute Nacht werden wir genug Licht haben.“

„Das stimmt, aber leider können wir dann nicht sehen, was außerhalb der Stadt vorgeht, während die Steppenreiter jeden Kopf gut erkennen können, der über die Brustwehr lugt.“

„Vielleicht kämpfen sie ja nachts nicht.“

„Hoffen wir's.“

Tatsächlich schien es so, als ob die Belagerer sich auf den nächsten Tag einrichten würden.

Sie zogen erneut einen dichten Ring von Kriegern um die Stadt, in einer Entfernung, die außerhalb der Reichweite der Bogenschützen lag, aber so nah, dass sie den Bereich vor der Palisade gut einsehen konnten. Dann begannen sie ihr Nachtlager aufzuschlagen.

Die Sonne senkte sich nun auf der Abendseite als leuchtender Glutball und tauchte das Land in ein flammendes Licht, so als ob die Bewacher Burviks noch nicht genug Feuer gesehen hätten. Bald darauf unterschritt sie den Horizont mit einem dunkel glühenden Abendrot und verdüsterte sich allmählich zu einem spärlichen Schein, der an ein verlöschendes Herdfeuer erinnerte. Der Mond zog seine bleiche Sichel über den sternklaren Himmel, nur im äußersten Rand der Abendseite zeigten sich erste Wölkchen. Die Umgebung Burviks versank in ein dunkles Graublau, der innere Teil des Ortes blieb aber weiter von den immer noch brennenden Ruinen erhellt. Für die Besatzung der Palisade erschwerte sich die Überwachung des Vorlandes damit ungemein. Die an die Helligkeit gewöhnten Augen blickten in eine trübe Dunkelheit, in der lediglich Schemen zwischen den flackernden Lichtern der Lagerfeuer hin und her huschten. Eine bleierne Müdigkeit legte sich allmählich auf die erschöpften Verteidiger, zumal sie sich nur zu gern von der Hoffnung einlullen ließen, dass für heute der Kampf ein Ende hätte.

Einige besonders Vorsichtige versuchten, in die Dunkelheit zu lauschen, um etwaige Bewegungen des Feindes wahrzunehmen. Der aber verhielt sich auffallend lautstark.

„Sie scheinen ja guter Stimmung zu sein“, bemerkte Olunde angesichts des Gejohles, das vom Lager der *Hros-Wigmannen* zu ihnen herüberdrang. „Als ob sie mit Absicht solchen Lärm machten, um uns ihre Siegessicherheit kundzutun.“

„Wenn es nichts weiter wäre, könnten wir es beruhigt zur Kenntnis nehmen“, erwiderte Urk.

„Was meinst du damit?“

„Man hört so nicht, was sich außerhalb der Palisade tut.“

Olunde blickte ihn überrascht an. Dann schob sie langsam das Gesicht über die Brustwehr.

„Sei vorsichtig! Von unten aus dem Dunkeln sieht man dich ganz deutlich!“ Er riss sie an den Kleidern zurück.

„Hast du kein Vertrauen mehr zu Risi?“

Die Hündin konnte nur schlecht die Leitern zum Turm erklimmen, deshalb hatte sie die ganze Zeit direkt unten im Turm gelegen. Dort würde sie sich sofort melden, wenn sich vor dem Tor etwas tat.

„Schon, aber wenn ein Bogenschütze sich etwas weiter entfernt befindet, kann sie ihn auch nicht wahrnehmen.“

Olunde wollte gerade antworten, als ein neues Feuer auf der Abendseite aufloderte.

Die ersten Angstschreie waren zu vernehmen und einer der Krieger, die am Küstentor gewacht hatten, kam eilends angerannt.

„Die Palisade brennt!“, schrie er. „Sie haben heimlich Strohballen vor die Pfähle gebracht, niemand hat sie bemerkt. Dann haben sie die Ballen mit brennenden Pfeilen angesteckt!“

„Verdammt!“, fluchte Urk. „Ich hab’s gewusst. Sie haben mit Absicht Lärm gemacht, um unbemerkt an die Befestigung zu gelangen ... Habt ihr nicht versucht, Wasser auf die Pfähle zu schütten?“, rief er dann zu dem Krieger hinunter.

„Doch! Aber sie haben uns sofort mit Pfeilen eingedeckt. Wir konnten sie ja nicht sehen, sie uns aber umso besser!“

„Weiß Zuhtari schon davon?“

„Er sieht es vom Wetterturm aus als erster!“

„Und was hat er gesagt?“

„Er hat gesagt, er wüsste keine Rettung mehr, wir sollten die Fremden fragen.“

Olunde und Urk sahen sich hilflos an.

„Brennen die Pfähle schon lange?“, fragte Olunde.

„Nein, sie werden noch eine Weile halten, denn sie sind zuletzt erneuert worden, aber auf dem Wehrgang kann man sich schon nicht mehr aufhalten. Bis sie umstürzen und die Reiter dort in die Stadt kommen, ohne sich selbst zu verbrennen, wird es wohl noch bis gegen Ende der Nacht dauern.“

„Wir haben also noch etwas Zeit ... Fällt dir nichts ein, Urk?“

Der war aber bereits die halbe Leiter hinabgeklettert, um besser mit dem Mann reden zu können. Olunde folgte schnell nach.

„Wo sind die Stämme der Palisade am morschesten?“, hörte sie ihn fragen, als sie neben den beiden Männern anlangte.

„Auf der Nachtseite, um das Tor, das nach *Flass* hinausgeht.“

„Es kann sich jetzt nur jeder selbst retten, die Stadt zu verteidigen ist sinnlos geworden. Aber man kann immerhin versuchen, Fluchtmöglichkeiten zu schaffen. Es wird nur wenigen gelingen zu entkommen, aber das wäre die Sache schon wert.“

„Was meinst du?“

„Versucht, an den Stellen, wo das Holz der Stämme faul ist, kleine Durchschlupfe freizuhacken. Möglichst viele davon. Kriecht hindurch und nehmt den toten Steppenkriegern ihre Kleider. Vielleicht könnt ihr euch einen Tag tot stellen und in der nächsten Nacht fliehen. Die *Hros-Wigmannen* werden ihre Toten morgen noch nicht einsammeln, weil sie ab morgen früh eine rauschende Siegesfeier begehen werden. Das ist vielleicht eine Rettung für viele. Versucht euch in kleinen Gruppen, immer ein Krieger und ein paar andere, nach *Flass* oder in die Wiechholzwälder durchzuschlagen. Nehmt Waffen und Verpflegung mit, soweit das Feuer noch etwas übriggelassen hat.“

Der Krieger drehte sich um, um die Nachricht weiter zu übermitteln.

„Noch eins!“, rief Urk ihm nach.

Der Mann blieb stehen und blickte sich hoffnungslos um.

„Geht nicht auf der Straße, auch nicht in ihrer Nähe. Sucht das Dickicht. Reiter mögen es nicht so sehr. Orientiert euch an der Sonne und den Sternen, wenn ihr könnt. Viel Glück!“

Mit einem Nicken eilte der Mann davon.

„Meinst du, die Menschen können so entkommen?“, fragte Olunde, als der Krieger sich entfernt hatte.

„Ein paar vielleicht. Es lässt die Situation nicht ganz so hoffnungslos erscheinen, wenn man noch etwas tun kann. Ich werde mich auch an der Arbeit beteiligen. Holz hacken ist immerhin etwas, was ich gut kann.“

„Und was ist mit uns? Gibst du uns auch eine Überlebenschance?“

„Willst du dich auch unter den toten *Hros-Wigmannen* verstecken?“

„Siehst du eine andere Möglichkeit?“

„Eigentlich wollte ich nach Fisvik. Es liegt genau auf der Seite der Stadt, an der die Palisade brennt.“

„Und wie willst du den Belagerungsring durchbrechen?“

„Wenn die Steppenreiter erst in der Stadt sind, wird es keinen Belagerungsring mehr geben.“

„Wenn das so einfach wäre, könnte man die gesamte Bevölkerung retten.“

„Es ist überhaupt nicht einfach. Es wird eine Jagd auf die Bewohner geben. Man wird versuchen, sie umzubringen. Einige wenige werden sich so gut verstecken, dass sie zunächst nicht gefunden werden, entweder vor der Palisade oder noch hier im Ort. Ich würde gern zu denen im Ort gehören, und später, wenn die Eroberer nach der Siegesfeier schlafen, versuchen, aus der Stadt zu kommen.“

„Darf ich an deiner Seite bleiben?“

„Wieso fragst du?“

„Weil du vielleicht allein bessere Aussichten auf ein Entkommen hast.“

Urk sah sie lange an.

„Glaubst du wirklich, ich würde dich allein zurücklassen, wenn ich dir helfen könnte? Leider bin ich selbst völlig ratlos. Ich weiß nicht, ob es zu zweit oder allein leichter geht. Du musst auf jeden Fall für dich selbst entscheiden, was du tust. Ich wäre allerdings sehr froh, wenn du bei mir bleiben würdest."

Erleichtert fiel sie ihm in die Arme. Von den alten Berührungsängsten schien sie nicht mehr betroffen zu sein.

„Ich gehe jetzt zur Palisade und versuche, ein paar Löcher hineinzuhacken", sagte Urk, nachdem er Olunde ein wenig von sich geschoben hatte. „Wenn du willst, könntest du versuchen, ein brauchbares Versteck für uns beide zu finden. Und nimm Risi mit. Vielleicht ist sie dir nütze."

„Gut, wir treffen uns später unter dem Wetterturm."

Es ging auf das Ende der Nacht zu, als sie sich wieder trafen. Beide hatten ihre Waffen bei sich, bis auf den Beutel mit den *Balla* des Fährmanns trugen sie kein weiteres Gepäck. Urk hatte die ganze Zeit wie besessen an der Palisade gehackt. Man musste vorsichtig sein und die Öffnungen von innen abdecken, damit kein Licht hinausfiel und den Fluchtweg verriet. Sobald ein Schlupfloch freigelegt war, wechselte Urk die Stelle. Wie viele Menschen von der Möglichkeit Gebrauch machen würden, wusste er nicht. Er bemerkte aber, dass ein großer Teil der Ackerländer ohne einen Funken Hoffnung ihr Schicksal erwartete. Er war froh, Olunde wieder zu sehen.

„Hast du ein Versteck gefunden?", fragte er gespannt.

„Hmm, ich weiß nicht recht", antwortete sie zögernd. „Zunächst habe ich gedacht, dass man unter die Brombeerranken des Burggrabens kriechen könnte."

„Das halte ich für zu riskant, weil die Steppenkrieger sicher die Burg in Brand stecken werden."

„Genau das habe ich mir auch gedacht und meine Suche fortgesetzt. Leider bin ich nicht so ortskundig, dass ich hier irgendwelche versteckten Gruben kenne. Schließlich bin ich auf die verkohlten Scheunen der Bauern neben dem Küstentor gestoßen. In mindestens drei von ihnen war kein Stroh, sondern Getreide gelagert. In riesigen Haufen. Diese Haufen glimmen zum Teil, aber nur oberflächlich. Es gibt große Bereiche, wo die Körner nicht gebrannt haben, wahrscheinlich weil sie so dicht lagen, dass keine Luft mehr herankam."

„Und du meinst, man könnte sich in ihnen eingraben?“

„Ich weiß nicht, ob es geht. Wer weiß, ob die Luft auf Dauer reicht?“

“Es geht!“, meinte Urk bestimmt und musste grinsen, weil er an seine Flucht aus Holderhaag denken musste. „Ich habe sogar schon einmal in einem Misthaufen gesteckt.“

Sie machten sich sofort auf den Weg und standen kurz danach vor den rauchenden Resten der Scheunen.

„Hier“, meinte Olunde und zeigte auf einen der Kornberge, über denen sich leichte Rauchwölkchen kringelten.

„Wird man darin nicht geröstet?“, fragte Urk zweifelnd.

„Ich habe es ausprobiert. Es ist warm, aber nicht gefährlich. Und außerdem wird bei der glimmenden Oberfläche keiner der Steppenreiter darauf kommen, dass jemand in dem Haufen steckt.“

Urk nickte, zögerte aber noch.

„Glaubst du nicht, dass es geht?“

„Doch“, brummte er. „Aber mit dem Hund ist das nicht zu machen. Man kann einen Hund nicht in einen kokelnden Getreideberg eingraben.“

„Oh, du hast recht. Verdammt, ich hätte daran denken müssen.“

„Nein, nein, ich sehe ja auch keine andere Möglichkeit. Tja“, wandte er sich nun Risi zu, „dann werden wir zwei uns nun trennen müssen.“

Der Hund jaulte leise.

„Doch, es ist besser. Du findest bestimmt eine Möglichkeit, zu überleben. Du kannst dir später Hasen und Auerhühner fangen. Du wirst schon zurechtkommen.“

„Wenn Risi hier im Ort herumläuft, werden die Steppenreiter sie sicher töten, oder sie verrät uns!“, gab Olunde zu bedenken.

„Oh, daran habe ich gar nicht gedacht. Wir müssen Risi aus der Stadt schaffen, bevor die Reiter hineinkommen. Komm!“

Urk lief schnell auf das Tor zu. Neben dem Türflügel gab es noch einen kleinen Durchlass, der dazu gedacht war, auch bei geschlossenem Tor nach draußen schauen zu können. Die Öffnung war mit ein paar kleineren Hölzern vergittert, die schon so morsch waren, dass Urk sie mit wenigen Fußtritten aus den Halterungen trieb.

„So, mein Mädchen“, sagte er dann, hob Risi mit beiden Armen hoch und schob sie durch die Öffnung. Sie konnte nicht anders, als sich auf der anderen Seite fallen zu lassen.

Unschlüssig stand sie draußen und wartete auf ihren Herrn.

„Lauf, Risi, lauf!“, befahl Urk bestimmt, und der Hund gehorchte.

„Viel Glück!“, schickte er leise hinterher.

Als er sich umdrehte, nahm Olunde ihn an der Hand und zog ihn sanft zu den Scheunen hinüber. Zu den Tränen, die seine Wangen hinunterliefen, sagte sie nichts.

Sie wählten den zweiten Kornspeicher neben dem Tor. So befanden sie sich nahe genug an der Bresche, die die Flammen inzwischen in die Palisade gefressen hatten. Es konnte nicht mehr lange dauern, bis die *Hros-Wigmannen* in die Stadt einfielen. An einigen Stellen rauchten nur noch verkohlte Holzstümpfe. Die Pfähle waren längst in sich zusammengebrochen.

Urk schaute sich um und sah, dass unter dem Wetterturm noch immer eine große Ansammlung von Menschen lagerte. Hatten sie sich nicht getraut zu fliehen? Hofften sie auf die Gnade der Steppenkrieger? Urk schauderte es innerlich bei dem Gedanken.

„Komm!“, riss Olunde ihn aus seinen Gedanken. „Wir sollten unser Versteck vorbereiten, die Zeit drängt.“

„Du hast recht“, antwortete er dumpf und drehte sich zu den Getreidehaufen um.

„Lass das!“, hielt ihn seine Begleiterin zurück. „Willst du etwa aller Welt zeigen, wo wir untergekrochen sind?“

„Wieso? Was meinst du damit?“, stammelte er verwirrt.

„Was glaubst du, wonach die *Hros-Wigmannen* die überlebenden Bewohner von Burvik als Erstes fragen werden?“

Urk blickte sie zunächst verständnislos an, um sich dann unvermittelt die Hand vor die Stirn zu schlagen:

„Natürlich, sie werden die Leute nach den Verstecken im Ort fragen!“, stieß er hervor.

„Und dass die Steppenkrieger Mittel und Wege finden werden, alles aus den Menschen herauszupressen, was sie interessiert, muss ich wohl nicht mehr erwähnen, oder?“

Urk schüttelte den Kopf.

Olunde zog die Augenbrauen hoch, nahm ihn wortlos am Ärmel und zerrte ihn weiter in die rauchenden Trümmer hinein.

Sie gingen so lange an den abgebrannten Scheunen vorbei, bis sie von den auf dem Brotmarkt lagernden Menschen nicht mehr gesehen werden konnten. Dann schauten sie sich noch einmal vorsichtig um, ob vielleicht noch jemand einen ähnlichen Gedanken verfolgte wie sie, erblickten jedoch niemanden mehr.

Schnell bückten sie sich und krochen auf allen vieren durch den Zwischenraum zwischen der Palisade und den Brandruinen zu ihrem Versteck zurück.

Urk blickte sich um und entdeckte ein paar Stücke Flechtwerk, Reste von ehemaligen Vorratskörben, die der Brand verschont hatte, weil sie außerhalb der Scheune gestanden hatten. Ein besonders großes Stück drückte er Olunde in die Hand.

„Nimm, und halt es über dich, wenn du dich eingegraben hast! Ich decke dich dann mit weiterem Korn zu. So bleibt ein genügend großer Raum zum Luftholen."

Seine Gefährtin verstand und eilig wühlten sie gemeinsam eine tiefe Grube in den Getreideberg. Nachdem Olunde darin Platz genommen hatte, schob Urk die beiden Speere über die Höhle und deckte sie mit den Flechtmatten ab. Dann schaufelte er mit beiden Händen Körner über dieses Dach, bis es hinreichend abgedeckt war. Schließlich streute er noch ein paar Hände voll verkohltes Getreide über den Hügel, damit die Oberfläche sich nicht von dem Rest abhob.

Der Hügel war auf einer Seite des Hohlraums höher aufgeschüttet. Dort hatte Urk ein Schlupfloch für sich gelassen, in das er jetzt vorsichtig hineinglitt. Sorgfältig verwischte er seine Trittspuren, schmiegte sich dicht an Olunde, um dann unter der letzten Öffnung das Korn wegzuschaufeln. Das Getreide sackte nach und Urk scharrte so lange weiter, bis die nachrutschenden Körner das Loch und den Rand der Flechtmatte bedeckt hatten.

„Jetzt heißt es warten", flüsterte er.

Olunde nickte stumm, obwohl Urk in der Dunkelheit nichts davon sehen konnte.

Die Zeit schien nicht zu vergehen, während sie wartend in ihrer Kornhöhle verharrten. Ihnen war heiß und die Luft wurde immer stickiger. Am liebsten hätte Urk das Flechtdach über sich weggerissen, beherrschte sich aber.

Was sie noch schlimmer als Hitze und Ungewissheit empfanden, war, dass sie nicht miteinander reden durften. Das Risiko, entdeckt und später verraten zu werden, war einfach zu groß.

Als Olunde das untätige Schweigen nicht mehr aushalten konnte und Urk etwas zuflüstern wollte, brach es los:

Hufgetrappel und Siegesgeheul um sie herum, vor Mordlust brüllende Krieger und Todesschreie von Sterbenden, angsterfülltes Kinderweinen, oft gefolgt von einem letzten Röcheln, kreischende Frauenstimmen, gemischt mit dem Grölen vieler Männer ... Olunde und Urk mussten nicht zusehen, um sich ein Bild davon zu machen, welches Blutbad die Steppenkrieger hinter ihrem handbreiten Getreideschutz anrichteten.

Olunde presste trotz der Schwärze um sie herum die Augen zusammen und schmiegte sich dicht an ihren Gefährten. Urk biss die Zähne zusammen und presste sie eng an sich, um nicht aus dem Versteck zu springen und auf die Schlächter dort draußen einzuschlagen.

Das Schreien und Wehklagen wollte nicht aufhören.

‚Gibt es denn immer noch Überlebende?', fragte sich Urk.

Dabeizusitzen, und nichts ausrichten zu können war kaum zu ertragen. Nur das sichere Wissen um die Sinnlosigkeit jeden Handelns hielt ihn zurück.

Endlich ebbte der Lärm ab.

Die Ruhe, die sich allmählich einstellte, wirkte fast genauso beängstigend.

‚Was machen sie jetzt dort draußen? Haben sie alle umgebracht?'

Ständig kreisten solche Fragen durch Olundes Kopf.

Nach einer Weile schwoll die Lautstärke wieder an.

Diesmal waren es eher festliche Geräusche. Die Steppenkrieger begannen zu feiern.

Lautes Lachen, Gesang und anzügliches Grölen mischten sich zu einer schaurigen Klangkulisse.

Der Tag schien auf diese Art zu verstreichen. Bis aufs neue die Laute gellender, schmerzerfüllter Schreie, haltloses Schluchzen und verzweifeltes Weinen in das Versteck drangen.

„Sie haben die Frauen leben lassen ...“, wisperte Olunde entsetzt.

„Genau, wie sie es Zuhtari gegenüber angekündigt haben“, setzte Urk bitter hinzu.

Wieder verging eine längere Zeit, bis auch diese Geräusche nachließen.

Die Sieger schienen von der Feier müde zu werden.

Als sie schließlich eine geraume Weile nichts mehr vernommen hatten, flüsterte Urk:

„Ich mache jetzt eine kleine Öffnung in unser Dach, vielleicht ist es schon Nacht und die Krieger schlafen bereits.“

„Aber sei vorsichtig, damit der Haufen hier nicht ganz in sich zusammensackt.“

Behutsam kratzte Urk neben dem Mattenrand die Körner an die Seite, bis ein etwa handtellergroßes Loch entstand.

Als er hindurchlugte, sah er tiefes Blaugrau und die Andeutung eines Mondes hinter Wolken.

„Wir sollten jetzt verschwinden, es ist bereits Nacht!“, zischelte er in Olundes Ohr.

Langsam strich er Schicht für Schicht das Getreide in ihre Höhle, bis er den Kopf hinausstrecken konnte. Zaghaft lugte er über den Rand, um sich gleich wieder zurückzuziehen.

Er zwang sich, erneut hinauszusehen.

In den Durchgängen zwischen den ausgebrannten Scheunen erblickte er, getaucht in ein rötliches Licht, die Umrisse vieler Leichen – oder was von ihnen noch übrig war. Die *Hros-Wigmannen* mussten wie blutrünstige Bestien gewütet haben.

Er drehte den Kopf und gewahrte dort, wo die Burg gestanden hatte, ein paar noch glühende und qualmende Stümpfe der Palisade und der Türme. Sie erinnerten ihn an ein verfaultes Gebiss, das matt und flackernd von einer entfernten Flamme beleuchtet wird.

Das Licht für dieses unscharfe Bild kam von einem riesigen Feuer, das die Krieger auf dem Brotmarkt angefacht hatten. Urk konnte ganz deutlich den Wetterturm sehen, der noch unversehrt auf dem Platz stand. Bei den dunklen Haufen um das Feuer schien es sich um die lagernden und schlafenden Steppenreiter zu handeln.

Plötzlich war da eine Bewegung auf dem Turm.

Urk blinzelte und bemerkte nun eine Person, die sich auf der Plattform bewegte.

Ein Wächter, den sie dorthin gestellt hatten? Oder befand sich der *Schamane* noch immer auf der Plattform und hatte das Abschlachten seiner Mitbewohner mit ansehen müssen?

Irgendetwas an dem Turm irritierte ihn.

Die Leiter fehlte.

Dann musste es Zuhtari sein, den sie auf diese Art dort oben gefangen hielten.

Was hatten sie mit ihm vor?

Urk wollte es sich in diesem Augenblick gar nicht erst vorstellen.

„Komm heraus, aber bleib geduckt. Hier in diesem Viertel scheint jetzt niemand zu sein, aber mach vor Schreck keinen Lärm, wenn du die Toten siehst.“

Olunde zuckte zusammen, als sie ihren Kopf aus dem Getreidehaufen schob, bis auf ein kleines, würgendes Geräusch blieb sie aber stumm.

Dann stemmte sie sich in die Höhe, und die Getreidekörner rutschten an die Seite, sodass ihr Versteck nahezu zugeschüttet wurde. Sie zog die beiden Speere aus dem Haufen und reichte einen davon Urk. Der nahm ihn wortlos an sich und bedeutete ihr mit einer Kopfbewegung, ihm zu folgen. Beide schlichen geduckt hintereinander zur Palisade und bewegten sich dann im tiefen Schatten auf das Küstentor zu. Urk bedauerte, dass er in diesen Teil der Umfriedung keine Fluchtlöcher gehackt hatte. So mussten sie versuchen, durch das Tor zu entkommen.

Von den ehemaligen zwei Türmen war einer beim Brand der Palisade mit abgebrannt, auch von dem zwischen den Türmen eingehängten Doppeltor waren nur noch verkohlte Reste übrig.

Als sie sich vorsichtig um die Ecke des Turms schlichen, wurden sie plötzlich vom Mond beschienen, der genau in diesem Augenblick durch ein Wolkenloch brach.

Der Wächter, der ihnen vielleicht vier Schritte entfernt gegenüberstand, war bei ihrem Anblick genauso erschrocken wie sie bei seinem.

Offenbar hatte er kräftig gefeiert und dem *Grastrunk* zugesprochen, denn seine Reaktion war nur sehr zögernd.

So steckten zwei Speere gleichzeitig in seiner Brust, bevor der Schrei, den er ausstoßen wollte, seinen offenen Mund verließ.

Mit einem leisen Röcheln brach er zusammen.

Urk hatte sofort seinen Bogen hochgerissen und einen Pfeil eingelegt, für den Fall, dass sich noch weitere Krieger hinter dem Turm befänden.

Es kam aber keiner.

„Puuh!“, keuchte er leise. „Das war aber knapp. Ein Ruf von ihm, und wir hätten die ganze Meute auf dem Hals gehabt ... Das war übrigens ein gekonnter Speerwurf eben!“, lobte er seine Gefährtin.

„Manche Fische kann man am besten mit dem Spieß fangen. Hast du vergessen, dass ich in meinem ersten Leben Seefische gejagt habe?“

„Nein“, murmelte er und musste an Frij denken. Sie hätte den Speer genauso gut handhaben können.

Schnell huschten sie über die freie Fläche vor dem Tor, um dann weiter auf dem Weg in Richtung Küste zu rennen. Eine Versteckmöglichkeit gab es nicht, denn der Pfad war auf beiden Seiten von Äckern gesäumt. Das noch kurze Getreide war auch hier durch die Belagerung völlig zertrampelt.

So hasteten sie eilig auf dem ausgetretenen Pfad voran, weil man dort nicht so leicht stolpern konnte wie auf dem Acker. Sie versuchten, sich möglichst schnell von der niedergebrannten Stadt zu entfernen.

Am Ende des ersten Ackers gabelte sich der Weg bereits. Genau in der Gabelung stand eine unversehrte Schutzhütte für die Feldarbeiter.

Schnaufend blieben sie stehen.

„Wohin?“, fragte Urk.

„Fisvik liegt eher links. Ich vermute, der andere Weg führt in die Wiechholzwälder und an die Küste.“

„Gut, dann also nach links.“

„Halt!“

Zwei Steppenreiter traten mit gespannten Bögen aus dem Dunkel der Hütte.

Ohne nachzudenken hatte Urk seinen Bogen von der Schulter gerissen und bereits einen Pfeil in der Hand.

„Den Bogen runter!“, bellte einer der beiden Krieger.

Urk sah, dass er nicht vor den beiden zum Schuss kommen konnte und ließ den Bogen etwas sinken.

„Gut so“, knurrte der Krieger zufrieden und wandte sich seinem Mitwächter zu:

„Na, möchtest du den Mann oder die Frau? Du kannst wählen, wen du gerne töten würdest.“

„Die Frau“, grunzte der Angesprochene und der Mond beschien ein breites Grinsen in seinem Gesicht.

„Nun denn!“

Als sie die Pfeilspitzen auf ihre Opfer richteten, schoss plötzlich ein schwarzer Schatten aus der Dunkelheit neben der Hütte auf den ersten Krieger zu.

Bevor dieser reagieren konnte, erreichte das schwarze Wesen zielsicher die Kehle seines Opfers. Nur ein mattes Knirschen war zu vernehmen, als die Hundezähne den Knorpel zermalmten.

Der andere Krieger wandte sich ruckartig zur Seite und verriss dabei vor Schreck seinen Pfeil, der nun hoch in den Nachthimmel zischte.

„Risi!“, schrie Urk und ließ im gleichen Moment seinen Pfeil in das Herz des zweiten Steppenreiters schnellen. Mit einem Gurgeln brach der Getroffene zusammen.

Wild mit dem Schwanz wedelnd und mit blutiger Schnauze raste der Hund auf seinen Herrn zu und sprang ihn fast um.

Urk umschlang ihn mit beiden Armen, worauf Risi sich losriss, wie von Sinnen um ihn und Olunde herumtollte, und sie dann abwechselnd ansprang.

„Wir müssen weiter!“, warnte schließlich Olunde.

Urk nickte nur, strich noch einmal mit der Hand über das Hundefell, und alle drei eilten weiter auf dem Weg Richtung Fisvik.

Bei einer kleinen Verschnaufpause drehten sie sich noch einmal um. Der Feuerschein von Burvik war in der Dunkelheit noch deutlich zu erkennen.

Plötzlich loderte über dem Ort eine riesige Flamme auf, die aber nur kurze Zeit leuchtete und dann wieder in sich zusammenfiel.

„Das war das Strohdach des Wetterturms“, sagte Olunde.

„Und Zuhtari“, setzte Urk matt hinzu.

ELF: Intrit

„Geh in die Schutzhütte, Thorn. Leg dich etwas hin, dann wird es dir bald besser gehen!“

Der *Schrat* schüttelte nur den Kopf und hielt sich weiter an der Maststange fest. Hier auf der windabgewandten Seite hockte er jetzt schon eine ganze Weile. Ihm war speiübel, und er wagte es nicht den Platz zu wechseln, aus Angst, sich zu übergeben. Dass er fror, war ihm völlig gleichgültig. Im Übrigen fragte er sich schon die ganze Zeit, ob er nicht lieber sterben würde, als diese schreckliche Übelkeit noch länger zu ertragen. Spätestens nach drei Tagen sollte diese verfluchte Seekrankheit aufhören, hatte ihm Ilunga gesagt. Er konnte sich nicht vorstellen, wie ein Mensch diesen Zustand nur einen halben Tag ertragen sollte, ohne schreiend über Bord zu springen.

Das Boot machte immer weniger Fahrt, denn der Ebbstrom verlor mit der verstreichenden Zeit und gleichzeitig mit der sich stetig verbreiternden Fluodmündung an Kraft. Thorn konnte die Küstenlinie nur noch als schmales Band erkennen, zumal es langsam dunkel wurde.

Der Wolkenstreifen am Horizont war zu einem wahren Gebirge angewachsen, das sich schwarz und drohend vor ihnen auftürmte. Sie segelten genau darauf zu, immer in der Hoffnung, noch vor Einsetzen des Unwetters um die äußerste Spitze der Flussmündung zu gelangen und dort an der unbewohnten Küste des Ackerlandes eine kleine geschützte Bucht zu finden.

„Ich fürchte, wir schaffen es nicht“, meinte Ilunga und blickte Frij besorgt an. „Siehst du, wie schnell die Wolken das Licht vertreiben?“

Frij nickte nur und betrachtete mitleidig den zitternden *Schrat* an der Maststange.

In diesem Augenblick brach der Sturm über sie herein.

Der Wind heulte auf und türmte wegen der geringen Tiefe das Wasser zu kurzen, steilen Wellen, die sie schräg von der linken Seite trafen. Das Boot vollführte regelrechte Sprünge auf dem Wasser, jede anrollende Woge versetzte ihm einen neuen Schlag. Gischt peitschte über das Schiff und durchnässte mit einem Schlag alles, was sich auf Deck befand.

„Das Segel reffen, schnell!“, schrie Ilunga gegen den pfeifenden Wind.

Jungi und Frij, die den Befehl verstanden, begaben sich sogleich an die Taue, wurden aber von einem steilen Brecher überrascht, der sie straucheln ließ. Frij wurde gegen die Hütte geschleudert und stieß sich die Schulter. Jungi und Ilunga hatten jedoch das Segel erreicht und mühten sich gemeinsam, es ein Stück herunterzulassen und aufzurollen. Sie hatten sich dabei ein Stück der Segelleine um den Bauch geschlungen, sodass sie, selbst wenn sie von Bord gefegt würden, immer noch mit dem Schiff verbunden waren. Während Frij sich die schmerzende Schulter rieb, ertönte ein Schrei. Thorn hatte einen winzigen Moment seinen Halt am Mast aufgegeben, um für das Segelmanöver Platz zu machen, als ihn die Welle erwischte.

Das Wasser ließ ihn auf dem glitschigen Deck ausgleiten und gleichzeitig hob eine zweite Woge das Boot auf einer Seite an. Frij sah nur noch, wie der *Schrat* ins Meer gespült wurde.

Panisch schlug er um sich und versuchte, sich mit aller Macht über Wasser zu halten, während das Schiff sich schnell von ihm entfernte.

Nur wegen dieser ungelenken Bewegungen gelang es Frij, ihn mit den Blicken in den graugrünen Wellenbergen zu verfolgen.

Ohne einen Gedanken zu verschwenden riss sie ein Tau an sich, das auf Deck aufgerollt lag, und schlang das Ende um ihr Handgelenk. Dann sprang sie in die tosenden Fluten.

Als sie Thorn erreichte, hatte der sich gerade aufgegeben und begann zu versinken. Die hochgereckte Hand schaute noch aus dem Wasser, und mit einer kurzen Tauchbewegung gelang es Frij im letzten Augenblick die Kleidung des Versinkenden zu packen.

Sein Gewicht zog sie in die Tiefe. Panik überfiel sie. In der Versuchung loszulassen, kämpfte sie mit aller Kraft gegen das allmähliche Hinabgleiten an. Nur mit größter Mühe gelang es ihr, kurz den Kopf über die Wasseroberfläche zu recken. Keuchend schnappte sie nach

Luft, um gleich danach wieder von einer Welle überspült zu werden. Thorn wehrte sich nicht mehr und hing wie ein Sack an ihrem Arm, ein tödliches Gewicht in der aufgewühlten See.

Erneut erreichte sie mit einer verzweifelten Anstrengung die Oberfläche und ließ pfeifend die Luft aus der Lunge. Als sie einatmen wollte, spürte sie bereits das salzige Wasser in ihren Mund eindringen und schloss instinktiv die Lippen. Zum Ausspucken hatte sie keine Luft mehr, und so schluckte sie die salzige Flüssigkeit. Den scheußlichen Geschmack registrierte sie kaum.

Ein erneuter Versuch, den Kopf aus dem Wasser zu schnellen, war erfolgreicher. Sie tauchte in einem langen Wellental auf, das ihr Zeit genug ließ, um kräftig einzuatmen. Als sie den Kopf drehte, erkannte sie das Schiff einige Mannslängen entfernt. Während sie sich mühte, Thorn unter den Armen zu fassen, spürte sie einen Zug an ihrem Handgelenk und hörte Ilungas Rufe.

Bei dem Versuch, sie zum Schiff zu ziehen, hatte sich das Tau fast gelöst. Frij umklammerte das Seilende mit einer Hand und hielt Thorn weiter mit der anderen gepackt. Sie genoss das Gefühl, ohne eigenes Zutun zum Boot geschleppt zu werden.

Es war nicht einfach, bei dem Wellengang die beiden an Bord zu hieven, doch schließlich gelang es.

Thorn gab kein Lebenszeichen mehr von sich.

„Schnell!“, befahl Ilunga. „Stellt ihn auf den Kopf! Das Wasser muss herauslaufen!“

Das war einfacher gesagt als getan, denn der *Schrat* war nicht gerade ein Leichtgewicht.

Gemeinsam machten sie mehrere vergebliche Versuche, doch immer wieder sank der leblose Körper in sich zusammen. Schließlich schafften sie es dadurch, dass Frij sich unter Thorns Leib schob und ihn auf allen vieren mit dem Rücken anhob. Wenige Augenblicke später hielten sie ihn an den Beinen hoch. Ein Schwall Seewasser ergoss sich auf das Deck und vermischte sich sofort mit den Wellen, die über das Boot schwappten.

Sie legten Thorn auf den Rücken und Ilunga begann, seinen Brustkorb zusammenzupressen, um die Atmung wieder in Gang zu bringen.

Bereits beim zweiten Mal erklang ein röchelndes Schnaufen, und der Gerettete verfiel in ein krampfhaftes Husten. Mit rollenden Geräuschen holte er Luft. Immer wieder, als ob er nicht genug bekommen könnte.

Schließlich schlug er die Augen auf, um sich im gleichen Moment zu übergeben. Frij stützte ihn dabei von der Seite, sodass er sich nicht verschluckte, während Unmengen an Seewasser sich aus seinem Magen ergossen.

„Danke!“, sagte er mit einem Blick in die Runde, als er wieder sprechen konnte.

„Wie geht es dir jetzt?“, fragte Frij mitfühlend.

„Ein bisschen schlapp, aber ... Mir ist überhaupt nicht mehr schlecht.“

Frij grinste und gab ihm einen sanften Nasenstüber.

Nachdem sie den *Schrat* schließlich zu dritt in die Schutzhütte verfrachtet hatten, entschied Ilunga, dass es keinen Sinn mehr hätte, zu versuchen, die Küste des Ackerlandes zu erreichen. Weiter gegen diesen Wellengang anzusegeln könnte leicht zur Beschädigung des Bootes, insbesondere der Schwimmer, führen. Einen Schiffbruch zu riskieren sei blanker Wahnsinn, beschied sie in einem Ton, der keinen Widerspruch duldete. Niemand auf dem Schiff fühlte sich berufen, etwas dagegen zu sagen.

Etwas sanfter fuhr sie fort: „Es besteht jetzt die Möglichkeit, nach Sihport zurückzusegeln ...“, bei diesen Worten biss sich Frij erschrocken auf die Lippen. „Oder über die offene See Kurs auf Intrit zu nehmen.“

„Findest du die Große Insel denn mitten in der Nacht?“, fragte Frij ängstlich.

„Zurzeit ist die Nachtseite noch unbewölkt, man kann nach den Sternen fahren. Die Wolken kommen aus dem Bereich Mittags- bis Abendseite. Im Übrigen ist es ohnehin längst heller Tag, bis wir dort sind.“

„Dann lieber nach Intrit“, murmelte Frij seufzend.

„Ich dachte es mir“, grinste Ilunga und fügte beruhigend hinzu: „Keine Sorge, man kann auch von der Großen Insel nach Fisvik segeln. Es ist nur ein Aufschub, keine neue Entscheidung.“

Zur Beruhigung klopfte sie Frij leicht auf die Schulter und wandte sich dann an Jungi:

„Alles klar zur Wende! Wir nehmen Kurs auf die Große Insel!“

„Den Göttern sei Dank! Lieber den Sturm im Rücken als mitten hinein!“

Behände ergriff der Seegehilfe die Taue und löste die entsprechenden Knoten, während Ilunga an den Seilen gegenüber in Stellung ging.

„Achtung!“, rief sie mit Blick auf Frij, die sich noch im vorderen Teil des Decks aufhielt, „raus aus dem Segelbereich!“

Die Angesprochene beeilte sich, hinter die Hütte zu kommen, wo sie das Manöver gut beobachten konnte, aber niemandem im Weg war.

Das Segeltuch flatterte und knallte wie Peitschenschläge, als Jungi es aus dem Wind nahm. Das Boot, das jetzt keine Eigenbewegung mehr hatte, tauchte mit der nächsten Welle einseitig ins Wasser, um gleich darauf wie ein Ziegenbock hochzuspringen. Schon schwappte ein Brecher über das Deck und die Gischt klatschte bis in die Schutzhütte.

„Was ist los?“, brüllte Thorn und steckte den Kopf aus der Luke. „Gehen wir unter?“

„Bleib drin! Ich denke, dir ist schlecht!“

„Keine Spur! Es gibt wohl nichts Besseres gegen die Seekrankheit als Salzwasser zu schlucken! Ich schaue mir das Ganze lieber von draußen an!“

„Dann binde dir aber ein Seil um den Bauch, damit ich dich nicht noch einmal herausziehen muss!“

„Schon geschehen!“

„Weißt du, was gut ist?“

„Was?“

„Dass du deine nassen Kleider noch nicht gewechselt hast.“

„Schöner Trost!“

Während das Boot wie ein Spielball auf den Wellen tanzte, mühte sich Ilunga mit den Segeltauen ab. Immer, wenn sie das Tuch in den Wind ziehen wollte, riss die nächste Bö sie wieder nach vorn, bevor sie das Seilende vertäuen konnte. Die Kraft, mit der der Sturm in das Segel fuhr, war einfach zu stark für eine Person. Thorn schaute sich diesen Vorgang zweimal an, bis er verstanden hatte, was Ilunga vorhatte. Dann arbeitete er sich auf allen Vieren, immer eine Hand an die Deckhölzer geklammert, auf die Segelweise zu. So hielt er sich niedrig genug, um nicht von dem um sich schlagenden Segel erfasst zu werden. Ilungas Versuche wurden zunehmend schwächer, ihre Kräfte ließen spürbar nach. Als der *Schrat* sie erreicht hatte, ergriff er das Tau über ihrer Hand und forderte sie auf: „Sag ‚zugleich', wenn es soweit ist!"

Sie nickte nur kurz, straffte sich erneut und wartete das Ende einer Bö ab.

„Zuuu - gleich!"

Der *Schrat* warf sich mit dem ganzen Körpergewicht in das Tau, das Segel straffte sich, Thorn biss die Zähne zusammen, um nicht loslassen zu müssen, und Ilunga schlang das Tauende um das zum Festzurren angebrachte Holz.

„Geschafft!", stieß sie erleichtert hervor, gab Thorn einen anerkennenden Schlag auf den Rücken und hastete bereits nach hinten zum Ruder.

Die Maststangen knarrten beängstigend, das Schiff legte sich träge auf die Seite, das Segel blähte sich voll im Wind.

Ilunga drückte mit aller Kraft gegen das Ruder, wobei sie jetzt Unterstützung von Frij erhielt. Langsam und in allen Befestigungen ächzend drehte das Schiff bei und nahm Fahrt auf. Mit dem gleichmäßigen Druck des Windes auf das Segel nahm auch das furchtbare Schaukeln ab. Die spitzen Schwimmer aus Holderstangen schnitten durch die Wogen und die Gischt spritzte bis hinter die Schutzhütte. Trotz der verkleinerten Segelfläche trieb der Wind das Boot pfeilschnell vor sich her. Allmählich verließen sie die flache Mündung und gelangten in tieferes Wasser. Die Wellen hatten zwar auch hier eine beträchtliche Höhe, doch zogen sich die Täler zwischen ihnen weit auseinander, wodurch die harten Schläge gegen den Schiffskörper seltener wurden.

„Hei, das nenne ich segeln!", rief Ilunga begeistert und strahlte über das ganze Gesicht, als ihr Schiff wieder einmal in ein langes Wellental hinabrauschte. Thorn blickte eher ängstlich, doch als er das gleiche freudige Leuchten in den Augen von Frij und Jungi sah, beruhigte er sich und stellte sich so hinter die Schutzhütte, dass nur sein Kopf hinüberlugte. So starrte er, einigermaßen spritzgeschützt, in die tobende Welt vor ihm.

Die Sonne ging unter und mit der Dunkelheit kam auch die Kälte. Durchnässt, wie sie waren, klapperten sie frierend mit den Zähnen. Hatte die Aufregung anfangs das Kältegefühl noch verdrängt, fühlten sie sich nun einfach jämmerlich. Es hätte auch keinen Sinn gehabt, die Kleider zu wechseln, da sie mit dem nächsten Brecher erneut durchnässt worden wären. Zwar war das Tuch der *Seegilde* und das Leder der Schlauchflößer eingeölt, doch half das auch nicht gegen die Gischt, die jede noch so kleine Öffnung in der Kleidung fand.

So gingen sie abwechselnd in die windgeschützte Hütte, um sich dort für eine gewisse Zeit der nassen Kleider zu entledigen und sich, in Decken eingewickelt, aufzuwärmen.

Allerdings mussten entweder Jungi oder Ilunga an Deck sein, da nur sie aus der Konstellation des jahreszeitlichen Sternenhimmels in etwa die Richtung halten konnten. Frij kannte zwar den *Wegweiserstern,* hatte aber keine Erfahrungen mit der Geschwindigkeit von Segelbooten und ihrer Abdrift durch den Wind. Ilunga hatte glücklicherweise recht behalten, was die Sicht auf den Himmel anbelangte, sodass sie recht gut den Kurs halten konnten. Der heulende Wind trieb sie vor sich her und der Nachtteil des Himmels zeigte genügend große Lücken, in denen immer wieder die Sterne erkennbar waren.

Gegen Morgen ließ der Sturm allmählich nach, das Meer blieb zwar rau, doch schlugen die Wellen nur noch selten über das Deck. Als die ersten Sonnenstrahlen durch eine Wolkenlücke brachen und genau auf das Schiff schienen, hätten die vier Menschen auf Deck vor Freude weinen können.

„Ich glaube, es lohnt sich jetzt, die Kleider zu wechseln“, meinte Ilunga.

Sie hatte es noch nicht ganz ausgesprochen, als Thorn bereits an seinem Vorratssack nestelte. Glücklicherweise hatte die Verpackung in der Hütte dichtgehalten, sodass sie alle nach kurzer Zeit trocken und warm an Deck standen.

Die Sonne hatte schon ihren Höhepunkt überschritten, als vor ihnen am Horizont ein deutlich sichtbarer Strich auftauchte.

„Intrit“, sagte Ilunga und zeigte freudig auf den dunklen Streifen.

Doch je näher sie der Insel kamen, je genauer die Segelweise Einzelheiten erkennen konnte, desto mehr verdüsterte sich ihr Blick. Auch Jungi wirkte sehr besorgt.

„Stimmt etwas nicht?", fragte Frij verhalten.

„Der Sturm muss furchtbar an der Küste gewütet haben, ich erkenne meine Insel nicht wieder."

Ilunga presste die Lippen zusammen, und eine Träne stahl sich aus ihrem Auge.

„Ist das Meer denn an Land gefährlicher als hier draußen? Ich dachte immer, es sei umgekehrt?"

Thorn, der gerade aus der Hütte kam, stellte diese Frage. Er hatte Ilungas Gesichtsausdruck nicht bemerkt. Da sie jetzt nicht in der Lage war zu sprechen, antwortete Jungi für sie:

„Nein, manchmal ist es auf hoher See ungefährlicher als im Hafen, da man ja auf den Wellen schwimmt und nicht von ihnen überrollt wird. Wenn aber, wie in dieser Nacht, das Wasser der *Harmfluot* bei Ebbe nicht wieder ablaufen kann, weil es durch einen Sturm in die Flussmündung vor Intrit zurückgedrückt wird, kommt es beim nächsten Hochwasser zu einem noch höheren Wasserstand. Das Meer überspringt dann die Deiche und dringt in die Häuser ein."

„Ich dachte, die Flut steige immer gleich hoch!"

„Nein, nein, das ändert sich mit dem Mondwechsel. Das Hochwasser der *Seldafluot* fällt dagegen immer ganz schwach aus."

„Es könnte sogar sein, dass wir heute Nacht eine *Mandränke* hatten", fiel nun Ilunga mit belegter Stimme ein.

„Woraus schließt du das?", erkundigte sich Frij besorgt.

„Die Feuerdüne, also die größte Düne von Intrit, die mit dem Leuchtfeuer, ist viel kleiner geworden. Von der Tempeldüne sehe ich gar nichts mehr."

„Und was bedeutet das?"

„Der größte Teil des Ortes liegt tiefer als die Dünen, durch einen Deich geschützt. Aber wenn das Meer die Dünen wegreißt ..."

„Was wird es dann von einem kleinen Erdwall übrig lassen?", ergänzte Frij bedrückt.

Gebannt starrten alle auf den Hafenort vor ihnen, während sie sich ihm langsam näherten.

„Der Deich um den Hafen ist völlig zerstört, und die Tempeldüne besteht nur noch aus einem kleinen Rand. Vorsicht beim Einlaufen, wir könnten auf Grund laufen, das Hafenbecken scheint vom Sand der Tempeldüne aufgefüllt zu sein!", rief Ilunga in Richtung Jungi, der hinten am Ruder stand.

„Segel einholen, schnell! Wir müssen uns mit Rudern langsam herantasten!"

Da Thorn und Frij inzwischen mehrfach bei Segelmanövern zugesehen und auch mit angefasst hatten, konnten sie sich nun nützlich machen und holten blitzschnell das Tuch ein.

Das Schiff verlor sofort an Fahrt, und sie griffen zu den Rudern, um sich vorsichtig an die ehemalige Hafeneinfahrt heranzubewegen.

Die Reste des Hafendeiches ragten wie Zähne aus dem Wasser, und auch von dem dahinter liegenden Damm zum Schutz der Siedlung waren nur noch Bruchstücke vorhanden. Durch die Lücken offenbarte sich das gesamte Ausmaß der Zerstörung.

Nur die wenigen Häuser, die auf *Wurten* errichtet waren, schienen den Ansturm der Wassermassen überstanden zu haben. Vom Rest der Siedlung waren nur noch dachlose Ruinen zu erkennen, aus denen einzelne Holzbalken bizarr in den Himmel ragten.

„Ist dein Haus auch zerstört, Ilunga?"

„Ich weiß es nicht, es liegt auf der hinteren Feuerdüne. Vielleicht lag es hoch genug."

Das Hafenbecken war flach, und sie mussten eine Zufahrt zum Ufer suchen. Ein oder zwei der hölzernen Anleger schienen wie durch ein Wunder den Sturm nahezu unbeschadet überstanden zu haben. Dorthin steuerten sie nun das Schiff. Bis auf das fortgesetzte Pfeifen des Windes war es völlig still. Niemand war an Land zu sehen.

Ein Schrei zerriss die Stille.

Frij stand mit schreckgeweiteten Augen am Vorderende des Bootes und zeigte wie erstarrt mit dem Arm ins Wasser. Ein bleicher, halbnackter Körper trieb behäbig vor dem rechten Schwimmer. Beinahe hätten sie ihn gerammt.

„Eine Wasserleiche. Es wird gewiss nicht die Einzige sein."

Ilunga biss erneut die Zähne zusammen, um nicht laut schreien zu müssen. Sie vermied, dem Toten ins Gesicht zu sehen, aus Furcht, ihn zu erkennen.

Als sie angelegt hatten, stellten sie fest, dass der Sturm noch mehr Leichen ans Ufer gespült hatte. Alle trugen wenig Kleidung.

„Es muss sie im Schlaf überrascht haben", murmelte Jungi. „Sie haben den Deichen zu sehr getraut."

Stumm machten sie das Boot fest. Ihr Gepäck ließen sie vorerst in der Schutzhütte, da mit einem weiteren Sturm nach Ilungas Meinung vorerst nicht zu rechnen war. Dann trotteten sie schweigend hintereinander den kleinen Sandhügel hinauf, der von der großen Feuerdüne übrig geblieben war.

Das Wasser hatte auch die ersten Häuser auf der Düne erreicht, dort fanden sie ebenfalls nur Reste von Torfmauern. Immer noch hatten sie keinen Überlebenden gesehen.

Hinter einer größeren Ruine entdeckten sie das erste unbeschädigte Haus.

Es gehörte Ilunga.

Aus dem hinteren Giebel quoll dicker Rauch.

Als sie die Tür aufstießen, schlug ihnen warme, verräucherte Luft und der Geruch von vielen Menschen entgegen. Das Wimmern von Kindern und das Stöhnen von Verletzten erfüllte den Raum. Das Haus war brechend voll von Menschen, die sich mehr schlecht als recht einen Platz zum Ruhen gesucht hatten.

„Hunno! Du lebst!", rief Ilunga aus, als sie den großen Mann gewahrte, der gerade mit einem weinenden Kind sprach. Offenbar hatte er die Aufgabe übernommen, sich um die Überlebenden zu kümmern.

„Ilunga!", rief er, als er sich umdrehte. „Dich schicken die Götter!" Und schon eilte er auf sie zu, bemüht, keinen der Liegenden dabei zu treten. Er riss sie in seine Arme und drückte ihr einen dicken Kuss auf die Wangen.

Ilunga tat es ihm gleich und aus ihren Augen liefen Freudentränen.

Im gleichen Augenblick erhob sich ein Rufen aus vielen Stimmen im Raum. Die Menschen erhoben sich und versuchten, sich Ilunga zu nähern. Erste Kinderstimmen kreischten, weil sie in dem Aufruhr getreten worden waren, und der Lärm wurde unerträglich.

„Ruhe!", brüllte Hunno. „Bleibt, wo ihr seid. Es hat doch keinen Sinn, wenn alle durcheinanderschreien. Ich gehe jetzt mit Ilunga hinaus, und wir werden versuchen, die Lage zu klären. Bleibt lieber drinnen. Ihr habt kaum Kleider, und hier ist es wenigstens warm. Ich gebe euch dann Bescheid."

Tatsächlich beruhigten die Leute sich wieder, und Hunno zog die Ankömmlinge nach draußen.

„Die Menschen haben Respekt vor dir!", bemerkte Thorn beeindruckt.

„Hunno ist Wetterkundiger in Intrit", erklärte Ilunga an Stelle des Angesprochenen. „Wir kennen uns seit unserer Kindheit und sind gemeinsam bei der *Seegilde* in die Lehre gegangen. Heute ist er sicher die bedeutendste Person hier."

„Na ja," lächelte Hunno etwas verlegen, „du vergisst deine Freundin Salida!"

„Da könntest du recht haben", gab die Segelweise zurück. „Aber ich glaube, ihr ergänzt euch recht gut."

Frij, die den Gesprächsinhalt nicht verstand, musterte unterdessen den Fremden. Er war ungefähr im gleichen Alter wie Ilunga, schlank und dennoch kräftig, mit einem wallenden Vollbart. Sein Körper steckte in einem langen Umhang aus weißer Wolle, der jedoch völlig verdreckt war. Um seinen Hals hing auch das Abzeichen der *Seegilde*, allerdings war die Schneckenschale zerbrochen. Das grau werdende Haar trug er in langen Wellen bis in den Nacken, doch klebte es ihm nun vor Feuchtigkeit und Schmutz am Kopf.

„Sind viele vom Meer geholt worden?"

Frij wandte ihre Aufmerksamkeit wieder dem Gespräch zu.

„Leider. Aus dem unteren Ortsteil konnten sich nur wenige retten. Einige, wie ich selbst, konnten auf die *Wurten* flüchten. Wir sind dort zwar auch nass geworden, das Wasser überstieg den Wurtrand, aber die

Gebäude haben den Wasserdruck ausgehalten. Nun ja, sie sind auch stärker gebaut als die Torfhütten. Die Menschen auf den Dünen hatten mehr Glück. Bei ihnen erreichte die Flut später die Häuser, und sie konnten noch die herausragenden Spitzen erreichen. Glücklicherweise ist noch ein Rest der Tempeldüne stehen geblieben, sonst hätten wir noch mehr Tote zu beklagen."

„Konntest du als Wetterkundiger nicht das Unglück voraussagen?", fragte Thorn nach.

Hunno lächelte mild:

„Das will ich meinen", meinte er traurig. „Ich habe sie auch gewarnt. Aber sie haben meinen Rat in den Wind geschlagen. Ich habe hier den Ruf, übervorsichtig zu sein. So haben im Unterdorf auch nur die überlebt, die wach geblieben sind und aus den Häusern fliehen konnten, bevor sie zusammenbrachen. Jetzt hören sie wieder auf mich", setzte er bitter hinzu.

„Was können wir tun?", fragte Frij.

„Unser größtes Problem ist, dass wir zu wenig Unterbringungsmöglichkeiten haben. Ihr habt ja gesehen, wie eng es in Ilungas Haus war. Und so sieht es im Augenblick in jeder Hütte aus, die noch stehen geblieben ist. Außerdem fehlt es an Nahrung und Kleidern."

„Ich glaube, es gibt noch ein größeres Problem, was allerdings heute nicht gelöst werden kann", warf Ilunga düster ein.

Hunno nickte.

„Du hast recht, die Große Insel und Intrit besitzen keine Räume mehr, in die man sich vor einer Sturmflut wie der letzten in Sicherheit bringen könnte. Wie trügerisch der Schutz der Dünen von Intrit war, hat man jetzt gesehen. Im Übrigen gibt es auf der ganzen Insel fast keine Dünen mehr und auch sonst keinerlei Erhebungen. Auch die *Wurten* müssen immer höher gebaut werden, und selbst das nützt nur etwas, wenn Deiche den Wasserdruck verringern oder wenn sie tiefer im Land liegen. Dort aber versumpft alles. Auch die Viehzüchter finden nicht mehr genug Weideland. Wenn man alles zusammennimmt, lohnt es für meine Vorstellung auch nicht mehr. Einige wenige solcher Stürme wie in der letzten Nacht können die ganze Insel ins Meer reißen."

„Wir müssen die Menschen nach Duggaland bringen!“

„Und möglichst bald“, stimmte Hunno zu. „Wir haben keine Wahl mehr. Das Meer steigt.“

„Nun, mit meinem Boot wird das nicht möglich sein. Es ist ein Schnellsegler und Erkundungsschiff, also nicht für große Lasten ausgelegt.“

„Ich weiß, wir selbst haben auch nur noch ein größeres Boot. Es hat sich im Sturm losgerissen und ist auf die Tempeldüne gespült worden. Dadurch ist es nur leicht beschädigt und kann mit wenig Aufwand seetüchtig gemacht werden. Die anderen sind zusammen mit den Anlegern von den Wellen zerschlagen worden. Allerdings nützt uns auch das eine Boot nichts, da sich unter den Überlebenden keine erfahrenen Segelkundigen mehr befinden. Unsere Fischer können nur in Sichtkontakt mit der Küste segeln. Sie würden den Weg über die offene See nicht finden. Ich selbst bin zwar Mitglied der *Seegilde*, aber wie du weißt, habe ich mich der Wetterkunde verschrieben, und meine Lehre auf den Booten liegt zu lange zurück.“

Der Blick, den Hunno der einzigen Segelweisen in Intrit zuwarf, war deutlich und Ilunga verstand ihn sofort.

„Leider kann ich in diesem Fall nicht helfen, denn meine Freunde hier und ich sind auch nur aus Not in Intrit gelandet. Uns läuft selbst die Zeit davon“, Hunnos Gesicht nahm bei diesen Worten den Ausdruck von Verzweiflung an, „aus Gründen, die ebenfalls keinen Aufschub dulden“, fügte Ilunga deshalb hinzu. „Ich kann es dir im Augenblick nur andeuten: auch Duggaland ist gefährdet, wenn auch nicht von der See. Wenn wir es nicht schaffen sollten, dieser Gefahr Einhalt zu gebieten, wäre eure Flucht nach Sihport sinnlos, da euch dort bald auch nur der Tod erwarten würde.“

„Aber wenn du nicht wenigstens nach Sihport segelst, um Hilfe zu holen, sind wir hier sicher verloren!“

Hunnos Blick wurde flehend.

„Beruhige dich! Wir wollen euch nicht im Stich lassen, nur muss statt meiner jemand anders diesen Auftrag übernehmen.“

„Aber wer denn nur?“

„Jungi, mein Segelgefährte", Ilunga deutete auf den jungen Mann an ihrer Seite. „Er hat seine Lehre abgeschlossen. Und wenn er auch noch nicht die Meerschnecke trägt, ist er dennoch fähig, ein Schiff sicher nach Sihport zu bringen. Dafür verbürge ich mich."

Jungi blickte sie erstaunt an:

„Aber ..."

„Kein ‚Aber'!", unterbrach sie ihn. „Gerade jetzt im Sturm, während einer Nachtfahrt, hast du bewiesen, dass du alle Fähigkeiten eines Segelweisen besitzt. Du wirst die erste Fahrt nach Sihport übernehmen, die Hilfsbedürftigsten mitnehmen und mit einer kleinen Flotte zurückkehren, um die Menschen hier und ihren wichtigsten Besitz zu bergen."

Jungi nickte und schaute enttäuscht auf den Boden.

„Wir werden es später noch genauer besprechen", versicherte Ilunga sanft. „Glaub mir, auch mir tut es leid, dass sich unsere Wege hier zunächst einmal trennen müssen."

Der junge Mann sah sie prüfend an, nickte dann zustimmend und sagte: „Gut, ich werde nach Sihport segeln."

„Was aber geschieht jetzt weiter hier in Intrit?", mischte sich nun Thorn ein. „Wir könnten doch, wo wir schon hier sind, Hilfe leisten."

„Du könntest sicher beim Instandsetzen des Bootes helfen, vielleicht sind Schmiedearbeiten nötig", schlug Frij vor.

„Ganz sicher!", bestätigte Hunno. „Ein erfahrener Schmied wäre von großer Hilfe, es würde die Wiederherstellung des Schiffs wesentlich beschleunigen. Doch zunächst müsst ihr für die Nacht untergebracht werden. Draußen könnt ihr nicht bleiben, es wird nass und kalt werden, hmm, wo wäre noch ein Platz für euch?"

„Ist Salidas Haus noch intakt?", fragte Ilunga. „Es liegt schließlich auf einer *Wurt*."

„Ja, es ist tatsächlich verschont geblieben. Zwar ist es auch schon überbelegt, aber ich vermute, Salida wird sich freuen, dich wiederzusehen. Sie wird euch sicher aufnehmen."

So gingen sie zunächst zum Boot zurück, um ein paar Dinge für die Nacht zu besorgen. Die Decken und Kleider, die sich in Ilungas Haus befunden hatten, waren längst von Hunno an die Überlebenden verteilt worden.

„Der Sturm hat sich vorerst ausgetobt“, meinte der Wetterkundige. „Ihr könnt das Boot hier am Anleger lassen. Ich glaube, ihr braucht mich im Augenblick nicht mehr. Es gibt noch einiges zu tun für mich, und wenn es sich nur darum handelt, Erklärungen zu geben und Hoffnung zu verbreiten.“

„Geh nur, wir finden uns schon zurecht.“

„Bis morgen beim Boot!“, rief Thorn dem davonstapfenden Hunno hinterher.

„Bis morgen!“, ertönte es zurück.

Ilunga setzte sich an die Spitze der Gruppe, und sie schritten durch den Sand an der Wasserlinie entlang auf die Reste der Tempeldüne zu. Zwischen dem ehemaligen Hafenbecken und dem steilen Abhang der Düne befand sich nur ein schmaler Durchlass. Unentwegt rutsche der Sand nach, bildete kleine Haufen vor der schwachen Brandung und wurde von den Wellen wieder fortgespült.

„Man sieht förmlich, wie der Hügel nach und nach abgetragen wird“, bemerkte Frij.

„Ja“, erwiderte Ilunga, „und dort, wo du jetzt gehst, war vorher der Tempel der *Seegilde*.“

„So groß wie der in Sihport?“

„Nicht ganz, aber immerhin.“

Kurz danach erreichten sie die kleinen Erdhügel, die vorher ein starker, mannshoher Deich gewesen waren.

„Was für ein Turm ist das?“, fragte Thorn und zeigte zur linken Seite hinüber.

„Der alte Feuerturm“, gab Ilunga zurück, „er ist das letzte Überbleibsel der ehemaligen Seegildeburg. Jetzt wird auf seiner Plattform nachts ein Leuchtfeuer entzündet. Das heißt, heute wohl eher nicht mehr“, setzte sie bedrückt hinzu.

Das Gehen wurde schwieriger, da sie nun nicht mehr über festen Sand, sondern durch weichen Schlick stapften. Der Schlamm zwischen den Häuserresten vermittelte einen trostlosen Eindruck, und sie bewegten sich schweigend zwischen den eingedrückten Torfmauern, immer darauf bedacht, auf dem glitschigen Untergrund nicht auszugleiten.

Schließlich standen sie vor einer massigen *Wurt*, die mit einer breiten Erdrampe zum Besteigen einlud. Die Schräge führte auf ein großes Gebäude zu, das wie ein breiter Ring um einen kreisrunden Hof gebaut war und zur Rampe hin eine torähnliche Öffnung aufwies. Das weit vorspringende *Rieddach* schirmte die mit Schlick verschmierten Wände aus Torfsoden gegen den Schlagregen ab. Auf der Außenseite besaß das Gebäude weder Fenster noch Türen. Es war von seinen Ausmaßen nur wenig kleiner als das Gebäude der *Seegilde* in Sihport und reichte fast bis an den Rand der Wurt.

„Der Tempel der Großen *Erdfrouwa,* der Göttin Salida, auch die Glücksbringende genannt", erklärte Ilunga.

„Heißt deine Freundin nicht auch Salida?", fragte Frij erstaunt.

„Ursprünglich nicht, aber als sie die Priesterin dieser Göttin geworden ist, hat sie zwangsläufig diesen Namen angenommen, da sie nun als Verkörperung der *Erdfrouwa* gilt."

„Gibt es denn nur eine Priesterin?"

„Ja, sie ist die letzte. Der Kult zu Ehren der Göttin ist in vielen Bereichen Duggalands fast vollständig untergegangen und durch andere Götter ersetzt worden, wie du weißt. Nur auf der Großen Insel hat er sich noch in seiner ursprünglichen Form gehalten, vielleicht weil die Beziehung zur Erde stärker ist, wenn man auf einer kleinen Insel lebt und ständig vom Meer bedroht wird, ich weiß es nicht. Jedenfalls werdet ihr Salida kennenlernen und feststellen, dass sie sich in ihrer Haltung von den meisten *Schamanen* Duggalands sehr unterscheidet und sich eher um die alltäglichen irdischen Lebensprobleme der Menschen kümmert."

„Schließlich ist sie ja auch eine *Erdfrouwa*!", witzelte Thorn, blieb dann aber erstaunt mit weit offenem Mund plötzlich stehen.

Sie waren in den runden Innenhof getreten und blickten auf eine menschengroße Steinfigur, die genau in der Mitte des Platzes auf einem kleinen Felsen hockte. Es handelte sich um das Abbild einer Frau ohne Gesicht mit rundem Bauch, ausladenden Hüften, einem massigen Gesäß und riesigen Brüsten.

„Ist ... Ist sie das?“, stotterte der *Schrat*, der seinen Blick nicht von den weiblichen Formen lassen konnte.

Ilunga grinste: „Sie wird gleich leibhaftig vor dir stehen.“

Sie gingen auf ein großes Tor zu, das den einzigen Eingang zu dem Gebäude darstellte. Es war oval geformt und lief oben spitz zu. Außerdem hatte man es mit einem Wulst aus dicken Riedbündeln umgeben, sodass es wie die Nachbildung des weiblichen Geschlechts aussah. Dieser Eindruck wurde noch dadurch verstärkt, dass man das aus glatten Holzplanken bestehende Türblatt mit einer rotbraunen Farbschicht bedeckt hatte. Blickte man sich von der Mitte des Platzes aus um, erschien das gesamte Gebäude wie die geöffneten Beine einer Frau.

„Darf ich überhaupt dieses Gebäude betreten?“, fragte Thorn ängstlich.

Ilunga blickte ihn amüsiert an:

„Keine Sorge, Männer gehören auch zur Schöpfung der *Erdfrouwa* und tragen einen nicht unerheblichen Anteil zur Fruchtbarkeit bei.“

„Das müsste dir doch gefallen“, warf Frij mit einem verschmitzten Lächeln ein, „wo du doch als *Schrat* ständig an so etwas denkst.“

Thorn beantwortete ihre Neckerei zunächst mit einem bösen Blick, musste dann aber selbst schmunzeln.

Ilunga drückte die Tür auf, und sie traten ein.

Der Raum war groß und ziemlich hell, zur Verwunderung der Ankömmlinge, die wegen der fehlenden Fenster eher mit einer dunklen Höhle gerechnet hatten. Nun stellten sie fest, dass sich die Fensteröffnungen auf der Rückseite des Gebäudes befanden.

Auch hier schlug ihnen Kinderlärm entgegen, und sie mussten sich beim Durchschreiten des Raums wegen der vielen Menschen vorsehen, niemanden zu treten.

Sie folgten der Segelweisen, die selbstsicher ein Zimmer nach dem anderen durchschritt. Überall bot sich das gleiche Bild von lagernden Menschen, die zum großen Teil halbnackt waren und sich gegenseitig wärmten.

Schließlich gelangten sie an eine Tür, die aus Flechtwerk bestand und zusätzlich mit einer dicken Schilfmatte verhängt war.

„Salida! Dürfen wir eintreten?“

„Nur herein, wenn ich irgendwie helfen kann!“, erklang es gedämpft durch die Schilfmatte.

Sie stießen die Tür auf und traten in eine kleine Kammer, gerade groß genug, sie alle aufzunehmen.

„Ilunga! Jungi! Euch schickt die *Erdfrouwa* selbst!“

Die Priesterin riss vor Freude die Arme hoch und erhob sich von der kleinen Bank, auf der sie gerade gesessen hatte.

Thorn riss wie bereits im Hof vor Staunen die Augen weit auf, als er ihre massige Gestalt vor sich sah. Ihr eng anliegendes Gewand aus heller, gekämmter Wolle betonte deutlich ihre Körperfülle. Sie entsprach fast völlig dem Standbild im Hof, nur hatte sie ein rundes, pausbäckiges Gesicht mit strahlend blauen Augen. Ihr langes, blondes Haar fiel ihr glatt hinunter bis zur Hüfte. Vom Alter her musste sie zwischen Frij und Ilunga liegen, was für Thorn bedeutete, dass sie etwa gleich alt waren. Die Priesterin hatte in einem Berg bunter Stoffe gesessen, die sie auf irgendeine Weise bearbeitete. Da fast der gesamte Raum mit ihnen belegt war, ließ sich nicht sofort erkennen, was sie mit ihnen vorhatte.

„Wen habt ihr uns in dieser Stunde der Not denn noch mitgebracht?“, fragte Salida, nachdem sie Ilunga und Jungi umarmt und geherzt hatte.

Ilunga stellte ihr zunächst Frij vor, und die Priesterin begrüßte sie freundlich. Als sie Thorn gegenüberstand, verharrte sie zunächst schweigend und starrte ihn gebannt an. Auch der *Schrat* zeigte sich sprachlos und konnte seinen Blick nicht von ihren Augen lassen.

Frij und Ilunga blickten sich vielsagend an, und die Segelweise durchbrach das Schweigen.

„Frij und Thorn kommen aus dem inneren Teil Duggalands, Frij aus Tvinhaag und Thorn sogar aus Schratstihn. Du siehst, sie sind bereits weit gereist.“

„Dann bist du ein *Schrat*!“, entfuhr es der Priesterin mit offensichtlicher Begeisterung. „Weißt du, dass es eine alte Sage gibt, nach der ...“

„Glaub ihr kein Wort!“, fuhr Ilunga feixend dazwischen. „Sie erfindet die Prophezeiungen, wie sie ihr gerade passend erscheinen!“

„Nein, lass sie nur reden", gab Thorn zurück, ohne den Blick von Salida zu lassen. „Ich würde gern von dieser alten Sage hören."

„Ilunga versteht von diesen Dingen ohnehin nichts", antwortete die Priesterin. „Sie hat kein Gespür für übernatürliche Dinge, sie ist völlig vom Nachdenken beherrscht. Diese alte Kunde also ... Sie besagt, dass einst ein Mann der Erde kommen wird, um mit der letzten Priesterin der *Erdfrouwa* ein Kind zu zeugen, das den Glauben an die Fruchtbarkeit der Erde und die Große Göttin erneuern wird. Dieses Kind bekräftigt den alten Bund zwischen der Erde, verkörpert durch die Göttin Salida, und den Menschen. Danach wird ein glückseliges Zeitalter anbrechen. So verkünden es die Alten."

„Und wodurch zeichnet sich ein Mann der Erde aus?"

„Er schafft aus der Tiefe des Bodens Gestein an die Oberfläche und verwandelt es im Feuer zum Segen der Menschen."

„Haha!", lachte Ilunga. „Das hätte ich an deiner Stelle jetzt auch behauptet, oder willst du uns etwa weismachen, dass dir die Schmiedekunst der *Schrate* bisher unbekannt war?"

„Natürlich nicht!", entrüstete sich Salida. „Tatsächlich entspricht aber ein *Schrat* mehr als jeder andere Mann in Duggaland dem angekündigten Mann der Erde. Feuer, Erde und Wasser sind die Grundelemente der Welt. Die *Schrate* gehören, was ihr Schaffen auf der Erde betrifft, eindeutig zu den Elementen Feuer und Erde, wobei das Feuer ein Widersacher des Wassers ist."

„Das kann ich bestätigen, mit dem Wasser konnte ich mich bisher nur sehr eingeschränkt anfreunden. Waschen zum Beispiel finde ich allerdings inzwischen ganz sinnvoll", bekräftigte Thorn, mit einem vielsagenden Seitenblick zu Frij, was diese mit einem Augenzwinkern beantwortete.

„So sei du mir besonders willkommen!"

Mit diesen Worten trat Salida auf Thorn zu, umarmte ihn und drückte ihn fest an sich.

Während der *Schrat* in ihrem weichen Fleisch förmlich versank, strahlte er glückselig die Priesterin an.

Frij und Ilunga grinsten sich erneut verschwörerisch an.

Nur langsam entließ Salida den *Schrat* wieder aus ihren Armen, was diesem aber offensichtlich noch viel zu schnell war. Er trat erst einen Schritt zurück, als die Priesterin sich völlig von ihm gelöst hatte.

„Eigentlich müsste ich euch nun nach den Gesetzen der Gastfreundschaft Nahrung und ein Dach anbieten. Leider fällt mir beides schwer. Ihr kennt ja die Lage in Intrit. Vermutlich hat Hunno auch Ilungas Haus den Überlebenden geöffnet?"

Ilunga nickte nur.

„Dies ist der einzige Raum, über den ich noch frei verfüge, der gesamte Tempel ist belegt mit den Notleidenden. Natürlich habe ich Hunno auch alle meine Nahrungsmittel überlassen. Er wird sie gerecht verteilen, sodass wir hoffen können, gemeinsam längere Zeit durchzuhalten.

Nun, wie ihr seht, ist mir nur die Kammer der heiligen Wandbehänge geblieben."

„Welche Wandbehänge?", wunderte sich Frij angesichts des nackten Lehmflechtwerks um sie herum.

„Die Stoffe, die du hier liegen siehst. Sie sind mit den Bildern der *Erdfrouwa* bemalt. Jede Priesterin stiftet ein solches Tuch, das sie mit Erdfarben aus Lehm und Früchten gestaltet. Deshalb dürfen die Stoffe auch nicht nass werden und werden sorgfältig gehütet. Wir stellen uns vor, dass in den Wandbehängen noch die Kraft all der Frauen erhalten ist, die als Priesterin die Göttin verkörpert haben."

„Aber wenn es doch heilige Bilder sind, warum liegen sie hier auf dem Boden herum?"

„Weil ich sie zerschneide, die meisten sind zu groß, besonders für die Kinder."

„Du zerschneidest die heiligen Tücher deiner Göttin?"

Frij war fassungslos. Von den Priestern und *Schamanen* aus Tvinhaag wusste sie, dass schon der Gedanke an die Zerstörung heiliger Gegenstände als Frevel und schweres Vergehen galt.

„Wir sind alle die Kinder der *Erdfrouwa*. Sie verkörpert den Fortbestand des Lebens und das irdische Glück, das einem während seiner Lebenszeit widerfährt. Glaubst du, sie würde es gutheißen, dass ihre Kinder frieren, wenn es sich irgendwie vermeiden lässt?"

„Und du teilst die Stoffe, um Decken oder Umhänge daraus machen?"

„Ganz genau. Die meisten sind aus Wolle und wärmen recht gut an kalten Tagen. Viele der Überlebenden haben, wie du sicher gesehen hast, nur das nackte Leben gerettet."

„Ich glaube, deiner Religion könnte ich mich gut anschließen."

„Das freut mich!", antwortete Salida erfreut. „Vielleicht bietet sich ja noch eine Gelegenheit für die Einweihung."

„Im Augenblick sicher nicht!", warf Ilunga ein. „Wir haben vorher noch andere Aufgaben zu erfüllen. Aber wenn wir uns lebend in Sihport wiedersehen, könnte man daran denken."

„Ich werde nicht nach Sihport gehen."

„Aber wir werden versuchen, die gesamte Bevölkerung Intrits nach Sihport zu schaffen und sie dort neu anzusiedeln, dich eingeschlossen, Salida."

„Ich werde hierbleiben."

„Aber warum denn nur?"

Ilunga wurde allmählich ärgerlich.

„Weil ich für dieses Stück Erde verantwortlich bin. Hast du vergessen, dass ich die Erde verkörpere? Ich bin Salida!"

„Es wird hier bald keine Erde mehr geben! Und schon gar keine Menschen. Die Große Insel wird im Meer versinken, und auch du wirst das nicht aufhalten."

„Ich lebe auf einer *Wurt*, einem Stück Erde, das mich vor dem Wasser schützt. Und die Göttin wird mir helfen."

„Dass diese *Wurt* noch steht, verdankst du nur dem Deich, der den Druck des Wassers abgefangen hat. Die *Wurten,* die frei lagen, sind von den Fluten bereits in der letzten Nacht fortgespült worden. Der nächste Sturm kann auch diesen Erdhügel holen, denn das Meer steigt unaufhörlich weiter. Deine Göttin verliert hier zusehends an Kraft gegen das Wasser."

„Vielleicht geht die Große Insel erst unter, wenn meine Zeit ohnehin abgelaufen ist."

„Und das Kind?", warf plötzlich Thorn ein und wurde puterrot, als alle ihn entgeistert anstarrten.

„Das angekündigte Kind! Du hast doch eben noch davon gesprochen!“

„Ob tatsächlich solche Ankündigungen eintreten, weiß man natürlich auch nicht“, murmelte die Priesterin leise und schlug sichtlich verlegen die Augen nieder.

„Und wenn doch?“, hakte Thorn hartnäckig nach. Frij und Ilunga verkniffen sich das Grinsen angesichts dieser Auseinandersetzung.

„Nun, dann müsste ich natürlich das Überleben des Kindes sichern.“

Thorn nickte heftig, schwieg aber dann, als er das Flackern in den Augen der anderen beiden Frauen sah, die immer noch mit dem Schmunzeln kämpften.

„Nun, wie dem auch sei“, nahm nun wieder Frij das Wort. „Wir müssen eine Regelung für die Nacht finden.“

„Ilunga und ich könnten doch in der Hütte auf dem Schiff übernachten“, schlug Jungi vor. „Zwei Personen können bequem darin schlafen und das Gepäck bleibt bewacht.“

Er blickte sich unsicher um und bemerkte Frijs feines Lächeln, die genau wie bei Thorn sofort die wahren Beweggründe verstanden hatte. Um seinem Vorschlag vernünftiger aussehen zu lassen, fügte Jungi noch hinzu: „Man weiß ja nie in den Zeiten der Not!“

Ilunga strahlte erfreut ihren Gehilfen an: „Dann könnten wir auch noch richtig voneinander Abschied nehmen, wo sich doch jetzt unsere Wege vorerst trennen.“

„So hatte ich das gemeint“, bestätigte er augenzwinkernd.

„Und bei mir in diesem Raum könnte vielleicht noch einer bleiben“, bot Salida mit gesenktem Blick etwas verschämt an.

Frij gab Thorn einen sachten Stoß mit dem Ellenbogen, als er nicht sofort reagierte. Nach einem kurzen Blickwechsel mit seiner Gefährtin, bei dem sie auffordernd die Brauen hob, fragte er Salida, ähnlich schüchtern:

„Dürfte ich heute bei dir nächtigen? Ich verspreche auch, dir nicht ungelegen zu fallen.“

„Ich würde mich sehr freuen“, bekam er zur Antwort, und mit verlegenem Lächeln setzte sie hinzu: „Manchmal kommt das Glück der Salida ganz überraschend.“

„Und was machst du, Frij? Du hast bisher keine Unterkunft für die Nacht."

„Mach dir keine Sorgen, Thorn. Ich finde schon ein Plätzchen. Manchmal tut es auch gut, eine Zeitlang allein zu sein. Es gibt vieles zu bedenken nach der letzten Zeit. Wenn ich vielleicht eines dieser dickeren Tücher haben könnte, dann könnte ich mich der Wärme und dem Schutz der Göttin übergeben."

„Nimm dir eines. Ich wünsche dir eine ruhige Nacht", sagte Salida.

„Gut, damit wäre ja das Naheliegende geklärt. Ich schlage vor, dass wir uns morgen früh am Boot treffen. Da können wir dann zusammen etwas essen und beratschlagen, was weiter zu tun ist."

Mit diesen Worten hakte Ilunga ihren Segelgehilfen unter und verschwand in Richtung Anleger.

„Bis morgen! Eine gute Nacht euch beiden!"

Frij nahm einen dicken Stoff auf und schickte sich an zu gehen.

„Du bist sicher, dass du allein zurechtkommst?" fragte Thorn besorgt, während er ihr noch bis vor die Flechttür folgte.

„Sicher", beruhigte sie ihn. „Ich kann schon auf mich aufpassen."

„Gut ... Und danke für die Rücksichtnahme", sagte er und nahm sie kurz in den Arm.

Frij fühlte sich sehr einsam, als sie den Hang der Tempelwurt hinunterschritt. Vor ihr lagen die zerstörten Hütten der Siedlung. Sie erwog kurz, sich auf eine der noch bewohnbaren *Wurten* zu begeben, verspürte aber einen inneren Widerwillen dagegen, weil dort sicher alles eng, laut und stickig war. So irrte sie eine Weile zwischen den zerstörten Häusern umher. Keine Seele zeigte sich dort. Sicher hatten nicht einmal die Ratten überlebt. Schließlich fand sie noch eine Hütte, an der ein Stück des Daches dem Sturm widerstanden hatte. Eine breite Holzplanke hing schief in der Ecke, vermutlich ein ehemaliges Türblatt. Sie zog es unter das Dach und legte sich darauf, in die warme Decke der Göttin gewickelt. Bald übermannte sie die Müdigkeit, und während sie einschlief, meinte sie Urk vor sich zu sehen, wie er sie sehnsüchtig betrachtete.

Als Thorn wieder in das Zimmer der Priesterin trat, war Salida gerade dabei, ihren fülligen Leib zu entblößen. Mit einem verheißungsvollen Lächeln drapierte sie sich auf einer Bettstatt aus heiligen Tüchern. Bei ihrem Anblick blieb Thorn der Atem weg, und er spürte, wie sich sein Glied versteifte. Die Figur im Hof hatte kein Gesicht besessen, in den begehrlichen Zügen der Priesterin meinte er aber die *Erdfrouwa* selbst zu erkennen. Eilig entledigte er sich seiner Kleidung und versank kurz danach in ihren weichen Rundungen. Als er später in sie eindrang, glaubte er zu verstehen, warum Salida auch die Glücksgöttin genannt wurde.

„Kommst du heute Abend wieder zu mir?“, fragte die Priesterin, als Thorn sich morgens zum Anleger aufmachen wollte.

„Mit Freuden!“, entgegnete er. „Wenn du nichts dagegen hättest, würde ich gern dein Erde-Mann aus der Verheißung sein und die göttliche Liebe dieser Nacht immer wieder spüren. Allerdings“, fügte er nach einer kleinen Pause hinzu, „möchte ich nicht gern gemeinsam mit dir auf dieser Insel ertrinken.“

„Ich habe gestern verstanden, dass du noch einmal fort musst, weil ein wichtiger Auftrag auf euch wartet. Du solltest wissen, dass du mich sehr wahrscheinlich heute Nacht geschwängert hast. Ich habe das Ziehen in meinem Bauch gespürt, das immer zwischen den Blutungen kommt und die Fruchtbarkeit der Frau anzeigt. Kämest du noch eine weitere Nacht zu mir, könnte ich beschwören, dass wir ein Kind haben werden. Wenn du nach deiner Rückkehr bereit wärest, mit der Priesterin der *Erdfrouwa* zu leben, wäre ich auch bereit, mit nach Duggaland zu gehen und dort auf dich zu warten.“

„Wenn du mir den Segen der Göttin gibst, gelingt es uns vielleicht, den Frieden nach Duggaland zurückzubringen. Dann könnten wir in einer Landschaft von Bergen, Erz und Feuer leben, weit entfernt vom Meer. Würde dir das gefallen?“

„Es klingt sehr danach, dass es mir und unserem Kind dort sehr gut gefallen würde. Wenn du heute Abend zurückkehrst, werde ich dich noch heftiger segnen als in der vergangenen Nacht. Du wirst unser

Zusammensein nie wieder vergessen, bei allem, was mir heilig ist. Das soll mein Teil bei der Vorbereitung einer friedlichen Zukunft sein."

„Was du heute Nacht mit mir getan hast, nennst du segnen?", wunderte sich Thorn.

„Was hast du gedacht, womit eine Göttin des Glücks und der Fruchtbarkeit ihren Segen gibt?", lachte Salida ihn verschmitzt an und entließ ihn zu seinen Freunden.

Frij schien von den Ankömmlingen am Schiff die Einzige zu sein, die hinreichend geschlafen hatte. Thorn gähnte des Öfteren und auch die gründliche Verabschiedung Ilungas von ihrem Gehilfen schien sich in der letzten Nacht hingezogen zu haben. Trotzdem gingen sie nach einem kargen Frühstück direkt daran, bei der Wiederherstellung des auf die Düne geschwemmten Schiffs zu helfen. Es stellte sich heraus, dass Hunno bereits einige der überlebenden Männer an die Arbeit geschickt hatte. Sie waren gerade dabei, Rundhölzer zusammenzutragen, um das Boot, das etwa doppelt so groß wie das von Ilunga war, auf Rollen zum Anleger zu schieben. Es mussten an den Schwimmern und am Segel einige Reparaturen vorgenommen werden. Ilunga bot die Holderbündel an, die sie stets neben ihrem Haus gestapelt hatte. Ebenso hatte sie noch Segeltuch vorrätig und hoffte, dass es nicht bereits zu Kleidern verarbeitet worden war. Hunno schickte sofort zwei Männer, das Tuch zu holen. Kurz darauf kehrten sie zurück, glücklich, den nähenden Frauen den letzten unbeschädigten Stoffballen entrissen zu haben.

Es dauerte nicht lange, bis der Arbeitstrupp das Boot zum Ufer transportiert hatte, denn nach dem Sturm lag viel verwendbares Holz umher, und die beteiligten Personen wussten, dass die Zeit drängte.

Am Ufer übergab Ilunga die Aufsicht bei der Instandsetzung des Bootes ihrem Gehilfen Jungi. Schließlich sollte er die erste Fahrt nach Sihport in eigener Verantwortung übernehmen. Um seine Stellung zu festigen, ernannte sie ihn in ihrer Funktion als führendes Mitglied der *Seegilde* zum Schiffsführer des Bootes aus Intrit. Sie hatte bewusst Hunno und noch ein paar andere der Bewohner Intrits zu der Ernennung hinzugezogen, um seinen neuen Stand durch Zeugen vor der *Seegilde* bestätigen zu lassen. Wenn er sich dann durch erfolgreiche Fahrten auf offener See verdient gemacht hatte, konnte er zum Segelweisen aufsteigen. Mit der Überfahrt nach Sihport und der Rettung der Menschen aus Intrit bot sich ihm bereits die erste Gelegenheit, sein Können unter Beweis zu stellen. So nahm Jungi dann auch mit stolzgeschwellter Brust die Auszeichnung in Form einer Muschel am Lederband entgegen.

„Schade, dass sich unsere Wege bald trennen müssen“, flüsterte Ilunga ihm nach der Feierlichkeit zu, während sie ihm verstohlen in den Hintern kniff.

Überrascht drehte er sich um.

„Das finde ich auch, aber wir werden uns gewiss wiedersehen. Und dann zeige ich dir“, flüsterte er ihr mit einem anzüglichen Lächeln zu, „was ich außer Segeln noch dazugelernt habe.“

„Ich freue mich schon drauf!“

Ilunga kniff ihm ein Auge zu und machte sich daran, an ihrem eigenen Boot die Schäden der Sturmnacht zu beheben. Frij ging ihr dabei zur Hand, wodurch sie nebenbei noch weitere Unterweisungen zum Aufbau und zur Bedienung eines Schnellseglers erhielt.

Thorn hatte sich von Hunno Holzkohle besorgen lassen, die beim Sturm nicht nass geworden war. Der Wetterkundige konnte sie gerade noch an sich bringen, bevor jemand sie zum Beheizen eines der Häuser benutzte. Ein paar Metallreste von den zerschlagenen Booten lagen noch am Strand umher, sodass Thorn genügend Material zum Schmieden hatte. Einen Blasebalg konnte er noch im alten Turm auftreiben, der dort benutzt worden war, das Leuchtfeuer anzufachen. Zum Festhalten der Werkstücke bediente er sich einer stabilen Astgabel, die vom Wasser durchtränkt war und folglich auch am glühenden Metall nicht anbrannte. Ein kleiner Findling, der eine glatte Seite aufwies, ließ sich als Amboss verwenden, nachdem der *Schrat* ihn zur Hälfte in den Sand eingegraben hatte. So konnte er nach der Anweisung Jungis eine Reihe von Haken und Ösen anfertigen, mit denen man die Segeltaue sicherer befestigen konnte als mit den sonst üblichen Holzpflöcken. Einen Hammer hatte er in seinem Gepäck gehabt, und er ließ ihn auch während der Arbeiten nicht einen Augenblick aus den Augen.

Am Abend hatten sie es geschafft, und die beiden Boote lagen vertäut nebeneinander an dem letzten verbliebenen Anleger.

„Warum hast du nicht auch ein so großes Boot wie das hier, Ilunga?“, fragte Thorn.

„Weil ich keine Transportfahrten unternehme. Wie du siehst, ist mein Schiff schlanker, aber dafür etwas länger, und es hat weniger Ladefläche. Dabei sind Mast und Segel von den gleichen Ausmaßen wie bei dem Schiff aus Intrit. Wer sich in fremde Gewässer begibt, muss schnell sein, zum Beispiel noch schneller als die Seeflöße der *Seo-Birahanen*. Schließlich ist auch die *Seegilde* nicht immer in der Übermacht. Deswegen setzen wir die breiten Schiffe auch nur in den Gewässern ein, die sicher von uns kontrolliert werden.“

Thorn nickte und begann schweigend, seine Gerätschaften fortzuräumen.

„Fühlst du dich nicht wohl, Thorn, oder warum machst du so ein mürrisches Gesicht?“, fragte Frij, die seine Gemütslagen inzwischen recht gut einschätzen konnte.

„Nein, nein, es ist nichts Besonderes.“

„Komm, ich kenne dich doch. Was liegt dir auf der Seele?“

„Ach ja, wir werden doch wohl schon morgen abreisen, nachdem die Arbeit so schnell erledigt worden ist.“

„Und das möchtest du nicht? Lass mich raten: Es ist nicht, weil du plötzlich vor unserem Vorhaben zurückschreckst?“

„Nein, es ist wegen Salida ...“

„Armer *Schrat*! Du hast dich in sie verliebt. Und jetzt sollst du dich direkt nach dem ersten Zusammensein wieder von ihr trennen.“

Thorn nickte.

„Dann sind wir ja jetzt in einer ähnlichen Lage.“

Thorn nickte wieder.

„Geht sie nach Sihport, oder will sie nun doch in Intrit bleiben?“

„Sie hat mir gesagt, dass sie aller Voraussicht nach von mir schwanger geworden ist.“

„Na, siehst du. Ihr werdet euch wiedersehen!“

„Fragt sich nur, wann und wie.“

„Komm, Thorn, du weißt genau so gut wie ich, dass unser persönliches Glück nur in einem friedlichen Duggaland möglich ist. Im Übrigen bleibt sie gewiss auch dann bei dir, wenn du weit von ihr entfernt bist."

„Wie meinst du das?"

„Nun, in der letzten Nacht zum Beispiel hat Urk mich im Traum angelächelt."

Thorn musste grinsen:

„Salida würde sicher etwas ganz anderes machen als nur lächeln."

Er bekam prompt einen Rippenstoß.

„Ich glaube, das mit den liebestollen *Schraten* war doch nicht ausgedacht."

Lachend legte er seinen Arm um ihre Schulter und zog sie an sich.

In der folgenden Nacht schlief Frij wieder in der halbzerstörten Hütte.

Wieder erschien Urk in ihrem Traum und lächelte.

„Kannst du auch noch etwas anderes als nur lächeln?", fragte sie ihn.

Er lächelte sie weiter an.

Sie seufzte.

Der nächste Tag war frisch und bewölkt. Der Wind hatte sich in der Nacht auf die Richtung zwischen Abend- und Nachtseite gedreht und bot so ideale Bedingungen für die Abreise.

Salida und Thorn schafften es kaum sich zu trennen. Immer wieder umarmten sie sich unter Tränen.

Jungis Schiff hatte bereits abgelegt. Frij und Ilunga sahen ihm nach, wie es, vollgepackt mit sechs Kindern und drei Frauen, elegant durch die flachen und schwierigen Ufergewässer glitt. Für die Bedienung der Taue befanden sich noch zwei Fischer an Bord, die zwar des Segelns kundig waren, aber den Weg über das Meer nicht finden würden. Dies war Jungis Aufgabe.

„Er wird es schaffen", sagte Ilunga. „Siehst du, wie gekonnt er die gefährlichen Untiefen umschifft?" Der Stolz in ihrer Stimme war deutlich zu spüren.

„Du musst es ihm erst einmal nachmachen!", wurde sie von Frij geneckt.

„Das wirst du gleich erleben! Los, aufs Boot mit euch beiden, wir segeln!“

Die Zurückbleibenden winkten noch lange, besonders die Priesterin. Sie hatte ihrem *Schrat* versprechen müssen, mit einem der bald ankommenden Seegildeschiffe nach Sihport zu übersiedeln. Was sie dabei bedrückte, war die Unmöglichkeit, ihr steinernes Ebenbild mitnehmen zu können. Es hätte auf Grund seines Gewichts zu viel Transportraum für Menschen gekostet. Die Vorstellung, das Bild der Erdgöttin in den Fluten versinken zu lassen, bereitete ihr Wehmut. Doch sie wusste, dass die *Erdfrouwa* immer die Menschen einer Steinfigur vorziehen würde.

Frij hatte Ilungas Unterweisungen in der Segelkunst schnell aufgefasst und erwies sich bereits beim Auslaufen als nützliche Segelgehilfin. Der liebeskranke Thorn schien allerdings anfangs zu nichts zu gebrauchen zu sein. Er hockte Trübsal blasend auf Deck und blickte in Richtung Intrit, obwohl man dort außer einer dunklen Küstenlinie nichts mehr erkennen konnte.

Es dauerte nicht lange, da hatten sie Jungis Schiff hinter sich gelassen und trieben bereits in der Nähe der Fluodmündung.

Thorn entdeckte den dunklen Punkt über dem Wasser zuerst.

Als sich der Punkt als Segel eines Schiffs der *Seegilde* entpuppte, verfinsterte sich Ilungas Gesicht.

„Wir kommen nicht an ihnen vorbei, da sie uns von schräg vorn angehen. Ich hoffe, sie sind nicht wegen uns hier.“

„Können wir nicht abdrehen?“, fragte Thorn.

„Wenn wir wenden, würden sie uns spätestens in Intrit erreichen. Halten wir auf das offene Meer zu, werden sie uns auf jeden Fall verfolgen, da sie uns im günstigsten Fall retten wollen. Dass wir ein Schiff der *Seegilde* sind, sehen sie bei uns genauso gut wie wir bei ihnen. Wir können eigentlich nur auf sie zufahren und das Beste hoffen.“

Gespannt hielten sie ihren Kurs bei und kamen dem fremden Schiff immer näher. Es war jetzt deutlich zu erkennen, dass es sich auch um einen Schnellsegler handelte, ein Umstand, der Ilunga nicht gerade beruhigte. Thorn, der das bemerkt hatte, holte zur Vorsicht schon einmal sein Beil aus der kleinen Hütte und legte es unauffällig bereit.

„Aber nur im Notfall!“, ermahnte ihn Ilunga. „Wir müssen erst sehen, was sie vorhaben!“

Als sie die Personen erkennen konnten, stellten sie fest, dass es sich um vier bewaffnete Seegildekrieger handelte, die von einem ebenfalls bewaffneten Segelweisen geführt wurden.

„Im Namen der *Seegilde*, kommt längsseits!“, brüllte er gegen den Wind an.

„Was wollt ihr?“, schrie Ilunga zurück.

Frij wunderte sich, welch kräftige Stimme in dieser schlanken Frau steckte.

„Ilunga, wir müssen dich festnehmen. Du sollst zwei des Mordes an einem befreundeten Schlauchflößer angeklagte Personen zur Flucht verholfen haben.“

„Er hat euch noch nicht erkannt“, flüsterte die Segelweise ihren Gefährten zu. „Vermutlich, weil ihr wieder die Segelkleidung der Gilde tragt. Das ist unsere Chance.“

Sie nestelte ihr Messer aus dem Futteral und hielt es so, dass es auf dem anderen Boot nicht sichtbar war.

„Thorn, hast du einen Faden an deinem Beil, sodass du es werfen kannst, ohne dass es dir verloren geht?“

„Auf See immer“, brummte der *Schrat*, der das freie Ende der feinen, aus *Flasser* Fasern gedrehten Angelschnur bereits um sein Handgelenk gebunden hatte.

„Könntest du das Tau dort oben am Mast mit einem Beilwurf kappen?“

„Ich glaube schon.“

„Dann mach es gleich auf Zuruf.“

Thorn nickte und schätzte die Entfernung ab. Wenn das Seegildeschiff neben dem Ilungas läge, würde der Abstand zur Befestigung der Segelstange maximal zwei Mannslängen betragen, nahe genug für ihn, um mit einem geraden Wurf das Seil zu kappen.

„Und du, Frij, hältst die Segelleine zunächst zurück und bringst dann das Tuch schlagartig in den Wind, wenn Thorn geworfen hat. Und wundert euch nicht, wenn ich zunächst drüben an Bord gehe.“

Die Boote gingen längsseits, und bevor sie jemand von der Gegenseite miteinander vertäuen konnte, sprang Ilunga hinüber, zerschnitt blitzartig ein bestimmtes Seil mit ihrem Eisenmesser und rief: „Thorn!“

Dem Segel des fremden Schiffs fehlte jetzt die untere Abspannung und es schlug wild im Wind. Um es festzuhalten krallte sich die überraschte Besatzung krampfhaft in die Leinwand, gleichzeitig ertönte ein Schwirren in der Luft und die Schneide des Beils durchtrennte die Schlaufe, in der das Querholz des Segels hing.

Mit lautem Krach schlug die Stange auf das Deck, das Segeltuch begrub zwei der Krieger unter sich.

Ilunga war mit einem Satz zurückgesprungen, und Frij gab das Segel frei, das sich knallend im Wind blähte.

Bereits eine halbe Manneslänge trennte die Boote, als noch zwei der Bewaffneten den Sprung wagten und auf Ilungas Schiff landeten.

ZWÖLF: Helgos Quartier

Helgo schäumte vor Wut. Eigentlich hatte ihm der Bote eine gute Nachricht gebracht, jedoch die weiteren Umstände waren alles andere als erfreulich. Burvik war gefallen, es hatte ein Gemetzel gegeben, wie es in Duggaland seit Menschengedenken nicht vorgekommen war. Man würde die Steppenkrieger von nun an als bestialische Schlächter ansehen und schon bei ihrem Auftauchen panische Angst entwickeln. Und dieser Schrecken würde ihm zum Sieg verhelfen, denn ängstliche Krieger kämpften nicht entschlossen genug. Soweit lief grundsätzlich alles nach Plan.

Ärgerlich war, dass die eigenen Verluste viel zu groß waren. Schließlich handelte es sich bei Burvik nur um ein wenig gerüstetes Bauerndorf. Was aber würde bei einem Sturm auf *Flass* geschehen? Angeblich hatte man es im Ort der Seiler und Tuchmacher mit einer gut ausgebildeten und selbstbewussten Kriegerschar zu tun. Wenn man dort die gleichen Fehler machte wie im Ackerland, würde sich ganz Duggaland geschlossen gegen ihn stellen. Den Ruf des Unbesiegbaren hätte er dann verspielt, und zwar sowohl bei seinen eigenen Leuten als auch bei den Bewohnern der Siedlungen.

Noch stärker beunruhigte ihn aber, was der Bote ihm über den *Schamanen* dieser Bauernsiedlung berichtet hatte.

Wie hieß er noch gleich? Helgo meinte, sich an den Namen Zuhtari zu erinnern. Nun, ganz gleich wie der Bursche hieß, es sollte sich bei ihm um einen ehemaligen Heiler des Steppenvolks handeln, den es auf abenteuerlichem Weg ins Ackerland verschlagen hatte. Sein Name war beim Steppenvolk so bekannt, dass man selbst in dem verlorenen Winkel, in dem Helgo sich zurzeit aufhalten musste, über den *Schamanen* als außergewöhnliche Person redete.

Wie es den Anschein hatte, war dieser Zuhtari gerade im Begriff, sich als neuer Heiliger zu entpuppen.

Nach dem Bericht seines Kriegers hatte er nach der Erstürmung Burviks auf seinem Heiligtum, einem hohen Holzturm, gesessen. Da der Turm unten bewacht war, war er praktisch ein Gefangener gewesen.

Was tat dieser Mensch aber? Er entzündete die strohgedeckte Plattform, auf der er sich selbst aufhielt, und hätte wie eine Fackel mit ihr verbrennen müssen.

Weit gefehlt! Stattdessen überlebte er auf unerklärliche Weise und führte am nächsten Morgen eine Schar falscher Steppenkrieger gegen die Wachmannschaft, die auf die gefangenen Burviker Frauen aufpassen sollte.

Nach kurzem Handgemenge hatte er die Frauen befreit und auf Pferde der *Hros-Wigmannen* gesetzt. Seine Krieger, vermutlich verkleidete Überlebende aus Burvik, hatten sich dann auch auf die Pferde geworfen, und der *Schamane* hatte sie vorwegreitend an langen Seilen aus der Stadt geführt. Die eigenen Krieger seien von der Siegesfeier noch derart erschöpft gewesen, dass sie dem Angriff nichts entgegensetzen konnten.

Dass es sich um Krieger des Ackerlandes handelte, schloss Helgo aus der Tatsache, dass die Männer nicht richtig reiten konnten und dass man später tote entkleidete Steppenkrieger vor der Palisade gefunden hatte, die neben achtlos fortgeworfenen Kleidungsstücken der Bauern lagen.

Als der Bote schließlich noch erklärt hatte, dass man sie nicht einmal hätte verfolgen können, da sie zuvor die Pferdewache erschlagen und die Tiere fortgejagt hatten, hatte Helgo ihn am Hals ergriffen und wütend durchgeschüttelt.

„Habe ich denn nur Dummköpfe um mich?“, hatte er gebrüllt und den Überbringer der Botschaften fast erwürgt.

Helgos Zorn wurde erneut durch den Gedanken entfacht, dass es auf diese Weise nicht einmal möglich gewesen war, etwaigen Entflohenen nachzureiten und ihnen den Garaus zu machen.

‚Wie mag dieser *Schamane* es angestellt haben, meine Männer derart zu täuschen?’, fragte sich der Führer der *Hros-Wigmannen.* Vermutlich hatte er sich in der Dunkelheit auf einen niedrigeren Balken des Turms zurückgezogen und war so dem Feuer entgangen. Als die Wachen schließlich ihren Rausch ausschliefen, hatte er sich wahrscheinlich aus dem Staub gemacht und vor der Stadt die überlebenden Bauern um sich versammelt.

‚Ein geschickter Trick!', dachte Helgo. ‚Schade, dass ich solche Leute nur als Gegner habe.'

Das Schlimmste war, dass nach diesen Geschehnissen der *Schamane* als gottähnliches und unsterbliches Wesen verehrt wurde. Man erzählte sich, dass er aus den Flammen wieder auferstanden war. Außerdem erinnerte man sich, dass er auch schon vor der Erstürmung des Ortes während der Verhandlungen den Angriff seines Unterführers unverletzt überstanden hatte, mehr noch, er habe dem Steppenkrieger mit einem unsichtbaren Bogen einen Pfeil mit Eisenspitze in den Bauch geschossen. Das könne nur mit Zauberei geschehen sein.

‚Verdammt noch mal!', dachte Helgo. ‚Wer ist denn hier der göttliche Gesandte?'

Ein solcher Konkurrent passte ihm überhaupt nicht in seinen Plan. Er fragte sich, ob er jetzt selbst in das Geschehen eingreifen müsse, um seinem Ruf wieder etwas mehr Glanz zu verleihen.

Wenn er ehrlich war, gefiel ihm dieser Gedanke nicht sonderlich. Ein göttlicher Gesandter, als der er immer noch angesehen war, sollte es nicht nötig haben, sich als erfolgreicher Heerführer zu zeigen. Es musste genügen, dass die *Hros-Wigmannen* in seinem Namen siegten. Erst dann würde ihm weiter ein übermenschlicher Ruf anhaften.

‚Ach, wenn ich mich doch vorher aus dem Staub gemacht hätte ... Bevor Lim, meine Königin jenseits des Meeres, mich auf diese elende Landsuche geschickt hatte', dachte er grimmig. ‚Sie wusste wohl, dass mich nichts danach gedrängt hat. Deshalb hat sie ja meine Familie als Pfand bei sich behalten. Es war ihr klar, dass ich als erfahrener Seefahrer auch allein ein Fleckchen Erde für meine Frau, meine Kinder und mich zum Leben gefunden hätte.'

Benommen schüttelte er den Kopf. Er musste sich nun entscheiden, wie weiter zu verfahren war. Schließlich hatte er keine Wahl, und das Wohl seiner Familie war ihm allemal wichtiger als das sämtlicher Bewohner Duggalands zusammen.

Was war aus dem knappen Sieg zu machen? Tröstlich war, dass es nicht gerade seine besten Unterführer waren, die er mit der Eroberung Burviks betraut hatte. Es handelte sich bei ihnen schließlich nur um kurzfristig angeleitete Steppentölpel. Wenigstens waren sie nicht zurückgeschlagen worden. Gegen Tvinhaag hatte er seine eigenen Leute eingesetzt. Sie waren berechnender als die übereilt handelnden Steppenkrieger.

Wenn sie die größte Siedlung Duggalands zu Fall brachten, brauchte er sich keine Sorgen mehr zu machen. Dann müsste er auch nicht mehr persönlich eingreifen, der Ruf der *Hros-Wigmannen* und sein Name würden ausreichen, die ganze Insel zu unterwerfen.

Angesichts der riesigen Bedrohung würden sich die restlichen Siedlungen unterwerfen und als seine Knechte die Besiedlung durch Lims Volk ermöglichen.

Diese Aussicht munterte seine Stimmung etwas auf, jedoch nur so lange, bis das Gefühl von Einsamkeit und Verlassenheit wieder Besitz von ihm ergriff.

„Trostloses Drecksnest!", fluchte er halblaut vor sich hin. „Ob ich mir etwas von dem berauschenden Getränk kommen lasse, das die Steppenvölker aus dem Honig der Bienen herstellen? Oder soll ich mir eines von den jungen Dingern rufen lassen, die so verrückt danach sind, von mir geschwängert zu werden?"

Er musste innerlich lachen. Die Jungfrauen in der Steppe hatten seit seinem Auftreten die Hoffnung, Mutter eines übermenschlichen Wesens zu werden, da der Vater zumindest ein Gesandter der Götter war. Seitdem drängte sich der weibliche Nachwuchs der Steppe in überfüllten Zelten um seine Hütte. Sicherlich würden sie nach gut einem Jahr den Schwindel bemerken, aber bis dahin blieb ihm ja noch genug Zeit. Wenn er sein Vorhaben beendet hätte, sollte sich Lim mit den enttäuschten Frauen herumärgern. Er selbst würde sich so schnell wie möglich einen der großen Segler seines Volks beschaffen, seine Familie an Bord nehmen und einem sicheren Ort an einer neuen Küste zustreben. Dort sollten sie ihn erst einmal aufspüren.

Als ob seine Bediensteten einen Sinn für seine Bedürfnisse hatten, wurde jetzt an der Pforte nachgefragt, ob er noch ein Mädchen für die

Nacht wünsche. Es wären wieder mehrere aus den Tiefen der Steppe eingetroffen, wurde ihm mitgeteilt.

„Sucht mir eine aus!“, befahl er. „Aber wascht sie vorher gründlich mit viel klarem Wasser!“

Das letzte Mädchen, mit der er das Lager geteilt hatte, hatte doch sehr säuerlich und nach altem Schweiß gestunken.

‚Kein Wunder, dass die Menschen in Duggaland sie für ziemlich primitiv halten!’, dachte er noch, als er seinen Strohsack aufschüttelte und seine Maske aufsetzte.

DREIZEHN: Wasserland

„Warum lassen sie uns nicht hinein?“, jammerte Wizi. „Mir ist kalt und ich habe Angst.“

Gruoni schlug nur betreten die Augen nieder.

„Können wir nicht an Tvinhaag vorbei nach Splint ziehen?“

„Du weißt, dass die Steppenreiter bereits das ganze Gebiet dort kontrollieren. Tvinhaag ist für uns im Augenblick der sicherste Zufluchtsort. Wir müssen sie auf jeden Fall dazu bringen, uns einzulassen. Vermutlich haben sie furchtbare Angst, dass wir Spitzel sein könnten.“

Wizi schwieg brummig und sah ihren Gefährten vorwurfsvoll an.

Schon den zweiten Tag lagerten sie vor dem Tor des Wasserviertels und hofften auf Einlass. Sie hatten versucht, die Wachen zu überzeugen. Gruoni hatte mit dem von Urk geschnitzten Zeichen gewunken, alles ohne Erfolg.

Das Wetter war feucht und kühl und trotz der groben Wolle, in die sie gekleidet waren, froren sie jämmerlich. Es gab keine Schutzhütte in Tornähe, und bis in den abgelegenen Weidebereich der Stadt, wo sie Unterstände für die Hirten gesehen hatten, wollten sie sich aus Angst vor den *Hros-Wigmannen* nicht zurückziehen.

„Ich habe gleich so etwas vermutet, als wir vor der Stadt die leeren Weiden gesehen haben“, bemerkte Gruoni zum wiederholten Male. „Tvinhaag hat sich eingeigelt.“

„Ja, ja, das hast du schon öfter gesagt ... Wir werden also noch eine Nacht hier draußen verbringen müssen.“

Wizi klang gereizt, und Gruoni verstummte. Er fragte sich immer öfter, ob die Freiheit ihnen wirklich so viel genutzt hatte, und ob sie es auf die Dauer bei Bauer Quist nicht besser gehabt hätten. Gab ihm Wizi vielleicht heimlich die Schuld an der Lage, in der sie sich befanden? Hatten sie mit ihrer Befreiung ihre Liebe aufs Spiel gesetzt?

Am Abend jedoch verschwand dieses bedrückende Gefühl, denn die äußeren Umstände hatten erneut an Bedeutung gewonnen. So schmiegten sie sich wie gewöhnlich dicht aneinander und versuchten, unter der gemeinsamen Decke in der Nacht etwas Wärme zu finden.

Sie bemerkten nicht die herannahenden Lichter der Fackeln. Erst durch das laute Hufgetrappel der kleinen Pferde wachten sie auf.

„Festbinden!“, brüllte der Anführer der Reiter, die sich sofort auf die Schlaftrunkenen stürzten.

Er gehörte offenbar nicht zum Steppenvolk, denn er hatte die *Sprache der Händler* benutzt und sprach mit einem fremden Akzent.

In Windeseile hatten die Krieger das Paar zu zwei unbeweglichen Bündeln verschnürt und legten sie achtlos nebeneinander. Wegen der eilig aus Heu und Lederschnüren gefertigten Knebel war es den beiden auch nicht mehr möglich, miteinander zu sprechen.

Die *Hros-Wigmannen* kümmerten sich zunächst nicht weiter um ihre Gefangenen, sondern bauten mit geübten Bewegungen drei Zelte auf, eines für den Führer der Gruppe und zwei für die Krieger. Als sie danach die Nachtwachen ausgelost hatten, trennten sie Gruoni und Wizi und legten sie jeweils in eines der Mannschaftszelte.

Gruoni lag auf dem Rücken und starrte an die schwarze Filzplane des Zeltes. Rechts und links neben ihm waren nur die Geräusche der drei schlafenden Krieger zu vernehmen, bis plötzlich in dem Nachbarzelt ein panisches Röcheln begann. Gruoni erkannte trotz des Knebels Wizis Stimme. Ihr musste dann der Knebel entfernt worden sein, denn nun kreischte sie gellend auf. In ohnmächtiger Wut musste Gruoni mit anhören, wie seiner Liebsten Gewalt angetan wurde. Am schlimmsten war, dass sie flehend seinen Namen rief.

Hilflos zerrte er an den Fesseln, doch vergeblich. Auch sein wildes Stöhnen blieb unbeachtet.

„Die drüben haben den besseren Part erwischt!“, maulte einer der wach gewordenen Krieger. „Die haben frisches Weiberfleisch und unsereins muss neben so einem Schnarchsack schlafen!“

Wenn er gekonnt hätte, hätte Gruoni den Sprecher auf der Stelle erwürgt. So konnte er sich nur vornehmen, im Hellen auf das Gesicht des *Hros-Wigmann* zu achten, es sich genau einzuprägen und ihm tödliche Rache zu schwören.

Das Geheul aus dem Nachbarzelt setzte nach einer längeren Pause erneut ein, bis es schließlich in ein leises Wimmern auslief.

„Unsere Männer sind besser als du, was?“, sprach der Großmäulige nun seinen Gefangenen an. „Oder schreit sie bei dir auch so?“

„Halt endlich den Mund! Ich kann deine dummen Bemerkungen nicht mehr hören! Was dort drüben passiert, ist überhaupt nichts, worüber man Witze machen kann“, fuhr ihm der andere dazwischen.

„Hoho! Unser empfindsamer junger Herr! Ich wusste gar nicht, dass die *Ihseligen* so zart besaitet sind.“

„Sind sie auch nicht, aber sich an einer schwachen und gefesselten Frau vergehen, das ist einfach widerlich!“

„Dann verschwinde doch! Wir Steppenkrieger besiegen die Einfaltspinsel aus Duggaland auch ohne eure Hilfe.“

„Das würde ich auch sofort tun, wenn der *Seo-Thruhtin* nicht diese Absprache mit unserem Häuptling hätte.“

Die Antwort bestand aus einem wiehernden Lachen:

„Hihihieh! Absprache nennst du das? Unser Führer hat euch gezwungen, euch blieb überhaupt keine andere Möglichkeit.“

Der *Ihselige* schwieg.

„Was mir außerdem komisch vorkommt“, fuhr der andere fort, „nach deiner Art zu reden müsstest du eigentlich auch aus der Steppe stammen, oder? Wie kam es denn dazu, dass du plötzlich bei den Ausgestoßenen gelandet bist? So ganz ohne Grund wirst du ja wohl nicht abgehauen sein!“

„Willst du das wirklich wissen?“

„Warum sollte ich sonst fragen?“

„Ich war zu schlau für euch!“

„Was soll das denn heißen?“

„Wenn du etwas sagst, was den verknöcherten Ältesten der Steppengemeinschaft nicht passt, gleichgültig, ob es stimmt, dann wirst du einfach fortgejagt. Und das ganze hinterwäldlerische Volk grölt dazu noch Beifall.“

„Und was hast du so Schlaues gesagt?“

„Im Nachbardorf lebte ein fähiger Heiler, er war der Gehilfe des *Schamanen.* Er stammte zwar nicht aus der Steppe, aber alle sind zu ihm gegangen, wenn es ihnen schlecht ging, am Ende sogar eher zu ihm als zum *Schamanen.* Als der dann gestorben ist, hätte es doch nahegelegen, seinen Vertreter zum obersten Dorfheiler zu machen, oder? Aber weit gefehlt, die Sippenältesten haben darauf gedrungen, dass ein junger, unerfahrener Lehrling Dorfschamane wird. Er gehörte eben zu einer alteingesessenen Familie. Danach haben sie den fremden Heiler fortgejagt.

Ich habe mich gegen den Beschluss ausgesprochen, aber man hat mir nur gesagt, ich sei zu jung. Als ich den Mund nicht gehalten habe, hat man mich verprügelt. Natürlich zu mehreren, alleine ist das Pack aus der Steppe ja viel zu feige!“

„Sag das noch einmal, du Verräter!“

“Gerne! Du siehst es doch daran, dass sich deine Freunde an einer wehrlosen Frau vergreifen! Feige und dumm seid ihr, kein Wunder, dass die Leute in Duggaland nichts mit euch zu tun haben wollen!“

„Du Schwein!“, schrie der Angesprochene und warf sich auf seinen Widersacher, doch der hatte wohl mit dieser Reaktion gerechnet, rollte sich blitzartig zur Seite und ergriff ihn von hinten. Mit einer kurzen Bewegung hatte er ihm den Arm so auf den Rücken gedreht, dass der Steppenkrieger vor Schmerz aufschrie.

„Ja, jetzt kannst du jaulen! Willst du nicht gleich nach deiner Mutter rufen? Ich sage es dir noch einmal: Ohne die *Ihseligen* und eure Anführer vom Meer könntet ihr euren Traum von der Herrschaft über Duggaland sofort vergessen, dafür seid ihr allemal zu blöd!“

Um seine Worte noch zu unterstreichen, bog er dem Unterlegenen noch einmal den Arm nach oben, was dieser mit einem weiteren Aufschrei beantwortete.

„Und lass es dir nicht einfallen, mich anzugreifen, wenn ich dich jetzt loslasse. Dann werde ich dich auf der Stelle töten!“

In diesem Augenblick wurde der Zelteingang zurückgeschlagen:

„Was geschieht?“, brüllte der Anführer der kleinen Gruppe in der Händlersprache.

„Nichts Bedeutendes“, meldete sich nun der dritte Krieger im Zelt, der sich bis dahin völlig zurückgehalten hatte. „Es handelt sich nur um einen kleinen Ehrenzwist. Er ist schon beendet“, fügte er schnell hinzu, als der *Ihselige* den anderen losgelassen hatte.

„Schluss jetzt mit Ehre!“, fauchte der Eingetretene. „Kein Zank um Ehre, *Seo-Thruhtin* sagt! Klar?“

„Schon klar“, brummten die beiden Streithähne kleinlaut.

„Sonst Strafe!“

„Es geschieht nicht wieder!“, versprach der unterlegene Steppenkrieger.

„Gut! Schlafen nun!“

Gruoni hatte den Disput aufmerksam verfolgt und beschloss, sich auch das Gesicht des *Ihseligen* einzuprägen. Man wusste schließlich nicht, wozu es gut war.

Am nächsten Morgen zerrte man ihn aus dem Zelt. Aus den Augenwinkeln konnte er gerade noch erkennen, dass die Wachen auf dem Stadttor das Geschehen beobachteten, aber nichts unternahmen. Das kleine Lager lag außerhalb der Reichweite ihrer Pfeile, gleichzeitig aber provozierend nahe an der großen Siedlung. Gruoni fragte sich, warum ihm aus Tvinhaag niemand zu Hilfe eilte, schließlich wäre es ein Leichtes, eine Handvoll Krieger und einen Anführer zu überwältigen. Seine Überlegungen wurden plötzlich unterbrochen, denn nun wurde er von zwei Männern ergriffen und in das Zelt des Anführers geschleift. Wizi lag gefesselt in der Ecke und schaute ihn angstvoll an. Offenbar war sie nach dem nächtlichen Geschehen in dieses Zelt geholt worden, wo sie zumindest nicht mehr behelligt wurde.

„Will frei werden?“, sprach ihn der Anführer an. Das Lächeln unter seinem schwarzen Helm wirkte nicht gerade vertrauenerweckend, überhaupt strahlte die in schwarzes Leder gekleidete Person vor allem Gefährlichkeit aus.

„Natürlich, und zusammen mit Wizi!“, antwortete Gruoni, so fest es ihm seine Stimme erlaubte. Er blickte dabei seine Liebste so aufmunternd an, wie es ihm möglich war.

„Gut, gut“, ertönte es erneut in der Händlersprache. „Müssen helfen *Hros-Wigmanne,* wie?“

Gruoni nickte nur, gespannt, welches Angebot ihm sein Gegenüber machen würde.

„Du fliehen, wir du verfolgen. Tvinhaag lassen ein du. Du offen Tor in Nacht, dann Reiter hier, viele. Wir hinein. Dabei Frau für du, beide danach frei.“

„Habe ich eine andere Wahl?“

„Ja, du tot, Frau tot.“

„Ich bin einverstanden, ich lasse mich in Tvinhaag als Flüchtling aufnehmen und öffne euch heute Nacht das Tor oder die kleine Tür daneben, je nach dem, was möglich ist. Ihr bringt Wizi mit, und wir können gemeinsam gehen. War der Vorschlag so gemeint?“

„Du verstehen schnell.“

„Noch eine Frage: Woher wollt ihr die vielen Reiter nehmen, bis jetzt sehe ich nur sehr wenige?“

„Nicht sollen fragen! Reiter da in Nacht, gut!“

„In Ordnung. Ich frage nicht weiter. Bindest du uns jetzt los?“

„Nur du, du fliehen bald. Frau bleiben. Frau machen sicher, du helfen *Hros-Wigmanne.*“

Gruoni glaubte keinen Augenblick an einen ehrlichen Handel, aber er sah auch keine andere Möglichkeit als zunächst einmal mitzuspielen. Während erneut glühender Hass in ihm aufstieg, überlegte er gleichzeitig, wie er seine geliebte Wizi aus den Fängen der Steppenreiter befreien konnte.

Bevor er losgebunden wurde, zückte der Anführer seine scharfe Steinklinge:

„Damit wirken wahr!“, lachte er und fügte ihm einen tiefen Schnitt über die Stirn zu. Das Blut schoss aus dem Schnitt und lief in Strömen über das Gesicht.

Gruoni schrie vor Schmerz auf, und Wizi bäumte sich in ihren Fesseln auf.

„Nicht schlimm!“, rief der Krieger belustigt. „Wirken wahr!“

Dabei griff er Gruoni in die Haare und schüttelte seinen Kopf, sodass das Blut sich in großen Flecken auf seinem Wollwams verteilte. Zu allem Überfluss schnitt er ihm auch noch in die Oberseite der Hände, sodass es so aussah, als ob er sich gewehrt hätte.

Erneut entfuhr ihm ein Schmerzensschrei.

„Gut, mehr schrei! Länger schrei! Wache Tvinhaag müssen hören! Raus, raus!“

Mit diesen Worten kappte der Krieger ihm die Fesseln und stieß ihn zum Zelteingang.

„Du rennen mit Blut! Du schreien! Laufen! Los!“

Gruoni lief schreiend los, gefolgt von den *Hros-Wigmannen.* Haarscharf warfen sie ihre Speere an ihm vorbei, einer erwischte ihn sogar am Wams, ohne ihn zu verletzen.

Es wirkte täuschend echt, wie der junge Mann über und über blutverschmiert und vor Angst laut brüllend auf das Tor zuraste.

Die Wachen auf der Palisade wurden aufmerksam und erhoben ihre Bögen, die *Hros-Wigmannen* blieben zurück, als die Pfeile sie erreichen konnten und schossen nun ihrerseits mit Pfeilen auf den Flüchtigen.

„Aaah!“, brüllte Gruoni, als ein Pfeil ihn tatsächlich in der Wade erwischte. Humpelnd erreichte er das Tor.

„Um der Götter Willen, lasst mich ein!“, flehte er die Wachen an. „Sie wollen mich umbringen!“

Wie von Zauberhand öffnete sich die kleine Pforte neben dem großen Tor einen Spalt.

Kaum hatte der Flüchtling seinen Kopf hineingesteckt, wurde er von starken Fäusten ergriffen und hineingezogen.

Die Tür schloss sich sofort wieder, und er sah fünf Speerspitzen auf sich gerichtet.

„Wer bist du?“, donnerte eine tiefe Stimme.

„Gruoni aus *Flass*, und Wizi, mein Weib, ist noch in der Gewalt der Steppenkrieger.“

„Was wollt ihr hier? Warum seid ihr nicht in *Flass* geblieben?“

„Urk aus Splint hat uns geraten, nach Tvinhaag zu gehen, da man hier freier leben kann. Und hier vor dem Tor haben uns die Steppenkrieger gefangen genommen. Bitte helft uns!“

„Und wie sollten wir das tun?“

„Es ist jetzt nur eine Handvoll, ihr könnt sie leicht überwältigen und Wizi befreien.“

„Und warum sollten wir unser Leben für eine unbekannte Frau aufs Spiel setzen? Die *Hros-Wigmannen* wissen sich zu wehren. Du hast doch gesehen, wie genau sie schießen."

‚Wenn du wüsstest, wie genau sie tatsächlich treffen, würde dir das Herz noch mehr in die Hose rutschen, großer Wächter', dachte Gruoni bei sich.

„Im Übrigen könntest du auch ein Spitzel oder ein durchtriebener Verräter sein, der uns an unsere Feinde ausliefern will. Woher sollen wir eigentlich wissen, ob du der bist, als der du dich ausgibst?"

„Kennst du Urk, den Flößer?"

„Flüchtig."

„Traust du ihm?"

„Ja, nach allem, was ich über ihn gehört habe."

„Ich habe ein Erkennungszeichen von ihm dabei, sieh hier!"

Gruoni kramte das geschnitzte Holzstück unter seinem Wams hevor und zeigte es den Wachen.

„Hm", meinte der Sprecher. „Ich kenne das Zeichen nicht."

„Ich sollte auch nach einer Frau namens Frij fragen, sie müsste das Holz erkennen."

„Frij ist seit einer Weile verschollen!", mischte sich ein anderer der Wachtposten ein. „Deswegen hat Onn doch solchen Ärger bekommen, erinnerst du dich nicht? Es ist noch nicht so lange her."

„Stimmt", meinte der Anführer zu dem Wachtposten, „dann könnten wir ja auch den alten Onn fragen, er müsste ja das Zeichen kennen."

„Müsste er eigentlich."

„Dann geh und hole ihn! Und wir schauen uns erst einmal die Wunden des Mannes hier an."

Der Angesprochene eilte davon, und einer der Krieger bemühte sich, Gruoni den Pfeil aus der Wade zu ziehen. Es gelang nicht, ohne ihm große Schmerzen zu verursachen, denn die Knochenspitze hatte einen Widerhaken. Die *Hros-Wigmannen* hatten offenbar großen Wert auf eine glaubhafte Darstellung der Verfolgung ihres Gefangenen gelegt.

Nachdem die Wunden mit sauberen Lappen verbunden waren, kam der ausgeschickte Krieger mit zwei älteren Männern zurück. Einer von ihnen war in besten Stoff aus *Flass* gekleidet, der an ihm wie ein langer Mantel fast bis zum Boden herabfiel. Um die Hüften hatte er einen Fellgürtel aus rotem Fuchs geschlungen, in dem ein langes Schratmesser mit einem kunstvoll geschnitzten Holzgriff steckte. Auf dem Kopf, der fast grau war, trug er einen schmalen Reif aus Eisen, den der Schmied mit einer Folge von kleinen Dellen und einem Spitzenrand verziert hatte.

„Mein Name ist Onn“, stellte sich der andere dem Ankömmling vor. Er wirkte durch sein fast weißes Haar älter, war aber ähnlich gekleidet wie der Mann im *Flasser* Tuch, nur bestand sein Gewand aus feiner grauer Wolle mit einem Ledergürtel. Außerdem trug er weder Kopfschmuck noch Waffen.

„Und dies hier“, und damit wies er auf den ‚Gekrönten‘, „ist Hohsedal, unser Häuptling.“

„Gruoni aus *Flass*“, antwortete der ehemalige Sklave ängstlich mit einer Verbeugung.

„Du besitzt eine Empfehlung von Urk? Wie geht es ihm überhaupt? Und hast du etwas von meiner Tochter gehört?“

„Zunächst ist hier das geschnitzte Zeichen von Urk ...“

„Das ist eindeutig Urks Zeichen!“, unterbrach ihn Onn. „Das heißt, er lebt?!“

„Ja, wir haben uns vor ein paar Tagen in *Flass* getrennt, er war wohl auf der Suche nach Frij und wollte ...“

„Was ist mit meiner Tochter?“

„Das weiß ich leider nicht genau. Wizi und ich haben auf dem Weg hierher von zwei Steppenkriegern erfahren, dass sie den Fluod hinabgefahren sei. Als Urk in *Flass* einmal von ihr sprach, hatte er das auch schon vermutet. Nach dem, was er damals gesagt hat, wollte er versuchen, sie in Sihport zu finden.“

„Von welchen Steppenkriegern sprichst du?“, fuhr Hohsedal, misstrauisch geworden, dazwischen.

„Wir trafen sie zufällig auf dem Weg hierher. Sie halfen uns weiter, was normalerweise undenkbar ist. Ich weiß auch nicht genau, was mit ihnen geschehen ist, aber sie müssen ein entscheidendes Erlebnis mit

Frij und einem *Schrat* gehabt haben. Jedenfalls wollten sie selbst den Kämpfen entfliehen.“

Der Häuptling schien noch nicht ganz überzeugt, sagte aber nichts.

„Hmm“, brummte Onn statt dessen nachdenklich. „Und was weißt du von Urk ?“

Gruoni schilderte nun die lange Flucht Urks, soweit er sie kannte. Dabei konnte er genau von den Vorkommnissen an der Munde und den Vorhaben der Steppenreiter berichten.

„Deine Tochter war klüger als wir“, bemerkte der Häuptling zu Onn gewandt. „Wir haben dir und Frij großes Unrecht getan. Heute wissen wir es. Ich hoffe mit dir, dass sie noch lebt. Aber zumindest gibt es nach diesem Bericht neue Hoffnung ...

So, nun aber zu dir!“, wechselte Hohsedal plötzlich zu Gruoni. „Wie bist du hierher gelangt?“

„Eigentlich bin ich als Spitzel der *Hros-Wigmannen* hier.“

„Was?“, riefen alle wie aus einem Mund.

„Sie haben mich gezwungen!“, beeilte sich Gruoni hinzuzufügen. „Sie haben mein Weib in ihrer Gewalt.“

Dann berichtete er von ihrer Gefangennahme und von dem Abkommen, das er mit dem Anführer der Reitergruppe getroffen hatte.

„Könnt ihr Wizi nicht befreien, bevor sie Verstärkung bekommen?“, beendete er seinen Bericht.

„Dafür ist es jetzt zu spät!“

Die Antwort stammte von dem Krieger, der als Ausguck auf dem Torturm stand.

Gemeinsam eilten sie ans Tor und sahen die erste Reitergruppe, die gerade absaß.

„Verdammt!“, murmelte Gruoni.

„Du sagst es“, fügte der erste Wachtposten hinzu. „Und das, wo wir ohnehin zu wenige Krieger haben.“

„Was meinst du damit?“

„Wir haben vor wenigen Tagen einen schwerwiegenden Fehler gemacht, es war ja nicht der erste...“, antwortete nun Onn mit einem Seufzer.

Gruoni schaute ihn fragend an, doch die Antwort gab der Häuptling:

„Wir wollten die Verbindung nach Splint freikämpfen. Es geschahen dort immer wieder Überfälle, in der gleichen Art, wie Urk ihn erlebt hat. Stets waren es kleine Reitertrupps, die gesichtet wurden. So nahmen wir an, dass die *Hros-Wigmannen* nicht viele Männer dort gelagert hätten. Wir schickten also eine gut bewaffnete Kriegerschar in Richtung Splint, um mit den Wegelagerern aufzuräumen. Vier Hände voll erschien uns genug."

„Und?" drängte Gruoni gespannt.

„Sie haben alle getötet, sie waren in der vielfachen Übermacht und gegen ihre Pferde konnten unsere Männer nichts ausrichten. Wir haben uns täuschen lassen."

Nach einer Pause setzte er hinzu:

"Einen haben sie leben lassen. Sie haben ihn mit abgeschnittenen Ohren zu uns zurückgeschickt. Wir sollten Tvinhaag freiwillig übergeben, sonst ginge es uns noch schlimmer als den getöteten Stadtwachen. Seitdem warten wir auf den Angriff, und die besten Krieger fehlen uns dabei."

"Ihre Eisenwaffen besitzen sie nun auch noch", fügte der erste Wachtposten hinzu.

„An der Nachtseite der Stadt sind sie aber noch nicht angekommen?"

„Nein, bis jetzt sind die da draußen die Ersten."

Wieder warfen sie einen Blick hinaus.

Weitere Reiter waren angekommen, und sie schienen allerlei Gerät mit sich zu führen.

Gruoni erkannte lange Leitern:

„Sie scheinen den Ort stürmen zu wollen, offensichtlich verlassen sie sich nicht allein auf meinen Verrat."

„Sieht so aus", meinte Onn. „Was können wir nun tun?"

„Ich bin kein Krieger", antwortete Gruoni. „Aber ich meine, dass man ihnen eine Falle stellen könnte. Außerdem möchte ich Wizi zurückhaben."

„Sollen wir etwa die *Hros-Wigmannen* ins Tor lassen, damit du deine Frau zurückbekommst?", warf der Häuptling fassungslos ein.

„Nein, aber man könnte vielleicht diese Gelegenheit nutzen, um ihnen eine Schlappe beizubringen. Gleichzeitig hätte ich die Möglichkeit, Wizi zu befreien."

„Hast du einen Plan?"

„Ja, hört mir zu!"

In wenigen Worten stellte Gruoni dar, wie er den Steppenkriegern begegnen wollte. Da aus seinen Worten ein ungezügelter Hass auf die Reiter sprach, vertrauten ihm die Männer aus Tvinhaag und beschlossen, den Vorschlag während der Nacht umzusetzen. Eilig gab der Häuptling seine Befehle und die anwesenden Krieger bereiteten alles vor.

Währenddessen hatte der alte Schlauchflößer weiter beobachtet, was vor dem Tor geschah.

Immer mehr Reiter waren angekommen, der Strom schien nicht aufzuhören. Inzwischen hatte sich in sicherem Abstand von der Palisade ein großes Lager gebildet. Zelte waren aufgestellt worden und weiteres Holzgerät war herangeschafft worden.

„Sie haben das Vielfache an Männern von dem, was Tvinhaag aufstellen kann", murmelte Onn besorgt.

„Aber die Befestigungen der Siedlung sind sehr massiv, es ist sicher nicht leicht, die Palisade zu überwinden", wandte Gruoni ein.

„Mit langen Leitern? Außerdem wirken sie sehr entschlossen."

„Deshalb ist es gerade wichtig, ihnen direkt am Anfang eins auszuwischen. Sie müssen aus der Gewissheit zu siegen in eine tiefe Enttäuschung fallen. Nur wenn sie zweifeln, haben wir auf Dauer die Möglichkeit sie abzuwehren."

„Auf jeden Fall werden wir über kurz oder lang das Wasser- und das Neuviertel aufgeben müssen. Wir haben nicht genug Krieger, um die Palisaden aller Ortsteile besetzen zu können."

„Hmm", brummelte Gruoni nachdenklich. „Aber nicht sofort. Wir sollten versuchen, sie bei unserem Rückzug immer wieder in Fallen zu locken. Sie müssen völlig überrascht sein, sodass wir ihnen möglichst große Verluste beibringen können. Damit geben wir ihnen das Gefühl, dass wir aus Taktik und nicht aus Schwäche zurückweichen. Sie dürfen sich nicht sicher fühlen."

Die ersten Bewohner des Wasserviertels begannen nun, sich mit ihren Habseligkeiten über die Holzstege der Fluodinseln in das Mundeviertel zu retten.

Im Gegenzug transportierte eine Gruppe von Kriegern dicke Heubündel hinter das Tor. Bis auf wenige Wachtposten hatte man alle Mitglieder der Stadtwache ins Wasserviertel geholt. Die restlichen Männer und Frauen, die an der Verteidigung teilnehmen konnten, hatte man, so gut es ging, mit Spießen und Pfeil und Bogen ausgestattet. Sie verteilten sich auf den Palisaden der restlichen Stadtteile.

Als die Dämmerung in die Nacht überging, wurden über lange Balken und Seile die Heubündel im Abstand von zwei Männerlängen rund um das Tor vorsichtig abgesenkt.

Dann begann das Warten.

Gruoni spähte nervös aus dem Guckloch des Tores, doch zunächst geschah nichts.

Schließlich meinte er, ganz leise und dumpf klingendes Pferdestampfen zu vernehmen. Die Reiter hatten die Hufe ihrer Tiere mit Fellstücken umwickelt, sodass sie fast lautlos schritten.

Schon wurde leise am Torflügel gekratzt, und eine Stimme wisperte: „Wir sind da."

„Habt ihr Wizi dabei?"

„Natürlich", flüsterte es zurück.

„Ist sie frei?"

„Rede nicht so viel, öffne das Tor!"

Das war bereits etwas lauter.

„Pssst!", zischte Gruoni. „Soll man euch hören?"

„Nein, mach endlich auf."

„Erst Wizi."

Vor dem Tor erscholl ein leises Murmeln, kurz danach klang die leise Stimme einer jungen Frau:

„Lass mich ein, Gruoni, tu es beim Versprechen von Blatt und Blüte."

Der ehemalige Sklave war überzeugt. Die Reiterkrieger hätten nicht auf diese Sklavennamen kommen können. Er nickte dem Mann neben ihm zu, der sofort verschwand, dann öffnete er langsam die kleine Tür, durch die er Einlass bekommen hatte.

Sofort steckte ein schwarzgekleideter *Hros-Wigmann* den Kopf hinein. Er bemerkte, dass in einigen Hütten Licht brannte und ansonsten alles ruhig war. Kurz nickte er nach hinten, und prompt strebten mit ihm zusammen fünf Krieger durch die Pforte.

„Wo ist meine Frau?"

Der Angesprochene schnipste mit den Fingern und direkt vor dem Torturm erglühte eine winzige Fackel. Der Träger hatte die Lederhaube über dem Lichtlein abgezogen.

Wizi saß, die Hände gefesselt, auf einem Pferd, drei Schritte vom Türflügel entfernt. Gruoni zwängte sich durch die offene Tür an einem Krieger vorbei und machte einen Satz auf das Tier zu. Dort riss er Wizi, gefesselt wie sie war, aus dem Sattel und hielt sie auf seinen Armen. Der *Hros-Wigmann,* der direkt daneben gestanden hatte - es war der alte Anführer - wollte ihn daran hindern und riss an seiner Schulter:

„Du nicht nehmen!"

„Wenn du mich nicht lässt, schreie ich, dann wird man in Tvinhaag das Tor schließen. Denk dran, dass bis jetzt nur ganz wenige Männer im Ort sind. Und sie wissen noch nicht, wie das Tor zu öffnen ist."

"Gut, nehmen mit!"

Das ließ sich Gruoni nicht zweimal sagen und eilte mit seiner Last wieder hinter die Palisade.

Dort beeilte er sich, in den fahlen Lichtschein zu gelangen, der aus der ersten Hütte drang. Hier konnte er seiner Geliebten die Fesseln lösen. Nur einen Augenblick lagen sie sich in den Armen, mehr Zeit blieb nicht.

Die *Hros-Wigmannen* strömten nun in den Ort und drangen leise mit erhobenen Streitäxten in die Hütten ein. Es waren bestimmt schon so viele in den Häusern verschwunden, wie drei Menschen Finger haben, als plötzlich ein Schrei ertönte:

„Aaah! Eine Falle! Sie bringen uns alle um! Hinaus aus dem Ort!"

Gleichzeitig torkelte der brüllende Steppenkrieger aus einer Tür, Blut lief ihm vom Kopf, und ein Steinmesser stak in seinem Rücken.

Wie zur Antwort erschallte vor dem Tor lautes Geheul, und die Krieger dort versuchten, in den noch offenen Turm einzudringen, doch genau in diesem Augenblick schlug die Tür zu. Die Männer aus Tvinhaag sprangen aus dem Dunkeln hervor und erstachen die am Tor stehenden Steppenkrieger mit ihren Speeren. Völlig überrascht brachen sie röchelnd zusammen.

Jetzt wurde aus dem abgeschlossenen Teil des Turms eine lodernde Fackel nach oben zur Brustwehr gereicht, blitzschnell entzündeten die dort unsichtbar im Finstern niedergekauerten Bogenschützen ihre Brandpfeile und schossen sie in die Heuhaufen, die sofort aufloderten.

In wenigen Augenblicken standen die Angreifer im Licht, und die Pfeile der Verteidiger schwirrten aus dem Dunkel auf sie zu. Da der Abstand so gering war, verfehlte fast kein Geschoss sein Ziel und unter den *Hros-Wigmannen* brach Panik aus. Die wenigen Pferde vor dem Tor gingen, von Pfeilen getroffen, durch und trampelten zudem noch einige Krieger nieder.

Keiner der Angreifer versuchte, zurückzuschießen. Sie stoben wild auseinander, jeder in dem Bemühen, nicht getroffen zu werden.

Nach kurzer Zeit befand sich kein Krieger mehr in Tornähe, aber eine große Anzahl von Toten und fast genauso viele jammernde Verwundete lagen im letzten Schein der glühenden Heuhaufen.

„Der Tod unserer zwanzig Männer wäre gerächt!“, sagte Onn, der neben Gruoni am Ausguck stand. Er hatte sich die Ausrüstung der Stadtwache angelegt und sah unter dem halbkugeligen Flechthelm aus Weidenruten und der Lederkappe darunter sehr grimmig aus. Der Brustschutz, ebenfalls aus Rutengeflecht, verlieh ihm einen Ausdruck von Stärke. Sein hohes Alter war in dieser Aufmachung nicht mehr zu erkennen. An seiner Hand hing ein blutiges Schratbeil. Er war mit bei den Männern gewesen, die den Eindringlingen in den Hütten aufgelauert und sie beim Eintreten lautlos erschlagen hatten.

„Ja, es war eine hohe Blutschuld, die die *Hros-Wigmannen* gezahlt haben, es waren sicher dreimal so viele Männer wie die von ihnen getöteten Krieger aus Tvinhaag.“

„Das werden sie nicht so auf sich sitzen lassen“; bemerkte Wizi nun besorgt.

„Bestimmt nicht!“, stimmte Hohsedal ihr zu. „Aber es war ein raffinierter Plan!“ Und zu Gruoni gewandt fügte er hinzu: „Du giltst heute bei den Kriegern als Held. Und was vielleicht noch wichtiger ist, wir vertrauen dir jetzt vollständig.“

„Danke“, murmelte Gruoni und warf Wizi einen bedeutungsvollen Blick zu. Sie verstand, dass ihre Rettung auf Messers Schneide gestanden hatte. Etwas weniger Überzeugungskraft ihres Partners und sie befände sich noch immer bei den Steppenreitern. Bei dem Gedanken lief ihr ein kalter Schauer den Rücken hinunter.

„Für heute Nacht sollten wir noch die Wachen bestimmen“, warnte Onn. „Und ihr beiden seid hoffentlich meine Gäste. In meinem Haus ist genug Platz. Wer Urk und meiner Tochter nahesteht, ist mir immer willkommen.“

Die Ankömmlinge machten eine Verbeugung des Dankes und Onn fuhr fort:

„Ich könnte euch auch Frijs verlassenes Haus geben. Sie hätte sicher nichts dagegen, aber es liegt im Neuviertel, und ich könnte mir vorstellen, dass wir es bald genauso räumen müssen wie das Wasserviertel.“

Onns Gäste verabschiedeten sich vom Häuptling und den anderen Umstehenden und folgten Frijs Vater in das Oberviertel.

„Tvinhaag ist doch eine gewaltige Siedlung“, staunte Wizi angesichts der palisadenbekränzten Erdwälle, der mächtigen Tore und der Vielzahl von Häusern. „Und ich habe *Flass* schon für eine bedeutende Stadt gehalten.“

„Mir geht es genauso. Eigentlich kann ich mir nicht vorstellen, dass das Steppenvolk sich traut, diesen Ort anzugreifen.“

Gerade durchschritten sie das große Doppeltor zum Oberviertel. Den ehemaligen Sklaven blieb vor Staunen der Mund offen stehen, als sie den massigen Steinwall mit der darauf befindlichen Palisade erblickten, der ihnen uneinnehmbar und abweisend erschien.

Sie durchschritten die zentrale Gasse und konnten direkt auf die Häuptlingsburg blicken. Diese war allerdings nicht größer als die in *Flass*. Nachdem sie wenige Häuser passiert hatten, trafen sie auf eine querlaufende Gasse, der Onn nach links folgte. In wenigen Schritten hatten sie das Haus des alten Schlauchflößers erreicht.

Doch bevor sie eintraten, eilten Gruoni und Wizi an dem Haus vorbei und lehnten sich über die kleine Steinmauer, die die steile Böschung hinunter zum Fluod begrenzte. Onn folgte ihnen.

„Es sieht wunderschön aus“, staunte Wizi.

Trotz der wolkenverhangenen Nacht konnte man noch das Glitzern des Flusses erkennen. Die Wachen hatten kleine Feuer entzündet, um beobachten zu können, ob jemand über das Wasser käme. Das Wasserviertel wirkte nur schwarz, lediglich kleine Flämmchen am Torturm und auf der Palisade waren zu erkennen.

„Schaut mal dort hinüber!“, flüsterte Gruoni erschrocken und zeigte in Richtung auf die Straße nach *Flass* und Burvik.

„Oh, Götter!“, murmelte Onn nur, als er die unzähligen Feuer im Lager der *Hros-Wigmannen* bemerkte. Sie umschlossen das gesamte Wasserviertel wie ein leuchtendes Band.

Allen dreien verschlug es vor Schreck die Sprache.

Schließlich machte Onn ein Zeichen, und seine Gäste folgten ihm in sein Haus.

Wizi konnte sich kaum vorstellen, dass ein Mann allein in dieser großen Hütte lebte. Bauer Quist hatte schon dafür gesorgt, dass es seinen Sklaven gut ging, aber diese Geräumigkeit war überwältigend.

Nachdem Onn sie schließlich mit einer reichhaltigen Mahlzeit versorgt hatte und sie die Ereignisse des Tages noch einmal besprochen hatten, führte er sie in ein nebenan liegendes Zimmer, das durch eine Wand aus Flechtwerk abgetrennt war. Flink rückte er zwei riesige Strohsäcke in eine Ecke, legte ihnen dicke Wolldecken dazu und verkündete schließlich, dass dies nun bis auf weiteres ihr Zimmer sei und sie es sich so bequem wie möglich machen sollten.

Seine Gäste konnten einen freudigen Jauchzer nicht unterdrücken und fielen dem alten Mann gemeinsam um den Hals. Er befreite sich gerührt und ließ sie schließlich allein.

Zum ersten Mal seit einer Reihe von Tagen waren sie allein, satt, warm und ohne Furcht vor Störungen. Mit einem erleichterten Aufstöhnen fielen sie sich in die Arme. Sie drückten sich aneinander, als wollten sie nie wieder voneinander lassen.

Schließlich verkrochen sie sich dicht aneinandergeschmiegt unter Onns warmen Decken. Wizi krallte sich regelrecht an Gruoni fest, sodass er ihre warme Haut wie die seine spürte.

Das Gefühl friedlichen Miteinanders ging durch die Berührungen schnell in ein heftiges Begehren über, und Gruoni bemerkte, wie seine Männlichkeit anschwoll. Jedoch als er versuchte, in Wizis Körper einzudringen, wies sie ihn vehement ab.

„Was ist mit dir?"

„Ich habe Angst."

"Aber wieso denn nur? Wir sind hier doch vor den Steppenkriegern sicher."

"Es sind nicht die wilden Reiter."

„Aber was ist es denn dann?"

„Ich fürchte mich vor dir."

Gruoni erschrak und fühlte sich wie vor den Kopf gestoßen.

„Aber wieso?", wurde er laut. „Was habe ich dir denn getan?"

Er spürte, wie in ihm das Gefühl, abgewiesen zu werden, aufstieg. Gleichzeitig meinte er einen Vorwurf in Wizis Stimme zu vernehmen, was seinen Ärger weiter anschwellen ließ. Schließlich hatte er sie ja aus den Klauen der *Hros-Wigmannen* befreit.

„Du hast mir nichts getan", flüsterte sie beklommen. „Es ist etwas anderes."

„Aber was denn nur? Sag es doch endlich."

„Liebst du mich noch?"

Gruoni schüttelte fassungslos den Kopf. Was sollte jetzt diese Frage?

„Natürlich! Was denkst du denn?", erwiderte er etwas unfreundlicher als er es beabsichtigt hatte.

„Es klingt aber nicht so."

Wizi begann, lautlos zu weinen.

Schlagartig wurde er wieder von Gefühlen der Fürsorge überschwemmt.

„Hab keine Angst", murmelte er in ihr Ohr und begann sie sanft zu streicheln.

Allmählich wurde sie ruhiger, schmiegte sich erneut an ihn und hörte auf zu weinen.

„Du weißt doch, was die Steppenreiter mit mir gemacht haben", wisperte sie kaum hörbar. Sie traute sich kaum darüber zu reden.

„Ich weiß", antworte er leise, um dann scharf hinzuzusetzen: „Und ich würde sie am liebsten einen nach dem anderen dafür umbringen!"

Sie schaute ihn unsicher an.

„Und was denkst du nun über mich?"

„Ich verstehe nicht, was du meinst."

Erneut spürte er die Unruhe in sich aufsteigen.

Wizi schluckte dreimal, bevor sie weiterredete. Und auch dann war ihre Stimme kaum zu vernehmen:

„Ich meine ... Kannst du mir jetzt noch nahekommen, ohne ... Ohne dass ... Ohne dass du so etwas wie ... wie ... Ekel empfindest?"

Es war heraus und Gruoni war erschüttert. Fast körperlich empfand er die nicht sichtbaren Verletzungen, die man seiner Geliebten zugefügt hatte.

„Arme Wizi", flüsterte er immer wieder, umfing sie stärker mit seinen Armen und setzte schließlich hinzu: „Nie im Leben könnte ich mich von dir abwenden."

Während er alle Liebe der Welt für sie empfand, wuchs in ihm wieder eine mörderische Wut, und er schwor sich, das Leid, das sie Wizi angetan hatten, an den Steppenkriegern blutig zu rächen.

Seine Nähe und Zuwendung gaben ihr allmählich die Sicherheit, die zwischen ihnen geherrscht hatte, zurück. Doch an körperliche Liebe war in dieser Nacht nicht mehr zu denken.

Am nächsten Morgen wurden sie durch Onn geweckt, der ihnen zum Frühstück Brot und gekochte Eier von den Wildenten am Fluod anbot.

Mit großem Appetit verzehrten sie das Essen und bedankten sich bei Onn.

Danach stattete Frijs Vater sie mit neuen Waffen aus. Was sie aus *Flass* mitgebracht hatten, war nun in den Händen der Steppenkrieger. Lediglich ihre Wollkleider besaßen sie noch. Gruoni erhielt ein langes Steinmesser, dazu einen Spieß mit Steinspitze und einen Bogen mit Pfeilen. Die Spitzen bestanden aus Knochen. Wizi bekam auch Waffen: einen leichten Speer sowie ein Feuersteinmesser. Pfeil und Bogen erhielt sie nicht, da sie selbst sagte, dass sie nicht damit umgehen könne.

„Leider kann ich euch keine Schratwaffen anbieten, aber auch bei uns ist das Eisen knapp, und nach dem Überfall auf unsere Krieger an der Munde erst recht", erklärte Onn.

Danach forderte er sie auf, mit in die Häuptlingsburg zu kommen.

Die beiden schauten sich verwundert an.

„Hohsedal hat mich beauftragt, euch mitzubringen", sagte Onn. „Er meinte, ihr hättet Erfahrungen mit den *Hros-Wigmannen,* die uns von Nutzen sein könnten. Und außerdem scheint Gruoni ein listiger Krieger zu sein. Sein Plan war wirklich ausgezeichnet."

Mit diesen Worten nickte ihr Gastgeber dem Paar bedeutungsvoll zu und schritt eilig voran.

„Wieso bist du so ein fähiger Krieger?", flüsterte Wizi ihrem Mann ins Ohr, während sie immer drei Schritte hinter ihrem Führer herhasteten. „Du hast doch in diesen Dingen gar keine Erfahrung?"

„Das stimmt schon", wisperte er zurück. „Aber vielleicht zahlt es sich hier aus, dass Sklaven lernen, sich in den schwierigsten Situationen zu behaupten. Schließlich mussten wir immer sehr einfallsreich sein, um uns durchzuschlagen. Auch, wenn man Sklave bei Quist war!"

„Da könntest du recht haben."

Sie hatten nun die Gasse verlassen und standen auf dem Vorplatz vor dem Eingangstor der Häuptlingsburg. Das beeindruckende Tor des doppelten Palisadenturms stand weit offen, nur durch vier Stadtwachen kontrolliert.

Die beiden Fremden sahen sich um und erblickten zur rechten Seite die breiten Erdwälle des runden Seegildetempels.

Wizi stieß Gruoni an und wies zu dem Bauwerk.

Staunend nickte er ihr zu. Beide verstanden nicht, was dies runde Gebilde für einen Sinn hatte, trauten sich aber nicht zu fragen, um nicht als dumme Tölpel zu gelten.

Jetzt kamen sie aber auch nicht mehr dazu, Fragen zu stellen, denn Onn schob sie vor sich her durch das breite Tor in den Innenhof des Hauptgebäudes.

Es hatte in etwa die gleichen Abmessungen wie die entsprechenden Gebäude in *Flass*. Dort waren sie nur einmal kurz in ihrem Leben gewesen, als sie den Auftrag hatten, Quist etwas in die Ratssitzung zu bringen. Auf jeden Fall schienen die Häuser der Häuptlinge grundsätzlich noch größer zu sein als der Bauernhof, in dem sie gelebt hatten. Der einzige Hof, von dem sie wussten, dass er genauso imposant war wie die Burggebäude, war der des Bauern Linn am Rande von *Flass*.

Lange darüber nachzudenken war ihnen aber nicht möglich, da sie jetzt in den Ratssaal eintraten.

Der Raum war für ihre Vorstellung riesig. Er war nahezu so lang wie breit und maß in jeder Richtung etwa zehn Schritt. Für die ehemaligen Sklaven hatte er schon eher die Ausmaße einer Scheune. Nur zeigte dieser Saal die ganze Pracht Tvinhaags. Er war angelegt, um hohe Besucher zu beeindrucken. Nach oben konnte man in den Dachstuhl schauen, der aus glatt bearbeiteten Hölzern bestand, die kunstvoll mit Weiden- oder Haselruten verbunden waren. Allein das Glätten der Dachbalken musste eine lange und harte Arbeit gewesen sein, die viele Menschen beschäftigt hatte. In den freien Räumen zwischen den Holzstangen konnte man die Riedbündel erkennen, mit denen das Dach gedeckt war. Auch sie waren ganz regelmäßig mit dünnen Haselnusszweigen an die Dachkonstruktion gebunden. Die Gestaltung des *Rieddachs* war nicht nur zweckmäßig angelegt worden, sondern man hatte darauf geachtet, die Ruten so gleichmäßig zu schlingen, dass ein den gesamten Dachraum schmückendes Ziermuster entstand.

Die Wände bestanden aus lehmverschmierten Flechtwerk, das fast vollständig mit wertvollen Fellen allerlei Getiers behängt war. An den Kopfteilen der Felle ließen sich Rehe, Wölfe und Wildschweine unterscheiden. Selbst ein Bär befand sich unter den erlegten Tieren. Sein Pelz hing genau hinter dem Platz, den nun der Häuptling einnahm.

Er saß an der Stirnseite eines langen Tisches, der aus geglätteten Holzstangen gefertigt war. Die einzelnen Balken der Tischoberfläche waren wie das Dachgestühl mit Ruten verbunden und lagen auf zwei runden, etwas überstehenden Querhölzern. Diese ruhten ihrerseits auf vier senkrechten Pfählen, an denen man oben ein Stück der ehemaligen Astgabel hatte stehen lassen. So konnten die beiden Träger der Tischplatte nicht verrutschen. Damit die Tischbeine nicht zur Seite wegknickten, waren sie durch dünnere Holzstreben miteinander verbunden, die sich in halber Höhe unter der Platte kreuzten.

An den Längsseiten der mächtigen Tafel hatten die Ratsmitglieder Tvinhaags Platz genommen. Bis auf zwei Frauen, die Vertreterinnen der Schanzenfischerinnen sowie der Gärtnerinnen aus dem Oberviertel, waren es allesamt ältere Männer, gekleidet in helles Tuch aus *Flass*. Fast alle waren Schlauchflößer, aber es gab auch einen Vertreter der Bauern und den Anführer der Stadtwache. Ein weiterer Mann trug eine Muschel um den Hals. Er war ein Segelweiser, der Entsandte der *Seegilde*, die in Tvinhaag ihre wichtigste Außenstelle unterhielt.

„Dies hier sind Wizi und Gruoni“, stellte Onn die Eintretenden vor. „Die meisten von euch kennen sie ja bereits. Gruoni hat mit seinem Plan ein erstes Zurückschlagen der Steppenreiter ermöglicht.“

Die Menschen am Tisch klopften zur Begrüßung auf das Holz der Tischplatte.

„Seid willkommen und setzt euch zu uns!“, nahm nun der Häuptling das Wort.

Onn wies ihnen je einen Platz am Ende der Tafel zu und setzte sich dann auf einen freien Sitz neben Hohsedal. Man hatte ihm seine alte Stellung als Vertreter der Schlauchflößer zurückgegeben, nachdem die Gefährdung durch die Steppenreiter allen klar geworden war. Über die Vergehen seiner Tochter mochte nun auch niemand mehr reden. Man tat im Rat, als sei nichts geschehen.

Die Reisenden aus *Flass* erhielten wie alle Anwesenden einen Wasserbecher aus gebranntem Ton. Der sonst übliche *Grastrunk* wurde nicht gereicht, da man einen klaren Kopf behalten wollte.

„Wir haben euch in diese Versammlung gebeten, weil ihr Erfahrungen mit den *Hros-Wigmannen* gesammelt habt. Das kann uns in unserer Lage nur nützen. Außerdem bewundern wir das große Geschick, mit dem du“, damit nickte der Häuptling Gruoni zu, „die Steppenkrieger hinters Licht geführt hast.“

Ein allgemeines Murmeln im Raum bestätigte diese Aussage.

„Lasst uns bitte jetzt noch einmal alles hören, was ihr über unsere Belagerer und ihre Pläne wisst.“

Abwechselnd berichteten die Angesprochenen daraufhin von ihren Erlebnissen mit Boto und Poto und der Gefangennahme. Wizi verschwieg auch nicht, was bei den Steppenreitern geschehen war. Die Anwesenden bemühten sich nach Kräften, sie zu trösten. Gleichzeitig zeigte sich bei ihnen auch der aufkeimende Zorn über die Unmenschlichkeit der Feinde. Über Frij zu erfahren, sie hätte einen wichtigen Einfluss auf die jungen Krieger ausgeübt, erfüllte Onn im Nachhinein noch mit Stolz. Aber die offensichtliche Absicht der *Hros-Wigmannen,* ganz Duggaland zu unterjochen, löste allgemeine Panik aus. Alle riefen und lamentierten durcheinander, bis Hohsedal dazwischenfuhr:

„Ruhe jetzt!“

Schlagartig war alles still.

‚Er hat seine Leute gut im Griff‘, dachte Gruoni.

„Wir müssen schleunigst einen Plan machen. Wer hat einen Vorschlag?“

In diesem Augenblick stürmte ein Krieger in den Raum:

„Angriff! Angriff! Die Feinde kommen durch das Wasser!“

„Was? Wo? Wie?“, schrien alle durcheinander, aber der Krieger war schon wieder hinausgestürzt. In völligem Chaos folgte ihm der Rat. Sie erklommen einen der Palisadentürme der Burg – es war kaum für alle Platz – und sahen berittene Krieger mitten im Fluod, wie sie zum Teil schwimmend, zum Teil watend versuchten, zwischen Wasser- und Oberviertel zu den Anlegern zu gelangen. Der dort befindliche einfache Erddamm stellte keinen nennenswerten Schutz vor dem Eindringen dar. Würden sie dort ins Wasserviertel einfallen, wären alle Bewacher des Tors und der Palisade in der Falle. Da aber gleichzeitig auch noch ein Angriff von Reitern auf das Tor erfolgte, konnten die dort befindlichen Wachen nicht zum Flussdeich eilen, um die Krieger im Fluod zurückzutreiben.

„Ruft die Bewohner des Oberviertels!“, schrie Gruoni. „Alle, die da sind! Frauen, Kinder, Alte! Alle, die noch werfen oder schießen können. Werft von hier oben, mit allem, was ihr habt, Steine, Becher, Knüppel ... Egal, was. Wir müssen sie zurücktreiben, sonst sind alle im Wasserviertel verloren.“

Gleichzeitig hatte er seinen Bogen genommen, übergab Wizi das Pfeilbündel und schoss in den Pulk der sich mühsam gegen das Wasser bewegenden feindlichen Krieger.

Kaum hatte er einen Pfeil verschossen, reichte ihm Wizi einen neuen. So zischten die Geschosse in Windeseile zwischen die Steppenreiter.

Da ein paar der Ratsmitglieder ebenfalls bewaffnet erschienen waren, folgten sie Gruomis Beispiel und schossen auf die Reiter im Fluss. Trotzdem versuchten die Angreifer weiter, hinter die Befestigung des Wasserviertels zu gelangen. Es waren zu viele, als dass sie sich durch die wenigen Pfeile abhalten ließen.

Als der erste Pfeil verschossen war, war die Vertreterin der Schanzenfischerinnen die Leiter des Turms hinabgeeilt. Nun erschien sie neben dem Turm an der kleinen Steinmauer mit einem Bündel Speere, so dick, dass sie es gerade tragen konnte. Sie hatte es aus dem Waffenlager der Burg geholt. Da sie hoch über den Reitern im Fluss stand, spielte die Entfernung keine große Rolle. Mit dem Schwung der erfahrenen Fischstecherin schleuderte sie die Spieße mitten in die Gruppe der Feinde. Nach wenigen Würfen hatte sie sich auf das Ziel eingestellt und die ersten Reiter fielen getroffen in den Fluss. Da es ihr gelang, die vordersten Krieger zu erwischen, zögerten die Nachfolgenden in ihrem Drang, ans Ufer zu gelangen.

Kurz darauf wurde sie von den herbeieilenden Bewohnern des Oberviertels unterstützt. Da schwirrten tönerne Töpfe und steinerne Mörser zum Getreidemahlen durch die Luft, die Kinder setzten ihre Spielschleudern ein und ließen einen Hagel von Flusskieseln auf die Steppenreiter niederregnen. Diese Wurfgeschosse töteten zwar nicht unbedingt, konnten aber dennoch verletzen und waren zumindest sehr schmerzhaft für die Getroffenen. Als schließlich noch weitere Schanzenfischerinnen mit ihren Speeren kamen und mit unglaublicher Sicherheit einen Reiter nach dem anderen vom Pferd holten, brach in der Gruppe der *Hros-*

Wigmannen Panik aus, und sie suchten ihr Heil in hektischer Flucht zurück durch den Fluss. Das erleichterte aber den Bogenschützen das Zielen, sodass die Reiter vor ihrem Entkommen noch eine größere Anzahl von Opfern zu beklagen hatten.

Als sich die Überlebenden schließlich mühsam durch das Sumpfgelände des Fluod zu ihrem Lager kämpften, brach im Oberviertel lauter Jubel aus.

Der Rat zog sich erneut in die Burg zurück.

Zunächst sprach niemand ein Wort.

Zwar hatten sie einen vorläufigen Sieg errungen, aber das Gemetzel hatte sie alle entsetzt. Das absichtliche Töten von Menschen war ihnen allen ein Graus, auch wenn sie sich als Angegriffene fühlten. Obwohl alle die tödliche Bedrohung begriffen hatten, hatte bisher niemand den Abscheu vor der Gewalt verloren. Die lange Zeit des Friedens in Duggaland hatte in allen einen tief empfundenen Widerwillen gegen den blutigen Kampf hinterlassen.

„Nun, die erste Runde ging an uns", bemerkte schließlich einer der Schlauchflößer.

„Nur kein Jubeln!", warf der Vertreter der *Seegilde* ein. „Es war eher Zufall als Kriegslist, dass wir sie zurückgeschlagen haben. Die Gefahr ist nach wie vor vorhanden."

Hohsedal nickte: „Sie ist vielleicht sogar noch größer. Die wenigen Gefallenen beeinträchtigen ihre Stärke nicht, vermutlich ist nur ihre Wut gewachsen."

Wizi wollte offensichtlich etwas beitragen, traute sich aber nicht so recht und blickte nur scheu in der Runde umher. Die Schanzenfischerin, die ihr gegenübersaß, bemerkte es und forderte sie auf zu sprechen. Ängstlich und schüchtern flüsterte sie eher als dass sie sprach:

„Ich weiß nicht, ob es wichtig ist, aber mir ist aufgefallen, dass Gruonis Pfeile sehr schnell ausgegangen sind. Und es waren nur wenige Krieger zu bekämpfen."

Wizi, die sich bei Quist viel mit dem Haushalten, Vorsorgen und Lagern notwendiger Dinge beschäftigt hatte, war sofort das Missverhältnis von Verteidigungswerkzeugen und Zahl der Angreifer aufgefallen.

„Ich habe mich gefragt", setzte sie stockend hinzu, „ob wir genug Pfeile und dergleichen haben, um einen Angriff von allen Kriegern abzuwehren. Die Pfeile, die Gruoni verschossen hat, haben zwar etwas bewirkt, aber sie sind jetzt fort. Wir können sie nicht zurückholen."

„Ein wichtiger Gedanke!", lobte der Vertreter der *Seegilde* sie und nickte ihr bestätigend zu. Wizi wurde rot vor Verlegenheit.

„Wir sollten auf jeden Fall eine Bestandsaufnahme unserer Mittel machen und noch so viel Waffen wie möglich anfertigen."

Gruoni zwinkerte seiner Gefährtin stolz zu, und sie lächelte erfreut zurück.

„Wir haben bestimmt nicht genug!", erklärte Hohsedal besorgt. „Und wir können wahrscheinlich auch nicht auf die Schnelle die notwendigen Waffen und Geräte herstellen. Einen guten Speer mit Steinspitze anzufertigen, dauert mindestens drei Sonnenaufgänge. Vorher ist das Harz zum Verkleben der Spitze nicht trocken genug. Horn- und Knochenspitzen gingen schneller, weil man sie nur binden muss, aber so viel geeignetes Material haben wir sicher nicht. Wir müssen uns eine andere Taktik als das einfache Zurückschießen ausdenken, eine, die nicht viel Geschosse verbraucht und nicht so viele Menschen benötigt."

„Ihr habt in Tvinhaag viele und hohe Befestigungszäune", warf nun Gruoni ein. Auch er dachte auf Grund seiner Erfahrung auf einem Hof sehr wirtschaftlich.

„Auf den ersten Blick scheinen sie sehr sicher zu sein, sie sind hoch, außerdem meist auf Erddämmen errichtet, an einem Abhang gelegen und durch Wassergräben oder die Flüsse geschützt."

Die Ratsmitglieder nickten gewichtig.

„Sie haben nur einen Fehler."

Alle blickten überrascht und gespannt auf.

„Es sind zu viele!"

„Wie meinst du das?"

Hohsedal blickte ihn erwartungsvoll an.

„Das Verhältnis von Verteidigern und Länge der Palisadenzäune stimmt nicht."

Die meisten Ratsmitglieder schüttelten verständnislos mit den Köpfen, nur den anwesenden Frauen und dem Vertreter der *Seegilde* schien Gruonis Beitrag einzuleuchten.

„Ist es denn nicht gut, viele Palisadenzäune zu haben?", fragte der Häuptling.

„Nur, wenn man genügend Krieger hat, sie zu besetzen. Ein unbesetzter Zaun kann in aller Ruhe überwunden werden."

„Erkläre dich genauer!"

„Twinhaag besteht aus zu vielen Stadtteilen. Nicht alle Einfriedungen sind einem Angriff wirklich gewachsen. Man hat es zum Beispiel am Wasserviertel gesehen. Mit einer genügend großen Anzahl von Männern lassen sich die gut zu verteidigenden Bereiche umgehen. Wenn man die Feinde erst im Ort hat, hat man bei ihrer zahlenmäßigen Überlegenheit schon verloren."

"Was schlägst du also vor?"

„Wir müssen uns auf die wirklich gut zu verteidigenden Bereiche zurückziehen, die Bereiche, bei denen es auch ohne große Gegenwehr einem Angreifer schwerfällt, in die Siedlung zu gelangen. Darauf hat mich Onn bereits gestern aufmerksam gemacht." Der Schlauchflößer nickte bestätigend. „Wir müssen außerdem Zeit gewinnen, denn es ist schwer für die *Hros-Wigmannen,* ihre riesige Kriegerschar zu ernähren. Soweit ich es gesehen habe, habt ihr bereits alles Essbare in den Ort geholt. Zumindest war kein Vieh mehr auf den Wiesen."

„Das ist richtig."

„Wenn wir also lang genug durchhalten, wird bei unseren Feinden der Hunger ausbrechen. Das wird ihrer Kampfkraft sicher nicht förderlich sein."

„Ich habe nach Onns Hinweis gestern ein wenig auf die Verteidigungsanlagen geachtet", setzte er nach einer kurzen Pause hinzu. „Das Oberviertel ist sicher sehr wehrhaft. Es ist durch einen natürlichen Steilhang und noch zusätzlich durch den Fluod geschützt."

"Willst du etwa alle anderen Viertel den Steppenreitern überlassen?"

„Das weiß ich nicht. Ihr kennt euren Ort besser als ich. Vielleicht müsste man sich noch einmal die verschiedenen Viertel daraufhin ansehen."

„Und sollen wir ihnen etwa all unser Hab und Gut in den aufgegebenen Ortsteilen überlassen?“, fragte ein Bewohner des Wasserviertels aufgebracht.

„Auf keinen Fall“, beeilte sich Gruoni zu erwidern. „Man müsste natürlich alles vorher ausräumen. Schon, damit die Steppenreiter es nicht gegen uns verwenden können.“

„Das ist ein guter Vorschlag!“, unterbrach nun das Mitglied der *Seegilde* die Debatte. Er hatte Sorge, dass man den Neuankömmling nicht ernst nehmen könnte.

„Wenn wir diesen Plan verfolgen wollen, müssen wir uns beeilen. Die *Hros-Wigmannen* werden uns zu Gefallen nicht mit ihrem nächsten Angriff warten.“

„Gut!“, beschloss nun Hohsedal. „Lasst uns jetzt gehen und eine Entscheidung fällen, welche Teile von Tvinhaag wir verteidigen können.“

Ohne weiteren Widerspruch folgten ihm die Mitglieder des Rates einschließlich der beiden neuen Bürger. Sie querten den locker bebauten Bereich vor dem Haus der Schlauchflößer und der *Seegilde*, sodass Wizi und Gruoni den kreisrunden Tempelwall und die beeindruckenden Gebäude der mächtigen Vereinigungen bewundern konnten. Das Oberviertel lag auf einem abgeflachten Hügel in einer Schleife des Fluod, ein Siedlungsort, der große Sicherheit gewährleistete und aus den vergangenen unruhigen Zeiten Duggalands stammte. Am steilen Abhang über dem Fluss reichte als Schutz eine kleine Brustwehr aus geschichteten Steinen oder kurzen Holzstämmen. Dort, wo der Fluod hinter dem Siedlungshügel wieder zur Abendseite hin abknickte, verlor der natürliche Steilhang immer weiter an Höhe. Deswegen verlief in diesem Abschnitt eine mit zwei Holztürmen bewehrte gut mannshohe Palisade. Sie endete in einem aus mächtigen Stämmen errichteten Wehrturm. Dieser bildete gleichzeitig das Ende der auf einem Geröllwall errichteten Palisade, die das Oberviertel vom Mundeviertel trennte. Die ebenfalls von dem Wehrturm ausgehende äußere Palisade des Mundeviertels war auf einem hüfthohen Erdwall errichtet und wurde durch die Gräben der Schanzenfischerinnen umschlossen. Der Wall reichte bis zur Munde, die sich kurz danach in den Fluod ergoss und wegen ihrer schnellen Strömung ebenfalls einen natürlichen Schutz darstellte.

Man war sich schnell einig, dass diese Befestigungen ein nur schwer zu überwindendes Hindernis für die Steppenreiter darstellten.

Als die Gruppe das Mundeviertel durchschritten hatte, gelangte sie zunächst an die vom Fluod begrenzte Seite. Während sich an der Munde entlang die hohe Palisade fortsetzte, war das Ufer des größeren Flusses lediglich durch einen brusthohen Erdwall gesichert, der allerdings nicht aus Verteidigungsgründen aufgeschüttet worden war, sondern in erster Linie als Hochwasserschutz diente.

Bei seinem Anblick verzog selbst Hohsedal sorgenvoll das Gesicht, sagte aber nichts. Da hier der Fluod sehr flach und mit Inseln durchsetzt war, bot sich an dieser Stelle auch für Reiter eine leichte Möglichkeit des Eindringens.

Ein Blick hinüber auf die offene Seite des Wasserviertels genügte, besonders angesichts des gerade zurückliegenden Angriffs, um einstimmig die Aufgabe dieses Ortsteils zu beschließen.

Blieb das Neuviertel mit dem Holzplatz.

Dort angekommen schauten sich alle ratlos an. Das Viertel lag auf einem kleinen Hügel und seine Palisade war in ausgezeichnetem Zustand, schließlich war es ein erst vor wenigen Jahren angelegter Ortsteil. Hier wohnten die jungen Leute, auch Frijs Haus stand hier.

„Die Verteidigungsanlagen sind in tadellosem Zustand, besser als die Fluodseite des Mundeviertels“, begann der Anführer der Stadtwache. „Leider benötigen wir Unmengen an Kriegern, um sie zu bewachen.“

„Wir können es nicht so ohne weiteres aufgeben“, warf der Bauernvertreter ein, für den ebenso wie für die ehemaligen Sklaven Vorräte etwas bedeuteten. „Auf dem Holzplatz liegt noch ein Haufen Stämme. Sie stammen von den wenigen Flößen aus Splint, die in letzter Zeit noch durchgekommen sind.“

„Wir müssen sie auf jeden Fall vorher wegschaffen“, unterbrach ihn der einzige Krieger in der Runde. „Die *Hros-Wigmannen* könnten sie leicht gegen uns verwenden!“

„Hoffentlich haben wir so viel Zeit", sorgte sich der Segelweise. „Unter diesem Gesichtspunkt müssen wir das gesamte Viertel leer räumen."

„Aber mit den Stämmen vom Holzplatz könnten wir den Erddeich im Mundeviertel verstärken", schlug Gruoni vor.

„Das wäre immerhin nur ein Arbeitsgang."

„Genau. Und wir müssen im Neuviertel noch zusätzlich den Turm an der Munde zerstören, denn sonst können uns die Steppenreiter von dort leicht mit ihren Pfeilen eindecken."

„Er hat recht!", pflichtete der Anführer der Stadtwache bei. „Das Gleiche gilt für die Brücken über die Munde und über den Fluod. Sie könnten das Eindringen der Steppenkrieger erleichtern."

„Mir scheint, wir sind uns über das weitere Vorgehen einig", ergriff nun wieder der Häuptling das Wort. „Die Stadtwache übernimmt die Bewachung der Mauern und alle Anwesenden sorgen dafür, dass alles, was laufen kann, sich an den Aufräumarbeiten beteiligt. Wer Tragen, Holzkiepen und dergleichen besitzt, soll sie mitbringen. Die Leute aus dem Wasserviertel sollen dort noch die verbliebenen Gerätschaften entfernen. Alles, was zu Verteidigung oder Angriff nütze sein könnte, muss geborgen werden. Los jetzt!"

„Und womit sollen wir beginnen?", fragte Wizi verzagt.

„Wir trommeln schon einmal die Bewohner des Neuviertels zusammen", erwiderte Onn, „und dann beginnen wir am Holzplatz."

Schnell zerstreuten sie sich.

Wizi und Gruoni eilten von Hütte zu Hütte und riefen die Bewohner zusammen. Bald standen sie auf dem Holzplatz. Neben den neu angelieferten gab es noch eine Handvoll Stämme, die vom Vorjahr übrig geblieben waren. Wizi entdeckte an einem von ihnen das gleiche Zeichen, das Urk ihnen in das Erkennungsholz geschnitzt hatte. Wortlos wies sie Gruoni darauf hin. Der nickte und nahm sie kurz in den Arm. Doch zu mehr blieb ihnen keine Zeit.

Onn führte sie zu einem kleinen Verschlag, in dem sich zwei Pferde befanden. Sie waren etwas größer als die Tiere der Steppenkrieger und sicher nicht so schnell. Ihre Hufe waren auffällig breit und das schwarze

Fell bedeckte sie in langen Fransen. Es wirkte so, als ob sie eine Art Fußbekleidung trügen. Der Körperbau war auch massiger als bei den flinken Pferdchen der *Hros-Wigmannen.*

„Das sind unsere Holzpferde", sagte Onn und erklärte ihnen, wie man mit ihrer Hilfe die Stämme bewegen konnte. „Wir haben sie in Splint gekauft. Sie nennen sie dort *Ziahhros*. Sie benutzen sie, um die gefällten Stämme aus dem Wald zu ziehen. Man erzählt sich, dass sich vor Generationen eine riesige Wildstute im Unterholz verfangen habe. Die Flößer haben sie befreit, aber sie hatte sich so stark verletzt, dass sie nicht fortlaufen konnte. Da die Männer an ein göttliches Zeichen dachten, haben sie das Tier gepflegt. Nach einigen Mondwechseln hat die Stute gefohlt und ein Hengstjunges geworfen, das auch so massig wurde wie seine Mutter. Aus ihnen soll diese Art von Pferden entstanden sein."

Gruoni und Wizi staunten über die Kraft der beiden schwarzen Pferde, die nun langsam, aber unaufhaltsam einen Stamm nach dem anderen zum Neuviertel und dann über die Brücke ins Mundeviertel zogen.

Inzwischen eilten viele Bewohner Tvinhaags ins Neuviertel, drangen in die Hütten ein und räumten so viel wie möglich von dem hinaus, was zum Bauen, Schlagen, Schießen oder Verbrennen geeignet war. Selbst kleine Kinder transportierten Bündel von Zweigen, aus denen sich noch Pfeile herstellen ließen, trugen gemeinsam einzelne Balken oder schleppten getöpferte Gegenstände über die Mundebrücke. Immerhin konnte man noch damit werfen oder spitze Scherben daraus gewinnen. Die Frauen trugen alles in großen Körben davon, was essbar war. Es sollte einerseits zur eigenen Versorgung dienen, andererseits sollte den *Hros-Wigmannen* nichts Nahrhaftes in die Hände fallen.

Merkwürdigerweise rührten sich die Steppenreiter an diesem Tag nicht. Sie blieben in ihrem Lager und machten keine Anstalten anzugreifen.

„Wir haben Glück", sagte Onn, „dass wir so viele Dinge hinausschaffen können."

„Ich fürchte aber, dass ein Plan dahintersteckt, der uns gar nicht gefallen wird", erwiderte Gruoni. „Sie unterbrechen den Angriff sicher nicht aus Friedfertigkeit."

„Da könntest du recht haben. Nun, wir sollten auf jeden Fall die Verschnaufpause nutzen, um uns möglichst weit zu rüsten."

So konnten sie bereits am gleichen Tag beginnen, die Stämme des Holzlagers im Erdwall des Mundeviertels einzugraben. Sie schafften es bis zum Abend, etwa ein Drittel des Deichs mit einer mehr als mannshohen Palisade zu versehen.

„Gut, dass sie noch nicht in das Wasserviertel eingedrungen sind. So können sie nicht sehen, dass wir das Fluodufer wehrhafter machen", meinte Onn.

„Und gut, dass ihr zwei dieser starken Pferde gekauft habt. Ohne sie wären wir nicht in der Lage, so schnell eine Palisade zu errichten. Es war ein guter Einfall, mit dem Hakenpflug zunächst eine tiefe Rinne in den Damm zu ziehen – und das Aufrichten der Stämme geht mit der Pferdekraft auch erheblich leichter."

Sie arbeiteten bis zum letzten Lichtschimmer, danach sanken sie nach einem kargen Mahl erschöpft auf ihr Lager.

Am nächsten Morgen wachten sie vor Unruhe bereits bei Sonnenaufgang auf. Onn, Wizi und Gruoni beeilten sich, an den Flussdeich zu kommen. Kaum waren sie dort, kam ein Krieger der Stadtwache über die Mundebrücke gerannt.

„Sie kommen!", schrie er. „Sie kommen von der Nachtseite!"

„Wer kommt?", rief Onn zurück.

„Die Steppenreiter, sie versammeln sich vor dem Neuviertel!"

Ohne den Fragenden weiter zu beachten, rannte der Mann weiter zum Oberviertel.

Gruoni, Onn und Wizi schauten sich betroffen an.

„Wir dürfen keine Zeit verlieren", sagte Gruoni hastig. „Wir müssen versuchen, diesen Zaun hier fertig zu stellen. Wizi, kannst du für uns nachsehen, was sich auf der Nachtseite tut? Schau dir an, was die *Hros-Wigmannen* vorhaben und berichte uns dann."

Wizi hob kurz die Hand, um zu zeigen, dass sie verstanden hatte, und eilte davon.

„Glaubst du, sie weiß, worauf sie zu achten hat?", fragte Onn, während er ein Seil an dem Joch der Pferde befestigte.

„Sie ist nicht dumm!“, antwortete Gruoni und mühte sich, den nächsten Balken beim Aufrichten auszubalancieren.

Währenddessen war Wizi bereits über die kleine hölzerne Brücke ins Neuviertel geeilt. Dort lief sie zum Tor und von da an dem Palisadenwall entlang, bis sie an dessen Ende den begrenzenden Holzturm erreichte. Er befand sich bereits auf der Höhe des kleinen Hügels, auf dem der jüngste Teil der Siedlung erbaut worden war. In Windeseile erklomm sie die hölzernen Sprossen, die auf die Plattform führten. Von hier hatte man eine gute Sicht über die Schutzhecke des Holzplatzes hinweg auf den Weg, der nach Splint führte. Was sie dort sah, hätte ihr fast einen Schreckensschrei entlockt, doch gerade noch rechtzeitig biss sie sich selbst auf die Finger. So war nur ein leises Aufstöhnen zu vernehmen.

Wie sie es selbst auf der Mittagsseite Tvinhaags erlebt hatte, trafen nach und nach kleine Trupps bewaffneter Reiter ein und schlugen ihr Lager etwas oberhalb der Stelle auf, wo die Pfade aus Splint und Schratstihn zusammentrafen.

Wizi kniff die Augen zusammen und beschattete sie mit dem Handrücken. Ein schier endlos erscheinender Zug kleiner schwarzer Punkte rückte langsam auf der Straße von Splint auf Tvinhaag zu.

Schnell hastete sie die Turmleiter hinab, rannte zur Palisade auf der Morgenseite und erklomm auch dort einen kleinen Wehrturm. Sie konnte von dort auf den vom Schratgebirge kommenden Fluod sehen. Genau in diesem Augenblick überquerten drei Reiter den an dieser Stelle flachen Wasserlauf und ritten weiter auf das neue Lager zu. Sie hielten respektvollen Abstand zum befestigten Hügel des Neuviertels.

‚Sie nehmen also Kontakt auf’, dachte Wizi. ‚Es ist nur noch eine Frage der Zeit, bis ...’

Weiter wollte sie es sich jetzt nicht ausmalen.

„Sie nehmen uns in die Zange“, berichtete sie Gruoni und Onn, als sie wieder an der Palisadenbaustelle war. „Noch sammeln sie sich und bereiten ihr Lager vor. Aber es gibt bereits den ersten Austausch. Drei Reiter von der Mittagsseite haben bereits den Fluod überquert und beraten sich jetzt sicher schon mit den Neuen.“

„Am besten läufst du sofort zum Häuptling und schilderst ihm die Lage“, schlug Onn vor. „Ich glaube, das gesamte Ausmaß der Bedrohung kennt er noch nicht. Der Krieger eben hat nur die ersten Ankömmlinge bemerkt.“

Wizi nickte und hastete davon.

„Sind die Holzstege über den Fluod und die Mundebrücke so stabil, dass sie die Reiter tragen?“, fragte Gruoni, ohne seine Arbeit zu unterbrechen.

„Die Mundebrücke hält unsere Holzpferde mitsamt Stämmen aus, und die Stege zum Wasserviertel sind mindestens genauso fest gebaut“, lautete Onns knappe Antwort.

„Wir werden uns noch etwas mit ihnen beschäftigen müssen“, knurrte Gruoni in verbissener Vorfreude.

Onn schaute kurz auf und brummte etwas Unverständliches vor sich hin.

Wizi kehrte zurück, als sie den letzten Stamm aufrichteten. Sie hatten fast den gesamten Erdwall mit Palisaden bewehrt, es blieb nur eine kleine Lücke von etwa drei Schritten bis zum Torturm, der am Anfang des Holzstegs aufragte. Diesen Spalt konnten sie nur mit kleineren Stangen und Hölzern schließen, die aus dem Neuviertel herübergetragen worden waren. Da der Turm doppelte Mannshöhe hatte, konnte er als Schutz für diese leichtere Brustwehr dienen.

„Puh, geschafft“, schnaufte Onn. „Den Göttern sei Dank, dass sie so lange gebraucht haben, sich zu sammeln.“

„Ja, sonst hätten wir ihnen an dieser Seite ein bequemes Einfalltor in die Stadt geboten“, stimmte ihm Gruoni zu. „Wir müssen aber trotzdem überlegen, wie wir sie abwehren können. Es sind schrecklich viele, und außerdem haben sie Lust am Töten.“

„Wenn ihr fertig seid, sollt ihr in die Burg kommen, Hohsedal will mit euch reden!“

Der Versammlungsraum war bereits voller Menschen. Alle debattierten durcheinander, jeder versuchte, die anderen zu übertönen. Als Onn durch die Tür schritt, ergriff der Häuptling das Wort:

„Ruhe!“, brüllte er. „Lasst uns mit der Beratung beginnen!“

Schlagartig verstummten alle. Wizi erhielt das Wort, um kurz über die beiden Lager der Steppenkrieger zu berichten. Anschließend blieben alle still und blickten sorgenvoll drein.

„Wir müssen die Besetzung der Palisade klären!“, ergriff der Anführer der Stadtwache das Wort. Der Häuptling erwies sich hierbei als äußerst umsichtig. Seine Stadtkrieger verteilte er an die verschiedenen Eckpunkte der Stadt, sodass sie schnell untereinander Kontakt aufnehmen konnten. Die dazwischenliegenden Abschnitte besetzte er mit allen waffenfähigen Bewohnern, wozu auch die Schanzenfischerinnen gehörten. Nach ihrem jüngsten Einsatz war jedem im Raum bewusst, was man an ihnen hatte. Alle Männer, Frauen und Kinder, die nicht kämpfen konnten, wurden für den Nachschub von Geräten, Waffen und Nahrung verantwortlich gemacht.

Dann beschloss man, sich noch in dieser Nacht aus dem Wasser- und Neuviertel zurückzuziehen. Man hoffte, dass die *Hros-Wigmannen* diesen Schritt nicht sofort bemerken und am nächsten Tag noch annehmen würden, die gesamte Befestigungsanlage sei besetzt. So wäre vielleicht etwas Zeit zu gewinnen. Zum Beispiel, um das aus den aufgegebenen Vierteln herausgeschaffte Material noch sinnvoll verteilen zu können.

„Mir ist da noch etwas eingefallen“, meldete sich Gruoni. „Die Sache kam mir heute beim Aufstellen der Palisade in den Sinn.“

„Sprich!“, gab ihm Hohsedal das Wort.

Doch Gruoni wollte seinen Einfall nicht öffentlich ausbreiten. Er flüsterte zunächst mit Onn, da er Bedenken hatte, dass ein Spitzel der Steppenreiter im Raum sein könnte.

„Es handelt sich um einen Plan zur Verteidigung der Stadt“, verkündete dieser dann. „Aber er ist nicht für alle Ohren bestimmt. Wir werden ihn im kleinen Kreis beraten.“

Der inzwischen wieder zu Ehren gekommene Vertreter der *Schlauchflößerinnung* konnte es sich erlauben, bestimmte Anwesende aus der Beratung auszuschließen. Gruoni als neu in die Gemeinschaft Aufgenommener hätte das nicht gekonnt.

Der Häuptling schickte nun nach kurzem, geflüsterten Austausch mit Onn alle bis auf den Rat hinaus, nicht ohne die Aufforderung, sich auszurüsten und auch schon in der Nacht bereit zu sein. Man könne schließlich nie wissen.

Die Besprechung unter den Zurückgebliebenen war nur von kurzer Dauer, dann löste sich auch diese Versammlung auf.

Onn und Gruoni verschwanden mit jeweils einer kleinen, ausgesuchten Gruppe in der Abenddämmerung, Onn in Richtung Mundebrücke und Gruoni zu den Fluodstegen.

Der nächste Morgen begann ruhig. Alle Bewohner Tvinhaags konnten ausschlafen, soweit sie durch ihre Unruhe nicht sowieso mit dem Sonnenaufgang wach wurden.

Die Wächter hatten kein Zeichen gegeben und langsam begaben sich die Einwohner auf ihre Posten.

Hohsedal stand mit den beiden Neubürgern und dem Anführer der Stadtwache auf dem Turm des Neuviertels, von dem aus Wizi die kleine Gruppe der Steppenreiter gesehen hatte, wie sie den Fluod zur Nachtseite hin überquert hatten. Er wollte sich ein Bild von der Anzahl der Gegner machen. Zwei riesige dunkle Flecken waren um die Weggabelung der Handelspfade nach Splint und Schratstihn zu erkennen, einer war das Lager der Krieger und der andere waren die zusammengetriebenen Pferden.

Wizi, die den Anblick bereits kannte, schaute sich um und machte die anderen auf eine Bewegung aufmerksam, die sie auf der Straße zum Schratstihn bemerkt hatte.

Eine Art offener Sänfte, getragen von zwei hintereinander hergehenden Pferden, bewegte sich gleichmäßig und langsam auf das Reiterlager zu. In der Sänfte, die aus zwei Stangen bestand, zwischen die ein Lederlappen wie eine Sitzgelegenheit gehängt war, saß ein Mann. Soweit man es erkennen konnte, trug er die gleiche schwarze Kleidung wie alle, an seinem Helm schien sich aber ein größerer Busch zu befinden. Für die Betrachter sah es nach Krähenfedern aus.

„Vielleicht ist es ihr Anführer, der erst erscheint, nachdem sich alle versammelt haben“, vermutete der Vertreter der Stadtwache.

„Könnte sein, er hat zumindest eine Reihe berittener Krieger bei sich und sitzt in einem bequemen Tragegestell“, mutmaßte Hohsedal.

„Dann wird es jetzt bald losgehen“, fügte Gruoni hinzu.

Alle nickten.

Trotzdem mussten sie noch bis zum frühen Nachmittag warten, bevor Bewegung in die Masse der Steppenkrieger kam.

Der eine dunkle Fleck löste sich auf und verschob sich zu den weidenden Pferden. Bald danach schob sich eine breite Reiterkolonne auf die Schutzhecke am Holzplatz zu.

„Es wird Zeit für uns!“

Hohsedal winkte, und die vier wechselten hinüber zum Torturm. Von dort hatten sie die Schutzhecke gut im Blick. Am Tor warteten fünf Krieger mit brennenden Fackeln.

Als sie die vier Personen nahen sahen, liefen sie los und steckten die Hütten des Neuviertels in Brand. Da die meisten Hütten noch nicht älter als einen Winter waren, brannten sie nicht sehr gut an. Deswegen hatte man beim Räumen bereits an den entsprechenden Stellen Kleinholz untergelegt. Diese kleinen Feuer brannten nun langsam hoch.

„Seht!“, rief der Häuptling und zeigte zur Schutzhecke.

Unter den Stößen eines Stammes, der von Pferden gegen das Lattentor in der Lücke der Dornenhecke gerammt wurde, barsten die Hölzer unter lautem Krachen. Wenige Augenblicke später flog das gesamte Tor aus seiner Verankerung, und in das entstandene Loch ergoss sich ein Schwarm wilder Reiter und verteilte sich auf dem leeren Holzplatz.

Offenbar hatten sie mit Widerstand gerechnet, denn sie schwangen nutzlos ihre Spieße und ritten ziellos umher.

„Es ist so weit“, meinte Hohsedal trocken und schwenkte eine Fackel in Richtung auf das Neuviertel.

Sofort eilten die dort beschäftigten Krieger zwischen den Hütten hervor, warfen ihre brennenden Fackeln auf das Dach, neben dem sie zufällig standen und rannten zur Brücke. Einer von ihnen hielt plötzlich inne, lief zurück und zerrte noch einen weiteren Krieger zwischen den Häusern hervor. Dieser hatte offensichtlich das Fackelzeichen übersehen.

Bevor die vier Beobachter auf dem Turm den Rückweg antraten, überprüften sie noch einmal, ob das schwere Stadttor verschlossen war.

Nur an dieser Stelle konnten die *Hros-Wigmannen* mit ihren Pferden eindringen, denn der Damm war an den anderen Abschnitten durch einen schlammigen Graben geschützt. Am Ende des Walls stieg bereits der flache Hügel an und bildete unter der Palisade einen natürlichen Steilhang.

Langsam füllte sich der Holzplatz mit Reitern. Sie hielten noch respektvollen Abstand zur Palisade. Einer versuchte, die Verteidiger aus der Reserve zu locken und ritt tänzelnd langsam auf das Tor zu.

„Na warte!“, brummte der Anführer der Stadtwache, spannte seinen Bogen und legte einen besonders guten Pfeil mit einer Knochenspitze ein, die am Ende einen Widerhaken aufwies.

„Auch, wenn ich ihn nicht töte, wird er noch seine Freude an diesem Gruß haben.“

Vorsichtig schob er die Pfeilspitze über die Brustwehr und lugte zwischen den angespitzten Pfählen durch.

Der Reiter kam näher.

Da sich nichts tat, wurde er mutiger. Er reckte den Hals und bemühte sich, in den wenigen Lücken zwischen den Pfosten und zwischen den Stammspitzen oben etwas zu erkennen.

Die Menschen auf dem Turm aber blieben für ihn unsichtbar in Deckung.

„Na komm, noch ein Stückchen“, flüsterte der Stadtkrieger angespannt.

Er wusste genau, wie weit sein Bogen einen tödlichen Pfeil befördern konnte. Schließlich hatte er jahrelang geübt.

Tatsächlich traute sich der Steppenreiter eine weitere Pferdelänge näher heran. Vermutlich wähnte er sich noch außerhalb der Gefahrenzone.

Genau in diesem Augenblick erhob sich der Schütze mit seinem langen, kräftigen Bogen über die Brustwehr, und nach einem vernehmbaren Schwirren bohrte sich der Pfeil in den Bauch des überraschten Reiters.

Er schrie auf und konnte sich gerade noch an sein davongaloppierendes Pferd klammern.

Nach einem überraschten Zögern brüllten die Steppenreiter los und schwenkten wütend ihre Speere gegen den Pfeilschützen.

Dennoch wagten sie es nicht, näher zu kommen. Die Reichweite des Pfeils war ihnen offenbar unheimlich.

„Tja, damit haben sie nicht gerechnet, die wilden Reiter", kicherte der Schütze. „Sie haben viel kleinere Bögen, schließlich schießen sie ja vom Pferd aus. So ein schöner und schwerer Langbogen aus Iwaholz", dabei streichelte er zärtlich seine Waffe, „hat schon eine ganz andere Gewalt."

„Gut gemacht", lobte der Häuptling. „Das wird sie etwas Zurückhaltung lehren ... Aber ich sehe, dass die ersten Dächer brennen. Bald wird der Rauch auch für unsere Feinde sichtbar werden. Wir müssen diesen Ort allmählich verlassen."

„Dann können wir ja den nächsten Streich beginnen", freute sich Gruoni und rieb sich die Hände.

Sie stiegen den Turm hinab, nicht ohne noch einen kurzen Blick auf die Reiter zu werfen. Bei den *Hros-Wigmannen* schien immer noch allgemeine Unsicherheit zu herrschen. Sie standen zum größten Teil herum, nur wenige ritten planlos von einer Seite zur anderen.

Zunächst begab sich Hohsedal mit seinen Anhängern zum Eckturm des Palisadenwalls an der Munde. Da hier der Untergrund zum Flussbett schräg abfiel, führte der Eingang vom Neuviertel aus bereits auf einen Fußboden über einer Art Keller, der je nach Wasserstand von der Munde geflutet wurde. Dort hatte man eine kleine Pforte offen gelassen, durch die man direkt ans Wasser gelangte. Zwischen dieser Fluchttür und dem hier tiefen und schnell strömenden Flussbett hatte man noch am Vortag einen gedeckten Gang aus Balken angelegt, die man aus den ausgeräumten Häusern gewonnen hatte. So war es möglich, unbemerkt vom Turm ins Wasser zu gelangen.

Die vier betraten den Turm durch den großen Eingang. Da der Fußboden aus einer Art Gitter runder Hölzer bestand, konnte man im unteren Raum ein Strohlager erkennen. Auch in dem Raum, in dem sie sich befanden, waren an den Wänden Bündel von Stroh und trockenen Ästen und Zweigen aufgestapelt. Schaute man die Leiter zur oberen Plattform empor, konnte man auch dort brennbares Material erkennen.

„Sehr gut!“, lobte Gruoni. „Sie haben alles genau so gemacht, wie wir es besprochen haben. Jetzt fehlt nur noch unsere Schwimmerin.“

„Schon da!“, ertönte es hinter ihnen.

„Wunderbar! Da bist du ja. Und du weißt, was du zu tun hast?“

„Wie lange soll ich mit dem Anzünden warten?“

„Möglichst lange“, erklärte Gruoni verbissen. Sein Hass auf die Steppenreiter war deutlich zu hören.

„Am besten wartest du, bis sie oben auf der Plattform stehen.“

„Na, dann will ich mal.“

„Und du bist ganz sicher, dass du das schaffst?“, fragte Wizi ängstlich und schaute die junge Frau besorgt an.

„Keine Sorge! Ich habe in den Gräben oft geübt, und wir Schanzenfischerinnen sind häufig zum Vergnügen gemeinsam durch die Munde getaucht. Wer zuerst am anderen Ufer war, hatte gewonnen. Ich war fast immer die Siegerin.“

„Viel Glück! Ich halte eine warme Decke bereit, wenn du kommst.“

„Danke, Wizi“, und in die Runde fügte sie hinzu: „Ich werde euch nicht enttäuschen.“

Dann kletterte sie in den unteren Raum des Turms, quetschte sich mühsam an den Strohbündeln vorbei und verschwand hinter der Pforte. Von dort hörte man klackende Geräusche. Sie war dabei, Feuer zu schlagen.

Bevor sie sich auf den Rückweg machten, stiegen alle noch einmal auf den Turm, um die Feinde zu beobachten.

Die Reiter waren abgesessen und hatten sich neu formiert. Sie rückten nun zu Fuß in geschlossener Linie auf den Wall zu. Dabei trugen sie große, aus groben Ästen zusammengebundene Schilde vor sich her. Hinter den Schildträgern hielten sich andere Krieger, die lange Leitern hinter sich herzogen.

Der Anführer der Stadtwache beobachtete genau, wie die Steppenkrieger vorrückten. Plötzlich ergriff er erneut seinen Bogen, legte einen Pfeil auf und richtete sich kurz auf.

Blitzschnell duckte er sich wieder, aber einer der Angreifer war mit einem Schrei zusammengebrochen.

„Er hat seinen Schild nicht sorgfältig vor den Leiterträger gehalten“, lautete die mit einem breiten Grinsen abgegebene Erklärung.

Die Angriffslinie blieb wie auf Befehl stehen und riss die Schilde hoch.

„Jetzt wird es aber Zeit!“, zischte Hohsedal und trieb seine Begleiter den Turm hinunter.

Dann hasteten sie am Flussdeich entlang, bis sie die Mundebrücke erreichten.

Gruoni kniete sich nieder und inspizierte die Brücke. Dann blickte er auf und kniff in Richtung seiner Gefährten verschwörerisch ein Auge zu. Er schien zufrieden.

Der Übergang über den kleinen Fluss bestand aus zwei riesigen, parallelen und geglätteten Fichtenstämmen, auf die man kleinere runde Querhölzer gelegt hatte. Eigentlich war jedes Holz mit Ruten oder Seilen an den Trägern befestigt, doch man hatte diese auf Anweisung Gruonis entfernt.

Vorsichtig betraten sie zu viert die Brücke. Da die Querhölzer dicht aneinander lagen, konnte man ohne Probleme die gurgelnde Munde überqueren. Am anderen Ende, wo die beiden massiven Träger auf dem Boden auflagen, hatte man eine Handvoll der runden Stäbe entfernt und vor den letzten zwei kurze Pfähle in den Boden geschlagen, die verhinderten, dass die Hölzer der Brückenauflage wegrollten. Es entstand eine kleine Stufe, die man leicht mit einem Schritt überwinden konnte. Für ein Pferd stellte sie überhaupt kein Hindernis dar.

Erneut beugte sich Gruoni lächelnd nieder und betrachtete die zwei stabilen Seile, die an die beiden Sperrpflöcke gebunden waren.

‚Bestes Tau aus *Flass*‘, dachte der ehemalige Sklave, ‚das Seiledrehen kann doch zu etwas nütze sein, und nicht nur zum Menschenschinden.‘

Die dicken Stricke verliefen auf dem Boden unter dem Verhau durch, den sie am Vortag eilig in der Torlücke hinter der Brücke errichtet hatten.

‚Bis vor wenigen Tagen war in diesem Durchgang noch ein ständiges Kommen und Gehen', ging es Wizi durch den Kopf, ‚wie schade, dass wir nicht in friedlichen Zeiten befreit worden sind.'

Als sie sich durch den bis jetzt offen gelassenen Spalt des Verhaus zwängten, brannten die Häuser im Neuviertel bereits lichterloh. Vielen der Menschen, die am Brückenübergang standen, traten die Tränen in die Augen. Sie oder ihre Anverwandten hatten in dem aufgegebenen Ortsteil gelebt und sahen nun ihre Bleibe in Flammen aufgehen. Aus dem Wasserviertel stieg noch kein Rauch in den Himmel. Waren die Steppenreiter dort noch nicht eingedrungen?

„Ich schaue mal nach, wie es an den Holzstegen aussieht", schniefte der Anführer der Stadtwache und lief auf das Fluodtor zu.

Wizi und Gruoni blickten sich verzagt an. Ob sich die Siedlung gegen die blutrünstigen *Hros-Wigmannen* halten ließ? Wenn nicht, war ihre Befreiung wahrscheinlich vergeblich gewesen.

Jetzt wurde ihre Aufmerksamkeit aber von den Geschehnissen im Neuviertel abgelenkt.

Dort hatten die Steppenreiter inzwischen das Haupttor überwunden und liefen planlos in dem brennenden Stadtteil umher. Gruoni rätselte gespannt, was sie als Nächstes unternehmen würden. Bisher hatten sich die Belagerer noch nicht in die Nähe des Erddeichs getraut.

Inzwischen war es später Nachmittag. Glücklicherweise war es während der ganzen Vorbereitungszeit trocken geblieben, sonst hätten sie die Häuser nicht so leicht in Brand setzen können. Da sie trotz der verbliebenen Zeit nicht alle Habe aus den Behausungen schaffen konnten, hätten sie den Steppenkriegern noch viel Brauchbares zurücklassen müssen. So wurde alles ein Raub der Flammen. Selbst die Torfwände der Hütten hatten Feuer gefangen. Sie brannten nicht lichterloh, doch wenn sie erst einmal zu glühen begonnen hatten, wurden sie sehr heiß und waren kaum noch zu löschen.

In Gedanken verloren hatte Gruoni nicht auf den Mundeturm geachtet. Plötzlich stieß Wizi ihn an. Die ersten schwarzen Helme zeigten sich über den spitzen Pfahlenden. Sie winkten zu ihren Mitkämpfern hinunter und wirkten gut gelaunt. Aus ihrer Höhe konnten sie bequem auf die Verteidiger des Walls auf der anderen Mundeseite hinabblicken. Gelassen spannten sie ihre Bögen, um in aller Ruhe die Besatzung dort drüben wie jagdbares Wild abzuschießen.

Gruoni blieb fast das Herz stehen. Wo blieb das Feuer?

Hatte er mit seinem Plan die eigenen Leute in eine Falle gelockt, weil man ihnen von dort drüben leicht den Garaus machen konnte?

In diesem Augenblick schlugen die ersten Flammen aus einer kleinen Luke in halber Höhe des Turms.

Durchdringende Schrei ertönten aus dem Turm und weitere Krieger erschienen auf der oberen Plattform. Zu Tode erschrocken hasteten sie umher, doch da fraßen sich die Flammen bereits aus allen Ritzen zwischen den Stämmen empor.

Plötzlich ertönte ein lauter Platsch, und aus dem Ende des gedeckten Gangs, der jetzt auch schon zu brennen begann, hatte sich ein langgestreckter Körper mit Schwung in die Munde fallen lassen. Offenbar begriffen die Krieger auf dem brennenden Turm sofort, wie diese Falle zustande gekommen war. Vor Wut schreiend schickten sie einen Pfeilhagel hinunter in den Fluss, doch ihr Ziel war nicht auszumachen. Die Schanzenfischerin war sofort so tief wie möglich getaucht.

Wizi suchte das Ufer ab, die Hände um die versprochene Decke geklammert.

Während ihre Augen umherirrten, murmelte sie immer wieder vor sich hin: „Oh ihr Götter, lass sie nicht getroffen sein.“

„Da ist sie!“, schrie Hohsedal und zeigte zur Brücke.

Genau neben der Lücke, die durch die entnommenen Balken entstanden war, erschien ein Kopf mit dunklen, verklebten Haaren, die sich klitschnass bis über die Schulter der Schwimmerin ausbreiteten.

Mit einer kräftigen Bewegung stemmte sie sich hoch und war in wenigen Sätzen beim Verhau. Eilig öffnete man ihr einen Spalt, sodass sie unbeschadet durchschlüpfen konnte. Die hastig abgeschossenen Pfeile von der anderen Mundeseite erreichten sie nicht mehr.

Mit feuchten Augen schlang Wizi die Decke um sie und rieb sie erleichtert trocken.

Inzwischen war die Plattform des Mundeturms voll besetzt mit schwarzen Kriegern. Sie hatten kaum noch Platz, sich zu drehen. Den Männern, die sich noch auf der Leiter befunden hatten, war der Weg zurück durch das Feuer verwehrt worden. So hatten sie sich zunächst nach oben gerettet und riefen jetzt panisch um Hilfe. Ihre Mitstreiter versuchten, Sturmleitern anzustellen, doch waren sie zu kurz. Mehrere Leitern so fest zu verbinden, dass sie die Männer aushielten, kostete Zeit, obwohl sich eine Gruppe fieberhaft bemühte.

Es musste schon extrem heiß dort oben sein, denn die Krieger zappelten und begannen gellende Schreie auszustoßen. Einer von ihnen hielt es nicht mehr aus und versuchte, auf die zu kurze Leiter zu springen. Dabei kam er aber falsch auf, wirbelte in der Luft herum und schlug dumpf mit dem Kopf zuerst auf.

Als ein weiterer sich in Todesangst über die Brustwehr fallen ließ, verfing sich sein Wams an der Kante. Dadurch landete er mit dem Bauch auf den Spitzen der Palisade. Vor Schmerz brüllend blieb er dort hängen.

Als jetzt mehrere Männer mit einer verlängerten Leiter erschienen, ertönte ein dumpfer Knall, und eine riesige Stichflamme schoss oben aus dem Turm.

Das Stroh auf dem letzten Absatz unter der Plattform hatte zunächst nur gekokelt und sich dann schlagartig in einer Verpuffung entzündet. Den Kriegern auf dem Turm blieb nicht einmal mehr die Zeit, sich hinabzustürzen.

Da sich sein schachtartiger Innenraum als langgezogener Kamin auswirkte, brannte der Mundeturm wie eine riesige Fackel. Der Windzug in seinem Inneren war so stark, dass in kürzester Zeit auch die dicken Stämme Feuer fingen. Hatten einige Steppenkrieger anfangs noch versucht, ihren Gefährten auf der Palisade zu Hilfe zu eilen, mussten sie nun hilflos vor der Hitze zurückweichen und tatenlos ihrem Tod zusehen.

In ohnmächtigem Zorn schrien sie den Verteidigern auf der anderen Seite der Munde die schlimmsten Verwünschungen zu und begannen, ziellos mit Pfeilen auf ihre Feinde zu schießen. Viele ihrer Gefährten eilten hinzu und schlossen sich ihnen wütend an, doch ohne einen Erfolg zu erzielen. Die Bewohner Tvinhaags duckten sich hinter der Brustwehr, warteten den unsinnigen Beschuss ab und sammelten hinterher die Pfeile ein. Als den Steppenkriegern die Nutzlosigkeit ihres Angriffs bewusst wurde, stellten sie das Schießen ein, rannten aber weiter aufgebracht und vor Wut kochend in dem Bereich um den brennenden Turm hin und her. Sie wendeten sich schließlich gemeinsam an ihren Anführer, doch etwas zu unternehmen. Von der anderen Seite der Munde sah man deutlich, wie sie sich um einen Mann mit Krähenfedern am Helm scharten und aufgeregt auf ihn einredeten. Nach anfänglichem Zögern hob dieser die Hand und brüllte einige Befehle. Sofort kam Bewegung in die Kriegerschar. Zielstrebig sprangen sie zu ihren Pferden und sammelten sich vor der Brücke zum Munde-Viertel.

Onn sah Hohsedal und Gruoni an, beide hatten ein leichtes Schmunzeln um die Mundwinkel. „Wird es auch funktionieren?“, fragte der alte Mann besorgt. „Wir haben hier hinter der Brücke kein festes Tor, nur einen schnell gezimmerten Verhau. Kein wirkliches Hindernis für die *Hros-Wigmannen,* wenn es ihnen gelingt, hinüber zu kommen.“

„Sie sollen ja gerade hinüberkommen, mach dir keine Sorgen“, grinste Gruoni und wendete sich an die beiden Krieger, die bereits die Seile ergriffen hatten, mit denen man die Haltepflöcke für die Querhölzer auf der Brücke wegreißen konnte.

„Auf den Bereich zwischen Brückenende und unserer Barrikade passen nicht mehr als vier Pferde, ihr reißt die Pflöcke also erst um, wenn vier *Hros-Wigmannen* hier drüben sind und die Brücke voller Reiter ist, klar?“

Die beiden Krieger nickten, und die übrigen Umstehenden ergriffen ihre Speere, bereit, die ersten Angreifer zu empfangen.

Einen Augenblick war es totenstill, dann ertönte ein schriller Schrei. Die *Hros-Wigmannen* trieben gleichzeitig ihre Pferde an und rasten wie ein riesiges, dunkles Geschoss auf die Brücke zu. Gleichzeitig ließen sie ihre Kampfrufe hören. Der ohrenbetäubende Lärm erhielt eine weitere Steigerung, als die ersten Hufe auf die Holzbrücke schlugen. Wie eine schwarze Woge brandeten die Steppenreiter über die Brücke. Gruoni hob die Hand, wartete bis zum letzten Augenblick. Vier Reiter sollten es sein, dann gab er das besprochene Zeichen. Mit einem Ruck rissen die beiden Krieger an den Seilen und die Sperrhölzer klappten schlagartig weg. Die ersten vier Reiter brandeten förmlich gegen den Verhau der Verteidiger. Holz krachte, als die Pferde gegen die Barriere stürmten, während ihre Reiter mit Speeren in der Brust aus dem Sattel fielen. Gleichzeitig erstarb das Kampfgeschrei auf der Brücke und wurde durch ein schrilles Wiehern der Pferde ersetzt, unter deren Hufen die Querhölzer wegrollten. Mit einem verzweifelten Satz nach vorn zu springen und wieder festen Boden unter die Hufe zu bekommen, war den Tieren nicht möglich, da dieser Raum bereits von den ersten vier Pferden besetzt war. Die Männer auf der Brücke versuchten krampfhaft, sich an den Mähnen und Hälsen ihrer Tiere festzuhalten, doch deren verzweifelte Versuche, festen Halt unter sich zu suchen, beschleunigten das Wegrollen der Brückenhölzer noch. Mit gellenden Schreien stürzten Krieger und Pferde in die Tiefe und schlugen im Wasser der Munde auf, die die Männer sofort mit sich fortriss, tot oder verletzt, wie sie unten aufgeschlagen waren. Sich an die schwimmenden Pferde zu hängen, war ihnen bei dem Aufprall nicht mehr möglich. Die restlichen Reiter, deren Tiere hilflos auf dem Brückenträger hängen geblieben waren, wurden in wenigen Augenblicken von den Pfeilen der Verteidiger hingestreckt. Auch die Tiere konnten sich nicht mehr lange auf den dicken Fichtenstämmen halten und folgten bald darauf ihren Reitern in den Fluss. Einige Steppenkrieger wollten noch vor der zerstörten Brücke Halt machen, wurden jedoch von den Nachstürmenden in den Fluss gestoßen. Etwa zwei Hände voll der *Hros-Wigmannen* hatten so den Sturm auf die Brücke nicht überlebt. Wieder erhob sich auf der Seite des Neuviertels ein ohnmächtiges Wutgeheul. Als es nach einer geraumen Weile schließlich abebbte, ergriffen die Krieger einer nach dem anderen ihre Pferde am Zügel und zogen sich betreten ins ehemalige Holzlager zurück. Nur eine Handvoll Wachen blieb im Neuviertel, hielt aber gebührenden Abstand von den Pfeilen der Kämpfer aus der belagerten Siedlung.

Die Verteidiger bargen noch die verletzten vier Pferde auf ihrer Seite der Brücke. Nahrungsmittel konnten bei einer Belagerung nur nützlich sein.

„Das wird sie Respekt lehren!“, brummte Hohsedal zufrieden.

„Aber es wird sie nicht zum Abzug bewegen.“

„Du hast recht, Onn“, murmelte Gruoni. „Wehe uns, wenn sie diesen Ort einnehmen.“

Die nächste Nacht verging ereignislos.

Hohsedal, Onn und Gruoni, die inzwischen vom ganzen Ort als Anführer akzeptiert wurden, hatten nach kurzer Beratung einen genauen Wachplan entworfen, um gegen nächtliche Angriffe gewappnet zu sein.

Während Wizi, Gruoni und Onn am nächsten Morgen noch frühstückten, ertönten plötzlich in allen Gassen die schrillen Töne von Kinderpfeifen. Es war Wizis Idee gewesen, die Kinder mit der Verbreitung von Notfallnachrichten zu betrauen. Ihre selbst gebastelten Holz- und Rohrflöten hatten einen derart durchdringenden Klang, dass auch der tiefste Schläfer durch sie aus allen Träumen gerissen wurde. Das ungezügelte laute Herumtollen der Kinder, sonst von den Erwachsenen eher als lästig empfunden, erwies sich nun als wahrer Segen. Niemand sonst war so schnell auf den Beinen wie sie und tobte mit solcher Inbrunst lärmend durch die Gassen.

Bereits wenige Schritte von Onns Haus entfernt ließ sich die neue Lage übersehen.

Über die kleine Steinmauer am Klippenrand des Fluod gebeugt erblickten die drei, wie sich eine Riesenstreitmacht zu Pferd vom Wasserviertel über die Inseln auf die neu errichtete Palisade des Mundeviertels zu bewegte. Die Reiter versuchten erst gar nicht, ihre Massen über die Holzbrücken zu leiten. Sie trieben in breiter Front die Pferde durch den Fluss, der hier nur an wenigen Stellen so tief war, dass die Tiere ein paar Armlängen schwimmen mussten.

Der Versuch, sie wie beim ersten Angriff durch Bewerfen und Beschießen zum Rückzug zu bewegen, schlug völlig fehl. Das Wasser des Fluod war schwarz von Pferden und ihren dunkel gekleideten Reitern. Es schien nicht einmal den Kriegern selbst aufzufallen, wenn an ihrer Seite plötzlich ein Mitstreiter in den Strudeln des Fluod versank. Als den Bewohnern des Oberviertels klar wurde, dass sie mit ihrer alten

Taktik nichts erreichen würden, hasteten sie gemeinsam zur neuen Palisade hinunter, kamen sich aber bereits beim Tor, das zum Mundeviertel führte, ins Gehege. In dem Gedränge, das sich vor dem Tor bildete, tauchte auch Hohsedal auf und signalisierte Gruoni im allgemeinen Lärm, dass er sich zur Befestigung an den Fischgräben begeben würde, um dort das Kommando zu übernehmen. Im gleichen Augenblick hörte man von der Rückseite des Tors schrille Kinderstimmen, die im Chor „Sie kommen von der Nachtseite!“ skandierten.

„Sie nehmen uns in die Zange!“

„Du hast recht, Onn. Lass uns schnell zu unserer Palisade eilen. Hohsedal wird sich schon um die andere Seite kümmern!“

„Mögen die Götter uns beistehen“, setzte Wizi, mehr zu sich selbst, hinzu.

Als sie zusammen mit den herbeigeeilten Bewohnern des Oberviertels auf die neue Befestigung zulaufen wollten, wurden sie von den sich bereits dort befindlichen Verteidigern daran gehindert. Diese hatten sich zwischen und hinter den Hütten niedergeduckt und blickten gespannt auf den Erdwall, auf dem die neue Palisade stand. Der breite Streifen dazwischen war völlig frei, nur eine Handvoll Tote lag verstreut auf der leeren Fläche.

„Was ist hier los, warum geht ihr nicht zum Deich hinüber?“

Onn schien fassungslos und wollte schon allein losstürmen, als einer der Stadtkrieger ihn am Arm zurückriss. Der alte Schlauchflößer hatte es nur gerade geschafft, um die Ecke der Hütte zu lugen, doch genau dort, wo sich eben noch sein Kopf befunden hatte, steckte jetzt ein zitternder Pfeil in der Wand.

„Uff, das war knapp!“, und zu dem Krieger gewandt: „Danke, du hast mir gerade das Leben gerettet.“

„Das war noch leicht, aber wie wir den Wall verteidigen sollen, das ist mir ein Rätsel.“

„Wieso können die *Hros-Wigmannen* denn so ungehindert auf uns schießen?“, fragte Wizi.

„Wir haben es zwar geschafft, die Palisade aufzurichten, aber einen Wehrgang, um sie von oben verteidigen zu können, konnten wir nicht mehr bauen“, erklärte Gruoni.

„Ach, und jetzt sitzen die Steppenkrieger direkt hinter der Palisade und schießen durch die Ritzen auf uns."

„Genau, Wizi."

„Das heißt, es ist auch nur noch eine Frage der Zeit, bis sie die ersten Stämme umreißen und dann durch die entstandene Lücke in die Stadt einfallen."

„Da hast du leider recht. Wir müssen uns schleunigst etwas einfallen lassen."

Hastig schaute Gruoni sich um.

„Sitzen sie auch neben dem Fluodtor direkt hinter der Palisade?", fragte er den Krieger, der soeben Onn gerettet hatte.

„Nein, dieser Bereich ist vom Torturm aus einzusehen. Sie haben sich erst ab dort drüben hinter den Stämmen eingenistet", er zeigte mit dem Finger über den freien Platz. „Dort, wo die Pfeile vom Torturm nicht mehr hingelangen."

„Und haben sie schon begonnen, den Deich aufzugraben, um die Stämme umreißen zu können?"

„Bisher wohl noch nicht, sie haben weder Leitern noch Gerät zum Graben dabei. Wahrscheinlich besorgen sie es erst. Ich vermute, dass sie nicht mit der neuen Palisade gerechnet haben. Sie haben sich nicht sonderlich für unsere Vorbereitungen interessiert. Die Wachen haben gesagt, dass sie erst gegen Morgen Bewegungen im Wasserviertel beobachtet haben. Es könnte sein, dass die Steppenkrieger erst da bemerkt haben, dass wir das Wasserviertel schon geräumt hatten. "

„Hm, das würde erklären, warum sie einfach zu Pferd gegen die Palisade geritten sind. Einen Erdwall hätten sie mit ihrer Übermacht leicht einnehmen können."

Gruoni überlegte kurz.

„Wir brauchen mindestens zwei lange Leitern!", rief er an die Umstehenden gerichtet. „Besser noch drei!"

Sofort setzte sich eine Gruppe von Frauen in Bewegung und hastete auf die Mundeseite des Viertels zu. Dort lagerte noch viel von dem, was man aus dem Neuviertel geborgen hatte. Wizi war unter ihnen. Sie hatte sich besonders darum gekümmert, dass die geretteten

Gegenstände übersichtlich und leicht zugänglich gelagert worden waren. Da die Frauen die Aufgabe der Versorgung übernommen hatten, dauerte es nur kurze Zeit, bis sie mit zwei Leitern zurückkamen, lang genug, um die Spitze der Palisade zu erreichen. Gruoni musterte die Kletterhilfen eingehend und stellte fest, dass sie seinen Ansprüchen genügen würden. Sie bestanden aus zwei dünnen Stämmen eines Nadelbaums. Die Äste, die als natürliche Sprossen taugten, hatte man stehen gelassen. Die verbleibenden Lücken waren durch kurze, kräftige Knüppel ausgefüllt, die mit festen Stricken an die Holme gebunden waren.

Nachdem er sich bei den Frauen bedankt hatte, ließ Gruoni die Leitern hinter den Hütten her bis zum Fluodtor tragen. Dort wandte er sich erneut an den Krieger:

„Bist du ein guter Bogenschütze?“

„Ich bin ein Mitglied der Stadtwache!“

„Würdest du dich trauen, von einer der Leitern aus auf die Steppenkrieger zu schießen? Wir müssen sie von der Palisade vertreiben.“

„Wenn meine Frau sich unter mich stellt und mir den nächsten Pfeil anreicht. Ich nehme an, dass es darauf ankommt, möglichst viele Treffer in kurzer Zeit zu erzielen.“

„Du hast recht. Wo ist deine Frau?“

„Hier!“, meldete sich eine aus der Gruppe der Leiterträgerinnen. „Und ich gehe mit meinem Mann auf die Leiter.“

„Und ich mit dir!“, rief Wizi spontan.

„Gut, dann lasst uns die Leitern dort aufrichten, wo wir möglichst nahe der Stelle sind, an der die *Hros-Wigmannen* hinter der Palisade hocken und auf uns schießen. Und stellt sie dicht aneinander, sodass wir uns gegebenenfalls gegenseitig festhalten können.“

Vorsichtig und ohne Lärm zu machen schlichen sie sich hinter dem Damm an der Palisade entlang, immer bemüht, im toten Winkel der Belagerer zu bleiben, die das Stadtinnere durch die Ritzen zwischen den Stämmen beobachteten. Als sie weit genug waren, schoben sie behutsam die Leitern an den Palisadenstämmen in die Höhe, bis sie so anlagen, dass sie einen festen Stand ermöglichten.

Mit Bogen und Pfeilen bewaffnet kletterten die beiden Paare hinauf. Die Frauen trugen über der Schulter einen Lederriemen, an dem ein tiefer, offener Korb hing, dicht gefüllt mit Pfeilen. Die beiden Männer hatten darauf geachtet, dass sie treffsichere gerade Pfeile mit scharfen Knochenspitzen erhielten. Sie wollten möglichst bei jedem Schuss einen Treffer landen, nicht zuletzt, um keine der wertvollen Geschosse zu vergeuden.

Gruoni und der Krieger legten beide einen Pfeil auf die Sehne. Sie hielten ihre Köpfe noch hinter den Stämmen verborgen, nickten sich kurz zu und beugten sich blitzschnell über den Rand der Palisade. Ein Ziel ausmachen und den Pfeil abschießen war eins, schon hatten sie sich wieder hinter die Stämme geduckt. Jetzt erwies es sich als Vorteil, dass beim Errichten dieser Wehranlage keine Zeit mehr geblieben war, die Pfähle gleichmäßig anzuspitzen. So ragten sie unterschiedlich lang in die Höhe und bildeten oben ein unregelmäßiges Zinnenmuster. Sie boten dadurch einerseits den Schützen einen gewissen Schutz, andererseits konnte man nicht so leicht an ihnen hangen bleiben, wie es bei scharfen Spitzen der Fall gewesen wäre.

Draußen hörte man Schreie. Neben den Getroffenen brüllten auch die umstehenden *Hros-Wigmannen* vor Schreck.

Bevor die Verwirrung sich wieder löste, hatten die Männer auf der Leiter bereits den nächsten Pfeil aufgelegt: Hochkommen, blitzartig anvisieren, loslassen – und sofort danach ducken, bevor die Feinde sie gewahr wurden. Die Frauen hielten das nächste Geschoss schon bereit, und so ging es Zug um Zug.

Die Reiterkrieger auf der anderen Seite waren in erster Linie mit langen Speeren bewaffnet. Vermutlich hatten sie vorgehabt, beim Eindringen in die Stadt die Bewohner von ihren Pferden aus zu erledigen. Unter den wenigen Bogenschützen, die vorher durch die Ritzen der neuen Palisade geschossen hatten, waren die ersten Opfer von Gruoni und dem Stadtkrieger gewesen. Der Rest von ihnen ergriff eilig die Flucht und stürzte sich in den Fluss, wo sie nicht mehr von den Verteidigern auszumachen waren.

Die den Bogenschützen am nächsten stehenden Steppenreiter versuchten jetzt auch, sich in Sicherheit zu bringen, lösten dabei aber einen heillosen Tumult aus. Der Streifen zwischen Erddeich und Fluss war nur schmal und voll besetzt von Pferden und Menschen. So wurden einige Krieger ins Wasser gedrängt, Pferde begannen zu scheuen und schlugen aus. Es entstand ein völliges Durcheinander. Bei dem Versuch, sich in Sicherheit zu bringen, kam offenbar niemand auf den Gedanken, seinen Speer gezielt auf die beiden Tvinhaager Bogenschützen zu werfen.

„Wie geht's?“, rief Onn hinauf. „Bekommt ihr sie vom Damm weg?“

„Mehr Leitern!“

„Kommen sofort!“

Drei weitere Leitern besetzten kurz danach die Rückseite der Palisade. Die von dort stammenden zusätzlichen Pfeile erhöhten noch die Verwirrung vor der Befestigung. Sie lösten eine Massenflucht in den Fluss aus, die dazu führte, dass eine Reihe von Pferden und Reitern unter Wasser gedrückt wurde.

Gruoni betrachtete zufrieden diesen Effekt, als ein Pfeil von der Seite seinen Helm aus Weidengeflecht vom Kopf fegte.

Sich instinktiv duckend, machte er den anderen Bogenschützen ein Zeichen.

„Vorsicht! Sie schießen von der anderen Seite!“, brüllte er, so laut er konnte.

Sofort gingen seine Mitstreiter in Deckung, und Wizi schaute ihn besorgt an. Da kein Blut geflossen war, beruhigte sie sich schnell wieder

Gruoni spähte durch die schmalen Öffnungen zwischen den Stämmen.

Zunächst konnte er nichts erkennen. Kein Feind war zu sehen. Doch dann fiel ihm eine kleine Bewegung an dem Holzsteg auf, der vom Fluodtor über den schlammigen Uferbereich bis zur Brücke über den Fluss führte. Einige der Steppenreiter hatten sich hinter den Teil des Stegs gerettet, der nahezu parallel zur Palisade verlief, bevor er zur Brücke abknickte. Dort saßen sie durch das Holz geschützt im Schlamm und schickten sich an, auf die Verteidiger zu schießen, wenn diese ihren Kopf über die Pfähle erhoben.

Gruoni war sich im Klaren darüber, wie treffsicher die Steppenkrieger ihre Waffen zu benutzen wussten und dass sie somit eine tödliche

Gefahr für die Verteidiger darstellten. Aus ihrer gedeckten Position waren sie in der Lage, die Männer auf der Palisade zu zwingen, sich hinter den Stämmen zu ducken. Damit wäre wieder die gleiche Situation eingetreten, wie sie vor Gruonis Einsatz auf den Leitern bestanden hatte.

„Es hilft nichts, wir müssen raus und die Krieger vom Steg vertreiben!"

„Aber dort draußen sind viel zu viele Feinde!", warf Wizi ängstlich ein.

„Wir müssen sie noch mal überraschen. Onn, wie viel kampffähige Männer haben wir hier?"

„Schau dich um, etwa zweimal die Finger eines Menschen, alle anderen versuchen gerade, auf der Nachtseite die Feinde aufzuhalten."

Gruoni und Wizi blickten erschreckt.

„Hohsedal hat gerade eines unserer Kinder als Boten geschickt, ob wir noch Kräfte entbehren könnten. Die *Hros-Wigmannen* bestürmen gerade die Nachtseite Tvinhaags auf voller Breite."

„Dann müssen wir erst recht sehen, dass wir sie hier zurückschlagen. Männer, nehmt eure Speere und dann mir nach, zum Tor!"

„Halt, nicht so schnell", rief Wizi dazwischen.

„Was ist noch?", brummte Gruoni ungehalten.

„Es ist reiner Selbstmord, wenn ihr einfach so auf die *Hros-Wigmannen* zurennt. Ihr müsst euch gegen ihre Pfeile schützen. Einige Frauen haben mit den größeren Kindern Schilde aus Flechtmatten gefertigt. Wir haben sie in den Hütten der jungen Schanzenfischerinnen im Neuviertel gefunden und brauchten sie nur in der Größe anpassen und mit einem Griff versehen. Im Übrigen müssen unbedingt noch Bogenschützen auf der Palisade bleiben, sonst haben wir die Steppenreiter sofort wieder hinter dem Wall."

„Das machen wir!", brüllten ein paar herumstehende Halbwüchsige. „Wir treffen zwar nicht so gut wie die Stadtwache, aber auf Vögel schießen haben wir auch schon geübt."

„Gut", meinte Gruoni, nachdem er Onn fragend angeblickt hatte. Der alte Mann hatte kurz genickt. Sie konnten nicht mehr wählerisch sein.

„Aber haltet eure Köpfe erst dann über die Palisade, wenn wir aus dem Tor sind und die *Hros-Wigmannen* anderweitig beschäftigen!"

Unterdessen hatten einige der Frauen schon die neuen Schilde angeschleppt.

Sie waren leichter zu tragen als die aus Holzstangen gefertigten, wie sie die Stadtwache benutzte. Zwar war der Schutz durch sie geringer – einen Speer hielten sie nicht auf - aber gegen die Pfeile der Feinde hinter dem Steg würden sie ausreichen.

Die Männer prüften noch einmal den Sitz ihrer Lederkappen unter den geflochtenen Weidenhelmen und zurrten ihren Brustschutz fest, der ebenfalls aus Flechtwerk bestand. Dann ergriffen sie je einen Spieß sowie einen Schild und wandten sich zum Fluodtor. Bevor sie jedoch losgingen, wurden sie noch einmal von ihren Frauen – die meisten Erwachsenen lebten paarweise – geküsst und mit dem Segen der Götter bedacht. Keiner von ihnen konnte wissen, ob es der letzte Kuss sein würde.

Nun standen sie dicht gedrängt hinter dem großen Flügeltor des Turms und versuchten, einen Blick durch die Ritzen zwischen den Balken zu erhaschen. Gruoni gab das Zeichen an die beiden Torwächter: Mit einem Schlag stießen sie die beiden Flügel nach außen auf.

Mit lautem Geheul preschten die Männer das kurze Stück des Stegs hinunter, bis sie die dort lauernden *Hros-Wigmannen* erreicht hatten.

Glücklicherweise hatten sie nur eine Handvoll von ihnen vor sich. Die wenigen Pfeile, die die überraschten Krieger noch abschießen konnten, verfehlten wegen des Schrecks ihr Ziel oder blieben in den Flechtschilden hängen.

Gruoni war der Erste. Der Steppenreiter vor ihm hob abwehrend seinen Speer, als er zögerte:

„Du ... bist doch ...", brachten seine Lippen stammelnd hervor.

Sein Zaudern war sein Todesurteil.

Glühender Hass schoss in dem ehemaligen Sklaven empor, als er sein Gegenüber als den Krieger erkannte, der sich im Zelt darüber ereifert hatte, sich nicht mit seinen Kumpanen an Wizi vergehen zu können. Die Eisenspitze des Speers drang mit solcher Leichtigkeit durch den Hals des Kriegers, als ob Gruoni in seinem Leben nichts anderes getan hätte als Feinde zu erlegen.

Röchelnd brach der Getroffene zusammen, während er vergeblich versuchte, mit den Händen den Blutschwall aufzuhalten, der aus seinen zerfetzten Adern schoss.

Ein tiefes Gefühl von Rache und Befriedigung erfüllte Gruoni, als er sich dem nächsten Widersacher zuwenden wollte. Er war der letzte Überlebende. Die Männer aus Tvinhaag hatten schnelle und ganze Arbeit geleistet. Die Steppenkrieger konnten nicht so schnell ihre Spieße erheben, wie sie von den gegnerischen Speeren durchbohrt worden waren.

Der Mann hielt in Todesangst beide Hände über dem Kopf und starrte in Gruonis Augen. Wenn seine Beinkleider nicht bereits vom Fluss durchnässt gewesen wären, hätte man sehen können, dass er sein Wasser nicht mehr halten konnte. Auch ihn erkannte Gruoni sofort wieder.

„Willst du auf unserer Seite kämpfen oder fliehen?"

Der Mann glaubte seinen Ohren nicht zu trauen.

„Ausgerechnet du willst mich schonen?", platzte es aus ihm heraus.

„Dich als Einzigen! Entscheide dich."

„Zu den *Hros-Wigmannen* will ich nicht mehr. Ich bleibe bei euch... Wenn es mich auch das Leben kosten wird."

„Gut. Nimm deine Waffen und komm."

„Du traust mir?"

„Dir als Einzigem von den Dreckskerlen da drüben."

„Willst du uns einen Verräter ins Nest holen?", warf nun ein Krieger der Stadtwache aufgebracht ein.

„Er kann seinen Entschluss gleich unter Beweis stellen. Wir sind hier noch nicht fertig."

Mit seinem Speer wies Gruoni zur neuen Befestigung hinüber. Dort hatten sich die restlichen mit Bögen bewaffneten Steppenkrieger besonnen, waren zurückgekehrt und hielten nun den oberen Rand der Palisade unter Beschuss. Ihre Pfeile verhinderten, dass die jungen Verteidiger Tvinhaags weiter auf die fliehenden Feinde schießen konnten. Die ersten *Hros-Wigmannen* auf der anderen Seite des Fluod hatten dies bereits bemerkt und wendeten sich wieder um, um erneut an die Palisade zu gelangen. Vom Wasserviertel kommend hatten vier von ihnen schon die Mitte des Flusses hinter sich gebracht. Sich durch das brusthohe Wasser kämpfend trugen sie zwei Leitern mit sich.

„Das sind Leitern aus einem Turm des Wasserviertels!“, ereiferte sich der Stadtkrieger erneut. „Verdammt, wir müssen sie beim Ausräumen vergessen haben.“

„Dann holen wir sie jetzt zurück!“

Bei diesen Worten versetzte Gruoni dem gerade übergelaufenen Krieger einen Stoß in den Rücken. Dieser schloss sich ohne ein Wort der Gruppe an, die auf die verbliebenen Feinde zurannte.

Da von den wenigen Steppenkrieger vor der Palisade kaum einer einen Spieß bei sich hatte, konnten sie nur einen Schwall Pfeile abschießen. Gruoni zog den neuen Gefährten instinktiv hinter sich und wehrte die Geschosse mit seinem Schild ab. Wenige Augenblicke später griffen die Männer aus Tvinhaag an.

„Verräter!“, schrie der erste der inzwischen herangekommenen Leiterträger und wies mit der freien Hand auf den Überläufer. Mit dem letzten Laut des Wortes hauchte er sein Leben aus, vom Speer des Bezeichneten ins Herz getroffen.

Die Männer aus Tvinhaag waren zunächst in der Mehrzahl und konnten alle Feinde, die sich ihnen entgegenstellten, niederstrecken. Nur drei von ihnen entkamen den Speerspitzen auf die erste Fluodinsel. Dort drehten sie sich um, reckten den Stadtbewohnern die Fäuste entgegen und fluchten lauthals, was Gruoni nicht mehr verstehen konnte. Als mehrere der Männer den Flüchtigen nacheilen wollten, hielt er sie auf:

„Halt! Denkt ihr nicht daran, wie viele euch dort drüben empfangen werden? Bleibt lieber hier, auf der Palisade seid ihr wichtiger.“

„Er hat recht“, pflichtete einer der Stadtkrieger bei- „Lasst uns umkehren! Aber nehmt die Leitern mit, wir können sie noch gut an der neuen Palisade verwenden.“

Gruoni nickte und fasste den Holm der ersten Leiter. Der von ihm gerettete Krieger ergriff das andere Ende. Die Übrigen nahmen den

Toten schnell alles ab, was noch zu gebrauchen war und stießen die Leichen in den Fluss, der sie schnell forttrug. Danach beeilten sie sich zum Tor zu kommen.

Sie wurden mit Jubel begrüßt. Keiner von ihnen war verletzt worden, sie hatten die Feinde zurückgeschlagen, einige getötet und noch Beute gemacht. Jeder versuchte, sie in die Arme zu schließen. Nur Onn schaute Gruoni finster an.

„Musstest du einen Feind in die Stadt schleppen?"

„Keine Sorge, er ist kein Feind mehr."

„Seit wann vertraust du einem Steppenreiter?"

„Er gehört zu den *Ihseligen.*"

„Das ist auch nicht gerade eine Empfehlung."

„Es gibt auch unter den *Ihseligen* verlässliche Menschen. Er ist einer von ihnen."

„Woher willst du das so genau wissen?"

„Er war mit in dem Zelt, in dem ich gefangen war. Er hat sich mit einem anderen Steppenreiter angelegt. Außerdem kenne ich seine Geschichte."

Onn zeigte sich immer noch nicht überzeugt. Doch bevor er erneut widersprechen konnte, winkte Gruoni dem Überläufer, der inzwischen sichtlich nervös wurde, beruhigend zu und zerrte den alten Schlauchflößer an die Seite.

Dort erzählte er ihm haarklein, was er über den *Ihseligen* wusste.

„Mag sein, dass du recht hast, aber es könnte auch sein, dass sie dir die ganze Geschichte auch nur vorgespielt haben, damit du zu einem von ihnen Vertrauen schöpfst."

„Und warum hat er dann einen der Seinen ohne zu zögern getötet?"

„Glaubst du, bei denen zählt ein Menschenleben noch, egal auf welcher Seite? Das kann er auch getan haben, um dich völlig zu überzeugen."

„Gut, Onn. Deine Vorsicht mag berechtigt sein. Ich bin übrigens auch der Meinung, dass wir ihn genau beobachten sollten, damit er uns nicht gefährlich wird. Andererseits können wir jeden Mann auf der Palisade gebrauchen. Und vielleicht kann er uns auch nützliche Dinge über unsere Feinde verraten, oder?"

„Das könnten aber ebenso gezielte Falschmeldungen sein, die uns ans Messer liefern sollen."

„Fragen können wir ihn aber auf jeden Fall. Sollte er wirklich eine Art Kundschafter sein, würde es ihm vermutlich geradezu verdächtig erscheinen, wenn wir ihn nicht nach unseren Feinden fragen."

„Das leuchtet mir ein. Also befrag du ihn. Und was wir mit seinen Aussagen anfangen, sehen wir dann später. Übrigens, wo willst du ihn denn wohnen lassen?"

„Du willst ihn vermutlich nicht in deinem Haus haben?"

„Ehrlich gesagt, nein. Ich glaube, ich könnte dann noch schlechter schlafen als ohnehin schon."

„Dann lass uns Hohsedal fragen, er hat doch immer ein paar Stadtwachen um sich, die ein Auge auf ihn haben können."

In diesem Augenblick stürmte der Genannte mit einem Haufen johlender Gesellen im Schlepptau auf die beiden zu.

„Wir haben sie zurückgeschlagen!", brüllte der Häuptling schon von Weitem.

„Wir auch", bemerkte Wizi trocken, die am Tor auf ihren Gruoni gewartet hatte.

Hohsedal beachtete den Einwurf nicht: „Das hättet ihr sehen sollen!", rief er begeistert. „Sie haben gedacht, die Gräben der Schanzenfischerinnen wären nur knietiefe Pfützen! Hahaha! Fast ersoffen sind die Ersten, als sie versucht haben, sie zu durchwaten. Schön glitschig sind die Gräben am Boden, haha, reihenweise sind sie ausgerutscht und hatten die Nasen unter Wasser, beängstigend für Leute, die nicht schwimmen können. Es gab ein totales Durcheinander und unsere Speere und Pfeile haben unter ihnen gewütet."

„Hoffentlich habt ihr nicht zu viele Waffen dabei verloren", unterbrach der alte Onn den Redefluss seines Häuptlings.

„Wo denkst du hin?", knurrte der verärgert zurück. „Es waren vor allem unsere Schanzenfischerinnen, die dort ihre Beute gemacht haben. Sie haben immer auf die Bäuche gezielt, und mit den Stricken an ihren Fischspeeren haben sie ihre Waffen immer wieder zurückgezogen. Das war fast wie ein Fischstechen, nur, haha, nur dass diese Fische schreien konnten, hahaha!"

Hohsedal hatte seine gute Laune zurückgewonnen, blickte sich um und fragte dann Gruoni:

“Und was war bei euch los? Ihr habt wohl in aller Gemütsruhe den Feind von den Leitern aus betrachtet, was?“

„Nicht so ganz“, antwortete der Gefragte und schilderte die Vorfälle an der Fluodpalisade. Hohsedal hörte beeindruckt zu, als ihm ein unbekanntes Gesicht auffiel.

„Und wer ist das?“

„Ein *Ihseliger,* der jetzt auf unserer Seite kämpft.“

Der Häuptling legte seine Stirn in dunkle Falten, doch bevor er aufbrausen konnte, zog Onn ihn an die Seite und redete nun genauso vehement auf ihn ein, wie es Gruoni vorher bei ihm getan hatte.

„Du bist die Frau, der im Nachbarzelt so übel mitgespielt wurde“, wendete sich der *Ihselige* unterdessen an Wizi.

Sie schaute ihn nur an, unfähig, etwas zu erwidern.

Gruoni sah ihr Gesicht und nahm sie schützend in den Arm.

„Ist er der *Ihselige* aus deinem Zelt, von dem du mir erzählt hast?“, flüsterte sie.

„Ja, er ist es. Ich habe ihm das Leben geschenkt. Und er hat uns dafür schon mehrere Leben der Steppenreiter zurückgezahlt.“

Gruoni hatte so sanft gesprochen wie er vermochte und drückte sie fest an sich.

„Kannst du ihn auch hier willkommen heißen, wie ich es getan habe?“

Wizi nickte zögernd, dann fragte sie: „Und mit welchem Namen darf ich dich ansprechen?“

„Ich habe keinen Namen mehr“, lautete die Antwort. „Der Name, den ich hatte, war ein Steppenname. Ich habe ihn abgelegt, als wir Klippenbewohner diesen Krieg mittragen mussten. Vielleicht kann ich mir, wenn wir diese Zeiten überleben, einen neuen Namen verdienen. So lange nenn mich *Ihseliger,* wie es die *Hros-Wigmannen* getan haben.“

„Viele von uns ehemaligen Sklaven sind auf die Ihseli-Klippen geflüchtet“, antwortete Wizi. „Es war ihre einzige Möglichkeit, ein neues Leben zu beginnen. Ich hoffe darum, dass die *Ihseligen* nicht so schlecht sind, wie es die meisten Menschen in Duggaland behaupten. Woher stammst du?"

„Ich stamme aus der Steppe", Wizi wurde bei diesen Worten bleich und Gruoni musste sie stützen.

„Aber ich bin von dort geflohen", beeilte sich der Krieger angesichts ihrer Reaktion zu sagen. „Genau genommen zweimal. Einmal bin ich aus der Steppe vertrieben worden, weil ich anders war. Die Umstände der zweiten Flucht sind dir bekannt."

Wizi atmete tief durch, bevor sie erneut sprach:

„Schwörst du mir denn, bei allen Göttern, an die du glaubst, uns nicht zu verraten?"

„Sie sollen mir das Leben nehmen, wenn ich etwas Derartiges tun würde."

„Gut", meinte Wizi, nachdem sie seinen geraden Blick in ihre Augen bemerkt hatte. „Ich will dir glauben und heiße dich willkommen. Leider können wir dir nur begrenzten Schutz gewähren."

„Ich weiß."

„Heh, *Ihseliger!*", fuhr nun Hohsedal in das Gespräch. „Du bist dir klar, dass wir dich genau beobachten werden und dass du unser Vertrauen erst noch verdienen musst?"

„Ich werde mein Bestes tun, Häuptling. Setzt mich ein im Kampf, und ihr werdet sehen, dass ihr euch nicht in mir täuscht."

„Ich werde auf das Angebot zurückkommen. Und damit ich dich gut im Blick behalte, wirst du in der Häuptlingsburg bei meinen persönlichen Wachen schlafen. Was sagst du dazu?"

„Ich sehe es als Ehre an, Häuptling."

„Genug der Worte!", mischte sich Onn ein. „Wir haben nicht die Zeit für lange Begrüßungszeremonien. Die Fluodpalisade muss sofort einen Wehrgang oder Ähnliches erhalten, sonst haben wir spätestens morgen hier die gleichen Probleme wie heute."

„Du hast recht, aber einen Wehrgang zu bauen dürfte zu viel Zeit kosten", erwiderte Gruoni. „So viel Muße werden uns die *Hros-Wigmannen* nicht lassen."

„Und was schlägst du vor?"

„Hm, am schnellsten ließe sich die Palisade mit Leitern wehrhaft machen, aber ich weiß nicht, ob wir genug haben."

„Wir hatten vier eigene", überlegte Onn. „Dazu kommen die beiden, die die Feinde aus dem Wasserviertel geholt haben, das reicht noch nicht."

„Aber wir haben genug Holz und Stricke", warf Wizi ein. „Für unsere Halbwüchsigen ist es eine gute Beschäftigung, Leitern herzustellen. Sie fühlen sich ernst genommen, und es lenkt sie etwas ab."

„Ihr könnt auch die Kinder mit einsetzen", fügte die Frau hinzu, die vorher neben Wizi auf der Leiter gestanden hatte. „Sie werden mit Freuden das nötige Holz heranschleppen, auch wenn sie immer zu mehreren anpacken müssen."

„Na, dann ans Werk!", rief Gruoni zufrieden und nahm seine Frau in den Arm: „Wenn wir dich nicht hätten, Wizi!"

„Und alle anderen Frauen, Kinder, Alte und wer dir sonst noch einfällt", gab sie schmunzelnd zurück. Das verschmitzte Lächeln übertrug sich auf die Gesichter der Umstehenden – eine kleine Freude in so schlechter Zeit.

Die Kinder und Halbwüchsigen gingen mit Leidenschaft ans Werk. Glücklicherweise ließen ihnen die *Hros-Wigmannen* Zeit bis zum Abend. Schließlich waren im Abstand von etwa zwei Schritten alle Leitern an der Palisade befestigt. Die Zwischenräume hatte man mit weiteren Stangen überbrückt, sodass die Verteidiger mit etwas Geschick von Leiter zu Leiter wechseln konnten.

Auch die Steppenkrieger waren nicht untätig gewesen. Sie hatten ihrerseits Sturmleitern herangeschafft, mit denen sie den oberen Rand der Fluodpalisade erreichen konnten. Außerdem waren die Männer jetzt mit kurzen, mit Knochenspitzen bewehrten Spießen und leichten Holzschildern ausgestattet. Als es zu dämmern begann, rollte der nächste Angriff auf die Siedlung zu.

Wieder griffen sie von beiden Seiten an.

„Wir – töten – euch – alle !!!", skandierten sie gemeinsam.

Der ohrenbetäubende Lärm ihrer Stimmen ergoss sich wie eine Woge über die Verteidiger.

„Sie wollen auf jeden Fall nicht mehr bis zum nächsten Tag warten", bemerkte Onn, als der Ruf „Heute – fällt – Tvinhaag !!!" ertönte.

Gemeinsam standen sie über dem Grabentor zwischen Ober- und Mundeviertel. Der mächtige Torturm verband die Befestigungen auf der Klippe des Oberviertels mit dem Erdwall, der die Nachtseite des Mundeviertels schützte. Sie blickten auf den palisadenbewehrten Wall hinab, an den sich nacheinander die vier Schanzgräben schmiegten. Hier hatten früher die Schanzenfischerinnen die Aufzucht ihrer Fische betrieben. Da der Boden sanft zur Munde hin abfiel, hatte man nicht einen durchgehenden Graben ziehen können. Um den Wasserstand hoch und gleichmäßig zu halten, waren die Gräben in Stufen abfallend angelegt worden. In den so entstandenen trockenen Zwischenräumen wucherten mannshohe Brombeerranken, die man als zusätzlichen Schutz dort angepflanzt hatte. Das so entstandene undurchdringliche Gestrüpp bot in Friedenszeiten gleichzeitig eine Quelle saftiger Früchte, die Kinder und Alte gern pflückten und gegen wenige *Balla* an die anderen Bewohner Tvinhaags verkauften. Nebenbei stieß man beim Beerensammeln oft auf Vogelnester, deren Inhalt, Eier oder Jungvögel, für die eigene Nahrungsversorgung eine willkommene Bereicherung darstellte.

Die Steppenreiter waren zu Pferd nur so nah an die Gräben herangesprengt, dass die Pfeile der Verteidiger unwirksam blieben. Nachdem sie auf Kommando gemeinsam abgesprungen waren, nahmen die *Hros-Wigmannen* ihre Spieße und Schilde auf und schritten als geschlossener Ring auf den Wall zu.

Eine durchgehende Mauer schwarzer Krieger schob sich auf die Verteidiger zu. Sie zog sich um das gesamte Mundeviertel vom Grabentor bis zur Munde. An die steil abfallenden Klippen, die das Oberviertel schützten, wagten die Angreifer sich nicht heran. Sie sahen sie wohl als uneinnehmbar an.

Die erste Reihe hielt im Voranschreiten mannshohe Holzschilder hoch, hinter deren Schutz sich die anderen einschließlich der Leiterträger duckten.

Zwei, drei Pfeile wurden vergeblich gegen den schwarzen Ring abgeschossen, bis Hohsedal befahl, das Schießen einzustellen.

„Reine Vergeudung von Pfeilen“, knurrte er halblaut.

Die erste Reihe war jetzt am Grabenrand angekommen. Einige Krieger versuchten, die stacheligen Ranken an den Übergängen niederzuschlagen, gaben aber nach wenigen Hieben auf. Die Brombeeren erwiesen sich als zu widerspenstig.

Am Wasserrand war plötzlich Unruhe zu bemerken. Die Sturmleitern wurden über die Gräben gelegt, und die Krieger tänzelten auf ihnen über das Wasser. Das war die Gelegenheit für die Bogenschützen, die jetzt die schildlosen Angreifer ins Visier nehmen konnten.

Viele stürzten getroffen ins Wasser, was das Schreien der Krieger noch verstärkte. Trotzdem gelangten so viele hinüber, dass der Palisadengrund von oben schwarz erschien.

„Steine!“, schrie Hohsedal, und die Männer auf dem Wehrgang bedienten sich an den Haufen dicker Kiesel, die sie schon vorher in Körben bereitgelegt hatten.

Ein Steinregen prasselte auf die Steppenkrieger hinunter, die sich so blutige Verletzungen an Schultern und Kopf zuzogen.

Schnell waren die Wurfgeschosse verbraucht, doch schon turnten die Kinder und Halbwüchsigen mit Lederschürzen voll neuer Steine an den Leitern zur Wehrplattform empor und lieferten Nachschub.

Pfeile flogen von der anderen Grabenseite hinüber zu den Verteidigern, die sich daraufhin notgedrungen hinter den Stämmen ducken mussten.

„Schilde!“, brüllte Hohsedal durch den Lärm. Nur die dicht neben ihm Stehenden konnten ihn verstehen, doch ihr Handeln setzte sich bei den anderen wie ein Lauffeuer fort. Die Krieger ergriffen ihre leichten Flechtschilde und hielten sie in Höhe ihrer Köpfe weit über den Palisadenrand. So konnten sie auf die Angreifer hinabsehen und sie weiter mit Steinen eindecken, ohne sich den gegnerischen Pfeilen auszusetzen. Erneutes enttäuschtes Brüllen der Steppenkrieger war die Antwort.

Da die Männer aus Tvinhaag jetzt nur eine Hand frei hatten, mussten die Kinder direkt mit auf den Wehrgang und ihnen die Steine anreichen.

Sie waren klein genug, um den knappen Raum auf der Palisade nicht zu sehr einzuengen. Die etwas Größeren hingegen kletterten mit ihren beladenen Schürzen wie von Bestien gehetzt die Leitern auf und ab, um die Versorgung sicherzustellen.

Die von den Würfen malträtierten Krieger am Fuß des Walls versuchten nun, die Leitern, die über den Gräben lagen, an der Palisade hochzuschieben. Da sie sich gegenseitig im Wege waren, gelang ihnen das nur zum Teil. Bald standen eine Handvoll Leitern an die Palisade gelegt und die ersten *Hros-Wigmannen* erklommen die schwankenden Gitter.

Sie überlebten es nicht.

Die Speere der Verteidiger trafen die schutzlosen Eroberer, die mit gellenden Schreien von den Leitern stürzten.

Doch als ob sie wieder auferstanden wären, standen schon die nächsten bereit, um ihre Stelle einzunehmen.

Sie ereilte das gleiche Schicksal, was aber zur Folge hatte, dass auf dem Wehrgang die Speere knapp wurden. Für jeden der heranstürmenden Krieger hatten die Verteidiger keine Spieße. Sie konnten sie nicht mehr werfen, sondern warteten nun, bis die Angreifer in den Bereich ihrer Waffen kamen. Erste Zweikämpfe entbrannten am Palisadenkranz.

„Stäbe!“, kommandierte Hohsedal. Blitzschnell wurde der Befehl weitergegeben, und die Männer, die eben noch Steine geworfen hatten, langten nach unten und fischten vom Boden des Wehrgangs gerade Stangen, die einst dazu gedient hatten, im Neuviertel die Rieddächer zu halten. Sie waren zwar lang, aber auf Grund ihrer geringen Dicke sehr handlich. An einem Ende besaßen sie noch den kurzen Rest einer Astgabel. Damit waren sie vorher an der Firststange der Hütten befestigt worden.

Mit dieser Gabel voran schoben die Krieger die Stäbe zwischen den Spitzen der Palisade durch. Sie mussten ein wenig probieren und stochern, bis sie mit der Gabel genau eine der oberen Sprossen umfasst hatten. Dann schoben sie die Stäbe weiter, sodass die Gabel auf der Sprosse gegen den Holm glitt und dort schließlich feststeckte. Sobald die Gabel eingehakt war, schoben jeweils zwei Männer die Stange vor. Die Leitern, die vorher gegen die Palisade gelehnt waren, standen nun plötzlich frei in der Luft, die *Hros-Wigmannen* hielten sich krampfhaft an ihrem jeweiligen oberen Ende fest, bis die Leitern nach hintenüberkippten. Schreiend und mit den Armen wild rudernd stürzten sie rückwärts nach unten.

Ein paar fielen ins Wasser des Grabens und krochen kurz danach humpelnd und pitschnass ans Ufer. Mehrere schlugen noch auf dem Trockenen auf und brachen sich die Knochen. Bewegungslos und um Hilfe flehend sorgten sie für ein wirres Durcheinander bei den angreifenden Kriegern. Zwei weitere waren genau auf die unter ihnen stehenden Kameraden gestürzt und hatten diese dabei schwer verletzt. Die Leitern waren mit lautem Knallen wieder auf den Boden gekracht und lagen jetzt erneut quer über dem Graben.

„Hm, ein paar von denen könnten wir doch noch gut auf der Fluodseite gebrauchen", meinte Gruoni und zeigte auf die Leitern.

„Und wie willst du daran kommen?"

„Du hast mir doch die kleine Treppe gezeigt, die hier vom Grabentor am Ende des Klippenrands herabführt."

Onn nickte.

„Und sie endet genau neben dem Brombeerdickicht hinter dem letzten Schanzgraben."

„Stimmt."

„Ob die Steppenkrieger von ihr wissen?"

„Ich glaube nicht. Man sieht sie ja kaum, sie ist von dem Dorngestrüpp dort völlig verdeckt."

„Dann könnte es gelingen. Was meinst du, Hohsedal? Wenn wir uns mit ein paar Männern die Stufen hinabschleichen? Auf der Rückseite des Grabens sind zurzeit keine Feinde, sie sind gerade mit sich selbst beschäftigt. Wenn wir dann plötzlich hinter dem Rankendickicht auftauchen, könnten wir die Leitern greifen und sie schnell über die Treppe zurückbringen, oder?"

„Du bist wohl jetzt ganz versessen auf Ausfälle?"

„Ernsthaft! Was meinst du?"

„Hm, es ist nicht ungefährlich. Aber wenn wir hier auf dem Turm ein paar gute Bogenschützen postieren, die euch unterstützen, könnte es gehen. Wenn du es machen willst, nimm dir verlässliche Männer mit, am besten aus meiner eigenen Wache.“

„Einschließlich des Neuen?“

“Du meinst den *Ihseligen?* Von mir aus, da kann er mal zeigen, was wir von ihm zu halten haben.“

Wizi zeigte sich sehr besorgt und wollte ihn zurückhalten, doch Gruoni war so vernarrt in den Gedanken, den verhassten *Hros-Wigmannen* erneut ein Schnäppchen zu schlagen, dass er sofort mit fünf Gefährten, darunter dem *Ihseligen,* loszog. Hohsedal kümmerte sich derweil um die Bogenschützen.

Vorsichtig öffneten sie das kleine Tor, schlichen sich hinaus und ließen Wizi hinter der Pforte zurück. Sie wollte die erste sein, die ihnen nach dem hoffentlich gelungenen Streich öffnete.

Als sie am Fuß der Treppe angekommen waren, spähten sie geduckt um das Dickicht herum. Keiner der Steppenkrieger befand sich noch auf dieser Seite des Wassers. Sie drängelten sich alle unter der Palisade, um auch unter denen zu sein, die als erste in die Stadt einfielen. Nur an den sich anschließenden Gräben versuchten ein paar Männer, die umgeschlagenen Leitern wieder aufzurichten, wurden dabei aber durch Pfeilschüsse erheblich gestört.

„Vorwärts jetzt“, zischte Gruoni. „Die ersten drei Leitern, jeweils zwei Mann an eine Leiter, und dann schnell zurück.“

Direkt hinter ihm befand sich der *Ihselige.* Sie hasteten zu zweit bis zur dritten Leiter und wollten sie gerade über den Graben ziehen, als ein *Hros-Wigmann* geistesgegenwärtig versuchte, den Graben auf ihr zu überqueren. Den Spieß vorgereckt balancierte er auf die beiden Männer zu.

„Fass an! Wir ziehen gemeinsam mit einem Ruck! Uund jetzt!“

Mit überschnappender Stimme platschte der fremde Krieger ins Wasser, während die beiden bereits, jeder einen Holm greifend, die Leiter in Richtung Treppe zogen.

„Hoffentlich kann er nicht schwimmen“, grinste der *Ihselige.*

Ihre vier Mitstreiter hatten bereits wieder das Dorngestrüpp umrundet, als drei berittene schwarze Krieger auf die beiden Zurückgebliebenen zu preschten. Es waren die Wachen bei den Pferden gewesen, die Gruonis kleinen Trupp zuerst bemerkt hatten. Im Galopp versuchten sie nun, wenigstens die letzten zwei der Gruppe noch zu erwischen. Sie waren bereits auf Bogenschussweite heran, als sie ohne anzuhalten ihre Pfeile auf die Leiterdiebe abschossen.

Geistesgegenwärtig rissen die Flüchtenden ihre leichten Flechtschilde hoch und konnten damit gerade noch die Geschosse abwehren, als die Reiter sich bereits bis auf wenige Pferdelängen genähert hatten. Sie schwangen ihre Spieße, entschlossen, den beiden Feinden vor ihnen den Garaus zu machen.

Um nicht in den Bewegungen behindert zu sein, hatte Gruonis Trupp nur Schilde und Steindolche mitgenommen. Der erste Reiter schleuderte seinen Speer auf Gruoni, als er ihn fast erreicht hatte. Bevor aber der Angegriffene seinen eigenen Schild hochreißen konnte, warf sich der *Ihselige* vor ihn und versuchte, mit seinem Schild den Speer abzuhalten. Doch das Flechtwerk hielt dem Angriff nicht Stand. Mit einem splitternden Ton zerfetzte die Steinspitze das Weidengeflecht und traf den linken Unterarm des *Ihseligen.* Der brach mit einem Schmerzensschrei zusammen, während Gruoni sich den Speer griff und mit einer blitzschnellen Wendung die Steinspitze dem zweiten Reiter entgegenhielt. Dessen Pferd raste so schnell auf ihn zu, dass der *Hros-Wigmann* weder ausweichen noch abbremsen konnte. Zwar versuchte er noch, seinen Spieß auf Gruoni zu richten, doch der wich dem Pferd aus, duckte sich unter der Waffe weg und erwischte dabei den vorbeirasenden Steppenkrieger mit der Speerspitze im Bauch. Die Wucht des Aufpralls riss Gruoni den Speer aus der Hand und ließ ihn zu Boden taumeln, während der Reiter vom Pferd gerissen wurde. Wimmernd lag er auf der Erde und umklammerte den Schaft, der aus seinem Bauch ragte.

Gruoni rappelte sich auf, den Angriff der beiden anderen Reiter erwartend. Doch die lagen bereits viele Schritte abseits hinter den mit Pfeilen gespickten Leichen ihrer Pferde und versuchten, sich dort vor den Bogenschützen Hohsedals zu schützen, die nur darauf warteten, dass einer der Reiter seinen Kopf über das Pferd hob.

Inzwischen hatte eine Gruppe von Steppenkriegern den Graben überquert und lief auf sie zu.

Gruoni ergriff den noch benommenen *Ihseligen* unter der rechten Schulter und zerrte ihn zurück zur Treppe. Sie humpelten mehr als sie liefen. Ihre Verfolger kamen allerdings auch nicht schneller voran, da sie vom Turm aus mit Pfeilen eingedeckt wurden und im Zickzack hin und hersprangen, um den Geschossen auszuweichen.

Bald gaben sie es auf, da sie keine Schilde mit sich führten und zogen sich zurück.

Endlich hatte Gruoni seine blutende Last die Treppe hinaufgeschleppt. Hinter der Pforte erwartete sie Wizi, die ihren Mann sofort in die Arme schloss, um danach ein regelrechtes Donnerwetter auf ihn loszulassen. Nie wieder sollte er solche Torheiten begehen, fuhr sie ihn an.

Eine ganze Weile später war sie immer noch völlig aufgebracht und unfähig sich zu beruhigen.

„Hat sich der Gewinn von zwei Leitern angesichts dieser Verletzung gelohnt?“, fauchte sie wütend. „Von der Gefahr, in die ihr euch dafür begeben habt, einmal ganz abgesehen.“

Gruoni schwieg betreten, während er ihr dabei zur Hand ging, den *Ihseligen* mit sauberem *Flasser* Tuch zu verbinden. Der Verletzte hatte eine Menge Blut verloren und eine tiefe Fleischwunde am Arm. Glücklicherweise waren die Knochen heil geblieben. Wizi hatte zunächst die Wunde mit abgekochtem Wasser ausgespült, um dann die Ränder mit gesäuberten Fischgräten zusammenzustecken. Eine Prozedur, die dem *Ihseligen* starke Schmerzen bereitet hatte. Anschließend trug sie eine Kräuterpaste auf, die eine Heilerin aus Tvinhaag ihr gebracht hatte, um schließlich den Arm mit ausgekochten Stoffstreifen zu umwickeln.

„Nie ungekochtes Gewebe verwenden!“, hatte ihr die Heilkundige eingeschärft. „Sonst beginnt die Verletzung zu faulen!“

Als die Wunde behandelt war, bekam der *Ihselige* noch ein dreieckiges Tuch um den Hals gebunden, in das er seinen blessierten Arm betten konnte. Er war jetzt wieder so weit bei sich, dass er mit einem etwas verkrampften Lächeln Gruonis Dank entgegennehmen konnte.

Onn hatte wortlos das Verbinden mit angesehen. Als der Verletzte, von zwei Frauen gestützt, in eine der Hütten gebracht wurde, blickte er Gruoni scharf in die Augen.

„Das war eine sehr unbedachte Maßnahme, wir können es uns nicht leisten, wegen persönlicher Rachegedanken so viel auf's Spiel zu setzen", sagte er eindringlich.

„Und vor allem", fuhr Wizi dazwischen, „haben die Frauen mit den Kindern in der Zeit, in der ihr draußen wart, eine ganze Handvoll Leitern aus dem Restholzstapel gefertigt."

„Ich weiß", meinte Gruoni kleinlaut. „Ich habe mir auch schon vorgenommen, nicht mehr so unüberlegt zu handeln ... Aber die Schuld an der Verletzung trage ich trotzdem", fügte er seufzend hinzu.

„Sie lastet genauso auf meinem Rücken, und auch auf dem von Hohsedal. Wir sind einfach angesichts unserer ersten Erfolge zu übermütig geworden."

„Auch mich trifft Schuld", setzte nun Wizi hinzu. „Ich hatte gleich ein ungutes Gefühl bei dem Plan. Dummerweise hat man mir schon früh eingetrichtert, den Mund zu halten, wenn hochstehende Männer etwas entschieden haben."

„Wir sollten einfach mehr auf unsere unguten Gefühle achten. In Tvinhaag haben wir schon einmal den Fehler gemacht, die Augen vor der Gefahr zu verschließen: Als wir weder auf den *Schrat* als einem Fremden noch auf meine Tochter gehört haben."

„Ich glaube, wir müssen auf die Palisade zurück", mahnte Gruoni nun mit Blick auf Onn. „Schließlich können wir den anderen ja nicht die ganze Last des Kampfes allein aufbürden."

Onn nickte, und sie erklommen zu dritt wieder den Turm über dem Grabentor.

Dort blickte Hohsedal ganz gelassen auf das Geschehen hinab. Als er die drei die Stufenleiter hinaufkommen sah, fragte er:

„Nun, wie geht es unserem Neuzugang? Wird er es schaffen?"

„Wizi hat ihn verbunden, und nach dem, was die Heilerin angedeutet hat, sieht es ganz gut für ihn aus. Er muss sich allerdings einige Tage schonen."

“Das denke ich mir. Hoffen wir, dass die Wunde gut verheilt. Immerhin hat er ja sein Leben für dich riskiert.“

„Dafür bin ich ihm zu Dank verpflichtet. Aber gleichzeitig bin ich froh, dass ich recht behalten und Tvinhaag kein faules Ei ins Nest gelegt habe. Aber wie sieht es denn jetzt mit unserer Verteidigung aus?“

„Im Augenblick ist es ruhig. Die *Hros-Wigmannen* haben uns, nachdem ihr wieder im Turm wart, mit Reitern angegriffen und mit Pfeilen eingedeckt. Wohl, um ihre Männer am Grund des Walls zu entlasten. Sie haben vermutlich gehofft, die Erstürmung mit den Leitern heute noch zu einem erfolgreichen Ende zu bringen. Hat ihnen aber nichts genutzt“, hier schlich sich ein Anflug von Häme in Hohsedals Gesicht. „Jetzt haben wir eine Menge neuer Pfeile, und der Trick mit den Stangen wirkte genauso gut, weil man dabei den Kopf gut hinter den Palisadenspitzen versteckt halten kann. Wie ihr seht, haben sie sich zunächst einmal wieder zurückgezogen.“

Die Sonne war bereits unter den Horizont gesunken, nur die letzten Strahlen gaben noch ein diffuses, rötliches Abendlicht. Mit Blick auf die nahende Nacht seufzte Wizi: „Vielleicht lassen sie uns ja bis morgen in Ruhe.“

“Mag sein“, meinte Hohsedal, „aber man weiß ja nie. Schön wäre es, wenn wir etwas Licht draußen vor den Gräben hätten, damit wir nicht so leicht überrascht werden können. Außerdem tut es mir um die geworfenen Steine leid. Wir könnten sie möglicherweise noch einmal gebrauchen.“

„Was das Licht angeht“, warf Onn ein, „haben wir fast den vollen Mond und einen ziemlich klaren Himmel. Und was die Steine betrifft, könnten wir sie uns vielleicht wieder holen. Ich weiß von meiner Tochter, dass die Schanzenfischerinnen einen schmalen, von außen nicht sichtbaren Pfad durch das Dornendickicht freigehalten haben, um besser an diese Seite der Gräben zu gelangen ...“

„Schon wieder so ein riskanter Vorschlag?“, warf Wizi bissig ein.

„Nicht unbedingt! Zwischen Gräben und Wall ist es durch die hohe Palisade sehr dunkel. Man könnte vielleicht ungesehen mit Körben wieder einen Großteil der Steine einsammeln, immer vorausgesetzt natürlich, die *Hros-Wigmannen* halten auf Abstand.“

„Gut, probieren wir es“, stimmte Hohsedal zu. „Aber ihr drei könntet euch noch mal um die Fluodseite kümmern, seht mal nach, wie dort die Lage ist.“

Die drei Angesprochenen folgten der Aufforderung. „Wer hat sich eigentlich bis jetzt um die Seite gekümmert?“, sinnierte Gruoni.

„Der Anführer der Stadtwache, glaube ich. Er ist ganz umsichtig und hätte sich sicher gemeldet, wenn er die Lage nicht im Griff gehabt hätte“, antwortete Onn.

Kaum waren sie jedoch von der Hauptgasse im Mundeviertel zum Fluoddamm hin abgebogen, als sie ein splitterndes Krachen und wildes Geschrei hörten. Nach wenigen Schritten sahen sie im Dämmerlicht die Bescherung. Zwei der Palisadenstämme in der Mitte des Walls waren aus dem Boden gerissen und zum Fluss hin gekippt worden. Die Herankommenden konnten gerade noch erkennen, dass die Stämme mit Hilfe dicker Taue von Pferden umgerissen worden waren. Vor der Lücke klaffte ein tiefes Loch im Erdwall, die *Hros-Wigmannen* mussten es vorher gegraben haben, um die Stämme unten zu lockern. Das Splittern stammte von den dabei zerborstenen Leitern und den Querstangen, die als Ersatz für einen festgefügten Wehrgang angebracht worden waren. Mehrere Männer waren von der Palisade gestürzt und lagen hilfeschreiend am Boden. Andere rührten sich nicht. Sie waren offenbar tot. Die Lücke zwischen den Stämmen war allerdings noch so eng, dass nur immer ein Mann hindurchgelangen konnte.

Die drei eilten, so schnell es ging, hinzu.

Vier halbwüchsige Jungen kämpften mit Löwenmut gegen drei bereits hineingelangte Steppenkrieger. Der Vierte versuchte gerade sich hinterherzuschieben.

„Warum hilft ihnen denn keiner?“, rief Wizi.

„Sieh mal nach oben. Die Männer auf der Palisade können jetzt gar nicht hinunter, selbst wenn sie es wollten.“

Tatsächlich waren alle Verteidiger auf den Leitern in Zweikämpfe mit *Hros-Wigmannen* verstrickt, die auf der anderen Seite der Stämme offenbar auf Sturmleitern standen.

Onn und Gruoni warfen sich sofort an der Palisadenlücke ins Getümmel. Als einer der Halbwüchsigen sah, dass Hilfe kam, verließ ihn sein Heldenmut sofort. Er drehte um und lief fort. Das nutzte einer der Eindringlinge und setzte dem Jungen nach. Der erhobene Speer bedeutete für den Fliehenden nur noch eine Frist von wenigen Augenblicken. Ohne zu überlegen wandte sich Gruoni dem Verfolger zu, sprang ihn von hinten an und zerschnitt ihm mit seinem Messer die Kehle. Mit einem Gurgeln brach der Krieger zusammen. Der Halbwüchsige lief schreiend vor Panik davon.

Der vierte Steppenkrieger hatte die so entstandene Gelegenheit genützt und sich ebenfalls zwischen den Stämmen durchgezwängt. Mit einem unbarmherzigen Stoß seines kurzen Spießes streckte er Onn nieder. Der alte Mann versuchte gerade verzweifelt, die Jungen freizukämpfen. Doch den geübten Kriegern war er nicht gewachsen. Lautlos fiel er.

„Onn!“, kreischte Wizi, ergriff den Speer eines Gefallenen der Stadtwache und stürmte auf den Krieger los. Den Ruf Gruonis zurückzubleiben, hörte sie nicht.

Sie blickte ihrem Gegenüber ins Gesicht und erstarrte vor Schreck, als sie das anzügliche Grinsen wahrnahm, das sie bereits aus dem Zelt der Steppenkrieger kannte. Nie wieder würde sie diese lüsterne Fratze vergessen. Auch er hatte sie sofort erkannt.

„Da bist du ja wieder, mein Schätzchen! Hast du noch nicht genug von uns?“

Regungslos stand Wizi vor dem Krieger.

„Dem lässt sich abhelfen! Meine Kameraden werden sich freuen!“

Mit einem Griff hatte er ihr den Spieß aus den Händen gerissen und zerrte sie durch die Lücke in der Palisade.

„Neiiiiin!“, hörte sie noch Gruonis gellenden Schrei hinter sich.

VIERZEHN: Bauernküste

Noch bevor der erste Seegildekrieger nach dem Sprung auf Ilungas Boot sein Gleichgewicht gefunden hatte, hatte Frij ihn mit dem Schaft ihres Spießes bereits ins Wasser befördert. Das heftige Platschen führte dazu, dass der zweite Krieger sich erschrocken umschaute und seinem Gefährten entgeistert hinterher sah. Es befand sich offenbar jenseits seiner Vorstellungen, dass es wirklich jemand wagte, den Männern der *Seegilde* in ihren eigenen Gewässern Widerstand zu leisten, und dazu als Frau.

Als er den Blick zurückwandte, sah er die Schärfe eines Beils über sich schweben:

„Spring, sonst ..."

Der Tonfall ließ keinen Widerspruch zu, und die Waffe in der Hand dieses bärtigen Hünen, der von der Kleidung her wie ein einfacher Seegildegehilfe aussah, erlaubte keine auch noch so schnelle Gegenwehr.

Es platschte zum zweiten Mal und die beiden Krieger beeilten sich, zu ihrem eigenen Schiff zurückzuschwimmen.

„Wagt es nie wieder, in die Gewässer der *Seegilde* zurückzukehren!", brüllte ihnen der Schiffsführer des Kampfseglers aus Sihport nach.

„Warte es ab! Die Welt ändert sich gerade, das wird auch die *Seegilde* bald spüren!", schrie Ilunga zurück, während sie am Ruder den Fluchtkurs hielt.

„Geht besser hinter der Hütte in Deckung", warnte sie ihre Mitreisenden, und schon schwirrten die ersten Pfeile. Der Befehlshaber des feindlichen Schiffs versuchte, sie an der Flucht zu hindern, bevor der Abstand zwischen den Booten zu groß würde.

„Soll ich auch meinen Bogen holen?"

„Lass nur, Thorn, bald sind wir außer Reichweite, wir müssen nicht unbedingt zusätzliches Blut vergießen, schließlich meint er, er müsse so handeln. Die Regeln der *Seegilde* schreiben es ihm vor."

„Schöne Regeln“, knurrte der *Schrat* und schob Ilunga gleichzeitig einen der großen Kleidersäcke hinüber, damit sie ihn sich hinter den Rücken stopfen konnte – gerade rechtzeitig, um den letzten Pfeil abzufangen.

„Hui, das war knapp. Danke, Thorn.“

„Keine Ursache, aber ... ähm ...“

„Willst du noch etwas sagen?“

„Warum befolgt er einfach eine Regel?“, platzte es aus Thorn heraus. „Schließlich weiß er gar nicht, ob wir schuldig sind oder wer von uns den verfluchten Scant umgebracht haben soll.“

„Ich glaube, er ist der Erste, der nach Generationen in die Lage gekommen ist, diese Regel anzuwenden. Das kann den Spielraum eines treuen Segelweisen schon einengen.“

„Wer hat sich eigentlich solchen Blödsinn in eurem Seefahrerbund ausgedacht?“

„Keine Ahnung, aber ich glaube, die Gesetze stammen noch aus der Zeit der Gründung, als sich die Gilde ihre Machtstellung in Duggaland erst erkämpfen musste.“

„Von mir aus muss es keine Einrichtungen mit solcher Macht geben.“

„Wenn ich an die nächste Zeit denke, könnte es sein, dass wir noch mal froh sein werden, dass es die *Seegilde* überhaupt gibt. Wer sollte sonst noch den Steppenkriegern entgegentreten?“

„Hmm“, knurrte der *Schrat*, „dann müsste sie aber auch langsam in Schwung kommen!“

Ilunga nickte nachdenklich und gab den Kleidersack mit dem Pfeil darin zurück.

„Sie sind jetzt erst einmal damit beschäftigt, ihr Schiff wieder flott zu machen“, meinte sie dann. „Wir haben jetzt schon einen Abstand, den sie nur schwer aufholen können. Ich könnte mir vorstellen, dass der Schiffsführer drüben die Verfolgung aufgibt. Er muss damit rechnen, dass wir ein wenig schneller sind als er, da sein Boot bei fast gleicher Segelfläche schwerer ist.“

„Er denkt sich vielleicht auch, dass wir ohnehin keine andere Möglichkeit mehr haben als zu den *Ihseligen* zu gehen, nachdem die *Seegilde* Jagd auf uns macht.“

„Da könntest du Recht haben, Frij“, erwiderte Ilunga und warf einen sehnsüchtigen, traurigen Blick zurück.

Lange Zeit sprachen sie nicht.

Von dem anderen Seegildeschiff war nichts mehr zu sehen, es schien die Verfolgung aufgegeben zu haben.

„Wenn Jungi nach Sihport kommt und berichtet, werden sie dich vielleicht wieder in deine alte Stellung aufnehmen“, warf Frij vorsichtig ein.

„Vielleicht, vielleicht auch nicht. Sie sind manchmal sehr stur in solchen Dingen, weißt du?“

„Danke, dass du es trotzdem getan hast.“

„Es gibt einen Spruch bei uns in der *Seegilde*: Was muss, das muss!“

Wieder schwiegen sie lange.

Als die Sonne tiefer sank, tauchte zu linker Hand ein dunkler Streifen am Horizont auf.

„Das ist die Bauernküste! Zieht das Segel etwas herum, dann kommen wir glatter darauf zu!“

Thorn und Frij packten zu und zurrten an den Tauen. Selbst dem *Schrat* schien die Segelei inzwischen zu gefallen, denn er fasste immer häufiger mit an, ohne dass man ihm Anweisungen geben musste. Außerdem schien ihm das Schaukeln nichts mehr auszumachen, denn der ständige Ausdruck von Übelkeit war aus seinem Gesicht verschwunden.

„Müssen wir uns Sorgen wegen der Küstenbewohner machen, wenn wir nachher anlegen?“, fragte Frij, als sie auf die Küste zuhielten.

„Nein, nein, die Gegend ist völlig unbewohnt“, antwortete Ilunga. „Eigentlich gehört dieser Küstenstreifen zum Ackerland, deswegen nennen wir sie auch die Bauernküste. Aber die Ackerbauern interessieren sich nicht für den Fischfang. Eine Tagesreise weiter, da wo die Wiechholzwälder bis fast ans Meer reichen, gibt es noch eine kleine Siedlung ... ein paar Hütten nur.“

Nachdem das Boot eine Weile an der Küste entlang geglitten war, hielt Ilunga auf eine kleine, flache Bucht zu, und sie ließen das Segel fallen. Die letzten Schiffslängen bewältigten sie vorsichtig mit Rudern, um schließlich das Boot sanft auf den feinen Schlick zu setzen.

„Und wie bekommen wir es morgen wieder flott? Ich meine, ohne die Schwimmer zu beschädigen, wenn wir es ins Wasser zurückschieben?“, fragte Thorn besorgt.

Ilunga lächelte: „Schau dir die Küste an, wir haben noch Niedrigwasser. Morgen bei Flut schwimmt unser Schiff wieder von selbst.“

Thorn runzelte die Stirn und sah sich um.

„Darauf hätte ich auch von selbst kommen können“, murmelte er.

Aus dem feuchten Sand ragte ein dicker, kantiger Findling.

Sorgfältig vertäuten sie daran ihr Boot und beschlossen, die Nacht auf dem Schiff zu verbringen. Sie wären dann zumindest an Bord, wenn es sich losreißen sollte.

„Hab ich jetzt einen Hunger!“, stöhnte der *Schrat*.

„Nehmt eure Spieße und kommt mit!“, forderte Ilunga die beiden auf.

„Was hast du vor?“, fragten beide wie aus einem Mund.

„Ein leckeres Abendessen besorgen.“

Während Frij und Thorn nach ihren Speeren griffen, suchte Ilunga einen leeren Flechtkorb in der Bootshütte. Als sie ihn gefunden hatte, sprang sie vom Schiff. Sie winkte den beiden, ihr zu folgen, doch als Thorn auf dem glitschigen Schlick aufkam, rutschte er aus und fiel mit einem Klatsch auf sein Hinterteil. Schallend begannen die beiden Frauen laut zu lachen.

Thorn hatte sich nicht verletzt, ärgerte sich aber über sein Missgeschick.

„Das freut euch, was?“, fauchte er sie an, was die beiden nur dazu brachte, ihr Gelächter fortzusetzen.

„Reg dich nicht auf“, sagte Frij glucksend. „Das kann schließlich jedem passieren, hihi ... aber es sah einfach zu lustig aus.“

Thorn verzichtete besser darauf, das Thema noch zu vertiefen, und lenkte ab:

„Wo gibt es denn etwas Essbares hier? Ich sehe nur Schlamm und Wasser.“

„Hast du schon einmal beim *Butt peeren* geholfen oder wenigstens zugeschaut?“, wandte sich Ilunga nun an Frij. Die schüttelte den Kopf.

„Ich zeig’s euch“, meinte sie dann und winkte ihnen, ihr zu folgen.

Sie führte sie an eine Stelle, wo sich ein kleiner, flacher *Priel* im Schlick gebildet hatte. Hier stand durch die Bodenvertiefung das Wasser noch etwas höher als in dem daneben nicht ausgespülten Boden. Vorsichtig setzte Ilunga ihre Füße ins Wasser, die Zehen möglichst breit nach außen gesetzt.

„Gib mir deinen Speer, Frij."

Dann schob sie ihre Füße langsam und vorsichtig in dem Rinnsal voran, immer angespannt nach unten schauend und den Spieß in Bereitschaft haltend.

„Du gehst wie eine Ente!", amüsierte sich der *Schrat*, aber Ilunga reagierte nicht auf diesen Einwurf und setzte ihre konzentrierte Tätigkeit fort.

Plötzlich schnellte vor ihr ein flaches Gebilde auf und versuchte zu entkommen, doch schon hatte der Spieß sein Ziel erreicht: ein zwei Handteller großer Fisch, oval und platt, zappelte aufgespießt an der Speerspitze.

Seine Augen ragten über dem schiefstehenden Maul wie dicke Warzen nach oben und auf beiden Seiten des Fischkörpers zog sich ein langer Flossensaum entlang.

„Götter, was ein hässlicher Fisch!", stöhnte Thorn, als er das Tier begutachtete. „So etwas soll man essen können?"

„Das ist ein Butt", erwiderte Ilunga, „und er schmeckt ausgesprochen lecker. Sein Fleisch ist ganz zart."

Thorn schaute zweifelnd, sagte aber nichts.

Wenige Augenblicke später tapsten Frij und Thorn genau wie vorher Ilunga durch den *Priel*. Während Frij bereits nach wenigen Bewegungen fündig wurde und auch sofort den ersten Butt aufspießte, patschte der *Schrat* glücklos durch den Schlick. Als dann doch plötzlich ein Fisch versuchte zwischen seinen Zehen zu entkommen, schrie er vor Schreck auf, rutschte erneut aus und lag zum zweiten Mal auf dem Hosenboden, diesmal bis zum Bauch im Wasser.

„Huh, ist das kalt!", stöhnte er. „Entkommen ist er mir auch noch!"

„Immerhin ist jetzt deine verdreckte Hose wieder etwas saubergespült", versuchte Frij ihn aufzumuntern.

„Na ja“, brummte er, „als Schanzenfischerin hat man bei diesem *Butt peeren* wohl die besseren Voraussetzungen. Aber trotzdem, jetzt will ich es wissen.“

Tatsächlich gelang es ihm, bei einem erneuten Versuch ein Prachtexemplar von Fisch aufzuspießen.

„Einen kleineren hätte ich so schnell wahrscheinlich gar nicht getroffen“, musste er treuherzig zugeben. Frij gab ihm einen freundschaftlichen Klaps auf den Rücken.

„Haben wir eigentlich Feuerholz?“, fiel ihm dann plötzlich ein. Er blickte in betroffene Gesichter. Niemand hatte daran gedacht, dass an dieser baumlosen Küste kein Holz zu finden war. Zweifelnd hob er ein Stück Treibholz auf.

„Zu nass“, stellte Ilunga fest, „und im Übrigen brennt es nur sehr schlecht, wenn es so salzgetränkt ist. Man müsste es etwas im Regen liegen lassen und dann trocknen.“

„Dafür fehlt uns wohl die Zeit“, knurrte der *Schrat* missmutig und warf das Holz ins Wasser zurück.

„Kannst du versuchen, hinter dem kleinen Dünengürtel dort nachzusehen? Vielleicht gibt es da ein paar vertrocknete Sträucher. Das Hochwasser ist noch nicht bis dahin gelangt, die Dünen sind noch völlig unversehrt.“

„Ich hole nur mein Beil vom Boot.“

Hinter den etwa mannshohen Dünen erwartete ihn ein völlig anderes Bild. Der Boden war sandig und trocken. Heidekraut zog sich über die Fläche und dazwischen wuchs hin und wieder ein Holderbusch von der stacheligen Sorte. Thorn fand auch einen Strauch, der noch voller schwarzer, trockener Beeren vom Vorjahr war.

‚Ein gutes Gewürz für den Fisch‘, erinnerte er sich an Frijs Fischkochkünste während ihrer gemeinsamen Reise. Die Schanzenfischerin hatte immer ein paar Beeren gesammelt, wenn sie solch einen Holderbusch gesichtet hatte. Thorn pflückte schnell eine Handvoll und steckte sie in Ermangelung eines Gefäßes in den Mund. Dann blickte er sich weiter um und gewahrte ein paar alte Baumstümpfe. Die Reste der Stämme lagen zum Teil noch halbverrottet auf dem Boden. Einige, die luftig übereinanderlagen, boten auch noch hinreichend Holz für ein Feuer. Was ihr Essen anging, hatten sie also Glück gehabt.

Während sich der *Schrat* ans Zerhacken machte, schlichen sich allerlei beunruhigende Vorstellungen in seine Gedanken. Wenn hier bis vor nicht allzu langer Zeit noch Bäume standen und die Dünen fast bis an die Wasserlinie reichten, musste das Meer in ziemlich kurzer Zeit gestiegen sein und den Bäumen mit seinem salzigen Atem irgendwann den Garaus gemacht haben. Er erinnerte sich an die Schäden, die das Wasser in einer einzigen Nacht in Intrit hervorgerufen hatte. Was, wenn diese kleinen Dünen von einer solchen Flut überschwemmt würden? Wie lange würde Duggaland noch bestehen? Würde es das gleiche Schicksal ereilen wie jetzt die Große Insel, die schon lange nicht mehr groß war?

Als er daran dachte, dass das Schratgebirge wesentlich höher lag als die Küste hier, beruhigte er sich wieder. Sie hatten jetzt auch andere Sorgen, und der Untergang Duggalands würde erst spätere Generationen betreffen. Er würde noch ein glückliches Leben mit Salida an Land führen können, weit weg von der Küste. Salida ... die Steppenreiter. Das Herz krampfte sich ihm zusammen bei dem Gedanken, was die Zukunft noch bringen würde.

Er lud sich den Brennholzstapel auf die Arme und versuchte, die düstere Stimmung fortzuwischen. Jetzt ging es erst einmal ans Abendessen. Tief sog er den Atem ein und hätte fast dabei die Holderbeeren verschluckt. ‚Reiß dich zusammen!', befahl er sich selbst. ‚Du bist hier, weil du noch eine Aufgabe zu erledigen hast.'

Da der *Schrat* eine Weile fortgeblieben war, nahmen die beiden Frauen an, dass er Holz gefunden hätte und begannen, auf dem trockenen Teil des Strands eine kleine Grube auszuheben, um darin ein Feuer zu machen. Mit Hilfe von drei geeigneten Steinen, die sie an der Küste gefunden hatten, konnten sie ihren getöpferten Kessel über die Feuergrube stellen und die Fische zubereiten.

Gerade hatte Frij die Fische mit ihrem Messer ausgenommen, als der letzte Rest des Tageslichts verschwand. Eine unförmige Gestalt näherte sich ihrem Lager. Alarmiert sprangen die beiden Frauen auf und griffen nach den bereitliegenden Speeren.

„Hö! Hö! If bim's nuh!“, rief der *Schrat* und wankte etwas unter der Last der Holzstangen, die er mit beiden Armen krampfhaft auf seinen Schultern hielt. Fast hätte er die kostbaren Beeren in seinem Mund beim Sprechen ausgespuckt.

„Den Göttern sei Dank! Dann können wir endlich Licht machen“, seufzte Ilunga erleichtert. Mit einem Poltern ließ Thorn das gesamte Brennholzpaket fallen. „Uff“, stöhnte er, als er dann die Holderbeeren in der Hand hielt, „was für eine Plackerei.“

„Dafür gibt's gleich leckeren Fisch“, versprach Frij und begab sich umgehend ans Feuermachen. Nach kurzer Zeit züngelten die ersten Flämmchen um die kleinen Zweige, wenig später brannten die Äste lichterloh. Ilunga hatte bereits den Topf mit Meerwasser gefüllt, so brauchte man der Speise kein Salz mehr zugeben. Nun setzte sie das Gefäß auf die vorbereiteten Steine und richtete es aus, sodass es gerade und sicher stand. Frij schob nun dickere Hölzer von der Seite in die frische Glut, so dass ihre Enden anbrannten. Die Äste waren zu unförmig, um sie in die Kochgrube zu legen, ohne den Topf umzuwerfen. So konnte man sie nach Bedarf weiter ins Feuer schieben, ohne sich die Finger zu verbrennen. Der leichte Küstenwind fachte das Feuer gut an, und die Flammen leckten an der Topfseite hoch. Als das Wasser kochte, kamen die Fische hinein, Thorn warf ein paar Holderbeeren in den Tonkessel, und Ilunga fügte noch mehrere Hände voll *Queller* hinzu.

„Etwas frisches Gemüse kann nicht schaden“, meinte sie und der *Schrat* kommentierte: „Das wird ein richtiges Festessen.“

Dann saßen sie im trockenen Sand um das Feuer, schauten auf zu den blinkenden Sternen, hingen ihren Gedanken nach und warteten darauf, dass die Fische gar würden.

Zwar dauerte es nicht sehr lange, aber ihren knurrenden Mägen erschien es wie eine kleine Ewigkeit. Schließlich konnten sie zulangen und besonders der *Schrat* schlang seinen Anteil in Windeseile hinunter. Er hatte den Fisch beinahe verzehrt, als er plötzlich zu röcheln und zu spucken begann.

„Was ist mit dir?“, fragte Frij besorgt.

„Eine Gräte ...“

„Wo?“

„In meinem Hals.“

„Musst du auch so schlingen?“

„…“

„Lass mal sehen! Nein, Blödsinn, es ist ja doch viel zu dunkel!“

„Er muss etwas essen, was die Gräte mitzieht“, warf Ilunga ein, „zum Beispiel von dem *Queller*.“

Sofort griff der *Schrat* in den Topf und hätte sich fast noch die Hände in dem heißen Kochwasser verbrannt. Glücklicherweise war er als Schmied gegen Hitze einigermaßen unempfindlich. So kaute er den Rest des Gemüses durch und schlang auch den hinunter. Erst bei der letzten Handvoll entspannte sich seine Miene:

„Ich glaube, das war sie. Verfluchte Gräte!“

„Puh“, meinte Frij, „da haben wir aber Glück gehabt. In Tvinhaag habe ich als Kind einmal einen Mann erlebt, der an einer Gräte erstickt ist.“

„Und trotzdem bist du Schanzenfischerin geworden?“, fragte Ilunga.

„Ich mag einfach gern Fisch“, antwortete Frij mit einem spitzbübischen Grinsen, „und da Thorn das ganze Gemüse gegessen hat, bleibt für uns Frauen nur der Butt.“ Bevor der *Schrat* etwas erwidern konnte, hatte sie schon die beiden letzten Fische aus dem Sud gezogen und teilte sie mit Ilunga.

Thorn runzelte leicht die Augenbrauen, sagte aber nichts. Stattdessen zog er den Topf vom Feuer:

„Die Brühe ist auch ganz köstlich, aber leider noch etwas heiß.“

Da die Kochgrube nun offen lag, konnten sie die groben Äste ganz hineinwerfen. Bald prasselte das Feuer lichterloh und beleuchtete die Umgebung bis zu ihrem Boot. Die Wärme tat ihnen bei der kühlen Nachtluft gut, und so blieben sie am Strand liegen, bis das Holz ausgebrannt war, nahmen von Zeit zu Zeit einen Schluck Fischbrühe aus dem Kessel und unterhielten sich über alles Mögliche, nur nicht über die Sorgen, die tief in ihnen schlummerten.

Als sie zu frieren begannen, kletterten sie auf das Boot zurück, verkrochen sich in der Hütte und schliefen dicht aneinandergeschmiegt bis in den nächsten Morgen.

Ein Schaukeln weckte den *Schrat*. Mit der aufkommenden Flut hatte der Wind zugenommen, und das Schiff zerrte nun an seiner Ankertrosse. Das Boot wippte unruhig in der kabbeligen See.

Benommen hob Thorn den Kopf, immer noch verwundert über die Kleidung, die er trug. Keine Felle, dafür gefettete Leinwand aus *Flass*. Er blickte um sich und langsam kam alles, was er am gestrigen Abend ausgeblendet hatte, in sein Bewusstsein zurück. Den beiden Frauen, die durch seine Bewegung ebenfalls wach geworden waren, schien es ähnlich zu gehen. Sie blinzelten, schauten um sich und versuchten offenbar, ihre Gedanken zu ordnen.

„Schade!", stieß Ilunga plötzlich hervor. „Nun liegt man schon die ganze Nacht bei einem gut gewachsenen Segelgehilfen, und was passiert? – Nichts!"

„So würde er bei dir nie die Segelprüfung bestehen, oder?", stichelte Frij.

„Da kannst du aber ganz sicher sein!", gab die Segelweise lachend zurück. „Da fehlt mir eine ganz wesentliche Fähigkeit. Womit soll man sich denn auf See sonst die Zeit vertreiben, wenn man weit entfernt ist von jedem Ankerplatz?"

Auch wenn die Unterredung im Scherz geführt worden war, meinte Thorn ein Quäntchen Wahrheit aus Ilungas Rede herauszuhören. Und der Gedanke, sie wäre seiner Männlichkeit in der Nacht nicht abgeneigt gewesen, ließ die Erregung von seinen Oberschenkeln aus langsam nach oben kriechen. Frij schien seine Unruhe zu bemerken:

„Denk an Salida", sagte sie und legte ihm beruhigend die Hand auf die Schulter. Er seufzte nur leise. So leise, dass Ilunga das Geräusch nicht mitbekam.

Da sie nichts an Land zurückgelassen hatten, konnten sie sofort das Boot losbinden und das Segel setzen. Bald darauf hielt die Segelweise Kurs auf das offene Meer.

„Damit wir nicht so leicht vom Wind an die Küste gedrängt werden", sagte sie nebenher. „Dann muss ich nicht so Acht geben."

Sie machten gute Fahrt in dem frischen Wind und Frij suchte in ihren mitgebrachten wenigen Nahrungsvorräten nach ein paar Happen zum

Frühstück. Thorn spürte bald Druck in seiner Blase und befeuchtete seinen Zeigefinger, um die Windrichtung sicher zu bestimmen. Er wusste, dass beim Segeln der Wind nicht immer genau von hinten kam, soviel hatte er schon aus Erfahrung gelernt. Schließlich schlug er sein Wasser ins Meer ab. Mit dem Wind.

Ilunga beobachtete ihn amüsiert.

„Du gewöhnst dich ans Meer", schmunzelte sie. „Vielleicht könntest du tatsächlich bald die Prüfung zum Schiffsgehilfen ablegen."

Thorn grinste und zuckte mit den Schultern, dann begann er mit der Pflege seiner Eisenwaffen.

Gegen Mittag wurden sie von einem furchtbaren Durst befallen. Das Salz, das sie mit ihrer Nahrung verzehrt hatten, forderte seinen Preis. Thorn überlegte, ob er etwas von dem Salzwasser trinken sollte, doch Ilunga verbot es ihm.

„Es wird dann immer schlimmer mit dem Durst!", behauptete sie. „Frag mich nicht, warum. Es ist für Menschen zu viel Salz im Meerwasser, wir vertragen es nicht. Man kann sogar daran sterben."

„Nur von Salzwasser?"

„Natürlich nicht sofort, aber die *Seegilde* hat in dieser Hinsicht schon früh Erfahrungen gemacht. Bereits vor mehreren Generationen waren drei Seeleute mit einem Schiff unterwegs, um die Küste des *Mittagslandes* zu erforschen. Sie haben die Orientierung verloren, kamen in eine Flaute und haben mehrere Tage lang Seewasser getrunken, ihr Durst wurde immer schlimmer und sie fühlten sich dabei wie ausgedörrt. Einer ist dann schreiend über Bord gesprungen, sie konnten ihn nicht mehr retten. Hätte es nicht plötzlich angefangen zu regnen, wären die restlichen beiden auch gestorben. So konnten sie aber glücklicherweise von ihren Erfahrungen berichten und haben damit vermutlich viele Leben gerettet."

Da nicht nur der *Schrat* unter Durst litt und dieses Verlangen allmählich unerträglich wurde, lenkte die Segelweise am Nachmittag das Boot wieder in Richtung Küste. Sie vermutete in dieser Region Süßwasser hinter den Dünen. Den gut mit einem Stopfen aus Fasern und Wachs verschlossenen Tonkrug voll *Grastrunk* wollten sie nicht anbrechen, da er als Notration diente.

„*Grastrunk* hält sich sehr lange, wenn er gut verschlossen ist", erklärte Ilunga. „Solange es andere Möglichkeiten gibt, sollten wir ihn schonen."

Bald darauf wurde die Küstenlinie deutlicher, und sie konnten den bereits vertrauten Dünengürtel erkennen und einen grünen Streifen, der sich dahinter herzog. Als sie fast den Strand erreicht hatten, sahen sie, dass das Grün von den belaubten Wipfeln der *Wiechholzboume* stammte, die hier in Sichtweite der Küstenlinie wuchsen.

Ilunga dachte allerdings noch nicht daran, anzulegen, sondern ließ das Boot dicht an der Uferlinie entlanggleiten.

„Ich habe Durst!", maulte Thorn. „Worauf wartest du noch? Lass uns an Land gehen!"

„Warte noch! Wenn ich mich recht erinnere, müssten wir bald eine Stelle erreichen, an der ein kleiner Bach ins Meer fließt."

„Woher soll denn hier das Wasser für einen Bach kommen?", fragte Frij.

„Es ist nur ein ganz kleiner Bach, manchmal kaum zu erkennen. Er fließt aus dem Wiechholzwald heraus. Der Waldboden speichert eine Zeitlang das Wasser und gibt es dann langsam wieder ab. Da ist es schon!"

Frij und Thorn starrten gebannt auf das Ufer, konnten aber keinen Bach oder etwas Ähnliches erkennen.

„Den Bachlauf erkennt man nicht", gab Ilunga angesichts der ratlosen Gesichter zu. „Ihr müsst dort hinüberschauen, da, wo sich eine Lücke zwischen den Dünenhügeln befindet. Durch diesen schmalen Spalt läuft das Wasser ab."

Tatsächlich nahmen sie jetzt die beiden Hügel wahr, auf die der Finger der Segelweisen wies. Sie lagen versetzt hintereinander, sodass sich der Bach nicht senkrecht zum Strand, sondern fast parallel zu ihm ins Meer ergoss. Allerdings handelte es sich eher um ein winziges Rinnsal als um einen sprudelnden Bach. Ilunga steuerte auf diesen Strandabschnitt zu. Wie am Vortag ließen sie die Segel fallen und ruderten den Rest bis zum Ufer, um dann das Boot mit einem langen Seil und einem Pflock im trockenen Teil des Strands festzumachen. Thorn fragte diesmal nicht nach

Ebbe und Flut, sondern stellte selbst mit einem gewissen inneren Stolz fest, dass das Wasser seit dem Morgen genug Zeit gehabt hatte, wieder abzulaufen. Morgen würden sie wieder bei Hochwasser auslaufen können.

Als sie auf dem Sand standen, waren Frij und der *Schrat* offensichtlich enttäuscht. Das Bächlein befeuchtete gerade einmal den Sand, zum Schöpfen war es viel zu flach. Thorn versuchte, ein Loch mit den Händen zu graben, damit sich das Wasser sammeln konnte, erreichte aber nur, dass sich eine sandig-schlammige Pfütze bildete.

„Lass es sein“, meinte Ilunga. „So bekommst du nur Brackwasser.“

„Brack ... was?“

„Brackwasser, eine Mischung aus Süß- und Salzwasser, und dazu noch ziemlich dreckiges. Wir müssen ein Stück hinter die Dünen gehen, um Trinkwasser zu bekommen.“

„Können wir das Boot allein lassen?“

„Hm, lieber nicht. Es gibt hier in der Nähe eine kleine Siedlung. Die Leute kommen, soviel ich weiß, nie zum Wasser, aber trotzdem habe ich ein ungutes Gefühl dabei.“

„Soll ich hier bleiben?“, bot sich Frij an. „Thorn hat, glaube ich, noch mehr Durst als ich, und ich kann zur Not das Boot auch allein mit unseren Speeren schützen, falls dennoch etwas passiert.“

Als Thorn sie zweifelnd anblickte, setzte sie hinzu: „Ilunga sollte doch besser mitgehen, schließlich kennt sie sich hier als Einzige von uns aus.“

Mit einem Kopfnicken stimmten die Angesprochenen zu und holten den zweiten Kochkessel von Bord, um damit Wasser zu schöpfen. Zur Vorsicht nahmen sie noch Pfeil und Bogen mit, und der *Schrat* ergriff sein Beil.

Als sie zwischen den Dünen verschwunden waren, saß Frij noch eine Weile an Deck. Schließlich wurde ihr langweilig, und sie ging an Land. Ihr Blick ging zunächst die Küste hinauf und hinab, dann durchsuchten ihre Augen jeden Hügel der Dünenkette. Nichts war zu sehen, nur ein paar Möwen zogen über ihr ihre Bahnen.

‚Es wird schon nichts passieren’, dachte sie und schlenderte ein Stück den Strand hinunter.

Der feine Sand war übersät mit kleinen und mittelgroßen Steinen in allen möglichen Formen. Das Meer hatte sie in der Brandung glattgespült. Es gab längliche, runde, ovale und auch solche, die auf einer Seite kantig waren. Frij stellte fest, dass die ungleichmäßigen meistens Feuersteine waren, aus denen Klingen und Faustkeile geschlagen wurden. Die Steppenkrieger fertigten sogar kleine Schmuckstücke aus den Splittern: Anhänger oder durchschimmernde Spitzen, die ihre Frauen sich durch die Ohrläppchen stachen.

Nachdem sie sich an der Fülle der Steine sattgesehen hatte, fielen ihr die bunten Muscheln auf. Ihre Perlmuttseiten schillerten in allen Farben, und die Formen hatten etwas Bizarres. Immer weiter bewegte sich Frij, fasziniert von der Vielfalt der Formen und Farben, vom Schiff fort.

„Hände über den Kopf und keine Bewegung!“, ertönte plötzlich eine schnarrende Männerstimme hinter ihr.

„Liegen lassen!“, bellte die Stimme erneut, als Frij instinktiv versuchte, ihren abgelegten Spieß zu ergreifen.

„Und langsam umdrehen!“

Vorsichtig richtete Frij sich auf und wandte ihr Gesicht dem Fremden zu.

‚Den Göttern sei Dank!’, dachte sie fast erleichtert. ‚Es ist zumindest kein Steppenkrieger.’

Der Mann, der dort mit Pfeil und Bogen auf sie angelegt hatte, war nicht mehr jung. Sein buschiger Vollbart zeigte schon eine Reihe grauer Strähnen, und seine Haltung war zur linken Körperseite hin gekrümmt. Er war höchstens so groß wie Frij selbst, eher noch kleiner. Sein weites Wams und seine zu große und schlotterig wirkende Hose bestanden aus grober, ungefärbter Wolle, die in den Farben von schmutzig-weiß über braun bis grau spielte. Trotz der zu großen Kleider konnte man erkennen, dass der Mann ungleiche Arme besaß. Sie waren zwar gleich lang, doch der Rechte war ohne Zweifel dicker und kräftiger, denn dort spannte der Stoff des Ärmels über dem Oberarm. Auf dem Kopf trug der Mann eine aus Schilf geflochtene Kopfbedeckung mit breiter Krempe, die Nacken und Augen beschattete. Sein Gesicht wirkte eigentlich nicht bösartig, sofern man das bei dem struppigen Bart überhaupt erkennen konnte. Die Augen schienen eher wachsam und vorsichtig neben der übergroßen Nase herzuschauen. Hin und wieder blickten sie kurz auf den zur Hälfte mit Muscheln gefüllten Korb neben sich, so als ob die Fremde ihm sein Essen stehlen wollte.

„Wer bist du und was hast du hier zu schaffen?“, fragte die Öffnung, die sich nun in dem wuchernden Bartgebilde auftat. „Normalerweise kommt hier niemand her, und schon gar nicht von See.“

Mit einem Kopfnicken wies er auf das am Ufer vertäute Schiff. „Und eine einzelne Frau ist bisher hier nicht aufgetaucht.“

„Ich bin auch nicht allein“, beeilte sich Frij zu betonen. Vielleicht ließ er ja von ihr ab, wenn er wusste, dass bald Hilfe für sie eintreffen würde.

„Nein? Und wie viele sind noch zu erwarten?“

Seine Augen zogen sich zu schmalen Schlitzen zusammen.

Frij überlegte kurz, ob sie lügen sollte und eine größere Zahl angeben sollte, entschied sich dann aber aus einem unklaren Gefühl heraus, die Wahrheit zu sagen.

„Wir sind zu dritt“, sagte sie und ließ bewusst offen, ob es sich um Frauen oder Männer handelte.

Sie hatte das Gefühl, dass er zu schmunzeln begann, denn in dem Bartwust meinte sie eine Verschiebung der darunter befindlichen Gesichtszüge zu bemerken.

„Dann sollte ich dich wohl besser sofort töten, damit ich nur noch zwei gegen mich habe, oder?“

„Ich wüsste nicht, was wir gegen dich haben sollten, schließlich sind wir hier im friedlichen Duggaland.“

„Schön wär's“, schnaubte der Mann. „Das mag wohl für die großen Siedlungen gelten, aber hier am einsamen Rand von Duggaland musste man schon immer für sich selbst sorgen. Und ich bin auch nicht mehr sicher, ob Duggaland noch so friedlich ist, wie es einmal war.“

„Wovon sprichst du?“

Das Gesicht des Mannes verzerrte sich, trotz Bart war der Schmerz in seinen Zügen deutlich zu erkennen.

„Weißt du, wie es ist, wenn eines Tages ein Birahanenfloß voller Kämpfer auftaucht, die sich bei dir einnisten, weil sie sich vor der *Seegilde* verstecken müssen? Sie ziehen das Floß hinter die Dünen, unsichtbar von See aus. Dann fallen sie bei dir ein und fressen deine Vorräte auf. Und wenn sie schließlich wieder verschwinden, nehmen sie deine Frau und deine Tochter mit ... mit nach Fisvik ... und von da in die Sklaverei."

„Wir sind auf einem Seegildeschiff hier", warf Frij sanft ein, fast wie ein Tröstungsversuch.

Der Mann ließ den Bogen sinken. „Na, dann werdet ihr mich wohl nicht verkaufen oder umbringen", meinte er.

„Nein, wir suchen nur Wasser, deshalb sind wir gelandet."

Langsam ging Frij auf ihn zu und legte ihm besänftigend die Hände auf die Arme.

„Heh, was geht da vor?", ertönte in diesem Moment die Stimme des *Schrats* vom Dünenrand, der dort gerade mit Ilunga die Kuppe erreicht hatte. Der Mann schüttelte vor Schreck Frijs Hände ab, sprang blitzartig einige Schritte zur Seite, spannte seinen Bogen erneut und legte auf Thorn an.

„Keinen Schritt weiter!", rief er. „Mein Pfeil trägt ohne weiteres bis zu euch!"

Wie um das zu bekräftigen zog er die Sehne noch ein Stück weiter zurück und die geschwollenen Muskeln seines rechten Arms unterstrichen ohne Worte, dass er nicht nur angab.

„Beruhige dich!", mahnte nun Frij. „Wir sind keine *Seo-Birahanen* und wollen dir nichts tun. Der Mann auf der Düne ist ein *Schrat* und neben ihm die Frau ist eine Segelweise der *Seegilde*."

Zwar nahm der Mann den Pfeil vom Bogen, murmelte aber: „Großer Gott der Steine, ein Mitglied der *Seegilde* und dazu noch ein *Schrat*, mir bleibt auch nichts erspart."

„Was hast du gegen die beiden?", fragte Frij, die den leise gesprochenen Satz noch verstanden hatte.

„Das erkläre ich dir vielleicht später."

Inzwischen waren die Wasserholer herangekommen, und Frij labte sich mit hohler Hand aus dem Topf.

„Mein Name ist Thorn", stellte sich der *Schrat* vor, „und ich heiße Ilunga", setzte die Segelweise hinzu.

„Sturi“, kam die kurze Antwort.

„Bist du aus der kleinen Siedlung hinter den Dünen?“, fragte Ilunga nach.

„Ja, ich gehöre zu den *Stihnribanaren* ... denen die *Seegilde* keine Aufträge mehr gibt.“

„Ich wusste gar nicht, dass die *Seegilde* mit euch Handelsbeziehungen pflegt“, wunderte sich Ilunga.

„Waffen kauft ihr schon lange nicht mehr bei uns, aber immerhin habt ihr uns noch Steinringe zum Abspannen der Segelschnüre abgenommen. Aber auch da zieht ihr inzwischen die hässliche Schratware vor!“

„Jetzt verstehe ich“, erwiderte Ilunga. „Es stimmt, dass die *Seegilde* vor nicht allzu langer Zeit beschlossen hat, Eisenringe zu benutzen, weil sie haltbarer und schneller herzustellen sind als die althergebrachten Steinringe.“

„Und so kann man einfach fähigen Handwerkern die Lebensgrundlage entziehen“, unterbrach Sturi sie schnaubend. „Früher zählten wir in der Siedlung mindestens zwei Hände voll Steinbohrer. Jetzt sind wir nur noch zu viert und leben davon, für Burvik ein paar Ackergeräte zu fertigen“, und mit einem Seitenblick zu Thorn gewandt fuhr er bissig fort: „Dafür können die *Schrate* jetzt ihre Hütten mit *Balla* verzieren.“

„Erstens bekommen wir nicht so viel für unser Eisen, wie du offenbar annimmst“, knurrte der *Schrat*, „und zweitens ist es eine ziemliche Plackerei vom Steineschürfen bis zum Schmieden des fertigen Werkstücks.“

„Was glaubst du, wie schwer es ist, Löcher in Steine zu bohren?“, ereiferte sich Sturi. „Schau dir diesen Arm an und meinen krummen Rücken, dann verstehst du vielleicht, was ich meine!“

Dabei präsentierte er seinen dick geschwollenen rechten Oberarmmuskel. Bevor Thorn erneut antworten konnte, ging Frij dazwischen:

„Und du musst Muscheln sammeln, weil du es dir nicht mehr leisten kannst, dich mit *Grasbrot* aus Burvik zu ernähren?“

Sturi zögerte kurz, bevor er antwortete:

„Nein, nein, das ist nicht der Grund“, brummelte er. „Ich befürchte eher, dass man aus Burvik bald überhaupt nichts mehr bekommt.“

„Wieso?“

„Normalerweise kommt alle paar Tage ein Händler, der Lebensmittel aus der Bauernstadt an uns verkauft. Beim letzten Mal machte er schon Andeutungen, dass es vielleicht Probleme mit der Lieferung in die Steinbohrersiedlung geben könnte. Der Weg würde zunehmend unsicherer, sagte er.“

„Und warum?“

„Es sollen Reiter in schwarzer Kleidung gesehen worden sein, Krieger wohl, einzeln und in kleinen Gruppen.“

„Die Steppenreiter!“, riefen Thorn, Ilunga und Frij wie aus einem Munde.

„Ja, das meinte der Händler auch, und es geht auch das Gerücht, dass auf dem Weg zwischen Burvik und Tvinhaag schon mehrere Menschen verschwunden sind in letzter Zeit.“

„Weißt du noch mehr über die Steppenkrieger?“, fragte Frij aufgeregt nach.

„Nein, nur dass der Händler jetzt schon mehrere Tage überfällig ist. Es muss etwas geschehen sein, denn normalerweise hat ihm der Handel mit unserer Siedlung immer genug eingebracht. Das hat er selbst gesagt.“

„Dürfen wir dich denn heute bei uns zum Essen einladen, wenn *Seegilde* und *Schrate* dir schon so übel mitgespielt haben?“, meinte Thorn jetzt in versöhnlichem Ton. „Ilunga hat nämlich vorhin einen dicken Auerhahn geschossen, und der reicht bestimmt auch für vier Personen.“

„Sollen wir dann nicht in meine Hütte gehen?“

„Eher nicht“, bedauerte Ilunga, „es ist meiner Meinung nach zu riskant, das Schiff allein zu lassen, leider.“

„Aber deine Arbeit würde ich schon gerne sehen“, warf Frij ein. „Ich bin gespannt, wie du die Steine bearbeitest.“

„Ich auch“, beeilte sich der *Schrat* beizupflichten.

„Gut“, nickte die Segelweise, „dann bleibe ich diesmal am Schiff. Ach ja, Holz zum Feuer machen brauchen wir auch noch.“

„Kein Problem“, schaltete sich Sturi ein, „ich habe reichlich trockenes Brennholz an meiner Hütte, ich sammele nahezu das ganze Jahr über Treibholz und lasse es trocknen. Wir könnten es nachher gemeinsam hertragen. Außerdem könnte ich auch noch eine kleine Köstlichkeit beisteuern: Ich habe in meiner Hütte einen ganzen Beutel getrockneter Preiselbeeren, die man gut in den ausgenommenen Auerhahn stopfen kann, bevor man ihn brät. Lecker, sage ich euch."

Der Vorschlag wurde dankbar angenommen. Auch Sturi schien allmählich aufzutauen. Die Aussicht, einen Abend in neuer Gesellschaft zu verbringen, mit Leuten, die sicher viel erzählen konnten, musste ihm verlockend erscheinen.

So machten sie sich auf den Weg zu der Hütte des Steinbohrers. Sie mussten die kleine Dünenkette überqueren und gelangten wie am Vortag in eine Landschaft, die überwiegend von Heidekraut und anderen Zwergsträuchern bedeckt war. Hin und wieder reckte sich ein Holderstrauch aus der Ebene oder ein dicker Findling ragte moosbewachsen aus dem niedrigen Gestrüpp. Kleinere Steine wie am Strand waren nicht zu sehen, sie waren längst von den Pflanzen und Würmern in den Boden eingefügt.

„Da könntest du doch einmal ein schönes Loch durchbohren", stichelte Thorn, als sie einen besonders dicken Findling passierten.

„Das wäre eher ein Lebenswerk", war die einfache Antwort. „Wozu auch, wer braucht schon Löcher in Steinen, die man nicht bewegen kann?"

Sie folgten dem Bach aufwärts, ohne jeder seiner Kurven und Schlingen zu folgen. Nach einer Weile wurde der Untergrund wieder etwas unebener. Offenbar durchschritten sie eine alte Dünenreihe, die jetzt aber mit aufstrebendem Buschwerk besetzt war. Neben den Holderbüschen, aus denen die *Seegilde* ihre Schwimmer fertigte, gab es Schlehen- und Haselgehölze. Ab und zu erhob sich ein Baum mit weißer Rinde und dunklen Flecken über das Dickicht.

„Hier kannst du über das Jahr aber viel Nahrungsmittel sammeln", wandte sich Frij an den Steinbohrer. „Reichlich Nüsse und Beeren, vermutlich viele Vogelnester im Frühjahr ..."

„Stimmt", antwortete Sturi, „das ist eine meiner Hauptbeschäftigungen außer dem Steinbohren. Und dann natürlich Holz sammeln und für

Werkzeuge zurechthacken. Man kann nicht den ganzen Tag nur den Steinreiber drehen, man muss sich zwischendurch auch bewegen."

Sie überschritten einen der Hügel, bei dem offenbar ein Trampelpfad durch das Gebüsch gebahnt war.

„Das ist mein Heim", wies Sturi stolz mit der Hand in die vor ihnen liegende Senke. Inmitten einer freigeschlagenen Lichtung lag eine winzige Hütte. Sie war rechteckig und bestand fast nur aus Dach, das bis auf die beiden Giebelseiten bis zum Boden heruntergezogen und dicht mit Heidekraut gedeckt war. An der Vorderseite, auf die sie nun blickten, konnte man die Bauweise erkennen. Das Haus bestand aus einem Ständerwerk aus unbehauenen schlanken Stämmen, an denen man noch die Reste weißer Rinde erkennen konnte. Die Stämme waren in den sandigen Boden gegraben, und das spitze Dach ruhte im Wesentlichen auf je zwei weiteren Stämmen, die quer an den Stützstämmen mit biegsamen Zweigen befestigt waren und so die Vorder- und Rückseite des Hauses bildeten. Diese Stämme, die die beiden Giebel bildeten, waren ebenso wie die übrigen Dachträger in den Boden eingegraben, kreuzten sich oben und trugen in diesem Kreuz die Firststange. Die Giebelseiten waren mit kräftigen Ästen zwischen den Stämmen gefüllt, die fachwerkartig die Fläche ausfüllten. In die verbliebenen Aussparungen waren kleinere Zweige geklemmt, die wiederum mit Heidekraut ausgestopft worden waren. Nur eine einzige spitz zulaufende Öffnung erlaubte es, die Hütte zu betreten.

„Ein Haus ganz aus Heidekraut", wunderte sich Thorn. „Dass das hält!"

„Nur damit würde es auch nicht halten. Das Kraut hält mir nur den Schlagregen ab, das Dach ist allerdings durch das dick gepackte Heidekraut allein dicht. Von innen habe ich die Giebelseiten mit getrockneten Torfplatten ausgekleidet, es gibt Moore hier in der Nähe, in denen man Torf stechen kann."

„Es liegt gut geschützt", bemerkte Frij. „Sowohl vom Meer her als auch gegen Sturm und unerwünschte Blicke."

„Das ist an sich richtig", antwortete Sturi betrübt. „Es hat aber nichts gegen die Birahanen genützt. Durch den Wasserlauf, dem sie gefolgt sind, sind sie schließlich auf unsere Hütten aufmerksam geworden."

„Wo sind die Hütten der anderen Steinbearbeiter?“

„Im nächsten und übernächsten Dünental. Aber die Nachbarn hatten mehr Glück als ich, sie waren gerade alle zum Torfstechen. Als sie wiederkamen, waren ihre Vorräte zwar geplündert, aber sie haben die Birahanen noch rechtzeitig bemerkt und sich erst gar nicht sehen lassen. Sie haben gewartet, bis sie verschwunden waren.“

Als sie um die Hütte herumgingen, sahen sie das Gerät des *Stihnribanar*. Es stand unter einem einfachen Regendach, wie die Hütte mit Heidekraut gedeckt. Ein noch unfertiges Steinbeil war mit Pflöcken auf dem Boden festgeklemmt. Aus der bereits gebohrten Vertiefung im Stein ragte ein geglätteter, runder Ast, um den die Sehne eines kleinen Bogens geschlungen war. Wenn man den Bogen hin und her zog, drehte sich das Bohrholz in der Öffnung des zukünftigen Werkzeugs. Um den Bohrer in der gleichen Stellung zu halten, war er aufwändig in einem Gestell aus Hölzern befestigt, an dem noch zusätzlich ein schwerer Stein hing. Dieses Gewicht drückte den Bohrpflock auf den Stein. Sturi ergriff den Bogen und führte die Arbeitsweise des Geräts vor.

„Und nur mit dem Holz kannst du einen Stein durchbohren?“, fragte Thorn ungläubig.

„Natürlich nicht“, betonte Sturi stolz. „Dazu benötigt man noch feinen Sand, den man ständig in das Bohrloch rieseln lassen muss. Sonst nutzt sich das Holz zu schnell ab.“

„Und den Sand holst du dir vom Strand?“

“Genau ... und die Steine auch. Wir nennen diesen Küstenabschnitt den Heiligen Strand des Steingottes, weil er uns mit der Brandung immer wieder neue Werkzeugsteine zukommen lässt. Ich nehme mir meist ein paar mit, wenn ich unten am Meer bin. Jeder Stein ist anders geformt, und je mehr man davon hat, desto besser kann man auswählen. Und damit der Steingott uns weiter unterstützt mit seinen Gaben, machen wir von Zeit zu Zeit ein Opferfeuer für ihn am Strand, wo wir dann Trockenbeeren oder auch Graskörner aus Burvik verbrennen. Vermutlich sind die Birahanen durch das Feuer auf uns aufmerksam geworden“, setzte er noch leise hinzu.

Um ihn abzulenken, fragte Frij schnell nach:

„Dann ist wohl viel Arbeit mit der Herstellung eines Werkzeugs verbunden?“

„Sehr viel!“, kam die direkte Antwort und Sturi war offensichtlich wieder in seinem Element. „Zunächst muss ich die richtigen Steine aus den vielen Formen auswählen, die der Steingott mir schenkt. Für eine Hacke benötige ich natürlich eine andere Form als für ein Beil. Dann muss ich den rohen Stein noch bearbeiten, Spitzen abschlagen, schärfen, je nach dem. So freundlich, dass er uns die Steine zugehauen hinlegt, ist der Steingott nun doch nicht. Danach kommt der schwerste Teil, das Bohren“, er wies mit der Hand auf das Gestell vor sich. „Da sitze ich schon mehrere Mondwechsel und bohre und bohre, bis endlich das Loch fertig ist.“

Thorn hob anerkennend die Augenbrauen.

„Schließlich passe ich noch ein geeignetes Holz in das Loch ein – zum Anfassen.“

„Und womit befestigst du das Holz?“

„Mit Bastfasern und Baumharz. Die Fasern gewinne ich selbst hier aus den Büschen, wenn ich die Rinde abschäle. Das Harz zum Verkleben von Bast, Holzpflock und Stein muss ich für *Balla* kaufen. Es wird im Kleinen Gebirge gewonnen, denn die Sträucher hier enthalten kein Harz. Früher habe ich das auch noch selbst gewonnen, da lebte ich noch in Burvik. Es hat sich aber gezeigt, dass der Steintransport schwieriger war als der Harztransport. So sind wir *Stihnribanaren* gemeinsam hierhergezogen und haben unsere eigene kleine Siedlung gegründet.“

„Und wo liegen die fertigen Werkzeuge?“, fragte Frij.

„Natürlich in meiner Hütte.“

Da das Häuschen keinerlei Fenster besaß, war es für ihre Augen drinnen zunächst finster. Doch bald gewöhnten sie sich an die Dunkelheit, denn ein wenig Licht schien durch den Eingang sowie ein zweites Loch an der Decke des hinteren Giebels, das als Rauchabzug für die Feuerstelle darunter diente. Da der Untergrund mit einer Handbreit von feinem Sand bedeckt war, lag der Boden innen höher als außen. Auf dem Sand befand sich eine Streu von kleinen Zweigen und wieder das unvermeidliche Heidekraut, nur um die Feuerstelle war der Sand unbedeckt. Durch diese Maßnahme blieb der Untergrund der Hütte auch bei Regen weitgehend trocken. Die Ausstattung des Raums bestand weiter aus einer Platte gitterartig verbundener Holzstangen, die auf dem Boden unter der Dachschräge lag und eine Strohschüttung als Bettstatt trug. Gegenüber befand sich eine größere Platte, auf der einige Werkzeuge verschiedenster Art lagen. Um die Feuerstelle herum standen mehrere getöpferte Gefäße, zum Teil mit Inhalt, die Kochausstattung des kleinen Haushalts. Die einzige Einrichtung der Hütte, die einer gewissen Bequemlichkeit diente, war ein großes Stück Leder, das auf einem Haufen Sand direkt neben der Feuerstelle lag und in dem Sand eine Art Schlafkuhle bedeckte. Hier konnte der Bewohner sich neben dem Feuer aufwärmen, ohne Gefahr zu laufen, dass seine Liege in Brand geriet.

Frij und Thorn begutachteten gemeinsam das Werkzeug, lobten seine Qualität, hatten aber keine Verwendung dafür. Sturi zeigte sich betrübt, dass er nichts von seinen Werkstücken verkaufen konnte, bis Frij auf drei kleine Steine verschiedenster Form aufmerksam wurde, die zwischen die Stäbe des Holzgestells gerutscht waren.

„Was sind das für Steine?“, fragte sie und hielt sie hoch. „Wozu dienen sie?“

„Die musst du draußen ansehen, es sind Glücksbringer, die dem Gott der Steine geweiht sind.“

„Und warum muss ich sie draußen ansehen?“

“Warte es ab!“

Frij nahm die drei Steine und trat vor die Hütte. Kaum schien die Sonne auf die Glücksbringer, fingen sie in verschiedenen Farben an zu funkeln.

„Oh, sind die schön!“, seufzte Frij und erfreute sich an den Farben der vom Meer geschliffenen bunten Strandkiesel, in die Sturi jeweils ein kleines Loch gebohrt hatte.

„Du kannst sie mit einem Band um den Hals tragen. Sie sind dann Glücksbringer und Schmuck zugleich.“

„Was willst du dafür haben?“

“Habt ihr *Balla*?“

„Ja, auf dem Schiff in meiner Schratkleidung sind noch welche“, antwortete Thorn, als Frij traurig schaute, denn ihre Ausstattung mit dem Tauschmittel Duggalands war sehr begrenzt.

„Wieviel willst du?“

„Zwei *Balla* ... denk an die Arbeit!“

„Gut, fünf für alle drei?“

Frij strahlte den *Schrat* überrascht an, denn eigentlich hatten sie keinen Bedarf an solchen Dingen. Er lächelte zurück und wandte sich wieder dem Steinbohrer zu: „Nun?“

„Einverstanden!“, kam die erfreute Antwort. Offensichtlich war dies sein erstes Geschäft seit langer Zeit. „Du solltest Lederbänder nehmen“, riet er seiner neuen Kundin, „Bastschnüre scheuern zu schnell durch. Warte, ich habe hier noch welche.“

Geschickt fädelte er die drei Steinperlen auf und hängte sie Frij um den Hals.

Es wurde Zeit, den Rückweg anzutreten. Sturi ergriff den Topf mit den getrockneten Preiselbeeren und trat mit Thorn und Frij vor die Hütte. Dann fiel ihm noch ein, dass er etwas vergessen hätte, und ging noch einmal zurück. Da es etwas länger dauerte, folgten Frij und Thorn ihm wieder nach. Sturi suchte etwas, fand es aber nicht sofort. Schließlich zog er aus der Ecke unter der Dachschräge einen merkwürdig geformten Topf hervor. Er enthielt viele grobe Löcher und einen Holzstiel, der in einer getöpferten Fassung steckte.

„Meine Leuchte“, erklärte der Steinbohrer. „Ich fülle mir nachher etwas von der Glut in den Topf und habe dann Licht für den Heimweg.“

„Hast du das selbst erfunden?“

„Nein, nein. Die Lampe habe ich gegen ein Steinbeil getauscht bei einem befreundeten Töpfer aus Burvik. Praktisch, nicht?“

Sturi verließ erneut als Erster die Hütte.

„Aaah!“, ertönte sein Schreckensschrei beim Hinausgehen.

Die anderen folgten ihm sofort, um ihm zu Hilfe zu eilen, und sahen, dass er einer Frau gegenüberstand, die genauso entsetzt wirkte wie er.

„Wer bist du?“, fragte Sturi.

Es dauerte etwas, bis die Frau antworten konnte. Sie rang nach Luft.

„Kennst du mich nicht mehr?“

„Nein ... oder doch“, setzte er hinzu, als er sie näher betrachtete. Sie schien etwa in seinem Alter, ihr Gesicht war allerdings rauchgeschwärzt und die wollene Kleidung hing in Fetzen von ihrer entkräfteten Gestalt.

„Du bist Ulda, die Frau des Töpfers aus Burvik. Wie kommst du hierher ... und in dem Zustand?“

Die Frau begann herzergreifend zu weinen und brach fast zusammen. Frij sprang hinzu, um sie aufrecht zu halten. Erst nach längerer Zeit begann sie stockend zu reden.

„Ich, ich bin aus Burvik geflohen.“

„Aber wieso denn nur?“

„Ja, wisst ihr noch nicht, was passiert ist?“, brach es leidvoll aus ihr hervor.

„Nein, was denn?“

„Die Steppenreiter ...“, hier brach ihre Stimme erneut ab und sie verfiel in haltloses Schluchzen. Thorn und Frij schauten sich vielsagend an, nur Sturi blickte verständnislos von einem zum anderen.

„Setz dich erst einmal“, versuchte Frij die arme Frau zu beruhigen. „Bei uns kannst du dich sicher fühlen.“ Dann nahm sie sie noch fester in den Arm und geleitete sie zu einem Findling, der wenige Schritte von Sturis Hütte entfernt lag. Die Frau folgte ihr ergeben und setzte sich, immer noch leise wimmernd, auf den Stein.

„Du hast doch sicher lange nichts zu dir genommen, oder?“

„Nu ... nur ... Wasser getrunken ... seit drei Tagen.“

„Das ist etwa die Zeit, die man von Burvik bis hierher braucht, wenn man sich beeilt“, bemerkte Sturi, immer noch unsicher in der Runde umherblickend.

„Hier, nimm zunächst etwas von den trockenen Beeren“, forderte Frij sie auf und reichte ihr den Topf mit den Preiselbeeren. Gierig griff die Frau zu und stopfte sich gleich mehrere Hände voll in den Mund. Frij zog das Gefäß wieder fort und sagte: „Wir wollten gerade gehen, um uns eine Mahlzeit zuzubereiten. Komm einfach mit. Das schaffst du doch noch?“

„Gut", setzte sie hinzu, als die Frau stumm nickte, „dann berichtest du besser später, was in Burvik passiert ist, nach dem Essen, wenn du dich etwas kräftiger fühlst."

Sturi und Thorn schulterten jeweils ein dickes Bündel Brennholz, Frij klemmte sich das Gefäß mit den Preiselbeeren unter den Arm, hängte sich mit einem dünnen Lederriemen den Lampentopf um und stützte mit dem freien Arm die geschwächte Frau.

Ilunga wartete schon unruhig auf ihre Ankunft. Neugierig fragte sie sofort nach der Frau.

„Sie muss in Burvik Schreckliches mit den Steppenkriegern erlebt haben", flüsterte Thorn ihr zu. „Lass ihr noch etwas Zeit, sie wird nachher schon reden. Im Augenblick ist sie völlig ausgehungert und erschöpft."

Ilunga nickte und machte sich mit Frij sofort an die Zubereitung des Bratens, während sich die Männer um das Feuer kümmerten.

Als die ersten Flammen aufloderten, schlug Ulda vor Schreck die Hände vor die Augen und begann erneut zu weinen.

„Geh zu ihr", forderte Thorn den Steinbohrer auf. „Sie hat wahrscheinlich eine schreckliche Feuersbrunst erlebt und ist noch völlig verängstigt. Du kennst sie am besten von uns. Geh, tröste sie. Um das Feuer kümmere ich mich schon allein."

Sturi folgte der Aufforderung und kümmerte sich fürsorglich um die Angekommene.

Es dauerte lange, bis der Auerhahn einigermaßen gar war. Thorn war, nachdem das Feuer kräftig brannte, noch einmal gegangen und hatte ein paar frische Äste besorgt. In wenigen Augenblicken hatte er einen kräftigen Spieß und zwei Gabeln zurechtgeschnitten, auf denen er nun langsam den Braten drehte. Sturi hatte interessiert hinübergesehen, als der *Schrat* sein Eisenmesser zog und das Holz damit bearbeitete. Anerkennend hatte er seinen Kopf gewiegt, sich dann aber wieder der ihm Anvertrauten zugewendet. Allmählich zog ein süßlicher Bratengeruch über den Strand, und es fiel allen schwer, noch mit dem Essen zu warten, bis der Auerhahn gar war.

Die Mahlzeit verlief schweigend, nur Ulda gab immer wieder Töne des Entzückens von sich, als sie Fleisch und Preiselbeeren, fast ohne zu kauen, hinunterschlang.

„Kannst du uns jetzt erzählen, was in Burvik passiert ist?“, fragte Frij vorsichtig.

Ulda nickte und berichtete stockend und immer wieder von Weinkrämpfen unterbrochen von der Belagerung und dem Brand Burviks. Als sie versuchte, das Eindringen der Belagerer und das Gemetzel an Frauen und Kindern zu beschreiben, versagte ihr erneut die Stimme.

„Wenn Duggaland jetzt nicht aufwacht, dann weiß ich es nicht“, knurrte Thorn bitter.

„Darum ist kein Händler mehr aus Burvik zu uns gekommen“, sinnierte Sturi, der das Maß der Bedrohung anscheinend immer noch nicht ganz erfasst hatte.

„Wie hast du dich denn schließlich aus dieser Lage retten können?“, versuchte Ilunga an das Gespräch anzuknüpfen.

„Einer unserer Anführer hat in weiser Voraussicht in der Nacht vor dem Eindringen der *Hros-Wigmannen* Schlupflöcher in der Palisade anlegen lassen, durch die immerhin noch viele der Bewohner fliehen konnten. Ich war gerade durch ein solches Loch gekrochen, als ein Trupp Reiter auf uns aufmerksam wurde. Mein Mann hat versucht, sie zurückzuhalten ...“, hier unterbrach die Frau ihre Rede wieder mit lautem Schluchzen, „Er rief noch: ‚Flieh, Ulda, flieh!‘, ich habe sogar noch gesehen, wie er einen Krieger vom Pferd schlug, aber dann ...“, wieder weinte sie bitterlich. Sie musste den Satz nicht beenden.

„Ihr müsst einen fähigen Häuptling gehabt haben, durch die Schlupflöcher hat er sicher viele Leben gerettet“, warf Ilunga ein.

„Pah, Häuptling!“, schnaubte die Frau wütend. „In der Burg verschanzt haben sie sich, unsere Ortsgrößen, der Häuptling und seine Berater. Um die Bewohner haben sie sich nicht geschert. Wenigstens hat es ihnen nichts genützt, sie sind samt ihrer Wachmannschaft in der brennenden Burg gestorben. Wie die Ratten sind sie ausgeräuchert worden. Nein, gekümmert haben sich unser *Schamane* und ein fremder Flößer. Ohne sie säße ich jetzt nicht hier.“

„Ein Flößer, sagst du?“

Frij hatte die Frage fast geschrien.

„Ja, ein Flößer aus Splint, habe ich gehört. Wie er heißt, weiß ich nicht. Ich habe ihn nur immer mit einem Hund gesehen. Ach ja, und mit einer Frau ... aber von der weiß ich nicht, woher sie stammt."

Frij hatte das Gefühl, ihr Herz krampfe sich zusammen: ein Flößer aus Splint, mit Hund. Das konnte nur Urk sein. Und die fremde Frau? Wieder spürte sie einen Stich im Herzen, doch da drückte Thorns kräftige Hand mitfühlend ihren Arm.

„W-w-weißt du, o-ob er lebt?", stotterte sie und blickte Ulda flehend an.

„Leider nicht!", war die bedrückende Antwort, „Vielleicht hat er sich ja auch durch eines der Schlupflöcher gerettet. Wünschen täte ich es ihm, aber ich habe ihn nach dem Eindringen der Steppenkrieger nicht mehr gesehen. Jeder ist nur noch um sein Leben gerannt."

„Urk hat bestimmt einen Weg gefunden", versuchte Thorn seine Gefährtin zu trösten, doch auch ihm liefen dabei die Tränen übers Gesicht. Laut weinend warf sich Frij an seine Brust.

„War er ihr Mann?" Die Frage war leise an die Segelweise gerichtet. Ilunga nickte nur.

Bereits während des Essens war es dunkel gewesen, jetzt brannten allmählich die letzten Äste aus und das Feuer wurde kleiner. Nach dem Bericht Uldas hatte niemand mehr geredet. Sie hatten sich im Arm gehalten und nur traurig geschluchzt. Einzig Ilunga saß allein und grübelte.

„Wir sollten jetzt aufs Schiff gehen", sagte sie schließlich. „Es ist spät, und wir haben nach diesen Nachrichten keine Zeit mehr zu verlieren. Morgen wollen wir Fisvik erreichen. Was ist mit euch beiden?"

Sturi und Ulda sahen sich angesichts dieser Frage unsicher an.

„Ich weiß nicht, wohin ich soll", meinte die Frau. „Ich habe meinen Mann verloren und keine Bleibe."

„Ich habe meine Frau verloren, warum bleibst du nicht einfach bei mir?"

„Wir könnten euch auch nach Fisvik mitnehmen", bot Ilunga an. „Das Boot kann fünf Personen tragen. Überlegt es euch."

„Was soll ich in Fisvik? Hier habe ich meine Hütte und kann mich mit Jagen und dem, was das Meer mir bietet, ernähren. Das reicht auch für zwei", wandte er sich erneut an die Frau neben ihm."

„Wenn ich bleiben darf“, antwortete sie zaghaft.

„Aber denkt daran“, mischte sich Thorn nun ein, „dass ihr hier der Gefahr durch die Steppenreiter ausgesetzt seid. Sie könnten mit ihren Pferden leicht hierher gelangen, vielleicht, weil sie noch nach Überlebenden aus Burvik suchen.“

„Mein Haus und die der anderen *Stihnribanaren* sind nur durch Zufall zu entdecken, und die *Hros-Wigmannen* vermuten hier an der Küste sicher keine weiteren Siedlungen.“

„Vielleicht hast du recht“, wandte der *Schrat* ein. „Trotzdem solltet ihr wachsam sein. Stellt zumindest in nächster Zeit außerhalb der Siedlung Wachen auf und sorgt für eine Fluchtmöglichkeit, die für die Reiter ein Hindernis darstellt. Du hast gesagt, es gibt Moore in der Nähe?“

Sturi nickte.

„Gut, Reiter mögen keine Moore. Sorgt im Moor für einen Unterschlupf für alle und plant einen Fluchtweg dorthin, möglichst durchs Wasser, sodass sie eure Spuren nicht verfolgen können.“

„Danke für den Rat, Thorn. Im Matsch würde man ja jeden Fußabdruck genau erkennen. Ich rufe gleich morgen früh die Nachbarn zusammen, erkläre ihnen die Lage, und dann werden wir uns gegen die *Hros-Wigmannen* wappnen.“

Sturi stand auf, ergriff eine der Gabeln, auf der vorher der Auerhahn gedreht worden war, und schob damit einen Teil der restlichen Glut in seine Tonlampe. Nachdem sich alle erhoben hatten, verabschiedeten sie sich voneinander.

„Habt ihr nicht noch etwas vergessen?“, fragte der Steinbohrer plötzlich und blickte seine Gegenüber fragend an.

„Ach, die *Balla* für den Schmuck“, platzte es aus Frij heraus, „Thorn, könntest du noch ...?“

„Schon unterwegs!“, erwiderte er. „Was Recht ist, soll schließlich auch Recht bleiben.“

Mit wenigen Schritten war er an der Leine, die das Boot hielt. Da das Wasser schon gestiegen war, musste er das Schiff heranziehen. Dann sprang er an Bord und tauchte in der Kajüte unter.

„Ich muss meine Einstellung zu *Schraten* grundlegend ändern," grinste Sturi ihn an, als der ihm die versprochenen *Balla* aushändigte. „*Schrate* sind sehr liebenswürdige und fähige Gesellen!"

„Nicht alle!", antwortete Thorn trocken.

Kurz danach sahen die drei Personen vom Schiff der rotglühenden Kugel nach, die sich langsam durch die Dünen bewegte. Schließlich erlosch sie.

„Hoffentlich bleiben sie von einem Angriff der *Hros-Wigmannen* verschont", murmelte Frij wie eine dumpfe Beschwörungsformel. Ihre Gefährten nickten nur stumm.

Sie fanden trotz des leichten Schaukelns ihres Boots in dieser Nacht nur schwer in den Schlaf.

Etwas übernächtigt zogen sie am nächsten Morgen das Segel hoch, der Wind stand günstig und sie machten gute Fahrt. Obwohl Ilunga und der *Schrat* sich sehr darum bemühten, sie zu ermuntern, blieb Frij den Tag über traurig und einsilbig. Trotzdem kam sie ihren Segelaufgaben nach.

Das Bild der Küste änderte sich nach und nach. Die Dünen wurden allmählich flacher, schließlich verschwanden sie ganz. Es gab auch keinen Strand mehr. Die Wellen leckten nun gleichmäßig an einer lehmigen, gut kniehohen Abbruchkante. Auf ihrer Oberseite wuchs die *Salzwiese*, ein dichter Rasen aus salzbeständigen Gräsern und anderen Kräutern, die jetzt allmählich zu blühen begannen. Im Wesentlichen ließen sich die Farben Blau und Violett erkennen. Die beginnende Blüte ließ die drei Reisenden vom Boot aus farbige Flecken im satten Grün ausmachen, ein Anblick, der Frij mit der Zeit etwas ausgeglichener stimmte. Das Land hinter der Kante war völlig flach und von einer zunehmenden Zahl von kleinen Wasserläufen und Tümpeln durchzogen. Zum Teil hatte die Brandung die Mündungen dieser *Priele* zu größeren Buchten erweitert. Dort, wo man tiefer in die Rinnen hineinschauen konnte, wirkte auch das Land sehr nass und schlammig.

„Das ist die Küste des *Storksuft*", erklärte Ilunga. „Ein riesiges Sumpfgebiet, das sich jetzt bis hinter Fisvik hinzieht."

„Und warum heißt er *Storksuft*?", fragte Frij.

„Da, wo der Sumpf in trockenes Land übergeht, stehen viele tote Bäume. Dort nisten Unmengen von Störchen, die in dem Sumpf auf Jagd gehen, daher der Name."

„Aber wieso sind die Bäume tot?"

„Es scheint so, als ob der Sumpf sich ständig tiefer ins Landesinnere ausdehnt. Das Salzwasser steigt immer weiter in den *Prielen* hoch und tötet schließlich die Bäume. Nur die Pflanzen, die Salz ertragen, überleben."

„Dann stimmt es wohl doch, dass Duggaland allmählich versinkt."

„Es sieht ganz so aus. Andererseits geht es nicht von heute auf morgen. Es könnte aber sein, dass sich die Bewohner in einigen Generationen in einer ähnlichen Lage befinden wie jetzt die Menschen aus Intrit."

Schweigend betrachteten sie die Küste, während das Boot gleichmäßige und ruhige Fahrt machte.

„Täusche ich mich, oder werden die Mündungen der *Priele* immer breiter?"

„Das siehst du richtig, sie werden tatsächlich breiter und auch tiefer. Fisvik liegt an dem größten unter ihnen. Man kann ihn sogar mit Booten und Flößen befahren."

Wieder hingen sie stumm ihren Gedanken nach, sie hatten ihre eigenen Nöte und Sorgen, die sie gefangen nahmen.

Am späten Nachmittag deutete Thorn plötzlich mit seiner Hand nach vorn.

„Was ist das?", fragte er Ilunga.

„Was meinst du?"

„Die kleine Nadel am Horizont. Dort, wo die Küstenlinie ausläuft."

Ilunga kniff die Augen zusammen, blinzelte eine Weile und sagte dann:

„Du hast gute Augen, *Schrat*! Mir war die Spitze noch gar nicht aufgefallen. Willst du nicht doch eine Lehre als Segelgehilfe beginnen?"

„Was ist es denn nun?", fuhr Frij ungeduldig dazwischen.

„Wir sind bald da! Es ist der Feuerturm von Fiskvik. Er steht auf einer Sandbank vor der Hafeneinfahrt. Bald könnt ihr eine der ungewöhnlichsten Siedlungen Duggalands bewundern."

„Leider sind wir nicht zu unserem Vergnügen hier“, murmelte Frij und dachte daran, wie sehr sie sich früher eine Reise wie diese gewünscht hätte. Thorn, der ihre Äußerung mitbekommen hatte, nahm sie tröstend in den Arm.

„Blick trotzdem genau hin. Wer weiß, ob du in deinem Leben noch einmal so viel Neues zu sehen bekommst.“

Frij nickte und nahm sich vor, trotz aller widrigen Umstände jeden Eindruck bewusst aufzunehmen. In dieser Zeit konnte das Leben immer ein jähes Ende finden.

Wieder musste sie an Urk denken.

War er bereits tot? Erschlagen in Burvik? Oder verbrannt? Lebte er noch? Und wer war die Frau an seiner Seite?

Eine Hand wischte vor ihren Augen her, und sie erschrak.

„Schau!“, sagte der *Schrat*.

Aus dem tiefen Wasser erhob sich ein Gerüst aus vier hochaufragenden, schlanken Baumstämmen, die im Untergrund des Meeres stecken mussten. Eine Manneslänge über dem Wasser begannen kräftige Verstrebungen aus dünneren Stämmen, die mit verdrillten Zweigen an den Grundpfählen befestigt waren. Kunstvoll waren diese Streben schräg von Pfahl zu Pfahl und noch einmal zwischen den Stämmen über Kreuz angebracht. Dieser Turm würde sich nicht so leicht umwerfen lassen, auch bei starkem Sturm. Von unten aus dem Wasser hatte man auf der Vorderseite mit Knüppeln eine Leiter angebracht, auf der man bis zur Spitze des Turms klettern konnte. Die vier Stämme endeten in einer mit einem Holzgeländer umgebenen Plattform, auf der in der Dunkelheit ein großes Feuer auf einem Sandbett brannte, wie Ilunga zu berichten wusste. Mit vier weiteren Stäben war über dem Feuer ein Gestell errichtet, das man bei Regen mit Lederplanen bedecken konnte. Zurzeit lagen die Planen aufgerollt am Rand des Geländers neben einem mannshohen Stapel Brennholz.

Auf dem Turm befand sich auch tagsüber eine Person, da sie nicht nur für den Bestand des Feuers verantwortlich war, sondern auch als Ausguck und Wächter zur See hin diente.

Thorn staunte: „Wenn ich mir den Mann auf der Plattform anschaue, muss der Turm fast so hoch sein wie eine Handvoll Männer übereinander gestellt. Hm ... ich frage mich nur, wie sie die Stämme in den Meeresboden bekommen haben. Unter Wasser graben?"

„Ich glaube, eine Segellehre wäre für dich doch nicht das Richtige!", grinste Frij.

„Und wieso nicht?"

„Denk `mal nach! Ilunga hat etwas von einer Sandbank gesagt, auf der der Turm steht."

„Natürlich", schnaubte der *Schrat*, „wir haben wieder einmal Hochwasser!"

Sie verkleinerten die Segelfläche und steuerten mit Hilfe der Ruder das Schiff durch die Fahrrinne. Den Feuerturm ließen sie auf der rechten Seite liegen und blickten auf einen kleinen, runden Erdhügel, der in der Mitte zwischen den Mündungen zweier großer *Priele* lag. Als sie näher kamen, erkannten sie, dass es sich um eine künstlich aufgeschüttete *Wurt* handelte, ähnlich wie die *Lichtwurt* in Sihport. Sie erfüllte tatsächlich auch den gleichen Zweck und nannte sich hier Feuerwurt, wie sie von Ilunga belehrt wurden.

„Wir müssen uns links von der *Wurt* halten!", bestimmte die Segelweise. „Der rechte Arm ist den *Seo-Birahanen* vorbehalten."

„So streng hält man das hier?", wunderte sich Thorn.

„Es beruht auf einer alten Abmachung. Fisvik ist genau die Grenze zwischen dem Einflussbereich der Birahanen und der *Seegilde*. Wer sich in fremden Gewässern erwischen lässt, muss sich auf alles gefasst machen. Nur die Bewohner von Fisvik selbst bilden eine Ausnahme, sie fischen in beiden Richtungen. Dafür ermöglichen sie in ihrem Ort einen friedlichen Handel zwischen den Widersachern."

„Ist das da ein Birahanenfloß?", fragte Frij, als sie gerade den Hügel passieren wollten und wies hinüber zur zweiten Fahrrinne.

Auf der landwärtigen Seite des Birahanenpriels hielt gerade ein schlankes Floß mit geblähtem Segel Kurs auf die offene See hinaus. Ilunga beschattete mit der Hand ihre Augen, um besser die Einzelheiten erkennen zu können.

„Wahrscheinlich", murmelte sie. „Nein, ganz sicher! Seht ihr den spitz zulaufenden Bug des Floßes? Genauso bauen sie ihre Meeresflöße, lang und so schmal wie es geht, ohne Gefahr zu laufen, umzuschlagen. Und auf der Vorderseite liegen die Schwimmstämme versetzt, sodass eine Spitze entsteht. Auf diese Art und Weise sind sie ziemlich flott bei gutem Wind, wenn auch nicht ganz so schnell wie unsere Boote auf Schwimmern. Aber immerhin: Ein solches Floß kann einen beladenen großen Seegildekahn schon einholen."

Die Segelweise blickte noch eine Weile dem Floß nach:

„Da, jetzt kann man es genau erkennen! Seht ihr das dichte Flechtwerk an der Spitze? Das soll die Brecher von vorn abhalten, wenn sie bei starkem Wind und hohem Wellengang segeln."

Frij betrachtete mit Interesse den Aufbau aus geflochtenen Weidenruten, der sich wie eine riesige Muschel von der Floßspitze abhob.

„Sie haben sogar eine Hütte auf dem Floß!", rief Thorn bewundernd. „Da, jetzt kommt gerade jemand heraus: Ein großer Kerl, er scheint helles Haar zu haben ... soweit ich es erkennen kann ... und jetzt noch einer ... nein, das ist etwas anderes ... ein Hund vielleicht, ein großer H..."

Das Wort blieb ihm im Munde stecken

„Urk!", schrie Frij fassungslos.

„Hast du ihn erkannt?"

„Nein, ich habe ihn kaum gesehen, aber ein Mann mit ... Hund ..."

„Komm", meinte Ilunga, „es gibt mehr Männer mit Hunden als Urk, auch auf Birahanenflößen."

„Können wir ihm nicht folgen?"

Frijs Worte klangen gehetzt.

„Auf einen bloßen Verdacht hin?"

„Und wenn schon, es könnte Urk sein."

„Ich werde es nicht tun."

„Warum denn nicht?"

„Erstens ist es sehr unwahrscheinlich, dass Urk auf diesem Floß ist. Und zweitens beginnen dort die Seegründe der Birahanen."

„Aber wir wollen doch sowieso dorthin!"

„Ja, aber ich will uns nicht ans Messer liefern. Hast du dir mal unseren Tiefgang angesehen? Die Schwimmer sind schon ziemlich durchnässt nach der langen Fahrt, wir liegen tief und sind langsam wie ein großes Lastboot. Jedes Kampffloß der Birahanen würde uns jetzt einholen. Und sie kommen immer zu mehreren, wie die Wölfe."

Betrübt ließ sich Frij auf das Deck fallen.

„Wenn Urk bei den Birahanen ist, bekommen wir es bestimmt mit", redete Thorn auf sie ein, „und wenn wir die Birahanen nicht auf unsere Seite ziehen, sind wir ohnehin alle verloren."

„Mit diesem Schiff würden wir das Floß der Birahanen kaum einholen können", setzte Ilunga hinzu. „Wir würden nur nutzlos in den Tod oder die Sklaverei fahren."

„Ihr habt ja recht", schniefte Frij verhalten.

Inzwischen hatten sie die Feuerwurt passiert, und das Birahanenfloß war nur noch ein kleiner Fleck am Horizont. Vor ihnen lagen jetzt die Anleger, die die *Seegilde* für ihre Zwecke in den *Priel* gebaut hatte.

Auf der rechten Seite erhob sich in einiger Entfernung ein breiter, künstlicher Hügel, auf dem mehrere größere Hütten lagen.

„Das ist der Buhil, was so viel wie großer Hügel bedeutet", erklärte Ilunga. „Es ist die einzige bewohnte *Wurt* in Fisvik. Dort lagern sie ihre Vorräte, und es ist der Sitz des Häuptlings und des Fischerpriesters."

„Also des *Schamanen*", warf Thorn ein.

„Kann man so sagen, aber die Bewohner Fisviks sind hauptsächlich Fischer, sie fahren mit breiten, sehr seetüchtigen, aber schwerfälligen Flößen hinaus und fangen die Fische mit langen Leinen. Jedes Mal vor der Ausfahrt beten sie zu ihrem Fischergott um das eigene Überleben und um einen guten Fang."

„Und? Nützt es etwas?"

„Mal so, mal so, wie es eben so geschieht."

„Fischerschamanen sind also auch nicht besser als andere."

„Das sind aber merkwürdige Hütten", unterbrach Frij nun das Gespräch und zeigte auf eine Ansammlung von vier riedgedeckten Häusern auf Stelzen, die alle miteinander über eine kreuzförmige Holzbrücke verbunden waren. Sie waren nur aus Stämmen, Balken und anderen Hölzern konstruiert. Ihre Außenwände waren vollständig mit dicken Matten aus geflochtenem Schilf verkleidet, sodass sie beim Betrachter einen warmen Eindruck machten.

„Das sind die Pfahlbauten der *Seegilde*, und hier ist auch schon unser Ankerplatz.“

Mit einer eleganten Wende ließ die Segelweise das Schiff an einen Steg gleiten, an dem vier massive Stämme senkrecht im Uferschlick steckten und ein Rechteck bildeten. Man hatte bei den Pfählen noch die erste breite Astgabel stehen gelassen und Ilunga hatte das Boot nun genau so an den Anleger manövriert, dass neben jeder Ecke des Schiffs einer der großen Pfähle aufragte.

„Bist du bei der *Seegilde* nicht unerwünscht?“ fragte Frij vorsichtig.

„Wie sollten sie es hier erfahren haben? Ich glaube kaum, dass uns ein Boot überholt hat, Und auf dem Landweg dauert die Reise noch länger. Außerdem sind wir offensichtlich die einzigen Vertreter der *Seegilde* hier, es liegt kein anderes Schiff am Anleger.“

Sie machten das Boot fest und gingen an Land. Wie immer nach längerem Aufenthalt auf dem Wasser hatte Thorn wieder das Gefühl, dass der Boden unter ihm leicht schwankte. Nach wenigen Schritten verging dieser Eindruck aber wieder. Der Steg führte direkt auf einen kleinen Platz, der vollständig mit Holzpfosten gepflastert war, die man bis etwa eine Handbreit über dem schlammigen Boden in die Erde geschlagen hatte.

„Dies ist der einzige halbwegs trockene Platz in Fisvik“, verkündete Ilunga, „einmal vom Buhil abgesehen. Der Rest ist immer schlammig, und man kann sich nur auf wenigen Knüppelpfaden durch den Ort bewegen.“

„Deshalb auch überall diese Stelzenhäuser!“

„Genau, für diesen matschigen Untergrund die einzig sinnvolle Bauweise. Außerdem hat man damit gleich den Sturmfluten ein Schnippchen geschlagen, weil das Hochwasser einfach unter den Hütten durchläuft.“

„Dann stehen die Häuser bei solchen Hochwassern im Meer und die Bewohner warten, bis das Wasser wieder abgelaufen ist?“

„Richtig“, antwortete die Segelweise. „Manchmal denke ich, das wäre in Intrit auch besser gewesen, statt zu versuchen, das Meer mit Deichen abzuhalten ... die dann schließlich doch brechen.“

Während sich rechts von ihnen die Gebäude der *Seegilde* erhoben, hatten sie auf der linken Seite den Blick auf einen flachen, rundlichen Binnensee, der die Ausbuchtung eines großen *Priels* darstellte. Die Ufer des großen Prielteiches waren gesäumt mit kleinen Pfahlbauten, die alle einen Steg zum Wasser besaßen, mit dem sie durch eine Leiter verbunden waren. Vor den meisten Hütten lag ein breites Fischerfloß mit kurzem Mast angetäut. Mit breiter Armbewegung wies Ilunga über diese Siedlung:

„Bitte sehr, das ist der Ort Fisvik. Man nennt ihn auch die Stadt der Kanäle, weil er fast keine Fußwege besitzt."

„Und wie kommen die Leute zu ihren Nachbarn?", rätselte Thorn.

„Dafür haben sie kleine Boote aus Riedbündeln. Im Grunde sind sie ähnlich aufgebaut wie unsere Schwimmer. Sie bündeln das Ried ganz fest, binden es dann mit Weidenruten und Schilfseilen so zusammen, dass es hinten und vorn spitz aus dem Wasser ragt und in der Mitte eine flache Mulde bildet. Die Bewohner von Fisvik stehen auf dem hinteren Teil und stoßen das Boot mit einer langen Stange vorwärts. So bewegt man sich hier voran. Statt auf Wegen zu gehen, gleitet man durch die Kanäle und den Großen Prielteich ."

„Und wenn das Wasser zu tief ist zum Staken?", hakte Frij nach, die diese Fortbewegungsweise vom Schlauchflößen kannte.

„Dafür haben sie unten an der Stakstange noch zusätzlich ein Ruderblatt befestigt. Sie schieben dann die Stange durch eine Schlaufe im hinteren Teil des Boots und bewegen das Blatt im Wasser hin und her. So kommt man nicht unbedingt schnell, aber bequem voran."

Plötzlich ertönte lauter, schmachtender Gesang vom Prielteich herüber.

„Oh, kommt schnell!", rief Ilunga begeistert. „Das müsst ihr unbedingt sehen!"

Sie hasteten zum Rand des gepflasterten Platzes, der sich fast bis an den Kanal erstreckte, der den großen Prielteich mit dem Hafenpriel verband. Gerade erschien hinter der letzten Hütte ein Schilfboot, wie Ilunga es beschrieben hatte. Auf dem flachen Mittelteil saß ein junges Paar in aufrechter Haltung. Beide waren in einen weiten Umhang gehüllt, der über und über mit großen Fischschuppen, kleinen bunten Muscheln und Perlmuttstücken benäht war. Der Mann trug einen Fischerspieß mit drei Zacken, der Frau baumelte eine riesige, klaffende Muschel vor der Brust. Im hinteren Teil des Bootes befand sich ein zweiter Mann, der eine bizarre Kopfbedeckung aus getrockneten Algen und Seegras auf dem Kopf trug und lautstark gleichförmige wiederkehrende Gesänge von sich gab, während er das Boot vorwärts stakte.

„Eine Fischerhochzeit!“, jubelte Ilunga. „Der Fischerpriester fährt das junge Paar hinaus zum Feuerturm und oben auf der Plattform vereinigen sie sich dann im Machtbereich des Fischergottes. Die Zeremonie wird nur bei Flut durchgeführt, wenn der Fischergott seine größte Kraft hat. Wenn die Vereinigung ohne Probleme abläuft, haben sie den Segen des Gottes.“

„Und wer kontrolliert das?“

„Der Fischerpriester und der Hüter des Feuers auf dem Turm.“

„Na, viel Vergnügen“, knurrte Thorn.

„Für wen?“, fragte Frij.

„Für das Paar eher weniger, denke ich. Oder würde es dir gefallen?“

„Och, ich weiß nicht“, warf Ilunga ein. Frij musste lachen:

„Dir würde es wohl Spaß machen, da oben auf dem Turm deine Verrenkungen zu machen, was?“

„Hast du den jungen Fischer gesehen? Mit dem würde ich liebend gern auf verschiedene Türme klettern.“

„Und die Beobachter?“

„Wer weiß“, kicherte Ilunga, „vielleicht bekommen die beim Zuschauen ja auch noch Appetit, und wenn der junge Mann erschöpft ist ...“

„Du bist unersättlich“, lachte Frij und zauste ihrer Freundin die Haare.

„Nein, ich vermisse nur Jungi“, murmelte diese leise.

Die wenigen Personen, die sich auf dem Knüppelplatz aufgehalten hatten, waren auch bis an den Rand des Kanals gekommen, der in den breiten Hafenpriel mündete. Begeistert winkten sie dem jungen Paar zu und riefen laut ihre Glückwünsche zum Boot hinüber. Als der Priester schließlich das Boot ins Meer hinauslenkte und seine Gesänge nicht mehr zu hören waren, gingen alle wieder ihrer bisherigen Tätigkeit nach.

„Es ist schon der Übergang von Hoch- zu Niedrigwasser“, bemerkte Ilunga.

„Woran siehst du das?“

„Der Priester konnte ganz gemächlich hinausrudern. Wenn das Wasser noch steigen würde, hätte er sich richtig anstrengen müssen, um gegen das auflaufende Wasser anzukommen, bei ablaufendem Wasser wäre er viel schneller hinausgetrieben.“

„Hat das irgendeine Bedeutung?“

„Für uns schon, wir müssen zusehen, dass wir unsere Schwimmer noch austauschen. Kommt, lasst uns zu den Bauten der *Seegilde* gehen.“

Als sie den halben Platz überquert hatten, blieb Thorn neben einer Gruppe von Männern stehen, die sich auf ihm unverständliche Art mit fingerdicken und noch dünneren Zweigen abmühten.

„Das interessiert dich, was?“, sprach Ilunga ihn an.

„Ja, ich verstehe nicht, was sie mit den Zweigen anstellen. Sie scheinen sie zu zerreißen, ich verstehe aber nicht, wozu.“

„Das sind die *Bentimannen,* sie stellen reißfeste Bänder aus Holz her.“

Thorn schaute nur verständnislos, was Ilunga zu weiteren Erklärungen veranlasste.

„Schau, sie nehmen Hasel- oder Weidenzweige, beide sind biegsam, aber zäh. Sie klemmen sie am Ende in zwei Hölzer, so fest, dass der Zweig nicht mehr verrutschen kann. Siehst du dort? Da steigt ein Bentiman mit seinem ganzen Gewicht auf das Klemmholz, er quetscht das Holz schon etwas flach. Schließlich werden die Klemmhölzer mit einem Lederstreifen fixiert. Das macht man auf jeder Seite des Zweiges und nun drehen an den Enden zwei starke Männer in die entgegengesetzte Richtung, siehst du dort?“

Thorn nickte.

„Und jetzt pass auf, was passiert!“

Der *Schrat* beobachtete genau die zwei Bentimannen. Sie drehten ihre Klemmhölzer langsam in verschiedene Richtungen. Zunächst verdrehte sich das Holz in seiner Längsachse, dann barst es plötzlich. ‚Jetzt ist es zerbrochen', dachte der *Schrat*, doch dann sah er, dass der Zweig nur einen Längsriss aufwies. Die Männer drehten langsam weiter und der Zweig zerfaserte immer mehr, ohne allerdings zu zerbrechen.

„Es reicht!", meinte der dritte Bentiman, der die Tätigkeit genau beobachtete. Die Angesprochenen hörten auf ihre Hölzer zu drehen und der Dritte bog fachmännisch den Zweig.

„Perfekt", meinte er zufrieden.

„Siehst du", sagte Ilunga zu Thorn, „jetzt kannst du den Zweig binden, so biegsam ist er durch das Auffasern geworden. Er ist weich wie ein Tau, aber besonders ausdauernd und reißfest."

„Und wozu benutzen sie diese Bindezweige?"

„Zum Beispiel werden so die Floßstämme miteinander verbunden, aber auch die Pfahlbauten werden damit errichtet. Irgendwie müssen die Stangen ja verbunden werden."

„Und warum nehmen sie keine Taue aus *Flass*, wie sonst fast alle Leute in Duggaland?"

„Erstens sind Seile aus *Flass* sehr teuer", mischte sich nun einer der Bentimannen in das Gespräch. „Zweitens haben hier direkt am Meer die Holzverbindungen einiges auszuhalten. Sie sind fast immer nass. *Flasser* Tau würde sehr schnell wegfaulen, und wir müssten sie ständig ersetzen. Da halten unsere Holzbänder schon länger."

„Das leuchtet mir ein", bemerkte Thorn.

„Wir müssen jetzt aber weiter", drängte Ilunga und schob den *Schrat* voran. „Die Ebbe wartet nicht, bis du hier alles untersucht hast."

Die Männer grinsten ihnen hinterher, als die beiden Frauen Thorn vorwärts zogen.

Die Segelweise ging eiligen Schritts auf die Pfahlbauten der *Seegilde* zu. Dort erklomm sie die kleine Rampe aus schlanken, aneinandergebundenen Stämmen, die direkt in das Vordere der vier Häuser führte. Es war ein großes Gebäude und öffnete sich zum Aufgang hin in einem über mannshohen Eingang, der auch die gesamte Breite der Rampe umfasste. Die Öffnung war lediglich mit einem großen Vorhang aus zusammengenähten Lederlappen verhängt. Ilunga schob ganz selbstverständlich das Leder zur Seite, als ob sie hier zu Hause wäre.

„Dürfen wir da so einfach eindringen?“, zögerte Frij.

„Ich bin zurzeit hier die ranghöchste Vertreterin der *Seegilde* und habe absolute Befehlsgewalt. Oder siehst du hier noch eine oder einen anderen Segelweisen?“

Frij schüttelte den Kopf und trat in den Raum ein, dicht gefolgt von Thorn. Es schien sich um ein Lagerhaus zu handeln, denn es besaß keinerlei Möblierung, dafür war es fast bis in den riedgedeckten Giebel mit Materialien der verschiedensten Art vollgestopft. Dünne Seile, dicke Taue, kleine Körbe mit Knochennadeln zum Vernähen von Leder und Stoffen, Segelplanen und viele andere Dinge, die man für die Seefahrt brauchte. Während Thorn und Frij die Fülle der gelagerten Gegenstände bewunderten und staunend das eine oder andere in die Hand nahmen, suchte Ilunga gezielt nach etwas Bestimmtem.

„Ach, hier sind sie ja“, rief sie schließlich erleichtert und zog aus einem großen, runden Flechtkorb vier Taue hervor, die etwa die Dicke eines Unterarms besaßen. An einem Ende liefen sie in einer stabilen geflochtenen Schlinge aus, auf der anderen Seite war das Tauende in einen festen Lederlappen eingefasst und damit vernäht.

„Kommt mit zum Boot, die Schwimmer suchen wir später aus!“, ordnete die Segelweise an.

Thorn und Frij verstanden zwar nicht, worum es ging, nahmen aber bereitwillig jeweils zwei der schweren Taue entgegen.

Auf dem Schiff angekommen ergriff Ilunga eines der Taue und warf es über die Astgabel eines der hohen Pfähle am Anleger. Sie schob das steife Tau etwas nach, bis sie das herunterhängende Ende greifen konnte. Die Schlinge legte sie nun am Schiff um das vorstehende Ende des vordersten Querbalkens, auf dem der Deckaufbau lag. Das lederne Ende des Taus schlang sie ebenfalls um den Querbalken und befahl ihren beiden Gehilfen, kräftig daran ziehen. Die zwei mussten sich sehr ins Zeug legen, um das steife Tau so stramm zu ziehen, dass es straff vom Boot zur Astgabel und dann wieder zum Boot zurück verlief. Als das zu Ilungas Zufriedenheit geschehen war, wickelte sie geschickt das freie Ende mehrfach um den Querbalken und befestigte es mit einem Knoten, der sich mit Sicherheit nicht lösen würde, aber hinterher leicht zu öffnen war. So verfuhren sie an allen vier Ecken des Schiffs.

„Gut gemacht“, lobte die Segelweise ihre Helfer. „Jetzt müssen wir nur noch auf Niedrigwasser warten. Und wenn das Boot in der Luft hängt, können wir die Schwimmer vom Schiff abknüpfen. Inzwischen können wir nachschauen, wodurch wir die nassen Schwimmer ersetzen.“

Erneut gingen sie in das Lagerhaus und begaben sich dort in den hinteren Teil. Im Gegensatz zum Eingangsbereich hatte man hier das Flechtwerk in den Fachwerkwänden nicht mit einer Mischung aus Uferschlick und Seegras verschmiert. Hier waren auch die Spalten zwischen den Fußbodenhölzern nicht verstopft worden, sodass die Luft in allen Richtungen zirkulieren konnte.

„Hier zieht’s“, meinte Frij fröstelnd.

„Stimmt, soll es auch. Die Schwimmer müssen schließlich gut abtrocknen“, und mit Blick auf die Fußbodenspalten setzte Ilunga hinzu: „Das Wasser muss hier auch ablaufen können, damit die Holderstangen und die Seile nicht faulen.“

„Ach, dann tauscht ihr die Schwimmer einfach aus, trocknet sie und das nächste Boot nimmt sie dann später wieder?“

„Genau, natürlich nur, solange sie noch zu verwenden sind. Wenn sie morsch werden, benutzen wir sie nicht mehr.“

„Dann werft ihr sie weg?“

„Haha, nein, dann werden sie noch einmal getrocknet, und wir machen davon ein Riesenfeuer. Das ist jedes Mal ein Fest, bei dem es eine ganze Nacht heiß hergeht, die Segelweisen, die Gehilfen, alle zusammen.“

„Ich kann mir schon vorstellen, was da so geschieht“, deutete der *Schrat* schmunzelnd an.

„Deine Vorstellungen trügen dich nicht“, antwortete Ilunga. „Da genießen wir wirklich ausgelassen die Gemeinsamkeit“, und bevor einer von den beiden eine Bemerkung machen konnte, fuhr sie schnell fort: „Und das ist auch völlig richtig so. Wenn du während einer Entdeckungsfahrt mehrere Mondwechsel lang zu dritt oder viert auf einem Boot verbringst, willst du Menschen spüren ... viele Menschen!“

„Na, würde dir das gefallen, Frij?", stichelte der *Schrat*. „Du wolltest doch immer Segelweise werden."

Verwirrt suchte die Angesprochene nach Worten, doch bevor sie antworten konnte, trieb Ilunga die beiden wieder an:

„Helft mir beim Aussuchen, wir sollten die neuen Holderbündel noch heute zum Boot schaffen, damit wir morgen Vormittag keine Zeit verlieren. Das Niedrigwasser kommt heute Abend erst im Dunkeln, wir können also erst morgen Vormittag weitermachen. Es wäre gut, wenn wir morgen Nachmittag mit ablaufendem Wasser lossegeln könnten. Sonst verlieren wir noch einen Tag."

Der Rest des Tages war eine schwere Plackerei für die drei. Zwar gelang es Ilunga, ein paar Helfer aufzutreiben, die normalerweise für die *Seegilde* tätig wurden, aber auch in Fisvik hatte es sich herumgesprochen, dass die Zeiten unsicherer geworden waren. Das hatte erhöhte Lohnforderungen zur Folge und Ilunga war in diesem Falle nicht mit einem wohlgefüllten Beutel an *Balla* ausgestattet, wie sie die Schiffsführer bei offiziellen Aufträgen der *Seegilde* mitführten. So mussten die drei Reisenden doch beim Heranschaffen der ausgesuchten Schwimmer allein zufassen, sie in den Mittelgang des Lagers schieben, sie dann auf Holzrollen zum Eingang bugsieren und schließlich vorsichtig die Rampe herabgleiten lassen. Unten dann wurden sie mühsam mit Holzstangen, die sie als Hebel einsetzten, bis an den Anleger geschafft. Das Hochschaffen und Ausbreiten zum Trocknen würden die Helfer aus Fisvik erledigen, allerdings kostete diese Tätigkeit die letzten *Balla*, die die drei noch zusammenkratzen konnten.

Als die neuen Schwimmer – es waren tatsächlich ganz neue – vor dem Schiff lagen, musste Frij sich als Wache daneben setzen. Ilunga traute weder den Leuten aus Fisvik noch den Birahanen. Die Lage war zu angespannt, als dass die Segelweise irgendein Risiko eingehen wollte. Thorn nahm sie mit, damit er ihr beim Auswählen und Bereitstellen der Vorräte helfen konnte.

Sie durchschritten erneut das Lagerhaus und traten am Hinterausgang wieder ins Freie. Hier befand sich eine kleine Holzpforte, die an Lederbändern als Angeln aufgehängt war. Als sie sie öffneten, gelangten sie auf eine Holzbrücke, die wie die Hütten auf Stelzen gebaut war und kreuzförmig die vier Häuser der *Seegilde* miteinander verband. Im Pfahlbau, der dem Lager genau gegenüberlag, trafen sie auf eine grauhaarige Frau, die in die schmucklose Wolltracht der Fischerfrauen gekleidet war. Um den Hals trug sie allerdings an einem dünnen Faden eine kleine rote Muschel, das Zeichen der Personen, die im Auftrag der *Seegilde* auf die Gebäude Acht gaben. In der Ecke des Raums wühlte ein massiger, glatzköpfiger Mann in den dort gelagerten Nahrungsmittelvorräten. Er trug keinen Muschelanhänger.

„Was machst du da? Was hast du in den Vorräten zu räumen?", fuhr Ilunga ihn an, und Thorn wunderte sich über die Schärfe, die sie in ihre Stimme legen konnte.

„Das ist mein Mann", antwortete die Frau für ihn. „Er kontrolliert nur, ob die Vorräte noch genießbar sind."

„Du weißt, dass er - dein Mann hin oder her - in diesen Räumen nichts verloren hat. Du selbst bist zum Stillschweigen verpflichtet. Es geht niemanden etwas an, welche Dinge die *Seegilde* lagert. So, und jetzt stell uns bitte die übliche Seeverpflegung zusammen für drei Personen und die Zahl der Tage, wie du Finger an deinen Händen hast."

„Sofort", antwortete die Frau geflissentlich und fragte nach: „Habt Ihr eigene Vorratskörbe?"

„Sie sind belegt mit anderen Dingen", log Ilunga. „Gib uns welche von hier."

Der Mann fühlte sich offenbar mit angesprochen und nahm drei Körbe von einem Stapel. Zusammen mit seiner Frau füllte er sie nun mit allerlei Essbarem, etwas Trockengemüse, Stockfisch und vor allem knochentrocken gebackenem *Grasbrot.* Soweit Ilunga es beurteilen konnte, entsprach die Füllung der Körbe etwa der geforderten Menge. Schließlich stellte der Mann sie vor Ilunga und Thorn. Gerade wollten sie zwei der Körbe hinaustragen, als seine Frau forderte: „Ich bekomme drei *Balla* von Euch."

„Bitte?", fragte Ilunga verdutzt.

„Drei *Balla*."

„Du bist wohl nicht bei Trost!“, schimpfte die Segelweise nun los. „Die Gegenstände in diesem Raum gehören der *Seegilde*, sie sind bereits bezahlt. Und du hast am allerwenigsten das Recht, sie in Rechnung zu stellen.“

„Sprecht nicht so mit meiner Frau!“, mischte sich der Mann jetzt ein.

„Du hältst gefälligst den Mund, du hast hier überhaupt nichts zu vermelden!“

„Das werden wir ja gleich sehen, wer hier etwas zu sagen hat!“

Mit diesen Worten machte der Mann einen Schritt auf Ilunga zu und holte mit der rechten Faust aus. Er war gut einen Kopf größer als die Segelweise, die vor Schreck die Arme hochriss.

„Schön friedlich, Freundchen!“, fuhr ihm Thorn in die Parade, fasste ihn von hinten um den Hals und drückte ihm mit der anderen Hand schon sein Eisenmesser an die Kehle. Damit sein Gegner die Schärfe der Waffe spürte, zog Thorn die Klinge ein winziges Stück an seinem Hals entlang, sodass ein Blutstropfen hervorquoll.

Der Mann erstarrte und blickte mit weit aufgerissenen Augen auf die Segelweise.

„Ein Tollpatsch wie du sollte sich besser nicht mit einem *Schrat* anlegen“, höhnte Ilunga. „Und jetzt noch einmal zu dir!“, wandte sie sich dann an die Frau. „Ab sofort bist du nicht mehr in den Diensten der *Seegilde*!“

Mit einem entschlossenen Griff riss sie das Band mitsamt der Muschel ab. Die Frau fasste sich erschrocken an den Hals, war einen Augenblick lang sprachlos und platzte dann los:

„Die Tage der *Seegilde* sind gezählt, du musst dich gar nicht mehr so aufspielen. Bald gehört hier sowieso alles uns!“

Mit beiden Händen versuchte sie, sich in die Haare der Segelweisen zu krallen, doch blitzschnell ergriff Ilunga ihren rechten Arm und drehte ihn ihr auf den Rücken. Die Frau stieß einen Schrei aus, der wie eine Mischung aus Wut und Schmerz klang.

„So, jetzt erzähle mir doch einmal, wieso die Tage der *Seegilde* gezählt sind ... nun?“

Um ihrer Frage genügend Gewicht zu verleihen, drückte sie den verbogenen Arm noch etwas nach oben, was ein halb unterdrücktes

Stöhnen zur Folge hatte. Sofort versuchte ihr Mann, sich gegen seine Lage aufzubäumen, ließ aber schlagartig wieder nach, als die Klinge tiefer in seine Haut schnitt.

„Nun?“, wiederholte Ilunga.

„Bald kommen die *Ihseligen* zusammen mit den *Hros-Wigmannen*. Da könnt ihr von der *Seegilde* einpacken, und die *Seo-Birahanen* ebenso!“

‚Soweit ist es schon’, dachte Ilunga, antwortete aber: „Und Fisvik stellt sich dann auf ihre Seite, und ihr könnt den Besitz der *Seegilde* einheimsen, oder wie hast du dir das vorgestellt?“

Die Frau verzog nur geringschätzig das Gesicht.

„Eure Untreue ist uns längst zu Ohren gekommen“, log die Segelweise mit ruhiger und sicherer Stimme. „Deshalb sind schon ein paar Schnellsegler nach hier unterwegs, voll besetzt mit Kriegern. Sie werden vielleicht morgen schon ankommen. Weißt du, was diese gut bewaffneten und geübten Kämpfer mit so plumpen Kerlen wie ihm da anstellen?“, ein kurzer und abschätziger Blick auf den Mann in Thorns Gewalt. „Stell es dir lieber nicht vor! Hinaus mit ihnen, Thorn?“

„Hinaus mit ihnen!“

Sie schoben ihre beiden Gefangenen, das Messer an der Kehle, den Arm verdreht, zur Tür hinaus, über die Brücke und durch das gesamte Lagerhaus. An der Außenrampe angekommen zwinkerte Ilunga dem *Schrat* zu und flüsterte:

„Tritt?“

Ein kurzes Nicken als Antwort, beide setzten einen Fuß gegen den Allerwertesten ihres jeweiligen Opfers, ein kräftiger Stoß und die beiden flogen die Schräge hinunter. Mit einem Aufschrei landeten sie am Ende der Rampe auf dem Bauch.

Frij, die vor dem Schiff saß, staunte nicht schlecht, als die beiden nur wenige Schritte vor ihr landeten. Der Mann richtete sich wutentbrannt auf und wollte erneut auf Ilunga zustürzen, als ein Spieß mit eiserner Spitze direkt vor seinen Füßen vibrierend ins Holz fuhr.

„Wage es nicht!“, fauchte Frij ihn an. „Das nächste Mal steckt er in deinem Rücken!“

Einen kurzen Augenblick zögerte der Mann und wollte schon nach dem Speer greifen, als der unter seinen Händen weggezogen wurde.

„Und halte mich nicht für so blöd, dass ich dir meinen Spieß lasse!“, lachte Frij, die wie üblich ein dünnes Seil an ihrem Fischerspieß hatte, mit dem sie jetzt die Waffe geschwind zurückzog.

Auch Thorn und Ilunga konnten sich das Lachen angesichts des erstaunten Gesichtsausdrucks des Mannes nicht verkneifen. Der wandte sich Hilfe suchend zu den Bentimannen auf dem Knüppelplatz um, stellte aber nur fest, dass diese auch lachten.

„Gemeines Volk!“, schrie nun die Frau und hastete mit wenigen Schritten erneut die Rampe empor. Vor Wut wollte sie Ilunga an den Hals greifen, doch diese wehrte den Angriff leicht ab und gab ihr eine Ohrfeige, dass sich die Hand auf ihrer Wange rot abzeichnete. Wieder zuckte der Mann, doch diesmal hielt er sich zurück, als er sah, wie Frij ihn spöttisch anlächelte und dabei bedeutungsvoll ihren Spieß schwenkte. Mit grimmigem Gesicht rieb die Frau ihre Backe, traute sich aber nicht mehr, etwas zu sagen, geschweige denn zu handeln. Einige Augenblicke lang geschah gar nichts. Ilunga, Thorn und Frij verharrten kampfbereit, doch einen weiteren Versuch unternahm das Paar nicht. Unschlüssig wandte sich der Mann seiner Frau zu, in der Hoffnung auf einen Hinweis. Doch die schaute ebenso ratlos wie er. So ergriff er sie am linken Arm und zog sie zu ihrem Schilfboot am Kanal, um dann mit finsterer Miene davonzustaken.

„Puh“, seufzte Ilunga erleichtert, „das hätte auch böser ausgehen können.“

Thorn sah vielsagend zu den Bentimannen hinüber: „Sie haben ihnen nicht geholfen. Warum eigentlich nicht, schließlich sind wir hier die Fremden?“

„Fragen wir sie einfach“, meinte Frij leichthin und schlenderte zu den Männern hinüber, die sich wieder ihrer Arbeit gewidmet hatten. Ilunga und Thorn folgten ihr.

„Die beiden sind im Ort nicht sonderlich beliebt“, erfuhren sie dort. „Sie haben sich schon länger an den Gütern der *Seegilde* bereichert. Immer, wenn kein Schiff von euch im Hafen war, haben sie einen Teil der Vorräte für viele *Balla* an die Bewohner der Siedlung verkauft. Manchmal auch an die *Seo-Birahanen.*"

„Und wie lange ging das schon so?"

„Schon einige Winter lang. Kurz nachdem die *Seegilde* sie eingesetzt hatte, haben sie damit begonnen."

„Und das ist für euch ein Grund, sie nicht zu unterstützen? Immerhin sind sie von hier!"

„Stimmt schon, wenn sie sich uns gegenüber anders verhalten hätten, wäre die Lage eben vielleicht nicht so gewesen, aber sie haben auch im Ort nur Leuten geholfen, wenn sie bezahlen konnten. Einer jungen Mutter zum Beispiel haben sie nichts gegeben, als ihr Mann, ein Fischer von hier, auf See blieb. Die beiden Kinder haben schon vor Hunger geschrien, aber die Mutter besaß keinen einzigen *Balla* mehr. In Fisvik war gerade sowieso die Nahrung knapp, zwei Sturmmonate im Winter und alle Vorräte waren verbraucht. Schließlich hat jeder im Ort noch abgegeben, was er irgendwie entbehren konnte. Die beiden aber nicht. Sie haben wie die Maden im Fisch von euren Vorräten gelebt und die Tür verschlossen."

„Sie hätten den Ort mit den Vorräten versorgen müssen", knurrte Ilunga. „Die Regeln der *Seegilde* schreiben es ganz klar vor, dass in Notsituationen die Gilde den Menschen uneigennützig hilft. Ich hätte nicht übel Lust ..."

Den Rest verschluckte die Segelweise, als ihr ihre eigene Machtlosigkeit als Flüchtige ins Bewusstsein drang.

„Würdest du vorläufig als einheimischer Vertreter der *Seegilde* die Vorräte verwalten?", fragte sie den Sprecher und ältesten der Männer. Zumindest soweit hoffte sie die Dinge noch mit ihrer Scheinautorität regeln zu können. Als der Gefragte nickte, überreichte sie ihm die Muschel und das abgerissene Band.

„Nimm, das Band kannst du dir neu knüpfen. Deine Genossen hier sind Zeugen für die Übergabe, falls jemand deine Aufgabe in Zweifel ziehen sollte. Nur ein gehobenes Mitglied der *Seegilde* wie ein Schiffsführer kann dich wieder absetzen. Sorge dafür, dass die Vorräte immer aufgefüllt werden und vergiss dabei nicht, dass die *Seegilde* zur Unterstützung der Menschen in Duggaland da ist."

Ilunga nahm ihn am Arm und führte ihn in die Häuser der *Seegilde*, um ihn in seinen neuen Aufgaben zu unterweisen.

Als sie zurückkehrte, sah sie nach dem Wasserstand und prüfte mit einer langen Stange, ob man schon neben dem Anleger stehen konnte. Die Schwimmer lagen nur noch flach auf dem Wasser auf, das gesamte Boot hing jetzt bereits an den Tauen und schwamm nicht mehr selbst. Die Stange ließ sich noch hüfttief eintauchen.

„So, das reicht", meinte Ilunga zufrieden. „Wir können jetzt die Schwimmer lösen und sie am Anleger festbinden. Die Helfer aus Fisvik können sie dann morgen am späten Nachmittag aufs Trockene ziehen. Dann ist wieder Hochwasser, und sie brauchen sie nur über den Rand des Anlegers zu hieven. Wir selbst können bereits mittags die neuen Schwimmer festmachen, dann steht das Wasser schon hoch genug. Mit der einsetzenden Ebbe segeln wir dann."

Schnell entledigten sie sich ihrer Kleider, legten alles, was sie am Körper trugen, auf dem Rand des Anlegers ab und stiegen ins Wasser. Es war kalt und sie begannen zu bibbern. Ilunga tröstete sie damit, dass ihnen schon gleich warm werden würde. Sie selbst hatte ein Messer dabei und schnitt damit die Seile durch, mit denen die Schwimmer unter den Holzplanken des Seglers befestigt waren. Obwohl es sich um *Flasser* Seile bester Qualität handelte, wurden sie verworfen. Das Seewasser hatte ihnen so zugesetzt, dass eine längere Beanspruchung die Sicherheit des Schiffs gefährdet hätte. Da die Stricke trotzdem noch verwendbar waren, schenkten sie sie den Männern, die am nächsten Tag die gebrauchten Schwimmer zum Trocknen an Land transportieren würden. Dankbar nahmen diese das Geschenk an.

Frij und Thorn mühten sich, die dicken Holderbündel fort vom Schiff an die Seite des Anlegers zu bugsieren. Dadurch, dass sie bei dem mittleren Wasserstand noch schwammen, ließen sie sich schieben und drehen, trotzdem waren sie aufgrund ihrer Größe sehr träge und forderten von den beiden viel Kraft. Tatsächlich froren sie nach kurzer Zeit nicht mehr und schoben mit vereinten Kräften die Bündel an den vorgesehenen Ort. Dort wurden sie mit dünneren Stricken an die Standpfosten des Anlegers gebunden, mit lockerer Leine, damit sie die Bewegungen von Ebbe und Flut mitmachen konnten, ohne sich loszureißen.

„Mir ist tatsächlich nicht mehr kalt“, sagte Thorn, als er sich auf die trockenen Planken hinaufgezogen hatte.

„Dein kleiner Freund scheint da aber ganz anderer Meinung zu sein!“, kicherten die beiden Frauen mit vielsagenden Blicken auf sein im Wasser geschrumpftes Glied.

„Ihr habt gut reden“, antwortete er etwas verlegen. „Ihr habt solche Körperanhänge nicht.“

„Aber andere!“, grinste Ilunga breit, während sie mit beiden Händen ihre Brüste hochdrückte. „Aber sie schrumpfen nicht so leicht.“

Thorn hatte bei diesem Anblick das Gefühl, dass sich der Schrumpfprozess zwischen seinen Beinen sehr schnell in das Gegenteil verkehren würde, hüstelte etwas gezwungen und griff hastig zu seinen Kleidungsstücken.

Ilunga war trotz der letzten Gespräche mit den Bewohnern nicht überzeugt, dass man ihnen bedingungslos vertrauen könnte, und so beschlossen sie, in dem offenen Eingang des Lagerhauses zu nächtigen. Von dort konnten sie leicht ihr Boot beobachten und notfalls sofort hineilen. Eigentlich hatten sie auf ein gemütliches und warmes Plätzchen in der Seegildeunterkunft gehofft, doch nun losten sie enttäuscht die Wachen bis zum nächsten Morgen aus. Sie nahmen noch etwas von den Nahrungsvorräten zu sich und wickelten sich in Decken, die sie ebenfalls aus dem Bestand der *Seegilde* holten. Nach Thorn hatte Frij die mittlere Nachtwache. Es war alles ruhig, als der *Schrat* sie vorsichtig aus dem Schlaf weckte und sich dann selbst hinlegte. Frij schwang sich ihre Decke über die Schulter und schauderte etwas vor Kälte und Müdigkeit. Um nicht gleich wieder einzuschlafen, machte sie ein paar Schritte die Rampe hinunter zum Knüppelplatz. Der Mond schickte sein fahles Licht durch die Wolkenlücken. Die See war ruhig, nur das gleichmäßige Glucksen der Wellen, die sanft gegen die Uferkante schlugen, war zu hören. Sacht wiegte sich das Boot an seinen Tauen in der nächtlichen Brise. Beruhigt wollte Frij sich gerade zum Lagerhaus zurückbegeben, als sie die leuchtenden Punkte im Wasser bemerkte: Augen!

„Thorn! Ilunga!“, schrie sie erschrocken. „Kommt schnell! Sie schwimmen zu unserem Boot! Beeilt euch!“

Ein kräftiges Platschen war die Antwort auf den Lärm und sie erblickte feiste, glänzende Körper, die sich im glitzernden, mondbeschienenen Wasser zu wälzen schienen.

„Hahaha!“, lachte Ilunga lauthals, als sie jetzt hinter ihr stand. „Vor denen musst du keine Angst haben.“

„W...was war das?“, stotterten Frij und Thorn nun gemeinsam, als sich der nächtliche Spuk in nichts aufgelöst hatte. Die Schwimmer hatten sich nach dem Schrei wieder genauso lautlos entfernt wie sie gekommen waren.

„Das waren nur Seehunde. Manchmal schwimmen sie auch nachts hier herum. Wahrscheinlich sind jetzt bei Hochwasser mehr Fische in den Prielmündungen.“

„Jetzt habe ich euch vergebens geweckt, das tut mir leid“, sagte Frij betreten.

„Lass nur, ich hätte auch geschrien“, tröstete sie der *Schrat*. „Den Göttern sei Dank, dass dort nicht tatsächlich irgendwelche schwimmenden Übeltäter waren.“

Thorn und Ilunga legten sich wieder schlafen, Frij blieb aber am Ufer hocken. Sie hoffte, dass die Tiere sich noch einmal zeigen würden, doch obwohl sie sich vollkommen still verhielt, kamen sie nicht zurück. Als der erste leichte Schimmer am Horizont auftauchte, weckte sie Ilunga und fiel sofort danach in tiefen Schlaf.

Der nächste Morgen verlief ruhig, die Bentimannen nahmen wieder ihre Arbeit auf, nur der Älteste unter ihnen ging stolz mit umgehängter Muschel zu den Pfahlbauten der *Seegilde*, um dort nach dem Rechten zu sehen.

Gegen Mittag war das Wasser wieder so weit aufgelaufen, dass es möglich war, die neuen Schwimmer anzubringen. Erneut schlüpften sie aus den Kleidern, Thorn und Frij stiegen in das kalte Wasser und Ilunga mühte sich mit einer langen Stange ab, den ersten Schwimmer über die Uferkante zu hebeln. Als die Bentimannen das sahen, sprangen sie sofort hinzu und fassten mit an. Ilunga konnte so zu den beiden anderen ins Wasser steigen, um dann gemeinsam den Schwimmer in die richtige Stellung unter dem Schiff zu platzieren. Die Männer rollten das riesige Holderbündel langsam über die Anlegerkante, von der es mit lautem Klatschen ins Wasser fiel und eine Riesenwelle verursachte. Fast wäre der *Schrat* dabei ausgerutscht, konnte sich aber gerade noch auffangen. Zu dritt schoben sie den Schwimmer unter das Schiff und befestigten ihn dort vorläufig mit dünnen Schnüren, sodass die steigende Flut ihn genau unter das Boot drücken würde.

Mit dem zweiten Schwimmer verfuhren sie genauso und konnten dann abwarten, bis das Hochwasser seinen höchsten Stand hatte.

Am Nachmittag ruhte das Schiff wieder auf seinen Schwimmern, und Ilunga befestigte sie mit festen, neuen Seilen am Holzrumpf des Seglers. Sorgfältig machte sie entlang der gesamten Schiffslänge die eigens für die Befestigung der Schwimmer entwickelten Knoten.

„So, das wird die nächste Zeit halten“, sagte sie zu sich selbst, während sie ihr Werk zufrieden betrachtete.

„Endlich kann ich auch aus dem Wasser!“, rief sie dann ihren Begleitern zu, die sich bereits angekleidet hatten und von der Anlegerkante auf sie hinabsahen.

„Sieht gut aus!“, lobte sie Frij. „Wie ein nagelneues Schiff.“

„Das könnten wir demnächst auch benötigen!“ Mit diesen Worten zog sie sich gewandt auf das Deck, um sich endlich auch anzukleiden. Noch vor Nässe tropfend glitt sie in die kleine Bootshütte. Frij stieß Thorn leicht in die Seite und wies mit einer Kopfbewegung zu den Bentimannen hinüber, die mit lüsternen Blicken die Bewegungen der Segelweisen verfolgt hatten.

„Gleich fallen ihnen die Augen aus dem Kopf“, murmelte sie. „Anscheinend sieht man hier nicht so oft nackte Vertreterinnen der *Seegilde*. Ilunga hat augenscheinlich ihr Verlangen geweckt.“

„Wie ich unsere Segelmeisterin kenne, dürfte ihr das nicht einmal so unlieb sein“, schmunzelte Thorn.

„Kann schon sein“, grinste nun auch Frij. „Aber heute können wir uns leider nicht mehr mit diesen Dingen aufhalten. Wir müssen bald auslaufen.“

„Ich glaube, dazu ist es schon zu spät“, antwortete der *Schrat* und wies mit der Hand hinüber zur Prielmündung. Sein Gesicht hatte schlagartig jeden Anschein von Vergnügen verloren.

Als Frij sich umblickte, sah sie zwei Schnellsegler der *Seegilde* auf den Anleger zusteuern. Kurz vor dem Hafen ließen sie die Segel fallen, und auf Deck zeigten sich jeweils vier schwer bewaffnete Krieger.

Blitzschnell sprang Frij auf das Boot, um Ilunga zu informieren, während Thorn die zwei Segler beobachtete. Er hielt Ausschau nach den Männern der *Seegilde*, die sie vor der Fluodmündung abgehängt hatten. Doch die Gesichter, soweit er sie erkennen konnte, waren ihm völlig unbekannt. Nun kamen beide Frauen aus der Bootshütte und Ilunga nahm die Schiffsbesatzungen der einlaufenden Boote ins Visier.

„Zum Fliehen ist es zu spät. An zwei Schiffen kommen wir nicht vorbei, zumal wir hier im *Priel* keinen Raum zum Manövrieren haben ... da, jetzt haben sie bemerkt, dass unser Boot auch zur *Seegilde* gehört.“

Auf dem ersten Segler war eine deutliche Unruhe zu erkennen. Ein Krieger ging in die Hütte, um gleich darauf mit einem älteren Mann wieder herauszukommen.

Ilunga keuchte: „Dass ausgerechnet er mich gefangen nehmen muss!“

Frij und Thorn sahen sie fragend an.

„Es ist Trut, einer der erfahrensten Segelweisen ... und ein Geliebter von mir aus früheren Tagen.“

Der Führer des Schiffes hatte sie nun auch erkannt und winkte ihnen mit beiden Armen zu. Dabei rief er etwas, was sie aber nicht verstehen konnten. Langsam kam das Boot näher und machte dann neben dem ihren fest. Das zweite Schiff legte sich auf die andere Seite direkt hinter die gewechselten Schwimmer. Trut sprang als erster an Land.

„Ilunga!“, rief er mit ausgebreiteten Armen. „Wie gut, dass ich dich hier treffe.“

„Macht es dir wirklich solchen Spaß, mich gefangen zu nehmen? Ich dachte, wir wären als Freunde auseinandergegangen.“

„Haha, völlig richtig!“, lachte der Mann. „Wenn ich dich durch eine Gefangennahme zurückgewinnen könnte, würde ich es auf der Stelle tun. Aber lass dich erst einmal aus alter Freundschaft umarmen.“

Noch immer misstrauisch ließ Ilunga sich in den Arm nehmen.

„Du bist noch schöner geworden, seit ich dich das letzte Mal gesehen habe", strahlte Trut sie an und blickte ihr tief in die Augen.

„Was ist los, Trut? Bist du etwa hier, um mir das zu sagen?"

„Nein, natürlich nicht ... Obwohl, wo du mich jetzt fragst ... das ist schon ein guter Grund, dir hinterherzufahren, oder?"

„Mach bitte keine Sprüche und sag endlich, was dich herführt", flehte Ilunga ihn nun förmlich an. Der Mann schien die Situation zu genießen und lächelte sie verschmitzt an:

„Ich habe eine gute und eine schlechte Nachricht für dich. Welche willst du zuerst hören?"

„Die schlechte."

„Leider konnte ich Jungi nicht mitbringen. Er wird für die Aussiedlung der Bewohner Intrits benötigt."

„Und die gute?"

„Du stehst nicht mehr unter Anklage, ebenso wenig wie deine Gefährten hier. Ich nehme an, es handelt sich um den *Schrat* und die ungehorsame Schanzenfischerin aus Tvinhaag, oder?"

„Trut, ist das wahr?" Ilunga schien fassungslos.

„Ja, meine Liebe. Du bist wieder aufgenommen in die Gemeinschaft der Segelweisen und in die *Seegilde*. Natürlich immer vorausgesetzt, du willst noch."

„Und wie ich will", jauchzte Ilunga und fiel ihrem Verflossenen um den Hals. Trut umarmte sie erneut mit offensichtlichem Genuss und klopfte ihr beruhigend auf den Rücken.

Nachdem sie sich etwas beruhigt hatte, fragte sie den Segelweisen, wie es zu der Rücknahme des Schuldspruchs gekommen sei.

„Nun", meinte der, „es hat sich bei Befragungen der Bewohner Sihports schnell herausgestellt, dass der Händler Scant eine ganze Reihe von ihnen betrogen hatte und das nicht zu knapp. Er hat sogar einige um ihren gesamten Besitz gebracht. Letztlich gab es keinen Beweis, wer von den Betroffenen ihn umgebracht hatte, auch deinen beiden Begleitern konnte man es nicht nachweisen. Die Stimmung im Rat war eher so, dass Scant seine Strafe wohl verdient hatte. Allerdings hatte man zu diesem Zeitpunkt bereits ein Schiff ausgeschickt, um dich einzufangen. Das Boot kehrte bald darauf erfolglos zurück."

Trut lachte Ilunga breit an, während diese nur mit den Schultern zuckte.

„Na ja, jedenfalls kam kurz nach dem Auslaufen des Schnellseglers Jungi mit seiner Fracht in den Hafen."

„Jungi? Und was hat er gesagt?"

„Er war des Lobes voll über dich und deine Gefährten. Wie übrigens auch die Geretteten aus Intrit. Damit stand das Urteil fest: wer so viel für die Bewohner von Intrit getan hatte wie du und die beiden hier, durfte einfach nicht mehr verurteilt werden. Die *Seegilde* braucht euch noch."

„Und was ist mit Jungi?"

„Er ist sofort mit allen Ehren zum Segelweisen erklärt worden und leitet jetzt die Rettung der in Intrit verbliebenen Menschen. Er müsste eigentlich jetzt schon wieder zurück sein, sie haben alle Schiffe in Sihport, bis auf diese beiden, zur Großen Insel geschickt."

„Du meinst, die Bewohner sind jetzt schon alle in Sihport?", fragte Thorn besorgt.

„Bestimmt", meinte Trut, „die Wetterlage in den letzten Tagen war so stabil, dass ich keinen Grund wüsste, warum sie nicht zurück sein sollten."

Der *Schrat* schien erleichtert, und Frij drückte ihm behutsam die Schulter: „Salida ist wieder auf dem Land, wo sie hingehört."

Thorn nickte und legte Frij den Arm um die Schulter: „Leider wissen wir das von Urk noch nicht."

„Und was wollt ihr hier mit den beiden Booten?", fragte nun Ilunga.

„Jungi hat noch mehr erzählt, von eurem Versuch, etwas über die Steppenkrieger zu erfahren. Und außerdem sollen die *Hros-Wigmannen* bereits in Burvik sein. Es hat vielleicht lange gedauert, aber nun ist Sihport alarmiert. Wir wurden erst einmal losgeschickt, um die Grenze unseres Einflussbereichs zu sichern." Mit bedeutungsvoller Miene setzte er noch hinzu: „Wir sind sogar befugt, mit den *Seo-Birahanen* zu verhandeln."

„Den Göttern sei Dank! Endlich wird auch die *Seegilde* hellhörig. Manchmal denke ich, dass diese alte Einrichtung so richtig schwerfällig geworden ist."

Mit diesen Worten drehte Ilunga sich zu Thorn und Frij um:

„Worauf wartet ihr noch? Segel klarmachen! Wir legen gleich ab."

„Wie? So eilig?", fragte Trut. „Habt ihr Angst, dass ihr doch noch festgenommen werdet? Wir könnten doch heute Abend zusammensitzen und von alten Zeiten reden."

„Es gibt keine alten Zeiten mehr", antwortete Ilunga traurig. „Aber damit es für uns alle überhaupt noch gemeinsame Zeiten gibt, müssen wir mit der ablaufenden Flut hinaus. Es tut mir leid, Trut. Pass auf dich und deine Männer auf, die *Hros-Wigmannen* sind gefährlich. Ich hoffe, dass wir uns gesund wiedersehen!"

Sie riss den alten Gefährten kurz an sich, küsste ihn und sprang dann zusammen mit Thorn und Frij auf ihr Boot. Nachdenklich blickte Trut ihr nach.

In wenigen Augenblicken hatten sie die Leinen gelöst, das Schiff vom Anleger abgestoßen und das Segel hochgezogen. Als sie vor dem Feuerturm in die Gewässer der Seeräuber einbogen, hatten sie bereits die Sonne hinter sich.

FÜNFZEHN: Fischerküste

Gerade tauchte der untere Rand der Sonne in den Horizont der flachen Landschaft, als sich in dem dichten Weidengebüsch etwas regte. Die Äste wurden auseinandergebogen und heraus kroch eine Frau in grober, ungefärbter Wollkleidung. Vorsichtig verfolgten ihre Blicke den kleinen Trampelpfad, der sich vor dem Dickicht entlang zog. Als sie nichts Beunruhigendes wahrnahm, winkte sie hinter sich und trat vor das Gestrüpp. Kurz danach schob sich, gefolgt von einem großen Wolfshund, ein kräftiger junger Mann in der Flößerkleidung Splints hinter ihr aus dem Gewirr der Zweige. Er reckte sich und rieb sich den Schlaf aus den Augen.

„Warum verfolgen sie uns nicht?“, fragte Urk.

„Solange sie es nicht tun, ist es mir egal“, bekam er zur Antwort.

Die Stimmung war etwas angespannt. Sie waren aus Angst, ergriffen zu werden, nachts gelaufen, fühlten sich übermüdet und hatten seit über zwei Tagen nichts gegessen.

„Ich habe Hunger!“

„Wir haben beide Hunger!“, meinte Olunde gereizt.

„Es ist aber auch außer ein paar Vögeln nichts zu sehen, nicht mal Spuren von jagdbaren Tieren.“

„Kunststück, wenn man nachts unterwegs ist. Wie soll man da etwas finden? Bin ich eine Eule?“

„Du warst doch damit einverstanden, erst nach Einbruch der Dunkelheit zu wandern.“

Olunde verdrehte die Augen: „Natürlich, aber nach mehreren Tagen, oder besser Nächten, ohne, dass etwas geschieht, wird man schon etwas unleidlich. Vor allem, wenn man nichts zu beißen hat.“

„Sei froh, dass nichts geschehen ist.“

„Das sagte ich eben schon.“

Urk erwiderte nichts mehr. Er hatte keine Lust auf Streit und Olundes Tonfall signalisierte ihm, besser nichts hinzuzufügen. So nahmen sie ihre Sachen und trotteten missmutig los. Im verlöschenden Licht lag die nasse, grasbestandene Ebene vor ihnen. Hin und wieder führte der Weg an einem ausgedehnten Gestrüpp aus Weiden vorbei. In einem solchen hatten sie sich über den Tag versteckt. In der weiten Wiesenfläche zeigten sich immer häufiger Mulden mit seichten Tümpeln. Manchmal befanden sich zwei oder drei junge *Rotaboume* an ihren Rändern. Ältere sah man nicht, nur eine Reihe von Stümpfen. Sie waren offenbar alle gefällt worden.

„Waren das die Leute aus Fisvik, die die Bäume hier gefällt haben?“, fragte Urk und wies auf die Baumstümpfe.

„Die *Rotaboume* meinst du?“

Urk nickte.

„Ja, das waren meine Leute. Sie benutzen die Stämme zum Hausbau. Das Holz fault nicht so leicht in dieser feuchten Umgebung.“

„Feucht? Eher nass, würde ich sagen. Der Untergrund schmatzt bei jedem Schritt und meine Ledersohlen sind völlig durchweicht.“

„Warte ab, es wird noch schlimmer.“

In diesem Augenblick kläffte Risi und rannte seitwärts in die Wiese. Die beiden Menschen folgten ihr sofort in der Hoffnung, dass die Hündin etwas Essbares gewittert hätte. Unerwartet flog etwas vor dem Hund vom Boden auf, ein Vogel, groß wie eine Krähe. Wegen der einsetzenden Dunkelheit konnten sie allerdings nicht erkennen, um welchen Vogel es sich handelte. Unter Urks Fuß gab nun plötzlich der Boden nach, er rutschte in einen kleinen Graben und stand bis über das Knie im Wasser. Olunde eilte gleich zu Hilfe und half ihm aufs Trockene zurück.

„Schluss mit der Nachtwanderei!“, schimpfte er. „Beim nächsten Mal liege ich womöglich noch ganz im Wasser!“

„Vielleicht hast du recht“, beschwichtigte ihn die Frau. „Wir scheinen ja tatsächlich nicht verfolgt zu werden.“

Risi stand noch wie angewurzelt an der Stelle, an der sie den Vogel aufgescheucht hatte. Olunde tastete sich dorthin vor und fühlte vorsichtig im Dunkeln auf der Erde.

„Ein Vogelnest!“, rief sie freudig. „Risi hat ein Vogelnest mit Eiern darin gefunden!“

Urk eilte hinzu und streichelte erst einmal seinen Hund: „Gut gemacht, Risi!“

Als Olunde ihm allerdings das Ausmaß der Beute zeigte, brummte er enttäuscht:

„Wie, nur acht so kleine Eier?“

Die taubeneigroßen Eier reichten nicht einmal, um den Hunger eines von ihnen zu stillen. Trotzdem teilten sie. Risi bekam zwei, schnappte danach, biss einmal zu und schlang sie mitsamt Schale hinunter. Die Menschen schlürften die Eier aus und fühlten sich danach hungriger als vorher.

„Komm, lass uns zum Weg zurückkehren und ein einigermaßen trockenes Plätzchen suchen“, schlug Olunde vor. „Müde genug zum Schlafen sind wir ohnehin, und vielleicht treiben wir morgen früh im Hellen etwas Essbares auf.“

Da sie ihr altes Lager schon ein Stück hinter sich gelassen hatten, mussten sie sich erneut eine trockene Unterlage schaffen. Wieder suchten sie ein Weidendickicht und schnitten Zweige, die sie bündelweise zusammenlegten, bis die Unterlage breit genug war, um zu dritt aneinandergeschmiegt darauf zu ruhen.

Frierend erwachte Urk am nächsten Morgen und stand auf, um ein paar Kniebeugen gegen die Kälte zu machen. Olunde und Risi erhoben sich kurz nach ihm. Wortlos setzten sie ihre Wanderung fort.

Der Tag war grau und windstill. Urk war nach der feuchten Bekanntschaft mit seinem ersten *Priel* froh, bei Tageslicht zu laufen. Die Landschaft glich immer mehr einem Sumpf als einer Wiese und sie mussten des Öfteren kleine und größere Gräben überqueren, die sich hier vom Meer weit in das flache Land hineingefressen hatten. Da sie sich auf einem Handelspfad befanden, besaßen die breiteren unter ihnen meist einen Baumstamm oder eine grobbehauene Planke, auf denen man sie überqueren konnte, die schmalen mussten sie aber überspringen. Nur Risi rannte durch die flachen Gräben, dass das Wasser nur so spritzte. Die tieferen durchschwamm sie. Bei einer dieser Durchquerungen jaulte sie plötzlich auf und schlug einen Haken. Urk machte sich schon Sorgen, dass sie sich verletzt haben könnte, doch schon kam sie triumphierend auf ihren Herrn zu und präsentierte eine fette Wasserratte.

Urk sah Olunde fragend an, doch die schüttelte nur angewidert den Kopf. Auch Urk hatte trotz seines Hungers keinen Appetit auf das grauschwarze Tier in Risis Maul.

„Friss sie nur“, sagte er zu dem Hund, worauf dieser sich sofort ans Werk machte, lautstark die Ratte zerbiss und hinunterschlang. Immerhin war der Hund so zu seiner Mahlzeit gekommen.

Gegen Mittag führte der Weg sie zwischen Moortümpeln hindurch. In größeren Abständen ragten immer wieder große, tote Bäume aus dem Moor. Ihr helles, rindenloses, nacktes Holz gemahnte an Knochenskelette, die ihre Krallenfinger gen Himmel reckten.

„Eine schreckliche Gegend“, sagte Urk.

„Ja, das ist jetzt der *Storksuft*. Morgen, wenn wir ihn durchquert haben, sind wir in Fisvik.“

„Leben hier auch Menschen?“

„Nein, hier kann man nicht leben. Es gibt kaum jagdbares Wild, und wenn, kann man es durch die Moore nicht verfolgen. Hin und wieder steigt das Meer bei Sturmfluten bis hier oben. Du siehst es an den toten Bäumen. Es gibt nur Frösche, Kröten und Schlangen ...“

In diesem Augenblick ertönte ein lautes Klappern. Es kam aus dem toten Baum neben ihnen, und sie blickten unwillkürlich hoch.

„Ach ja, natürlich gibt es noch viele Störche.“

Olunde zeigte auf die beiden großen, schwarz-weißen Vögel, die sich in dem Geäst des toten Baums ein großes, rundes Nest gebaut hatten und jetzt ihrem Liebesspiel nachgehen wollten.

„Kann man sie essen?“

„Schon, aber ...“, doch bevor Olunde weiterreden konnte, hatte Urk schon seinen Bogen gezückt, einen der guten Pfeile mit Eisenspitze aufgelegt und den vorderen der beiden Vögel vom Nestrand geschossen.

„Hoffentlich ist es kein altes Tier, die sind nämlich ziemlich zäh“, setzte die ehemalige Sklavin nun ihren Satz fort.

„Egal, ich habe Hunger.“

Tatsächlich war der Vogel sehr zäh, was aber außer an seinem vermeintlichen Alter auch daran lag, dass sie nicht genug trockenes Holz zusammenbekamen, um ihn gar zu bekommen. An den abgestorbenen Bäumen hingen nur noch die dickeren Äste und nur mit einem Messer, auch wenn es aus Eisen war, ließen sie sich nicht so recht zerkleinern.

Risi hatte heute ihren Festtag, da sie die Innereien und die knochigen Läufe des Vogels erhielt, nur die Leber behielten die Menschen als schnell zu garenden Leckerbissen für sich zurück.

Nach der reichlichen Mahlzeit fühlten sich alle satt, zufrieden und schläfrig, doch Olunde drängte zum Aufbruch. Sie wollte nicht noch einen Tag durch das riesige Moor wandern.

Der restliche Tag verlief ereignislos. Abends bereiteten sie sich ein Lager auf einem kleinen Hügel, auf dem tatsächlich noch ein lebender *Rotaboum* stand. Der Untergrund war hier etwas trockener als ringsumher, wenn sie auch keinen Sichtschutz wie in den Weidendickichten hatten. Allerdings glaubten sie beide nicht mehr, dass sie verfolgt würden. Da es keine Sträucher mehr gab, schnitten sie sich mit dem Messer von der hier verbreiteten Moorheide ab, bis sie eine einigermaßen trockene und weiche Unterlage für die Nacht hatten. Sie mussten nicht einmal mit knurrendem Magen einschlafen, da sie noch etwas Holz für ein kleines Feuer fanden und die Reste des Storchs an frisch geschnittenen Ästen erhitzen konnten. Risi bekam nichts, sie hatte an diesem Tag reichlich gefressen.

Am nächsten Tag zeigten sich erste Anzeichen einer nahen Siedlung. Der Weg wurde etwas breiter und war an den sumpfigsten Stellen mit Knüppeln oder Steinen befestigt. An den Tümpeln, die nun großflächiger und zum Teil völlig mit Ried zugewachsen waren, tauchten erste vereinzelte Hütten auf, doch war kein Mensch zu entdecken.

„Es handelt sich nur um Schutzhütten für die Riedernte. Jetzt werden sie wohl noch nicht benutzt“, erklärte Olunde im Vorbeigehen.

Urk fiel auf, dass seine Gefährtin immer unruhiger wurde, je näher sie dem Ort kamen. Schließlich erreichten sie eine Weggabel. Links zweigte der Pfad zum Kleinen Gebirge und weiter nach Tvinhaag ab. Sie folgten geradeaus dem jetzt gut befestigten Knüppelpfad und standen dann vor einem Holzsteg, der über einen breiten Graben führte. Der Steg führte auf eine Insel, die innerhalb eines großen Schilfteichs lag. Urk meinte festzustellen, dass Olundes Unterkiefer klapperte, als ob sie fröre. Gerade wollte er sie fragen, was mit ihr sei, als sie laut aufschluchzte, wie versteinert stehen blieb und dann mit einer Hand auf die Reste einer kleinen Hütte am Rand der Insel wies.

„Da ...“, hörte Urk noch, als sie schon auf die Hütte zu rannte.

Vor der zusammengebrochenen Ruine eines Pfahlhauses holte er sie ein. Sie hatte die rechte Hand zur Faust geballt und presste sie zwischen ihre Zähne. Trotzdem entwich ihrem Mund ein durchdringendes Wimmern, und sie zitterte am ganzen Körper. Urk nahm sie sacht in den Arm.

„Dein Elternhaus?“, fragte er leise. Olunde nickte und versuchte, etwas zu sagen, sie brachte aber nur unverständliche Laute hervor.

„Sie müssen tot sein“, meinte sie nach einer Weile, als sie sich etwas gefasst hatte. „Es muss schon länger her sein, weil hier alles zugewachsen ist. Früher gab es hier einen Bootskanal, der durch das Schilf in den Ort führte ... Wir haben ihn immer freigehalten.“

Vorsichtig drangen sie in die Reste des zerfallenen Gebäudes ein. Da die Stützpfeiler am Boden verfault und zusammengebrochen waren, befanden sich die Trümmer des ehemals hochstehenden Gebäudes nun auf ebener Erde. Es lagen noch einige zerbrochene Kochutensilien herum, ein Steinbeil ohne Griff und zwei Spitzen von Fischerspeeren. Ein gutes Stück entfernt von der verfallenen Hütte standen noch zwei weitere, die aber offensichtlich noch bewohnt waren. Dach und Pfähle waren in Ordnung, der Anleger war mit neuen Hölzern repariert und die Schneise durch das Schilf ins Freiwasser war sauber geschnitten. Eine Person konnten sie aber nicht ausmachen.

„Die Nachbarn sind nicht zu Hause“, meinte Olunde. „Es liegt kein Schilfkahn am Steg.“

„Dann lass uns in den Ort gehen, dort können wir nach deinen Eltern fragen.“

Sie nickte und langsam stapften sie zum Knüppelpfad zurück. Urk wunderte sich, dass von keinem der Häuser eine Trittspur zum Hauptweg führte, fragte aber nicht nach.

Als sie das andere Ende der Insel erreicht hatten, mussten sie einen weiteren Graben überqueren, um wieder auf festes Land zu gelangen. Der Übergang war hier durch einen Torturm aus dicken Stämmen gesichert. Das Tor aus dünneren Holzstangen stand allerdings weit auf. Ein Wächter war nirgends zu sehen.

„Ist das die Befestigung von Fisvik?“, fragte Urk.

„Ja, der Turm ist die einzige Stelle, an der man auf festem Untergrund in den Ort kommt. Allerdings erwartet von dieser Seite niemand eine Gefahr, deshalb wird er auch nicht weiter bewacht. Fisvik ist völlig von zugewachsenen Teichen und unbegehbaren Mooren umgeben. Dieser Knüppelpfad ist der einzige Landweg durch den Ort und führt zum Buhil, unserem Häuptlingssitz.“

Sie folgten dem Pfad, der sich durch trügerisches Moor und zwischen glitzernden Tümpeln hinschlängelte. Nach einer Weile gabelte sich der Weg.

„Wir müssen nach rechts, links geht es nur zu den Anlegern der *Seo-Birahanen.*“

Kurz danach lag der Buhil vor ihnen, ein massiger künstlicher Hügel. Wer auf diese *Wurt* gelangen wollte, musste zunächst eine Brücke aus Holzstämmen überqueren, die über einen schnurgeraden, gegrabenen Kanal führte. Erstaunt blickte Urk sich um. Rechts und links der Brücke standen an dem Graben zwei Häuser auf Stelzen, beide ohne Zugang von Land. Wie bei den Hütten vorher gelangte man nur über einen Bootsanleger ins Innere.

„Dort hinten befindet sich der große Prielteich“, erläuterte Olunde und wies mit der Hand auf eine freie Wasserfläche auf der Nachtseite des Buhil, die gesäumt war mit Pfahlbauten, ähnlich den beiden, die am Kanal vor ihnen lagen. „Und das ist ganz Fisvik, ein Fischerdorf aus Pfahlhütten.“

Urk war beeindruckt. Die grazil wirkenden Pfähle unter den Häusern, die luftige Lage der Wohnstätten gefielen ihm. Dazu dieser schwierige Zugang zu den Hütten, nur mit einem Boot und mit einer Leiter zu betreten. Es erinnerte ihn ein wenig an Splint. Auch dort ging man mit Holz kunstvoll um, einige Bewohner hatten sich ihre Hütten auf den

Stämmen und Ästen von noch lebenden Bäumen gebaut. Dort war es eher eine Spielerei, hier trotzten die Bewohner durch die Bauweise den Kräften des Meeres.

„Komm!“, riss ihn Olunde aus seinen Gedanken. „Lass uns auf den Buhil gehen.“

Über eine grasbewachsene Rampe erklommen sie den Erdhügel. Wieder staunte Urk über die Einwohner Fisviks, denen es nicht zu viel gewesen war, eine mehr als mannshohe Aufschüttung aus schwerem Schlick vorzunehmen. Es musste viele Winter gedauert haben, diese Mengen an schwarzer Erde aufzutürmen. Auf dem Buhil befanden sich drei Langhäuser, deren Dächer bis zur Erde reichten. In der hohen, allen Wettern ausgesetzten Lage sicher eine sinnvolle Bauweise. Als zusätzlichen Windschutz hatte man am Rand des Hügels eine dichte Weidenhecke gepflanzt, welche die Gebäude auf der Abendseite wie ein Halbkreis umgab. Urk bemerkte die dicken Stämme, aus denen das Grundgerüst der Häuser gefertigt war. Woraus die Wände an den Giebelseiten bestanden, konnte er nicht erkennen, da sie mit dicht geflochtenen Matten aus Ried bedeckt waren. Vermutlich perlte an ihnen das Wasser gut ab, sodass auch bei schwerem Sturm und Regen die Wände darunter trocken blieben. Die Dächer waren mit dicken Packlagen aus Ried gedeckt. Das größte der Häuser lag quer vor ihnen, es hatte etwa die Ausmaße des Haupthauses von Bauer Quist in *Flass*. Die beiden anderen schlossen sich rechtwinklig an seinen Giebeln an, sodass man in einen umgrenzten Hof blickte. Das Hauptgebäude hatte in der Mitte ein Tor, das in einer Öffnung im unteren Teil des Dachs eingelassen war. Es besaß keine feste Tür, sondern einen Vorhang aus den gleichen Matten, wie sie an den Giebelseiten angebracht waren. Jetzt war er über dem Türstock aufgerollt. Olunde ging genau darauf zu.

Am Eingang wurden sie von einem Mann aufgehalten, der in einfache, ungefärbte Wolle gekleidet war. Waffen trug er keine.

„He, wohin des Wegs? Wenn ich mich nicht irre, seid ihr fremd in Fisvik, oder?“

„Ich stamme von hier, bin aber lange fort gewesen“, antwortete Olunde.

„So?“, sagte der Mann zweifelnd. „Dann müsste ich dich doch kennen, wir sind doch etwa gleich alt.“

„Wir sind aber beide nicht mehr jung, ich erkenne dich schließlich auch nicht wieder.“

„Gut, da hast du vielleicht recht, wer also bist du?“

„Ich habe früher in einer der Hütten vor dem Tor gelebt ... die, die jetzt zerfallen ist.“

„Dann musst du Olunde sein, die Fischerin, die mit ihrem Bruder auf See geblieben ist.“

„Wie du siehst, bin ich nicht auf See geblieben.“

„Was ist denn damals geschehen?“

Olunde schossen die Tränen in die Augen, sie schien jeden Augenblick die Fassung zu verlieren. Urk nahm sie in den Arm, um sie zu stützen.

„Weißt du, was mit meinen Eltern ist?“, brach es dann schluchzend aus ihr hervor.

„Sie sind schon vor vielen Wintern gestorben, einfach eingeschlafen, kurz hintereinander“, war die Antwort. „Wir haben sie dann dem Meer übergeben, wie es ihr letzter Wille war.“

Als der Mann ihr weiter berichtete, dass ihre Eltern die letzten Jahre ihres Lebens von der *Seegilde* versorgt worden waren, weil sie nicht mehr selbst für sich sorgen konnten, beruhigte sich Olunde etwas. Immerhin hatte sich jemand um sie gekümmert.

Schlagartig wurde ihr allerdings jetzt klar, dass sie in Fisvik nicht mehr zu Hause war, sie fühlte sich plötzlich fremd hier. Es gab niemanden mehr, der zu ihr gehörte, und die Kindheitserinnerungen lagen weit zurück. Auch als sie erfuhr, dass der Mann vor ihr ein ehemaliger Spielfreund war, kam keine Verbundenheit mehr auf. Eine eisige Erkenntnis sagte ihr, dass sie hier wie auf der ganzen Welt eine Fremde war. Diese innere Kälte ließ sie schließlich ihre Fassung zurückgewinnen. Sie weinte nicht mehr und war in der Lage, ihrer Kindheitsbekanntschaft in groben Zügen zu berichten, was mit ihr geschehen war. Einzelheiten oder Empfindungen ließ sie weg, zumal der Mann sich offenkundig nur aus purer Neugier nach ihren Erlebnissen erkundigte.

„Und dein Begleiter?“

„Ist ein Flößer aus Splint. Wir suchen einen Segler der *Seegilde*, der uns mit nach Sihport nimmt.“

„Da habt ihr Pech. Zurzeit ist keiner im Hafen ... Ob überhaupt noch jemals einer kommt, wissen die Götter.“

Der Mann wirkte besorgt.

„Wie kommst du darauf?“

„Bisher sind es nur Gerüchte, aber von den *Seo-Birahanen* hört man, dass die *Ihseligen* sehr angriffslustig geworden sind in letzter Zeit. Sie sind offenbar nicht mehr an Tauschgeschäften interessiert.“

„Und deswegen soll die *Seegilde* keine Schiffe mehr herschicken?“, warf Urk ein.

„Man hört auch noch von einem neuen Verbündeten der *Ihseligen,* dem Seo-Thruthin. Er soll ein mächtiger Kriegsherr sein und ganz Duggaland unterwerfen wollen.“

Urk und Olunde sahen sich bedeutungsvoll an.

„Also keine Möglichkeit, nach Sihport zu kommen?“, fragte Urk niedergeschlagen.

„Nur auf dem Landweg, auf dem ihr gekommen seid.“

„Kannst du uns denn wenigstens ein Nachtlager vermitteln?“, fragte Olunde.

„Und ich brauche auch noch ein Paar neue Fußleder“, setzte Urk hinzu.

„Könnt ihr denn bezahlen?“

Als Urk nickte und seinen Beutel mit den restlichen *Balla* hervorzog, nickte der Mann zufrieden.

„Ihr könnt hier auf dem Buhil schlafen“, sagte er. „Der Handel läuft zurzeit schlecht, und der Häuptling hat uns angewiesen, den Fremden alles anzubieten, was uns *Balla* bringt. Wir können gerade unseren Fisch allein essen, niemand kommt und kauft ihn. Wie ich schon sagte ... nicht mal die *Seegilde.* Ich lasse euch ein Nachtlager hier im Haupthaus zurechtmachen, für die Fußleder müsst ihr allerdings ins Nebengebäude dort rechts gehen. Da du von hier bist“, damit wandte er sich an Olunde, „wirst du noch wissen, dass dort die Handwerker untergebracht sind.“

„Ich erinnere mich“, antwortete die Angesprochene. „Wann können wir unser Lager aufsuchen?“

“Wenn die Sonne auf der Abendseite steht, nicht vorher. Ihr müsst verstehen, eigentlich sind wir kein Gasthaus. Das ist hier das Versammlungshaus von Fisvik. Ich muss erst die notwendigen Dinge besorgen.“

Olunde nickte ihm zu und nahm Urk am Ärmel. Gemeinsam überquerten sie den Platz und betraten das Nachbarhaus.

Es war etwas kleiner als das Hauptgebäude, aber auf die gleiche Weise erbaut. Innen konnte man erkennen, dass die Giebelwände aus Torf- und Grassoden bestanden, die mit Uferschlick verklebt waren. An der Außenseite hielt die Verkleidung mit den Schilfmatten Wind und Regen ab, sodass die Wände innen stocktrocken und hart waren. Das Dach ruhte auf grob zugehauenen Stämmen, deren Enden im Boden steckten. An Querlatten hatte man mit dünnen Zweigen Riedbündel dicht an dicht befestigt und so eine regendichte Bedeckung geschaffen. Das Haus bestand nur aus einem einzigen Raum, der lediglich durch drei Türöffnungen Tageslicht erhielt. Die Öffnungen führten alle zum zentralen Platz des Buhil hinaus.

Als sie eintraten, mussten Urk und Olunde sich zunächst an das dämmerige Licht gewöhnen. Dann erkannten sie, dass eine Handvoll Männer sich den Platz an der hinteren Dachseite entlang aufgeteilt hatten. Nebeneinander und miteinander schwätzend, gingen sie verschiedenen Tätigkeiten nach, die im Wesentlichen mit der Ausstattung der Fischerflöße zu tun hatten. Der Mann, der den hintersten Platz belegte, arbeitete mit Tierhäuten. Daran wandten sich die Eintretenden.

„Fertigst du auch Fußleder?“, fragte ihn der Flößer.

„Für dich oder etwas Feines für deine Frau?“

„Meine Laufleder sind noch in Ordnung. Er hat die Löcher in den Sohlen“, beeilte sich Olunde zu erklären.

„Ah, ja, lass mal sehen ... ja, ich sehe schon, die Sohlen sind von minderer Haltbarkeit.“

„Wieso?“, wunderte sich Urk. „Es ist gut gegerbtes Leder. Auf den Flößen in Splint nehmen wir immer solche Ware für die Fußleder.“

Der Mann lächelte wissend.

„Das glaube ich dir sofort“, erklärte er geduldig. „Für die Fußbekleidung unserer Fischer nehme ich das gleiche Material. Es ist vortrefflich geeignet, um auf nassen Holzstämmen Halt zu finden, weil es sich dem Fuß anpasst. Für langes Wandern auf harten Wegen ist es jedoch völlig ungeeignet. Es nutzt sich zu schnell ab.“

„Und was empfiehlst du mir?“

„Das da!“, platzte der Handwerker triumphierend heraus und zerrte ein knochenhartes Stück grob gereinigter Rinderhaut aus seinem Lederstapel hervor. Die Haare waren nur gekürzt worden.

„Ungegerbtes, lange getrocknetes Leder, hart wie ein Brett, aber viel zäher. Die Haare auf der Oberseite geben dir eine angenehm weiche Lauffläche. Das ist das richtige für lange Fußmärsche.“

„Machen wir noch Fußmärsche?“, wandte sich Urk nun an Olunde.

„Wenn ich das wüsste. Ich besitze ja ein Paar Fußleder mit harten Sohlen, vielleicht sollte ich mir ein weiches Paar machen lassen und du dir ein hartes. So wären wir für alle Fälle ausgerüstet.“

Der Lederzurichter blickte angesichts der sich so plötzlich verbessernden Auftragslage erfreut zwischen seinen Kunden hin und her. Eilig versicherte er, dass er bis zum nächste Morgen für die beiden je ein Paar Fußleder herstellen könne, nicht ohne zu klagen, dass es seine Nachtruhe kosten würde. Dennoch wurden sie sich schnell einig, zwei *Balla* für zwei Paar Fußbekleidungen erschienen Urk nicht zu viel. Bevor sie gingen, nahm der Mann noch kurz an ihren Füßen Maß. Dazu benutzte er eine Platte aus einfach gebranntem Lehmziegel, setzte nacheinander den Fuß von Olunde und Urk darauf und umfuhr ihn mit einer Feuersteinspitze. So hatte er genau die jeweilige Fußgröße in die Platte geritzt.

„Was machen wir jetzt?“, fragte Olunde, als sie wieder auf dem Platz des Buhil standen.

Urk schreckte aus seinen Gedanken hoch, als er angesprochen wurde.

„Fisvik wirkt wie eine sterbende Siedlung, hast du nicht auch den Eindruck?“

„Stimmt, keinerlei Bewegung, keine Leute, die irgendwelchen Geschäften nachgehen, die Handwerker scheinen sich eher die Zeit miteinander zu vertreiben als Geschäfte zu machen. Und das Versammlungshaus steht leer, keine Bewachung, nichts. Das war früher anders."

„Wie denn?"

„Es war ein ständiges Kommen und Gehen, die Kanäle waren voller Schilfboote wie dem, das gerade dort auf dem Großen Prielteich herumfährt. Und hier auf dem Buhil war ein ständiges Gedränge, und heute – nichts. Ich würde gern erfahren, was hier geschehen ist. Lass uns mal nachschauen, ob sich auf dem Knüppelplatz bei der *Seegilde* etwas tut."

Da kein befestigter Weg vom Buhil zum Knüppelplatz führte, mussten sie sich damit begnügen, hinter das Langhaus zu gehen und vom Rand der *Wurt* zu den Pfahlbauten der *Seegilde* hinüberzuspähen. Da keine Gebäude die Sicht versperrten und der Platz nur eine kurze Strecke entfernt lag, konnten sie gut ausmachen, was sich dort abspielte.

„Nur ein paar Bentimannen, die sind fast immer da", murmelte Olunde, „aber sonst niemand."

Auf Urks Nachfrage erklärte sie ihm, worum es sich bei diesen Männern handelte.

„Also niemand da, der einem wirklich eine Auskunft geben könnte", war seine enttäuschte Antwort.

„Ich wüsste vielleicht jemanden ... aber es ist etwas riskant."

„An wen denkst du?"

Sie sah ihn vielsagend an. Er begriff.

„Die *Seo-Birahanen,* hmm, wirklich nicht ganz ungefährlich."

„Nach der Rede des Mannes im Langhaus scheinen die Seeräuber auch schon Ärger mit den Anhängern des Seo-Thruthin gehabt zu haben. Vielleicht sind sie neuen Bündnissen gar nicht mehr so abgeneigt."

„Schon möglich, vielleicht böte sich da eine Möglichkeit. Ich meine, wenn es ohnehin keine Schiffe gibt, die nach Sihport fahren, könnte man ... allerdings ..."

„Sprich zu Ende, bitte!"

„Ich dachte nur, eigentlich bist du ja hier zu Hause. Du könntest dich hier wieder ansiedeln, Fische fangen und dein Leben neu gestalten."

„Du hast doch die verfallene Hütte gesehen. Hier ist niemand mehr, mit dem ich etwas zu schaffen hätte. Von meinem Leben ist eigentlich nur meine Rettung aus der Sklaverei geblieben“, Olunde atmete schwer aus, bevor sie fortfuhr, „und du hast mich gerettet. Du bist der einzige Mensch auf der Welt, der mir noch nahesteht. Ein Grund, bei dir zu bleiben – und damit vielleicht sogar etwas für Duggaland zu tun.“

Urk musste schlucken, eine Welle der Zuneigung erfasste ihn. Gleichzeitig erschien Frij vor seinen Augen. Doch als sein Blick von dem Olundes eingefangen wurde, wusste er, dass seine Versprochene weit entfernt war. Er räusperte sich, um die innere Fassung zurückzugewinnen.

„Du meinst, du würdest mit mir weiterziehen, auch wenn es gefährlich wird?“

Olunde lächelte: „Seit ich dich kenne, ist es gefährlich gewesen, oder?“

Urk grinste: „Das kann man wohl so sagen. Na, dann auf ein Neues. Wo geht es zu den Birahanen?“

„Komm!“

Sie pfiffen den Hund herbei und verließen den Buhil auf dem Weg, den sie gekommen waren. Als sie die Gabelung des Knüppelpfades wieder erreichten, bogen sie nach rechts ab auf den Weg, der zum Anleger der Seeräuber führte. Nach wenigen Schritten standen sie vor dem zweiten hölzernen Torturm, der neben Moor und Wasser den Fischerort schützte. Ein alter, in unscheinbare Wolle gekleideter Wächter mit Halbglatze und grauem Resthaar hielt sie dort auf. Er wirkte schwächlich und hager und war bis auf einen abgenutzten Fischerspieß, den er neben sich an die Wand gelehnt hatte, unbewaffnet.

„Halt, hier solltet ihr nicht weitergehen. Hinter dem Tor beginnt der Einflussbereich der *Seo-Birahanen.* Sie mögen es nicht, von Fremden besucht zu werden.“

„Wir sind auch kein Besuch, wir haben nur einige Fragen an die Seeräuber“, sagte Olunde freundlich. Gleichzeitig schnüffelte Risi an der Hand des alten Mannes, was diesen sichtlich verunsicherte.

„Ich will euch auch gar nicht aufhalten, nur warnen“, beeilte er sich zu antworten. „Ihr könnt natürlich tun, was ihr wollt. Aber es hat schon

Leute gegeben, die in der Sklaverei gelandet sind. Die Birahanen haben es nicht so sehr mit den Gesetzen der Gastfreundschaft."

„Danke für den Rat, guter Mann", ergriff nun Urk das Wort. „Wir wollen es trotzdem versuchen. Lässt du uns durch?"

„Natürlich! Und viel Glück!"

Der Wächter stieß das Tor zur Seite der Seeräuber auf und ließ sie passieren. Eine Weile verfolgten seine Blicke noch sorgenvoll die zwei Fremden, dann schloss er das Tor.

Ihr Kommen wurde bereits beobachtet, seit sie das Tor verlassen hatten. Zwei bewaffnete Birahanenkrieger kamen ihnen auf halbem Wege zwischen Tor und Pfahlbauten der Seeräuber entgegen. Urk und Olunde griffen ihre Spieße fester, als sie die Entgegenkommenden wahrnahmen.

Die beiden Krieger waren in gefettetes, grobes Tuch gekleidet. Da das Fett den Schmutz anzog, waren die Anzüge, bestehend aus einer langen, lockeren Bluse und weiten Beinkleidern, von einem gelblichbräunlichen Farbton. Urk erinnerten sie an die Kluft der Seegildegehilfen, die er hin und wieder in Tvinhaag gesehen hatte. Doch war deren Kleidung eindeutig sauberer gewesen. Was sie aber unterschied, war die breite, dunkle Lederkappe, die über Ohren und Nacken eine breite Krempe zum Schutz gegen Spritzwasser aufwies. In der Hand trugen sie einen kurzen, kräftigen Spieß mit langer Knochenspitze und in den Stricken, die sie als Gürtel benutzten, steckte eine Doppelaxt aus Stein, die eine spitze und eine scharf geschliffene breite Seite besaß. Die Gesichter der Männer waren wegen ihrer nur grob gestutzten Vollbärte kaum zu erkennen. Als sie nur noch wenige Schritte entfernt waren, fiel Olunde der Anhänger aus *Bernstein* auf, den sie an einer dünnen Kordel um den Hals trugen. Als sie vor ihnen standen, sah sie, dass es sich um ein geschnitztes Auge handelte. Sie keuchte und fast wären ihr die Beine weggesackt. Da tauchten sie wieder auf, die Bilder aus der Vergangenheit, die sie schon vergessen glaubte: die brüllenden *Seo-Birahanen,* wie sie das Ihseligenfloß geentert, die Männer erschlagen und sie gefesselt hatten. Als sie ihrer Beute sicher waren, hatten sie sich mit ihr vergnügt, einer nach dem anderen. Die wippenden Anhänger mit dem Auge, als die Männer auf ihr lagen. Immer wieder dieses Auge vor ihrem Gesicht, schaukelnd bei jeder Bewegung. Heillose Wut überfiel sie, und ohne, dass sie sich über ihr Tun klar wurde, hob sie ihren Speer.

Gerade rechtzeitig konnte Urk ihr noch in den Arm fallen, bevor sie den Krieger vor sich töten konnten. Risi hatte den vereitelten Angriff gespürt und knurrte bedrohlich.

„Still, Risi!", fauchte Urk und blickte Olunde kopfschüttelnd ins Gesicht.

„Das hätte ich euch auch nicht geraten!", schrie der erste Seeräuber los. Beide hatten ihre Spieße erhoben und standen den Ankömmlingen stoßbereit gegenüber.

„Selbst, wenn ihr uns umgebracht hättet, wären unsere Kameraden schon bei euch, bevor ihr den Eingang von Fisvik erreichen könnt ... und Hunde haben wir auch!", setzte der Birahane wütend hinzu. Tatsächlich hetzten bereits drei große Hunde laut bellend auf sie zu, gefolgt von vier weiteren Männern.

„Verzeiht ... ein großes Missverständnis!", stammelte Urk und blickte Olunde zornig an. „Wir kommen nicht in feindlicher Absicht. Meine Gefährtin hier muss eine Bewegung falsch aufgefasst haben."

„Höhö", lachte der zweite Krieger höhnisch, „mit feindlicher Absicht zu uns kommen, nennen wir hier Selbstmord!"

„Es war das Auge", sagte Olunde kleinlaut. „Ich weiß auch nicht, was in mich gefahren ist. Als ich das Auge auf dem Anhänger gesehen habe, musste ich einfach den Speer heben."

Die beiden Krieger sahen sich vielsagend an.

„Der Meergott will uns sicher warnen", flüsterte der Erste. „Sein Auge hat sie gezwungen."

„Hast du etwas getan, was den Zorn unseres Gottes erregt hat?", fragte jetzt der Zweite.

„Wo denkst du hin? Du kennst mich doch!", entrüstete sich sein Gefährte. „Wenn er mich strafen wollte, hätte er den Speer nicht aufgehalten. Es muss ein Zeichen sein, eine Art Warnung vor drohender Gefahr."

„Hmm, das könnte sein", meinte der Zweite nachdenklich.

Inzwischen waren die vier Krieger angekommen. Die Hunde hatten sich geifernd gegen Risi gewandt, wurden aber rechtzeitig zurückgepfiffen. Die beiden ersten berichteten kurz, was geschehen war, und die Hinzugekommenen zeigten sich betroffen von dem eben erlebten göttlichen Zeichen. Ehrfurchtsvoll griffen sie nach ihren Anhängern und küssten das Auge. Schließlich ergriff der erste Krieger wieder das Wort:

„Ich weiß zwar immer noch nicht, was ihr bei uns wollt, doch gebe ich euch jetzt die Gelegenheit, wieder umzukehren, als ob nichts geschehen sei. Wenn ihr mit uns kommt, kann ich nicht bestimmen, was mit euch geschehen wird."

„Dann bist du nicht der Anführer hier?", fragte Urk.

„Hier schon!", deutete der Angesprochene mit den Händen den Ort an, auf dem sie standen. „In unserer Niederlassung jedoch nicht. Dort müsstet ihr euch dem Spruch des *Kobereri* beugen. Entscheidet euch."

„Was meinst du?", fragte Urk seine Gefährtin, die als Antwort nur mit den Achseln zuckte. Sie ließ Urk entscheiden, da sie nach dem Vorfall eben befürchtete, etwas Falsches zu sagen.

„Kann ich davon ausgehen, dass die *Seo-Birahanen* sich als Bewohner des alten Duggaland fühlen und nichts mit den Machenschaften des *Seo-Thruhtin* zu tun haben?", wandte sich Urk wieder an den Anführer.

„Du kennst den *Seo-Thruhtin*?", fragte der Birahane misstrauisch.

„Ihn nicht, nur seine Krieger. Wir waren bei der Verteidigung Burviks dabei."

Ein Zischeln ging durch die Kriegergruppe. Aufgeregte Bemerkungen und fragende Blicke wurden zwischen den Männern ausgetauscht.

„Dann ist tatsächlich in Burvik ein Kampf ausgebrochen? Hmm, der *Seo-Thruhtin* scheint tatsächlich Ernst zu machen ... Es sieht so aus, als ob wir die gleichen Feinde hätten", sagte der Anführer.

„Eine gute Gelegenheit, sich zu beraten", erwiderte Urk.

„Dann kommt!"

Gemeinsam trotteten sie zu den Pfahlbauten der Seeräuber. Die Stimmung war entspannt, selbst die Hunde schienen sich anzufreunden.

„Gut, dass Risi nicht läufig ist", flüsterte Olunde Urk zu, „sonst müssten wir uns bald mit einem Satz Welpen abgeben."

Urk grinste, als er den großen Rüden sah, der aufgeregt um Risi herumtänzelte.

Die Niederlassung der *Seo-Birahanen* bestand aus zwei kleineren Pfahlbauten der gleichen Bauweise, wie sie im Ort üblich war. Sie lag am Rand eines großen *Priels* inmitten unbegehbaren Marschgebiets. Lediglich der schmale Pfad, auf dem Urk und Olunde gekommen waren, stellte einen Zugang von Land aus dar. Die beiden Hütten waren nur mit Leitern zu betreten, die auf das Ende des Knüppelpfads hinabführten. Der hier breiter angelegte Weg war gleichzeitig Ausgangspunkt für drei Stege, die aus dünnen Stämmen und unebenen Planken erbaut waren und bis ins Wasser des *Priels* reichten. An diesem Anleger waren zwei große, langgezogene Flöße mit spitzem Vorderteil und ein kleines, rechteckiges vertäut.

Der Anführer der Kriegergruppe bedeutete Urk und Olunde, ihm die Leiter hoch in das erste Haus zu folgen. Risi mussten sie unten an der Leiter anbinden.

„Wen bringst du mir da?", ertönte eine kräftige, sonore Stimme, als der Mann den Raum betrat. „Ihr habt doch hoffentlich nicht wieder Sklaven aufgetrieben!"

„Nein, nein, es sind Unterhändler, die dich sprechen wollen."

„Wenn sie von den *Ihseligen* kommen, jag sie gleich wieder fort. Dieses untreue Pack will ich hier nicht sehen!"

„Sie kommen aus Burvik."

„Aus Burvik? Merkwürdig. Na los, hol sie herein."

Der Krieger winkte ihnen, und sie folgten ihm in das Gebäude.

Zunächst waren sie erstaunt, wie hell es im Raum war. Dann erkannten sie, dass in der Wand in Richtung des Knüppelpfads eine große Öffnung freigelassen war. Eine zweite befand sich neben dem Eingang, sodass man sowohl den Landweg wie auch den *Priel*, die zu den Häusern der Seeräuber führten, von hier aus gut im Auge hatte. Vorsicht schien bei den Birahanen eine wichtige Tugend zu sein. Urk sah sich schnell im Raum um, um nicht überrascht zu werden. Der Boden der Hütte bestand aus kräftigen Holzstangen, deren Lücken mit Seegras verstopft war. Die Mitte des Raums war von einem kniehohen Geviert aus Stämmen beherrscht, das völlig mit trockenem Lehm gefüllt war. Seine Oberfläche war bedeckt mit Holzasche und den Resten von verbrannten Scheiten. Das Brennholz zu dieser Feuerstelle stapelte sich an der fensterlosen Wand bis zur Decke. Davor und an allen Außenwänden, über denen sich kein Fenster befand, waren Schlafstätten aufgebaut. Sie bestanden aus vier dicken Stämmen im Rechteck, deren innerer Bereich ebenfalls mit getrocknetem Seegras aufgeschüttet war. Auf jeder Bettstatt lagen zu großen Decken vernähte Schaffelle. Unter den Fensteröffnungen standen geräumige Körbe, deren Inhalt man wegen der Deckel nicht erkennen konnte. Der Raum schien einzig als Unterkunft für die Besatzung der Niederlassung zu dienen. Urk vermutete im zweiten Haus das Lager für die Handelsgüter. Doch jetzt wurde er von seinen Betrachtungen durch den *Kobereri* abgelenkt, der auf einem der Körbe hockte.

Der schlanke, aber breitschultrige Mann war nicht mehr ganz jung. Sowohl sein gestutzter Vollbart als auch sein schulterlanges, nach hinten fallendes Haar zeigten einen hohen Anteil grauer Haare zwischen der dunkelbraunen Grundfärbung. Die Augen waren ebenfalls braun und blickten sanft, was zu den schmalen Lippen und der leicht gebogenen scharfen Nase wie ein Widerspruch wirkte. Seine Kleidung unterschied sich nicht von der seiner Krieger, nur bei der Bewaffnung besaß er statt des steinernen ein Schratbeil, das in seinem Gürtel steckte. Urk fragte sich sofort, woher er diese Eisenwaffe wohl hatte, sagte aber nichts.

„Mein Name ist Juzz“, sprach er die Eintretenden an, „und wenn ihr keine *Ihseligen* oder sonstige Anhänger dieses Seo-Thruthin seid, sollt ihr mir willkommen sein.“

Urk nannte seinen und Olundes Namen sowie ihre Herkunft. Olunde machte weiterhin keine Anstalten zu sprechen.

„Und weshalb seid ihr hier?“, fragte Juzz.

„Um dich zu fragen, was du über die *Ihseligen* und *Hros-Wigmannen* weißt, möglicherweise auch, um dich als Verbündeten zu gewinnen.“

„Erkläre mir zunächst, welchen Grund ich haben sollte, euch ins Vertrauen zu ziehen.“

Es folgte ein längeres Gespräch, in dem sich beide Seiten austauschten. Juzz war beeindruckt von ihrem Einsatz in Burvik. Dass etwas in dem Ort geschehen sein musste, hatten die Birahanen im Ort bereits als Gerücht gehört. Man machte sich Sorgen, weil seit einer Reihe von Tagen keine Händler mehr gekommen waren. Von dem Bündnis zwischen *Ihseligen* und dem Seo-Thruthin hatten sie von einem gefangen genommenen *Ihseligen* erfahren, den sie so lange mit Weidenruten geprügelt hatten, bis er dieses Geheimnis gelüftet hatte. Der Grund für diese Maßnahme war das aggressive Verhalten, das die *Ihseligen* neuerdings immer häufiger an den Tag legten.

„Und was habt ihr nun vor?“, fragte Juzz schließlich.

„Eigentlich wollte ich nach Sihport segeln, um dort meine Versprochene zu treffen. Es sind aber keine Boote der *Seegilde* im Hafen. Und nun sind wir etwas ratlos, zumal von Olundes Familie hier auch niemand mehr lebt.“

„Wenn ich dich recht verstanden habe, hattest du während deiner Flucht immer wieder versucht, Duggaland zum Widerstand gegen die *Hros-Wigmannen* zu bewegen?“

Urk nickte.

„Könntet ihr beiden euch nicht vorstellen, diese Aufgabe weiter zu verfolgen?“

„Und wie stellst du dir das vor?“, ergriff nun erstmalig Olunde das Wort.

„Oh, schön, dass du auch etwas dazu sagst. Ich dachte schon, du wärest eine dieser Frauen, die sich in der Gegenwart von Männern nicht zu reden trauen“, grinste Juzz und freute sich, dass Olundes Augen vor Wut zu blitzen begannen. „Aber im Ernst: Ich hätte euch ein Angebot zu machen. Segelt mit mir nach Waderborg, von dort könnten wir eine Unternehmung beginnen, um das Geheimnis des *Seo-Thruhtin* zu lüften. Danach wissen wir vielleicht, wie man ihn bezwingen kann.“

Urk druckste herum und wusste nicht, was er sagen sollte.

„Sag etwas, Urk!“, forderte Olunde ihn auf.

„Was ist mit Frij?“

Olunde schlug die Augen nieder und schluckte verstohlen.

„Nach Sihport kann ich dich leider nicht bringen“, warf Juzz ein. „Aber an einer schönen Frau fehlt es dir ja jetzt auch nicht, oder?“

„Und du würdest mitkommen, Olunde?“, wandte sich Urk an Olunde, ohne auf den Hinweis des Birahanen einzugehen.

„Das habe ich dir heute schon einmal versichert!“

Olundes Tonfall tendierte leicht zum Ärger, obwohl ihre Augen einen leichten Tränenglanz angenommen hatten.

„Gut denn, auf nach Waderborg!“

„Bravo!“, lachte Juzz und schlug Urk auf die Schulter. „Ich bin sehr froh über diese Entscheidung. So habe ich Leute an Bord, die schon Erfahrungen mit den *Hros-Wigmannen* haben.“

Sie beschlossen, bereits am nächsten Nachmittag mit einsetzender Ebbe loszusegeln. Bevor sie nach Fisvik zurückgingen, konnte Urk doch nicht an sich halten zu fragen: „Sag, Juzz, wie bist du an dieses Eisenbeil gekommen?“

„Du denkst, ich hätte es einem *Schrat* abgenommen, nachdem ich ihn erschlagen habe?“, schmunzelte der *Kobereri*. Urk nickte zustimmend. Olundes Augen verengten sich zu schmalen Schlitzen.

„Wenn ihr jetzt eure Vorstellungen von den Birahanen bestätigt bekommen wollt, muss ich euch leider enttäuschen. Ich habe die Waffe erworben ... wenn auch nicht ganz rechtmäßig.“

„Also doch ...“, fauchte Olunde.

„Nein, nein, es war ganz anders“, grinste Juzz sie an. „Ich hatte mal eine – völlig verbotene – Liebschaft mit einer Segelweisen von der *Seegilde*. Man hatte sie eine Zeitlang nach Fisvik abkommandiert mit dem Auftrag, Erfahrungen mit den Birahanen zu gewinnen. Das hat sie dann ja auch getan, besonders mit mir. Götter, was waren wir jung und verliebt damals. Wir mussten uns immer heimlich auf See treffen, hier im Ort war der Handelskontakt zwischen *Seegilde* und Birahanen sehr beschränkt und gut überwacht – von jeder Seite aus. Sowohl die Birahanen als auch die *Seegilde* hatten Angst, dass es Verräter geben könnte. Jedenfalls kam meine Freundin, die Segelweise, mit einem Schilfboot und ich mit einem der kleinen Flöße, die wir hier im Ort benutzen, um uns auf den Kanälen und *Prielen* zu bewegen. In Fisvik gibt es ja fast keine trockenen Pfade. Auf der Sandbank vor den großen *Prielen* haben wir uns getroffen und gewartet, bis Boot und Floß trockengefallen waren. Dann lagen wir auf dem weichen Sand und hatten bis zum nächste Hochwasser Zeit für die Liebe. Ich war immer völlig erschöpft, wenn wir uns wieder trennten. Aber eines Tages musste sie zurück und ein anderer Segelweiser übernahm das Kommando in der *Seegilde*-Vertretung hier. Wir waren beide todtraurig. Jedenfalls hat sie mir zum Abschied dieses Eisenbeil geschenkt, was auch für sie streng verboten war. Sie hat mir allerdings die Auflage gemacht, es nie gegen Mitglieder der *Seegilde* zu benutzen. Naja, das Versprechen habe ich gehalten."

Nach kurzer Verabschiedung schlenderten Urk und Olunde zurück. Am Tor öffnete der alte Wächter wortlos das Tor und ließ sie passieren. Er schien sich keine großen Sorgen um sie gemacht zu haben.

Als sie auf dem Buhil ankamen, fing es an zu dämmern. Sie betraten das Haupthaus und der in Wolle gekleidete Mann von vorher begrüßte sie erfreut:

„Ich habe mich schon gefragt, wo ihr geblieben seid. Womöglich wäret ihr verunglückt und ich hätte alles vergebens vorbereitet. Aber jetzt seid ihr ja da."

‚Hilfe hätten wir von hier nicht erwarten können, wenn uns wirklich etwas zugestoßen wäre', dachte Olunde und warf Urk einen vielsagenden Blick zu. Der Flößer verdrehte nur die Augen.

Der Mann führte sie in eine Ecke des großen Raums, wo mehrere dicke Wolldecken über einem Haufen trockenen Rieds ausgebreitet waren. Daneben war eine große Schilfmatte ausgebreitet, auf der sich verschiedene Tonschüsseln mit Nahrungsmitteln befanden. Neben verschiedenen Sorten von gebratenem Fisch gab es flache Brotfladen aus geröstetem Eichelmehl und etwas gekochten *Queller*, der allerdings – wie der Fisch – bereits kalt war.

„Hier könnt ihr schlafen und essen. Heute Nacht seid ihr hier allein im Haus. Eure Notdurft verrichtet ihr bitte außerhalb. Wir gehen dazu immer hinter die Weidenhecke an den Rand des Buhil. Die Bezahlung hätte ich übrigens gern sofort. Habt ihr sonst noch einen Wunsch?"

Sie verneinten und der Mann ließ sie allein, nachdem er genau die *Balla* geprüft hatte, die ihm Urk in die Hand drückte. Hungrig griffen sie nach dem vorbereiteten Essen und streckten sich schließlich wohlig und satt auf dem weichen Lager aus. Nach den Unbillen der langen Wanderung genossen sie die Trockenheit und Bequemlichkeit eines festen Hauses. Plötzlich fragte Olunde:

„Bist du eigentlich ein zärtlicher Liebhaber?“

„Äh, ich glaube schon“, antwortete Urk verblüfft. „Warum fragst du mich das?“

„Magst du mich?“

„Ja, sehr, aber ich verstehe, glaube ich, immer noch nicht.“

„Ich weiß, dass du Frij versprochen bist ... aber würdest du mir trotzdem zeigen ...?“

„ ...?“

„Zeigst du mir, wie ein Mann zärtlich liebt?“

„Weißt du das nicht?“

„Hast du vergessen, dass ich viele Jahre Sklavin war?“

In dieser Nacht lagen sie nicht nur eng aneinandergeschmiegt, um sich zu wärmen. Risi jedoch blickte traurig, da sie diesmal abseits schlafen musste.

Olunde weckte ihren neuen Liebhaber am nächsten Morgen mit einem sanften Kuss auf die Nase.

„Danke“, flüsterte sie, „du hast mir gezeigt, wie schön es mit einem Mann sein kann.“

Urk nahm sie fest in die Arme, schaute in ihre Augen und zeigte es ihr noch einmal.

Danach aßen sie die Reste vom Abend und fühlten sich rundum gestärkt. Als sie gingen, um ihre Notdurft zu verrichten, konnten sie über den *Priel* zum Anleger der Birahanen hinübersehen. Die Männer zeigten ein sehr geschäftiges Bild an den Flößen. Offenbar wurde eines von ihnen seefertig gemacht.

Da der Abstand nicht sehr weit war, erkannten sie auch Juzz unter den Männern. Sie winkten, er stutzte, bedeckte die Augen mit der Hand und winkte zurück.

Schließlich begaben sie sich wieder in das Nebengebäude des Buhil. Die Handwerker waren bereits beschäftigt. Urk fragte sich, ob sie auch an der Stätte ihrer Arbeit schliefen.

Der Ledermacher sah sie direkt beim Eintreten und rief gleich:

„Eure neuen Fußschützer sind fertig, kommt, schaut sie euch an.“

Olundes Fußleder waren aus der weichen Haut eines Schweins gefertigt und passten genau. Sie zog sie gleich über, da sie ja auf ein Floß wollten. Die Zeit des Wanderns schien zunächst vorbei zu sein. Außerdem gefiel ihr die Verzierung aus farbiger Wolle, mit denen der Handwerker die Ränder umsäumt hatte. Es war die erste Fußbekleidung in ihrem Leben, die sie nicht selbst gemacht hatte.

Urks Leder waren kleine Kunstwerke. Die Sohle bestand aus ungegerbtem Leder, sehr hart, ein wenig spröde, sodass sie sich nur langsam ablief. Sie war mit dünnen Lederbändern unter das eigentliche Fußleder genäht. Die Löcher hatte der Ledermacher mit einem spitzen Feuerstein vorgebohrt und dann die dünne Schnur durchgezogen. So ließ sich die Sohle entfernen und bei Bedarf wieder anbringen, man musste nur das Lederband lösen und aus den Nahtlöchern ziehen. Später konnte man es einfach wieder einfädeln, wenn man ein neues Laufleder wollte. Nach dem Tausch der Ware gegen die ausgemachten *Balla* reichte der Handwerker Risi einen Rest des Sohlenleders.

„Hier, da hast du etwas zum Kauen“, sagte er zu dem Hund und wandte sich dann an seine Kunden. „Hunde lieben die ungegerbten, getrockneten Tierhäute. Sie knabbern einen ganzen Tag daran herum.“

Urk und Olunde bedankten sich und machten sich dann zum Anleger der Birahanen auf. Risi trug den Lederlappen wie eine Trophäe.

Der *Kobereri* erwartete sie bereits, um sie für die Seefahrt zu instruieren.

Das Floß war von ganz anderer Machart, als Urk sie vom Flößen kannte. Es war sehr lang, mehr als eine Handvoll Männer hintereinandergelegt. Die Breite maß allerdings nicht mehr als drei Männer. Auf den eigentlichen Schwimmstämmen aus Nadel- oder Wiechholz waren in kurzen Abständen Querhölzer mit verdrehten Weidenruten befestigt, die an jedem Stamm einzeln angeknüpft waren. Über diesen

Querhölzern hatte man ein Deck aus dünneren Ästen konstruiert, die ebenfalls mit Ruten am Untergrund angebunden waren. Durch dies doppelte Verknüpfen erhielt das Floß in jeder Richtung seine Stabilität. Auf dem hinteren Teil war eine Hütte aus Ständerwerk angebracht, deren Zwischenräume mit Weidenflechtwerk ausgefüllt waren. Davor gab es einen kurzen Mast, der ein dreieckiges Segel aus dichtgeflochtenem Schilf trug. Der vordere, spitz zulaufende Teil des Floßes war gegen die Gischt mit einem rundlichen Aufbau aus geflochtenen Ruten versehen. Alle Aufbauten einschließlich Mast waren mit kräftigen Tauen zu den Grundstämmen abgespannt. An den vier Ecken waren Holzblöcke als Halterungen für die langen Ruder angebracht, die sowohl zum Steuern des Floßes als auch zu seiner Fortbewegung bei Flaute dienten.

„Ein schönes Floß!“, lobte Urk, „es scheint sehr stabil zu sein.“

„Und schnell!“, erwiderte Juzz stolz. „Auf jeden Fall sind wir bei Wind damit jedem Ihseligenfloß eine Nase voraus. Seid ihr bereit für die große Fahrt?“

Die Angesprochenen nickten. Dennoch mussten sie noch längere Zeit warten, bis die Flut ihren höchsten Stand erreicht hatte. Nachmittags war es dann endlich so weit. Außer Juzz waren noch zwei Birahanenkrieger an Bord. Da Urk Erfahrung mit Flößen hatte, traute man ihm zu, eines der Ruder zu führen. Er wurde vorn links eingeteilt. Juzz übernahm das hintere rechte Ruder und hatte damit auch das Kommando. Die beiden Krieger ergriffen die restlichen Ruder und zusammen trieben sie das Floß in den *Priel* hinaus, nachdem Olunde das Halteseil gelöst hatte. Als sie in der Mündung angelangt waren, wurde auch das Segel gesetzt und das Floß nahm an Fahrt auf. Die Männer schauten konzentriert nach vorn auf die See, nur Olunde wandte sich kurz um, um nach Risi zu sehen. Dabei fiel ihr ein Schiff auf, das von zwei großen Schwimmern getragen wurde. Es war offensichtlich auf dem Weg nach Fisvik und hielt gerade auf den zweiten *Priel* des Ortes zu. Sie erkannte es an der Bauart als Seegildeschiff, sagte aber nichts.

SECHZEHN: Oberstadt

Willenlos ließ sie sich mitziehen. Das kalte Glitzern in den Augen des Kriegers, diese Mischung aus Macht und Lüsternheit hatte sie vor Angst erstarren lassen, und so konnte er sie immer weiter von der Palisade fortzerren. Erst als er sie durch die flachen Bereiche des Fluod auf das alte Wasserviertel zutrieb, gewann Wizi ihr Beherrschung zurück. Schreiend versuchte sie, sich gegen den harten Griff zu wehren, doch der Mann war erheblich stärker als sie. An ihnen vorbei stürmten unaufhörlich weitere Steppenkrieger auf die umkämpfte Palisade zu. Durchs Wasser platschend brüllten sie ihre abgehackt klingenden Schlachtrufe und brachten sich so gegenseitig in Kampfstimmung. Niemand schien sich um die menschliche Beute zu kümmern, die der Krieger ins Lager schleppte. Im Vorantaumeln tastete Wizi nach ihrem Steinmesser, musste aber feststellen, dass es im Getümmel verlorengegangen war.

Als sie den Fluss überquert und den größten Sturm der Angreifer hinter sich gelassen hatten, wandte sich der Krieger an sie:

„Es ist völlig nutzlos, dass du dich wehrst, du kannst dich nur noch in dein Schicksal ergeben. Leider werde ich nicht der Erste sein, der sich mit dir vergnügt, denn ...“,

Wizi hätte ihm angesichts seines hämischen Grinsens gern die Augen ausgekratzt,

„ ... einer der direkten Unterführer des *Seo-Thruhtin*, unser Anführer hier, hat sich nämlich ausbedungen, dass keine der jungen Frauen, die wir gefangen nehmen, von uns berührt wird.“

Gespannt beobachtete der Mann die Wirkung seiner Worte, um dann, als er so etwas wie Hoffnung in den Augen seiner Gefangenen zu entdecken glaubte, höhnisch fortzufahren:

„Er will sich nämlich die Schönsten vorab an die Seite schaffen, haha, aber danach, mein Schätzchen, seid ihr alle fällig. Dann sind wir dran, hahaha ... und glaube mir, bei dir sorge ich dafür, dass ich direkt nach ihm an der Reihe bin.“

Wizi hätte losheulen können.

„Dann bring mich lieber sofort um“, flehte sie ihren Peiniger an.

„Das könnte dir so passen“, lachte der nur. „Glaubst du wirklich, ich würde mich um mein Vergnügen bringen? Nein, so blöd bin ich nicht. Komm jetzt endlich, und lass dich nicht so zerren!“

Laut schluchzend stolperte sie hinter ihm her.

Sie hatten bereits das ehemalige Altarmtor hinter sich gelassen und näherten sich dem Lager der *Hros-Wigmannen,* als sie von einem Krieger aufgehalten wurden, der sich offenbar beeilte, aus dem Lager zum Kampfgeschehen zu kommen.

„Heh!“, rief er Wizis Bewacher an. „Wohin willst du mit der Frau?“

„Zum Lager, wie befohlen. Wir sollen die jungen Frauen doch zum Befehlshaber bringen.“

„Bist du etwa verletzt, Mann?“

„Äh, nein ...nur, äh...“

„Wie ... nur, äh? Du willst dich wohl vom Kampf drücken, oder wie soll ich das sonst verstehen, was du hier machst? Du weißt, was der Befehlshaber darüber gesagt hat, wie mit Drückebergern zu verfahren ist?“

„Ich bin kein Drückeberger!“, regte sich der Angesprochene jetzt auf, wurde aber sofort wieder von seinem Gegenüber, offenbar einem Vorgesetzten, unterbrochen:

„Dann wirst du dich jetzt auch den Befehlen entsprechend verhalten und die Frau an die verletzten Lagerwachen übergeben!“

Als der Krieger noch zögerte, folgte sofort die Anweisung:

„Und damit meine ich sofort! Beeil dich, ich warte hier auf dich!“

Mit einem kurzen „Jawohl!“ riss der Gemaßregelte Wizi am Arm mit sich, um sie dem Nächstbesten der um das Lager herum verteilten Wachtposten zu übergeben.

Der Posten hatte eine leichte Armverletzung, war aber durchaus in der Lage, sein Opfer festzuhalten und zum Lager zu ziehen. Beim nächsten Wächter übergab er sie wieder, und so wurde Wizi von Mann zu Mann weitergereicht.

Am ersten Lagerfeuer trafen sie auf zwei Männer mit schwereren Verletzungen, die dort zur Wache eingeteilt waren. Diese übernahmen sie nur noch zu zweit und übergaben sie schließlich einem weiteren Paar, das sowohl Kopf- als auch Verletzungen der Gliedmaßen aufwies, zumindest deuteten die Bandagen der Krieger darauf hin.

Wizi machte sich angesichts der blutigen Verbände der neuen Bewacher Hoffnung, sich vielleicht losreißen und fliehen zu können, schließlich hatten beide nur noch ein unbedecktes Auge und waren am Hals bis zum Kinn verbunden. Auch Ohren und Wangen waren mit kleineren fleckigen Stofffetzen bedeckt. Außerdem trugen sie die umwickelten rechten Arme in einer Binde und schienen auch noch verletzte Knie zu besitzen.

Gefügig ließ sie sich zwischen ihnen abführen, gehalten nur vom linken Arm des Kriegers, der auf ihrer rechten Seite dahinhumpelte. Der Mann links von ihr hatte seinen rechten Arm in einer Binde und betrachtete sie lediglich argwöhnisch. Als Wizi kurz vor Erreichen der Zelte die Gelegenheit als günstig erachtete, riss sie sich ruckartig vom linken Arm des einen Wächters los und versuchte, sich hinter ihm aus dem Staub zu machen.

Doch kaum hatte sie den ersten Schritt getan, als der verletzte rechte Arm des zweiten Mannes mit einer unglaublichen Kraft und Schnelligkeit ihren linken Oberarm packte. Mit einem kurzen, schnappenden Schrei sackte sie vor Schmerz und Enttäuschung in die Knie. Wie war es möglich, dass man mit diesen Wunden noch so zufassen konnte?

„Wage das nicht noch einmal!“, flüsterte der Mann ihr ins Ohr, um dann lauter fortzufahren. „Holla! Wer wird denn so etwas machen? Freust du dich nicht darauf, mit so vielen starken Kriegern Bekanntschaft zu machen?“

„Bringt mich lieber um!“, flehte sie erneut, doch die Antwort war ganz ähnlich der, die sie kurz vorher schon vernommen hatte:

„Dafür bist du viel zu hübsch, Kleine, wann hat man als ausgehungerter Kämpfer schon mal eine solche Gelegenheit? Also halte gefälligst den Mund und komm mit!“

Hoffnungslos fügte sie sich und folgte den beiden.

Erstaunlicherweise gingen sie mit ihr nicht direkt in das Lager hinein, sondern drückten sich an seinem Rand herum. Ohne Warnung wurde sie plötzlich in eines der ersten Zelte gestoßen.

„Aber ...“, wollte Wizi gerade aufbegehren, als der erste Mann ihr den Mund zuhielt und ihr ein „Sei still! Keinen Mucks, hörst du?“ ins Ohr zischte. Zu dem Zweiten gewandt sagte er leise: „Sieh nach, ob keiner in der Nähe ist!“

Dieser verschwand aus dem Zelt, kam aber kurz danach zurück und nickte seinem Mitstreiter still zu.

„Wir kennen uns schon“, wisperte dann der erste, „du hast schon hinter mir auf dem Pferd gesessen. Und wenn du jetzt still bleibst, können wir überlegen, wie du hier wieder herauskommst.“

Wizi dachte, ihr bliebe das Herz stehen.

„Ihr seid Poto und Boto?“, flüsterte sie ungläubig, als Poto die Hand auf ihrem Gesicht etwas lockerte. „Wie kommt ihr hierher? Ihr wolltet doch fliehen! Und wieso seid ihr so schwer verletzt?“

„Eins nach dem anderen“, meinte nun Boto. „Jetzt ist nicht die Zeit für lange Gespräche, nur so viel: Wir haben es nicht geschafft, an unseren eigenen Leuten vorbeigekommen. Der Weg durchs Große Tal wimmelte nur so von *Hros-Wigmannen.* Um nicht als Verräter zu gelten, mussten wir uns ihnen anschließen.“

„Und die Verwundungen haben wir uns zugezogen“, fiel ihm sein Bruder ins Wort, „als wir beim Schlachten eines verletzten Pferdes helfen mussten. Wir haben einfach ein paar Lappen ins Pferdeblut getunkt und später ganz eindrucksvolle Verbände daraus gemacht. So mussten wir nicht mit in den Kampf.“

„Und was habt ihr nun vor?“

„Was hältst du davon, wenn wir dich aus dem Lager schleusen und du uns dafür mit nach Tvinhaag nimmst?“

„Ich hoffe, ihr wisst, dass Tvinhaag nicht unbedingt ein sicherer Aufenthaltsort ist. Habt ihr euch überlegt, was passiert, wenn Tvinhaag fällt?“

„Du hast schon recht“, pflichtete Boto ihr bei, „aber was sollen wir sonst tun? Bleiben wir hier, können wir uns auf Dauer nicht aus den Kämpfen heraushalten. Selbst, wenn wir sie unbeschadet überstehen ... Sollen wir dann am Plündern und Morden teilnehmen, um nicht aufzufallen?“

„Und wenn ihr noch einmal flieht?“

„Wohin? In die Steppe sind die Wege versperrt, die Kämpfe scheinen sich jetzt eher auf den Bereich Tvinhaag zu verlagern, vielleicht erreichen sie später auch das Schratgebirge. Das ist genau unsere Richtung. Wir könnten höchstens noch versuchen, hier über den Fluod zu setzen und dann am Rand des Holderlands die Baumberge zu umwandern. Die Gegend soll menschenleer und ziemlich wasserlos sein. Wir wären zu Fuß, denn mit Pferden kommen wir hier nicht heraus. Wir kennen die Gegend nicht und würden uns vermutlich heillos verlaufen und verdursten oder verhungern."

„Und was hättet ihr gemacht, wenn ich nicht zufällig in eure Hände geraten wäre?"

„Wenn du wüsstest, wie oft wir uns das schon gefragt haben."

„Und habt ihr schon eine Vorstellung, wie ihr mich nach Tvinhaag bringen wollt?"

„Ehrlich gesagt, nein", seufzte Boto.

Sie überlegten fieberhaft, wie sie vorgehen sollten, denn nach Aussage der beiden Brüder blieben die Zelte nur bis zum Abbruch der Kämpfe leer. Spätestens, wenn die ersten Krieger zurückkehrten, würde Wizi entdeckt werden.

„Könnt ihr schwimmen?"

„Nein, leider nicht." Boto und Poto warfen sich gegenseitig in Erinnerung an ihre Begegnung mit Frij einen Blick zu.

„Dann müssen wir direkt zurück ins Kampfgeschehen", überlegte Wizi. „Es ist fast dunkel, und wenn wir es in der Nacht schaffen, fast untergetaucht im Flachwasser des Fluod um den Steilhang der Oberstadt zu kriechen, könnten wir zur Treppe gelangen, die zum Grabentor hinaufführt. Allerdings ..."

„Was meinst du?"

„Allerdings könnte es uns passieren, dass wir aus Tvinhaag beschossen oder beworfen werden, während wir uns am Uferrand bewegen, aber das müssen wir wohl riskieren."

„Uns bleibt wohl keine Wahl", brummte Boto schulterzuckend. „Aber was mir noch nicht klar ist: Wie willst du unbemerkt an die Palisade von Tvinhaag kommen?"

„Könnt ihr mich nicht als *Hros-Wigmann* verkleiden?"

„Das wäre möglich", meinte Poto. „In den umliegenden leeren Zelten liegen noch einige Kleidungsstücke und Waffen, aber wir müssen uns beeilen."

„Und wir müssen uns unserer Bandagierungen entledigen und die Lederhauben aufsetzen", fügte Boto hinzu.

Sie nickten sich kurz zu und verließen das Zelt. Wizi hielt sich im Zeltschatten auf, sodass sie sich jederzeit ducken und verstecken konnte, falls jemand von den Steppenkriegern früher als seine Kampfgefährten kam. Boto und Poto mussten noch mehr auf der Hut sein, da sie in fremden Zelten Dinge entwenden wollten. Sollten sie dabei auffallen, hätten sie nur die Wahl, den rechtmäßigen Bewohner möglichst ohne Lärm umzubringen, andernfalls wartete das Todesurteil auf sie. Aus diesem Grund fragte Poto jedes Mal halblaut: „Bist du im Zelt?" und schlich sich dann vorsichtig hinein. Sein Bruder hielt derweil Wache und konnte Poto eventuell warnen.

In den ersten zwei Zelten wurden sie nicht fündig. Schon im dritten knurrte jemand: „Was ist denn los, verflucht?"

Als Poto notgedrungen den Kopf ins Zelt steckte, fauchte ihn der Krieger verärgert an: „Was weckst du mich? Ich bin heute vom Kampf befreit, weil ich die ganze Nacht Wache geschoben habe! Sag, was du willst und dann lass mich in Ruhe!"

Fieberhaft überlegte Poto, was er sagen könnte, ohne Verdacht zu erregen. Er kannte den Mann nicht und kam schließlich auf das Naheliegende:

„Wenn du jetzt nicht in den Kampf musst, kannst du mir deine Ausrüstung bis morgen leihen?"

Der Mann blickte finster, zumindest hatte Poto das Gefühl, obwohl in dem Zelt wegen der Dunkelheit kaum etwas zu erkennen war.

„Und was hast du mit deiner eigenen gemacht?"

„Ich komme gerade von der Palisade ... diese Ratten aus Tvinhaag haben plötzlich einen Ausfall gemacht ..."

„Ja und?"

„Ja, äh, weil ich ganz vorn am Geschehen war, haben sie mich sofort erwischt. Sie haben mir die Haube vom Kopf gerissen und mir die Waffen abgenommen."

„Wie, sie haben dich nicht sofort umgebracht?“

„Wäre ich sonst hier?“

„Äh, nein, eigentlich nicht. Und wie bist du wieder freigekommen?“

„Ich weiß nicht, was sie mit mir vorhatten. Ich habe schon gedacht, sie wollten Gefangene machen, um sie gegen die Frau einzutauschen.“

„Wie, wir haben eine Frau gefangen?“

Der Mann setzte sich auf und schien plötzlich hellwach.

„Beruhige dich! Zunächst mal ist die Frau nur für den Unterführer des *Seo-Thruhtin* bestimmt. Vielleicht kommst du danach ja auch noch an die Reihe. Auf jeden Fall kannst du dich ausschlafen, bis es soweit ist.“

„Gut, umso besser, ausgeschlafen macht es sowieso mehr Spaß.“

Mit diesen Worten drehte der Mann sich wieder auf die Seite.

„Heh, was ist nun mit deiner Ausrüstung?“, fuhr Poto ihn an.

„Wie? Ach so, ja. Wann bringst du sie denn zurück?“

„Bald, es wird sicher nicht mehr lang dauern“, beschwichtigte Poto ihn, „Tvinhaag fällt heute bestimmt nicht mehr.“

„Gut, gut, leg sie mir nachher wieder rein, sie liegt vorn am Eingang. Aber weck mich nicht wieder, hörst du?“

„Versprochen!“

Mit wenigen Griffen hatte Poto die Ausrüstung an sich genommen und wurde draußen schon sehnlichst erwartet.

„Jetzt aber schnell“, trieb sein Bruder ihn an. „Ich habe schon befürchtet, du wolltest ihm deine ganze Lebensgeschichte erzählen.“

Wizi hatte sofort nach den Kleidern gegriffen, setzte sich die Haube auf und nahm den kurzen Speer zur Hand.

„Na, wie sehe ich aus?“

„Den Göttern sei Dank sind dir die Sachen zu groß“, meinte Boto. „Sonst könnte vielleicht doch noch jemand darauf kommen, dass eine Frau drinsteckt“, und mit einem Grinsen setzte er hinzu: „Besonders oben.“

Wizi schaute erschrocken an sich herunter, ihre üppigen Brüste hätten sie tatsächlich verraten können. So aber schlotterten die Kleidungsstücke an ihr herum, ohne irgendwelche Konturen zu zeigen.

„Lass dich bloß nicht von einem der Anführer begutachten“, setzte Poto noch hinzu. „Sie reagieren manchmal übertrieben genau, wenn ihnen das Aussehen ihrer Krieger nicht passt.“

Kurze Zeit später durchschritten die drei das Tor zum ehemaligen Wasserviertel, von dem jetzt nur noch ein Haufen von Trümmern und verkohlten Dachbalken übrig war.

Wizi schaute sich traurig um, hatte doch dieser Turm für sie die Hoffnung auf Freiheit und Sicherheit bedeutet. Doch für Erinnerungen war jetzt keine Zeit, sie mussten schleunigst den Fluod überqueren und dort eine Gelegenheit zur Flucht suchen. Ihre Schritte gingen zielstrebig, von Wizi geführt, auf den Holzsteg zu, der die flachen Flussinseln überbrückte und schließlich vor dem Fluodtor endete. Auf der ersten Insel konnten sie auf die Anleger blicken, an denen normalerweise die Schlauchflöße lagen. Die Anlegestellen hatten die *Hros-Wigmannen* zwar nicht angerührt, dafür aber in ihrer Wut alle Flöße zerstört. Die Überreste wie zerbrochene Holzstangen und zerfetzte Lederschläuche schauten noch aus dem flachen Wasser.

Inzwischen bewegten sie sich zwischen vielen anderen *Hros-Wigmannen,* die anscheinend alle planlos durcheinanderliefen. Inmitten des Gewühls fielen sie nicht weiter auf. Als sie die zweite Insel überquert hatten, erkannten sie den Grund für die herrschende Unordnung. Der Schlachtenlärm tobte genau an der neuen Palisade, die Verteidiger bemühten sich offenbar nach Kräften, die Steppenkrieger zurückzuschlagen, doch waren sie zahlenmäßig heillos unterlegen. Wegen des schmalen Flussufers vor der Palisade drängten sich dort so viele *Hros-Wigmannen,* dass sie sich meist gegenseitig behinderten. Von hinten drückten weitere nach, was das Chaos noch verstärkte. Wizi sah, dass sich vor der Lücke in der Befestigung, durch die man sie selbst hinausgezerrt hatte, der dichteste Pulk staute. Als sie bemerkte, dass die Verteidiger dort die größte Not hatten, den Feind zurückzuhalten, blieb ihr fast das Herz stehen. Sicher war Gruoni genau an dieser Stelle und kämpfte mit den Gefährten um sein und aller Bewohner Leben. Während sich die Steppenkrieger in dem Getümmel immer wieder ablösen konnten, mussten die wenigen Männer hinter der Palisade pausenlos bis zur Erschöpfung kämpfen.

Poto und Boto sahen Wizi besorgt an. Auch sie hatten die eingerissenen Pfähle bemerkt. Boto wies plötzlich auf die Handvoll Männer, die oben auf der Befestigung standen und sich bemühten, die Sturmleitern umzustoßen, die die *Hros-Wigmannen* trotz des Durcheinanders immer wieder anzustellen versuchten. Sie waren plötzlich gleichzeitig hinter den Pfählen weggetaucht und hatten den Wehrzaun den Angreifern überlassen. Wenige Augenblicke später erstiegen die ersten Steppenkrieger ihre gerade aufgestellten Leitern.

Dann brach ein Toben und Schreien ohnegleichen aus. Wizi wurde bleich, als sie sah, wie der Widerstand an der Lücke zusammenbrach und nun die Eroberer versuchten, sich durch das Loch zu zwängen. Da alle gleichzeitig hinein wollten, entstand abermals ein unübersichtliches Gedränge. Auch die Aufmerksamkeit der noch auf der Insel wartenden Krieger war von diesem Geschehen gefangen genommen. Alle schrien und drängten auf den unverteidigten Durchgang zu. Wizi wäre am liebsten auch hineingeschlüpft, um nach Gruoni zu suchen, aber sie wusste, dass sie dort nichts weiter ausrichten konnte.

„Los! Das ist die Gelegenheit!“, zischte sie Boto und Poto zu, zerrte sie am Wams und bedeutete ihnen, ihr durch das Wasser des Fluod zu folgen, so als ob sie voller Ungeduld nicht mehr darauf warten wollten, sich in die Kolonne einzureihen, die den Steg überquerte.

„Kommt, das Wasser ist hier nicht so tief, wir können durchwaten“, rief sie vernehmlich ihren Gefährten zu. Die setzten sich auch sofort in Bewegung, was zur Folge hatte, dass viele der Steppenkrieger ungeduldig ihrem Beispiel folgten. So tauchten sie zu dritt wieder in der Menge der Krieger unter.

„Da, es ... es brennt!“, stammelte Boto und zeigte zur Stadt hinüber. Tatsächlich sah man hinter der Palisade Rauch aufsteigen, und jetzt zeigten sich auch die ersten Flammen, die in den inzwischen dunklen Himmel emporschlugen. Alle blieben unvermittelt stehen und starrten auf das Feuer. Offensichtlich waren sie nicht imstande, die Bedeutung der Flammen zu verstehen. Handelte es sich vielleicht wieder um eine Falle der Tvinhaager oder war das der Fall der stolzen Siedlung? Plötzlich begann jemand aus einem Siegesgefühl heraus zu jubeln und alle nahmen diesen Ruf auf. Er verbreitete sich in der Kriegerschar und es entstand ein ohrenbetäubender Lärm.

„Das Mundeviertel brennt!“, musste Wizi ihren Begleitern einzeln ins Ohr schreien, um verstanden zu werden.

„Folgt mir jetzt, schnell!“

In wenigen Schritten waren sie auf dem trockenen Streifen vor der Palisade, wandten sich nach links, weg von dem Schlupfloch, und hasteten gebückt an den Stämmen entlang auf den Hügel der Oberstadt zu. Hier hielt sich kein Steppenkrieger mehr auf, da alle auf die Lücke in der Palisade zustrebten. Wizi vergewisserte sich, dass niemand sie beachtete und ließ sich dann ins flache Wasser des Fluod fallen. Nur der obere Teil des Kopfes schaute noch heraus. Poto und Boto taten es ihr nach. Bei der inzwischen herrschenden Dunkelheit waren sie nicht mehr zu erkennen, zumal die *Hros-Wigmannen* alle ihre Blicke in Richtung des Feuers gerichtet hatten.

Langsam robbten sie sich am Flussufer entlang. Es war eine nicht enden wollende Strecke, die sie auf diese unangenehme Weise hinter sich bringen mussten. Die Flussschleife um die Oberstadt schien kein Ende nehmen zu wollen.

„Passt auf, dass ihr euch nicht zu weit vom Ufer entfernt“, warnte Wizi ihre Begleiter. „Der Fluss soll in dieser Biegung eine starke Strömung entwickeln und auch ziemlich tief sein.“

„Können wir uns nicht aufrecht vorwärts bewegen“, maulte Poto ungeduldig. „Auf uns hier unten achtet sowieso keiner, und außerdem ist mir bitterkalt.“

„Die Kinder und Jugendlichen lösen sich bei der Wache auf der Mauer über dem Steilhang ab. Du kannst sicher sein, dass sie aufpassen wie die Luchse. Sie tragen zum ersten Mal in ihrem Leben richtige Verantwortung für alle Einwohner, und es ist den meisten von ihnen völlig neu, dass die Erwachsenen ihnen vorbehaltlos vertrauen. Ich bleibe lieber untergetaucht, statt einen Hagel Steine von dort oben abzubekommen.“

Poto brummelte noch etwas, kroch aber vorsichtshalber weiter.

„So, der größte Teil ist geschafft“, meinte Wizi schließlich und wies mit einer Kopfbewegung nach oben, wo der Letzte einer Reihe von gedrungenen Wehrtürmen als dunkles Viereck über dem Steilhang in den Nachthimmel ragte. Beim nächsten Turm verlassen wir das Wasser. Wie es dann weitergehen wird, müssen wir dort entscheiden.“

Trotz der Ankündigung mussten sie sich noch eine ganze Weile im Wasser vorwärts bewegen, bis sie endlich die Stelle erreicht hatten, an der der Flusslauf zur Abendseite hin abknickte und sich damit von der Steilkante des Hügels entfernte. Deutlich sahen sie den Turm über sich, an dem die Palisade begann, die hinunter zum Grabentor führte.

Vorsichtig krochen sie, vor Kälte schlotternd, aus dem Wasser. Ihre Kleider klebten triefnass an ihren Körpern, dass sie sich gern wie die Hunde geschüttelt hätten. Aus Vorsicht blieben sie aber noch liegen und schauten sich zunächst einmal um.

„Seht ihr die Feuer?“, flüsterte Boto. „Der Belagerungsring scheint nicht ganz bis zum Fluss hinunterzugehen. Das letzte Feuer ist in einigem Abstand vom Ende des Steilhangs zu sehen.“

„Wie ist das bei euch Steppenkriegern?“, fragte Wizi nun und nahm in der Dunkelheit den peinlich berührten Gesichtsausdruck der beiden jungen Männer wegen dieser Zuordnung nicht wahr. „Werden die Wachen entfernt vom Lager aufgestellt oder direkt am Lagerrand?“

„Eher am Lagerrand. Wir *Hros-Wigmannen* ...“, dieser Einschub wurde etwas betont, „kennen in der Gemeinschaft keine Angst.“

Wizi verstand den dezenten Hinweis, reagierte aber nicht darauf.

„Dann könnten wir uns genau in der Mitte zwischen den Feuern und dem Hang entlang bewegen, ohne dass eine Seite uns wahrnehmen kann“, überlegte Wizi laut. „Allerdings wäre es weiter angebracht, auf allen vieren zu kriechen, schließlich wollen wir ja von keiner Seite aus bemerkt werden.“

„Warum nicht von den Bewohnern Tvinhaags?“, fragte Boto erstaunt.

„Was meinst du wohl, lieber Bruder, für wen sie uns bei unserem Aussehen halten würden, und was meinst du, wie sie uns empfangen würden?“

„Na ja, wohl nicht sonderlich freundlich“, murmelte Boto kleinlaut angesichts seiner Frage. „Aber wie sollen wir dann überhaupt in die Oberstadt kommen? Ich zumindest habe keine Kleidung der Tvinhaager Stadtwache unter meinem Wams.“

„Ich muss direkt ans Tor gelangen, damit sie mich an der Stimme erkennen können, zur Not muss ich vorher meine Kleidung ablegen.“

“Hihi“, kicherte Poto, „ich wusste gar nicht, dass wir zum Vergnügen hier sind.“

Trotz der angespannten Lage mussten alle drei schmunzeln.

„Ich schlage also vor, wir bewegen uns bis zur Höhe des Grabentors vorwärts und biegen dann direkt in Richtung auf die Treppe ab. Da ich hier ortskundig bin, gehe, äh, krieche ich voran.“

„Mir tun die Knie noch von eben weh, reicht es nicht, wenn wir geduckt gehen?“

„Kein Risiko!“, befand Wizi, kontrollierte den richtigen Sitz ihres Speers und erhob sich in Vierfüßlerstellung.

Wegen der nassen Kleider froren sie nach wie vor, trotzdem empfanden sie das Kriechen als eindeutige Verbesserung gegenüber dem Robben im flachen Wasser.

Sie hatten etwa die Hälfte der Strecke hinter sich, als sich plötzlich zwei speerbewehrte Gestalten vor ihnen aus der Dunkelheit erhoben.

„Na, wen haben wir denn da?“, spottete der *Hros-Wigmann* und hielt seinen Speer auf Wizi gerichtet. Boto wurde gleichzeitig von dem Zweiten bedroht. Obwohl Poto selbst keine Waffe auf sich gerichtet sah, wäre es sinnlos gewesen anzugreifen, da er damit seine Gefährten dem sicheren Tod ausgeliefert hätte. Außerdem sah er, dass die beiden Männer noch einen zweiten Spieß an einer Rückenschlaufe mit sich führten. ‚Wachen sind oft doppelt bewaffnet’, fiel ihm ein. Er musste sich schnell etwas einfallen lassen, um die Lage zu entschärfen.

„Wachkontrolle!“ rief er spontan.

„Wie, so etwas gibt es jetzt auch?“, fragte der erste Wächter misstrauisch, ohne den Speer zu senken.

„Du weißt doch, dass es bei neuen Anführern immer auch neue Anweisungen gibt!“, lautete Potos schnelle Antwort. „Schau uns an, sehen wir vielleicht aus wie die Tvinhaager Stadtkrieger?“

Der Wachtposten gab ihnen mit dem Speer ein Zeichen, sich zu erheben und begutachtete sie im fahlen Licht der entfernt brennenden Feuer. Dann senkten er und sein Mitwächter die Waffen.

„Schöne Überwacher seid ihr“, spottete er dann. „Ihr könnt froh sein, dass wir euch nicht sofort abgestochen haben. Seid das nächste Mal vorsichtiger.“

„Na ja“, meinte Wizi mit verstellter Stimme, „wir machen das schließlich auch zum ersten Mal.“

Dabei nahm sie wie beiläufig, als ob es ihr bequemer wäre, ihren eigenen Spieß zur Hand, ohne ihn allerdings auf ihr Gegenüber zu richten. Poto und sein Bruder sahen das und folgten ihrem Beispiel.

„Das hätte aber auch das letzte Mal sein können“, fügte der Wächter belehrend hinzu.

„Stimmt“, gab Wizi zu. „So schnell kann es manchmal gehen.“

Wie aus dem Nichts riss sie ihren Speer hoch und traf den Mann mitten ins Herz. Mit einem gurgelnden Laut sackte er zusammen. Die Bewegung war so unerwartet für den zweiten Krieger gekommen, dass er nur noch Zeit hatte, seinen Mund aufzureißen, zum Schrei kam es nicht mehr. Die Speerspitzen der beiden Brüder steckten ihm in Hals und Brust. Auch er sank lautlos auf den Boden.

Betroffen und stumm standen Poto und Boto neben ihrem Opfer und starrten auf die beiden Toten. Wizis Handlung hatte sie gezwungen, den zweiten Mann sofort zu töten, um nicht durch sein Geschrei von den *Hros-Wigmannen* entdeckt zu werden. Boto gewann seine Sprache zuerst zurück.

„War das nötig?“

„Was meinst du?“, antwortete Wizi.

„Den Mann einfach ohne Vorwarnung zu töten.“

„Siehst du eine andere Möglichkeit?“

„Ich weiß nicht, aber die beiden hatten ja nicht vor, uns etwas zu tun.“

„Noch nicht. Und wie hättest du dich von ihnen verabschiedet? Hättest du vielleicht gefragt: Wie kommen wir denn am besten nach Tvinhhag? Wir halten nämlich nicht viel von den *Hros-Wigmannen.* Was meinst du, was sie dann mit uns gemacht hätten? Und beim geringsten Geschrei hätten die Wachen an den Feuern die Reiter gerufen. Sie hätten uns erreicht, lange bevor wir nur in die Nähe der Palisade gelangt wären.“

Wizi hatte sich in Rage geredet und musste sich zügeln, um nicht laut zu werden. Poto legte beschwichtigend seine Hand auf ihre Schulter.

„Das wissen wir doch, Wizi“, meinte er beruhigend. „Es ist nur so, dass für uns das Töten inzwischen ein Graus geworden ist. Deswegen die Bemerkung meines Bruders.“

Boto nickte zustimmend, aber für Wizi war das Problem damit noch nicht gelöst.

„Ich gebe ja zu, dass ein friedliches Leben dem Krieg bei weitem vorzuziehen ist“, erwiderte sie. „Aber ihr müsst euch auch überlegen, dass es die *Hros-Wigmannen* waren, die dieses Morden angefangen haben. Und ich möchte mir gar nicht ausmalen, was sie mit der Bevölkerung Tvinhaags anstellen, falls die Siedlung fallen sollte.“

Als die beiden betreten schwiegen, setzte sie hinzu: „Bevor Gruoni und ich nach Tvinhaag hineingekommen sind, sind wir mehr als einen Tag ihre Gefangenen gewesen. Muss ich euch noch sagen, was mit gefangenen Frauen dort im Lager passiert?“

Sie holte tief Luft, um sich wieder zu beruhigen, schluckte zweimal und setzte dann stockend hinzu: „Wenn ihr nicht gewesen wäret, wäre es mir fast ein zweites Mal so ergangen. Dafür bin ich euch sehr dankbar ...“

Die beiden Brüder erwiderten nichts und nahmen sie gemeinsam in den Arm.

„Ach übrigens, dass die Wachen so weit außerhalb des Lagers aufgestellt werden, ist völlig neu für uns“, wisperte Boto ihr zu, so als wollte er sich für den Zwischenfall entschuldigen.

„Lass nur“, flüsterte sie zurück. „Wir hätten sie auch nicht bemerkt, wenn wir es gewusst hätten. Sie müssen in einer Art Bodensenke gesteckt haben, so plötzlich, wie sie vor uns standen.“

Nachdem sie den Kriegern die Spieße und Steinbeile abgenommen hatten – Tvinhaag konnte jede zusätzliche Waffe gebrauchen – hatten sie kriechend einen Bogen zur Treppe am Grabentor beschrieben. Wizi erkannte in der Dunkelheit das Brombeergestrüpp vor dem Aufgang als großen, düsteren Haufen. Gerade wollte sie die beiden Brüder darauf aufmerksam machen, als sie am Rand dieser dunklen Masse eine kleine Bewegung bemerkte. Sofort stupste sie Poto und Boto, die sich auf beiden Seiten von ihr vorwärts mühten, an den Schultern. Beide erstarrten in ihren Bewegungen und versuchten wie Wizi, vor sich etwas zu erkennen. Als sie eine Weile gemeinsam auf den schwarzen Hügel vor sich gestarrt hatten, gewahrten sie erneut ein leichtes Zucken im Buschwerk. Jetzt erschien über dem Schatten des Brombeergesträuchs die Silhouette eines Kopfes mit Schultern, daneben wie ein schwarzer Strich die Spitze einer Lanze. Der Krieger teilte irgendjemandem etwas mit, denn Wizi vernahm ein Raunen, ohne jedoch den Inhalt dieser Botschaft verstehen zu können. Einen Augenblick später erschienen die dunklen Umrisse von zwei weiteren Männern. Jetzt hatte sich auch der Krieger erhoben, der vorher im Schatten des Gebüschs gesessen hatte. Sie schienen sich gegenseitig etwas zuzuflüstern, wieder so leise, dass man die Worte nicht verstehen konnte.

Wizi war tief erschrocken darüber, wie nah sich die *Hros-Wigmannen* an die Befestigung Tvinhaags wagten. Keineswegs befanden sich die Wachen nur in direkter Umgebung des Lagers. Die Erfahrung vorhin hatte sie bereits eines Besseren belehrt, und nun hockten die fremden Krieger bereits am Fuß der Treppe, die eigentlich immer als letzte Ausbruchsmöglichkeit für die Stadtbewohner gegolten hatte. Vielleicht hätte Gruoni sich mit seiner Idee, die Sturmleitern zu erbeuten, zurückhalten sollen. So hatte er die Aufmerksamkeit der Belagerer regelrecht auf diesen Eingang gelenkt.

Als sie gerade darüber nachdachte, wie viele Männer noch in ihrer direkten Umgebung wären, stieß Poto sie an und wies mit einer Kopfbewegung auf das Gebüsch. Zwei weitere Krieger schlichen auf ihre Mitstreiter zu. Als sie sie erreicht hatten, teilten sie sich aufgeregt irgendwelche Neuigkeiten mit. Sie redeten nun etwas lauter miteinander als vorher, allerdings war der Inhalt für Wizi und die Brüder immer noch unverständlich. Da die Männer wegen des Gesprächs offenbar nicht weiter auf ihre Umgebung achteten, traute sich Wizi ebenfalls, leise zu Poto und Boto zu sprechen.

„Habt ihr außer den sechs Männern da noch weitere bemerkt?“

Ein beiderseitiges Kopfschütteln war die Antwort.

„Sie blockieren die Treppe“, fuhr Wizi fort. „Habt ihr eine Idee, wie wir an ihnen vorbeikommen könnten?“

Wieder gemeinsames Kopfschütteln.

‚Auf Einfallsreichtum wird bei den *Hros-Wigmannen* wohl kein besonderer Wert gelegt’, dachte die ehemalige Sklavin etwas abschätzig, sagte es aber nicht laut.

„Ich fürchte, wir müssen wieder auf Überraschung setzen“, zischelte sie dann den beiden Brüdern zu. „Sie sind doppelt so viele wie wir.“

„Und wenn wir laut um Hilfe rufen? Vielleicht kommen sie dann oben aus dem Turm und helfen uns.“

„Sie würden zunächst einmal an eine Falle denken, und bis sie die Lage richtig eingeschätzt haben, sind wir schon tot oder gefangen.“

Wizi blickte sich erneut um: „Außerdem müssen wir damit rechnen, dass die sechs dort nicht die Einzigen sind, die sich hier in der Nähe herumtreiben.“

„Und jetzt?“, meinte Boto entmutigt.

„Wir haben mit den Speeren der toten Wächter zusammen sieben, das ist immerhin einer mehr, als wir zahlenmäßig benötigten.“

„Du vergisst, dass die Krieger dort drüben auch bewaffnet sind.“

„Deswegen habe ich ja gesagt, dass wir auf Überraschung setzen müssen. Zumindest sehe ich keine andere Möglichkeit.“

„Und was hast du genau vor?“

„Wir haben den Vorteil, dass wir liegen. So werden sie uns in der Dunkelheit zunächst nicht wahrnehmen. Wir trennen uns jetzt und kriechen an verschiedene Stellen, die den Männern so nah sind, dass wir sie möglichst nicht verfehlen. Außerdem müssen wir uns so anordnen, dass wir uns nicht selbst gegenseitig gefährden. Du, Poto, könntest dort hinübergehen und du, Boto, zur anderen Seite. Ich selbst bleibe hier und krieche nur noch etwas näher zur Treppe.“

„Und warum willst du unbedingt die Nächste an der Treppe sein?“

Die Frage klang misstrauisch.

„Weil ich im Zweifel die Einzige von uns bin, die die Verteidiger von Tvinhaag dazu bewegen kann, für uns das Tor zu öffnen. Oder willst du dich selbst hinstellen? Vermutlich hättest du noch kein Wort hervorgebracht, da wärst du schon von einem Pfeil durchbohrt.“

„Du hast ja recht, entschuldige bitte. Ich bin einfach zu aufgeregt.“

„Mit gutem Grund! Schließlich können wir dieses Spiel auch verlieren.“

„Und wie soll es dann weitergehen?“

„Einer von uns muss die Hand heben ... das könntest du machen. Dann springen wir auf, töten jeweils einen der Krieger, die wir vorher ausgemacht haben, und lassen uns sofort wieder fallen. Damit sind wir erst einmal wieder aus ihrem Blickfeld. Da sie aber mitbekommen haben, wo wir uns fallen gelassen haben, müssen wir uns sofort von diesem Platz entfernen, am besten durch Wegrollen. Sie werden wahrscheinlich die Speere, die sie in der Hand haben, dorthin werfen, wo sie uns vermuten, auch wenn sie uns nicht richtig erkennen können. Seht ihr das bis dahin auch so?“

Die Brüder nickten nur.

„Gut, wenn es bis hierher geklappt hat, stehen uns nur noch drei gegenüber. Genau so viel, wie wir selbst sind. Dann das gleiche von vorn, Poto gibt wieder das Handzeichen und wir werfen erneut. Und dann hinauf auf die Treppe. Richtet euch darauf ein, dass ich laut rufen werde und lasst euch auf keinen Fall davon ablenken, dass ich mich im Laufen entkleiden werde. Denkt daran, dass ihr direkt hinter mir bleibt, sozusagen in meinem Körperschatten. Die in Tvinhaag könnten euch für meine Verfolger halten, aber wenn ihr direkt hinter mir seid, werden sie es nicht wagen, auf euch zu zielen, um mich nicht zu gefährden. Was haltet ihr davon?“

Die beiden abtrünnigen *Hros-Wigmannen* schlossen sich in Ermangelung eigener Vorstellungen Wizis Vorschlag an. Sie legten noch fest, wie sie es verhindern wollten, dass zwei von ihnen ihre Spieße auf den gleichen Krieger warfen, dann robbten sie vorsichtig in verschiedene Richtungen davon. Als Poto seinen Platz eingenommen hatte, wartete er noch kurze Zeit, damit sich seine Mitstreiter auch sicher vorbereiten konnten. Er hob den Arm, sprang auf und warf seinen Speer. Mit einem Gurgellaut brach der getroffene Krieger zusammen. Genauso ging es dem Mann, der von Boto anvisiert worden war. Nur der von Wizi getroffene ließ einen lauten Fluch vernehmen, Wizis Speer hatte ihn nur oberflächlich geritzt. Sie hatte den Schild aus verflochtenen Zweigen, den er am linken Arm trug, nicht gesehen. Da die Opfer der beiden Brüder von ihrer rechten Seite getroffen wurden, nützte ihnen der Schild am linken Arm nicht.

„Feeiiiinde!“, rief der leicht Verletzte und warf seinen Spieß direkt auf Wizi. Die hatte sich gerade durch Umdrehen aus der Wurflinie bringen können, der Speer steckte nur eine Handbreit neben ihr im Boden. Sie ergriff ihn, riss ihn heraus und warf ihn bereits im Aufspringen erneut auf ihr ausgemachtes Ziel. Der Angegriffene konnte jedoch seinen Schild rechtzeitig hochreißen, sodass die Spitze die Hölzer zwar durchschlug, aber danach ihre Kraft verloren hatten. Auch Boto und Poto hatten noch einmal versucht, mit ihrem jeweils zweiten Spieß einen Treffer zu landen, doch das gelang nur Boto, da auch der Gegner Potos seinen Schild zu benutzen wusste. Die *Hros-Wigmannen* waren bisher dermaßen davon in Anspruch genommen, den auf sie geworfenen Speeren auszuweichen, dass sie noch nicht selbst zum Wurf gekommen waren. Die drei Überlebenden versperrten jetzt genau den Zugang zur Treppe.

„Zu Hilfe! Feinde! Zu Hilfe!“, brüllte Wizis Gegner und seine Gefährten stimmte in sein Geschrei ein. Gleichzeitig warfen alle Beteiligten, die noch einen Speer besaßen, diesen auf einen der Gegner. Wegen der Hektik des Geschehens gingen aber alle daneben. Doch nun sah man aus verschiedenen Richtungen Schatten zum Ort des Geschehens eilten. Die *Hros-Wigmannen* hatten ein ganzes Netz von Wachtposten entlang der Verteidigungslinie aufgestellt. In Panik versuchten Boto und Poto, sich möglichst schnell von ihren Widersachern zu entfernen und sprangen auf das Brombeergebüsch zu. Dort tauchten sie in der Dunkelheit unter und waren nicht mehr auszumachen. Zwei der beiden Steppenkrieger sprangen ihnen nach, um für Boto, der im Forteilen noch einen Speer aufgehoben hatte, keine Zielscheibe abzugeben. Der dritte stand nach wie vor Wizi gegenüber. Beide hatten ihre Steinbeile wurfbereit erhoben. Fieberhaft überlegte Wizi, was zu tun sei. Einen Zweikampf mit dem Mann ihr gegenüber würde sie vermutlich verlieren, sie konnte nur noch auf Hilfe aus Tvinhaag setzen.

„Gruoooooni!“, schrie sie aus vollem Hals mit ihrer natürlichen Stimme, obwohl sie ahnte, dass ihr Angetrauter sich auf der anderen Seite Tvinhaags befand, da, wo sie vorher noch die Kämpfe beobachtet hatte.

Der Krieger an der Treppe stutzte, als er ihre Stimme hörte und ließ einen Augenblick das Beil sinken.

„Eine F ... Frau?“, hörte Wizi ihn fassungslos stottern. Diesen Moment nutzte sie. Ohne weiter zu überlegen, warf sie ihre Axt und traf den Mann in der rechten Schulter. Der ließ vor Schmerz das eigene Beil fallen. Den Schwall frischen Bluts, der aus seiner Verletzung floss, versuchte er zurückzuhalten, indem er seine linke Hand auf den breiten Riss in seiner Schulter presste. Trotz des klaffenden Wunde sprang er zornbebend auf Wizi zu. Da er den rechten Arm nicht mehr gebrauchen konnte, ließ er den Schild fallen und griff sich ungeachtet seiner Verwundung einen der herumliegenden Spieße. Wizi sprang zur Seite. Die Bewegungen des Mannes waren durch die Verletzung ungelenk, zudem musste er den linken Arm benutzen, sodass sie seinem Wurf entgehen konnte. Sie lief einen kleinen Bogen, hob ihrerseits einen Speer auf und warf, allerdings auch ohne Erfolg. Aufregung und Dunkelheit taten das ihre und der Spieß flog weit an seinem Ziel vorbei. Durch den Bogen, den sie gelaufen war, befand sie sich nun zwischen dem Aufgang der Treppe und dem Mann. Mit dem Rücken zu den Stufen erwartete sie ihn nun, doch er war durch seinen Blutverlust so geschwächt, dass er nach zwei weiteren Schritten zusammenbrach.

„Poto, Boto, kommt her zu mir!“, rief sie, als ihr auffiel, dass die beiden Brüder sich anschickten, den Kampf Mann gegen Mann aufzunehmen. Botos letzter Speerwurf hatte die zwei Steppenkrieger zwar noch einmal kurz zurückweichen lassen, doch angesichts der nahenden Verstärkung stieg ihr Mut, und so wagten sie es, sich den Brüdern zu nähern. Als in diesem Augenblick Wizis Rufe ertönten, liefen Poto und Boto sofort in Richtung Treppe, was den verletzten Krieger dort in arge Bedrängnis brachte. Vor sich die kampfbereite Frau und von hinten zwei Männer, die auf ihn zustürmten. Trotz seiner Schwäche raffte er sich auf und stolperte auf das Brombeerdickicht zu.

„Gruoooni! Gruooni!“, schrie Wizi nun aus voller Kehle und versuchte, dicht von den beiden Brüdern gefolgt, die Treppe zu erklimmen. Um den feindlichen Kriegern dabei nicht den Rücken zuzukehren, mussten sie seitwärtsgehen, was den Aufstieg in der Dunkelheit sehr erschwerte. Die beiden Verfolger von Boto und Poto waren schon dichtauf, ihre Beile kampfbereit in der Faust. Zwei aufgelesene Spieße hatten sie in der Aufregung bereits aus weitem Abstand geworfen, dadurch aber ihre Ziele verfehlt. Obwohl die beiden Brüder keine Speere mehr besaßen, hatten die Verfolger vor diesen falschen Steppenkriegern so viel Respekt, dass sie stets einen kurzen Abstand wahrten. Sie hofften wohl auf eine günstige Gelegenheit zuzuschlagen, wenn einer der Flüchtenden beim Aufstieg ins Straucheln kam. Als die Gruppe sich etwa bis zur Hälfte der Treppe vorgekämpft hatte, waren die ersten herbeieilenden Wachen aus der Umgebung am Grund des Aufgangs angelangt. Da sie die Stufen vorwärts erklimmen konnten, holten sie schnell auf. Diese Krieger waren mit Speeren bewaffnet und konnten sich so Boto und Poto viel gefahrloser nähern als ihre Kameraden vor ihnen.

Plötzlich wurde es heller. Brennende Strohbündel fielen vom Grabentor über ihnen. Sie rollten ein Stück die Treppenstufen hinunter und erleuchteten das Schauspiel, das sich dort abspielte. Im flackernden Licht der brennenden Büschel waren auch auf dem Turm Gestalten zu erkennen, die sich etwas über die Brüstung beugten, wohl um genauer zu erkennen, was der Lärm zu bedeuten hatte. Das war die Gelegenheit, die Wizi erhofft hatte. Weiter lauthals den Namen Gruonis brüllend riss sie sich die Ausrüstung der *Hros-Wigmannen* vom Leib, und obwohl das Licht eher schummerig war, war sie nun von allen als Frau zu erkennen. Nackt rannte sie die Treppe hinauf, unaufhörlich um Hilfe rufend.

Als die Steppenkrieger sich Boto und Poto auf wenige Schritte genähert hatten, schwang das Tor auf und ein einzelner Mann mit Bogen und Köcher trat aus dem Turm. Weitere Strohbündel wurden geworfen und die Treppe lag für die an die Dunkelheit gewohnten Augen in hellem Licht.

Der Mann mit dem Bogen legte einen Pfeil auf, spannte mit schmerzverzerrtem Gesicht seine Waffe und ließ den Pfeil auf die Steppenkrieger zuschnellen. Mit einem Schmerzensschrei brach der erste Verfolger auf der Treppe zusammen.

„Nicht auf unsere Freunde schießen!“, rief Wizi ihm mit überschnappender Stimme zu. Der Mann wirkte irritiert und kam ihr entgegen. Die *Hros-Wigmannen,* die einen Moment wegen des Schützen zurückgeblieben waren, versuchten jetzt wieder, die beiden Brüder zu erreichen.

„Wer sind unsere Freunde, Wizi?“, rief der Mann mit einem eigenartigen Akzent.

Wizi war vor Freude außer sich, als sie den *Ihseligen* erkannte.

„Die ersten beiden, mein Retter!“, rief sie ihm zu.

Er nickte und schoss den zweiten Pfeil ab. Wieder brach ein *Hros-Wigmann* zusammen. Sofort blieben die anderen zurück und duckten sich, um ein kleineres Ziel abzugeben. Boto und Poto nutzten die Gunst des Augenblicks und stürmten den Rest der Treppe hinauf.

„Warum bist du nackt?“, grinste der *Ihselige* Wizi an, als sie gemeinsam durch das geöffnete Tor eilten.

„Damit du mich erkennst.“

„Aber ich kenne dich doch gar nicht nackt“, antwortete er noch immer grinsend. Da sah Wizi, wie das Blut von seinem Arm lief. Seine Wunde war beim Bogenschießen wieder aufgebrochen, und er stützte sich plötzlich auf Wizi, um nicht zusammenzubrechen. Poto und Boto fingen ihn auf, als ihm die Beine wegsackten.

„Schnell, bringt mir saubere Tücher! Und gekochtes Wasser!“, schrie Wizi die anderen Umherstehenden an, die sie neugierig umringten und lieber gewusst hätten, was ihr während ihrer Gefangenschaft geschehen und wie sie wieder freigekommen war. Misstrauisch wurden die beiden Brüder in der Ausrüstung der *Hros-Wigmannen* beäugt. Als Wizi zum zweiten Mal die Tücher anmahnte, bequemten sich aber zwei Frauen und liefen los. Derweil versuchte die ehemalige Sklavin, den Blutverlust am Arm des *Ihseligen* mit seinen eigenen Kleidungsstücken zu unterbinden, was ihr wegen der Länge der Wunde nur schlecht gelang. Kurze Zeit später kamen die beiden Frauen mit sauberen Lappen und einem Tontopf mit Wasser. Umsichtig hatten sie auch einen Umhang für Wizi mitgebracht, den diese sich hastig überwarf. Danach behandelte sie die Wunde, wie sie es schon einmal getan hatte, war aber unsicher, ob die Wundversorgung ausreichen würde, um den *Ihseligen* wieder genesen zu lassen. Er hatte erneut viel Blut verloren und wirkte trotz des Dämmerlichts einzelner Fackeln aschfahl im Gesicht

„Wir müssten ihn auf eine saubere Bettstatt legen", sagte sie und sah sich in der Runde um. Boto und Poto waren sofort bereit, den Verwundeten zu tragen und fragten, wohin sie ihn bringen sollten.

„Bringt ihn zu uns", meldete sich da ein Mann aus der Menge. Er trug Kleider aus teurem *Flasser* Garn, allerdings waren sie kaum noch als solche zu erkennen, so verdreckt und zerrissen waren sie. Der Kampf war auch an dem hiesigen Vertreter der *Seegilde* nicht spurlos vorübergegangen.

„Einer unserer Heiler ist glücklicherweise in Tvinhaag, er hat zwar alle Hände voll zu tun, aber er soll sich um den Verletzten kümmern."

„Wohin?", fragte Poto.

„Zum Tempel der *Seegilde*, kommt mit."

„Wartet dort auf mich!", rief Wizi ihnen nach, als sie sich mit ihrer Last auf den Weg machten. „Ich komme später nach."

Die Menschen drängten sich nun noch näher an sie heran, um zu erfahren, was geschehen war. Die Fragen schwirrten um ihren Kopf, doch sie schnitt die Sätze mit schriller Stimme ab:

„Wo ist Gruoni?"

Sie sah, wie sich alle Gesichter in eine Richtung drehten.

„Hier!", erscholl es von hinten. Sie drehte sich um und sah einen zerlumpten Krieger auf sich zueilen. Der Brustschutz aus geflochtenen Weidenruten war nahezu zerfetzt, ebenso die Weidenkappe, dazu Löcher in Ärmeln und Hosenbeinen, Blutflecke überall – aber ein strahlendes Gesicht, wenn man das überhaupt noch hinter dem Schmutz erkennen konnte.

Mit einem Jauchzen schlossen sie sich in die Arme.

„Bist du heil geblieben?", fragten sie gleichzeitig, um sich daraufhin lachend zu küssen. Die Umstehenden jubelten vor Freude mit. Dann kam Wizi allerdings nicht umhin, von ihrer Gefangennahme und ihrer anschließenden Flucht haarklein zu berichten.

„Dann müssen wir sofort die Wachen verstärken, warte bitte einen Augenblick, damit ich das veranlassen kann“, unterbrach Gruoni sie, als sie auf die Krieger der *Hros-Wigmannen* zu sprechen kam, die bereits unten an der Treppe postiert waren. Schnell lief er fort, und kurz danach kamen bereits die ersten Kinder und Jugendlichen mit Strohbündeln unter den Armen zurück, die sie gleichmäßig an der Palisade verteilten.

„Manchmal ist Licht in der Nacht ganz hilfreich“, meinte Gruoni mit Blick auf die fleißigen Helfer.

Nun konnte Wizi ihre Geschichte beenden.

„Lass uns nach dem *Ihseligen* sehen“, sagte sie danach zu Gruoni, „und ich muss Poto und Boto auch noch Hohsedal vorstellen.“

Gruonis Gesicht verfinsterte sich.

„Das ist nicht möglich,“ meinte er dann betreten. „Hohsedal ist heute beim Kampf an der Palisade gefallen. Es war den Steppenkriegern gelungen, noch einen zweiten Stamm herauszureißen, und er befand sich zu diesem Zeitpunkt genau hinter der Öffnung. Er hat den ersten Speer der *Hros-Wigmannen* abbekommen.“

„Ich muss ganz in der Nähe gewesen sein“, seufzte Wizi, „allerdings noch auf der anderen Seite. Aber“, fiel ihr dann ein, „wer hat denn jetzt die Häuptlingswürde übernommen? Der Anführer der Stadtwache? Onn ist ja auch schon tot.“

„Ja, wir haben viele Leben verloren, als wir uns in die Oberstadt zurückziehen mussten. Es kam so plötzlich, wir konnten einfach nur noch rennen, sie waren uns auf den Fersen, und vor dem Tor zur Oberstadt gab es ein Riesengedränge. Da haben wir noch einmal einen hohen Blutzoll bezahlt. Wenn die Frauen und Kinder nicht vom Torturm aus mit allen möglichen Gegenständen auf die anstürmenden *Hros-Wigmannen* geworfen hätten, wäre er noch höher gewesen. Wir konnten auch nichts mehr aus den Häusern retten, dafür ging es zu schnell. Glücklicherweise haben die Frauen, die für den Nachschub sorgten, den weiteren Verlauf früh genug vorausgesehen. Sie haben die Hütten rechtzeitig in Brand gesetzt, sodass die Feinde wenigstens nichts erbeuten konnten.“

„Und wer leitet jetzt die Verteidigung der Stadt?“, fragte Wizi noch einmal. „Ich muss ihm wirklich die beiden Steppenkrieger zeigen, die mich gerettet haben. Sie könnten sonst große Schwierigkeiten bekommen, schließlich wissen noch nicht alle um die Geschehnisse.“

„Stell sie mir vor“, sagte Gruoni einfach, „den zweiten Anführer kennen sie ja schon. Es ist der Segelweise, der hier die *Seegilde* vertritt. Die Bewohner haben eine kurze Beratung abgehalten und schließlich mich zum neuen Anführer bestimmt. Ich wollte es aber nicht allein sein, und da hat der Segelweise sich bereit erklärt, mit mir zusammen zu entscheiden.“

„Gut, gehen wir.“

Unter normalen Umständen wäre Wizi stolz auf das Vertrauen gewesen, das die Bewohner Tvinhaags ihrem Mann entgegengebracht hatten, doch jetzt spielten solche Dinge keine Rolle mehr.

Als sie den Seegildetempel erreichten, hörten sie schon das Stöhnen der Verwundeten. Das Tor zu dem langgezogenen Gebäude aus Holzständerwerk und Ried war weit geöffnet, damit genügend frische Luft hineinkam, denn der Raum war durch eine Reihe von Becken aus gebranntem Ton beleuchtet, in denen kleine Äste vor sich hinflackerten und ein schummeriges Licht verbreiteten. Auf allem, was als Unterlage dienen konnte, hatte man die Verletzten abgelegt. Dazwischen lief ein kleiner, dicker Mann emsig umher und sah nach den Leidenden.

„Der Heiler der *Seegilde*“, erklärte Gruoni und sprach ihn an.

„Wohin hast du den *Ihseligen* gebracht?“

Der Mann schaute kurz auf, winkte in den hinteren Teil des Raums und war schon wieder mit einem seiner Anvertrauten beschäftigt. Als Wizi und Gruoni sich dorthin wandten, kamen ihnen Poto und Boto entgegen. Wizi hätte sie fast nicht erkannt, denn sie hatten die dunkle Tracht der Steppenkrieger gegen graue Wollkleider getauscht.

„Aus der Vorratskammer der *Seegilde*“, erklärten sie stolz, „und neu bewaffnen will uns der Segelweise auch noch, damit wir nicht mehr wie die *Hros-Wigmannen* aussehen.“

Tatsächlich machten sie jetzt den Eindruck freundlicher junger Männer und verkörperten nicht mehr das Schreckensbild blutrünstiger Krieger.

„Tvinhaag wird uns sogar als neue Bewohner aufnehmen, hat der Segelweise gesagt“, begeisterte sich Boto.

„Dazu müsst ihr aber erst die Belagerung überstehen“, bemerkte Gruoni trocken.

„Erkennt ihr ihn wieder?“, fragte Wizi, als die beiden Steppenkrieger den zerrissenen Kämpfer erstaunt ansahen.

„Gruoni?“

„Und ihr seid Poto und Boto?“, stellte der Angesprochene die Gegenfrage.

Die beiden nickten lachend und fielen ihrem zerlumpten Gegenüber um den Hals.

„Gruoni ist zusammen mit dem Segelweisen zur Zeit der Anführer hier“, erklärte Wizi und fuhr, zu Gruoni gewandt fort: „Auf Poto und Boto bin ich im Lager der *Hros-Wigmannen* gestoßen. Sie haben mich beschützt.“

Gruoni ergriff ihre Hände, drückte sie gerührt und bedankte sich dann für Wizis Rettung.

„Aber lass uns jetzt nach dem *Ihseligen* sehen“, drängte er dann.

Als sie vor seinem Lager aus sauberen Tüchern standen, wurden sie von einem der jungen Mädchen, das die Krankenwache übernommen hatte, zurückgehalten.

„Schscht! Weckt ihn nicht auf, er schläft gerade. Das ist im Augenblick sicher das Beste für ihn.“

Wizi und Gruoni nickten und betrachteten den Verletzten aus zwei Schritt Entfernung. Bleich wirkte er, doch er atmete ruhig und gleichmäßig. Zumindest schien er jetzt keine starken Schmerzen zu haben. Leise zogen sie sich wieder zurück. Als sie gemeinsam vor dem Tempel standen, der jetzt ein Krankenlager war, war die Nacht still. Offensichtlich hatten sich Freund und Feind zur Ruhe begeben.

„Wir sollten noch etwas schlafen, bevor es morgen weitergeht“, schlug Gruoni vor. „Die *Hros-Wigmannen* werden uns sicher keinen Ruhetag gönnen. Habt ihr eigentlich einen Schlafplatz?“, wandte er sich dann an Poto und Boto.

„Der Segelweise sagte, in Onns Haus wäre noch Platz, aber wir wissen nicht, wo es liegt.“

„Wir bringen euch hin, es ist für uns nur ein kleiner Umweg."

„Und wo schlafen wir?", fragte Wizi.

„In der Häuptlingsburg. Als festgelegt wurde, wer Tvinhaag im Kampf führen soll, wurde auch gesagt, dass ich mich möglichst dort aufhalten sollte und der Segelweise im Tempel. Er kümmert sich mehr um die Versorgung der Kämpfer und der Verwundeten, während ich eher die Maßnahmen zur Verteidigung übernehmen soll."

Als sie die beiden ehemaligen Steppenkrieger in Onns Haus abgeliefert hatten, verweilten sie noch etwas an der kleinen Steinmauer über dem Abhang zum Fluss. Wenn es nicht *Hros-Wigmannen* gewesen wären, die die Lagerfeuer im ehemaligen Wasserviertel entzündet hatten, hätte sich ihnen ein beschauliches Bild auf den Fluod geboten, der die Flammen in seinem bewegten Wasser unruhig wiederspiegelte.

„Es ist eng geworden in Tvinhaag", sinnierte Wizi angesichts der überfüllten Unterkünfte, die sie auf dem Weg durch die Oberstadt gesehen hatten.

„Solange es nur die räumliche Enge ist, geht es noch. Immerhin haben wir noch genügend Nahrungsmittel im Ort. Auch an Wasser fehlt es bisher nicht. Ich hoffe, dass wir dem Ansturm der Steppenkrieger noch so lange widerstehen können, bis ihre vielen Krieger nichts mehr zu beißen haben. Sie haben ja mit einem schnellen Sieg gerechnet, deshalb werden sie nicht sehr viele Nahrungsmittel dabeihaben. Und aus der Umgebung der Siedlung haben sie auch nichts mehr bekommen."

„Hoffen wir es."

Gruoni nickte versonnen.

„Komm, lass uns gehen", fügte er nach kurzer Pause hinzu.

Tatsächlich hatte man dem neuen Anführer eine winzige Kammer in der Häuptlingsburg für sich allein gelassen. Dort krochen sie gemeinsam auf sein Lager. Beide waren sie völlig erschöpft. Dennoch liebten sie sich, als wäre es das letzte Mal.

Unausgeschlafen wurden sie durch die Geräusche intensiver Beschäftigung geweckt. Die Sonne stand schon etwas höher, man hatte sie schlafen lassen. Die *Hros-Wigmannen* benötigten offenbar auch eine Beratungspause, denn die Oberstadt einzunehmen war für sie mit neuen und höheren Anforderungen verbunden. Die zu verteidigenden Palisaden stellten in ihrer Ausdehnung nur noch einen kleinen Teil der Umzäunung dar, die vorher das Mundeviertel umgeben hatte. So konnten die Bewohner Tvinhaags ihre Schutzwälle viel dichter besetzen.

Gruoni und Wizi nutzten die geschenkte Ruhepause für ein knappes Frühstück aus etwas Brot und Wasser und gingen dann erneut hinüber zum Tempel, um nach dem *Ihseligen* zu sehen. Er war wach, wirkte noch schwach, war aber anscheinend auf dem Wege der Besserung. Auch hier bedankten sich Gruoni und Wizi ausgiebig für die Rettung an der Treppe.

„Da zur Zeit alles sehr knapp ist im Ort", sagte Wizi dann zu ihm, „können wir dir leider kein Geschenk überreichen. Wir haben dir aber etwas anderes mitgebracht."

Hier machte sie eine kleine Kunstpause, um beim *Ihseligen* die Spannung zu erhöhen. Damit hatte sie auch Erfolg, denn der Angesprochene fragte sofort:

„Was könnte das denn sein, was ihr mir mitbringt, obwohl ihr anscheinend nichts bei euch tragt?"

„Warte einen kleinen Augenblick, ich bin gleich zurück."

Gruoni entfernte sich augenzwinkernd und erschien bald darauf erneut mit dem Segelweisen.

„Auch wenn wir nicht wissen, ob wir die Stadt halten können", begann der Segelweise feierlich, „wollen wir dich doch zu einem gleichberechtigten Mitbewohner dieses Ortes machen. Da wir zwei jetzt gemeinsam die Aufgaben des Häuptlings wahrnehmen, steht uns auch das Recht zu, dich in Tvinhaag aufzunehmen. Also erklären wir dich, lieber ... äh ..."

Gruoni und der Segelweise grinsten über das ganze Gesicht, als sie jetzt zusammen fortfuhren: „Oh, wir haben da ja noch etwas Wichtiges vergessen!"

„Es ist Zeit, dir einen neuen Namen für den Neuanfang zu geben", wurden sie jetzt von Wizi unterbrochen. „Glaube mir, die Bedeutung dieses Vorgangs ist Gruoni und mir als ehemaligen Sklaven sehr bewusst, schließlich sind auch wir mit einem neuen Namen in die Freiheit entlassen worden."

Dem *Ihseligen* stand der Mund auf, und die Tränen traten ihm in die Augen.

„So bietet sich vielleicht doch noch eine Möglichkeit, als freier Mann in Duggaland zu leben“, stammelte er mehr als er sprach.

„Allerdings müssen wir erst diese Steppenseuche loswerden“, knurrte der Segelweise dazwischen, wurde aber nicht weiter beachtet.

„Und welchen Namen soll ich von nun an tragen?“

„Weil du zuletzt als mein persönlicher Retter aufgetreten bist“, erklärte Wizi, „sollte ich dir auch den Namen verleihen. Und wenn du nichts einzuwenden hast, werde ich dich Retari nennen.“

„Danke!“, schluchzte der ehemalige *Ihselige* und wollte sich vor Aufregung erheben, wurde aber sanft von den beiden Männern wieder auf seine Bettstatt gedrückt.

„Bleib liegen“, befahl ihm Gruoni, „schließlich wollen wir, dass du deinen neuen Namen noch lange tragen kannst.“

Retari sank auf seine Laken zurück und schloss erschöpft die Augen. Seine Besucher entfernten sich leise. Als sie wieder vor dem Seegildetempel standen, teilten sie allen dort Anwesendenden den neuen Namen des *Ihseligen* und seine Aufnahme in die Gemeinschaft Tvinhaags mit. Es sollten möglichst viele Zeugen davon wissen, denn unter den derzeitigen Umständen waren sie nicht sicher, dass die Anwesenden bei der Zeremonie später noch leben würden.

Bis jetzt hatten sich die *Hros-Wigmannen* noch nicht gerührt, deshalb machten die drei einen Rundgang durch die Oberstadt, um die derzeitige Lage einzuschätzen. Überall waren an den Palisaden neue Waffen wie Pfeile und Steine nachgeliefert worden. Die Halbwüchsigen waren wirklich emsig. Am Haus der Schlauchflößer und auf dem Gelände der Häuptlingsburg begann es gut zu riechen. An diesen beiden Stellen waren die Frauen schon damit beschäftigt, in Kesseln aus gebranntem Ton die Mahlzeiten für die Eingeschlossenen zu kochen. Da auch die Nahrung eingeteilt wurde, hatte man beschlossen, sie für alle gemeinsam zuzubereiten. Für zwei Orte hatte man sich entschieden, damit die Kämpfer und die restlichen Bewohner nicht lange aufeinander warten mussten. Das Essen war für alle das Gleiche, wenn auch in jeder Gruppe der Verdacht geäußert wurde, die jeweils andere Küche sei etwas besser.

„Wir sollten vielleicht versuchen, das Gestrüpp unten an der Treppe zu entfernen“, meinte Gruoni, als sie zu dritt auf dem Grabentor standen und auf die Lager der *Hros-Wigmannen* herabschauten. „Nachdem wir nun wissen, dass sie es abends als Deckung benutzen und den Aufgang zur Treppe kennen. Sie könnten Gemeinheiten aushecken, die sie aus dem Schutz des Brombeerdickichts heraus begehen.“

„Du hast recht“, erwiderte der Segelweise. „Das Grabentor ist ein Eckpfeiler unserer Verteidigung. Und wenn der fällt ...“

Wizi schaute hinunter auf die Reste des Mundeviertels. Näher als an die Ruinen der ersten Häuserreihe trauten sich die *Hros-Wigmannen* nicht heran. Dahinter war aber eine ständige Bewegung von Kriegern zu beobachten, die auf irgendwelche Vorbereitungen schließen ließ.

„Was sie wohl als Nächstes tun werden?“, fragte Wizi halblaut.

SIEBZEHN: Waderborg

„Träumst du? Wenn ja, erzähle mir, wovon du träumst!“, riss Urk sie aus ihren Gedanken. Lächelnd blickte er sie an und stützte sich dabei auf das Eckruder des Floßes. Nachdem sie den *Priel* hinter sich gelassen hatten, hatte Juzz das Segel in den Wind gedreht. Nun ließen sie sich bei leichtem Wind in gemächlicher Fahrt ihrem Ziel entgegentreiben. Da am Ruder nicht mehr zu tun blieb als hin und wieder die Richtung nachzubessern, konnte Urk ungestört mit Olunde ein Gespräch beginnen.

Verwirrt blickte sie auf. Das Seegildeschiff, das sie als Einzige an Bord wahrgenommen hatte, ging ihr nicht aus dem Kopf. Was wäre gewesen, wenn Urk es auch bemerkt hätte? Hätte er alles versucht, um mit ihm zurück nach Sihport zu gelangen? Wäre ihm im Zweifel seine Freundin Frij doch wichtiger gewesen als sie, die ehemalige Sklavin? Obwohl er sie noch vor ganz kurzer Zeit so zärtlich geliebt hatte?

„Nein, nein, ich träume nicht“, versuchte sie sich zu fassen, „... ich mache mir nur Gedanken über das, was uns noch erwartet.“

Ängstlich beobachtete sie ihn, ob er die Ausflucht bemerkt hätte. Sein Lächeln verschwand und er murmelte: „Ja, wenn man wüsste, was auf uns zukommt.“

Olunde war beruhigt. Er schien ihre Verunsicherung nicht gespürt zu haben. Bevor er seinen Satz beenden konnte, wurden sie von Juzz unterbrochen: „Heh! Ruder vorn links ein paar Schläge, wir driften ab!“

Urk legte sich in den Riemen und drückte das Floß wieder stärker in den Wind. Das Segel flatterte leicht und spannte sich dann erneut.

‚Männer bemerken die Feinheiten meist nicht, nicht wahr, Risi?‘, dachte die ehemalige Sklavin und begann, den Nacken der Hündin zu kraulen, die sich hechelnd neben ihr abgelegt hatte.

Die Männer, die sich anfangs ganz auf das Segeln und Steuern konzentrieren mussten, konnten jetzt in ihrer Aufmerksamkeit nachlassen und begannen, mit ihrem Gegenüber am Ruder ein Schwätzchen zu halten, sodass Olunde wieder völlig ihren Grübeleien überlassen war. Nach kurzer Zeit bemerkte sie, dass ihre Gedanken sich im Kreis drehten, und wandte sich dem Himmel zu.

„Findet ihr nicht auch, dass die Wolken dichter geworden sind?", rief sie erschreckt aus, als sie die dunkle Wand bemerkte, die sich drohend von der Abendseite heranschob. Gleichzeitig frischte der Wind etwas auf, und sie spürte die zunehmende Kälte in ihrem Rücken.

„Ich habe schon damit gerechnet", beschwichtigte Juzz sie. „Wir nehmen auch den Kurs entlang der Küste, damit wir gegen Abend an Land übernachten können. Bei aufkommendem Sturm kann das Meer hier sehr gefährlich sein."

‚Wem sagst du das?', dachte Olunde und musste an den Fischzug denken, der sie bereits als junges Mädchen direkt in die Sklaverei geführt hatte. Sie sagte aber nichts und nickte nur zustimmend.

„Eine Zeitlang können wir den Wind aber noch nutzen, um schneller voranzukommen", fügte Juzz noch hinzu.

Sie segelten weiter, bis sich die Sonne dem Horizont näherte. Dann änderte der *Kobereri* den Kurs, und sie hielten direkt auf die nahe Küste zu. Die Uferregion zeigte sich nicht wesentlich anders gestaltet als in der Umgebung von Fisvik, nur schien sie hier etwas stärker zum Landesinneren hin anzusteigen, denn die *Priele* waren an ihrer Mündung schmaler und flacher. Schließlich fanden sie einen breiteren, der eine kleine Bucht in den Meersaum gespült hatte. Dorthin dirigierte Juzz das Floß, und sie legten an der Abbruchkante einer *Salzwiese* an. Olunde sprang mit einem Tau aufs Land, um das Floß festzumachen, rutschte aber in dem glitschigen Untergrund der Wiese aus und platschte auf ihr Hinterteil. Nachdem sie von der gesamten Besatzung grölendes Gelächter geerntet hatte, rappelte sie sich hoch und rieb sich die schmerzende Kehrseite. Urk reichte ihr grinsend einen angespitzten Pflock und einen Steinhammer aus der Hütte des Floßes.

„Hast du dir sehr weh getan?", fragte er in fürsorglichem Ton.

„Du scheinheiliger Kerl!", schimpfte sie angesichts seines immer noch schmunzelnden Gesichts. „Tu doch nicht so, als ob ich dir leid täte. Komm lieber herüber und hilf mir, das Floß festzumachen."

Urk setzte zum Sprung an und landete genauso unsanft auf dem nassen Boden wie seine Gefährtin. Erneut ließ sich lautes Gelächter vernehmen. Diesmal lachte auch Olunde und half ihrem Freund wieder auf die Beine.

„Deswegen liebe ich das Ankern an richtigen Anlegern aus Holzbalken!“, setzte Juzz noch feixend hinzu.

Urk schlug schließlich den Pflock in den nassen Untergrund, und seine Gefährtin band das Floß mit einem gekonnten Knoten fest. Juzz hatte sie dabei beobachtet, er hob anerkennend die Augenbrauen, sagte aber nichts. Trotzdem hatte Olunde diesen Blick bemerkt und wusste, dass sie ab jetzt in den Augen des Floßführers als vollwertiges Mitglied galt. Nachdem die beiden Birahanenkrieger ohne auszurutschen auch an der anderen Seite das Floß festgemacht hatten, ging es um die Verteilung der Schlafplätze. Die kleine Hütte an Bord war zu vollgepackt, um mit fünf Personen darin schlafen zu können. So überließen Juzz und seine Krieger großzügig den trockenen Schlafplatz dem jungen Paar und spannten das Ersatzsegel als Zelt am Mast auf, um sich darunter in ihre Decken zu wickeln. Vorher aßen sie noch von den trockenen Brotfladen aus dem Bordproviant.

Nachdem sich die Birahanen zum Schlafen unter ihr Zeltdach verkrochen hatten, machte das Paar es sich, so gut es ging, in der Hütte bequem. Urk bestand darauf, Olundes sturzbedingte Blessuren zu untersuchen, was sie gern geschehen ließ. Da die Untersuchung, von Kichern und Stöhnen begleitet, sich etwas länger hinzog, verdrehten die Männer unter dem Segel die Augen, bevor sie trotz der Geräusche einschliefen.

Der Sturm erreichte sie erst, als das Floß wegen der Ebbe bereits auf Grund lag und die aufgepeitschte Brandung nur noch in Ausläufern zu ihnen gelangte. So fanden sie alle in dieser Nacht einen ruhigen Schlaf.

Am Morgen hatte sich das Wetter aufgeklärt, das Floß schwamm im seichten Wasser, und ein frischer Wind hatte die Wolken auseinandergerissen, sodass sie nun in kleinen Flocken über den Himmel jagten.

Eilig erledigten die Reisenden ihre nötigen Geschäfte, räumten das Segeltuch zurück, aßen noch einen Happen und legten bald darauf ab.

Diesmal hielt Juzz Kurs auf das offene Meer, um direkt die Inseln der *Seo-Birahanen* anzusteuern. Durch den Wind kamen sie gut voran und hatten bald die Küste aus den Augen verloren. Olunde achtete auf den Stand der Sonne, um die Orientierung zu behalten. Ihre frühen Erfahrungen als Fischerin kehrten bereits nach wenigen Handschlägen auf dem Floß zurück, sodass ihr das Segeln bald wieder so vertraut war, als ob sie nie etwas anderes in der Zwischenzeit getan hätte. Auf Juzz' Anweisungen richtete sie selbstständig das Segel, um es kleinen Kursveränderungen anzupassen. Bald teilte der *Kobereri* sie auch am Ruder ein, sodass sich nun reihum immer einer ausruhen konnte.

Es war bereits um die Mittagszeit, als einer der beiden Krieger vorn „Segel vor der Küste!" knurrte.

Alle blickten in Richtung Küste und beschatteten die Augen, um ebenfalls etwas zu erkennen.

„Es sind mehrere ... verdammt!", fluchte Juzz.

„Warum fluchst du?", fragte Urk. „Sind das keine Birahanenflöße? Immerhin befinden wir uns in euren Gewässern."

„Das bleibt noch zu hoffen, aber ich glaube nicht so recht daran."

„Wieso nicht?"

„Weil unsere Leute eigentlich nie diesen Kurs nehmen. Wenn sie von unseren Inseln kämen, würden sie uns entgegenkommen. Das sieht mir eher nach *Ihseligen* aus, die sich in Küstennähe an unseren Inseln vorbeigemogelt haben und jetzt wieder das freie Meer ansteuern. Besser, wir nehmen den Mast herunter. Vielleicht haben sie uns ja noch nicht ausgemacht."

„Der Nachteil dabei wäre aber, dass wir uns nicht schnell davonmachen können, wenn es wirklich gefährlich wird", warf Olunde ein.

"Das ist richtig", gab Juzz zu. „Aber wenn sie sofort auf uns aufmerksam werden, sind wir ebenso im Nachteil, denn bei der derzeitigen Windrichtung könnten sie uns den Weg zu den Birahanen-Inseln abschneiden. Was meint ihr, Versteckspiel oder Flucht ins offene Meer mit allen Risiken?"

„Vielleicht sehen sie uns ja tatsächlich nicht", meinte Olunde angesichts ihrer früheren Erfahrungen mit dem offenen Meer. „Hinaus in die

See können wir ihnen dann wahrscheinlich immer noch entkommen. Immer vorausgesetzt, ein Birahanenfloß ist tatsächlich schneller als die Fahrzeuge der *Ihseligen.*“

Alle nickten übereinstimmend und schnell schlugen sie mit einem dicken Steinhammer die Keile aus dem Spalt im Floßboden, die den Mast hielten. Die Abspannseile lösten sie nicht, um den Mast schneller wieder aufrichten zu können.

Gebannt starrten sie auf die näher kommenden Segel.

„Sie haben, glaube ich, ihren Kurs verändert und halten auf uns zu“, sagte einer der beiden Krieger.

Juzz nickte.

„Den Mast hoch! Und möglichst schnell!“, befahl er.

Da nicht alle gleichzeitig den Mast aufstellen konnten, wurden Urk und Olunde an die Ruder verwiesen, um zumindest zu versuchen, das Floß wieder in Bewegung zu bringen. Sie mühten sich mit aller Kraft, während sich Juzz mit seinen Kriegern keuchend mit Mast und Segel beschäftigten. Endlich blähte sich das Segel im Wind, und sie nahmen Fahrt auf. Urk und Olunde legten ihre Ruder beiseite und stellten sich zu Juzz, der angespannt den Abstand zu ihren Verfolgern beobachtete. Nach einer Weile beruhigte er sich.

„Sie fallen zurück“, bemerkte er erleichtert. „Wir werden sie allmählich abhängen.“

„Ich glaube nicht, *Kobereri*!“, widersprach einer seiner Krieger hastig. „Oder wie würdest du die drei dunklen Dreiecke dort einschätzen?“

Alle beschatteten gleichzeitig ihre Augen und bemühten sich, die winzigen dunklen Flecken genauer zu erkennen.

„Das sind zweifellos Boote, aber viel kleiner als die Flöße, mit dreieckigen dunklen Segeln“, meinte Olunde.

„Und sehr schnell“, setzte Juzz hinzu. „Die können es wahrscheinlich mit einem Seegildeschiff aufnehmen.“

„Fischerboote sind das nicht, was meinst du, Juzz?“

„Leider nicht. Ich kenne diese Art von Schiffen zwar nicht, aber ich habe so meine Befürchtungen.“

„Nämlich?“

„Ich vermute, dass es Boote des *Seo-Thruhtin* sind, aus Duggaland stammen sie jedenfalls nicht.“

Schnell näherten sich die kleinen Segler und bald war zu erkennen, dass sie jeweils drei Mann Besatzung hatten. Einer steuerte das Boot mit Hilfe eines Ruders am Heck und zwei hielten die Leinen des ledernen Dreieckssegels, immer bereit, auf Anweisung ein Segelmanöver durchzuführen.

„Neun Krieger!“, knurrte Juzz. „Kein gutes Verhältnis für uns.“

„Und was machen wir jetzt?“, fragte Urk. Der *Kobereri* zuckte die Schultern.

„Erst mal abwarten, was sie vorhaben. Entkommen können wir ihnen jedenfalls nicht. Nehmt schon mal eure Bögen zur Hand, verteilt euch so, dass ihr euch immer hinter einer Hüttenecke ducken könnt. Sie werden uns wahrscheinlich umkreisen, so schnell wie sie sind. Ach ja, Urk, bring besser den Hund in die Hütte. Den werden sie vermutlich zuerst als Ziel benutzen.“

Urk tat wie ihm geheißen und brachte Risi in den hintersten Teil der kleinen Hütte. Dort musste sie sich zwischen die dort lagernden Gerätschaften zwängen.

„Ganz still, Risi“, wies Urk sie an. „Du bleibst still, bis ich dich rufe. Keinen Mucks!“

Er deckte noch eine Ersatzrolle des Segels über sie und ging dann auf seinen Posten.

Die Auslegerboote waren nun bis auf eine knappe Pfeilweite herangekommen, sodass die Bögen eingesetzt werden konnten. Pro Schiff hatte einer der beiden Segelgehilfen nun einen Bogen ergriffen und zielte auf das Birahanenfloß. Die beiden anderen Krieger hatten sich jeweils zur Floßseite hin mit dichten Weidenmatten geschützt. Ein Treffer war so unmöglich.

„Versucht, die Bogenschützen zu treffen!“, rief Juzz. „Das Floß lassen wir allein weiterfahren!“

Er band Ruder und Segelleinen fest und überließ das Floß dem Wind. Gemeinsam schossen sie ihre Pfeile auf die Verfolger ab, hatten jedoch keinen einzigen Treffer.

„Götter, sie sind einfach zu schnell!“, rief Urk voller Wut aus, als er sah, wie die Auslegerboote im Augenblick des Schusses einen kleinen Richtungswechsel vornahmen und die Pfeile ins Meer flogen. Geschwind umkreisten die kleinen Boote das Floß wie Haifische ihr Opfer.

„Sie sind wendig wie die Möwen am Himmel“, antwortete Juzz und konnte die Bewunderung in seiner Stimme nicht verbergen. Die Verfolger waren nun so nahe, dass man das hämische Grinsen in den Gesichtern der schwarz gekleideten Besatzungen sehen konnte.

„Noch ein Versuch!“, schrie Juzz, „Sie sind jetzt näher als eben.“

Wieder flogen die Pfeile und wieder wichen die flinken Boote aus. Die Antwort erfolgte genau in dem Augenblick, als niemand auf dem Floß einen Pfeil auf der Sehne hatte. Urk konnte dem Pfeil nur um Haaresbreite ausweichen. Juzz hatte Glück, dass der Pfeil sich in seiner lockeren Seefahrerkluft verhedderte. Einer der Birahanenkrieger fiel jedoch mit einem Aufschrei getroffen ins Wasser und versank.

„Aufgeben?“, rief nun einer der Steuerleute zu ihnen herüber. „Sonst alle tot!“

„Lasst ihr uns dann leben?“, schrie Juzz zurück.

„Wenn sagen Zahl von Flöße von Birahanen, ja!“

„Kann man ihnen trauen?“, fragte Olunde leise.

„Haben wir eine andere Wahl?“, lautete Urks Gegenfrage.

„Ich glaube nicht. Wenn wir weiterkämpfen, schießen sie uns einen nach dem anderen vom Floß“, flüsterte Juzz. „Wir können nur hoffen, dass wir später eine Gelegenheit zur Flucht bekommen.“

Alle nickten zustimmend, und der *Kobereri* rief zum nächsten Boot hinüber: „Wir ergeben uns. Die Bögen legen wir nieder!“

„Gut. Segel fallen lassen. Hinsetzen und Hände auf Kopf. Dann wir kommen auf Floß.“

Sie taten wie geheißen und kurze Zeit später legten die drei Verfolgerboote an. Der Steuermann blieb jeweils auf seinem Platz, die restlichen sechs Krieger sprangen hinüber auf das Floß. Mit geübten Handgriffen zogen sie Leinen aus Lederbeuteln, die sie umgehängt hatten und fesselten die Gefangenen. Danach banden sie ihre Boote am Floß fest.

Der Wortführer von ihnen sprang nun auch herüber. Er war wie seine Mitstreiter in gefettetes schwarzes Leder gekleidet, hatte aber als Einziger seinen derben Lederhelm mit den Schwingen schwarzer Krähen geschmückt. Gesichtsmasken wie die *Hros-Wigmannen* trug keiner von ihnen.

„Was geschieht jetzt?“, fragte Juzz.

„Ruhe! Warten auf *Ihseligen*-Flöße“, war die barsche Antwort.

Ohne zusätzliche Anweisung begannen die fremden Krieger, ihre Boote aufzuräumen. Sie ließen wortlos die Segel herab, drehten die Seile gebrauchsbereit auf, legten die Waffen bis auf die Steinbeile in ihren Gürteln an ihren Platz und hockten sich dann an die für sie vorgesehenen Plätze. Drei von ihnen hängten sich ihre Bögen um, nahmen kurze Spieße zur Hand und bewachten die Gefangenen. Alles verlief eingespielt und ohne ein zusätzliches Wort. Der Anführer setzte sich hin, lehnte mit dem Rücken an der Hütte und begann zu dösen.

Quälend langsam verfloss die Zeit, während die Gefangenen auf ihr Schicksal warteten. Endlich waren die *Ihseligen* angekommen, drei Flöße mit jeweils fünf Kriegern. Alle waren offenbar bester Stimmung, der ihnen geschenkte Sieg ließ sie in bester Laune Witze machen, vor allem natürlich über die ungeschickten *Seo-Birahanen.* Als der Erste von ihnen auf das Birahanenfloß wechselte, bemerkte er, dass eine Frau unter den Gefangenen war. Übermütig sprang er auf sie zu, johlte und begann, sie zu befingern. Olunde keuchte in ohnmächtiger Wut, als er sie berührte.

„Ah, was für ein hübsches Spielzeug für uns alle, was, Kameraden?“, grölte er laut und wandte sich, Zustimmung erheischend, zu den herankommenden *Ihseligen* um.

„Zurück!“, fauchte ihn da der Anführer der Auslegerboote an.

„Was? Willst du uns etwa unsere rechtmäßige Beute vorenthalten? Der *Seo-Thruhtin* hat uns versprochen ...“

„Zurück, sonst ...“, unterbrach ihn der Mann mit den Krähenflügeln, ohne auf seinen Einwand einzugehen.

„Was, sonst? Du hast mir gar nichts ...“

Der Angesprochene nickte nur einem der Wächter zu: Ein Schritt, ein Griff und der *Ihselige* lag schreiend vor Schmerz wegen seines ausgekugelten Schultergelenks auf dem Bauch.

Seine Gefährten auf den Ihseligenflößen begannen zu murren, die Stimmung schlug ins Bedrohliche um.

„Ich Vertreter von *Seo-Thruhtin*!“, bellte der Anführer. „Wer will mir widersetzen? Du vielleicht?“

Damit wies er auf einen beliebigen Mann in der Gruppe, die sich gerade anschickte, auf das Birahanenfloß überzuwechseln.

„Ich? Äh, nein, natürlich nicht.“

Der Angesprochene wurde blass und versuchte, sich hinter den anderen zu verstecken.

„Du?“

Sein Nachbar war offensichtlich etwas mutiger, setzte einen Fuß in Richtung des Gefangenenfloßes und streckte warnend den rechten Arm vor.

„Du bist zwar hier der Befehlshaber, aber ...“

„Nicht sprechen!“, wurde er unterbrochen. „Will du widersetzen?“

„Damit hat das hier gar nichts ... Ahh!“

Der Pfeil hatte ihm den Unterarm durchbohrt und der Schütze auf dem Auslegerboot gegenüber hatte bereits den Nächsten auf der Sehne.

Die jetzt eingetretene Stille kündete einen Ausbruch an. Die *Ihseligen* griffen zu ihren Steinbeilen, die sie im Gürtel trugen, verharrten dann aber in ihren Bewegungen, als sie sahen, dass alle Krieger auf den kleinen Booten Pfeile auf sie angelegt hatten. Gleichzeitig richteten die drei neben dem Anführer die Spieße auf die Männer des vordersten Ihseligenfloßes.

„Neun gegen fünfzehn“, flüsterte Juzz seinen Mitgefangenen zu, „und so, wie ich es einschätze, neun zu sechs, wenn sich einer von den Ausgestoßenen jetzt noch muckt.“

„Sie müssen ihr ganzes Leben das Kriegshandwerk geübt haben“, flüsterte Olunde zurück, „jede Bewegung ist eingeübt.“

„Und schnell sind sie, unglaublich schnell. Sie können einem wirklich Angst machen.“

Olunde und Urk nickten nur.

„Ich nicht raten euch, Hand gegen Männer von *Seo-Thruhtin* erheben!“, bellte der Träger des Flügelhelms die *Ihseligen* an. „Armschuss war Warnung, ab jetzt nur noch tot. Wollt ihr Seo-Thruthin als Feind?“

„…“

„Ich warten auf Antwort!“

„Nein ... nein ... nein ...“, brummte einer nach dem anderen mit gesenkten Köpfen.

„Gut, dann ab jetzt nur gehorchen! Und Anführer von euch sofort zu mir!“

Die Gemaßregelten drehten sich schweigend um und gingen auf ihre Plätze auf den Flößen zurück. Einer der Krieger des *Seo-Thruhtin* trat zu dem Mann mit dem ausgekugelten Schultergelenk, zog ihn hoch und fasste ihn an Arm und Schulter; ein kurzer Ruck, ein Schrei, und der Arm saß wieder an der ursprünglichen Stelle. Vorsichtig bewegte ihn der Mann auf und ab, schien nur leichten Schmerz zu verspüren und beeilte sich dann, seinen Kameraden zu folgen. Vom Floß, was als Letztes angelegt hatte, kletterte jetzt der Anführer der *Ihseligen*, ein bärbeißig aussehender Krieger, herüber. In der Hand trug er einen Spieß, am Gürtel ein Steinbeil.

„Waffen fort!“, wurde auch er angeherrscht, als er sich anschickte, das Birahanenfloß zu betreten. Er zögerte kurz, besann sich aber schnell eines Besseren und reichte seine Waffen nach hinten.

„Warum soll ich neuerdings meine Waffen abgeben, wenn ich mit dir rede?“, fragte er, als er sich neben den Mann mit dem Federhelm gehockt hatte.

„Ist nur für Sicherheit, deine“, bekam er mit freundlichem Lächeln zur Antwort. „Wenn du falsche Bewegung machen, du wissen, was passieren können. Aber nicht reden hier, kommen mit.“

Damit zog der Krähenhelm den *Ihseligen* ans Ende des Floßes. Da sie dort nur flüsterten, war ihr Gespräch nicht zu verstehen. Schließlich kam der *Ihselige* zurück und verkündete den Gefangenen das Ergebnis der Unterredung:

„Ihr werdet jetzt von uns zu unserem Handelsplatz gebracht, um dort vernommen zu werden. Wenn ihr nicht reden solltet oder offensichtlich lügt, hat mir der Vertreter unseres geliebten Seo-Thruthin freie Hand gegeben", hier machte er eine kleine Pause, um dann mit schadenfrohem Grinsen fortzufahren, „alles mit euch zu machen, was euch zum Reden bringt. Damit die Ergebnisse dieser, äh, Befragung schnell zum Seo-Thruthin gelangen, begleitet uns eines der kleinen Boote, die eure Mitteilungen sofort überbringen sollen."

„Von wegen", murmelte Juzz so leise, dass nur seine Leidensgenossen ihn hören konnten. „Auf euch aufpassen soll das Boot, damit ihr keinen Blödsinn macht."

Trotz ihrer misslichen Lage mussten die Gefangenen schmunzeln.

„Was habt ihr da zu lachen?", fuhr sie der *Ihselige* an.

„Nichts, wir freuen uns nur, den Vertretern des *Seo-Thruhtin* Rede und Antwort zu stehen", antwortete Juzz.

„Euch wird das Grinsen schon noch vergehen, das schwöre ich euch! Lasst uns nur erst auf unserem Handelsplatz sein. Ihr werdet euch noch wundern."

„Reiz ihn doch nicht noch zusätzlich!", zischte Olunde.

„Warum? Erstens macht das dann bestimmt keinen Unterschied mehr, und zweitens fände ich es gar nicht schlecht, wenn wir sie so aufstacheln könnten, dass sie sich gegenseitig an die Gurgel gehen."

„Wir nicht sein so dumm", lautete der trockene Kommentar des Anführers, der plötzlich hinter ihnen stand und mitgehört hatte.

Juzz zuckte zusammen und verzog verärgert das Gesicht.

Die Männer begannen, die Abreise vorzubereiten. Vier der *Ihseligen* kamen als Besatzung auf das Birahanenfloß, dazu ein Krieger von dem begleitenden Auslegerboot. Er war gleichzeitig der Anführer der kleinen Flotte und trug, als Zeichen seiner Befehlsgewalt, nun auch einen gefiederten Helm. Die Flöße wurden voneinander gelöst und nahmen bestimmte Positionen ein. Vor, hinter und rechts von dem Birahanenfloß segelten die Flöße der *Ihseligen,* auf der linken Seite hielt sich das Auslegerboot bereit. Die beiden übrigen Auslegerboote drehten zur Mittagsseite ab und verschwanden schnell aus der Sichtweite. Der Gefangenentransport nahm Kurs auf die Seeräuberküste, kam aber nur sehr langsam voran, da nun die Windrichtung ungünstig war.

„Sie versuchen, zwischen der Küste und unseren Inseln durchzukommen“, meinte Juzz. „Die kleinen Boote nehmen inzwischen den Weg über das offene Meer. Die Leute des *Seo-Thruhtin* müssen als Seefahrer genauso tüchtig sein wie als Krieger.“

„Und warum nehmen wir den gefährlicheren Weg durch eure Gewässer und folgen nicht einfach den anderen Auslegerbooten?“, fragte Urk.

„Weil die *Ihseligen* sich nicht so weit hinaustrauen, da ist ihnen die Begegnung mit unseren Kriegern wahrscheinlich noch lieber. Immerhin sind sie mit drei Flößen und Besatzung hier.“

Nach Juzz’ Bemerkung schwiegen die Gefangenen. Beim eintönigen Geräusch der klatschenden und gluckernden Wellen hingen sie ihren Gedanken nach und wären sicher eingeschlafen, wenn ihre Lage nicht so bedrohlich gewesen wäre. Die Flöße dümpelten in der leichten Brise vor sich hin und machten kaum Fahrt. Land war noch nicht zu sehen, und die Langeweile hatte offenbar alle Krieger befallen. Lustlos lungerten sie auf den Deckhölzern herum und hatten längst jede Unterhaltung eingestellt. Irgendwann verspürten die Gefangenen, Olunde zuerst, ein dringendes Bedürfnis. Da der schwarzgekleidete Anführer nur etwas abseits von ihnen, gegen die Hütte gelehnt, vor sich hindämmerte, sprach sie ihn an. Er befahl sofort zwei Männern der Floßbesatzung, die Gefangenen nacheinander an den Rand des Floßes zu geleiten, damit sie sich dort erleichtern konnten. Bei Olunde achtete er sogar darauf, dass die beiden Krieger sich umdrehten, während sie ihr Wasser ließ. Allerdings wurden alle dabei mit einem Strick angeleint, für den Fall, dass sie sich selbst im Meer ertränken wollten.

Nach dieser Prozedur begann der Anführer, hauptsächlich wohl aus Langeweile, mit den Gefangenen zu reden. Da Juzz und sein Krieger mit einem anderen Tonfall sprachen als Urk und Olunde, hatte er bald herausbekommen, dass nur zwei von ihnen zu den Birahanen gehörten. Von da an interessierte er sich nur noch für den *Kobereri* und seinen Gefolgsmann und versuchte, durch sie etwas über die Stärke der Birahanenflotte und die Siedlung Waderborg zu erfahren. Da er sich zur Verständigung nur der Händlersprache bedienen konnte, waren seine Fragen so plump gestellt, dass Juzz sofort bemerkte, worum es dem

Krähenhelm ging. Der *Kobereri* versuchte es mit falschen Angaben, stellte aber bald fest, dass sein Gegenüber von solchen Lügen ausging und seinerseits versuchte, aus den Unwahrheiten Schlüsse zu ziehen.

„*Seo-Birahanen* wohl nicht dumm wie Steppenvolk", schloss der Schwarzgekleidete amüsiert seine Befragung ab. „Gute Versuch, mich täuschen, manchmal glaubhaft. Glaube trotzdem nicht. Aber dafür nicht langweilig geredet. Du kennen *Ihselige* gut?"

„Was heißt gut? Wir haben Tauschhandel mit ihnen. Und manchmal auch Krieg."

„Sind dumm oder nicht dumm?"

„Man muss sie ernst nehmen. Es gibt eine Menge kluge und erfahrene Köpfe bei ihnen. Viele stammen ja aus den Siedlungen Duggalands und haben auch ihr Wissen von dort mitgebracht. Darf ich dir jetzt auch eine Frage stellen?"

„Versuch!"

„Kannst du uns erklären, warum der Seo-Thruthin ganz Duggaland überfällt und warum das Steppenvolk für ihn kämpft?"

„Sprechen Ende", erwiderte der Mann mit dem Flügelhelm, grinste und ging hinüber zu den *Ihseligen.*

Juzz zuckte die Achseln und flüsterte Urk zu: „Einen Versuch war es wert."

„Leider ohne Erfolg. Geschwätzig sind die Schwarzledernen jedenfalls nicht."

Da sie durch die Fesselung gezwungen waren, gegen die Fahrtrichtung zu blicken, fiel ihnen das Segel am Horizont auch eher auf als den Floßbesatzungen. Urk hatte es zuerst bemerkt und stieß unmerklich Olunde an, diese wiederum machte Juzz aufmerksam. Von ihm ging der Hinweis an seinen Krieger weiter. Das fremde Fahrzeug kam eindeutig schneller voran als sie und näherte sich ihnen schräg aus der Abend- bis Nachtseite.

„Sie halten ungefähr auf Waderborg zu. Vielleicht ist es ein Floß von uns?", vermutete der Birahanenkrieger.

„Hoffentlich nicht", knurrte Juzz. „Sie würden wahrscheinlich von dem kleinen Boot aufgebracht und danach genauso gefangen gesetzt wie wir."

„Aber wer könnte hier so schnell entlang segeln, wenn nicht eines unserer Flöße? Das Segel ist jedenfalls nicht schwarz, sondern hell."

„Vielleicht hat der Seo-Thruthin auch größere Schiffe als diese Wieselboote. Obwohl, wenn ich nicht wüsste, dass damit nicht zu rechnen ist, würde ich fast sagen ... Schau mal genau hin, ist das nicht ein ... ?"

„ ... ein Seegildeschiff, meinst du?"

„Ich meine überhaupt nichts. Du kannst mich den Fischen zum Fraß vorwerfen, wenn das kein Schnellsegler der *Seegilde* ist."

Juzz konnte vor Aufregung kaum noch still sitzen und hätte fast durch seine Unruhe ihre Bewacher auf sich aufmerksam gemacht. Als der Mann am hinteren Ruder zu ihnen hinüberschaute, zwang er sich, ganz unbeteiligt auf den Floßrand zu blicken.

„Wird denn die *Seegilde* mit so einem Boot fertig?", flüsterte Olunde aufgeregt.

„Wenn ich das wüsste", seufzte Juzz.

Der fremde Segler hatte sie offenbar bemerkt und hielt auf sie zu. Die beiden Birahanen gingen davon aus, dass er die Flöße für eine kleine Seeräuberflotte hielt, konnten sich aber keinen Reim darauf machen, was ein Fahrzeug der *Seegilde* hier verloren hatte. Außerdem hätte es sich vermutlich nicht allein einer Gruppe von vier Flößen gestellt.

Als die beiden Schwimmer zu erkennen waren, wurden auch die *Ihseligen* auf das Schiff aufmerksam und riefen gestikulierend dem Anführer die Entdeckung zu. Dieser beobachtete den ihm unbekannten Segler, stellte nach einer Weile fest, dass es sich um ein schnelles Boot handelte und winkte hinüber zu seinen Gefährten auf dem Auslegerboot. Während diese am Floß längsseits kamen, wies er die *Ihseligen* an, eine lange Kette zu bilden, sodass sie bei einem Angriff das fremde Schiff mit einem Pfeilhagel von allen Flößen gleichzeitig überziehen konnten. Dann sprang er auf das kleine Boot und gab den Befehl, auf das Seegildefahrzeug zuzuhalten.

„Da ist etwas faul, wenn ihr mich fragt", bemerkte Ilunga, als sie die merkwürdige Mischung von Birahanen- und Ihseligenflößen vor sich sah.

„Da kommt noch ein Boot“, unterbrach Thorn ihre Gedanken und wies die Segelweise auf das kleine schwarze Dreieck hin, das sich ihnen näherte.

„Uiiih, das ist aber ein flinkes Schiffchen“, fluchte sie leise, um dann laut fortzufahren: „Schnell, alle Waffen griffbereit, aber an den Seilen bereit für Richtungswechsel bleiben. Du, Thorn, hast hoffentlich schon dein Beil an der Leine, vielleicht brauchen wir dich wieder.“

„Bin wurfbereit“, war die kurze Antwort.

„Was ist mit den Flößen?“, fragte Frij, die deren Reihenbildung bemerkt hatte.

„Die kümmern uns zunächst nicht, sie sind noch weit weg und ausgesprochen langsam. Dieses kleine Haifischdreieck dort macht mir viel mehr Sorgen. Ich kenne diese Art von Boot nicht, aber es scheint sehr wendig zu sein.“

„Könnte es sein, dass sie mit Pfeil und Bogen bewaffnet sind?“

„Was ist das für eine Frage, Thorn? Es würde mich eher erstaunen, wenn nicht.“

Ilunga schüttelte verwundert den Kopf.

Thorn kümmerte sich nicht darum, sondern verschwand in der Schutzhütte und kam kurz danach mit ihren beiden großen Kleidersäcken zurück.

„Was gegen die Pfeile der *Seegilde* hilft, schützt vielleicht auch hier“, sagte er beiläufig und stellte den beiden Frauen jeweils einen an die Seite.

„Dahinter könnt ihr euch zur Not verstecken.“

„Ich glaube, ich werde in Zukunft, wenn es denn eine gibt, immer einen *Schrat* mit an Bord nehmen. Scheint ein umsichtiges Völkchen zu sein.“

Thorn grinste verlegen. Ein Lob aus Ilungas Mund machte ihn immer stolz.

„Und was nimmst du?“, fragte Frij besorgt. „Wir haben doch nur zwei dieser großen Säcke.

„Bin gleich soweit“, war die Antwort, und schon war er wieder in der Hütte verschwunden. Als er zurückkam, baumelte eines der schmalen

Flechtgitter um seinen Hals, die sie als Ersatz für eventuelle Schäden an der Hüttenwand mitgenommen hatten. Es bestand aus dichtem Rutengeflecht und konnte schon einen Pfeil abwehren. Da es nicht breiter war als seine Brust und bis zu den Knien reichte, konnte der *Schrat* seine Arme weiter frei bewegen, ohne dass die Matte ihn behindert hätte.

„Ich brauchte nur noch ein paar geeignete Schnüre, um das Ding zu befestigen. Aber davon gibt es auf einem Boot ja immer reichlich."

Mit diesen Worten nestelte er einen weiteren Strick um seine Hüften, sodass das Geflecht nicht herumschaukeln konnte.

Das Auslegerboot war inzwischen so nah gekommen, dass man sowohl die Besatzung als auch die Bauweise erkennen konnte.

„Drei Männer in schwarzem Leder, sehen aus wie *Hros-Wigmannen*", meinte Frij.

„Nur ohne Pferd", brummte Ilunga trocken. „Ich kann mir nur schwer vorstellen, dass die Steppenkrieger plötzlich zur See fahren und dazu noch eine neue Schiffsform erfunden haben. Das haben weder die *Ihseligen* noch die Birahanen geschafft, und die haben viele Generationen Erfahrung."

„Und was meinst du?"

„Ich vermute, dass das die ursprünglichen Krieger des *Seo-Thruhtin* sind. Schließlich wird er nicht allein vom Himmel gefallen sein, und irgendwie soll er ja übers Meer gekommen sein. Mit diesen Booten könnte ich mir das gut vorstellen. Was haben sie nur für Segel?"

„Leder?", schlug Thorn vor. „Wir benutzen auch oft Planen aus dünn geschabtem Leder, um die Holzkohle abzudecken. Sie werden aus kleineren Lappen hergestellt und mit dünnen Lederschnüren fest vernäht. Sehr haltbar. Und wenn man sie einfettet, auch sehr wasserabweisend."

„Das könnte sein", stimmte Ilunga zu. „Dünnes Leder wäre schon ein gutes Segelmaterial, wenn es nicht so schwer wäre. Aber für ein solch kleines Dreieck, was man nicht hochziehen muss ..."

Genau in diesem Augenblick wurden die Seile, welche die unteren Spitzen des Dreiecks abspannten, gelöst und das Leder hing schlaff und schmal wie ein zusammengeschobener Vorhang vor dem Mast. Sofort verlor das Boot an Fahrt und schaukelte in der leichten Dünung.

Offenbar wollten die drei Krieger auch das fremde Schiff in Augenschein nehmen, bevor sie handelten.

„Ganz genau wie angenommen. Es müsste sich um äußerst schweres Tuch handeln, was sich so einfach einklappen lässt. Vermutlich wird die Befestigung oben am Mast auch aus derben Lederbändern bestehen. Thorn!!“

„Ja?“

„Das Halteseil kappen wie bei dem Seegildeschiff wird nicht funktionieren, oder glaubst du, dass du eine feste Lederwicklung mit einem Wurf durchtrennen kannst?“

„Eher nicht.“

„Dann nimm zunächst Pfeil und Bogen, aber lass dein Beil griffbereit an der Leine. Wer weiß, wozu es gut ist. Da wir mindestens zwei Personen benötigen, um das Schiff zu lenken, musst du allein als Kämpfer herhalten. Ich glaube, Frij bekommt am Segel die schnellen Wendungen besser hin als du, oder?“

„Keine Frage!“

„Es scheint so, als ob unsere Gegner das genauso sehen!“

Tatsächlich hatte sich auf dem Auslegerboot auch einer der Männer mit dem Bogen bewaffnet, während die anderen beiden das Segelgeschäft übernahmen.

Kaum hatten sie das Segel wieder in den Wind gebracht, glitten die beiden Schiffe aufeinander zu, um dann aneinander vorbeizuziehen. Das kleinere Boot hielt dabei gerade so viel Abstand, dass ein gezielter Pfeilschuss möglich war.

Der schwarze Krieger schoss zuerst. Mit einem reißenden Geräusch bahnte sich der Pfeil seinen Weg durch das dicke Tuch des Kleidersacks und blieb darin stecken. Ilunga war als Steuerfrau das erste Ziel gewesen und atmete erschrocken auf, als sie das gefiederte Ende aus dem dicken Beutel ragen sah. Als Thorn sein Glück versuchte, hatte er große Schwierigkeiten, die Bewegung des anderen Bootes einzuschätzen. Sein Pfeil flog ein Stück hinter dem gegnerischen Steuermann ins Wasser. Trotzdem hatte der Mann instinktiv einen kleinen, runden Holzschild hochgerissen, der griffbereit neben ihm lag. Das flinke Boot war inzwischen ein gutes Stück hinter ihnen und befand sich bereits wieder außer Schussweite.

„Wenden!“, schrie Ilunga. „Sie wollen uns von hinten angreifen!“

Tatsächlich schlug im gleichen Augenblick das Ledersegel mit einem Knall um, das Boot machte eine so scharfe Kehrtwende, dass sich der Ausleger aus dem Wasser hob. Zwei der Männer stützten sich mit ihrem ganzen Gewicht auf die Balken, an denen der Ausleger hing und verhinderten so ein Kentern des Boots. Nach der eleganten Kehre klatschte der Ausleger aufs Wasser zurück, und das Boot bewegte sich wieder auf das Seegildeschiff zu. Ilunga und Frij brauchten wesentlich länger, um ihr Fahrzeug in die Gegenrichtung zu bekommen. Außerdem mussten sie auf Grund der Schiffsgröße einen erheblich weiteren Bogen beschreiben. Auf diese Weise hatte sich der Abstand der Boote schon so weit verringert, dass sie schon wieder in Schussweite waren. Die Besatzung des kleinen Boots versuchte, erneut an ihren Gegnern entlang zu ziehen und dabei möglicherweise einen guten Schuss zu platzieren. Dazu mussten sie leicht ihre Richtung ändern, da sie anderenfalls geradewegs frontal aufeinander zugefahren wären. Dadurch verschlechterte sich aber für sie die Windrichtung, und sie verloren an Fahrt. Ilunga witterte ihre Chance.

„Zur linken Seite abfallen!“, rief sie Frij zu, die sofort das Segel nachließ. „Jetzt halten wir drauf!“

„Willst du sie rammen?“, schrie Thorn gegen den Wind.

„Das Risiko werden sie nicht eingehen, wir sind schließlich erheblich größer. Aber um in günstigen Wind zu kommen und wieder Geschwindigkeit für ihre flinken Wenden zu bekommen, müssen sie unsere Richtung übernehmen. Und dann haben wir sie vor uns: Ein ruhiges Ziel, keines, das an uns vorbeizieht.“

Der Führer des anderen Boots hatte Ilungas Kursveränderung sofort bemerkt und reagierte genauso, wie Ilunga es vorhergesagt hatte. Noch war das Seegildeschiff schneller, da es in voller Fahrt lief. Ob es grundsätzlich schneller war, musste sich erst zeigen. Im Augenblick verringerte sich der Abstand stetig.

Thorn griff zu seinem Bogen. Er sah, dass der Steuermann sich ganz zusammengekauert hatte und seinen Schild hinter sich geschoben hatte.

Der andere Pfeilschütze stand auf der Plattform des Bootes und wartete noch darauf, dass der Abstand geringer würde. Seinen Schild hielt er an seinem linken Arm in Brusthöhe. Thorn riss den Bogen hoch und spannte mit eingelegtem Pfeil. Der feindliche Schütze drehte sich prompt auf die Seite, um die Angriffsfläche zu verkleinern und bedeckte sich, so weit es ging, mit seinem Schild. Es reichte bis zur Mitte der Oberschenkel. Oben lugte sein schwarzer Helm vor, er schien gerade über den Rand hinwegzublicken. Thorn schoss auf seine Füße, das Ziel lag hinreichend ruhig vor ihm. Zwar traf er nicht, doch der gegnerische Schütze sprang reflexartig hoch und rutschte beim Zurückfallen auf dem nassen Flechtwerk der Bootsplattform aus. Mit einem Schrei fiel er ins Wasser. Der Führer des kleinen Bootes schrie etwas Unverständliches, behielt aber seinen Kurs bei. Beim Näherkommen sah Thorn, wie der Krieger wild auf das Wasser einschlug und dabei versuchte, sich seiner Lederkleidung zu entledigen, die ihn am Schwimmen hinderte. Als er das Seegildeschiff greifbar nah vor sich sah, machte er noch einige Schwimmzüge, um sich vielleicht dorthin zu retten. Thorn ergriff sein Beil, doch kam er nicht mehr dazu, es zu benutzen. Frijs Speer hatte den Krieger bereits wie einen Fisch erlegt. Als sie ihn mit dem Seil heranzog, war er bereits tot. Sie schob ihn von der Spitze des Speers, und er versank unter den Luftblasen, die noch aus seiner Lunge strömten.

„Man lernt das Töten schnell, Frij, hab ich recht?"

„Umgekehrt hätten wir sicher auch keine Gnade gefunden."

„Es sei denn, sie wollten noch etwas von uns ... dass wir ihnen die Bauweise unserer Schiffe erklären oder dergleichen", warf Ilunga ein. „Wir holen übrigens auf, wenn auch langsam."

Das Auslegerboot versuchte nun, in einem sanften Bogen zu den Flößen der *Ihseligen* zu gelangen. Mit zwei Mann sahen sie keine Möglichkeit mehr, sich gegen das Seegildeschiff zu behaupten. An die versammelten Flöße würde sich das Verfolgerschiff maximal bis auf Schussweite der Bögen herantrauen. Ilunga verstand den Plan sofort und befahl ebenfalls, den Kurs leicht abzuändern. Sie setzte auf ihre höhere Schnelligkeit und hoffte, den von dem kleinen Boot begonnenen Bogen abschneiden zu können, bevor sie in Reichweite der Ihseligenpfeile gerieten. Ein Wettsegeln begann. Der schwarze Steuermann bemerkte die Absicht Ilungas und versuchte nun seinerseits, den Bogen enger zu nehmen, um die Strecke abzukürzen. Dabei geriet er aber unweigerlich in Thorns Visier, der wieder und wieder einen Schuss abgab. Zwar traf er keinen der beiden Männer, doch zwang er sie immer wieder zu leichten Abänderungen der Richtung, was ihre Geschwindigkeit herabsetzte. Außerdem schoss er sich allmählich ein, sodass die Pfeile schon sehr nah am anvisierten Ziel einschlugen. Schließlich hatten sie das kleine Boot direkt voraus, wenige Schiffslängen, bevor sie in den Bereich der Ihseligenflöße gelangten. Als der Steuermann eine letzte Ausweichbewegung versuchte, traf Thorns Pfeil den Mann am Segel genau in dem Augenblick in den Bauch, als er die Lederplane herumziehen wollte. Aufschreiend versuchte er, sich an der Segelleine festzuhalten und riss damit das Segel an die Seite. Das Boot bekam den Wind plötzlich direkt auf die Segelfläche und hob den Ausleger aus dem Wasser. Der von der Verletzung völlig benommene Krieger rutschte wie sein Gefährte vorher ins Meer, war aber nicht mehr fähig zu schwimmen und versank gurgelnd im blaugrauen Nass. Der Mann mit dem Federhelm versuchte nicht weiter zu fliehen und ergriff einen Speer, um sich zu verteidigen. Mit dem linken Arm hielt er seinen hölzernen Schild. Langsam ließ Ilunga das Schiff an das kleine Boot herantreiben.

Thorn stellte sich vorn auf den Rand des Decks, sein Beil wurfbereit erhoben.

„Bist du verrückt geworden?“, fauchte ihn Frij an. „Willst du dich zu guter Letzt noch niedermetzeln lassen?“

„Bin ich etwa nicht bewaffnet?“

„Weißt du, wie weit der Mann dort seinen Speer schleudern kann? Meinst du, da hilft dir die Flechtmatte vor dem Bauch etwas? Der Mann da drüben ist einer von denen, die den Steppenkriegern das Kriegerhandwerk beigebracht haben. Und du weißt doch, wie sicher sie ihre Waffen benutzen.“

„Du hast recht, und was tun wir jetzt?“

„Segel und Ruder festzurren, das Schiff läuft das letzte Stück allein!“, mischte sich Ilunga ein. „Jeder von uns nimmt einen Bogen. Zu dritt werden wir ihn wohl zur Strecke bringen.“

Als der Krieger die drei aufgelegten Pfeile sah, zögerte er kurz und sprang ins Wasser. Mit langen Zügen schwamm er auf das Schiff zu.

„Spieße“, befahl Ilunga.

Gemeinsam sahen sie zu, wie der Mann näher kam.

„Mich auf Schiff lassen!“, rief er, als er nah genug war. „Ich euch gebe gefangene Birahanen. Ihr dann weiterfahren.“

„Es wäre vielleicht nicht schlecht, ein paar Birahanen an Bord zu haben, wenn wir in Waderborg einlaufen“, sagte Ilunga leise zu ihren Mitseglern, „es könnte so einiges erleichtern.“

„Wer garantiert uns, dass du auch so handelst, wie du jetzt sagst?“, rief Thorn hinüber.

„Ich wehrlos!“

„Wagen wir's?“

Frij und Thorn nickten.

„Gut, ich nehme sofort ein Stück Leine in die Hand, um ihn zu fesseln. Und ihr haltet eure Speere stoßbereit.“

Der Mann schwamm heran, hielt sich mit der Linken am Bootsrand fest und reichte Ilunga die Rechte. Als die Segelweise versuchte, das Seil um sein Handgelenk zu schlingen, packte er blitzartig ihre Hand und riss sie zu sich ins Meer. Mit einer kurzen Bewegung hatte er eine schmale Steinklinge aus seinem Gürtel gezogen, umfasste Ilunga von hinten und hielt ihr das Messer an den Hals.

„Nicht Speer werfen“, warnte er, „sonst Frau tot.“

Gleichzeitig machte er mit den Beinen ein paar Paddelbewegungen, um sich mit seinem Opfer etwas von dem Schiff zu entfernen. Thorn und Frij starrten stumm und fassungslos auf das Schauspiel, hilflos die Spieße weiter erhoben. Ilunga ließ sich zunächst von dem Krieger mitziehen, als ob sie kaum des Schwimmens kundig wäre. Als er seine Schwimmstöße einstellte, wohl um erneut zu verhandeln, griff sie mit beiden Händen nach seinem rechten Arm und drückte ihn mitsamt dem Messer von ihrem Hals fort. Er reagierte, indem er mit dem linken Arm den Druck auf ihre Kehle erhöhte. Im gleichen Augenblick wälzte sie sich mit ihrem ganzen Gewicht im Wasser herum und atmete ihre letzte Luft aus, um schwerer zu werden. Durch diese Bewegung war sie direkt unter seinen Körper getaucht, und sein Rücken schaute einen Moment wie der schwarze Buckel eines Wals aus dem Wasser.

Thorn kam nicht mehr dazu, „Jetzt!“ zu rufen, denn schon steckte Frijs Spieß im Ziel.

Das Wasser färbte sich rot, der Krieger bäumte sich noch einmal auf wie ein verletztes Tier, seinen letzten Atemzug versuchte er unter Wasser und sog damit die salzige Flüssigkeit in seine Lungen. Nach wenigen hektischen Bewegungen versank auch er. Gerade gelang es Frij noch, ihren Speer mit Hilfe der Schnur zurückzuziehen.

Ilunga tauchte mit einem gequälten Gurgeln auf, das in zwanghaftes Husten überging. Sie schien sich aus Atemnot kaum über Wasser halten zu können, sodass Frij sich anschickte, hinterher zu springen.

„Hier, nimm das mit!“

Thorn drückte ihr noch im letzten Moment, bevor sie sprang, das Ende der Schnur in die Hand, die an ihrem Spieß befestigt war. Das andere Ende behielt der *Schrat* in seiner Hand. Um beweglicher zu sein, löste er schnell die Flechtmatte vor seiner Brust und legte sie auf Deck ab.

Frij erreichte die keuchende Ilunga gerade noch, bevor sie versank, ergriff sie dann unter den Schultern und hielt ihren Kopf über Wasser.

„Zieh!“, brachte sie noch über die Lippen, bevor sie ihren ganzen Atem brauchte, um ihre schwere Last über Wasser zu halten.

Endlich konnte der *Schrat* sie beide auf Deck ziehen.

Während die Segelweise abwechselnd hustete und nach Luft rang, ließ Frij sich lang auf das Deck fallen und atmete tief durch. Als sie ihren Blick einen Augenblick zur Seite wandte, sah sie zwei der Ihseligenflöße bereits bedrohlich näher kommen. Die Mannschaften standen bereits mit Pfeil und Bogen aufgereiht am Floßrand. Sie waren fast in Schussweite.

„Klar zum Wenden!“

Ohne nachzudenken war Frij dieser Befehl über die Lippen gegangen. Sie wunderte sich über sich selbst. War sie bereits mit den Regeln der Seefahrt so vertraut, dass sie nicht mehr überlegen musste, um eine lebenswichtige Entscheidung zu fällen? Ilunga hatte jedenfalls sofort reagiert und war trotz ihrer Hustenanfälle aufgesprungen und ans Ruder geeilt. Gleichzeitig hatte Frij das Segel gelöst und hielt das Seilende in der Hand.

„Uuund jetzt!“, schrie Ilunga. Von Husten war keine Spur mehr zu bemerken, die Not befahl ihrem Körper. Mit einem Knall schlug das Segel herum, das Boot sank auf einer Seite tiefer ein und schien kurz vorm Umschlagen. Durch die Wende drückte das Wasser mit enormer Kraft gegen den rechten Schwimmer, aber dank der neuen Taue hielt er der Belastung stand. Langsam drehte sich das Schiff in die Gegenrichtung. Die Flöße waren noch näher gekommen, und die ersten Pfeile steckten bereits in der Außenwand der Hütte. Die Bewegung des Boots hatte ein sicheres Treffen vereitelt, doch jetzt segelten sie konstant in gleicher Linie, und die Pfeile schwirrten nur so um sie herum.

„Den Sack!“, rief Ilunga Thorn zu, doch der eilte bereits vorausschauend auf die Segelweise zu, den Sack selbst als Schutz vor sich haltend. Als er den Beutel eilig hinter Ilungas Rücken stopfte, musste er sich selbst schnell fallen lassen, um sich vor den Pfeilen in Sicherheit zu bringen.

„Und wie komme ich nun wieder von hier fort?“, fragte er mit nach oben verdrehtem Kopf.

Ilunga musste angesichts dieses Anblicks lachen.

„Da wirst du wohl eine Weile ausharren müssen“, grinste sie. „Warte, bis wir sie abgehängt haben.“

Frij hatte unterdessen die Segelleine festgezurrt und sich hinter die Hütte geflüchtet. Von dort lugte sie vorsichtig um die Ecke, um kein Ereignis zu verpassen und nötigenfalls rechtzeitig reagieren zu können. Der Sack hinter Ilunga sah inzwischen aus wie ein riesiger Igel, die Segelweise blieb aber völlig unbeschadet. Auch das Segel hatte auf Grund seiner schrägen Stellung kaum Treffer abbekommen und war nahezu unbeschädigt geblieben. Als die *Ihseligen* einsehen mussten, dass sie mit ihren Pfeilen nichts ausrichten konnten, erhob sich auf den Flößen ein ohnmächtiges Wutgeheul. Ilunga feixte zufrieden und beobachtete den allmählich größer werdenden Abstand zwischen den Fahrzeugen.

„Jetzt kannst du dich wieder erheben", meinte sie mit einem Augenzwinkern zu Thorn. „Wir haben sie weit genug hinter uns gelassen."

Ächzend erhob sich der *Schrat*, um sofort wieder einzuknicken. Durch die verkrampfte Lage war ihm ein Bein eingeschlafen, und er begann jetzt, es vorsichtig zu bewegen. Das Gesicht, das er dabei machte, sowie seine ungelenken Bewegungen brachten die beiden Frauen zum Lachen. Thorn beschloss zu schmollen und zog sich auf die Vorderseite des Schiffs zurück.

„Ich glaube, die Flöße kehren um", bemerkte Frij, die sich zu Ilunga gesellt hatte. Tatsächlich beschrieben sie nun einen großen Bogen.

„Hm, dann müssen wir wohl auch wenden."

„Wieso? Bist du nicht froh, dass wir sie abgehängt haben?"

„Doch, aber ich hätte gern die Birahanen dort drüben befreit, du weißt schon."

„Ganz sicher, dass sich noch welche auf dem Floß befinden, können wir allerdings nicht sein. Vielleicht haben sie ihre Gefangenen schon umgebracht?"

„Ich glaube nicht, dass sie sie umgebracht haben. Hätten sie dann nicht das Seeräuberfloß zu unserer Verfolgung benutzt? Es wäre schließlich schneller gewesen. Sie haben aber darauf verzichtet. Meiner Meinung nach heißt das, dass sie die besiegten Birahanen dort festgesetzt haben. Schließlich ist auch noch ein Ihseligenfloß zurückgeblieben. Warum, wenn es nicht um die Bewachung von Gefangenen geht?"

Frij konnte dieser Logik nur zustimmen und ließ sich Ilungas Plan erklären.

„Wir wenden!", rief sie dann dem *Schrat* zu und begab sich an das Segel. Erstaunt erhob sich Thorn und griff sich auch eine Segelleine.

„Sind wir nicht froh, dass wir sie los sind?", fragte er Frij.

„Ilunga möchte die Birahanen dort drüben befreien, um unangefochten nach Waderborg zu gelangen. Unsere Verfolger sind so weit von den beiden anderen Flößen entfernt, dass wir sie überholen könnten und dann nur noch das Gefangenenfloß und das dritte Ihseligenfloß gegen uns hätten."

„Nur noch? Habt ihr vergessen, wie viele Männer sie auf dem Floß haben? Wie wollt ihr die denn besiegen?"

„Das habe ich Ilunga auch gesagt. Sie hat nur geantwortet: Kommt Zeit, kommt Rat."

„Na gut, wenn's sein muss", maulte der *Schrat*. „Da muss ich mich wohl dem Befehl beugen."

Frij grinste ihn an und legte ihm kurz den Arm um die Schulter.

„Wird schon!", murmelte sie.

Die Verfolgerflöße hatten unterdessen die Richtung noch weiter gewechselt und dümpelten bei für sie sehr ungünstigem Wind in einem weiten Bogen zurück.

„Was machen die da?", fragte Thorn. Ilunga zuckte die Schultern und überlegte kurz.

„Ich vermute, sie suchen das kleine Boot", erwiderte sie dann. „Das könnte uns einen Vorteil verschaffen. Bis jetzt scheinen sie nicht damit zu rechnen, dass wir noch nicht mit ihnen fertig sind."

Sie ließ ihre Gehilfen die Segelleinen etwas nachlassen, sodass sie eine Richtung einnahmen, als wollten sie direkt zu den Birahaneninseln. Die beiden Flöße reagierten nicht. Sie gingen wohl davon aus, dass die Verfolgten sich aus dem Staub machen wollten. Ilunga hielt den Kurs eine Weile, bis sie schließlich das Gefangenenfloß zu ihrer Rechten hatten. Die beiden ehemaligen Verfolgerflöße befanden sich noch weiter abseits und hatten dadurch einen erheblich größeren Abstand zum Birahanenfloß als das Seegildeschiff.

„Abdrehen!", rief Ilunga und einen Augenblick später legte sich der Segler erneut auf die Seite. Mit einem leicht auffrischenden Wind, der jetzt von schräg hinten blies, machten sie zunehmend Fahrt. Bevor die *Ihseligen* bei ihrer Suche nach dem Auslegerboot auf die neue Richtung des Seegildeschiffes aufmerksam wurden, hatte dies bereits einen Teil der Strecke zu den zurückgebliebenen Flößen hinter sich gebracht. Es bestand keine Möglichkeit mehr, das schnellere Schiff abzufangen, bevor es sein Ziel erreichen würde.

Um beweglicher zu sein, befahl Ilunga, dass sie sich alle mit umgebundenen Flechtmatten gegen Pfeile schützen sollten. Der

Schutz mit den Kleidersäcken hätte sie an einen bestimmten Platz gebunden.

Inzwischen hatten sie sich dem Birahanenfloß soweit genähert, dass sie die Personen wahrnehmen konnten. Sie bereiteten sich offenbar auf einen Angriff vor.

„Auf dem Ihseligenfloß sind, glaube ich, fünf Männer", sagte Thorn, der mit Frij vor dem Segel stand.

„Und auf dem Birahanenfloß sehe ich vier. Allerdings ... da scheinen noch mehrere auf dem Deck zu liegen. Kannst du etwas erkennen, Thorn?"

In diesem Augenblick wurden die Gefangenen hochgezerrt und in die Hütte geschoben.

„Es sind vier Birahanen auf dem Floß, wenn die Annahme stimmt, dass es sich um Gefangene handelt", erwiderte der *Schrat*, nachdem er seine Augen mit der Hand beschattet hatte.

„Wahrscheinlich wollen sie sich nicht beim Kampf stören lassen, darum verfrachten sie ihre Gefangenen in die Hütte."

„Und wie kommen wir nun gegen die vier Krieger an?", überlegte Thorn laut. „Sie stehen schon mit Pfeil und Bogen bereit, uns zu empfangen. Keiner, der sich mit Segeln beschäftigen muss. Das Segel haben sie fallen lassen."

„Auf dem anderen Floß auch!", warf Frij ein. Sie versuchen, sich ihren Gefährten mit Rudern zu nähern. Das wird noch eine Weile dauern, bis sie das Birahanenfloß erreicht haben. Wir hätten also etwas Zeit, bis sie mitmischen können."

Gerade wollte der *Schrat* einwenden, dass sie trotzdem noch vier Krieger gegen sich hätten, als einer der Gefangenen plötzlich aus der Hütte trat. Sofort wandte sich einer der *Ihseligen* um, nahm einen Speer, machte einen Schritt auf ihn zu und wollte den Gefangenen wieder in die Hütte zurückzwingen. Als er ihm direkt gegenüberstand, schoss ein großer Hund auf ihn zu und erfasste ihn an der Gurgel. Die Beobachter auf dem Seegildeschiff konnten gerade noch einen abgerissenen Wehlaut hören, als der *Ihselige* zusammenbrach. Sofort ergriff der Gefangene den Speer des Toten und warf ihn auf den ihm am nächsten stehenden

Krieger. Auch der brach zusammen. Die restlichen *Ihseligen* sprangen sofort hinzu, doch war der Gefangene samt Hund schon wieder in der Hütte verschwunden. Die beiden Krieger trauten sich offenbar nicht, in die Hütte einzudringen und begnügten sich damit, den Eingang mit ihren Speeren zu bewachen.

„Das ist die Gelegenheit!“, rief Ilunga von hinten. „Mit zwei Mann können wir es aufnehmen!“

Auf dem Ihseligenfloß bemühte sich unterdessen die Besatzung, das Segel hochzuziehen, was wiederum Zeit in Anspruch nahm und das Rudern unterbrach.

Das Seegildeschiff war auf Schussweite herangekommen. Thorn und Frij schossen die ersten Pfeile ab. Die zwei Krieger versuchten, sich hinter der Hütte zu ducken, mussten dazu aber an deren Eingang vorbei. Dem Ersten gelang es, hinter den Verschlag zu springen, der Zweite wurde erneut ein Opfer des Hundes, der zielsicher seine Kehle erfasst hatte. Der Mann von vorher lugte aus der Hütte, ergriff den Speer des toten Kriegers, kroch bis zum Winkel des Verschlags und verharrte dort, bereit einen Angriff des *Ihseligen* abzuwehren. Jetzt schob sich eine weitere Person aus der Hütte und winkte den Seegildesegler heran.

Ilunga ließ das Boot in einem sanften Bogen an dem Birahanenfloß längsseits gehen. Der Mann, der sie herangewinkt hatte, war an seiner Bekleidung eindeutig als Birahanenkrieger erkennbar. Sie winkte ihm kurz zu, auf den Schnellsegler zu wechseln.

„Wir müssen aber noch einen der *Ihseligen* im Zaum halten!“, rief ihr der Birahane zu. „Er ist noch bewaffnet und hat sich hinter der Hütte verschanzt!“

„Hab’ ich gesehen!“, gab die Segelweise zurück. „Thorn, könntest du das übernehmen, bis alle ehemaligen Gefangenen hier sind? Danach sichern wir dich und du kannst wieder zurückkommen.“

Der *Schrat* nickte nur, nahm einen Speer in die Linke und griff mit der Rechten sein Beil. Er übergab Frij den Strick, mit dem er gerade das Seegildeschiff an das Floß knüpfen wollte. Dann sprang er hinüber, tippte dem zweiten Birahanenkrieger auf die Schulter und bedeutete ihm, seinem Kameraden zu folgen. Dabei lugte er vorsichtig um die Ecke der Hütte. Blitzschnell zog er den Kopf zurück, gerade noch rechtzeitig, um von der vorschnellenden Speerspitze nicht mehr erfasst zu werden. Der Birahane versuchte ihm in dieser bedrohlichen Lage beizustehen und machte ihm mit Handzeichen klar, dass er sich um die Hütte schleichen wollte, sodass sie den *Ihseligen* in die Zange nehmen könnten. Thorn zeigte sich mit einem Nicken einverstanden und fixierte weiter die Hüttenecke. Der Birahane wandte sich um.

„Juzz!!!", gellte in diesem Augenblick Ilungas Stimme, gefolgt von einem überraschten „Ilunga!" des *Kobereri*. Beide starrten sich fassungslos an, unfähig, weiter an ihre momentanen Aufgaben zu denken. Der *Ihselige* schien diesen Zustand der Verwirrung erspürt zu haben, denn er sprang plötzlich hinter der Hütte hervor und hob seinen Speer gegen den *Schrat*. Thorn, dessen rechte Hand ohnehin aus Wachsamkeit erhoben war, schnellte instinktiv seine Axt gegen die Hand des Gegners. Sie traf am Handgelenk, der Speer polterte auf das Deck, und die Hand hing abgeknickt am Armstumpf, nur noch gehalten von Haut und einem Knochen. Das Blut schoss aus der Wunde und spritzte über das Floß, der *Ihselige* schrie vor Schreck und Schmerz. Thorn nahm schnell seinen Speer in die Rechte, um den Krieger von weiteren Angriffen abzuhalten. Doch der stolperte kreischend in Panik mehrere Schritte nach hinten, die Augen auf seine abgetrennte Hand gerichtet, um schließlich rückwärts ins Meer zu fallen. Auch sein Blut rötete das Wasser, während er mit einem erstickten Laut unterging.

Der Vorfall hatte alle erstarren lassen, doch jetzt löste sich die Spannung. Mit einem Satz war Juzz auf Ilungas Boot gesprungen und zu ihr geeilt. Sie umklammerten sich, als ob sie ihre verlorene zweite Hälfte wiedergefunden hätten, und Frij sah die Segelweise zum ersten Mal heiße Tränen vergießen. Als sie sich wieder umwandte und den Mann sah, der gerade die Hütte verließ, hatte sie das Gefühl, ihr bliebe das Herz stehen.

„Urk", keuchte sie nur und wäre fast in den Spalt zwischen Floß und Ilungas Boot gefallen. Urk sah sie und ließ sprachlos den Unterkiefer fallen.

Frij fiel in einer plötzlichen Schwäche auf die Knie und breitete in einer hilflosen Geste die Arme aus. Taumelnd bewegte sich Urk auf sie zu. Wie eine Ertrinkende klammerte sie sich an seinen Hals, doch seine Umarmung blieb vergleichsweise zaghaft. Frij bemerkte sein Zögern erst nach wenigen Augenblicken und schaute fragend auf. Ihr Blick fiel auf eine Frau, die noch am Rand des Birahanenfloßes hinter Urk stand und einen Hund an ihrer Seite hatte. Die Frau betrachtete düster die Wiedersehensszene und Tränen standen in ihren Augen. Urk hatte Frijs Erstarrung bemerkt und schaute sich um.

„Äh, ja, das ist Olunde“, stellte er steif seine Gefährtin vor, und zu Olunde gewandt: „Das ist Frij ... äh, ich habe dir ja schon von ihr erzählt.“

„Ich dachte es mir“, erwiderte die ehemalige Sklavin mit zitternder Stimme, wandte sich ab und trat einige Schritte auf das Floß zurück.

„Ich ... ich bin froh, ... dass du lebst, Frij“, kam es verhalten über Urks Lippen, sein Gesicht zeigte aber statt Freude eher Furcht.

„Ich bin auch froh ...“, klang es trüb von Frijs Lippen, und ihr Gesicht füllte sich mit Schmerz.

„Heh, du alter Holzwurm!“, polterte in diesem Augenblick Thorn in die Situation. „Mann, dass ich dich hier wiedertreffen würde, hätte ich nicht gedacht! Lass dich umarmen, Urk!“

Lebhaft drückte er ihn an sich. Urk tat es ihm gleich und einen Atemzug lang fiel die Spannung von ihm ab.

„Wir müssen von hier verschwinden!“, warnte jetzt der Birahanenkrieger, der sich als Einziger nur mit sich beschäftigen musste. „Wir bekommen sonst sehr unliebsamen Besuch.“

Tatsächlich war das erste Ihseligenfloß inzwischen bedrohlich nah gekommen und auch die restlichen zwei hätten nicht mehr sehr lang gebraucht, bis sie zumindest auf Schussweite der Pfeile heran waren. Ilunga raffte sich plötzlich wie aus einem Traum auf.

„Alle herüber und ablegen!“, rief sie in ihrem üblichen Befehlston.

Thorn kappte kurzerhand das Haltetau zum Floß, um keine Zeit zu verlieren, Risi setzte auf das fremde Boot über, als ob sie den Befehl Ilungas verstanden hätte, nur Olunde stand noch allein auf dem Birahanenfloß.

„Olunde! Beeil dich, wir haben keine Zeit mehr!“, rief Juzz ihr zu.

Sie zuckte nur mit den Schultern

„Olunde! Komm doch!", rief nun auch Urk.

„Ich weiß nicht", klang es fast nicht mehr hörbar aus ihrem Mund. Zwischen Schiff und Floß tat sich bereits ein Spalt auf, der sich langsam vergrößerte. Noch immer machte Olunde keine Anstalten, auf das andere Fahrzeug überzuwechseln. Jetzt sprang Urk auf das Floß hinüber, packte die Frau, hob sie hoch und schleppte sie zum Rand. Frij sah dem Geschehen mit versteinerter Miene zu. Ihre Augen waren zu Schlitzen verengt.

Thorn hatte sich unterdessen einen Speer gegriffen und hielt Urk den Schaft entgegen. Der setzte Olunde kurz ab, die dies willenlos geschehen ließ und zog das Schiff wieder zu sich heran. Als der Spalt kurzfristig geschlossen war, nahm er seine Last erneut auf den Arm und betrat das Seegildeschiff.

„Warum?", fragte sie ihn.

Er schaute sie nur verständnislos an.

Kurz danach musste er sie hinter die Hütte zerren, denn es hagelte jetzt Pfeile von den Bögen der *Ihseligen.* Juzz und Ilunga übernahmen Ruder und Segel, der zweite Birahane ging ihnen zur Hand. Thorn verteilte wieder die Kleidersäcke, deren Inhalt inzwischen völlig durchlöchert war. Würden sie die Kleider benötigen, wären sicher etliche Stunden Flickarbeit vonnöten. Sie kamen nicht so schnell wie erhofft aus der Reichweite der Pfeile, da die *Ihseligen* zu den Rudern gegriffen hatten und damit ihre Flöße vorantrieben. Da sie insgesamt über fünfzehn Krieger verfügten, konnten immer zwei von ihnen rudern, einer steuerte und zwei schossen ihre Pfeile ab. So waren sechs Männer nur damit beschäftigt, das Seegildeschiff unter Beschuss zu setzen, und sie schienen große Vorräte an Pfeilen zu besitzen. Zu allem Überfluss fiel Juzz noch ein, dass es gut wäre, noch einmal zum Floß zurückzukehren, um den Birahanenwimpel zu holen. Er wollte ihn am Mast festmachen, wenn sie Flößen der Seeräuber begegneten oder wenn sie es bis Waderborg schaffen sollten, um einen Angriff seiner eigenen Leute zu verhindern. Ilunga verdrehte die Augen.

„Hätte dir das nicht etwas eher einfallen können?", murrte sie ein wenig.

„Hätte ich etwa daran denken sollen, als ich dich gesehen habe?“

„Da hast du auch wieder recht, ich konnte bei deinem Anblick auch keinen Gedanken an irgendwelche anderen Dinge verschwenden.“

Ungestüm küssten und herzten sie sich, bis das Schiff steuerlos in schlingernde Bewegungen verfiel. Glücklicherweise hatten sie es zu diesem Zeitpunkt geschafft, soeben aus der Reichweite der Bogenschützen zu gelangen. Die letzten Pfeile waren knapp hinter dem Boot im Wasser aufgeschlagen, und die *Ihseligen* hatten das Schießen gerade eingestellt.

„Ich glaube, ich übernehme mal eine Weile das Ruder“, sagte der Birahanenkrieger, „sonst kentern wir vielleicht noch, bevor wir Waderborg erreichen, und im übrigen“, fügte er verschmitzt hinzu, „tragen die meisten von uns einen Wimpel bei sich, schließlich kann es ja immer sein, dass man ein erbeutetes Floß kennzeichnen muss, nur ... nur die *Kobereri* haben das nicht nötig. Sie bekommen ja immer ihren Anteil an der Beute.“

Mit diesen Worten zog er einen Stofflappen aus seinen Kleidern, rot wie Blut, gefärbt mit dem Saft wilder Beeren. Juzz gab ihm einen freundschaftlichen Rippenstoß und verzog sich mit Ilunga in die Hütte. Bald darauf war Ilungas spitze Schreie zu vernehmen, immer wieder vermischt mit einem sonoren männlichen Stöhnen.

Frij und Olunde saßen an entgegengesetzten Seiten des Schiffs und starrten mit versteinerten Gesichtern auf den Ort, von dem die Geräusche kamen.

Urk befand sich ziemlich genau in der Mitte zwischen ihnen und wirkte völlig verloren, bis Thorn sich zu ihm setzte.

„Bist du jetzt mit ihr zusammen?“, fragte er unvermittelt und wies mit dem Daumen hinüber zu Olunde.

„Ich glaube, ja“, kam die zögerliche Antwort.

„Was heißt, ich glaube? Normalerweise weiß man so etwas.“

„Das verstehst du nicht.“

„Erklär es mir, vielleicht kann ich ja etwas tun.“

„Ich wüsste nicht, was dich das angeht.“

„Meinst du?“, Thorn schnaufte ärgerlich: „Es scheint, dass ich hier zunächst mal etwas klären muss. Ich habe mich nicht nur mit Frij zusammengetan, um Duggaland zu retten, sondern es ging auch immer darum, dich wiederzufinden. Frij hat sich unendliche Sorgen um dich gemacht, sie hat sich förmlich nach dir verzehrt. Mit ganz Tvinhaag hat sie sich überworfen, ihren Vater in heillose Schwierigkeiten gebracht und ist, zumindest sah es für alle so aus, mit einem *Schrat* durchgebrannt. Und das vor allem, um dich zu finden. Wir haben übrigens ziemlich gefährlich gelebt in dieser Zeit. Sie hat das ohne zu murren ertragen. Und ob es mich auch etwas angeht, musst du selbst entscheiden. Ich war jedenfalls davon ausgegangen, wir seien noch Freunde."

Urk schlug die Hände vor sein Gesicht: „Natürlich sind wir das. Entschuldige bitte meine Bemerkung." Er nahm die Hände wieder herunter und sah Thorn ins Gesicht.

„Ich war doch selbst auf der Suche nach Frij. Auf der Flucht habe ich erfahren, dass sie sich nach Sihport aufgemacht hat. Es war nicht möglich, direkt dorthin zu kommen, also habe ich den Landweg nach Fisvik gewählt, um dort einen Segler zu finden, der mich mit nach Sihport zu Frij nehmen würde. Unterwegs ist aber unheimlich viel geschehen. Willst du die Geschichte hören? Vielleicht verstehst du dann meine Verbindung mit Olunde."

Der *Schrat* nickte: „Erzähl, wir haben jetzt viel Zeit."

Urk begann mit dem Angriff der *Hros-Wigmannen* auf sein Floß und endete mit der Gefangennahme durch die Männer des *Seo-Thruhtin*.

„Begreifst du den Unterschied?", fragte er dann. „Frij und ich waren ein Liebespaar. Wir kannten uns aber nur aus Friedenszeiten und waren zusammen glücklich, wie man eben in normalen Zeiten glücklich ist. Olunde und ich aber haben gemeinsam um unser Leben gekämpft. Das schmiedet einen unzertrennlich zusammen. Glaub' mir, wir haben zunächst beide nicht daran gedacht, ein Paar zu werden. Wir waren plötzlich so etwas wie Schicksalsgefährten. Und dann ist unsere Verbindung in Liebe umgeschlagen, ohne unsere Absicht und ohne dass wir uns noch dagegen wehren konnten."

Thorn nickte versonnen und kratzte sich den Bart.

„Hm, ich glaube, ich verstehe dich. Im Grunde ist mir mit Frij etwas Ähnliches passiert."

„Willst du damit sagen, dass ...?“ Urk wirkte plötzlich aufgebracht.

„Nein, nein, beruhige dich. Ich habe meine große Liebe getroffen, bevor zwischen Frij und mir etwas Vergleichbares geschehen konnte. Vielleicht hat sie das sogar noch näher an dich gebunden. Sie hatte niemanden außer mir, und ich war nach einer gewissen Zeit vergeben. Dennoch haben wir eine sehr tiefe Zuneigung zueinander entwickelt, wenn auch eine andere als du und Olunde.“

Urk blickte zu Boden und schwieg.

„Und was mache ich jetzt?“, fragte er nach einer Weile.

„Du wirst dich offen entscheiden und dich deinen beiden Frauen erklären müssen. Abgesehen davon müssen wir auf diesem Schiff zusammenstehen, schon aus Überlebensgründen. Wir sind zurzeit in einer Lage, die es uns nicht erlaubt, uns voneinander abzugrenzen. Zumindest, bis wir uns irgendwann trennen.“

„Da hast du wohl recht“, meinte Urk nach einer kurzen Pause. „Ich gehe jetzt hinüber zu Frij und erkläre ihr alles. Ich hoffe, sie versteht mich.“

„Tu das, ich gehe solange zu Olunde und erkläre ihr, warum du nun mit Frij sprichst.“

Während Urk aufstand und langsam auf Frij zuging, bewegte sich Thorn auf Olunde zu. Schon während er sich ihr näherte, sah er die Panik in ihren Augen.

„Sollst du mir mitteilen, dass unsere Verbindung jetzt beendet ist, nachdem er seine Frij zurückhat?“, empfing sie ihn verbittert.

„Nein, ganz im Gegenteil. Ich soll dir sagen, dass er bei dir bleiben will. Das muss er jetzt allerdings auch seiner ehemaligen Geliebten mitteilen und erklären, denke ich.“

Olunde atmete hörbar aus und seufzte erleichtert. Sie blickten beide hinüber zu dem anderen Paar. Frij saß zusammengesunken da und ließ ihren Tränen freien Lauf. Er redete gestikulierend auf sie ein und bemühte sich offenbar, seine Lage deutlich zu machen. Dann versuchte er, sie an den Armen zu fassen, worauf sie ihn mit einem Aufschrei fortstieß. Verschüchtert zog er sich wieder zurück und saß stumm und hilflos vor ihr.

„Vielleicht sollte ich einmal hinübergehen“, murmelte Olunde und erhob sich. Als sie sich den beiden nähern wollte, wurde Frij auf sie aufmerksam. Wie eine Furie schoss sie hoch, wies mit ausgestrecktem Finger auf die Nebenbuhlerin und kreischte: „Nimm sie! Nimm sie und geht! Aber sie soll nie wieder ...“

Gerade jetzt traten Juzz und Ilunga eng umschlungen aus der Schiffshütte, die glänzenden Augen einander zugewandt.

„Kann man in meinem Alter eigentlich noch Kinder bekommen?“, fragte Ilunga in dem Augenblick, als sie die Szene wahrnahm. Betroffen blickte sie zwischen Frij und Olunde hin und her. Ihr war sofort klar, dass hier gerade eine Entscheidung gefällt worden war und welche der Frauen die Zurückgesetzte war. Sofort wandte sie sich Frij zu und schloss sie in die Arme. Schluchzend warf diese sich an ihren Hals und hätte Ilunga beinahe dabei von den Füßen gerissen.

Juzz winkte den anderen, sich zu entfernen und ging selbst mit ihnen. Nach einer längeren Zeit hatte Frij sich ein wenig beruhigt, und Ilunga winkte Juzz zu sich.

„Wir müssen hier auf dem Schiff eine Regelung treffen, mit der die beiden Frauen leben können“, sagte sie zu ihm. „Ich habe schon mit Frij gesprochen. Schließlich sind wir in der jetzigen Lage aufeinander angewiesen. Wir dürfen uns nicht gegenseitig das Leben schwer machen.“

Juzz rief die anderen heran, und sie beratschlagten, wie zu verfahren sei. Zunächst bekam Frij einen Platz in der Hütte, an den sie sich zurückziehen konnte. Außerdem wurde beschlossen, dass die betroffenen Frauen nicht miteinander reden sollten, es sei denn, um notwendige Abläufe auf dem Schiff zu regeln. Sollten sie doch das Bedürfnis nach einer weiteren Aussprache haben, müssten sie fragen. Schließlich wurden beide verpflichtet, sich gegenseitig in Ruhe zu lassen und schon gar nichts zu tun, was irgendeine Gefahr bergen könnte.

Beide Frauen schworen bei den Göttern, sich an diese Abmachung zu halten.

Die folgende Nacht mussten sie auf dem Meer verbringen, da sie den direkten Kurs auf die Inseln der Birahanen gewählt hatten und vor dem Dunkelwerden noch kein Land in Sicht war. Sie ließen das

Segel fallen und überließen sich für die Nacht den Göttern des Meeres. Schweigsam nahmen sie noch eine karge Mahlzeit zu sich. Freudige Stimmung über die Rettung vor den *Ihseligen* wollte nicht mehr aufkommen, und auch Juzz und Ilunga konnten sich nicht so austauschen, wie sie wollten.

Da bis auf den Birahanenkrieger keiner von ihnen eine ruhige Nacht verbrachte, waren sie alle beim ersten Morgengrauen auf den Beinen. Mit müden Gesichtern hockten sie nach dem Frühstück einträchtig nebeneinander auf dem Bootsrand und übergaben ihre Notdurft dem Meer. Nur Frij hatte sich abgesondert. Sie hatte sich auf die andere Seite des Schiffes begeben, und nachdem auch sie den Meeresgöttern ihr fragwürdiges Opfer gebracht hatte, war sie wortlos wieder in der Hütte verschwunden. Jede Gesellschaft schien ihr zuwider, auch die der Gefährten, die schuldlos an ihrem Leid waren. Nachdem sie bereits eine Weile den Kurs auf Waderborg hielten, erschienen Thorn und Ilunga im Eingang der Bootshütte.

„Dürfen wir hereinkommen?“

„Wozu?“

„Wir hatten gehofft, dir helfen zu können.“

„Das könnt ihr auch!“

„Und wie?“

„Schmeißt die Sklavenbraut über Bord. Dann geht es mir besser.“

„Ich glaube nicht, dass du das ernst meinst“, erwiderte Ilunga.

„Und wieso nicht?“

“Weil es einfach nicht gerecht wäre. Gegen die Liebe sind die Menschen nun einmal machtlos.“

„Ach ja, aber was mir geschieht, das ist gerecht? Soll ich die beiden noch beglückwünschen, oder was stellt ihr euch vor? Ich reise um die halbe Welt, sterbe fast vor Sorgen um ihn und dann soll ich sagen: Schön, dass ihr euch gefunden habt? Merkt ihr eigentlich nicht, dass ich hier die Betrogene bin?“

„Natürlich merken wir das“, warf Thorn nun ein. „Aber du musst auch verstehen, dass die beiden sich nicht aus bösem Willen ineinander verliebt haben, und schon gar nicht, um dir weh zu tun.“

„Thorn, hast du eigentlich gemerkt, dass ich mich auf unserer gemeinsamen Reise auch in dich verliebt habe?“

„Ich glaube, ja. Mir ging es genauso mit dir.“

„Und warum sind wir kein Paar geworden?“

„Wahrscheinlich, weil wir beide an Urk gedacht haben“, gab der *Schrat* zu.

„Aha! Aber der liebe Urk hat es nicht nötig, an mich zu denken, oder? Dann könnten wir doch jetzt auch die Gelegenheit am Schopf nehmen, wie wär's?“

Ruckartig zog Frij sich ihr Wams über den Kopf und schwenkte ihre Brüste vor Thorns Nase hin und her. Als der *Schrat* zögerte, schaute sie ihn herausfordernd an: „Na, gefallen sie dir nicht mehr, oder worauf wartest du noch?“

„Frij, du weißt, dass ich Salida versprochen bin.“

Frij schossen erneut die Tränen in die Augen. Mutlos ließ sie ihr Wams wieder heruntergleiten und senkte den Blick zu Boden.

„Du ja“, sagte sie leise, „bei dir gilt ein Versprechen.“

Thorn nahm sie in den Arm und streichelte ihren Kopf wie einem kleinen Mädchen. Hilflos schluchzend warf sie sich an seinen Hals. Als sie sich wieder etwas beruhigt hatte, fragte Ilunga:

„Sag mal, bist du eigentlich sicher, dass du wirklich der Mensch für eine feste Beziehung bist?“

Frij blickte verwirrt auf.

„Wie meinst du das?“

„Bist du nicht eigentlich eher vom Entdeckerdrang getrieben? Willst du nicht lieber die Welt unsicher machen als bei einem Mann zu bleiben und seine Kinder zu hüten?“

„Aber du selbst willst doch auch nicht immer allein sein, oder wie darf ich dein Verhältnis zu Juzz verstehen?“

„Ich glaube, Juzz ist für mich ein ausgesprochener Glücksfall. Wir sind uns sehr ähnlich. Im Zweifel würden wir gemeinsam auf Entdeckungsfahrt gehen. Aber wenn ich die Wahl hätte, bei Juzz in Waderborg zu wohnen oder zu reisen, ich würde mich immer für das Reisen entscheiden.“

„Und warum hast du gestern Abend von Kindern geredet? Ich habe es wohl gehört.“

Ilunga musste lächeln.

„Wir hatten beide Sorgen, dass sich nach unserem Zusammensein gestern ein Kind einstellen könnte. Verstehst du, wir sind verrückt aufeinander, aber nicht verrückt nach Kindern.“

Frij nickte nachdenklich und löste sich langsam aus der engen Umklammerung mit Thorn.

„Ich frage mich aber immer noch, wohin mein Weg gehen soll, wenn dieser Krieg in Duggaland irgendwann zu Ende ist. Wenn ich dann noch lebe, meine ich.“

Ilunga zuckte mit den Schultern.

„Du bist jünger als ich und inzwischen eine gute Seglerin. Du könntest meine Stelle bei der *Seegilde* einnehmen. Ich sehe da keine Schwierigkeiten.“

„Ja“, seufzte Frij leise, „vielleicht wäre das später eine Möglichkeit.“

Thorn nickte ihr zu, froh, dass sie sich etwas gefangen hatte. Plötzlich schaute sie aber mit entschlossenem Blick auf.

„Was hältst du eigentlich von dem Birahanenkrieger?“, wandte sie sich unvermittelt an Ilunga.

Die Segelweise blickte verdutzt, verstand dann, prustete los und stupste ihre Freundin vor den Oberarm: „Nicht schlecht, der Junge“, kicherte sie dann, „ein guter Anfang! Er soll ein ganz heißer Hecht sein, hat mir Juzz gestern erzählt. Es gibt eine ganze Reihe von jungen Frauen in Waderborg, die sich gegrämt hätten, wenn er von dieser Fahrt nicht zurückgekommen wäre. Sagt Juzz.“

„Soll ich ihn fragen, ob er ...“, deutete Thorn an.

„Frag ihn, aber sag ihm auch, ich benötige ihn nur im Augenblick. Er soll mir nur die Trauer aus dem Leib treiben.“

„Könnte sein, dass es für heute klappt“, grinste Ilunga. „Er hat als Einziger die Nacht durchgeschlafen und ist gut ausgeruht.“

„Eins noch!“, rief Frij den beiden hinterher, als sie die Hütte verließen. „Haltet mir weiter Urk und Olunde auf Abstand. So gut ist, glaube ich, kein Mann, dass er mein Gedächtnis ausschaltet.“

Thorn und Ilunga zeigten mit einem Winken der Hand, dass sie verstanden hätten und sprachen dann den Birahanenkrieger an. Der war zunächst erstaunt über das Ansinnen, dann aber höchst erfreut. Schleunigst machte er sich auf, um seinen Beitrag zum Schiffsfrieden zu leisten.

Als kurz danach die ersten stöhnenden Geräusche aus der Hütte drangen, saß Urk da wie vom Donner gerührt. Ohne dass er es bemerkt hatte, war ihm der Unterkiefer heruntergeklappt und sein Mund stand weit auf. Als Olunde ihn vorwurfsvoll ansah, riss er sich zusammen und brachte seine Gesichtszüge wieder ins Lot.

Am Nachmittag zeigten sich am Horizont kleine Erhebungen im Wasser. Beim Näherkommen entpuppten sie sich als grüne Inseln, die an der Wetterseite oft lehmige Steilhänge aufwiesen und am anderen Ende in weiße Sandbänke ausliefen.

„Ein wirklich hübsches Inselchen“, bemerkte Thorn, als sie gerade ein unbewohntes Eiland passierten. Die Steilkante war am oberen Rand von einem grünen Buschsaum umgeben, der von einzelnen krumm gewachsenen Bäumen überragt wurde. Der anschließende flache Hang ging in eine sattgrüne Wiese über, die wiederum in einen Streifen weißgelben Sands auslief. Überall um die Insel lugten noch kleine Riffe und Sandbänke aus dem Wasser.

„Wir nennen sie nicht ‚Insel‘, wir sagen *Scorra*“, belehrte ihn Juzz, „was eher so etwas wie Klippe bedeutet. Sie sind eigentlich alle sehr klein, treten dafür aber immer als Schar auf. Am dichtesten sind die Scorren um unsere Hauptsiedlung Waderborg.“

„Hier ist das Segeln nicht ganz ungefährlich, oder?“, bemerkte der *Schrat* mit einem Blick auf die vielen Felsen und Untiefen um die Küste des Inselchens.

„Stimmt, und bei Waderborg ist es noch enger und riskanter. Deshalb fühlen wir uns dort auch einigermaßen sicher.“

Frij hatte inzwischen die Hütte wieder verlassen. Sowohl sie als auch der Krieger zeigten deutliche Ermüdungsanzeichen.

„Vielleicht sollte ich mir eine der Scorren aussuchen und dort für immer bleiben“, meinte sie sinnend zu Ilunga.

„Das glaubst du doch wohl selbst nicht! Willst du etwa alle anderen Kerle seines Schlags verpassen?“

„Na ja, es war nicht schlecht ... Unsinn, es war richtig gut. Aber leider ist dieses Hochgefühl jetzt schon wieder abgeebbt.“

„Es dauert eben, bis der Schmerz nachlässt.“

Je weiter sie in die Scorren eindrangen, desto enger wurden die Durchfahrten zwischen den Inseln. Juzz und Ilunga übernahmen gemeinsam das Steuern, wobei Ilunga wie bisher das Schiff führte, Juzz aber so etwas wie Lotsendienste verrichtete. Wegen der ständigen Richtungswechsel, die durch die Fahrrinnen zwischen den Eilanden und Klippen nötig waren, war das Segeln eine heikle Angelegenheit. Alle Segelkundigen mussten stets bereit sein, das Segel blitzschnell herumzureißen, um noch eine Wendung vor den nächsten Untiefen zu ermöglichen. Hier konnte Ilunga ihre Fähigkeiten unter Beweis stellen, was sie mit einer gewissen Lässigkeit meisterte.

Frij fragte sich angesichts Ilungas Angebot auf eine Stellung bei der *Seegilde*, ob sie es sich wohl auch inzwischen zutraute, ein Schiff unter derart schwierigen Bedingungen zu führen, mit oder ohne Lotsen wie Juzz. Sie war sich unsicher, musste sich aber eingestehen, dass diese Aufgabe sie sehr reizen würde.

Nachdem sie etliche Klippen, Scorren und flache Untiefen umrundet hatten, tauchte hinter einer Insel plötzlich auf einer breiten Sandbank eine massige Düne auf, die wie eine riesige Barriere vor ihnen im Weg lag. Kreischender Lärm von Vögeln, die dort ihre Brutkolonien hatten, drang zu ihnen herüber, und die Luft über der Insel wimmelte von bizarr tanzenden Vogelschwärmen. Auf dem höchsten Punkt des Sandhügels war ein schmaler, hölzerner Wachtturm zu erkennen, der etwa um Mannshöhe ein kleines, grasgedecktes Haus überragte.

„Das ist die Vogelinsel, und gleich hinter der Düne liegt Waderborg“, erklärte Juzz. „Ich vermute, sie werden unsere Ankunft gleich melden.“

Tatsächlich quoll wenige Augenblicke später dicker Rauch neben dem Haus empor. Der Wächter war offenbar aufmerksam gewesen.

„Das ging schnell!“, bemerkte Ilunga.

„Ja, es ist der Sohn des Eiersammlers, der ständig auf dem Ausguck hockt und unten ein kleines Feuerchen unterhält, mit dem er einen Haufen Dünengräser in Brand stecken kann.

Er mischt immer ein Bündel frische Halme unter das trockene Heu, damit es ordentlich qualmt.“

„Eiersammler?“

„In den Dünen nisten viele Seevögel, und zur Brutzeit wohnt der Eiersammler in der Hütte dort neben dem Wachtturm. Er versorgt Waderborg mit frischen Eiern, die er den Gelegen entnimmt.“

Juzz dirigierte das Schiff weiter an der Düne entlang, bis sie gerade die Mittagsseite dieser ungewöhnlichen Insel umrundet hatten. Rechts neben ihr ragte eine weitere *Scorra* wie ein grün bewachsenes Plateau aus dem Meer. Sie nahmen Kurs auf die Rinne zwischen den beiden Inseln und blickten auf ein Eiland, das sich vor ihnen mit einem mächtigen, lehmigen Kliff aus dem Wasser erhob. Über den Rand ragten mehrere hölzerne Wachtürme und ein riesiges Langhaus, dessen Dach offenbar mit verschiedenen Materialien gedeckt war.

„Das ist Waderborg“, meinte Juzz, um unvermittelt hinzuzufügen: „Jetzt muss ich dir dein Schiff abnehmen, wir werden nämlich gleich Besuch von einem Birahanenfloß bekommen.“

Ilunga verschlug es die Sprache.

„Nur für kurze Zeit!“, beeilte sich der *Kobereri* hinzuzufügen. „Es ist besser, wenn unsere Leute nur *Seo-Birahanen* auf Deck sehen. Sie würden uns sonst bestimmt für ein feindliches Schiff halten. Und bevor sie uns mit ihren Pfeilen eindecken, geht ihr lieber alle in die Hütte, bis ich die Lage mit ihnen geklärt habe.“

Ilunga nickte, und alle verschwanden in der Hütte. Als Olunde und Frij sich beim Eintreten begegneten, schauten sie aneinander vorbei.

Sie waren kaum im Eingang verschwunden, als drei Flöße hinter dem Steilhang der Insel hervorstießen. Sie kamen direkt auf sie zu. Neugierig drängten sich die Menschen in der Bootshütte vor den wenigen Ritzen, die einen Ausblick in Fahrtrichtung ermöglichten. Juzz befahl seinem Krieger das Segel herabzulassen und den Birahanenwimpel zu hissen. Anschließend erwartete er ruhig die Ankunft seiner Leute. Als sie näher kamen, konnte man sehen, dass die Flöße vollbesetzt waren mit Kriegern, die bis an die Zähne bewaffnet waren.

„Es muss etwas geschehen sein“, sagte Juzz zu den Gefährten in der Hütte, nachdem er sich vor den Eingang gestellt hatte.

„Wieso?“

„Sie kommen mit drei Flößen. Das ist ungewöhnlich, denn normalerweise gilt die Regel, dass nur ein Floß bei einem fremden Fahrzeug herauskommt. Und das ist auch nur eine alte Absprache. Es muss schon Generationen her sein, dass tatsächlich einmal ein fremdes Boot den Weg nach Waderborg gefunden hat. Es reicht eigentlich völlig aus, die Ankömmlinge zu beobachten, denn von den Wachttürmen und schon vom Kliff aus sieht man ganz genau, wer vor unserer *Scorra* hersegelt.“

Obwohl Juzz durch das herabgelassene Segel das Schiff als unbeweglich und damit ungefährlich gekennzeichnet hatte, kamen die Birahanenflöße nur mit größter Vorsicht heran. Sie teilten sich auf, sodass sie von drei Seiten das Seegildeschiff angreifen konnten. Die Krieger standen mit gespannten Bögen am jeweiligen Floßrand, als sich einer von ihnen an Juzz wandte.

„Wer seid ihr und sind außer euch noch weitere Krieger auf dem Schiff?“, brüllte der Anführer auf dem Floß direkt vor ihnen herüber.

„Bist du verrückt geworden?“, schrie Juzz ihn an. „Ich bin dein *Kobereri*. Was ist in dich gefahren? Hast du vergessen, dass man seinen Schiffsführer zunächst einmal grüßt, bevor man weitere Fragen stellt, heh?“

Der Gemaßregelte zuckte zusammen und antwortete etwas kleinlauter:

„Ich grüße dich, Juzz! Es tut mir leid, wenn ich dir gegenüber unhöflich war. Du weißt, es ist eigentlich nicht meine Art, aber unser *Polon* hat angeordnet, dass wir bei jedem einlaufenden Fahrzeug so fragen müssen, und ganz besonders bei solchen, die nicht zu den *Seo-Birahanen* gehören.“

„Auch bei solchen, die unseren Wimpel führen?“

„Bei allen!“

„Und wozu soll das gut sein?“

„Es ist viel Schlimmes passiert, seit du in Fisvik warst. Aber lass dir das vom *Polon* selbst berichten."

„Gut, dann will ich dir sagen, dass hier noch drei Frauen und drei Männer in der Hütte sind, alle aus den verschiedenen Siedlungen Duggalands. Ach ja, den Hund hätte ich fast vergessen. Ich rufe sie jetzt heraus. Sie lassen ihre Waffen drinnen. Lasst es euch ja nicht einfallen zu schießen! Es sind unsere Verbündeten. Und nach dem, was du eben angedeutet hast, können wir wahrhaftig welche gebrauchen. Ich sage es also noch einmal: Ihr haftet mir mit eurem Leben für sie."

Der Sprecher auf dem Birahanenfloß nickte und winkte seinen Männern, die Waffen herunterzunehmen. Juzz rief in die Hütte: „Ihr könnt herauskommen!", und bald standen alle nebeneinander an Deck und betrachteten das Aufgebot, das die *Seo-Birahanen* zu ihrem Empfang geschickt hatten.

„So furchtsam habe ich die Birahanen noch nie erlebt", murmelte Ilunga und blickte Juzz schmunzelnd an.

„Leider scheint das gar nicht so lustig zu sein", erwiderte dieser. „Es muss viel geschehen sein, seit ich Waderborg verlassen habe. Wir haben uns auf unseren Scorren eigentlich immer sehr sicher, um nicht zu sagen, unangreifbar gefühlt. Niemand hat sich zwischen die Inseln getraut, und wenn, dann höchstens mit einer Bittstellung oder einem klaren Verhandlungsauftrag. Und auch das ist weit vor unserer Zeit geschehen, wie du weißt. Wenn der *Polon* jetzt so vorsichtig handelt, muss sich hier eine Katastrophe ereignet haben."

Das Floß, auf dem sich der Sprecher der Birahanen befand, kam nun längsseits, und der Krieger kletterte auf das Seegildeschiff. Juzz stellte ihn seinen Gefährten vor und schilderte ihm kurz die letzten Ereignisse. Auf die erneute Frage, was in Waderborg geschehen war, wollte der Birahane allerdings wieder nichts antworten. Aus Angst, etwas falsch zu bewerten, verwies er den *Kobereri* ausdrücklich an den *Polon*.

„Wenn das so ist", meinte Frij, „sollten wir so schnell wie möglich diesen *Polon* aufsuchen, oder?"

Der Sprecher der Birahanenkrieger zeigte sich einverstanden, sowohl das Seegildeschiff als auch die Flöße setzten Segel. Unter der Anleitung von Juzz setzten sie ihre Fahrt fort.

Da das Wasser gerade ablief, war die befahrbare Rinne zwischen der Düneninsel und der benachbarten grünen *Scorra* ziemlich eng. Nachdem sie den schmalen Durchgang hinter sich gebracht hatten, hielten sie auf das hohe Kliff Waderborgs zu, das sich ihnen in den Weg zu stellen schien. Zwischen der vor ihnen steil aufragenden Lehmkante und der Düneninsel auf ihrer linken Seite zeigte sich ein teilweise trocken gefallener, flacher Rücken aus Schlick und Sand, über den sich ein hölzerner Steg zog. Dieser ragte auch dort aus den Wellen, wo das Wasser noch das Land bedeckte.

„Unser Hochwassersteg“, erläuterte Juzz. „Wenn wir nicht gerade eine *Harmfluot* haben, kommt man darauf trockenen Fußes von der Düne hinüber nach Waderborg. Dort mündet er an einer Treppe, die wir in den Hang gegraben haben. Bei bestimmten Wetterlagen kann man das Warnfeuer beim Haus des Eiersammlers nämlich nicht sehen. Dann kann eine Nachricht immer noch, unabhängig von den Gezeiten, zu Fuß überbracht werden.“

„Wie bei solchen Vorsichtsmaßnahmen noch eine größere Gefahr drohen kann, ist mir ein Rätsel“, antwortete Thorn. Juzz nickte nur und zuckte gleichzeitig die Achseln.

Langsam kamen sie, manchmal unter Zuhilfenahme der Ruder, dem Rand von Waderborg näher. Die Steilkante war lehmig-glatt und ragte gut vier Mann hoch vor ihnen empor.

Der Rand war mit einer hüfthohen, durchgehenden Palisade aus armdicken Hölzern gesichert, die einen weiten Schritt von der eigentlichen Kante entfernt war.

Dahinter schaute das Dach eines Langhauses hervor, das Haus des *Polon*, wie Juzz gerade erklärt hatte: „Der Stangenzaun dient einerseits als mögliche Brustwehr bei Angriffen, andererseits soll er auch verhindern, dass unsere Kinder in ihrem Übermut den Hang hinunterstürzen.“

„Und warum ist er nicht direkt am Rand?“, fragte Thorn.

„Das Kliff wird jedes Jahr durch Meer und Sturm angenagt. Langfristig wird die *Scorra* so immer kleiner. Wenn die Pfähle am Rand ständen, müssten wir sie fast jedes Frühjahr erneuern.“

Nachdem sie das Langhaus hinter sich gelassen hatten, umrundeten sie einen kleinen Vorsprung der Insel. Genau in diesen Winkel hatte man einen hölzernen Turm platziert. Olunde erinnerte er sehr stark an den Wetterturm in Burvik, auch wenn er weit niedriger war. Er schien wie dieser ein reiner Ausguck zu sein, nicht eine Verteidigungsanlage wie die aus massiven Stämmen gebauten Türme der großen Siedlungen. Ein Stück weiter erhob sich erneut ein Turm über die kleine Palisade. Hierbei handelte es sich allerdings um einen Wehrturm. Er stand wieder auf einem Winkel, der von der Steilkante der Insel gebildet wurde. Als sie diesen Vorsprung des Kliffs umrundet hatten, lag der Anleger Waderborgs, dessen Holzpflöcke tief im Rand einer Sandbank gründeten, direkt vor ihnen. Hinter der niedrigen Wölbung der Sandbank nahm das Kliff zur Inselmitte hin an Höhe ab und lief dort allmählich flach aus. Der lehmige Teil der *Scorra* selbst ging in diese Sandbank über, an die sich dann ohne Unterbrechung ein zweiter, wieder ansteigender Inselteil anschloss. Er war wie der erste von einer allerdings nicht ganz so mächtigen Steilkante umgeben und bestand im Wesentlichen aus einer trockenen Heide mit Heidekraut und vereinzelten Holderbüschen. Quer über den Sandrücken zwischen den Inselteilen zog sich ein Knüppelpfad entlang, der in seiner Verlängerung den Anleger mit einer künstlich angelegten Treppe in der Steilkante verband. Diese führte schließlich hinauf zum Wehrturm. Auch dieser Pfad war so angelegt, dass er über die Hochwasserlinie ragte. So gab es einen direkten Zugang von den Flößen zum Siedlungsbereich der *Scorra*.

Als Ilungas Boot und die Flöße am leeren Anleger festgemacht hatten, begaben sich alle zum Knüppelpfad.

„Wo sind unsere restlichen Flöße?“, fragte Juzz die Birahanen. „Hier lagen doch stets mehr als diese drei.“

„Auch das soll dir der *Polon* sagen“, war die knappe Antwort.

Juzz wollte sich direkt zur Treppe unter dem Turm wenden, als ihn der Anführer der Flöße zurückhielt:

„Nein, nein, dort kannst du nicht mehr hergehen. Wir müssen den Pfad zum Haupttor gehen. Dort oben ist alles verriegelt.“

„Aber wieso?“, begehrte der *Kobereri* verärgert auf, sah dann aber den Blick seines Gegenübers. „ ... Schon gut, ich weiß, auch das erfahre ich beim *Polon*.“

Sie folgten dem Knüppelpfad in die andere Richtung und bewegten sich dabei parallel zur auslaufenden Steilkante auf dem Sandrücken. Zu ihrer linken Hand sahen sie kurz danach den großen Torturm, der sich ziemlich genau in der Inselmitte befand. Da das allmählich flacher werdende Kliff hier keinen Schutz mehr bot, hatte man Wehrturm und Torturm mit einer hohen Palisade verbunden. Kurz vor dem Erreichen des Tors verband sich ihr Pfad mit einem weiteren, der zur anderen Seite der Insel führte.

„Dort drüben ist eine flache Bucht“, sagte Juzz. „Dort ziehen wir unsere Muscheln.“

„Wie kann man Muscheln ziehen?“, fragte Thorn.

„Wir haben Pfähle ins flache Wasser geschlagen. Die Muscheln siedeln sich sehr gern darauf an, und so brauchen wir sie nur von Zeit zu Zeit abzupflücken.“

„Praktisch!“, bemerkte Frij.

Vor dem Tor standen drei Wärter. Sie schienen vom Anblick der bunten Gesellschaft verwirrt zu sein, doch als sie Juzz und seinen Gehilfen erkannten, entspannten sie sich. Die Neuankömmlinge wurden willkommen geheißen und konnten sich in aller Ruhe umsehen, bevor sich das Tor vor ihnen auftat. Auf der rechten Seite des Torturms setzte sich die hohe Palisade fort, zog sich auch dort mit dem wieder ansteigenden Hang hinauf, bis sie auf der anderen Inselseite vor einem hölzernen Ausguck endete. Als sie durch das Tor traten, hatten sie zunächst eine weite, grasbewachsene Fläche vor sich, deren locker verteilte Halme sich in der frischen Brise bewegten. Zu ihrer Linken ließ sich in einer gewissen Entfernung ein dicht bewachsener, tiefgrüner Bereich erkennen. Er stellte sich als Gartenland heraus, mit *Kruot* und anderen Kräutern in mehreren Beeten bepflanzt. Weit hinter diesem Bereich war das massige Langhaus des Häuptlings zu erkennen, das sich parallel zum

Rand des Kliffs hinzog. Die eigentliche Siedlung befand sich etwa in der Mitte der weiten Fläche. Dort hatte sich in einer natürlichen Mulde des dichten Lehmbodens ein flacher, rundlicher Teich gebildet, der vom Regenwasser gespeist wurde. Um ihn herum gruppierten sich mehrere weitere Langhäuser, immer mit der Giebelseite zum Wasser ausgerichtet. Beim Näherkommen konnte man sehen, dass sie alle auf eine kniebis hüfthohe Erdschüttung gebaut waren, sodass sie auf der schrägen Ebene der Insel waagerecht standen. Gleichzeitig konnte das zum Teich fließende Regenwasser gut an ihnen vorbeilaufen, ohne in das Innere zu gelangen. Diese Häuser waren allerdings sämtlich niedriger und kürzer als das des *Polon.*

Frij war enttäuscht. Sie hatte sich einen Ort vorgestellt, der zumindest ähnlich groß wie Tvinhaag war, schließlich galten die *Seo-Birahanen* als mächtige Gemeinschaft in Duggaland.

„Enttäuscht von unserem Hauptort?“, fragte Juzz, der Frijs Gesichtsausdruck richtig gedeutet hatte.

„Nun ja“, stotterte sie, „etwas größer hätte ich mir den Ort schon vorgestellt.“ Juzz grinste. „Vielleicht leben wir ja anders als ihr in Tvinhaag.“

„Wie meinst du das?“

„Hattest du ein eigenes Haus?“

„Ja, natürlich. Ich war schließlich erwachsen, habe meinen Lebensunterhalt eigenständig erarbeitet. Dann zieht man aus dem Elternhaus aus und baut sich seine eigene Hütte.“

„Siehst du, das ist der Unterschied. Wir leben weitgehend gemeinsam, schlafen in gemeinsamen Räumen, essen und kochen gemeinsam. Wir sind eine Gemeinschaft. Die Kinder werden gemeinschaftlich aufgezogen und fühlen sich dabei sehr wohl. Da benötigen wir nicht so viel Platz und kommen mit weniger Häusern aus. Und wenn es doch mal zu eng wird, bauen wir gemeinsam ein weiteres Langhaus.“

„Und man kann sich nie aus der Gemeinschaft zurückziehen?“

„Doch, doch, natürlich. Es gibt einerseits Räume für Kranke und Schwache, die ihre Ruhe brauchen, auch für Mütter mit kleinen Kindern übrigens. Man kann aber auch eine Weile allein leben, zum Beispiel als

Eiersammler auf der Düne oder man geht auf eine der umliegenden Scorren und kümmert sich um die Gärten, die wir für unsere Versorgung angelegt haben. Natürlich gibt es auf den Scorren auch Familien oder Gruppen, die sich allein auf eine der kleinen Inseln zurückgezogen haben. Oft kommen sie aber nach ein oder zwei Wintern wieder zurück."

„Bis ihnen der Trubel hier wieder auf die Nerven geht, oder?", lachte Frij.

„Genau!", grinste Juzz zurück. „Zum Beispiel geht er mir eigentlich jetzt schon auf die Nerven", und mit einem anzüglichen Blick zu Ilunga fuhr er fort: „Was würde ich dafür geben, jetzt mit dir auf eine kleine, einsame *Scorra* zu fliehen."

„Das muss leider alles später erfolgen", erwiderte Ilunga bedauernd, um ihre Rede dann mit einem Feixen fortzusetzen: „Ich kann dir aber versprechen", es erfolgte ein verführerisches Hüftkreisen, „dass es dafür aber umso heftiger sein wird."

„Du bist und bleibst die Alte!", lachte Juzz und gab ihr einen dicken Kuss.

Sie hatten jetzt das Langhaus des Häuptlings erreicht. Von hier konnte man ein weiteres Gartenstück erkennen, das sich zwischen der Siedlung und der Abendseite der Insel befand. Thorn fragte sich, warum die Häuptlinge immer einen Wohnsitz besaßen, der sich stets in Größe oder Pracht von den normalen Behausungen unterschied. Ehrlicherweise musste er sich eingestehen, dass es auf dem Schratstihn auch nicht anders war. Ihm fiel auf, dass das Dach des Häuptlingssitzes, ebenso wie die restlichen Langhäuser, nicht mit Ried, sondern zu einem kleineren Teil mit Bündeln aus Dünengras, zum größeren Teil mit Büscheln aus Heidekraut gedeckt war. Die wenigen Schilfhalme, die in dem Regenteich der Insel wuchsen, reichten sicherlich bei weitem nicht aus, um damit Dächer zu decken. Vermutlich nutzten die *Seo-Birahanen* das Ried eher als Faserpflanze für Stricke und dergleichen.

Das Dach reichte bis über die niedrige Erdschüttung hinaus, auf der auch dieses Gebäude wegen des schrägen Untergrundes errichtet worden war. So konnte das Regenwasser neben der Aufschüttung abtropfen, und der Innenraum blieb trocken. Thorn vermisste Türen oder Fenster. Das Dach zeigte sich auf der gesamten Länge als dichte, geschlossenen Einheit. Was Thorn und die anderen noch nicht sehen konnten, war, dass auch der Giebel auf der Regenseite mit einer dicken Schicht von Heidekraut völlig abgeschlossen war. Sie begaben sich nun zu dem Giebel, der auf der Morgenseite lag. Hier befand sich in der Mitte ein großes, zweiflügeliges Tor, eingefasst in dicke Balken. Die Türblätter bestanden aus einem dichten Gitter von Holzpfählen, die man von außen gegen Regen und Wind mit Seehundfellen bespannt hatte. Das Holz des Ständerwerks lag offen. Da es sich nicht um die Wetterseite handelte, hatte man es nicht für nötig erachtet, sie mit einer zusätzlichen Haut aus Heidekraut zu bedecken. Thorn betrachtete die Füllung zwischen den Holzstämmen: Sie war dunkelbraun wie Walderde und von nahezu schwarzen Streifen oder Fasern durchzogen. Ein wenig erinnerte sie ihn an Ilungas Haus in Sihport, dessen Wände aus Torfsoden bestanden. Obwohl auch hier Torfsoden als Baumaterial gedient hatten, waren sie von viel groberer Struktur als die in Ilungas Hütte. In der Giebelspitze befand sich ein dreieckiges Loch. Dies war die einzige Öffnung, durch die Licht ins Haus eindringen konnte. Gleichzeitig stellte sie den Abzug für den Rauch dar, der von der Feuerstelle des Gebäudes im Inneren stammte.

Juzz stieß die unbewachte Tür auf. Die Krieger der Birahanen waren bei den Flößen geblieben, und der Gefährte des *Kobereri* hatte sich zu seiner eigenen Unterkunft in einem der Langhäuser begeben. Als sie eintraten, sahen sie zunächst kaum etwas. Ihre Augen mussten sich zunächst an das Dämmerlicht gewöhnen. Dann erkannten sie, dass das Gebäude durchgehend offen war. Es ließen sich nur einzelne, zimmerartige Abteilungen aus dichtem Flechtwerk erkennen. Sie waren nur mannshoch und dienten offenbar hauptsächlich als Schutz gegen die Zugluft in dem langgezogenen Haus. Im vorderen Bereich, den sie jetzt betraten, konnte man im Dach eine dicke Lage aus Seegras erkennen, weiter hinten schimmerte lediglich das dichtgebündelte Heidekraut zwischen den Sparren hervor. Vermutlich hatten sie hier, im Wohnbereich des Gebäudes, das wenig widerstandsfähige, aber regendichte Seegras außen mit einem Schutz aus hartem Dünengras bedeckt. In der Mitte des Raums war mit Hilfe von kurzen Holzpfählen und Erde eine erhöhte quadratische Feuerstelle aufgeschüttet. Auf der aschebedeckten Fläche lagen noch schwarzverkohlte Holzreste, über denen an einem geflochtenen Lederstrick ein halbkugeliger Topf aus gebranntem Ton hing. Im hinteren Teil des Langhauses waren wegen der dort herrschenden Dunkelheit gerade noch irgendwelche düsteren Haufen zu erkennen.

‚Ein Palast ist das hier nicht!', musste sich Thorn in Gedanken eingestehen, ‚schon eher so etwas wie ein Lagerhaus. Die Häuptlinge der *Seo-Birahanen* scheinen nicht in größerem Wohlstand zu leben als ihre Untergebenen.'

Vor der ersten erkennbaren Flechtwand lag ein riesiger Sack aus Seehundfell, von dem sich jetzt ächzend ein Schatten erhob.

„Ah, Juzz! Wie ich sehe, bist du wieder heimgekehrt. Und wie es aussieht, hast du uns noch Gäste mitgebracht. Ein gutes Zeichen, so hoffe ich, in dieser kriegerischen Zeit!"

Der Schatten war ihnen entgegengetreten und entpuppte sich im Licht der Giebelöffnung als großgewachsener, alter Mann mit langem grauen Bart und einer Stirnglatze, hinter der filzige, schüttere Haare bis in den Nacken fielen. Gekleidet war er in eine weite Hose und ein Wams aus Seehundfell, das am Bauch durch einen geflochtenen Gürtel zusammengehalten wurde. Er musste in früheren Jahren ein großer Kämpfer gewesen sein, denn er wies noch deutliche Blessuren auf: Sein linkes Bein war steif, und ihm fehlte ein Ohr. An seiner linken Hand fehlten zwei Finger, und über das rechte Auge hatte er eine Binde aus feinstem *Flasser* Tuch geknüpft. Trotz seines offensichtlichen Alters und seiner körperlichen Beschädigungen hielt er sich sehr gerade. In seinem Gesicht schien sich jetzt ein schwaches Lächeln anzudeuten.

„Wenn ich mich recht erinnere, *Polon*, hast du immer den Kontakt mit den anderen Siedlungen in Duggaland abgelehnt", entgegnete Juzz.

„Gönne einem alten Mann, dass er sich in seinem Leben das eine oder andere Mal geirrt hat, Juzz. Ich muss zugeben, dass das Begrüßen von Fremden eine schöne Sache ist. Leider wurde mir das erst bewusst, nachdem ich als alter *Polon* in Waderborg festsaß. Als junger *Kobereri* war ich ja meist unterwegs und hatte so meine Bekannten“, und schmunzelnd zu Ilunga gewandt fuhr er fort, „auch unter den Frauen der *Seegilde*.“

„Na, war das nicht streng verboten?“, erwiderte die Segelweise mit herausforderndem Tonfall.

„Hah! ... Natürlich war es streng verboten, aber das machte doch gerade den Reiz aus, oder?“

Er kniff Ilunga sein einziges Auge zu, sodass sie ihm ein Lächeln zurückgab.

„Leider bin ich bei dir damals nicht mehr zum Zuge gekommen, damals, als man sich noch auf dem Buhil in Fisvik treffen und austauschen konnte. Du fandest mich schon zu alt und meintest, es gäbe schmuckere *Kobereri* als mich. Na, dämmert es?“

„Ach, du bist das!“, Ilunga schlug vor Überraschung die Hände zusammen. „Das war, als Juzz den alten *Kobereri*, also dich, in Fisvik abgelöst hat. Wir hatten beide gerade unsere ersten Stellen als Befehlshaber in Fisvik erhalten, Juzz als *Kobereri* und ich als Segelweise. Und du solltest *Polon* werden. Hm, dann habe ich es ja deiner Abberufung zu verdanken, dass ...“

„Was meinst du?“, fragte der *Polon*.

„Ach, nichts, nicht so wichtig“, antwortete Ilunga und feixte verschwörerisch hinüber zu Juzz, der ihr spontan den Arm um die Schulter legte und ebenfalls breit grinste.

Der Häuptling verstand sofort, sah Juzz scharf an und sagte: „Das kann ich nicht gutheißen, das ist dir doch klar?“

Der *Kobereri* antwortete nicht, worauf der *Polon* hinzufügte: „Das wird Konsequenzen haben, das kann ich dir versprechen!“

Juzz unterdrückte ein Lachen und fragte: „Und welche, bitte?“

„Zum Beispiel, dass ich euch eine gemeinsame Schlafnische zuweisen lasse!“

„Ich hab es mir fast gedacht!“, prustete Juzz und drückte Ilunga fester an sich.

Alle lachten, nur Frij kniff die Lippen zusammen und blickte zu Olunde und Urk hinüber, die sich gemeinsam mit den anderen über diesen Scherz amüsierten. Als Olunde Frijs Blick auffing, erstarb auch auf ihrem Gesicht das Lächeln und machte unverhohlener Wut Platz.

„Holt euch ein paar Sitzsäcke von hinten, und dann schauen wir mal, wie ich euch bewirten kann. Danach können wir dann über die wichtigen Dinge dieser Zeit reden“, nahm nun wieder der Häuptling der Birahanen das Wort. Niemand hatte den kleinen, hasserfüllten Austausch zwischen den beiden jungen Frauen bemerkt.

Juzz nahm ein paar Holzspäne, *Zunder* und Feuersteine, die unter der Dachschräge bereitlagen und machte schnell ein kleines Feuer, um daran zwei Fettlampen aus Ton zu entzünden. Mit diesen Leuchten konnten sie die in den hinteren Räumlichkeiten lagernden Gegenstände erkennen. Jeder nahm sich ein dickes Kissen, das wie die Schlafstatt des *Polon* aus seegrasgefülltem Seehundleder bestand. Juzz ging noch etwas weiter in das Langhaus hinein und holte einen Korb mit geräuchertem Seehundfleisch und Brot aus Burvik herbei, alles aus den Lagerbestände der Birahanen.

„Hast du keinen Topf mit *Grastrunk* gefunden?“, fragte *Polon*.

„Nein, aber ich glaube, ich habe einen Wassertopf gesehen. Vielleicht sollten wir im Augenblick einen klaren Kopf behalten.“

„Du hast recht. Füll einen Krug Wasser ab und bring ein paar Becher mit. Sie müssten daneben stehen.“

Als Juzz das Wasser geholt und die Tonbecher verteilt hatte, schnitten sich alle von dem Brot und dem Seehundfleisch ab.

„Das ist vielleicht das letzte Mal, dass wir solches Brot essen“, sagte Urk und fing an, dem *Polon* von der Belagerung Burviks zu berichten. Das Gespräch begann und drehte sich bald um die gemeinsamen Erlebnisse mit den *Hros-Wigmannen* und dem *Seo-Thruhtin*.

„Ich habe von unseren Kriegern Andeutungen gehört, dass es auch hier Zwischenfälle mit den Leuten des *Seo-Thruhtin* gegeben haben soll“, wandte sich Juzz schließlich an den Häuptling. „Sie wollten dir aber nicht vorgreifen. Kannst du mir sagen, was sich hier während meiner Abwesenheit zugetragen hat?“

Der *Polon* schaute zögernd auf seine ihm noch fremden Gäste.

„Du kannst ehrlich sagen, was geschehen ist“, hakte Juzz nach. „Diese Leute hier sind nicht länger unsere Feinde. Ich glaube sogar, dass wir ohne gemeinsames Vorgehen die Krieger des *Seo-Thruhtin* nicht mehr zurückhalten können. Das wäre dann unser aller Untergang."

Der Häuptling schaute ein weiteres Mal in die Runde, nickte dann und sagte:

„Gut, Juzz, ich vertraue deinem Urteil, auch wenn wir uns immer viel darauf zugutegehalten haben, dass wir von allen anderen unabhängig sind. So lasst mich denn berichten.

Es begann an den Scorren, die entlang der Küste Duggalands liegen und die Nachtseite unserer Inselgruppe bilden. Die Inseln sind kaum bewohnt, nur einzelne Grüppchen von Birahanen leben dort, betreiben etwas Fischfang, pflegen ihre Gärten und achten nebenbei darauf, dass keine anderen Wasserfahrzeuge als unsere die Fahrrinne durchsegeln. Dadurch haben wir Birahanen die *Ihseligen* immer von Fisvik und dem restlichen Duggaland ferngehalten. Sie wussten auch, dass wir ein Eindringen in unsere Gewässer ahnden würden, und haben sich entsprechend zurückgehalten. Nun ist es dennoch geschehen: Es war kurz, nachdem du fort warst, Juzz. Plötzlich sind Ihseligenflöße an diesen Scorren aufgetaucht. Sie kamen ohne Vorwarnung mit vielen Kriegern an Bord, kämmten die Inseln durch, töteten die Männer, die alten Frauen, die Kinder und verschleppten die jungen Frauen. Danach nahmen sie, was sie brauchen konnten, hauptsächlich Vorräte und Waffen. Schließlich verschwanden sie wieder, wie sie gekommen waren. Wir hätten zunächst gar nichts davon erfahren, hätten sich nicht einige Halbwüchsige im flachen Wasser der Seegraswiesen versteckt. Halb im Schlamm eingegraben haben sie ausgeharrt, bis die *Ihseligen* wieder fort waren. Diese jungen Leute, die gerade auf Muschelsuche waren, haben ein kleines Fischerfloß genommen, das die *Ihseligen* nicht brauchen konnten, und sind damit von Insel zu Insel gefahren, bis sie auf eines unserer großen Flöße gestoßen sind. Durch dessen Besatzung haben wir von den Vorfällen gehört. Wir haben sofort eine größere Flotte zusammengezogen, um Vergeltung zu üben. Schon nach wenigen Tagen waren wir bereit, und unsere Flöße sind unter der Führung eines *Kobereri* mit dem festen Vorsatz in Richtung Ihseligenklippen gesegelt, es den Verstoßenen heimzuzahlen. Doch die

Flöße wurden bereits bei unseren letzten Inseln gestellt. Dort gibt es schon weite, freie Wasserflächen zwischen den Scorren, es ist nicht mehr so eng dort, und unsere Flöße sind schneller als die der *Ihseligen.* Der *Kobereri* gab Befehl zum Angriff, sicher, dass unsere Flotte die *Ihseligen* schlagen würde. Dann tauchten aber kleine Boote auf, wendig und schnell. Sie kreisten unsere Flöße ein und beschossen sie von allen Seiten, eines nach dem anderen. Die Blutschuld war groß. Wenn unsere Leute sich vor den Pfeilen schützen wollten, hatten die *Ihseligen* Gelegenheit, ihre Flöße nahe an unsere heranzubringen und sie zu entern. Die Flöße waren voller Krieger, schwarz gekleidet und mit Lederhelmen ausgestattet. Das waren keine *Ihseligen,* das müssen die *Hros-Wigmannen* gewesen sein, die den *Ihseligen* halfen. Jedenfalls sind nicht viele von uns entkommen. Viele Flöße sind jetzt in der Hand der *Ihseligen,* die Besatzungen sind tot oder gefangen. Nur wenige von uns konnten sich zwischen unsere inneren Scorren retten. Dorthin haben sich die *Ihseligen* nicht getraut wegen der Untiefen ... und die Auslegerboote des *Seo-Thruhtin* nicht, weil sie nur wenige Krieger auf den kleinen Seglern unterbringen können. Wir wissen nicht, was auf unseren äußeren Inseln alles geschehen ist, aber ich vermute, es ist ihnen ähnlich ergangen wie den Ersten, die angegriffen worden sind."

Auf *Polons* Bericht folgte betroffenes Schweigen.

„Darum der ungewöhnliche Empfang durch gleich drei Flöße", stieß Juzz schließlich hervor, „Und darum nur drei Flöße hier in Waderborg!"

„Ja, die anderen, die uns noch blieben, haben wir auf die umliegenden Scorren verteilt. Von dort versuchen wir, noch möglichst viele Birahanen hier nach Waderborg zu holen. Es ist der einzige Ort, an dem wir uns gegen einen Angriff verschanzen könnten."

Juzz nickte und blickte in die Runde.

„Ich glaube, wir werden diese Belagerung durchbrechen müssen, wenn wir an den Ursprung der Bedrohung gelangen wollen."

Keiner antwortete, aber alle zogen die Augenbrauen hoch und nickten verhalten.

„Und wie stellst du dir das vor?“, fragte der Häuptling.

„Das einzige Fahrzeug, das es hier mit den kleinen Wolfsbooten des *Seo-Thruhtin* aufnehmen kann, ist das Seegildeschiff von Ilunga. Jedes andere Gefährt ist ihnen unterlegen und würde für die Besatzung den sicheren Tod oder Gefangenschaft bedeuten.“

„Aber die kleinen Boote sollen ausgesprochen schnell sein“, gab *Polon* zu bedenken.

„Wir haben ihnen gezeigt, dass wir schneller sind, sonst säßen wir nicht hier“, warf Ilunga ein. Ihr Stolz auf die Überlegenheit der *Seegilde* war deutlich zu spüren.

Der *Polon* runzelte etwas missmutig die Stirn.

„Nun ja“, meinte er dann nach längerem Zögern, „und was ist mit der Besatzung? Der Schnellsegler kann nicht so viele Krieger aufnehmen wie ein großes Floß.“

„Eine große Schlacht schlagen, geschweige denn einen Krieg führen, scheidet unter den gegebenen Umständen ohnehin aus. Die Niederlage der Birahanenflöße beweist, dass solche Versuche zurzeit reiner Selbstmord sind“, erwiderte Juzz. „Eine große Kriegerschar ist also nicht vonnöten. Es geht nur darum, die Umklammerung der Birahaneninseln zu durchbrechen, den *Seo-Thruhtin* zu finden oder zumindest den Anlass für diesen Krieg aufzudecken, damit wir die Lage klar einschätzen und entsprechend handeln können.“

Alle nickten zustimmend.

„Und wer soll an dem Unternehmen teilnehmen?“

„Den Befehl auf dem Schiff müsste schon Ilunga übernehmen“, antwortete Juzz. „Niemand hier beherrscht den Segler so wie sie. Ich selbst würde mich als Vertreter der *Seo-Birahanen* vorschlagen, zumal ich über einige Erfahrung in der Seefahrt verfüge und nicht nur unsere Inseln, sondern auch einen Teil der Ihseligenklippen kenne.“

„Wir würden auch mitkommen, nicht?“, sagte Urk und sah Olunde dabei fragend an.

„Natürlich, wohin du willst.“

„Du bist sicher wichtig, weil du eine so hervorragende Seglerin bist, oder?“, warf Frij bissig ein.

„Ich bin als Fischerin in Fisvik zur See gefahren und habe nicht nur in schlammigen Gräben nach den Fischen gestochert“, lautete die kühle Antwort.

Frij lief rot an und schien geneigt zu sein, ihrer Kontrahentin zu zeigen, wie das Stochern mit dem Spieß ausgesehen haben konnte.

„Ich möchte, dass auch Frij mitkommt“, ging Ilunga schnell dazwischen. „Sie ist inzwischen sehr erfahren, was den Umgang mit dem Seegildeschiff angeht. Ich möchte sie nicht mehr missen.“ Frij warf der Segelweisen einen dankbaren Blick zu.

Inzwischen blickte Thorn hilflos in der Runde umher.

„Dich nehmen wir auch mit“, lachte Ilunga angesichts seines verstörten Gesichtsausdrucks. „Immerhin bist du der seeerfahrenste *Schrat* von ganz Duggaland.“

„Wir werden ihn ganz dringend brauchen, wenn wir mit den *Schraten* Verbindung aufnehmen müssen. Nachdem das Zurückdrängen der Birahanen dem *Seo-Thruhtin* freien Zugang zu Meer und Küste verschafft hat, ist der Schratstihn jetzt wahrscheinlich sein nächstes Angriffsziel, schon allein, weil es dort Eisen gibt“, fügte Frij hinzu. „Außerdem wäre ich froh, Thorn, wenn du bei mir bleiben würdest.“

Der *Schrat*, der neben ihr saß, nahm sie kurz und fest in den Arm.

„So viele Frauen?“, warf jetzt der *Polon* ein. „Wäre es nicht be...“

„Im Gegensatz zu deinen Kriegern haben sie sich gegen die Feinde behauptet“, unterbrach ihn Urk ruhig. „Und zwar nicht nur, weil sie segeln, sondern auch die Waffen gebrauchen können.“

Der Häuptling schien etwas verärgert, doch bevor er etwas erwidern konnte, riss Juzz das Wort an sich.

„Damit dürfte die Liste der Besatzung auch schon vollständig sein, oder kannst du mehr als sechs Personen auf deinem Schiff unterbringen, Ilunga?“

„Und einen Hund!“, warf Urk ein.

Die Segelweise erklärte eilig, dass vom Gewicht her nicht mehr als die Genannten sinnvoll seien, da das Schiff sonst zu tief liegen würde und damit langsamer wäre. Andererseits ließe sich diese Anzahl gut an Deck verteilen, was den Einsatz von Pfeil und Bogen beträfe. Damit wäre das Boot ausgesprochen wehrhaft und schnell. Eine weitere Voraussetzung sei aber, dass die Birahanen aus ihren eingelagerten Vorräten das Boot mit Nahrung und Waffen ausrüsten würden.

„Daran soll es nicht fehlen“, beruhigte sie der Häuptling, ohne weiter auf Urks Bemerkung von vorher einzugehen. „Aber morgen solltet ihr euch zunächst ausruhen und eure Weiterreise gründlich vorbereiten. Dann könnt ihr noch eine Nacht schlafen und am folgenden Tag gegen Mittag mit auflaufendem Wasser und hoffentlich dem Schutz der Götter lossegeln.“

Inzwischen war es Abend geworden und jetzt holte der *Polon* doch noch von dem *Grastrunk* für seine Gäste. Essen wollte niemand mehr etwas, da sie alle ausgiebig von dem Seehundfleisch und dem Brot genommen hatten. Da die Spannung zwischen Olunde und Frij spürbar blieb, entschloss sich die Gesellschaft relativ früh, schlafen zu gehen. Ihnen wurden für die Nacht unterschiedliche Abteilungen im Langhaus zugewiesen. Thorn und Frij waren wie die anderen als Paar eingestuft worden und erhielten ein gemeinsames Eckchen hinter einer der Flechtwände.

„Nimmst du mich heute Nacht in den Arm?“, fragte Frij zögernd. „Ich glaube, ich brauche das jetzt mehr als das Erlebnis mit dem Birahanenkrieger.“

„Komm!“, brummte der *Schrat* und sie verkrochen sich gemeinsam unter einer riesigen Decke aus Seehundfell. Während sie sich aneinander kuschelten, schwirrte noch eine Weile die Sehnsucht durch ihre Köpfe. Schließlich fielen sie in einen unruhigen Schlaf.

Der nächste Morgen begann wie der Abend geendet hatte. Etwas betreten und meist schweigsam nahmen sie gemeinsam ein Frühstück aus harten Brotfladen und gekochten Möweneiern zu sich. Dann wurden die Aufgaben für den Tag verteilt. Juzz holte drei Lampen aus dem Lager und verteilte sie an die Paare. Sie bestanden aus kleinen Tonbechern, die mit schmalzartigem Fett gefüllt waren. In der Mitte schaute jeweils ein schon angekokelter Docht hervor.

„Was ist das für ein Fett?“, fragte Frij. „Ist es nicht zu schade zum Verbrennen? Habt ihr so viel Nahrungsvorräte, dass ihr Fettleuchten statt Fackeln benutzt? Ich kenne solche Lampen nur von heiligen Handlungen, die die *Schamanen* zu Ehren der Götter durchführen, aber nicht als einfache Beleuchtung."

„Oder von reichen Händlern aus Tvinhaag, die gern zeigen, was sie sich leisten können", bemerkte Urk bissig. Frij warf ihm einen vernichtenden Blick zu: „Du weißt genau, dass ich nie zu diesen Leuten gehört habe!"

„Stimmt, du hast dich mit einem kleinen Flößer begnügt!"

Frij schossen die Tränen in die Augen: „Was? Was habe ..."

Schluchzend brach sie ab.

„Was soll das, Urk?", fuhr Thorn ihn wütend an. „Du hast wohl vergessen, wer hier sein Wort gebrochen hat!"

„Halt dich da 'raus, *Schrat*, oder bist du jetzt an meine Stelle getreten? Frij scheint ja neuerdings die Männer ziemlich flott zu wechseln!"

Thorn schüttelte ungläubig den Kopf: „Haben wir uns einmal Freunde genannt? Warst du einmal bis über beide Ohren in Frij verliebt? Warum machst du das jetzt? Nun?"

Urk antwortete nicht und blickte mit zusammengebissenen Zähnen zu Boden.

„Hört auf mit dem Unsinn!", ging nun Juzz dazwischen. „Ich verstehe ja, dass es schwer ist, Auge in Auge mit der zerbrochenen Liebe zu leben, aber wir können es uns jetzt wirklich nicht erlauben, uns gegenseitig anzufeinden. Und schon gar nicht können wir es zulassen, dass sich der Streit in die ganze Gruppe frisst und sie vergiftet. Wir müssen ohne Wenn und Aber füreinander einstehen und uns unbedingt aufeinander verlassen können."

Eine Weile schwiegen alle betreten. Olunde blickte erst Frij und dann Urk ernst an. Er schien zu verstehen, denn er ging auf Frij zu, bis er direkt vor ihr stand:

„Verzeih mir bitte, es war sehr dumm von mir."

„Angenommen", presste Frij hervor und wandte sich weinend ab. Urk stand hilflos da und wusste nicht, was er tun sollte.

„Komm, lass gut sein", sagte Thorn und legte ihm die Hand auf die Schulter. „Du wirst ihren Schmerz jetzt nicht lindern können. Und sie hat gesagt, dass sie deine Entschuldigung annimmt."

„Bei dir muss ich auch um Entschuldigung bitten, es tut mir leid."

„Auch angenommen", lächelte Thorn, „aber dir ist klar, dass es zwischen uns leichter ist, sich zu vertragen?"

Urk nickte, klopfte dem *Schrat* auf die Schulter, sagte: „Danke, Thorn" und ging wieder hinüber zu Olunde.

„Möchtest du noch wissen, woher wir das Fett haben, Frij?", fragte Juzz nach einem Augenblick betretenen Schweigens, um die Stimmung wieder zu normalisieren.

„Wie? Äh, ja ... ja, natürlich will ich das wissen."

Frij riss sich mühsam zusammen und verfiel wieder in einen möglichst unbefangenen Tonfall. Ihre letzten Tränen wischte sie sich verstohlen aus den Augen.

„Wir haben einen *Brunfisc* am Strand gefunden. Er war tot und stank schon ziemlich. Essen wollte ihn jedenfalls niemand mehr. Da haben wir seinen *Blubber* ausgekocht und daraus das Fett für die Lampen gewonnen. Es kommt schon mal vor, dass sich die *Brunfisce* hier zwischen die Inseln verirren und dann bei Sturm aufs Land geworfen werden. Wenn sie nicht mehr ins Wasser zurückkommen, gehen sie ein. Ihr Fett reicht sehr lange, wenn man es in Lampen verbrennt – und wenn man es nicht mehr essen kann."

Juzz bemerkte, dass Frij ihm nur sehr geringe Aufmerksamkeit schenkte, und beendete seine Erklärung. Frij, die dies etwas verzögert wahrnahm, murmelte nur ein abwesendes „Äh ... ja" ... „Wenn das so ist ...", um sich dann dem hinteren Teil des Gebäudes zuzuwenden. Dort blickte sie in die Dunkelheit des unbeleuchteten Raums und wusste plötzlich nicht mehr, was sie hier eigentlich vorhatte. Verwirrt schaute sie sich um.

„Ich glaube, es wäre besser, wenn du mit Frij noch etwas die Insel erkunden würdest", wandte sich Ilunga jetzt an den *Schrat*. „Das wird sie vielleicht auf andere Gedanken bringen. Wir räumen derweil hier ein paar Dinge zusammen, die wir für die Fahrt benötigen könnten."

Um Unterstützung heischend blickte sie den *Kobereri* an. Der seinerseits schaute unsicher in die Runde.

„Das denke ich auch", meinte er dann. „Wir schaffen das schon allein hier. Mit so vielen Leuten stehen wir uns doch nur im Weg."

Alle nickten zustimmend. „Geht nur, wir erledigen das hier schon“, setzte Olunde sanft hinzu. Frij blickte sie misstrauisch an, fand aber nichts im Gesicht ihrer Rivalin, das auch nur ansatzweise auf Boshaftigkeit schließen ließ und ließ sich noch leicht benommen von Thorn aus dem Haus ziehen.

Draußen atmete sie erst einmal tief durch und bemühte sich, ihre gewohnte Verfassung wieder zu erlangen. Dann begannen sie, zwischen Haus und Steilhang auf die höchstgelegene Stelle des Kliffs zuzuschlendern. Einen Augenblick später bellte es hinter ihnen. Risi war ihnen gefolgt, um sich ihnen anzuschließen. Für einen Hund war ein Spaziergang mit neuen Gerüchen offenbar attraktiver als das Herumliegen in einer Hütte.

Im äußersten Winkel des Steilhangs, direkt neben der Stelle, an der die Treppe zur Vogelinsel herabführte, umschloss die halbhohe Palisade ein kreisrundes, aufgeschüttetes Lehmpodest. Es maß mehr als eine Handvoll Schritt im Durchmesser und war über und über mit Holzasche und verkohlten Scheiten bedeckt.

„Scheint eine Feuerplatte zu sein“, meinte Frij und deutete auf die Asche, „ein Leuchtfeuer für die ankommenden Flöße.“

Als sie das aufgeschüttete Lehmpodest der Feuerstelle bestiegen hatten, waren sie am höchsten Punkt der Insel angelangt. Von hier oben bot sich ihnen ein traumhaft schöner Blick über die Scorrenlandschaft. Da die Flut erst eingesetzt und das Wasser seinen niedrigsten Stand gerade hinter sich hatte, waren die Eilande von feinem, hellem Sand oder Schlick umgeben. Aus diesem hellen Gürtel erhoben sich die sattgrünen, hügeligen Inselchen und zeigten ihren aufgelockerten Bewuchs aus Gräsern, salzliebenden Kräutern und windzerzaustem Buschwerk. Wie in Waderborg hatten Wind und Meer an den Hügeln an einigen Stellen schroffe, steinig-lehmige Steilwände geformt. Bäume waren nur hin und wieder als verkrüppelte, windschiefe Exemplare auszumachen. Das Holz für die Flöße und ihre Häuser, die sich vereinzelt in geschützte Mulden duckten oder als stattliche Langhäuser über die steil aufragenden Kliffs erhoben, mussten die Birahanen vom Festland heranholen. An der Seeräuberküste gegenüber den Scorren sollten sich nach Juzz' Berichten lichte Wälder befinden. Da Thorn und Frij erhöht auf einer vorspringenden Nase der Klippe standen, konnten sie zu ihrer rechten Hand die steile, in den Lehm gegrabene und mit kurzen Hölzern befestigte Treppe erkennen. Sie führte auf die Sandbank hinunter, die sich zur benachbarten Düneninsel hinüberzog. Da wegen des Niedrigwassers Waderborg und das vorgelagerte Düneneiland wie eine einzige Insel erschienen, sah der von der Treppe über die Sandbank führende Hochwassersteg wie ein normaler Knüppelpfad aus. Er zog sich schließlich den Hang der Düne hinauf und verlor sich dann in den schmalen Tälern der Vogelinsel. An menschlichen Einflüssen war nur noch der Wachturm auf dem Dünenrand zu erkennen. Frij atmete erneut tief durch.

„Schön ist es hier", sagte sie, „und so friedlich."

„Wirklich schön, aber nur scheinbar friedlich." Frij nickte.

„Komm, lass uns weitergehen."

Sie setzten den Weg in Richtung Nachtseite an der Klippe entlang fort und gelangten an einen weiteren Wachturm, hinter dem sich ein Gartenstück erstreckte. Getreide für *Grasbrot* oder Brei wuchs dort nicht, dafür aber viel *Kruot* und eine Pflanze, die Frij wohl schon öfter am Meer gesehen hatte, von der sie aber nicht wusste, dass sie zum Essen taugte. Auch Thorn fiel das Kraut auf.

„Kennst du dieses Gemüse?", fragte er. „Die Blätter sehen aus wie kleine Ruder, ein gerader Stiel und vorn ein rundliches Ruderblatt."

„Stimmt, ich habe sie auch schon oft gesehen, aber sonst weiß ich nichts darüber."

„Ist dir eigentlich aufgefallen, dass die Gebäude oder dieser Wachturm hier immer ein Stück weit von der Kante gebaut sind?"

„Wahrscheinlich rutscht bei starkem Sturm ab und zu ein Stück von der Steilwand ab."

„Das hat Juzz auch gesagt", meinte der *Schrat* und linste vorsichtig über den kurzen Palisadenzaun, der sich an der Kante des Kliffs entlangzog.

Während sie dem Verlauf der Klippe folgten, nahm deren Höhe allmählich ab. Schließlich bildete die Steilwand einen erneuten Vorsprung, der sich zur Nachtseite hinauszog und knickte dann scharf zur rechten Seite gegen Mittag ab. In diesem Winkel befand sich ein weiterer Wachturm. Da der Hang zur Inselmitte hin stark abfiel und bereits ein Stück vor dem Eingangstor im Flachen endete, hatten die Bewohner ab hier wieder eine hohe Palisade errichtet. Bis zum Turm bot das steile Kliff einen hinreichenden Schutz gegen etwaige Angriffe.

Da sie Durst verspürten, richteten die beiden Spaziergänger ihre Schritte nun auf den zentralen Regenteich, der inmitten der Siedlung aus Langhäusern lag und diese mit Wasser versorgte. In dem Bereich, an dem keine Häuser standen, hatte sich ein breiter Gürtel aus Ried und Rohrkolben gebildet. Frij und Thorn versuchten das Wasser des Teichs und fanden seinen Geschmack angenehm weich. Auch Risi schlabberte ausgiebig. Als sie sich gelabt hatten, wanderten sie weiter zum Torturm und durchschritten ihn. Sie betraten den Knüppelpfad und folgten an der ersten Gabelung seinem Verlauf nach links, da sie bei ihrer Ankunft von rechts gekommen waren. Der Weg führte über den Sandrücken direkt zu einer kleinen Bucht, die sich zum Teil vor den zweiten, wiederum höher gelegenen Teil der *Scorra* schob. Aus dem flachen Wasser ragte ein Wald stabiler Holzpfähle, die von weitem merkwürdig rau wirkten. Vor den Stangen war der gebückte Körper einer Frau zu erkennen, die mit einer Art Handrechen in dem flachen Wasser hantierte. Als sie die Ankommenden gewahrte, erschrak sie und schrie auf. Sie war klein, rundlich gebaut mit ebenso rundem Gesicht, das von zerzausten grauweißen Haaren eingerahmt wurde. Sie trug ein Kleid aus Seehundfell, das bis zu ihren Knien hinabreichte. Da sie keine Möglichkeit sah, vor den Fremden zu fliehen, blieb sie wimmernd und mit um ihr Werkzeug verkrampften Händen stehen. Risi stellte aufmerksam die Ohren auf, bellte aber nicht.

„Tut mir nichts, ich bin doch nur eine alte Frau!“, bettelte sie weinerlich.

„Keine Angst, wir wollen dir nichts tun“, beruhigte Frij sie.

„Ihr seid keine *Ihseligen* oder *Hros-Wigmannen?*“

„Nein, wir sind aus Duggaland. Mein Freund hier heißt Thorn und ist ein *Schrat*.“

„Oh Götter, jetzt kommen auch noch die *Schrate* zu uns!“, jammerte die Frau, ließ den Rechen fallen und rang in Panik die Hände.

„*Schrate* tun alten Frauen nichts!“, fuhr Thorn sie ärgerlich an. „Im Übrigen sind wir Freunde von Juzz.“

„Freunde von Juzz, meinem kleinen Neffen, dem großen *Kobereri*? Warum sagt ihr das nicht gleich?“ Sichtlich erleichtert schnaufte die Frau.

„Das ist Frij, sie stammt aus Tvinhaag“, stellte Thorn nun seine Begleiterin vor.

„Aus Tvinhaag! Nein, wen mein kleiner Neffe so alles kennt!“

„Wer bist du, und was machst du denn hier im Wasser mit diesem Ding da?“ Thorn wies auf das Gerät, das sie hatte fallen lassen.

„Ach, das ist nur mein Krabbenfänger. Ich wollte mir nur eine Handvoll für mein Mittagsmahl fangen. Jetzt mit dem auflaufenden Wasser kommen die ersten Krabben wieder näher an den Strand. Ein paar Muscheln habe ich mir auch schon gepflückt.“

„Du pflückst Muscheln?“, wunderte sich Frij.

„Natürlich, ich bin doch das Muschelweib, und das da ...“, damit zeigte sie zu den Stäben im Wasser, „ist mein Muschelgarten. Wollt ihr ihn sehen?“

Die Ankömmlinge entledigten sich ihrer Fußleder, lupften etwas ihre Hosen und folgten der Frau ins flache Wasser. Auch der Hund nutzte die Gelegenheit für ein kleines Bad. Die Pfähle waren über und über mit schwarzen, länglichen Muscheln bedeckt, was ihnen von weitem das raue Aussehen verlieh. Ein Stück über der Wasserlinie endete der Bewuchs. „... Genau da, wo normalerweise das Hochwasser hingelangt“, erklärte das Muschelweib.

„Und wie bekommst du die Muscheln dazu, sich an die Pfähle zu hängen?“

„Das machen die von selbst, man muss nur zwei, drei Winter warten, dann sind sie vollgewachsen. Nur die Pfähle muss man setzen. Hat mein Mann erfunden“, erläuterte sie stolz, „als er noch gelebt hat. Ihm sind die Muscheln am Anleger aufgefallen. Es hat auch immer ein paar Leute gegeben, die sich dort Muscheln abgesucht haben. Da ist ihm der Einfall gekommen, dass man nur viele Pfähle ins flache Wasser rammen muss, um bequem viele Muscheln ernten zu können. Erst war er enttäuscht, weil es so lange gedauert hat, bis die Stangen bewachsen waren. Aber danach, als er das Zerren in den Gelenken hatte und nicht mehr nach Fisvik fahren konnte, haben wir ganz gut davon gelebt, die Siedlung mit unseren Muscheln zu versorgen."

„Und das machst du heute noch", stellte der *Schrat* fest.

„Ja, und wenn ihr einen *Balla* für mich habt, mache ich euch ein leckeres Essen davon."

„Warum eigentlich nicht?" meinte Frij. Thorn nickte zustimmend und gemeinsam pflückten sie noch Muscheln und füllten damit einen Weidenkorb, den die Frau am Ufer stehen hatte. Das Muschelweib seihte mit ihrem Rechen derweil noch das Wasser der kleinen *Priele* nach Krabben durch. Dann führte sie ihre neuen Bekannten zu einer Hütte, die auf dem höher gelegenen Teil der Insel oberhalb der Bucht lag. Um dorthin zu kommen, mussten sie durch dichtes Heidekraut stapfen, aus dem sich hin und wieder neben einzelnen krummen Birken ein Holderbusch erhob. Von einem solchen Busch pflückte die Frau noch ein paar überwinterte schwarze Beeren, die die Vögel übersehen hatten.

„Für ein Mahl wird es reichen", brummte sie.

Sie hatten das Haus fast erreicht, als neben dem Trampelpfad eine großräumige Fläche sichtbar wurde, auf der das Heidekraut samt Wurzelwerk ausgestochen worden war. Auf dem braunen Untergrund begannen kleine Pflänzchen gerade, die Vertiefung neu zu begrünen. Am Rand der Fläche lagen noch ein paar Soden, die offenbar nicht mehr verwendet worden waren. Das Heidekraut schaute noch aus den viereckigen Erd-Wurzelklumpen hervor.

„Damit ist vor dem letzten Winter meine neue Hütte gebaut worden", erklärte die Alte, als sie Thorns fragenden Blick bemerkte. „Die alte war schon arg baufällig, es regnete durch und der Wind pfiff durch die Wände. Da haben ein paar unserer jungen Männer ihre Hacken und Schaufeln geholt und die *Plaggen* gestochen. Und dann haben sie meine Hütte damit neu aufgebaut."

Die Hütte der Frau war klein. Sie maß etwa sechs Schritte in der Länge und fünf in der Breite, genug, um für eine Person eine bequeme Bettstatt und ein paar Körbe für die Dinge des täglichen Lebens aufzustellen. Das Grundgerüst der Hütte bestand aus einem stabilen Holzständerwerk, dessen Zwischenräume mit *Plaggen* ziegelartig aufgefüllt waren. Die so entstandenen Wände waren etwa eine Elle dick. Um die Sodenbauweise zu erkennen, musste man genau hinsehen, denn die gesamte Wandfläche war mit einer Art abstehendem Pelz aus Heidekraut bedeckt. Die Firsthöhe des Dachs war von einer großen Person mit einer Hand durch einen kleinen Sprung erreichbar, eine Feuerstelle gab es nicht in der Hütte. Diese befand sich draußen, nur geschützt durch einen kleinen Unterstand aus vier Pfählen, die ein Quadrat von drei Schritten Seitenlänge bildeten. Die Pfosten waren oben durch Querstäbe miteinander verbunden, auf denen ein schräges Regendach befestigt war. Es bestand wie die Bedeckung der Hütte aus stramm gewickelten Heidekrautbündeln, die sich dachziegelartig überlappten. Die Bündel waren auf schmalen Sparren mit verdrehten dünnen Birkenzweigen festgebunden.

Das Hüttendach reichte fast bis zur Erde, sodass die Eckpfosten des Hauses sehr kurz waren. Lediglich für die Firstpfähle hatte man längere Stangen benutzt. Bei diesen Abmessungen der Hütte hatte man kurze Baumstämme, wie sie ab und zu auf den Scorren vorkamen, benutzen können und musste sie nicht, wie für die größeren Langhäuser, von der Seeräuberküste herschaffen.

„Warum hast du deine Feuerstelle nicht im Haus?“, fragte Frij.

„Das Dach ist zu niedrig, es könnte leicht brennen. Draußen habe ich zwar auch ein Dach gegen den Regen, aber wenn das Feuer fängt, brennt ja nicht gleich meine ganze Hütte ab.“

„Und was machst du im Winter ohne Feuer im Haus?“

„Dann wohne ich im Langhaus in der Siedlung und lasse mich versorgen, auch mit Muscheln. Im Winter gehen die jungen Leute sammeln“, grinste die Alte. „Eine Hand wäscht die andere. In Frühjahr und Herbst sorge ich allein dafür, dass Waderborg immer genug Muscheln hat. Und in der warmen Sommerzeit, wenn die Muscheln nicht so gut sind, da fische ich Krabben und gehe *Butt peeren*.“

Thorn sah sich das Häuschen an und verstand nun, warum das Heidekraut wie bei den Langhäusern aus der Wand schaute. Man hatte beim Übereinanderschichten der *Plaggen* die Stiele der kleinen Sträucher immer nach außen weggeknickt, sodass sie schließlich von dem Gewicht der darüberliegenden Soden hinuntergedrückt wurden. Die oberste Plaggenschicht klemmte schließlich unter den Holzstangen, die das Dach trugen.

Das Muschelweib machte sich nun an der Feuerstelle zu schaffen, wo ein Topf aus gebranntem Ton in einem kleinen Haufen aus verkohlten Holzresten und Asche stand. Aus der Hütte besorgte sie trockene Zweige, Grasstroh, einen getrockneten Rohrkolben und etwas *Zunder*. Sie schlug zwei Feuersteine aneinander, nachdem sie den feinen Zunderstaub mit den getrockneten Samenhaaren des Rohrkolbens vermischt hatte, pustete dann leicht in den glimmenden *Zunder*, fügte ein paar trockene Grasfasern hinzu, pustete erneut und brachte mit der kleinen Flamme das restliche Stroh und die dünnsten Ästchen zum Brennen. Kurz danach brannte ein prasselndes Feuer aus kleinen Zweigen. Als sich etwas Glut gebildet hatte, kam eine stocktrockene *Plagge* hinzu, die allmählich zu einem glühenden Ballen wurde. Als mehrere dieser getrockneten Soden brannten, setzte sie den Tontopf auf drei dicke Steine, die bereits in der Glut lagen. Wasser hatte sie aus ihrer Hütte geholt, wo sie zwei weitere, noch größere Tontöpfe verwahrte, einen für Süß- und den anderen für Salzwasser.

„Ich nehme immer eine Mischung aus Süß- und Meerwasser“, erklärte sie ihnen. „So schmecken die Muscheln schön würzig, ohne dass sie großen Durst machen.“

Als das Wasser kochte, schüttete sie die Muscheln und die wenigen Krabben hinein, gab die Handvoll Holderbeeren hinzu und ließ das Ganze kochen. Nach einer Weile befand sie, dass das Essen gar sei, ging noch einmal in ihre Hütte und kam mit einem kleinen Korb Grünzeug zurück. Frij und Thorn erkannten das Kraut wieder, das sie neben dem *Kruot* im Garten der Siedlung gesehen hatten.

„Was ist das?“, fragte Thorn. „Wir haben es vorhin im Garten drüben gesehen.“

„Wir nennen es das *Ruderkraut*, weil es ein bisschen wie ein kleines Ruder aussieht, so mit Stiel und dem rundlichen Ruderblatt."

„Siehst du, Frij?", freute sich Thorn. „Was habe ich noch zu dir gesagt? ‚Wie kleine Ruder' habe ich gesagt!"

„Ihr könnt es zu den Muscheln essen, da es dem Mahl noch eine zusätzliche Würze gibt. Es schmeckt etwas scharf. Außerdem hilft es auch noch, wenn man im Winter blutiges Zahnfleisch bekommt."

„Na dann wollen wir mal", sagte Thorn hungrig, „es riecht wirklich lecker!"

Das Muschelweib goss das Kochwasser mit der Begründung ‚zu sandig' ab. Danach griffen sie zu und fingerten das weiche Fleisch aus den klaffenden Muschelschalen. Hin und wieder fanden sie eine gekochte Krabbe zwischen den Muscheln und freuten sich jedes Mal über diese Überraschung. Risi saß mit gespitzten Ohren daneben und schnappte immer blitzschnell zu, wenn ihr einer der drei ein Stück Muschelfleisch zuwarf. Nach einer Weile hatten sie trotz des etwas mühseligen *Pulens* der kleinen Krabben das Mahl beendet und fühlten sich satt und zufrieden. Auch Frijs Stimmung hatte sich inzwischen wieder aufgehellt. Sie redeten noch eine Zeitlang mit der Frau, gaben ihr den versprochenen *Balla* und verabschiedeten sich schließlich. Jetzt traute sich das Muschelweib sogar, Risi zum Abschied zu streicheln.

Es war später Nachmittag, und die Flut hatte ihren Höchststand gerade hinter sich. Die Sandbänke, die auf ihrem Hinweg noch trocken lagen, waren inzwischen überspült, und das Wasser war nahezu bis zu dem Knüppelpfad gestiegen, der zum Anleger führte.

„Jetzt ist der Abstand zwischen den Inseln viel größer geworden", staunte Frij, als sie sich kurz vor dem Tor noch einmal umsah.

„Stimmt, und deswegen müssen die Flöße dort auch nicht mehr hintereinander in einer Fahrrinne fahren", bemerkte der *Schrat* trocken.

„Götter, wer ist das?", fragte Frij erschrocken, als sie jetzt auch die Flotte gewahrte, die zwischen den Scorren auf den Anleger Waderborgs zuglitt. „Sie sehen aus wie Birahanenflöße, etwa zwei Hände voll, schätze ich."

„Wenn es die nur wären."

Thorn beschattete mit der Hand die Augen und blickte sorgenvoll.

„Kannst du noch etwas erkennen?“

„Ich glaube, zwischen den großen Flößen bewegen sich noch kleine Boote.“

„Auslegerboote ... mit dreieckigen Segeln?“

Frijs Stimme klang verkrampft.

„Sieht so aus.“

In großer Eile rannten sie zum Langhaus, wo ihre Gefährten zusammensaßen. Neben ihnen lagen eine Handvoll große Bündel mit Vorräten und Waffen.

„Ihr kommt gerade recht“, begrüßte sie Juzz. „Wir wollten uns eben etwas zu essen machen.“

„Ich glaube, dafür haben wir jetzt keine Zeit!“, keuchte Frij aufgeregt. „Draußen kommen viele Flöße und mit ihnen die Seeleute des *Seo-Thruhtin*.“

Alle stürzten gemeinsam zu dem Ausguck, der über der Treppe zum Anleger stand. Aus der Höhe konnten sie gut erkennen, wie sich die feindlichen Flöße vorsichtig zwischen den Scorren auf Waderborg zu schoben. Sie hatten die Segel fallen lassen und glitten von Rudern getrieben langsam auf die noch weitgehend überflutete Sandbank zu, die auf der Nacht- und Morgenseite die Insel umschloss.

„Was ist mit dem Muschelweib?“, fragte Frij erschrocken. Plötzlich war ihr eingefallen, die Flöße könnten an der Heideseite der Insel landen, die kleine Hütte entdecken und ihre Gastgeberin in ihre Gewalt bringen. Was dann mit dem alten Weib geschehen würde, wagte Frij sich gar nicht auszumalen.

„Keine Sorge, der *Polon* wird sich darum kümmern“, beruhigte sie Juzz, der das Problem sofort erkannt hatte. „Schließlich hat unser Häuptling sehr lange um ihre Liebe gerungen. Hin und wieder sogar mit Erfolg, wenn ihr Mann gerade auf Raubzug zu den *Ihseligen* war.“ Frij sah ihn fassungslos an. Juzz bemerkte den Blick und zuckte mit den Schultern.

„Manchmal ist es sehr schwer, sich an nur eine Person zu binden, wenn da noch jemand ist, der einem genauso lieb ist.“ Frij schwieg betroffen, während Olunde einen schnellen Blick zwischen Urk und Frij wechselte.

Der *Polon* war nicht mit ihnen auf den Turm geklettert, sondern hatte alle waffenfähigen Bewohner Waderborgs alarmiert und auf der Palisade verteilt. Vom Turm aus konnte man die Männer und Frauen zu ihren jeweiligen Verteidigungspunkten rennen sehen. Ein einzelner Mann lief eilig den Knüppelpfad zur Plaggenhütte entlang, vermutlich mit dem Auftrag, das Muschelweib in Sicherheit zu bringen. Unter ihnen öffneten die Besatzungen der letzten Flöße Waderborgs eilig den Verhau und stürzten die Treppe hinab. Hastig setzten sie die Segel und lenkten ihre Fahrzeuge in Richtung der Düneninsel. Sie versuchten offenbar, ihre letzten Flöße noch vor den Feinden zu retten.

„Sie werden sie an der anderen Treppe festmachen. Vermutlich gehen sie davon aus, dass die fremde Flotte sich nicht in die schmale Durchfahrt zwischen Waderborg und unserer Nachbarinsel traut."

Bald darauf lag nur noch Ilungas Boot unten am Anleger.

„Sollte ich mein Schiff nicht auch fortbringen?", fragte sie Juzz.

„Vermutlich ist es nicht nötig, aber zur Vorsicht solltest du es tun. Ich werde dir gleich dabei helfen. Wir haben jetzt ablaufendes Wasser, die Fahrrinnen werden immer enger. Deshalb glaube ich eigentlich nicht, dass unsere Feinde heute noch auf der Insel landen werden. Vermutlich werden sie die Flut abwarten, um bequem mit der ganzen Flotte hier anzugreifen."

„Im Dunkeln werden sie es wohl nicht wagen, oder?"

„Kaum."

„Das heißt, wegen der Gezeiten ist erst morgen Nachmittag mit ihnen zu rechnen."

Juzz musste nicht nachrechnen, um die Wasserstände zu überblicken, und nickte nur kurz.

„Dann müssen wir heute Nacht zur Flut los. Ich kann doch davon ausgehen, Juzz, dass du deine Scorren kennst?"

„Im Schlaf", knurrte der *Kobereri*.

„Schön, wenn du dich auch noch bereit erklären würdest, wach zu bleiben, dann könnte ja eigentlich nichts schief gehen, oder?"

Juzz grinste: „In Ordnung! Aber nur ausnahmsweise! Dann sollten wir jetzt besser das Schiff umsetzen, es beladen und danach versuchen, noch etwas Schlaf zu bekommen.“

Während Ilunga und Juzz die Treppe hinabstiegen, um das Boot fortzubringen, verschlossen die anderen hinter ihnen den Verhau und machten sich dann zum Langhaus des Häuptlings auf. Dort begannen sie, die bereits zurechtgelegten Bündel über die Treppe an der Feuerplatte hinunter zum Hochwasserpfad zu tragen, wo das Seegildeschiff jetzt ankern sollte. Als sie nach der Ankunft des Bootes mit dem Beladen fertig waren, ließen sie Frij und Thorn als Wache zurück. Sie hatten sich freiwillig gemeldet, da sie beim Zusammenpacken der Bündel nicht dabei gewesen waren. Über ihnen, auf der Klippe, wurde ein großes Holzfeuer entzündet, um zumindest für die ersten Nachtstunden ein heimliches Herankommen der Feinde über das Wasser zu vereiteln. Später sollte es dann ausbrennen, damit der Seegildesegler unerkannt ablegen konnte. Juzz teilte seinem Häuptling den beschlossenen Plan mit und begab sich dann nach einer kurzen Mahlzeit auch zu Bett. Schlafen konnte fast keiner von ihnen. Nachdem sie sich die halbe Nacht auf ihren Lagern dösend hin und hergeworfen hatten, entschlossen sie sich aufzubrechen. Der *Polon* geleitete sie noch bis zur Treppe, sie wünschten sich gegenseitig viel Glück und stiegen zum Anleger hinab. Dort fanden sie einen schnarchenden *Schrat* und eine hellwache Schanzenfischerin, die sich aus Schutz gegen die lauten Geräusche die Finger in die Ohren gesteckt hatte und auf die Wasserfläche zwischen den Inseln blickte. Da das Feuer auf der Klippe ausgegangen war, waren nur kleine Lichtschimmer auf dem Wasser zu erkennen, die von den wenigen Sternen stammte, die ihr Licht durch die Wolkenlücken schickten.

Vorsichtig stießen sie das Boot ab und ruderten zunächst in die Richtung, aus der sie gekommen waren. In der Mitte der Fahrrinne setzten sie Segel und glitten bald zwischen dem unteren Ende der Vogelinsel und der Nachbarinsel Waderborgs hindurch. Vom Treppenturm aus hatten sie gesehen, dass diese *Scorra* lediglich als Gartenland genutzt wurde. Hier mussten sie eine halbe Wende fahren, um schließlich auf der Rückseite der Garteninsel wieder zu den Ihseliklippen abzudrehen.

Mit verkleinertem Segel tasteten sie sich durch die Meerengen zwischen den Inseln. Allmählich zeigten sich die ersten Lichtstrahlen des Morgens. Bisher war kein feindliches Fahrzeug aufgetaucht. Doch als sie schließlich um die Nase einer etwas länglichen *Scorra* herumbogen, sahen sie sich plötzlich einer Flotte von vier ehemaligen Birahanenflößen gegenüber, die direkt auf sie zuhielt und als geschlossene Reihe die Passage zwischen den Inseln versperrte. Risi knurrte.

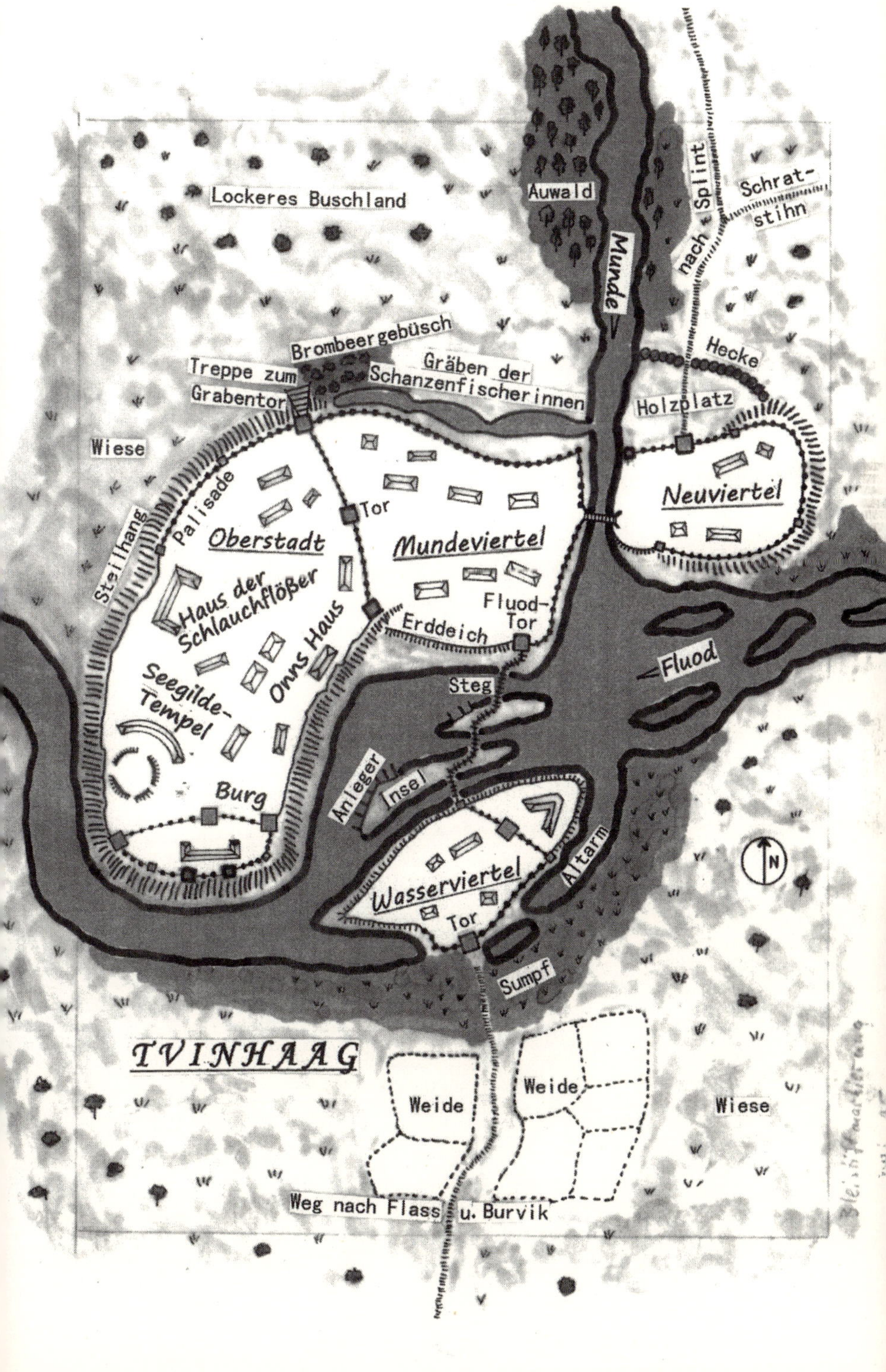
Lockeres Buschland
Auwald
Munde
nach Splint
Schrat-
stihn
Brombeergebüsch
Treppe zum
Grabentor
Gräben der
Schanzenfischerinnen
Hecke
Holzplatz
Wiese
Palisade
Steilhang
Tor
Oberstadt
Mundeviertel
Neuviertel
Haus der
Schlauchflößer
Onns Haus
Fluod-
Tor
Erddeich
Fluod
Seegilde-
Tempel
Steg
Anleger
Insel
Burg
Altarm
Wasserviertel
Tor
Sumpf
TVINHAAG
Weide
Weide
Wiese
Weg nach Flass u. Burvik

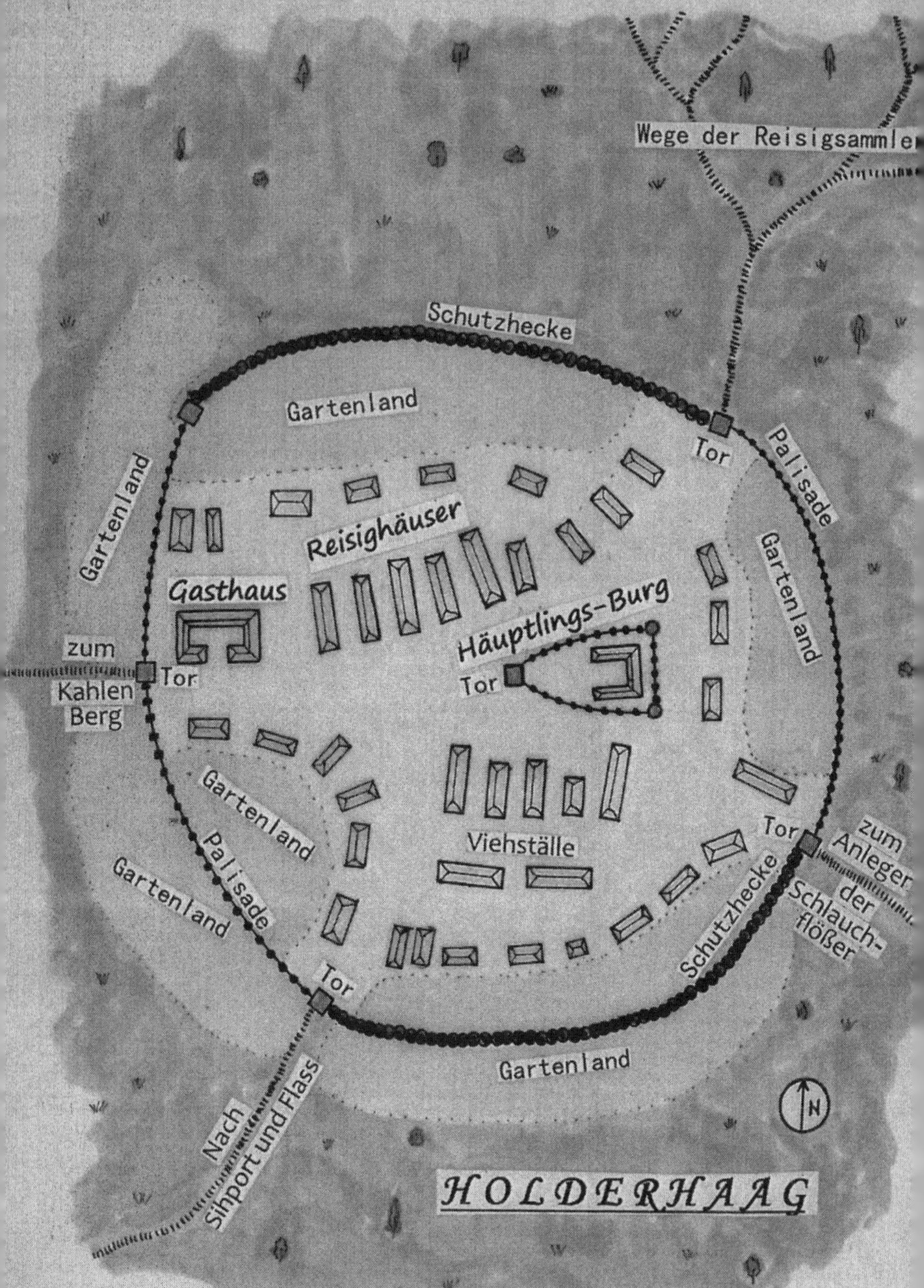

Wege der Reisigsammler
Schutzhecke
Gartenland
Tor
Palisade
Gartenland
Reisighäuser
Gasthaus
Gartenland
Häuptlings-Burg
zum
Kahlen
Berg
Tor
Tor
Gartenland
Viehställe
Tor
zum
Anleger
der
Schlauch-
flößer
Palisade
Gartenland
Schutzhecke
Tor
Gartenland
Nach
Sihport und Flass
N
HOLDERHAAG

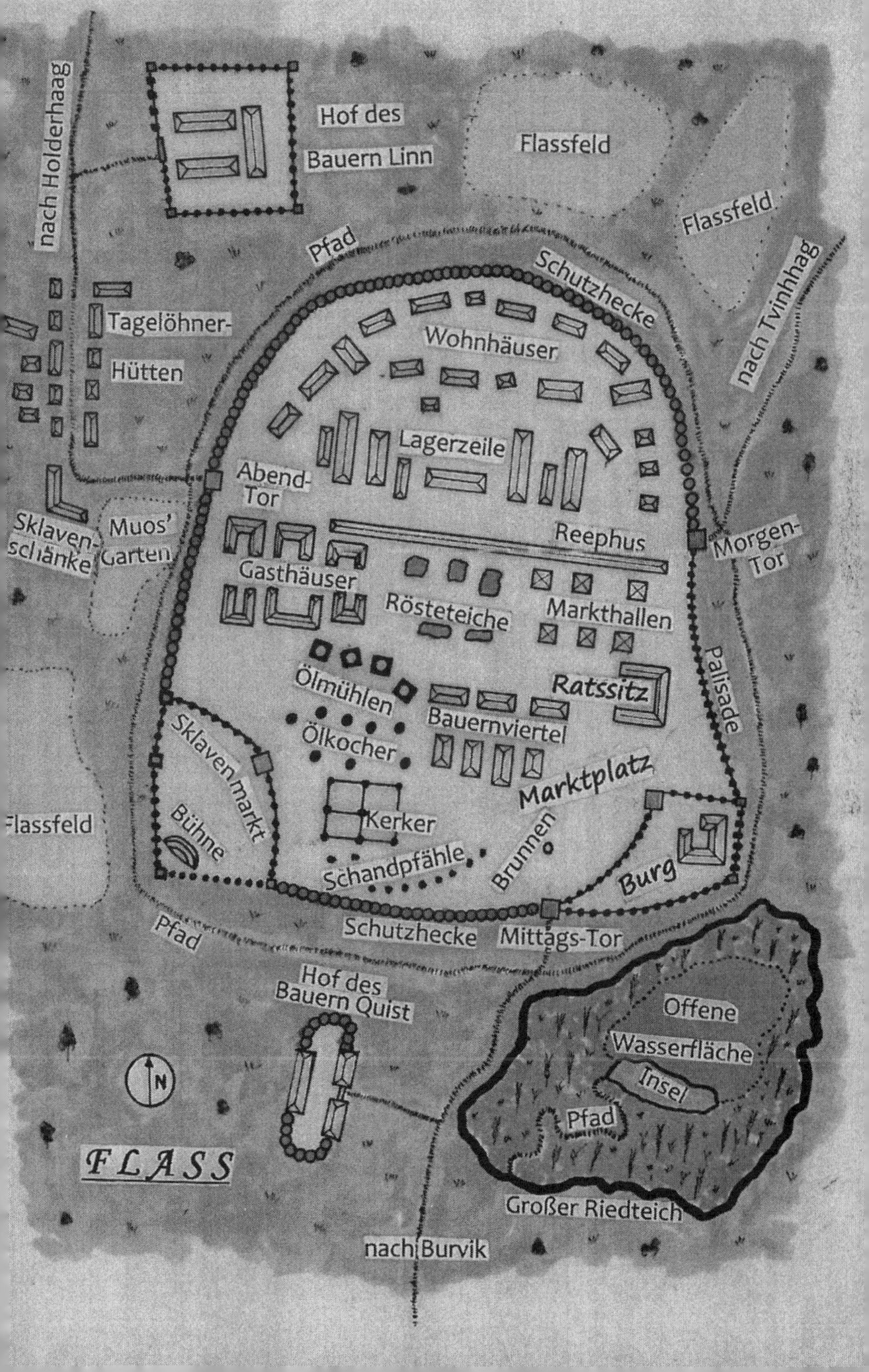

nach Holderhaag
Hof des
Bauern Linn
Flassfeld
Flassfeld
Pfad
Schutzhecke
nach Tvinhhag
Tagelöhner-
Hütten
Wohnhäuser
Lagerzeile
Abend-
Tor
Sklaven-
schänke
Muos'
Garten
Reephus
Morgen-
Tor
Gasthäuser
Rösteteiche
Markthallen
Ölmühlen
Ratssitz
Palisade
Bauernviertel
Sklavenmarkt
Ölkocher
Marktplatz
Flassfeld
Bühne
Kerker
Brunnen
Schandpfähle
Burg
Pfad
Schutzhecke
Mittags-Tor
Hof des
Bauern Quist
Offene
Wasserfläche
Insel
Pfad
N
FLASS
Großer Riedteich
nach Burvik

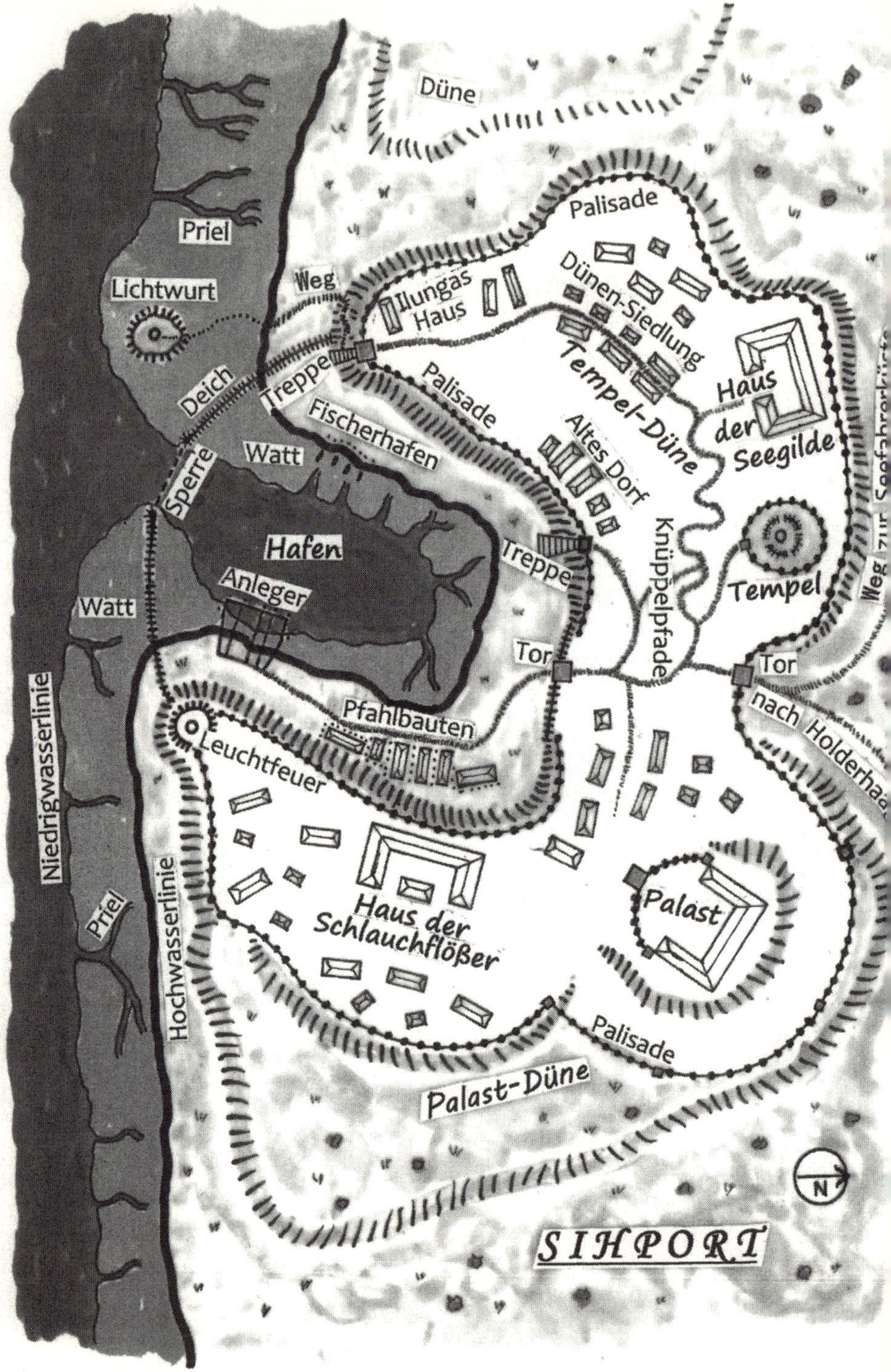

Düne
Priel
Palisade
Lichtwurt
Weg
Ilungas Haus
Dünen-Siedlung
Treppe
Deich
Palisade
Tempel-Düne
Haus der Seegilde
Fischerhafen
Altes Dorf
Watt
Sperre
Hafen
Treppe
Knüppelpfade
Tempel
Anleger
Watt
Weg
Tor
Tor
nach
Pfahlbauten
Leuchtfeuer
Niedrigwasserlinie
Hochwasserlinie
Priel
Haus der Schlauchflößer
Palast
Palisade
Palast-Düne
N
SIHPORT

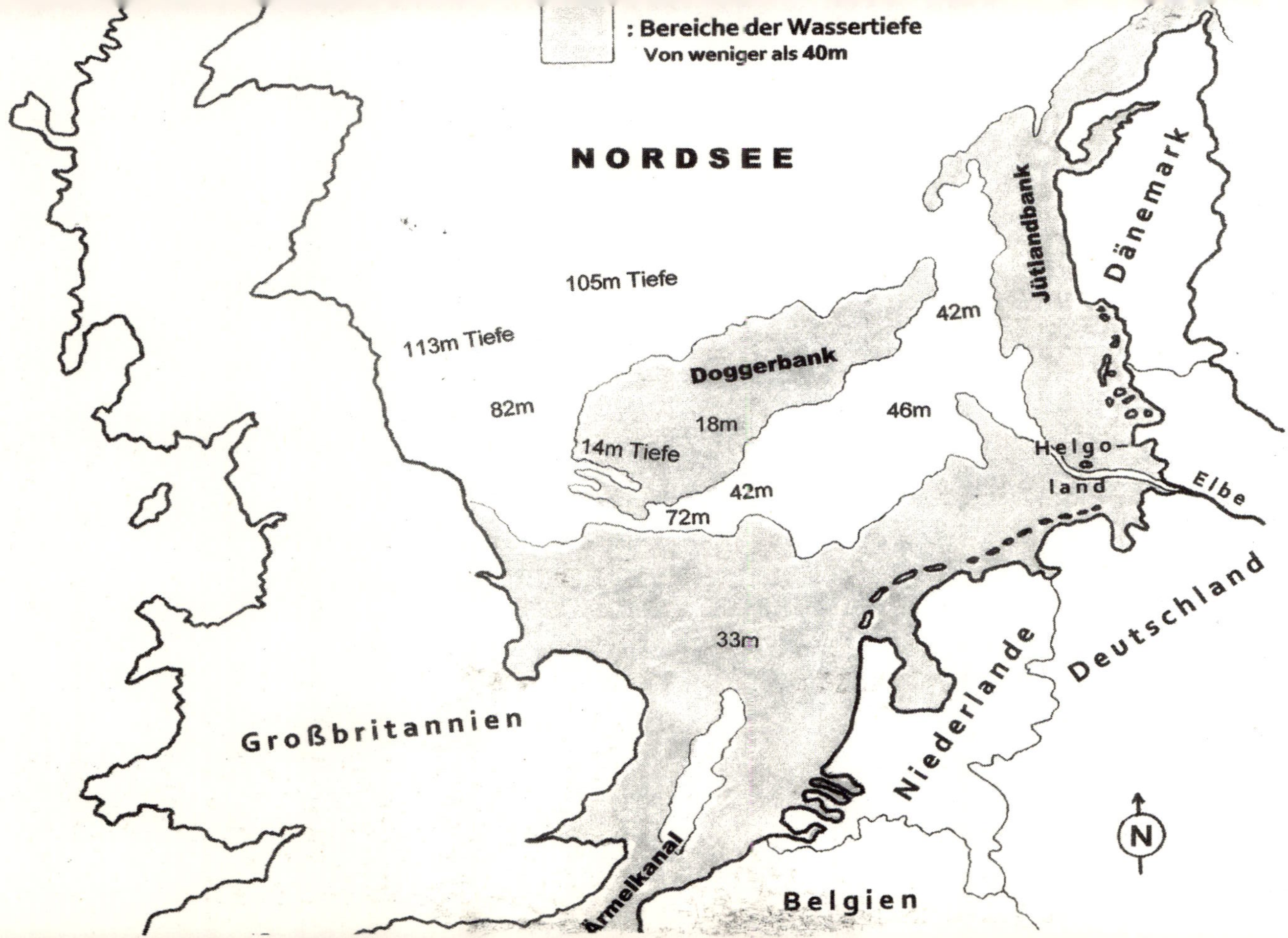
: Bereiche der Wassertiefe
Von weniger als 40m
NORDSEE
105m Tiefe
113m Tiefe
82m
Doggerbank
18m
14m Tiefe
42m
72m
46m
42m
Jütlandbank
Dänemark
Helgo-
land
Elbe
33m
Großbritannien
Ärmelkanal
Niederlande
Deutschland
Belgien
N

Personenregister
(in alphabethischer Reihenfolge)

Balarat – Häuptling der Ihseligen

Ber – Inselältester auf einer Ihseli-Klippe

Blatt – Sklave aus Flass, gehört zu Bauer Quist; nennt sich später Gruoni

Blüte – Sklavin aus Flass, gehört zu Bauer Quist; nennt sich später Wizi

Boto – Junger Steppenkrieger

Chebea – Peros Frau aus dem Holderland

Chirado – Erster Schamane des Steppenvolks nach Helgos Ankunft

Chrut – Seelehrling bei Ilunga

Esel – Sklave aus Flass

Fara – Fährmann über den Fluod zwischen Holder- und Seilerland

Foss – Rothaariger Reisigsammler aus dem Holderland

Frij – Schanzenfischerin und Schlauchflößerin aus Tvinhaag

Gedwang – Burghalto von Sihport

Gruoni – Neuer Name des Sklaven Blatt nach seiner Befreiung

Guuma – Wirtin der Sklavenschänke in Flass

Harm – Alter Flößer, der Frij die Nachricht über den Angriff an der Munde bringt

Helgo – Genannt der Seo-Thruhtin, neuer Führer des Steppenvolks

Hohsedal – Häuptling von Tvinhaag

Horm – Alter Flößer, der Frij von Urks Verschwinden berichtet

Hund – Sklave aus Flass

Hunno – Wetterkundiger in Intrit. Versucht, die Menschen nach der Mandränke zu retten

Ihseliger – Krieger der Hros-Wigmannen, der bei der Belagerung Tvinhaags überläuft. Stammt von den Ihseli-Klippen, daher dieser Rufname

Ilunga – Seefahrerin aus Intrit, Segelweise der Seegilde

Jungi – Seelehrling bei Ilunga

Jutt – Alte Schanzenfischerin, die Frij ihre Gräben überlässt

Juzz – Kobereri der Seo-Birahanen

Kuh – Sklavin aus Flass

Linn – Bauer aus Flass

Maus – Sklavin aus Flass

Muos – Wirt der Sklavenschänke in Flass

Olunde – Von Urk befreite Sklavin aus Flass

Onn – Frijs Vater

Pero – Reisigsammler aus dem Holderland, rettet Urk

Poto – Junger Steppenkrieger

Quist – Bauer aus Flass, Besitzer von Blatt und Blüte

Risi – Urks Hündin

Salida – Priesterin der ‚Großen Mutter' in Intrit

Scant – Händler aus Tvinhaag

Schlange – Sklavin aus Flass

Sturi – ‚Steinbohrer' von der Bauernküste. Trifft zufällig auf Frij auf deren Fahrt nach Fisvik

Thorn – Ein Schrat, mit Urk befreundet

Tivi – Flößer, gestorben beim Angriff der Steppenreiter

Tjoll – Urks Floßgehilfe, kommt an der Munde um

Trut – Älterer, erfahrener Segelweiser, ehemaliger Geliebter von Ilunga

Ulda – Geflüchtete Frau aus dem niedergebrannten Burvik. Sie taucht auf der Flucht bei Sturi auf.

Urk – Flößer aus Splint

Wahsan – Häuptling von Holderhaag

Weida – Wirtin in Holderhaag

Wizi – Neuer Name der Sklavin Blüte nach ihrer Befreiung

Zuhtari – Schamane in Burvik

Glossar

Die hier erklärten Begriffe sind im Text *kursiv hervorgehoben.*

Balla:
Eigentliche Wortbedeutung: Kugel. – Damit sind kleine Kugeln aus gebranntem Ton gemeint, die in dieser Geschichte als Zahlungsmittel dienen. Eine solche „Währung“ hatte sich in Duggaland, insbesondere in Tvinhaag als zentralem Ort, als notwendig erwiesen, seitdem zwischen den Siedlungen ein reger Handel verschiedenster Güter florierte. Die Verschiedenartigkeit der Handelswaren machte einen direkten Tausch unmöglich, da die aufkaufenden Händler die Waren nicht immer aus Eigenbedarf erwarben, sondern sie weitergaben. Dies hing wiederum mit den Transportmitteln zusammen, die nur von bestimmten Personengruppen gehandhabt werden konnten, wie z.B. der Schlauchflößerei.

Die Töpferinnung der Stadt Tvinhaag hat in dieser Erzählung das Privileg, unter Aufsicht des Rates kleine, fingerkuppengroße Kugeln zu brennen, die mit dem Zeichen Tvinhaags versehen sind. Dieses Zeichen, eine kleine Schlange mit zwei gegenüberliegenden Punkten, symbolisiert den Fluod mit der Doppelstadt Tvinhaag. Es wird mittels eines Steinstempels von einem ausgesuchten Ratsmitglied in den noch weichen Lehm der Kugel gedrückt. Der Wert des *Balla* steigt mit der Anzahl der eingedrückten Zeichen, maximal sind es sechs.

Da die Töpferinnung eine bestimmte Mischung aus Lehm benutzt, die einen einmaligen Rotbrand ergibt, ist der *Balla* kaum von den Töpfern anderer Städte nachzuahmen.

Die anderen Siedlungen haben sich im Laufe der Zeit mit dem Rat von Tvinhaag auf einen bestimmten Wert des *Balla* geeinigt, indem sie die Preise für ihre jeweiligen Produkte ausgehandelt haben. Dies führt natürlich zu ständigen Wertstreitigkeiten, da die einzelnen Siedlungen ihre Produkte gegenüber denen anderer Orte manchmal als zu gering eingestuft empfinden. Ebenso wie der Wert wird die Menge der neu herzustellenden Kugeln mit den anderen Siedlungen abgesprochen. So können Verluste an Kugeln ausgeglichen und aus dem Bedarf resultierende Preisänderungen angepasst werden. Diese Kontrolle funktioniert, da alle Beteiligten grundsätzlich an einem verlässlichen Tauschwert interessiert sind.

Aus diesem Grund ist der *Balla* in ganz Duggaland als Zahlungsmittel anerkannt, lediglich die Steppenvölker treiben mit den zentralen Siedlungen einen direkten Tauschhandel.

Ist diese erdachte Handlungsweise Steinzeitmenschen eigentlich zuzutrauen?

Dass die Geld- bzw. Wertproblematik schon sehr früh in der menschlichen Geschichte von Bedeutung war, zeigt die Existenz von Geld, sogar virtuellem Geld als Tauschbasis bereits im alten Mesopotamien. Auch im Nordeuropa der Frühzeit hat man einen Hinweis darauf gefunden. Hier nutzte man Perlen aus *Bernstein* als Wert- bzw. Tauschobjekte, wie Tausende Funde im heutigen Dänemark belegen. Später wurden bereits gewichtsgenormte Bronzeteile als Währung verwendet. Offenbar tritt die grundlegende Tauschproblematik nahezu automatisch mit dem Handel auf. Immerhin gab es in der sog. Donauzivilisation bereits zwischen 6000 und 5000 v. Chr. Stempel in gebranntem Ton als Markierungen von Inhalt oder Wert, was zumindest auf die Fähigkeit hinweist, mit abstrakten Zeichen umzugehen. Die Fähigkeit zur Wertabstraktion war den frühen Menschen also offenbar gegeben. Eindeutig belegt ist sie auch in Bezug auf Maßeinheiten wie z.B. Hohlmaße für Getreidemengen.

Bentiman:
Wörtlich: Bändermann. Die in der Geschichte beschriebene Art der Zweigverdrillung zum Gewinn billiger und haltbarer Flechtbänder ist bis ins zwanzigste Jahrhundert zu verschiedenen Zwecken angewandt worden, z.B. zum ‚Vernähen' der Riedbündel mit den Dachlatten beim Aufbau von Rieddächern. Auch beim Flößen ist die Verbindung der Stämme sowie der geflößten Brennholzpakete lange auf diese Art bewerkstelligt worden. Erst nach der Erfindung billiger und leichter zu

verarbeitender Materialien wie Draht oder Plastikschnur ist man von dieser Methode abgekommen. Da das Grundmaterial ‚Zweige' immer schon vorhanden und ihre Verarbeitung mit einfachen Mitteln möglich war, kann man davon ausgehen, dass auch bereits in der Steinzeit verdrillte Zweige als Bindematerial Verwendung fanden.

Bernstein:
Soweit aus archäologischen Funden belegt ist, haben die Menschen seit etwa 6000 v. Chr. an den Küsten im Bereich der heutigen Nord- und Ostsee den *Bernstein* als etwas Besonderes angesehen. Man vermutet, dass er für göttlich oder heilig gehalten wurde, da er in polierter Form das Sonnenlicht in aufregender Weise bricht und bündelt, ein Stein ist, der brennbar ist und auch mit damaligen Mitteln leicht zu bearbeiten war. Die Funde zeigen durchbohrte Anhänger, die neben Tierfiguren auch menschliche Abbildungen sowie geometrische Muster aufweisen, sogar „wissenschaftliche Abbildungen" wie die Strahlung des Nordlichts ließen sich finden. Damit ist anzunehmen, dass diese Anhänger nicht nur reine Schmuck-, sondern auch Amulettfunktion besaßen. Diese Annahme wird unterstützt durch spätere Bezeichnungen des *Bernsteins* wie etwa „Tränen der Götter". Das Augenamulett der Birahanen ist allerdings nur ein erdachtes Detail dieser Geschichte.

Blubber:
Dicke Fettschicht des hier *Brunfisc* genannten Schweinswals.

Brunfisc:
Braunfisch. Ein in Norddeutschland gebräuchlicher Name für den auch Nordseedelphin genannten Schweinswal. Seine dicke Speckschicht wird *Blubber* genannt und verleiht ihm das rundliche, schweinsartige Aussehen.

Burghalto:
Wortbedeutung: ‚Schützer der Stadt'. In dieser Geschichte wird der *Burghalto* vom Ältestenrat der Stadt Sihport zu seinem Vorsitzenden

gewählt. Er hat damit in etwa die Funktion eines Bürgermeisters. Einen Häuptling mit der entsprechenden Machtbefugnis gibt es in Sihport nicht, vielmehr ist der *Burghalto* dem Rat rechenschaftspflichtig und hat auch keine Befehlsgewalt über die Stadtwache. Der Anführer der Stadtwache wird wiederum vom Rat der Stadt direkt bestimmt. Der Wache steht ein Gegengewicht in den ebenfalls bewaffneten Schiffsbesatzungen der *Seegilde* gegenüber, die nicht dem Rat unterstehen. Somit ist eine einseitige Machtübernahme im Ort weitgehend unterbunden.

Diese Regelung geht auf die Zeit zurück, als Sihport von der *Seegilde* als Hauptniederlassung gewählt wurde, nachdem der ursprüngliche Sitz in Intrit mehrfach überschwemmt und damit zu unsicher geworden war. Die damaligen Bewohner des kleinen Fischerorts Sihport hatten darauf bestanden, ihren Ältestenrat beizubehalten, um einerseits nicht einem Häuptling ausgeliefert zu sein, andererseits aber auch nicht von der einflussreichen *Seegilde* beherrscht zu werden. Zur Zeit dieser Geschichte hat sich aber die frühere Zweiteilung von Fischern und *Seegilde* längst aufgelöst, da die meisten Einwohner Handel treiben oder handwerklichen Tätigkeiten nachgehen. Die Wahl des Ältestenrates erfolgt bei Anwesenheit aller erwachsenen Bewohner auf dem Platz vor dem Palast. Tatsächlich ist die *Seegilde* inzwischen die bestimmende Kraft im Ort, da ihre Mitglieder als umsichtig und verantwortlich gelten – was wiederum auf ihren Fähigkeiten als Seefahrer beruht. Aus diesem Grund werden viele von ihnen in den Rat gewählt.

Butt peeren:

Ein heute noch gebräuchlicher plattdeutscher Ausdruck für ‚Plattfisch aufspießen'. Der ‚Butt', womit im Allgemeinen die Scholle als häufigster Plattfisch bezeichnet wird, wird bis heute an der Nordseeküste auf die in der Geschichte beschriebene Art gefangen. Handelt es sich in unseren Tagen wohl eher um eine Form des Angelsports, stellte es früher eine notwendige Tätigkeit zur Ernährung der armen Bevölkerung wie Tagelöhnern o.ä. dar. Der Fisch war eine kostenlose Gabe der Natur, dazu gesund und eiweißreich, ähnlich wie Krabben und Muscheln. Für die reichen Großbauern stellte diese Ernährung eine kostengünstige Garantie für die Gesunderhaltung ihrer Beschäftigten dar – obwohl sie selbst vermutlich einen Rinderbraten oder ein Schweinekotelett vorzogen. Auch wenn der Begriff noch gebräuchlich ist, erschien er mir passend für eine Tätigkeit, die sicher schon in der Steinzeit von den Küstenbewohnern ausgeübt wurde.

Der Gehörnte:
Männlicher Part eines dualen religiösen Systems von weiblicher und männlicher Gottheit, die verschieden, aber gleichberechtigt die Geschicke der Menschen lenken. Die Vorstellung dieses Doppelprinzips von männlichen und weiblichen Personen und Eigenschaften sind bei frühen Religionen öfter anzutreffen. Wie die Gottheiten in der Steinzeit hießen und welche Bedeutung sie hatten, entzieht sich unserer Kenntnis. Dass diese Menschen aber mystisch-religiöse Vorstellungen besaßen, lässt sich aus gefundenen Figuren und Zeichnungen erschließen. Das Bild einer männlichen Gottheit, die so etwas wie ein Hirschgeweih trägt und sich mit einer Muttergottheit vereinigt, ist aus späteren Epochen nach der Einwanderung der Indoeuropäer entlehnt. Da die Zuordnungen ‚weiblich' bzw. ‚männlich' aber auch schon in frühere Gesellschaften üblich gewesen sein dürften, erscheint eine entsprechende Religion plausibel.

Dingsezzi:
Wortbedeutung: ‚Bestimmung' oder ‚Schicksal'. *Dingsezzi* ist in dieser Geschichte der Begriff für die Vorstellung der freien Bewohner des Seilerlandes, dass der Verlauf des Lebens von den Göttern vorgezeichnet und folglich nicht zu ändern sei. Damit wird die Situation der wohlhabenden freien Personen als glückliche Schickung angesehen, während es aus dem gleichen Grund für den Status der Sklaven keiner Rechtfertigung bedarf, da sie einer göttlichen Vorsehung entsprechend ihren gesellschaftlichen Platz einnehmen. Auch das ärmliche Dasein der Tagelöhner wird so als unabwendbar angesehen – womit gleichzeitig deren möglicher Anspruch auf Hilfe durch die Bessergestellten entfällt.

Eichelbrot:
Brot aus dem Mehl gemahlener Eicheln. An sich sind Eicheln wegen des hohen Gehalts an Bitterstoffen für den menschlichen Genuss unbrauchbar (im Gegensatz zur Schweinemast, wo sie ein gehaltvolles Futter bilden). Es ist jedoch möglich, den geschälten Früchten durch ein- bis zweitägiges Wässern die ungenießbaren Bitterstoffe zu entziehen. Nach gründlichem Trocknen kann man sie zwischen Steinen zerreiben bzw. vermahlen. Das Mehl kann dann wie Getreidemehl zu Brot verarbeitet werden. Es lassen sich sowohl flache Fladen ohne Triebmittel daraus backen als auch die heute üblichen Brote, deren Teig man mit Hilfe von Hefe oder Sauerteig vor dem Backen aufgehen lässt. Ein dunkleres, kräftigeres Brot erhält man angeblich durch Rösten der frischen Eicheln, bevor man sie wässert.

Die Verwertung von Eicheln, z.B. als Brot, ist eine sehr frühe Errungenschaft der Menschen – zumindest im Norden. Während der Anbau von Getreide vermutlich anfangs eher der Gewinnung berauschender Getränke (Bier) gegolten hat und mit sehr viel Mühe und einem großen Ernterisiko (Missernten, Tierfraß) verbunden war, stellte ein weitläufiger Eichenwald eine relativ sichere Nahrungsgrundlage dar. Die Eicheln ließen sich sammeln und für die kalte Jahreszeit speichern, so dass man während des ganzen Jahres mit einem gehaltvollen Nahrungsmittel versorgt war. Ein Eichenwald bzw. im Süden Europas ein Wald aus Esskastanien stellte vermutlich bei den frühen Menschen ein wesentlich plausibleres Motiv zur Ausbildung von Sesshaftigkeit dar als die Versorgung über den Ackerbau, der in der Anfangszeit sicher noch keine Grundversorgung gewährleisten konnte. Ausgehend von einer sicheren Ernährungsgrundlage durch den Wald ließ sich dann vortrefflich mit Ackerbau und Viehzucht experimentieren.

Eisen:
Dieses Metall wurde in der Steinzeit, soweit uns bekannt ist, noch nicht verwendet. Die Eisenzeit brach in Nordeuropa erst etwa um 500 v.Chr. an. Eigentlich ist das verwunderlich, denn in der hier beschriebenen Zeit

wurde das Pyrit, auch Schwefelkies oder Katzengold genannt, durchaus gebraucht. Man benutzte dieses glänzende, leicht zu erkennende Erz, um Feuer zu machen. Die daraus geschlagenen Funken konnten die staubfeinen Sporen des Zunderschwamms zum Glimmen bringen. Durch vorsichtiges Pusten erhielt man mit viel Geduld und geeignetem Brennmaterial eine Flamme. Gleichzeitig war die Töpferei bekannt, bei der in den Töpferöfen Temperaturen von über 1000°C entstanden. Das hätte auf jeden Fall gereicht, um Pyrit zu rösten, damit den Schwefel aus dem Erz zu entfernen und schmiedefähiges Roheisen zu gewinnen. Man geht heute davon aus, dass die Metallherstellung dadurch entdeckt wurde, dass zufällig Erz mit in die Töpferöfen geriet und so als Reaktionsprodukt in der Asche auftauchte. Tatsächlich gibt es Belege dafür, dass *Eisen* in Einzelfällen auf jeden Fall schon während der Bronzezeit geschmiedet wurde, diese Technik also auch mehrfach unabhängig entwickelt wurde. Vermutlich bot die Bronze aber lange Zeit in Bezug auf Herstellung, Wiederverwendung und Gebrauch weitreichende Vorteile. In dieser Geschichte wird jedenfalls davon ausgegangen, dass ein findiger Schrat das nach verbranntem Schwefel stinkende, glühende Pyrit aus dem Ofen gezogen hat und mit einem dicken Stein kräftig bearbeitet hat. So begann bei den Schraten die Schmiedekunst.

Erdfrouwa:
Wörtlich: Erdfrau. Sinngemäß: Herrin der Erde. Der hier frei erfundene Begriff bezieht sich auf die Vielzahl von kleinen, aus Stein gefertigten Frauenfiguren, die man in weiten Teilen Europas entdeckt hat. Diese steinzeitlichen Figuren stellen zum großen Teil einen gedrungenen Frauentypus mit dickem Gesäß, rundem Bauch (Schwangerschaft ?), kräftigen Schenkeln und großen Brüsten dar. Obwohl ihre Bedeutung unklar ist, werden sie häufig als Fruchtbarkeitssymbole angesehen, die mit einer weiblichen Gottheit verknüpft sind. Auffällig ist, dass viele Figuren kein Gesicht besitzen, obwohl die Kunstfertigkeit der Herstellung auch die Gestaltung von Gesichtszügen erlaubt hätte. Dies lässt eher die Darstellung eines allgemeinen Prinzips als die Schaffung individueller Abbilder vermuten. In dieser Geschichte wird davon ausgegangen, dass

es sich bei diesen Figuren um ein Schönheitsideal der damaligen Zeit handeln könnte – eine Hypothese, die ebenfalls umstritten ist.

Dass eine Fruchtbarkeitsgöttin in den ackerbauenden steinzeitlichen Kulturen eine zentrale religiöse Stellung hatte, gilt allerdings als gesichert.

Vgl. auch *Männerrechte.*

Flass:
In dieser Geschichte die Bezeichnung für die Faserpflanze Flachs = Lein. Das daraus hergestellte Gewebe ist das Leinen (Vgl. auch *Flasser Stricke*). Der Hauptort des Seilerlandes ‚*Flass*' ist nach dieser Pflanze benannt.

Flasser Stricke:
Stricke aus dem Seilerort *Flass*. Es gibt im nördlichen Raum steinzeitliche Funde von Seilen, Schnüren, Netzen und dergleichen, ja sogar Zwirn. Im Allgemeinen sind diese frühen handwerklichen Produkte aus Bastfasern hergestellt, manche auch aus Riedgras, das vermutlich durch Kauen von seinen Fasern befreit wurde. In dieser Geschichte wird davon ausgegangen, dass die Bauern von *Flass* irgendwann durch Handel mit dem südlichen Festland an Leinsamen, also Flachs, gekommen sind. Auch wenn zunächst beim Lein (=Flachs) die ölhaltigen Samen von Bedeutung waren, bemerkte man sehr schnell, dass die Stängel dieser Pflanze sich gut zum Binden und damit auch zur Fasergewinnung eigneten. Tatsächlich ist der Lein eine der ältesten Kulturpflanzen der Welt, jedoch in Nordeuropa erst relativ spät durch konkrete Funde nachgewiesen. Andererseits war der Ackerbau spätestens um 5000 v.Chr. bis ins heutige Niedersachsen vorgedrungen und die nördlich davon lebenden Jägergesellschaften trieben mit diesen sesshaften Bauern nachgewiesenermaßen Handel. Man kann also davon ausgehen, dass die aus dem Süden eingewanderten Ackerbauern den Flachs mitgebracht haben – immerhin gibt es jungsteinzeitliche Funde im heutigen Polen und England.

Flassöl:
Öl aus den Samen des *Flass* (= Leinöl). Dieses bis heute als Holzschutzmittel genutzte Öl wurde auch immer als Nahrungsmittel verwendet.

Girifisc:
Wörtlich übersetzt „Gierfisch". Gemeint ist der Hering, der ein natürlicher Bewohner der Nordsee ist. Normalerweise könnte man mit kleinen Booten diesen Fisch schlecht fangen, da für ein Heringsnetz eine erhebliche Zugkraft nötig ist. Mit den in dieser Geschichte beschriebenen Booten wäre es möglich, kleine Bodennetze durch *Priele* zu ziehen, um z.B. Plattfische wie Schollen zu fangen. Da der Hering als Schwarmfisch aber ständig von hungrigen Konkurrenten umgeben ist, muss er, um nicht zu verhungern, (gierig) nach allem schnappen, was ihm vor das Maul kommt. Aus diesem Grund lässt er sich auch gut mit der Angel bzw. Leine fangen. Die Ausbeute ist zwar nicht vergleichbar mit der Netzfischerei, aber unter den Bedingungen, die zur Zeit dieser Geschichte herrschten, würde sie sich durchaus lohnen.

Grasbrot:
Brot aus Gerste. Wildformen der Gerste sind im Norden seit mindestens 4000 v. Chr. als Brotgetreide genutzt worden, in Südeuropa noch viel länger. Dies Getreide hat sich besonders in rauen Klimagebieten lange als Grundnahrungsmittel gehalten. Erst später setzten sich Roggen und dann Weizen durch. Es wurden in der Steinzeit auch Mehle aus anderen Pflanzen gewonnen, z.B. gemahlene Nüsse oder Samen des Windenden Knöterichs, eines Verwandten des Buchweizens. Diese Mehle sind im Allgemeinen dunkler als Gerstenmehl.

Grastrunk:
Eine Art Bier, das aus Gerstenkörnern und Brotresten hergestellt wird. In dieser Geschichte haben die Getreidebauern von Burvik entdeckt, wie man dieses berauschende Getränk erzeugt. Entscheidend dafür ist die Entdeckung eines Prozesses, der die Getreidestärke in Malzzucker umwandelt. In Afrika erreicht bzw. erreichte man das z.B. durch Kauen

von Hirse, in Südamerika wird bzw. wurde entsprechend das Spuckebier ‚Chicha' erzeugt. Im Text wird diese Form der Fermentierung als *Spucketrunk* bezeichnet. Der Speichel spaltet dabei die Stärke zu Malz, das dann wiederum von überall vorkommenden Wildformen der Hefe zu Alkohol vergoren wird. Der Gärprozess muss nur unter weitgehendem Abschluss von Luft bzw. Sauerstoff stattfinden, was bereits durch ein relativ hohes getöpfertes Gefäß erreicht wird. Eine Alternative zum Kauen ist das Ankeimen des Getreides (Mälzen), wobei das Korn selbst den Energiespeicher Stärke zu Malzzucker aufschließt. Auf diesen Prozess kann man leicht durch Zufall stoßen, etwa wenn schon angekeimtes Korn zwischen Steinen zerrieben wird, um einen Brei herzustellen, der dann aber nicht sofort gegessen wird und länger in einem Gefäß stehen bleibt. Bei günstigen Temperaturen beginnt die Gärung sehr schnell und ist geschmacklich auch direkt wahrnehmbar.

Harmfluot:
Wörtlich ‚Unglücksflut'. Gemeint ist die sogenannte ‚Springtide', das am höchsten auflaufende Hochwasser. Abhängig von der Nähe des Mondes und seiner Anziehung sowie der Zentrifugal- oder Fliehkraft der sich drehenden Erde verändern sich die Wasserstände der Gezeiten regelmäßig. Die Anziehungskraft der Sonne stellt einen weiteren Faktor dar, der sich jedoch wegen der großen Entfernung zur Erde nur geringfügig auswirkt. Stehen Sonne, Mond und Erde aber in einer Linie, addieren sich die Schwerkräfte der Himmelskörper und bewirken so den höchsten Pegel des Hochwassers. Diese Konstellation stellt sich etwa alle zwei Wochen ein, jeweils bei Neu- und Vollmond. Wegen der Trägheit der Wassermassen tritt die daraus resultierende Springtide aber erst jeweils drei Tage nach Neu- bzw. Vollmond ein. Der niedrigste Stand des Hochwassers wird ‚Nipptide' genannt. Sie geht darauf zurück, dass sich die Anziehungskräfte von Sonne, Mond und Erde teilweise aufheben. Dies geschieht, wenn die drei Himmelskörper im rechten Winkel zueinander stehen, also immer nach Halbmond. In dieser Geschichte wird die Nipptide als *Seldafluot,* wörtlich ‚Glücksflut', bezeichnet.

Heideblüten:
Gemeint sind die Blüten der Glockenheide, die in feuchten Heiden und Mooren von der Atlantikküste bis zur Ostsee heute wild vorkommt. Sicher war sie auch in der damaligen Zeit in der Küstenregion ein verbreiteter Vertreter der Heidekrautgewächse. Ihre Inhaltsstoffe wurden früher in der Volksmedizin gegen fiebrige Erkrankungen eingesetzt.

Heimleiti-Samwist:
Von der Wortbedeutung her: Heiratstreffen. Ähnliche Sitten wie in der Geschichte für die Heidebewohner beschrieben fand man noch bei sogenannten „Naturvölkern" bis fast in unsere Zeit. Es handelte sich dabei um nomadisierende Gesellschaftsformen, deren Mitglieder vor allem vom Sammeln, geringfügig auch von der Jagd lebten. Wenn die Umwelt so karg an verfügbaren Lebensmitteln war, dass die wandernden Gruppen nur wenige Personen umfassen durften, damit täglich für alle genügend Nahrung gesammelt werden konnte, gab es regelmäßige zentrale Treffen, die dem Erfahrungsaustausch, vor allem aber der Paarbildung dienten. So war eine wesentlich größere Partnerauswahl gewährleistet, wodurch die sonst leicht auftretenden Inzuchteffekte wie angeborene Behinderungen weitgehend vermieden werden konnten. Der Treffpunkt aller Gruppen fand bei diesen Völkern meist einmal im Jahr statt, an einem Ort, der zum gewählten Zeitpunkt Nahrung für alle im Überfluss aufweisen musste – zum Beispiel bei Indianern in Nordamerika an einem Fluss zur Zeit der Lachswanderung. In dieser Geschichte bietet sich natürlich Holderhaag als Ort der Zusammenkunft an, da die wenigen Heidebewohner dort aufgrund der Nahrungsmittelproduktion der Siedlung während des Treffens ausreichend ernährt werden können.

Holder:
Der Begriff wird in dieser Geschichte doppelt gebraucht. Er steht für zwei Pflanzen gleichzeitig, die eine Grundlage des Wohlstandes für die Bewohner Holderhaags darstellen: einmal der Wac*holder* und andererseits der *Hol*und*er*, beides Sträucher.

Der immergrüne, stachelige Wacholder wird wegen seiner ätherischen Öle im Holz zum Räuchern von Fleisch (eine alte Konservierungsmethode) benutzt. Die schwarzen Wacholderbeeren dienen als Gewürz oder Heilmittel.

Der sommergrüne Holunderstrauch wird wegen seiner saftigen Beeren, die aufgekocht schmackhaft und genießbar sind, geschätzt. Außerdem lässt sich der Saft leicht zu Beerenwein vergären. Die Bewohner Holderhaags profitieren aber noch mehr von den geraden, langen und durch ihr luftiges Mark sehr leichten Zweige, die zu Bündeln gebunden ausgezeichnete Schwimmkörper abgeben und in dieser Geschichte an die seefahrenden Bewohner Sihports geliefert werden, die daraus katamaran-ähnliche seetüchtige Boote anfertigen.

Da die Menschen im Holderland nur einen Begriff für beide Pflanzen haben, sind manchmal zusätzliche Erläuterungen nötig, welcher Strauch gemeint ist.

Holderwin:
Beerenwein, hier im Wesentlichen aus Holunderbeeren. Die Beerenweinherstellung drängt sich ab einer Entwicklungsstufe, in der gebrannte Tontöpfe und damit dichte Gefäße für die Vorratshaltung genutzt werden, förmlich auf. Der durch Auspressen leicht zu gewinnende Saft wird in solchen geschlossenen Behältern verwahrt, schon um zu verhindern, dass Tiere an die „Delikatesse“ gelangen. Da die Verschlüsse (Tierhaut, Baumrinde u.dgl.) zur damaligen Zeit sicher nicht ganz dicht waren, ist einerseits durch den relativen Luftabschluss für Gärungsbedingungen gesorgt, andererseits kann das dabei entstehende Kohlendioxidgas entweichen. Beim Holunder kommt noch hinzu, dass der frisch gepresste Saft ungenießbar ist, der vergorene aber nicht. Wilde Hefepilze, die die alkoholische Gärung betreiben, kommen natürlicherweise überall dort vor, wo reifes Obst oder zuckerhaltige Pflanzenteile auftreten. Die mikroskopischen Hefen sitzen auf dem Obst selbst, so dass sie nicht gezielt, wie heute die Zuchthefen, in den Most gegeben werden müssen. Ein Problem stellt die längere Lagerung des Weins dar, da dazu luftdichte Verschlüsse vorliegen müssten – sonst entstände bei Sauerstoffkontakt relativ schnell Essig aus

dem Alkohol. In dieser Geschichte sind die Reisigsammler durch geduldiges Ausprobieren auf den Gedanken gekommen, die flaschenähnlichen Tongefäße aus Tvinhaag mit Bienenwachs von Wildbienen zu verschließen, so dass sie auch noch lange nach der Fruchtreife auf dieses beliebte Getränk zurückgreifen können.

Hros-Wigmann:
Bezeichnung für schnelle Reiterkrieger, wie sie in dieser Geschichte nur im Steppenvolk auftreten. Das Zähmen von Wildpferden wurde in der Steinzeit bereits praktiziert und demzufolge gab es schon berittene Krieger.

Ihselige:
Wortbedeutung: Verbannte, entsprechend steht „Ihseli" für Verbannung. Die nach ihnen benannten Ihseli-Klippen stellen in dieser Geschichte den Zufluchtsort für Menschen dar, die in den Siedlungsgemeinschaften Duggalands als nicht mehr tragbar galten, weil sie gegen die geltenden Regeln im Übermaß verstoßen hatten und deshalb fortgejagt worden waren. Dies konnte wegen extrem aggressiven Verhaltens sein, wegen des Hangs zum Diebstahl, Betrug usw. Auf den Ihseli-Klippen trafen individuell sehr verschiedene Schicksale aufeinander, von Männern wie Frauen, die ein gemeinsamer Hass auf die Bevölkerung des restlichen Duggalands verband. Diese in ihrem Verhalten relativ unberechenbaren Personen werden durch ihr gemeinsames Feindbild und eine strenge hierarchische Ordnung, die vom Häuptling mit Gewalt und harten Strafen durchgesetzt wird, zusammengehalten. Da auch die Kinder der Verbannten in dieser Gemeinschaft groß werden, müssen sie sich von Anfang an in die strengen Regeln einfügen. Für Fremde, die auf die Ihseli-Klippen kommen, besteht keinerlei Schutz und sie können jederzeit getötet werden, es sei denn, der Häuptling oder eine andere hochstehende Person setzt sich für sie ein. Das gilt im Prinzip auch für neu hinzukommende Verbannte, die erst ihre Eignung beweisen müssen und zunächst eine Art Sklavendasein fristen, bis sie vom Häuptling in die Gemeinschaft der *Ihseligen* aufgenommen werden.

Grundsätzlich unterhalten die Klippenbewohner keinen Kontakt zu anderen Siedlungen, und wenn, dann nur in Form eines Überfalls. Eine Ausnahme bilden allerdings die *Seo-Birahanen,* die ein ähnlich isoliertes Dasein führen und als gute Seeleute und Kämpfer für die *Ihseligen* eine mögliche Gefahr darstellen. Da die Seo-Birahanen auch Waren anzubieten haben, lässt man sie auf eine der äußeren Inseln, den sogenannten Handelsplatz, und tauscht dort mit ihnen Waren. Das beiderseitige Misstrauen ist aber groß, so dass diese Treffen von allen Beteiligten nur unter größten Vorsichtsmaßnahmen durchgeführt werden.

Iwastrauch:
Gemeint ist die Eibe, deren hartes und gleichzeitig elastisches Holz früher häufig zu Bögen verarbeitet wurde. Sie galt als zauberbannend, was später auch dazu geführt hat, dass man sie auf Friedhöfen pflanzte.

Knochenleiden:
Es handelt sich um die Mangelkrankheit Rachitis. Der Mangel an Vitamin D führt bei Kleinkindern wegen zu geringer Kalkeinlagerung zu einer Verformung der Knochen. Eigentlich wird das Vitamin selbst vom Körper aufgebaut, doch ist dazu eine UV-Bestrahlung durch das normale Sonnenlicht nötig. Im Winter ergibt sich in nördlichen Breiten insofern ein Problem, als die Kinder wegen der Kälte stets angezogen im Freien sind, ihre Haut also nicht dem Licht aussetzen. Zusätzlich sind sie wetterabhängig weniger im Freien als in wärmeren Monaten. Verschärft wird das Erkrankungsrisiko noch durch dunkle Haut, die einen höheren UV-Anteil absorbiert als helle Haut. Man geht deshalb davon aus, dass bei der Nordwanderung der ursprünglich dunkelhäutigen Frühmenschen, die aus Afrika kamen und den natürlichen UV-Schutz ‚dunkelbraune Haut' besaßen, ein allmählicher Ausleseprozess zugunsten heller Haut einsetzte: hellhäutige Kinder konnten bei geringerer UV-Bestrahlung immer noch relativ mehr Vitamin D aufbauen und trugen damit statistisch seltener Rachitis-Schäden davon. Das vorher in Afrika mit heller Haut verbundene hohe Hautkrebsrisiko wird durch die

geringere Sonnenstrahlung im Norden fast aufgehoben – zumindest bei der geringen Lebenserwartung der frühen Menschen.

Da nach der letzten Eiszeit noch eine weitere Einwanderung durch Menschen aus dem vorderen Orient erfolgte, die zudem den Ackerbau mitbrachten, wird sich damit auch der Anteil der stärker pigmentierten Personen zunächst wieder erhöht haben. Zur Zeit, in der diese Geschichte spielt, müssten also noch Menschen dunkleren Hauttyps im Norden aufgetreten sein, auch wenn sie erneut durch die Rachitis ausgelesen wurden. Man kann natürlich nicht davon ausgehen, dass die Steinzeitmenschen gezielt Vitamin D-Gaben gegen Rachitis gegeben haben, z.B. in Form von Lebertran. Es könnte aber sein, dass durch die zufällige Ernährungsweise in den natürlichen Nahrungsmitteln, z.B. bei frischem Fisch am Meer, lokal mehr von dem Vitamin aufgenommen wurde als in anderen Regionen, also unter Umständen auch Kinder mit dunklem Hauttyp weitgehend ohne Schädigung aufwachsen konnten.

Kobereri:
Wortbedeutung: Überwinder. Hier der Titel eines Befehlshabers bei den Seo-Birahanen, etwa vergleichbar den Segelweisen bei der *Seegilde.*

Kruot:
Das Kruot. Es handelt sich hier um den Wildkohl, der die Urform der Kohlsorten darstellt, die heute als Gemüse gegessen werden: Weißkohl, Rosenkohl, Kohlrabi usw. Das natürliche Verbreitungsgebiet des Wildkohls ist die Küste, wo er bis in die salzhaltigen Bereiche vordringen kann. Im salzigen Umfeld werden die Blätter dieser ausdauernden Pflanze dickfleischig und hart, während sie im salzlosen Boden dünner und zarter bleiben. Da der Wildkohl neben günstigen Ernährungseigenschaften auch die Fähigkeit besitzt, auf Düngergaben mit reichlicher Bildung von Blattmasse zu reagieren, und zudem anspruchslos in Bezug auf die Bodenzusammensetzung ist, gehörte er zu den ersten Pflanzen, die von den Menschen als Gemüse kultiviert wurden.

Für diese Geschichte ist interessant, dass er noch heute als Wildform an der Nordsee vorkommt – z.B. auch an den Klippen Helgolands. Man kann also davon ausgehen, dass er die Küstenzone der damaligen Insel ‚Doggerland' besiedelt hat.

Lichtwurt:
Als Wurten (auch: Warften bzw. Warfen) werden im Randbereich der Nordsee künstlich aufgeschüttete Hügel bezeichnet, die in der gezeitenabhängigen Überflutungsregion (Watt) oder in sturmflutgefährdeten meernahen Bereichen angelegt wurden. Zumeist dienten sie der Wohnbebauung, wodurch eine frühe Besiedlung der flachen überflutungsgefährdeten Küstenregionen möglich wurde. Die Anlage solcher Erdhügel bot gegenüber der Eindeichung von Nutzflächen den Vorteil, dass mit relativ wenig Aufwand ein akzeptabler Schutz gegen Hochwasser und Sturmfluten erreicht werden konnte. Zudem bietet eine flach aufsteigende, rundliche und kleine Erhebung dem auflaufenden Wasser im Vergleich zu einem langen Deich einen geringeren Widerstand und wird nicht so stark wie dieser von den Wellen angegriffen.

Wo es wegen der Schifffahrt bzw. des Fischfangs nötig war, hat man z.B. an Hafeneinfahrten zur Orientierung der Seeleute Leuchtfeuer unterhalten, die viel später dann von Leuchttürmen ersetzt wurden. Wenn es keine natürliche hochwassergeschützte Stelle wie Dünen, Klippen oder ähnliches für diese Feuerstellen gab, bot sich die Aufschüttung einer solchen ‚*Lichtwurt*' an – später wurden auch Leuchttürme auf künstlich errichteten Hügeln erbaut.

Mandränke:
Mit diesem Begriff wird an der deutschen Nordseeküste eine Sturmflut bezeichnet, die große Teile des Landes einschließlich der darauf befindlichen menschlichen Siedlungen mit sich reißt. Die dort lebenden Bewohner ertrinken, die ‚Männer' (steht für: Menschen) werden also vom Meer ‚ertränkt'.

Solche landvernichtenden Fluten hat es in der Zeit des Mittelalters und der beginnenden Neuzeit vor allem in Nordfriesland mehrfach gegeben. Dabei verschob sich die Küstenlinie in mehreren Etappen von der heutigen Westseite Sylts und Eiderstedts in etwa auf ihren jetzigen Verlauf.

Das heutige Wattenmeer in diesem Bereich ist somit im Wesentlichen eine Folge der *Mandränken.* Noch heute sind die früheren Siedlungsspuren im Watt zu entdecken, z.B. die Reste der untergegangenen ehemaligen Küstenstadt Rungholt. Die deichüberspülende Kraft des Meeres kommt in der Deutschen Bucht meist dadurch zustande, dass eine Springflut, also die im Gezeitenturnus höchste Flut, zeitlich mit einer Sturmflut zusammenfällt. Der Sturm drückt von Nord bis Nordwest das Wasser gegen die Küste, so dass bei einsetzender Ebbe das Wasser nicht ablaufen kann. Das nächste einsetzende Hochwasser erhöht diesen Wasserstand noch einmal. Bei gleichzeitigem Sturm und gebrochenen Deichen kann dann das Meer kilometerweit ins Land eindringen und beim späteren Ablaufen den Boden mit sich fortreißen.

Besonders gefährlich für die Bevölkerung sind natürlich nächtliche Sturmfluten, da die Menschen dann – wie mehrfach geschehen – im Schlaf überrascht werden.

Zur Zeit unserer Geschichte lag die Insel Doggerbank mitten in dieser großen Meeresbucht. Deichbau im Sinne von großflächigem Küstenschutz gab es sicher nicht, Moore und zum Meer offene Wasserrinnen und Priele bildeten natürliche Pforten für das einströmende Wasser. Dünen werden vermutlich in einigen Bereichen eine natürliche Barriere gebildet haben, aber auch diese Sandhügel werden hin und wieder von den Wellen abgetragen. Da damals der Meeresboden kontinuierlich sank, ist davon auszugehen, dass es immer wieder zu schweren, landvernichtenden Sturmfluten kam.

Männerrecht:
Auch wenn häufig die Vermutung geäußert wird, dass die Gleichberechtigung der Geschlechter historisch eine relativ neue Errungenschaft darstellt, deuten die archäologischen Funde eher auf frühe egalitäre Gesellschaften hin, die weder den Unterschied zwischen arm und reich noch eine Hierarchie der Geschlechter kannten. Die sog. Donauzivilisation, die inzwischen als die erste Hochkultur Europas gelten kann und die sicher das nördliche Europa beeinflusst hat, zeigt eindeutig solche gesellschaftlichen Strukturen. Frauen und Männer waren

höchstwahrscheinlich gleichberechtigt und die Verteilung der Güter zeigte keine Bevorzugung verschiedener Personen der Gemeinschaft. Erst mit der Einwanderung der nomadisch lebenden und zu einem Vatergott betenden Indoeuropäer veränderten sich die gesellschaftliche Struktur und Religion hin zu patriarchalisch-hierarchischen Formen.

Met:
Alkoholisches Getränk, hergestellt aus einer Mischung von Honig und Wasser, die mit natürlichen Hefen vergoren wird. Dieser Honigwein ist nur süß, wenn der Anteil des Honigs so hoch ist, dass die Hefen, früher die Wildhefen, den Gesamtzucker wegen des dabei entstehenden Alkohols nicht mehr vollständig vergären können. Es ist davon auszugehen, dass früher – im Gegensatz zu heute üblichem *Met* – weniger Honig benutzt wurde und der *Met* dadurch eher ‚trocken' vergoren wurde. Wenn es um die Süße ging, hat man vermutlich den Honig pur zu sich genommen. Nicht süßer, trockener *Met* mit wilden Hefepilzen erreicht etwa acht Prozent Alkohol.

Milchkatzen:
Die Steinzeitmenschen haben nachweislich Waldkatzen, also die europäische Wildkatze, gejagt – ebenso wie Wolf, Fuchs und Baummarder.

Eigentlich sollten in dieser Geschichte wilde Kaninchen als Nahrungsmittel dienen, jedoch waren diese Tiere auch in der späten Jungsteinzeit noch nicht im nördlichen Europa heimisch. Bis zum frühen Mittelalter traten die aus Nordafrika stammenden Nager lediglich in der Region des heutigen Spanien und Portugal auf. Erst ab dieser Zeit wurden sie von Menschen verbreitet, vor allem von Seefahrern, die sie auf nördlichen Inseln aussetzten. Die Schiffsbesatzungen verschafften sich damit bei ihren Landgängen eine jagdbare Beute zur Bereicherung ihres ansonsten mageren Speiseplans. Gleichzeitig begann die Domestizierung und damit die Verbreitung der Tiere über ganz Europa. Zwar hätte Kaninchenbraten gut in die Küche der *Seegilde* gepasst, doch in Ermangelung dieser Tiere müssen die Figuren dieses Romans mit Katzenschenkeln Vorlieb nehmen. Das hier genannte Einlegen des

Katzenbratens in Sauer- oder Buttermilch ist ein alter Küchentrick, mit dem sich streng schmeckendes Fleisch geschmacklich abmildern lässt.

Mittagsland:
Zu der Zeit, in der diese Geschichte spielt, gab es vermutlich keine Begriffe wie Norden, Süden usw., da sie eine abstrakte kartographische Vorstellung der Welt voraussetzen. Eine konkrete Vorstellung der Himmelsrichtungen existierte aber sicherlich, und die einfachste Art ihrer Beschreibung erfolgt über den Sonnenstand. Demnach ist das *Mittagsland* das Land in der Richtung, wo die Sonne mittags steht, also der Süden. Da die Doggerbank (hier: Duggaland) zur Zeit dieser Erzählung eine Insel in der Nordsee war, handelt es sich um das Festland, das südlich liegt. Die Küste verlief damals nördlich der heutigen Friesischen Inseln. Dass in der Steinzeit bereits Schifffahrt außerhalb der sichtbaren Küstenlinie stattfand, ist belegt. Die in der Geschichte erwähnten Schmuckstücke aus dem Süden sind in der Steinzeit tatsächlich über weite Teile Europas gehandelt worden, z.B. wurden farbige Muscheln oder geschliffene Ringe aus Marmor vom Mittelmeergebiet bis in den Norden befördert. Im Gegenzug findet man in südlichen Kulturen den roten Feuerstein aus Helgoland.

Plaggen:
Soden, die aus einer Gras- oder Heidekrautfläche gestochen wurden. Die Heidekrautplaggen wurden früher in Heidelandschaften getrocknet und als Brennmaterial benutzt, ähnlich wie in Moorlandschaften Torf für den Hausbrand gestochen wurde. Daneben handelt es sich bei den *Plaggen* um ein altes Baumaterial, das wie Ziegelsteine versetzt übereinander geschichtet wurde. Wenn die *Plaggen* zum Ausfüllen der Wände in einer Ständerbauweise genutzt werden, erhalten sie als Mauer eine erstaunliche Festigkeit, da sie sich mit den innenliegenden Fasern wie Wurzeln und dünnen Zweigen ineinander verhaken. Solange die *Plaggen* in der Wand trocken liegen, verrotten sie praktisch nicht. Durch den hohen Luftanteil in der trockenen Wand isolieren sie zudem gut gegen Kälte. Die Errichtung von Plaggenhütten ist seit der Steinzeit bekannt,

wurde aber noch nachweislich im achtzehnten Jahrhundert bei Neubesiedlungen durchgeführt, da es sich hierbei um eine schnelle, billige und relativ unkomplizierte Methode des Hausbaus handelte. Als Stall oder Unterstand im bäuerlichen Bereich hat man sich dieser Bauweise sicher noch länger bedient.

Polon:
Wortbedeutung: Polarstern. Häuptlingstitel bei den Seo-Birahanen, die so ihren obersten Anführer mit ihrem Leitstern bei der Seefahrt gleichsetzen.

Pulen:
Krabben pulen. Begriff aus dem Norddeutschen für das Entfernen des dünnen Panzers, der die Nordseegarnele, regional Krabbe oder Granat genannt, umgibt.

Priel:
Der ständige Wechsel von Ebbe und Flut bedingt eine starke Formung des bei Niedrigwasser trockenfallenden Landes durch die Strömungskräfte des Wassers, wie man es heute noch gut am Wattenmeer von den Niederlanden bis Dänemark beobachten kann. Beim Anstieg und Rückgang des Wassers bilden sich in dem weichen Schlick- oder Sandboden Rinnen, die sich stark verzweigen und bei ihrem Zusammenfluss immer tiefere Gräben bilden. Die kleineren Rinnen nennt man Priele, während die großen, oft viele Meter tiefen und breiten Gräben Wattströme genannt werden. Die Letzteren dienen heute oft als Fahrrinnen für die Schifffahrt. Die kleineren Priele stellen für den Unkundigen eine tödliche Gefahr bei Wattbegehungen dar, da sie wegen der in ihnen herrschenden starken Strömung bei auflaufender Flut zu Fuß oft nicht zu überqueren sind und die Wanderer so im Watt zurückhalten.

Queller:
Eine in den Salzschlickböden der europäischen Küsten häufig vorkommende Pflanze. Sie wird bis zu vierzig Zentimeter hoch und ist

armleuchterartig verzweigt. Ihre Stängel sind, ähnlich wie bei Kakteen, dickfleischig ausgebildet, während die Blätter zu Schuppen reduziert sind. Die im Frühjahr leuchtend hellgrün gefärbte Pflanze dunkelt im Laufe des Sommers nach und zeigt sich im Herbst in tiefroter Färbung. Gleichzeitig steigt ihr Salzgehalt, bis sie schließlich vor dem Winter abstirbt und als Samen überdauert. Diese keimen im nächsten Frühjahr wieder aus.

Der *Queller* ist von den Küstenbewohnern schon immer als willkommenes Frühjahrsgemüse bzw. als Salat verzehrt worden, da zu dieser Zeit die Pflanzen noch zart und salzarm sind. Heute legt man ihn ähnlich jungen Gurken sauer ein und benutzt ihn wie diese als Beilage zu verschiedenen Gerichten. In der Volksmedizin ist er früher wegen seiner harntreibenden Wirkung bei Nieren- und Blasenerkrankungen eingesetzt worden.

Reephus:
Traditionelle Bezeichnung in Norddeutschland für die langgestreckten Gebäude, in denen Seile hergestellt wurden.

Rieddach:
Diese Dachbedeckung bot sich bereits beim steinzeitlichen Hausbau an, da das Ried in feuchten Gebieten massenhaft wächst – und sich jedes Jahr neu nachbildet. Als Bündel geerntet lässt es sich relativ leicht in Schichten übereinander anbringen, so dass die Dächer völlig dicht werden. Um Dichtigkeit, Festigkeit und eine glatte Fläche der gesamten Bedachung zu erreichen, wird es beim Auflegen mit einem flachen Holz angeschlagen. Während heute die Riedbündel je nach Salzgehalt der Luft mit Kupferdraht oder Kunststoffschnur regelrecht „vernäht“ werden, wurden vorher bis in unsere Zeit biegsame Haselruten benutzt. Ein dick gedecktes Rieddach kann gut hundert Jahre alt werden, da das wildwachsende, ungedüngte Material nicht leicht fault und auch relativ schlecht brennt. In diesen beiden Punkten ist es den Getreidehalmen weit überlegen. Was die Isolationswirkung angeht, ist Ried dem Stroh vergleichbar.

Rind:
Das Hausrind ist ebenso wie das *Schaf,* die *Ziege* und das *Schwein* ein sehr altes Haustier des Menschen. Im Gegensatz zu Schaf und Ziege musste es nicht in Nordeuropa eingeführt werden, da es eine Zuchtform des verbreiteten Auerochsen darstellt und ähnlich wie das Schwein direkt aus den Jungtieren von im Norden vorkommenden Wildformen entstanden ist.

Rotaboum:
Wörtlich: Rotbaum. Gemeint ist hier die Erle, deren geschlagenes Holz einen rötlichen Farbton aufweist. Die Erle ist in der Lage, auf nassem Untergrund zu wachsen, weswegen man sie oft an den Rändern von Gewässern antrifft. Ihr Holz ist aber wesentlich härter und dauerhafter als das weiche Holz von Pappeln und Weiden, die ebenfalls feuchte Standorte ertragen.

Rösteteich:
Flache Teiche, die zum ‚Rösten', d.h. zum Vergären der Flachs-*(Flass-)* Stängel dienen. Dabei werden die von den Samen befreiten Flachsstängel in Bündeln unter Wasser gedrückt und dort etwa eine Woche belassen. Nach zwei bis drei Tagen beginnt der Flachs zu gären und es steigen Blasen auf. Nach Ende der Gärung sind die weichen Teile der Stängel nahezu aufgelöst, so dass man die festen Fasern leicht aus den Bündeln gewinnen kann. Die *Rösteteiche* werden an sonnigen Plätzen angelegt, da die Erwärmung des Wassers den Gärvorgang begünstigt.

Ruderkraut:
Eigentlich ‚Löffelkraut', da die Blätter mit ihrem Stiel an einen Löffel erinnern. Da es vermutlich in der Steinzeit keine Löffel gegeben hat, wurde hier die Pflanze in *Ruderkraut* umgetauft. Sie wächst wild in Nordeuropa in den *Salzwiesen* in Küstennähe, kann aber auch leicht als Gartenpflanze angebaut werden, da sie praktisch auf jedem Boden gedeiht. Man muss lediglich die feinen Samen sammeln und ausstreuen. Da das Kraut frosthart ist, lässt es sich bis in den Winter ernten.

Es hat einen rettichartigen Geschmack und ist vitaminreich, wodurch das Löffelkraut auch unter dem Namen Skorbutkraut bekannt ist. Es ist schon früh von Seefahrern als Mittel gegen den Vitamin C-Mangel eingesetzt worden. Wie in der Geschichte angedeutet, verursacht die Vitamin C-Mangelkrankheit Skorbut Entzündungen und Blutungen der Schleimhäute, z.B. des Zahnfleischs.

Salzwiese:
Der Bereich oberhalb der normalen Hochwassergrenze, sofern er nicht durch einen Deich geschützt ist, wird in unregelmäßigen Abständen über das Jahr vom Salzwasser überschwemmt. Dies geschieht vor allem im Herbst und Winter wegen der dann gehäuft auftretenden Stürme, aber auch im Sommer kann es unter Umständen zu Überflutungen kommen. Durch die damit immer wieder eingetragene Salzfracht können nur solche Pflanzen überdauern, die salzhart sind. Diese aus speziellen Gräsern und Kräutern zusammengesetzte *Salzwiese* bietet im Frühjahr und Frühsommer ein farbenprächtiges Blütenmeer, was heute aus Naturschutzgründen und touristisch durchaus von Interesse ist – ähnlich den blühenden Matten im Hochgebirge. Gleichzeitig bietet die *Salzwiese* im Sommerhalbjahr eine nährstoffreiche Weide für bestimmte Nutztiere wie Schafe und Rinder.

Schaf:
Schafe und *Ziegen* wurden seit etwa 10000 v.Chr. als Haustiere gehalten, möglicherweise auch schon länger. Nach Nordeuropa gelangten sie allerdings erst mit den Einwanderern aus Vorderasien, die nach der letzten Eiszeit diese Tiere zusammen mit dem Ackerbau an den Flüssen entlang nach Norden brachten. Man geht davon aus, dass sie mit den benachbarten teilnomadisierenden Jägern feste Kontakte hatten und einen Handelsaustausch unterhielten (vgl. *Schwein*).

Schamane:
Zauberer, Priester und Heilkundiger bei Naturvölkern.

Schlauchflößerinnung:
Zusammenschluss der Händler in Tvinhaag, die in dieser Geschichte über den zentralen Wasserweg Fluod den Warenaustausch innerhalb Duggalands bewerkstelligen. Durch diese wichtige Versorgungsfunktion stellen sie eine wesentliche Ursache für den Wohlstand Tvinhaags dar, und ihr Einfluss erstreckt sich praktisch in alle Siedlungen des Landes. Durch den engen und freundschaftlichen Kontakt mit der *Seegilde* reicht er sogar bis in die Handelsbeziehungen zum Festland im Süden, die trotz der langen Überfahrt über das Meer in Einzelfällen noch beibehalten werden. Auf Grund dieser Bedeutung des Fluodhandels hat sich auch der *Balla* als Zahlungsmittel durchgesetzt. Die Schlauchflößer, laut Ratsbeschluss ein Männerberuf, transportieren ihre Waren auf Flößen, die als Schwimmkörper viele gefettete Lederschläuche aus Schweinsbälgen besitzen, die aufgeblasen und miteinander mittels Holzstangen verbunden werden. Als Ladefläche dient ein großes und stabiles Geflecht aus Weidenruten, das oben auf den Holzstangen befestigt ist. Mit Hilfe dieser Konstruktion sind Schifffahrt und Transport auf einem flachen, sandbank- und stromschnellenreichen Fluss wie dem Fluod möglich, da die luftgefüllten Lederschläuche elastisch über Steine u. dgl. hinweggleiten können, ohne dass das Floß zerbricht. Zum Steuern und Bewegen des Schlauchfloßes werden lange Stakstangen benutzt. Nur im Bereich des *Sumpfsees* gibt es größere Wassertiefen, so dass hier Stechpaddel gebraucht werden. Das ist allerdings, besonders stromaufwärts, mit großen Anstrengungen verbunden.

Die Vorstellung eines Schlauchfloßes als Transportmittel auf Flüssen mit geringer Wassertiefe hat sich bei nachträglichen Recherchen als technisch möglich erwiesen. So wurde zwischen dem anatolischen Bergland und Mesopotamien bereits in sehr früher Zeit – der genaue Beginn ist unklar – jahrhundertelang ein reger Handel auf solchen Flößen durchgeführt.

Schrat:
Name für die Bewohner des Schratgebirges. Eigentlich versteht man in Duggaland unter „Schrat“ einen Waldgeist mit gefährlichen Kräften,

aber diese Bezeichnung wird auf die Siedler des Waldgebirges übertragen und auch von diesen selbst angenommen. Die Menschen aus dem Schratgebirge haben für die restlichen Bewohner Duggalands nahezu übernatürliche Fähigkeiten, da sie die Köhlerei und vor allem die Metallgewinnung aus Gestein entdeckt haben – und diese Kenntnisse streng geheim halten.

Dass die Metallverarbeitung im Übergang zur Bronzezeit zu hohem Ansehen, einem magischen Ruf und auch Reichtum der Menschen geführt hat, die diese Fähigkeit besaßen, ist durch die prachtvollen Gräber belegt, die man für diese Personen angelegt hat. Sie scheinen etwa im Rang von *Schamanen* gestanden zu haben.

Die Schrate rösten mit Hilfe der heißbrennenden Holzkohle den im Gestein leicht zu erkennenden Schwefelkies („Katzengold"), verbrennen somit den Schwefelanteil im Erz und können danach das gewonnene Metall zu einfachem Schmiedeeisen verarbeiten.

Sowohl die Holzkohle als auch die geschmiedeten Eisenwerkzeuge und -waffen sind in Duggaland sehr begehrt und haben einen hohen Handelswert. Insbesondere die Eisengeräte werden von den Schraten wegen der knappen Erzvorkommen nur in kleinen Mengen weitergegeben. Die Steppenvölker erhalten überhaupt kein Metall, da diese für die Schrate keine lohnenden Waren zum Tausch besitzen.

Als Anpassung an ihre Lebensumwelt im Wald tragen die Schrate Fellkleidung, was ihnen ein animalisch-bedrohliches Aussehen verleiht und so eine gewisse Außenseiterstellung in Duggaland noch unterstützt.

Durch die harte Arbeit (Erz schürfen, schmieden, Holzfällerei usw.) sind sie körperlich meist sehr stark und zudem noch gut bewaffnet: sie besitzen große Metalläxte, mit denen sie ebenso gut Bäume fällen wie kämpfen können. Diese Äxte werden sehr sorgfältig geschmiedet und sind der Stolz ihrer Besitzer. Auf Grund dieser Bedingungen begegnen die meisten Bewohner Duggalands den Schraten mit einer Mischung aus Furcht und Bewunderung. (Siehe auch *Eisen, Glanzsteine*)

Schwein:
Eines der ältesten Haustiere der Menschen, das vom Wildschwein abstammt. Über das Mitnehmen von Frischlingen bei der Jagd ließ sich relativ leicht eine Haustierlinie herauszüchten, da Schweine ähnlich wie Hunde als Rottentiere schnell eine Beziehung zu Menschen aufbauen. Mit Hilfe von Knochenfunden konnte man beweisen, dass schon 4600 v.Chr. ein Handel mit Schweinen zwischen den sesshaften Menschen an der Elbe und den weiter nördlich lebenden Robbenjägern existiert hat.

Scorra:
Mehrzahl: Scorren. Heute als Schäre bezeichnet. Die in unserer Zeit um die Küste von z.B. Schweden zu findenden Inseln treten meist als Gruppen, sogenannte Schärengärten, auf. Entstanden sind sie beim Abschmelzen der Eismassen nach der letzten Eiszeit. Durch das Eindringen des Meeres in die eiszeitlich gebildete sogenannte Rundhöckerlandschaft entstanden buckelartige Inseln, die dann noch vom Meer geformt wurden. Beim langsamen Versinken der heutigen Doggerbank sind ähnliche kurzfristige Schärenbildungen anzunehmen.

Scribari:
Wortbedeutung: Schreiber, Schriftgelehrter. In dieser Geschichte Mitglieder der *Seegilde*, die in der Lage sind, an Hand einfacher Zeichen das geheime Wissen der Gilde festzuhalten. Mit Hilfe von Maltechniken auf Tierhäuten und Ritztechniken in Holz, Knochen und gebrannten Lehmtafeln erstellen sie einfache Kartenskizzen, Listen und dergleichen. Diese dienen zur Orientierung auf See und zur Ausbildung der Segellehrlinge und werden ständig dem jeweils neuesten Wissensstand der *Seegilde* angepasst.

Ob die Steinzeitmenschen tatsächlich eine Art von Schrift besaßen, wissen wir nicht. Direkte Funde gibt es keine, zumindest, was das nördliche Europa angeht. Undenkbar ist es aber nicht, dass einzelne Gruppen derartige Kulturtechniken entwickelt haben. So sind deutliche figürliche Ritzzeichnungen in verschiedenen Materialien nachgewiesen. Auch der Gebrauch von Mineralpigmenten wie Rötel und Ocker (beide in Farbtönen von Gelb bis Dunkelrot) war bekannt. Warum sollten nicht auch relativ schnell verblassende Farben aus Pflanzen benutzt worden sein? Schließlich zerfallen sie sehr schnell, – sie heute noch zu finden, ist sehr unwahrscheinlich. Man hat Knocheneinkerbungen gefunden, die zumindest den Verdacht nahe legen, dass es sich um einen einfachen Kalender handeln könnte. Wenn man noch die Kenntnisse in Astronomie hinzunimmt, die durch riesige kreisförmige Sonnenobservatorien aus Erdwällen und Palisadenzäunen belegt sind (z.B. in der Nähe von Halle in Ostdeutschland), könnte man unseren Vorfahren auch die Fähigkeit zutrauen, eine Methode zum Konservieren von Informationen zu entwickeln. Schließlich hat man sich anfangs auch gewundert, dass die Menschen in der sogenannten Donauzivilisation zwischen 6000 und 4000 v. Chr. eine vollausgebildete Schrift besaßen.

Auch wenn es tatsächlich keine regelrechte Schrift in der damaligen Zeit gegeben hat, waren die Voraussetzungen wie Abstraktionsfähigkeit und technische Darstellungsmöglichkeiten vermutlich vorhanden.

Seedornstrauch:

Gemeint ist der Sanddorn, ein im Bereich der Nordsee ursprünglich wild vorkommender Dornenstrauch von bis zu sechs Metern Höhe. Etwa seit Ende des 17. Jh. wird er wegen seiner orangeroten Früchte als Zierstrauch angebaut. Heute schätzt man ihn wegen des hohen Vitamin C-Gehalts seiner Scheinbeeren, aus denen man Saft gewinnt, was dem Strauch inzwischen eine wirtschaftliche Bedeutung verschafft hat.

Traditionell ist die Küstenpflanze an Nord- und Ostsee wegen ihres weitverzweigten und tiefen Wurzelwerks sowie der Bildung von Ausläufern als Dünenbefestigung kultiviert worden, da sie auf tiefsandigem Boden gut wächst und die salzige Nähe des Meeres verträgt.

Seegilde:

Organisation der Seefahrer in Duggaland über die Grenzen der Länder hinweg. Ursprünglich hatte in dieser Geschichte die *Seegilde* ihren Sitz in Intrit, dem einzigen nennenswerten Ort auf der Duggaland vorgelagerten ‚Großen Insel'. Die Bewohner dieser Insel waren naturgemäß auf das Überqueren des Meeres angewiesen, wenn sie Waren tauschen wollten. Da die Große Insel aber durch Stürme und steigenden Meeresspiegel große Landverluste zu beklagen hatte und Intrit mehrfach überschwemmt worden war, wurde der Hauptsitz der *Seegilde* nach Sihport verlegt, was zu einem wirtschaftlichen Aufblühen der ehemals kleinen Fischersiedlung führte. Die *Seegilde* unterhält in den großen Orten z.T. befestigte Häuser und an der Küste Beobachtungsstationen für das Wetter und die Gestirne, die sogenannten Tempel. Dort bildet sie Seeleute aus. Frauen und Männer werden dabei gleichberechtigt behandelt. Den höchsten Grad der Ausbildung besitzen die Segelweisen und Wetterkundigen, die Sonnen- und Sternennavigation beherrschen und Boote außerhalb der sichtbaren Küste führen dürfen. Damit ist es der *Seegilde* auch möglich, Handel mit dem *Mittagsland* zu treiben. Die Kenntnisse der Organisation werden streng gehütet und dürfen unter Androhung des Todes an niemanden verraten werden. Eine unabhängige Flotte seetüchtiger Handels- und Kampfboote gewährleistet einen ungestörten Warenaustausch an den Küsten Duggalands, wobei die Grenze des Einflusses im Gebiet der *Seo-Birahanen* endet. Mit der *Schlauchflößerinnung* unterhält die *Seegilde* enge Beziehungen, so dass See- und Flusshandel nach gemeinsamen Absprachen verlaufen. Sowohl in Tvinhaag als auch in Sihport haben beide Handelsvereinigungen ihre Sitze. Durch ihre Zusammenarbeit stellen sie in Duggaland einen Machtfaktor dar, der den der regionalen Häuptlinge übertrifft.

Seher-Pilze:
In dieser Geschichte eine Bezeichnung der *Schamanen* für Pilze, die auf das Nervensystem wirken und dadurch rauschähnliche Zustände oder Halluzinationen hervorrufen. Solche Pilze wurden und werden zum Zwecke der Bewusstseinserweiterung eingesetzt. Bei den sogenannten Naturvölkern wurden sie oft als Mittel angesehen, um den Rat der Götter einzuholen. Da es sich bei diesen Pilzen um Giftpilze handelt, ist die richtige Verarbeitung und Dosierung sehr wichtig – was im Prinzip auch für andere Rauschgifte gilt. Das Wissen um die Verabreichung dieser Mittel gehörte daher zu den geheimen Kenntnissen

der *Schamanen.* Der bekannteste im Bereich Europa/Asien verwendete Schamanenpilz ist sicher der Fliegenpilz.

Seldafluot:
Siehe *Harmfluot.*

Seo-Birahanen:
In dieser Geschichte eine Bevölkerungsgruppe Duggalands, die eine Inselgruppe zwischen der Fischerküste und den Ihseli-Klippen bewohnt. Sie leben im Wesentlichen von der Seefahrt, d.h. vom Handel, da die Inselchen für Ackerbau, Viehzucht oder Sammeln und Jagen zu karg sind und die Bewohner nicht ernähren können. Damit sind sie Konkurrenten der *Seegilde*, was anfangs zu Kämpfen auf See geführt hat. Diese Zeit hat ihnen auch die Bezeichnung ‚Seeräuber' eingebracht, da sie öfter fremde Schiffe aufgebracht und ihre Ladung verkauft haben. Ihre größte Siedlung ist das befestigte Waderborg und sie wickeln ihre Geschäfte über Fisvik ab, wodurch sie inzwischen zum Handelspartner der *Seegilde* geworden sind. Wegen der gefährlichen Klippen und des damit verbundenen Risikos hat es die *Seegilde* trotz zahlenmäßiger Überlegenheit aufgegeben, Waderborg zu erobern. Die Seo-Birahanen stellen ein Bindeglied zwischen den in Duggaland als rechtlos geltenden *Ihseligen* und den restlichen Siedlungen dar, da sie als Einzige von den *Ihseligen* als Handelspartner akzeptiert werden. Die Beziehungen zwischen *Ihseligen* und *Seo-Birahanen* sind aber nach wie vor von Misstrauen geprägt, wodurch immer wieder Streitigkeiten und Kämpfe aufflammen.

Seo-Thruhtin:
Bedeutung des Namens: Herrscher, der vom Meer kommt. In dieser Geschichte eine Person, die von den Steppenvölkern als ihr Anführer bezeichnet wird.

Sprache der Händler:
In der Steinzeit gab es bereits weitreichende Handelsbeziehungen quer durch ganz Europa. Da ein solcher Warentausch nicht ohne

Verständigung vor sich gehen konnte, die verschiedenen Regionen zwar eine einfache, aber sicher keine identische Sprache besaßen, könnte es so etwas wie eine Sammlung von Ausdrücken gegeben haben , die in weiten regionalen Bereichen in etwa verstanden wurde und mit der sich das reisende Volk überall verständlich machen konnte. Diese Art von „Grundverständigung“ wird hier *„Sprache der Händler“* genannt.

Stihnribanar:
Wörtlich: Steinreiber. Gemeint ist eine bedeutende Tätigkeit des steinzeitlichen Handwerks. Um Holzgriffe, -schäfte usw. in Steinwerkzeuge wie Äxte, Hacken und dgl. einzupassen, mussten zunächst Löcher in die Steine gebohrt werden. Im Prinzip benutzte man dazu ein Rundholz, das mittels eines Bogens mit Sehne schnell gedreht werden konnte – ähnlich wie man es z.T. auch zum Feuermachen gebrauchte, wenn man den Holzpflock in einem Bett aus Zunder bis zu dessen Entzünden gerieben hat. Beim Bohren wurde der Pflock allerdings in ein Gestell aus Hölzern eingefügt, das mit Hilfe eines größeren Steins als Gewicht das Rundholz fest auf den zu bearbeitenden Stein drückte. Um die nötige Reibung beim Bohren zu erzielen (das Holz selbst war natürlich zu weich), streute man ständig Sand zwischen Bohrpflock und das zukünftige Steinwerkzeug. Aus Versuchen experimenteller Archäologie schätzt man den Zeitraum zur Herstellung einer solchen Bohrung auf etwa drei Monate bei täglich mehrstündiger Arbeit.

Dies war sicher auch für die Steinzeit ein Arbeitsprozess mit sehr hohem Zeitaufwand. Zum Vergleich brauchte man für die Fertigung eines massiven Feuersteindolches nicht mehr als einen Tag, wobei gleichzeitig, quasi als Abfallprodukt, noch eine Menge von Mikrolithen (siehe unter Stichwort: *Säge)* anfielen.

Storksuft:
Wörtlich: Storchsumpf. Die beschriebene Landschaft entspricht einem flachen Marschgebiet, das nicht durch Deiche o.ä. vor dem Meer geschützt ist. Am ehesten lässt sich heute eine solche Land-Meer-Übergangsregion auf den Halligen im Nordfriesischen Wattenmeer

finden, obwohl auch dort heute Maßnahmen zum Küstenschutz üblich sind, z.B. niedrige Sommerdeiche. Diese weite Landschaft, durchzogen von Prielen, übersät mit flachen Brackwassertümpeln, immer wieder vom Meer überflutet und danach wieder trockenfallend, gibt es seit dem Deichbau im Mittelalter nicht mehr. Aus Berichten, die aus der Zeit vor den Großen *Mandränken* im heutigen Nordfriesland erhalten sind, geht hervor, dass der gesamte Bereich zwischen der sandig-hügeligen Geest und der Linie zwischen dem heutigen Sylt und Eiderstedt einen solchen Landstrich darstellte, in dem man über angeschüttete Wege und Knüppelpfade sowie über kleine Brücken trockenen Fußes von Sylt über Pellworm bis Husum gelangen konnte.

Sumpfsee:
Tatsächlich fanden sich bei der geophysikalischen Untersuchung der Doggerbank unter dem Schlick sowohl ein Flusssystem als auch ein großer Binnensee, der sich später zu einem deltaartigen Ausfluss mehrerer Flüsse veränderte. Der ehemalige See ist noch heute als Senke im Meeresboden wahrnehmbar.

Totenfesseln:
In einigen steinzeitlichen Gräberfunden stieß man auf gefesselte Tote. Man nimmt heute an, dass aus Furcht vor einem ‚Umgehen' der Leichen diesen Fesseln angelegt wurden, um sie zur Totenruhe zu zwingen. Es scheint sich bei den Totenfesselungen um regionale Sitten gehandelt zu haben.

Wassernuss:
Die inzwischen in Norddeutschland, vermutlich wegen der kühlen Temperaturen ausgestorbene *Wassernuss* ‚Trapa natans' ist eine einjährige Pflanze, die in moorigen Gewässern vorkommt. Ihre schwimmenden Blattrosetten bilden nach der Blüte nussartige, stärkereiche und wohlschmeckende Früchte, die, wie Funde belegen, bereits in der Jungsteinzeit als Nahrungsmittel dienten. Da in der Zeit, in der unsere Geschichte spielt, das Klima im Norden etwas milder war, kann man

davon ausgehen, dass diese Pflanze in den Moortümpeln wuchs und von den Menschen genutzt wurde.

Wegweiser:
Bei dem in der Geschichte so bezeichneten Stern handelt es sich um den Polarstern. Da bereits in der Steinzeit astronomische Kenntnisse vorlagen, was durch die heute noch sichtbaren Steinkreise bzw. Wall-und-Graben-Anlagen belegt ist, kann man davon ausgehen, dass dieser durch seine stets fixe Position auffällige Stern den Menschen bekannt war.

Wiechholzboum:
Wörtlich Weichholzbaum. Gemeint ist die Schwarzpappel, ein Baum, der sich durch schnellen, schlanken Wuchs auszeichnet, dessen weiche Holzqualität heute aber als minderwertig gilt. Man verarbeitet die Pappel zu Streichhölzern, Spankörben und Sperrholz. Sie wächst bevorzugt auf feuchten Böden, also z.B. an Bach- und Flussläufen, aber auch häufig an anderen wasserreichen und tiefgründigen Böden. Eine Gegend, die auf Grund ihrer Beschaffenheit als Ackerland taugt und relativ feuchte Bereiche aufweist, begünstigt deshalb das Auftreten dieses Baumes.

Da das Holz sehr leicht ist, taugt es auch gut als Schwimmholz zum Bau von Flößen, da die Stämme im Wasser hoch auftreiben. Allerdings müssen die Flöße regelmäßig getrocknet werden, da sich das Holz mit der Zeit stark mit Wasser voll saugt.

Wurt:
Siehe *Lichtwurt.*

Zauberfeuer:
Gemeint ist die Selbstentzündung von nassem Stroh oder Heu, das z.B. in Scheunen in dichten Packlagen geschichtet wird. Die Feuchtigkeit erlaubt einer Reihe von Fäulnisbakterien einen Stoffwechsel unter Luftabschluss im Inneren des Strohlagers. Dabei entsteht Methangas

als Endprodukt, vergleichbar dem sog. Biogas in Faultürmen. Die beim Stoffwechsel der Bakterien anfallende Wärme staut sich im Inneren der Heu- oder Strohschüttung, die nach außen hin isolierend wirkt. Mit zunehmender Temperatur wechseln die Bakterienstämme: diejenigen, die jeweils höhere Temperaturen ertragen können, lösen die vorherigen ab. So kann es zu immer höheren Temperaturen und einer steigenden Konzentration von Methan kommen, die schließlich zu einer Selbstentzündung des Gases führen können.

Ziahhros:
Wörtliche Bedeutung: Zugpferd. Die im Text beschriebenen Arbeitspferde weisen absichtlich eine große Ähnlichkeit mit der alten Pferderasse der Friesen auf. Dieses schwarze, nicht sehr große, aber kräftige Pferd stammt aus der holländisch-friesischen Pferdezucht, die es zunächst als Bauern- und Arbeitspferd herausbildete. Im Mittelalter wurde es dann zum Ritterpferd, das in der Lage war, einen Bewaffneten in schwerer Rüstung zu tragen. Interessant ist, dass es steinzeitliche Funde in der Region gibt, die einen zumindest ähnlichen Pferdetyp belegen. Offenbar hat man bereits in dieser Zeit eine Zuchtwahl bei den domestizierten Tieren betrieben, die die erwünschten Eigenschaften begünstigte.

Ziege:
Siehe unter *Schaf.* Vgl. auch *Schwein.*

Zunder:
Feiner Staub, der sich bereits durch Funken aus aneinander geschlagenen Feuersteinen entzünden lässt. Auch die steinzeitliche Methode, einen angespitzten Ast in einer dafür vorgesehenen Aussparung eines flachen Holzstücks so schnell zu drehen, dass das Holz heiß wird, liefert genügend Hitze, um den *Zunder* zum Brennen zu bringen. Beim *Zunder* handelt es sich im Prinzip um die staubfeinen Sporen eines Baumpilzes, des Echten Zunderschwamms. Der Pilz befällt als Parasit das Holz von Buche, Eiche, Birke, Pappel und anderen Laubbäumen.

Er wächst haubenartig auf der Außenseite der befallenen Baumstämme. Aus seiner Unterseite, die aus feinen Röhren besteht, entlässt er seine Sporen. Sie fliegen mit dem Wind umher und können sich so zufällig auf einem anderen Baum niederlassen und ihn infizieren. Man kann die Pilze vom Stamm entfernen, trocknen und die dabei herabfallenden Sporen sammeln. Auch ein Herausschneiden der sporenbildenden Schicht im Pilz mit anschließender Trocknung und Zerkleinerung soll brauchbaren *Zunder* liefern. Bis zur Erfindung der Streichhölzer im neunzehnten Jahrhundert wurde Zunder zum Anfeuern benutzt.